BASTEI
LÜBBE

BASTEI LÜBBE

DAVID WEBER IM TASCHENBUCH-PROGRAMM:

HONNOR HARRINGTON

23194	Bd. 1:	Auf verlorenem Posten
23199	Bd. 2:	Die Ehre der Königin
23205	Bd. 3:	Ein schneller Sieg
23211	Bd. 4:	Mit Schimpf und Schande
23217	Bd. 5:	Im Exil
23223	Bd. 6:	Ehre unter Feinden
23229	Bd. 7:	In Feindes Hand
23235	Bd. 8:	Die Siedler von Sphinx (D. Weber u. a.)
23241	Bd. 9:	Der Stolz der Flotte
23247	Bd. 10:	Die Baumkatzen von Sphinx (D. Weber u. a.)
23253	Bd. 11:	Wie Phönix aus der Asche
23264	Bd. 12:	Die Raumkadettin von Sphinx (D. Weber u. a.)
23276	Bd. 13:	Ein neuer Krieg
23277	Bd. 14:	Honors Krieg (zweiter und abschließender Teil von »Ein neuer Krieg«)
23287	Bd. 15:	Die Spione von Sphinx (D. Weber u. a.)
23292	Bd. 16:	Der Sklavenplanet (D. Weber u. a.)
23305	Bd. 17:	Um jeden Preis
23309	Bd. 18:	Auf Biegen und Brechen

DIE ABENTEUER DES COLIN MACINTYRE

23299	Bd. 1:	Der Mond der Meuterer
23301	Bd. 2:	Das Armageddon-Vermächtnis
In Vorbereitung:		Die Erben des Imperiums

DER MARDUK-ZYKLUS (mit John Ringo)

23284	Bd. 1:	Das Bronze-Bataillon
23289	Bd. 2:	Die Marduk-Mission
23296	Bd. 3:	Marsch zu den Sternen
In Vorbereitung:		Das trojanische Schiff

23281 Die Excalibur Alternative

Über den Autor:
David Weber ist ein Phänomen: Ungeheuer produktiv (er hat zahlreiche Fantasy- und Science-Fiction-Romane geschrieben), erlangte er Popularität mit der HONOR-HARRINGTON-Reihe, die inzwischen nicht nur in den USA zu den bestverkauften SF-Serien zählt. David Weber wird gerne mit C. S. Forester verglichen, aber auch mit Autoren wie Heinlein und Asimov. Er lebt heute mit seiner Familie in South Carolina.

David Weber

HONOR HARRINGTON

Auf Biegen und Brechen

Roman

Ins Deutsche übertragen
von Dietmar Schmidt

BASTEI LÜBBE

BASTEI LÜBBE TASCHENBUCH
Band 23 309

1. Auflage: Mai 2007
2. Auflage: September 2007

Vollständige Taschenbuchausgabe

Bastei Lübbe Taschenbücher in der Verlagsgruppe Lübbe

Deutsche Erstausgabe

Titel der Originalausgabe: »At all costs« (Teil 2)
Originalverlag: Baen Publishing Enterprises, Wake Forest, NC

This Work was negotiated through Literary Agency
Thomas Schlück GmbH; 30827 Garbsen
Lektorat: Uwe Vöhl/Ruggero Leò
Titelillustration: David Mattingly/Agentur Schlück
Umschlaggestaltung: Tanja Østlyngen
Satz: SatzKonzept, Düsseldorf
Druck und Verarbeitung: Ebner & Spiegel, Ulm
Printed in Germany
ISBN 978-3-404-23309-0

Für
Richard Andrew Earnshaw
1951 – 2005

Nach vierzig Jahren, die wir zusammen gelacht,
geliebt und geweint haben, fällt das Loslassen schwer.
Aber es ist Zeit.
Also fliege, Richard.
Wo immer du bist,
Wohin Gott dich auch führt,
Fliege hoch.
Du warst mir teuer.

Und für Edward Ormondroyd,
Lieferant prächtiger Wunder für die Jugend,
in tiefem Dank.

Sternenkarte

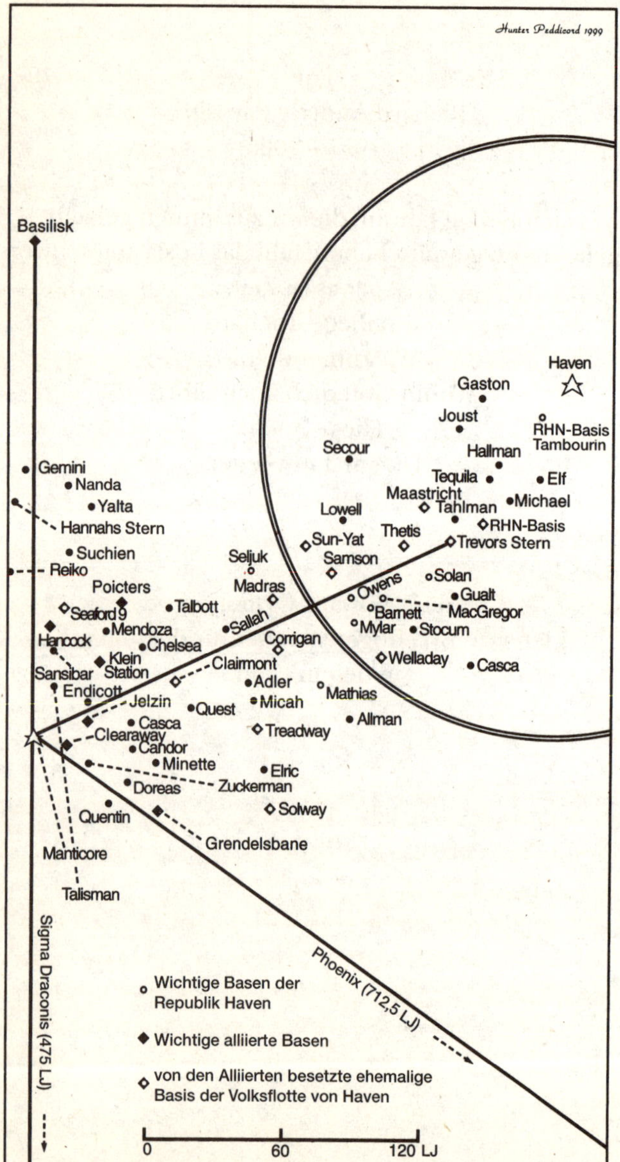

1

»Wir haben unsere bisherigen Kriterien zur Zielauswahl und Angriffsstärke überdacht«, sagte Andrea Jaruwalski und blickte im Flaggbesprechungsraum in die Runde.

An der Einsatzbesprechung nahmen sämtliche Divisionskommandeure der Achten Flotte elektronisch teil, und jeder von ihnen hatte in dem riesigen Holodisplay, das über dem Konferenztisch schwebte, einen eigenen Ausschnitt. Die Chefs der Geschwader und Kampfverbände und Scotty Tremaine, in seiner Eigenschaft als dienstältester COLAC der Achten Flotte waren physisch anwesend. Selbst jetzt, fast drei Tage nach dem Massaker auf der Flaggbrücke, spürte Honor noch die Nachwirkungen des Schocks – den innigen Wunsch, nicht glauben zu müssen, was geschehen war. Doch die Erinnerungen ließen sich einfach nicht abschütteln.

»In dieser Hinsicht«, fuhr Jaruwalski fort, die ihrem persönlichen Schmerz durch forsche Professionalität zu entkommen suchte, »stimmen Commander Reynolds und ich mit Ihrer Hoheit überein. Haven hat begonnen, auf Raupenfraß Eins und Zwo zu reagieren. Worin diese Reaktionen bestehen, können wir nicht vorhersehen. Wir wissen natürlich, welche Reaktion wir uns vom Gegner wünschen. Doch selbst wenn wir Haven erfolgreich dazu bewegen könnten, das zu tun, was die Admiralität wünscht, hätte die Situation für die Achte Flotte dennoch definitiv eine Schattenseite. Genauer gesagt werden unsere Ziele gefährlicher. Ob wir es nun einfach mit verbesserter Doktrin zu tun bekommen – wie zum Beispiel im Chantilly-System – oder einer Neuverteilung von Kampfkraft, Haven wird in jedem Fall dafür sorgen, dass die nächsten Einsätze für uns keine Spaziergänge werden.

Infolgedessen kürzen wir unsere Zielliste für Raupenfraß Drei auf nur zwo Sonnensysteme zusammen: Lorn und Solon. Admiral Truman befehligt den Angriff auf Lorn, Ihre Hoheit den Schlag gegen Solon. Jeder Angriffsverband erhält ein Trägergeschwader, und die Schweren Kreuzer und Schlachtkreuzer werden schwesterlich geteilt.«

Sie hielt inne, blickte auf und musterte die Gesichter ihrer Zuhörer, ob stofflich oder elektronisch, dann fuhr sie fort.

»Auch ohne jede präventive Neuverteilung der havenitischen Kräfte sind beide Sonnensysteme wahrscheinlich erheblich stärker verteidigt als unsere bisherigen Angriffsziele. Lorn etwa ist eine relativ wichtige Ausweichwerft der RHN. Dort wird zwar nicht gefertigt, aber sehr viel umgerüstet; allerdings ist die Werft vor allem auf Einheiten ausgelegt, die kleiner sind als Wallschiffe. Wir wissen von früheren Aufklärungsvorstößen, dass Lorn recht stark in die Programme zum Bau der neuen havenitischen LACs eingebunden ist. Deswegen erwarten wir mit relativ hoher Wahrscheinlichkeit, zumindest auf leichte und mittelschwere Kampfschiffe in nicht zu vernachlässigenden Zahlen zu treffen.

Solon ist weniger direkt am Bau oder der Wartung havenitischer Flottenschiffe beteiligt. Allerdings ist das System erheblich dichter bevölkert als alle, die wir bisher angegriffen haben. Nach den letzten Volkszählungsdaten, die uns zur Verfügung stehen, beträgt die Population mehr als zwo Milliarden Menschen, und die Wirtschaftskraft des Systems bildete selbst vor Pierres Staatsstreich einen der wenigen Lichtblicke für Haven. Aus unserer Sicht ist das System daher besonders wertvoll, denn ein erfolgreicher Angriff dürfte erheblichen politischen Druck auf Theisman erzeugen, schwere Einheiten für die Heimatverteidigung abzustellen. Außerdem würde Haven den wirtschaftlichen Schaden, der durch die Vernichtung der Infrastruktur im Solon-System entstünde, deutlich spüren. Alles zusammengenommen bedeutet es natürlich, dass Solon schwerer verteidigt sein wird als die weniger dicht bevölkerten Systeme, die wir bisher angegriffen haben.«

Sie unterbrach sich wieder und überflog die Notizen auf ihrem eigenen Display, dann sah sie wieder auf.

»Damit wäre die Übersicht abgeschlossen, Hoheit. Möchten Sie lieber die Punkte diskutieren, die bereits angesprochen wurden, oder würden Sie es vorziehen, wenn ich mit der systematischen Einsatzbesprechung begänne?«

»Ich glaube, wir fangen damit an, dass wir nachfragen, ob jemand Ihre Ausführungen kommentieren möchte«, antwortete Honor.

Nun blickte sie in die Runde, auf leibhaftige und elektronische Gesichter, und sie lächelte trotz ihrer Erschöpfung und des schmerzlichen Bewusstseins der leeren Flecke hinter ihr, die eigentlich Simon Mattingly und Timothy Meares hätten einnehmen sollen.

»Wer will den ersten Ball ins Spiel bringen?«, fragte sie.

In der Stille klang der Summer des Intercoms erschreckend laut.

Honor setzte sich rasch auf, fuhr sich mit der rechten Hand über die Augen und verzog das Gesicht, als sie die Zeitanzeige des linken Auges aufrief. Kaum fünfzig Minuten lang hatte sie sich auf der Liege ausgestreckt, und nach dem bisschen Schlaf, in den sie gefallen war, fühlte sie sich eher noch stärker gerädert als vorher.

Das Intercom summte wieder, und sie rappelte sich auf und ging hinüber.

»Mac«, sagte sie mit ungewohnter Heftigkeit, »ich dachte, ich hätte *gesagt* –«

»Es tut mir schrecklich leid, Ma'am«, unterbrach MacGuiness sie. »Ich weiß, dass Sie vor dem Abendessen nicht gestört werden wollten. Es ist jedoch jemand hier, den Sie empfangen sollten.«

»Mac«, sagte sie wieder, ohne die vorherige untypische Hitzigkeit, aber müde, »solange es kein Notfall ist, möchte ich wirklich niemanden sehen. Kann Mercedes sich nicht um die Sache kümmern?«

»Ich fürchte, nein, Ma'am«, erwiderte MacGuiness. »Er kommt direkt von der Admiralität und hat ausdrücklich darum ersucht, *Sie* persönlich zu sprechen.«

»Oh.«

Honor straffte den Rücken und atmete tief durch. Es war gerade genug Zeit verstrichen, dass ihre erbitterten Kommentare zu Mandel die Admiralität erreicht und eine Reaktion hervorgerufen haben konnten. Und dass man jemanden gesandt hatte, um diese Reaktion persönlich zu überbringen, war ein Hinweis, dass Admiral Givens und das JAG-Corps vielleicht nicht sehr glücklich waren mit Honors Verhalten.

Na, so ein Pech aber auch, dachte sie grimmig. *Ich bin Admiral, Flottenchefin, Herzogin und Gutsherrin. Dieser Fall ist zu wichtig, um durch Engstirnigkeit in den Sand gesetzt zu werden, und* diesmal *werden die maßgeblichen Stellen* verdammt noch mal *Rücksicht auf mich nehmen!*

Der Zorn in ihren Gedanken erstaunte sie ein wenig. Sie fragte sich – nicht zum ersten Mal –, wie viel von diesem Zorn ihren Schuldgefühlen entsprang. Doch das spielte keine Rolle. Nicht wenn sie unerschütterlich sicher war zu wissen, was man Timothy Meares angetan hatte.

»Also gut, Mac«, sagte sie schließlich, »geben Sie mir zwo Minuten, dann können Sie ihn reinschicken.«

»Jawohl, Ma'am.«

Honor schaltete das Intercom ab, nahm ihre Uniformjacke auf, zog sie sich über, schloss sie und blickte in den Spiegel am

Schott. Sie zuckte mit den Schultern, damit sich die Jacke richtete, und fuhr sich mit der rechten Hand leicht übers Haar. Das Haar reichte ihr nun halb bis zu den Hüften, wenn sie es offen trug, aber sie hatte die straffen, enggeschlungenen Zöpfe für das allzu kurze Nickerchen nicht gelöst, und sie nickte zufrieden. Die leichte Anspannung rings um ihre Augen hätte jemandem, der sie sehr gut kannte, verraten, wie müde sie tatsächlich war, aber sie fand an ihrer äußeren Erscheinung nichts auszusetzen.

Sie blickte Nimitz an, aber der 'Kater hatte sich auf seine Schlafstange drapiert und schlummerte fest. Sie spürte ihn im Hinterkopf, so wie er sich auch im tiefsten Schlaf, wie sie wusste, ihrer stets wenigstens am Rande bewusst war. Sie weckte ihn nicht. Er war genauso erschöpft wie sie, und auch ihn beschäftigte nach wie vor die Trauer um zwei verlorene enge Freunde.

Simon Mattinglys Begräbnis hatte geholfen ... ein wenig. Es hatte zumindest ein wenig Katharsis gebracht, doch zugleich hatte Honor nur umso deutlicher gespürt, wie weit er sich von seiner Heimatwelt entfernt hatte, nur um zu sterben. Für den Gottesdienst hatte sie sich Bruder Hendricks ausgeborgt, den Feldgeistlichen eines graysonitischen LAC-Geschwaders unter Alice Truman. Aus schmerzlicher Erfahrung wusste sie, dass die graysonitische Tradition verlangte, einen Waffenträger dort zu bestatten, wo er gefallen war, und während des kurzen Militärbegräbnisses standen Andrew LaFollet und Spencer Hawke steif wie die Ladestöcke hinter ihr. Danach trugen sie, Alistair McKeon, Michelle Henke und James MacGuiness den mit der Flagge des Gutes von Harrington verhüllten Sarg zur wartenden Luftschleuse.

Die beiden Waffenträger standen wieder in steifer Habtachtstellung hinter ihr, während die innere Luke der Luftschleuse sich schloss. Dann ergriff Bruder Hendricks leise das Wort.

»In die Hände des Allmächtigen Gottes empfehlen wir die Seele unseres dahingeschiedenen Bruders und übergeben seinen Leib dem endlosen Meer des Weltalls in der sicheren Hoffnung in die Auferstehung zum Ewigen Leben durch den Fürbitter, unseren Herrn Jesus Christus, bei dessen Ankunft, um zu richten in glorreicher Majestät über das Universum, es seine Toten aufgeben muss und die vergänglichen Leiber jener, die in Ihm schlafen, verändert werden sollen durch Seine mächtigen Werke, mit denen Er alles nach Seinem Ebenbild schaffen kann, auf dass sie seien wie Sein rühmlicher Leib. Amen.«

Honor hatte die Hand ausgestreckt, während er sprach, und drückte beim letzten Wort den Knopf neben der Luke. Die Luftschleuse warf Simon Mattinglys Sarg aus. Der kleine Reaktionsantrieb aktivierte sich, als er sich hinreichend vom Schiff entfernt hatte, drehte den Sarg und brachte ihn auf einen Kurs, der im fernen Fusionsofen von Trevors Stern enden würde, und Honor hatte das Gefühl gehabt, dass ihr Herz mit auf die Reise ging.

Vielleicht wäre sie später in der Lage, Trost aus den alten Worten des Abschieds zu ziehen. Und gewiss, wenn je ein Mann gelebt und die Prüfung seines Lebens bestanden hatte, so Simon Mattingly. Aber, ach, sie *vermisste* ihn so sehr.

Sie atmete wieder tief durch, ging an den Schreibtisch und setzte sich dahinter. Dann schaltete sie das Terminal ein, damit es so aussah, als befasse sie sich mit einem Dokument, und wartete.

Genau einhundertzwanzig Sekunden nach dem Augenblick, in dem sie ihm den Befehl erteilt hatte, öffnete MacGuiness die Luke.

»Hoheit«, sagte er, »Sie haben einen Gast.«

Seine Stimme klang eigenartig, seine Gefühle schmeckten noch merkwürdiger, und Honor blickte scharf auf.

»Hallo, Honor«, sagte ihr Besucher, und sie schoss von ihrem Sessel hoch.

»*Hamish!*«

Danach verschwammen ihre Erinnerungen. Sie spürte nur, dass sie plötzlich in seinen Armen lag.

Hinter sich hörte Honor einen dumpfen Aufprall; Samantha war von Hamishs Schulter gesprungen und huschte über den Teppich. Sie schmeckte Nimitz' Erwachen und sein plötzliches Entzücken, als das Geistesleuchten seiner Partnerin ihn erreichte.

»Hamish«, wiederholte sie leiser, fast verwundert, und ließ den Kopf an seiner Schulter ruhen.

»›Salamander‹, das passt wirklich zu dir.« Hamishs tiefe Stimme klang mehr als nur ein wenig angeschlagen, und der Druck seiner Arme nahm zu. »Verdammt, Frau – kannst du denn *nirgendwohin* gehen, ohne dass jemand versucht, dich umzubringen?«

»Tut mir leid«, sagte sie, ohne die Augen zu öffnen, während sie seine aufrichtige Besorgnis schmeckte. »Es tut mir leid, aber damit hat niemand rechnen können.«

»Ich weiß, ich weiß.« Er seufzte, und seine Umarmung lockerte sich ein wenig.

Er legte ihr seine Hände auf die Oberarme, hielt sie auf Armeslänge Abstand und blickte ihr in die Augen. Ihre empathischen Fähigkeiten fehlten ihm, aber erneut schmeckte sie den Widerhall einer Baumkatzenbindung zwischen ihnen, und sie wusste, dass sie ihre innersten Empfindungen genauso wenig vor ihm verbergen konnte wie umgekehrt er vor ihr.

»Arme Honor«, sagte er dann. »Liebste, als wir die erste Nachricht erhielten, da waren Emily und ich …« Er verstummte und schüttelte heftig den Kopf. »Sagen wir einfach, wir haben es nicht gut aufgenommen. Ich wollte auf der Stelle persönlich herkommen, aber ich fürchtete mich vor der Aufmerksamkeit, die das vielleicht auf sich gezogen hätte. Aber dann hast du Mandel gefeuert, und ich entschied, zum Teufel mit der Aufmerksamkeit, die es erregt. Ich kenne dich, Honor. Du hättest ihn niemals so hart niedergeknüppelt, wenn er sich nicht wie ein vollkommener, hoffnungsloser Idiot verhalten hätte und du keine alles überragende Notwendigkeit empfunden hättest, ihn durch jemand Kompetentes zu ersetzen – andernfalls hättest du wirklich sehr schwer trauern müssen. In beiden Fällen musste ich hierherkommen.«

»Ich glaube, es war ein wenig von beidem«, gab sie zu, trat zurück und hakte sich bei ihm ein. Sie zog ihn durch die Kabine, und sie nahmen Seite an Seite auf der Couch Platz. Behaglich lehnten sie sich aneinander.

»Ich trauere sehr«, sagte sie leise. »Nicht nur um Simon. In gewisser Hinsicht nicht einmal *hauptsächlich* um ihn. Tim ...«

Sie verstummte und biss sich auf die Lippe. Ihr Blick verschwamm, und sie erinnerte sich, wie vehement sie Mercedes Brighams Vorschlag zurückgewiesen hatte, darüber nachzudenken, wie sie die Lücke in ihrem Stab füllen wollte, die Meares' Tod hinterlassen hatte. Kein Admiral war jedoch *gezwungen*, sich einen Flaggleutnant zu nehmen, und Honor weigerte sich, Timothy Meares zu ersetzen. Es war vielleicht nicht die vernünftigste Entscheidung, die sie je getroffen hatte, aber sie hatte nicht die Absicht, es sich noch einmal zu überlegen.

»Ich trauere«, wiederholte sie. »Und so wird es noch lange bleiben. Aber ich glaube, mein Verhalten ist weitgehend darauf zurückzuführen, dass sich Mandel wie ein eckiger Stift benahm, der in ein rundes Loch wollte.«

»Wegen des Tons deiner Depeschen – und offen gesagt auch *seines* Berichts an Pat Givens – habe ich mir so etwas schon gedacht«, sagte er. »Allerdings weiß ich auch, dass Mandel wirklich einen guten Ruf als tüchtiger Ermittler hat.«

»Das bezweifle ich auch nicht«, sagte sie. »Ja, wenn ich ganz ehrlich bin, was ich eigentlich gar nicht sein möchte, dann stelle ich mir vor, dass er sich wirklich gut auf seine Arbeit versteht – unter normaleren Umständen. Aber in diesem Fall ist er einfach nicht der richtige Mann. Vielleicht ist er *zu* erfahren. Es ist, als … als hätte er Scheuklappen. Er weiß, was er weiß, und darauf konzentriert er sich und erledigt seine Aufgabe ohne irgendwelche Ablenkungen durch Amateure, die sowieso nichts von einer kriminalistischen Untersuchung verstehen.«

Hamish zog eine Augenbraue hoch, wie er sie so reden hörte.

»Du bist wirklich sauer auf ihn«, stellte er fest.

»Ich bin enttäuscht«, verbesserte sie ihn. »Na gut, und vielleicht auch sauer, weil er mich so enttäuscht hat. Aber er wollte mir nicht glauben, dass Tim unter irgendeinem Einfluss stand, und er war auch nicht bereit zu glauben, dass Nimitz' Verstand ausreicht, um zu erfassen, was vor sich geht – vorausgesetzt, eine 'Katz hat wirklich überhaupt irgendwelche telepathische Fähigkeiten –, oder irgendetwas Vernünftiges mitzuteilen.«

»Himmel, er hat aber auch kein Fettnäpfchen ausgelassen, was?«

»Kaum«, gab sie zu und lächelte schwach über den Humor in seiner Stimme. »Aber er war völlig auf den Gedanken fixiert, mein Schuldgefühl brächte mich dazu, nur das Beste von Tim zu glauben. Er war nicht bereit sich anzuhören, was ich ihm über den wirklichen Ablauf sagen wollte. Und er hätte es sich auch niemals anders überlegt. Das wusste ich genau.«

Sie klopfte sich mit dem Zeigefinger leicht an die Stirn und zog ein schiefes Gesicht, und er nickte.

»Dachte ich es mir doch gleich. Und nach allem, was du erzählst, wolltest du ihm wohl nicht sagen, dass du es warst, die gespürt hat, was geschah?«

Honor schnaubte nur, und er lachte ohne große Heiterkeit in sich hinein.

»Offen gesagt, ich bin ganz froh, dass es du es gelassen hast. Mir wäre es lieber, wenn du deine kleine Fähigkeit so lange in Reserve hältst, wie es nur geht. Die Leute sollen ruhig denken, dass Nimitz für die Empathie verantwortlich ist. Es schadet nie, in mancher Hinsicht unterschätzt zu werden.«

»Ich weiß. Ganz zu schweigen davon, dass ich es nicht gern hätte, wenn die Leute mich für eine Gedanken lesende, in ihre Privatsphäre eindringende Missgeburt hielten.«

»Hm.«

Hamish sah einige Augenblicke ins Leere, dann schaute er sie wieder an.

»Ich bezweifle nichts von dem, was du sagst«, versicherte er ihr, »aber ich muss dir schon sagen, ich habe mir die gleiche Aufnahme der Brückenüberwachung angesehen.« Sein Gesicht wurde hart. »Ich hatte dabei eine Höllenangst, obwohl ich schon wusste, dass dir nichts passiert war, ehe sie es mir zum ersten Mal zeigten.«

Er schüttelte den Kopf, und eine Sekunde lang traten seine Kiefermuskeln hervor. Honor umarmte und drückte ihn.

»Was ich eigentlich sagen wollte«, fuhr er nach einigen Herzschlägen mit normalerer Stimme fort, »ich habe gesehen, was passiert ist, und ich begreife, wieso jemand, der deine Fähigkeiten nicht kennt, kaum glauben kann, dass Lieutenant Meares sich von der eigenen Tat abhalten wollte. Er hat sich so schnell bewegt, Honor. So geschickt. Als hätte er nicht nur geplant, was er tun wollte, sondern es auch vorher eingeübt. Ich weiß nicht, ob dir immer klar ist, wie schnell deine Reflexe wirklich sind, aber du hast ihn nur einen Sekundenbruchteil früher getötet, als er dich getötet hätte. Und ich glaube nicht, dass irgendjemand sonst dazu imstande gewesen wäre, Trickfinger hin oder her.«

Honor blickte auf ihren Handschuh.

»Ich weiß, dass es schnell ging«, sagte sie. »Wenn ich nur einen Sekundenbruchteil mehr gehabt hätte – wenn ich mehr hätte tun können, als nur Simons Namen zu rufen –, dann hätten wir vielleicht ...«

Sie verstummte und zwang sich zum Durchatmen.

»Ich werde mich immer fragen, ob es besser gewesen wäre, nicht zu rufen«, sagte sie und gab vor Hamish etwas zu, bei dem sie sich nicht sicher war, ob sie es allein vor sich hätte zugeben können. »Habe ich ihn abgelenkt? Habe ich ihn bewegt, in meine Richtung zu schauen, genau in die falsche Richtung also, während er sonst vielleicht etwas gesehen, etwas bemerkt hätte?« Sie sah Hamish in die Augen. »Habe ich seinen Tod verschuldet?«

»Nein.« Hamish schüttelte bestimmt den Kopf. »Ja, du hast ihn vielleicht abgelenkt, aber wovon? Von einem jungen Mann, den er schon tausendmal in die Flaggbrücke hat treten sehen, mit völlig legitimer Absicht?« Er schüttelte wieder den Kopf. »Nicht einmal ein graysonitischer Waffenträger hätte so etwas erwarten können, Liebes.«

»Aber er war mein Freund«, flüsterte Honor. »Ich ... er hat mir etwas bedeutet.«

»Das weiß ich.«

Nun drückte Hamish sie, und sie ergab sich seiner Umarmung.

»Dennoch«, fuhr er fort, »deutet mir der Umstand, dass du so wenig Zeit zum Reagieren hattest, Verschiedenes an.«

»Zum Beispiel?«

»Erstens, dass er auf keinen Fall ein havenitischer Agent sein konnte. Das hätte er vor dir – oder vor Nimitz – niemals so lange verbergen können. Zwotens, dass er, was immer mit ihm geschehen ist, jedenfalls nicht psychojustiert war.«

»Wieso das denn nicht? Ich meine, wie kannst du dir da so sicher sein?«

»Zum Teil, weil Mandel, egal wie stur du ihn findest, recht hatte. Eine Justierung braucht Zeit – viel Zeit, auch bei jemandem ohne die Sicherheitssperren, die bei Offizieren zum Standard gehören. Zum Teil aber auch, weil jemand, der justiert wurde, sich dessen gewahr ist. Auf irgendeiner Ebene weiß er, dass er nicht vollkommen Herr dessen ist, was er tut. Ich habe deshalb mit Samantha sogar einen raschen Abstecher zum Haus deiner Eltern auf Sphinx gemacht und mich bei den Sagen-Künderinnen des Clans vom Hellen Wasser nach dem versuchten Anschlag auf Königin Adrienne erkundigt.«

»Weißt du, das hatte ich vollkommen vergessen«, sagte Honor mit bekümmerter Stimme.

»Du hast viel Stress gehabt«, entgegnete Hamish. »Aber Samantha hat das Sagenlied der ganzen Episode zu hören bekommen. Sie sagt, dass der Attentäter schon in dem Augenblick, in dem er in Dianchects geistige Reichweite kam, genau wusste, was mit ihm geschah. Es war keineswegs so, als ... wäre ein Schalter umgelegt worden. Dianchect hat ihn entdeckt, ehe er in Sichtkontakt zu der Kronprinzessin kam, und er wusste in der gleichen Sekunde, in dem er das Geistesleuchten des Attentäters schmeckte, dass etwas furchtbar falsch war. Das ist hier nicht der Fall gewesen.«

»Nein, das nicht«, stimmte Honor zu. »Als Tim durch die Luke kam, war er bester Stimmung. Alles war normal, ganz wie immer. Und dann plötzlich riss er Simons Pulser an sich.«

»Also ist er nicht *justiert* gewesen«, sagte Hamish nachdenklich, »sondern er war *programmiert.*«

»So kann man es wohl ausdrücken. Aber wie kann das zuwege gebracht worden sein?« Honor schüttelte den Kopf. »Deshalb denke ich immer wieder daran zurück. Wie in Gottes Namen könnte jemand einen anderen Menschen auf diese Weise *programmieren,* ohne dass dieser sich auch nur gewahr ist, dass es geschah?«

»Die Antwort darauf kenne ich nicht«, sagte Hamish grimmig, »aber hier ist noch eine Frage: Wieso ist es *jetzt* passiert? Wieso nicht früher?«

»Du willst damit sagen, dass man ihn während seines letzten Ausflugs nach Manticore programmiert hat, wie auch immer es vonstatten ging?«

»Vermutlich, aber das CID hat seinen gesamten Besuch aufs Genauste unter die Lupe genommen, ohne irgendetwas Ungewöhnliches zu finden. Und davon mal ganz abgesehen, warum *dann* und *dort?* Warum nicht bei einer Stabsbesprechung oder bei einer Einladung zum Abendessen?«

»Vielleicht wegen der Gelegenheit«, erwiderte Honor nachdenklich. Als er sie anblickte, zuckte sie mit den Schultern. »Ich glaube, das war das erste Mal, dass er mit mir und nur einem Waffenträger zusammen war. Oder zumindest, dass nur ein Waffenträger dabei war, dem er sich aus gutem Grund auf Armeslänge so natürlich nähern konnte, dass selbst ein graysonitischer Waffenträger daran nichts ungewöhnlich gefunden hätte.«

»Und warum wäre das wichtig?«

»Weil«, sagte sie grimmig, »meine Waffenträger die einzigen ständig bewaffneten Personen in meiner Nähe sind. Um mich zu töten, brauchte er zunächst eine Waffe, und dann musste er meine Leibwache … ausschalten. Indem er Simon die Waffe abnahm, konnte er beide Ziele gleichzeitig erreichen.«

»Verstehe.« Hamish runzelte die Stirn, dann zuckte er die Achseln. »Du könntest auf der richtigen Fährte sein. Ich weiß es nicht. Ich weiß aber, wo etwas Ähnliches schon einmal geschehen ist.«

»Wo etwas Ähnlich ... Ach! Oberstleutnant Hofschulte!«

»Genau. Pat Givens hat bereits eine Depesche an die Andermaner gesandt, in der sie um sämtliche Akten im Fall Hofschulte bittet, weil es sich sehr ähnlich anhört: ein vollkommen vertrauenswürdiger, vollkommen treuer langjähriger Gefolgsmann, der plötzlich überschnappt und versucht, Prinz Huang und dessen gesamte Familie zu ermorden. Wenn ich mich recht erinnere, ist die Möglichkeit einer Justierung sehr genau erwogen worden, aber Hofschulte war nie lange genug außer Sicht, um so etwas zu ermöglichen. Und auch das klingt ganz genau wie bei uns.«

»Aber warum sollte Haven den andermanischen Kronprinzen ermorden lassen?«, fragte Honor verwirrt.

»Das kann ich dir nicht sagen«, gab Hamish zu. »Ich weiß nur, dass der Modus Operandi sehr ähnlich zu sein scheint. Ich könnte mir einige Vorteile denken, die sie jetzt dadurch hätten, wo sie sowohl mit den Andermanern als auch mit uns im Krieg liegen, aber damals?« Er schüttelte den Kopf. »Natürlich hat damals noch die SyS ihre gesamte Geheimdienstmaschine beherrscht. Vielleicht hatte man ein Motiv, das wir aus unserer Perspektive einfach nicht sehen.«

»Das ist nur schwer vorstellbar«, sagte Honor nachdenklich. »Ich frage mich nur ...«

»Was fragst du dich?«, erkundigte sich Hamish nach einigen Sekunden.

»Was? Oh!« Honor holte sich in die Gegenwart zurück. »Ich habe mich nur gefragt, ob es vielleicht noch jemanden gibt, jemanden, der eine Technik entwickelt hat, die es ermöglicht, solche Anschläge zu unternehmen, und der sich anheuern lässt?«

»Gut denkbar.« Hamish überlegte. »Sogar sehr gut denkbar. Denn ich könnte mir außer Haven niemanden denken, der sowohl Motiv als auch Ressourcen hätte, um so etwas auszuführen.«

»Ich auch nicht«, stimmte Honor ihm zu, aber ihr Stirnrunzeln verschwand nicht.

Ja, Mordanschläge waren stets eine bevorzugte Taktik der *Volksrepublik* gewesen, egal ob durch InAb oder SyS ausgeführt. Mit einem Thomas Theisman jedoch hätte sie solche Methoden nicht in Verbindung gebracht. Andererseits kam Eloise Pritchart aus dem havenitischen Widerstand, und ihren Aprilisten waren mehrere Dutzend Ermordungen von Legislaturisten und InAb-Mitarbeitern in Schlüsselpositionen zugeschrieben worden. Und wie immer Honor es sehen wollte, als Kommandeurin der alliierten Flotte, die den Zivilisten wie dem Militär der Republik den größten Schaden zugefügt hatte, war sie eindeutig ein legitimes militärisches Ziel.

Und ein Mordschlag vernichtete einen auch nicht mehr als ein bombengepumpter Röntgenlaser.

»Na ja«, sagte Hamish schließlich, »einer der Gründe, weshalb ich hierhergekommen bin, war, dir zu sagen, dass Pat es zu schätzen wüsste, wenn du beim nächsten Mal den Dienstweg bemühen würdest. Aber wenn du Mandel los sein willst, dann wird er abgezogen. Und sie hat mir anvertraut, dass er, wenn er dir zu nahe getreten wäre, statt nur ein Klotzkopf zu sein, sich auf einen langen Fall hätte einstellen können.«

»Nein.« Honor schüttelte den Kopf. »Nein, so sehr meine gehässige Seite das auch gern sehen würde, das Problem war wirklich nur seine ... mangelnde Aufgeschlossenheit gegenüber neuen Hypothesen.«

»Meine Güte, wie diplomatisch du dich ausdrückst«, brummte ihr Ehemann. Dann grinste er schief. »Als Zwotes hat sie gefragt, ob Commander Simon dir genehm ist.«

»Das ist sie. Wegen ihres Namens ist es zwar, als würde ich mir mit dem Finger in der Wunde stochern, aber sie ist aufgeschlossener als Mandel. Ich will nicht sagen, dass sie mir zustimmt – noch nicht jedenfalls –, aber wenigstens schließt sie die Möglichkeit nicht aus. Und sie hat sich auch noch nicht mit einer eigenen Theorie verheiratet. Sie glaubt offenbar, was die Xenologen in den letzten Jahren über Baumkatzen und ihre Fähigkeiten veröffentlicht haben.«

»Gut, dann soll Samantha mit ihr reden. Wahrscheinlich haben wir nicht so viel Glück, dass sie Gebärdensprache lesen kann?«

»Nein, das kann sie nicht.«

»Schade. Wenn das so ist, werde ich wohl dolmetschen müssen.« Hamish zuckte mit den Achseln. »Das könnte ein interessantes Gespräch werden, besonders wenn Samantha ihr von dem Sagenlied über Königin Adrienne erzählt. Und ich kann dabei wenigstens das Gefühl haben, ich unternehme etwas gegen die Dreckskerle, die versucht haben, meine Frau zu ermorden.«

Beim letzten Satz war seine Stimme hart geworden, und sie spürte den Zorn – und die Furcht – dahinter.

»Versucht haben sie es vielleicht, und vielleicht haben sie eine Reihe anderer Menschen tatsächlich ermordet, aber mich nicht, und sie bekommen mich auch nicht«, versprach sie ihm und hob die rechte Hand, um ihn an der Wange zu berühren.

»Nicht durch Attentäter zumindest«, entgegnete Hamish mit einem leicht gezwungenen Lächeln. »Nicht wenn du und dein pelziger Schatten die Augen aufhalten.«

Honor erwiderte sein Lächeln und versteifte sich.

»Das ist es«, sagte sie leise.

»Was ist ›das‹?«, fragte er, als sie nicht augenblicklich weitersprach.

»Nun, wenn es wirklich eine neue Technik für Mordanschläge gibt, die sie bei Tim angewendet haben, ohne dass er lange genug verschwand, um justiert zu werden, dann könnten sie es mit jedem tun. Das heißt, wirklich *jeder* könnte ein programmierter Mörder sein, ohne es auch nur zu ahnen.«

»Wo wir gerade von Albträumen reden«, brummte Hamish, und Honor nickte grimmig.

»Aber in dem Augenblick, in dem die Programmierung sich einschaltet, weiß man, dass jemand oder etwas einen kontrolliert«, sagte sie, »und keine Baumkatze könnte so etwas übersehen.«

»Wie Vorkoster«, sagte Hamish bedächtig. »Oder Kanarienvögel in Kohlebergwerken auf Alterde.«

»Mehr oder weniger«, stimmte sie zu. »Sehr viel Vorwarnzeit hat man nicht, aber wenigstens etwas. Und wenn die Leibwächter der Zielperson wissen, dass die 'Katz ihnen das Stichwort geben wird, dann könnte das reichen.«

»Der Palastschutz und das Queen's Own achten nun schon seit Jahrhunderten auf Baumkatzen«, sagte Hamish. »Wenigstens sie hätten dabei kein Problem.«

»Nein, du musst unbedingt Dr. Arif und ihre Kommission einschalten. Genau auf so etwas wartet sie, und sie ist bereits in einer Position, sämtliche Baumkatzenclans zu verständigen, dass Freiwillige gesucht werden. Wir können nicht überall Baumkatzen postieren – es gibt von ihnen nicht genug, auch wenn sie alle bereit oder mental gerüstet sind, mit so vielen Menschen auf solch engem Raum zusammenzuarbeiten –, aber mit ihrer Hilfe können wir wahrscheinlich die meisten der wichtigsten Zielpersonen von Ministerebene aufwärts schützen.«

»Eine ausgezeichnete Idee«, lobte Hamish und lächelte sie auf ganz andere Art an.

»Was ist?«, wollte sie wissen, als sie die plötzliche Verlagerung seiner Gefühle schmeckte und tief in ihr eine angenehme Wärme darauf reagierte.

»Nun«, sagte er und drehte sich auf der Couch zur Seite, damit er ihr Gesicht zwischen die Hände nehmen konnte, »ich kann nun wahrheitsgemäß meinen Mitlords der Admiralität berichten, dass ich meinen offiziellen Anliegen nachgekommen bin, als ich hier draußen war. Nachdem das also erledigt ist, warum kümmern wir uns nicht um ein kleines inoffizielles Anliegen, Ms Alexander-Harrington?«

Und damit küsste er sie.

2

»Also sagen Sie schon, Chef. Sind wir uns sicher, dass es diesmal eine gute Idee ist?«, fragte Captain Molly DeLaney.

Admiral Lester Tourville blickte sie mit angedeutetem Stirnrunzeln an, und sie zuckte die Schultern.

»Ich sage nicht, dass es keine gute Idee wäre«, erklärte seine Stabschefin. »Nur als uns das Oktagon das letzte Mal auf solch eine kleine Mission schickte, lief es gar nicht so gut.«

Die Zeiten haben sich wirklich geändert, reflektierte Tourville. Unter dem alten Regime wäre ein Offizier, der ausgesprochen hätte, was DeLaney gerade gesagt hatte, verhaftet, wegen Defätismus und Verrat am Volke angeklagt und fast mit Sicherheit füsiliert worden – wahrscheinlich innerhalb von weniger als vierundzwanzig Stunden.

Nicht dass sie völlig unrecht hätte, räumte er bei sich ein.

»Doch, Molly«, sagte er jedoch. »Zufällig halte ich es tatsächlich für eine gute Idee. Und«, fügte er mit ganz leichter Betonung hinzu, »was Sie mir wie jetzt unter vier Augen sagen, ist eine Sache.«

»Verstanden, Sir«, erwiderte DeLaney ein wenig förmlicher – aber, wie Tourville zufrieden feststellte, ohne eine Spur von Unterwürfigkeit.

»Ich will aber zugeben«, fuhr der Admiral dann fort, »dass ein Angriff auf ein Ziel wie Sansibar wirklich nichts für schwache Nerven ist, aber wenigstens steht uns diesmal etwas wie angemessene – und zutreffende – operative Aufklärung zur Verfügung. Und vorausgesetzt, unsere Zahlen stimmen, bringen wir diesmal auch einen genügend großen Hammer mit.«

»Das weiß ich«, entgegnete DeLaney, und in ihrem Lächeln lag vielleicht eine Spur von Verlegenheit. »Es ist nur, dass wir beim letzten Mal so komplett mit runtergelassener Hose erwischt worden sind.«

»Das«, gestand Tourville ein, »ist uns gewiss passiert. Diesmal allerdings können wir uns ziemlich sicher sein, dass Honor Harrington woanders ist. Und während ich nicht besonders zum Aberglauben neige, muss ich zugeben, dass ich das für ein gutes Omen halte.«

DeLaney und er tauschten ein Grinsen, das mehr als ein wenig gezwungen wirkte, während sie sich an die Schlacht von Sidemore Station erinnerte. Es war das zweite Mal gewesen, dass Lester Tourville mit Honor Harrington die Klingen gekreuzt hatte. Beim ersten Mal hatten Schiffe unter ihrem Kommando ihr Schiff zusammengeschossen und sie gefangen genommen. Beim zweiten Mal, das gab er offen zu, hatte sie ihm so sehr in den Hintern getreten, dass dieser ihm zwischen die Ohren hüpfte.

Hinter seinem gelassenen Gesichtsausdruck verbarg sich

ein innerliches Schaudern, das ihn befiel, wann immer er an den Albtraum im Marsh-System zurückdachte. Vierhundert Lichtjahre von der Heimat entfernt mit einer Flotte unter seinem Kommando, die eigentlich einen entscheidenden Vorteil gegenüber dem unvorbereiteten, ahnungslosen Gegner haben sollte. Er hatte aber entdecken müssen, dass sein Gegner alles andere als ahnungslos war – und tatsächlich sehr gut vorbereitet.

Als Harrington ihre Falle zuschnappen ließ, rechnete Tourville zunächst nicht damit, noch zu entkommen. Dennoch gelang es ihm, beinahe ein Drittel seiner Schiffe herauszuholen. Was natürlich nur eine andere Formulierung dafür darstellte, dass er mehr als zwei Drittel seiner Flotte verlor. Und er hätte alle verloren, hätte Shannon Forakers Verteidigungsdoktrin nicht so gut funktioniert. Die meisten Schiffe, die er retten konnte, waren schwer angeschlagen, und obwohl er in den Tiefen des Hyperraums alle Verfolger abschütteln konnte, war die Heimreise ein ganz eigener Albtraum gewesen. Durch die Schäden auf die Delta-Bänder beschränkt, war die maximale Scheingeschwindigkeit auf 1300 *c* beschränkt, und die Reise dauerte über drei Monate. Drei Monate, in denen der Verband mit beschränkten Bordmitteln gegen Gefechtsschäden ankämpfen musste. Drei Monate, in denen Tourville zusehen musste, wie seine Verwundeten sich erholten – oder nicht –, obwohl selbst seine überlebenden Einheiten dreißig Prozent des medizinischen Personals verloren hatten. Drei Monate ohne die geringste Idee, wie der ganze Rest von Unternehmen Donnerkeil verlaufen war.

Zum Glück lautete die Antwort auf diese letzte Frage, dass die Operationen recht gut verlaufen waren. Der Erfolg der anderen Flottenchefs hätte vielleicht ein wenig mehr Salz in der Wunde seiner Niederlage bedeuten können, doch wenigstens war Manticore alles in allem weit schlimmer getroffen worden als die Republik. Schade war, dass Javier Giscard sich gegen den Angriff auf Trevors Stern entschieden hatte. Doch Tourville konnte ihm diese Entscheidung nicht verübeln – nicht wenn er zugrundelegte, was Giscard zum Zeitpunkt der Entscheidung gewusst hatte. Der Angriff auf Grendelsbane hingegen war ein besonderer Erfolg gewesen, und im Oktagon hatte niemand Tourville oder seinem Stab vorgeworfen, was der Zweiten Flotte im Marsh-System zugestoßen war.

Der eine oder andere Politiker hatte sich dazu geäußert. Zwei davon so lautstark, dass Lester Tourville sie unverzüglich auf seiner ganz persönlichen Schwarzen Liste verewigt hatte. Das war eine Seite einer lebenden, atmenden Demokratie, auf die er gut und gerne verzichten konnte. Das deutlichste Zeichen, dass er nach wie das Vertrauen seiner Vorgesetzten besaß, war jedoch sein neues Kommando.

Die Zweite Flotte war neu. Die alte Zweite Flotte – ihr Rest – war nach Donnerkeil aufgelöst worden, und das Grundgerüst der neuen bestand aus kampferprobten Einheiten, die bevorzugt Neubauten erhielten, nachdem sie die Fortbildung unter Shannon Forakers Oberaufsicht im Schlupfloch-System abgeschlossen hatten. Als man ihm den Befehl übertrug, hatte er angenommen, dass noch wenigstens ein T-Jahr verginge, ehe die Flotte ins Gefecht geschickt wurde, wahrscheinlich noch mehr Zeit. Die Zweite Flotte sollte der Schlagring sein, von dem niemand auf der Gegenseite etwas wusste, bis Tourville ihm damit einen vernichtenden rechten Haken verpasste.

Doch selbst die besten Pläne konnten sich ändern, und das Unternehmen Gobi war genau das Richtige für einen Lester Tourville. Es verlangte auch nicht, seine gesamte Stärke einzusetzen; er konnte vielmehr den erforderlichen Angriffsverband aus seinen erfahreneren, kampferprobten

Einheiten zusammenstellen, ohne die Neulinge preiszugeben. Er hätte die gesamte Operation durchaus einem seiner Kampfverbandschefs übertragen können – wenn denn auch nur die kleinste Chance bestanden hätte, dass er einen solchen Einsatz nicht selbst kommandierte.

Interessant sollte es trotzdem werden«, sagte er nach kurzem Schweigen. »Ich war nicht dabei, als Sansibar während Ikarus zum letzten Mal niedergeknüppelt wurde, aber ich glaube nicht, dass es die Sansibaraner besonders freuen wird, schon wieder von einem Fluglastwagen überrollt zu werden. Und Sansibar ist für die Kriegsanstrengungen der Allianz mindestens so wichtig wie für alle Systeme zusammengenommen, die Harrington bisher angegriffen hat.«

DeLaney nickte. »Weiß ich, Chef. Ich glaube, das ist mit ein Grund, weshalb ich mich vielleicht ein bisschen sorge.« Tourville sah sie mit hochgezogener Braue an, und sie zuckte mit den Achseln. »Den Mantys muss klar sein, wie wichtig Sansibar für sie ist, wenn wir es schon wissen. Und sie haben eine Menge über ihre Verteidigungsaufstellungen preisgegeben, als wir sie zuletzt dort angriffen. Wenn ich an ihrer Stelle wäre, hätte ich mittlerweile einiges geändert.«

»Und genau das wird im Operationsplan auch vorausgesetzt«, sagte Tourville. »Solange Manticore sich nicht entschlossen hat, sehr viele Wallschiffe dorthin zu verlegen, wird die Allianz eine Variante dessen benutzen, was wir bereits gesehen haben. Und im Gegensatz zu ihnen sind wir durchaus bereit, einen großen Schlachtwall einzusetzen.« Er grinste. »Ich glaube kaum, dass den Mantys das Spiel genauso sehr gefallen wird wie uns.«

Honor stand auf der Flaggbrücke der *Imperator,* die Arme locker auf dem Rücken verschränkt, und beobachtete auf ihrem Plot, wie die Achte Flotte zur Operation Raupenfraß III aufbrach. Die Blutspritzer waren natürlich längst beseitigt worden, die zerschossenen Konsolen und Sessel ersetzt. Niemand auf der Brücke würde jedoch so rasch vergessen, dass hier sechs Menschen gestorben waren, die sie alle gekannt hatten. Und Honor spürte Spencer Hawke, der an Simon Mattinglys Platz neben der Luke stand.

Sie sah zu, wie die stillen, friedlichen Icons durch das Display zogen, konstant zur Hypergrenze von Trevors Stern beschleunigten, und versuchte ihre Empfindungen zu analysieren. Trauer herrschte vor, fand sie. Und dann ... nicht ganz Schuld, aber doch etwas Ähnliches.

Zu viele Waffenträger waren in Ausübung ihrer Pflicht für sie gestorben, sei es, während sie Honor schützten, sei es als Unbeteiligte bei Raumgefechten, an deren Nähe sie ohne Honor nicht einmal gekommen wären. Zuerst war sie beinahe wütend auf die Waffenträger gewesen, weil ihr Tod ihr Verantwortungsgefühl belastete. Allmählich erst hatte sie begriffen, dass es so eigentlich gar nicht war. Ja, sie waren gestorben, weil sie ihre Waffenträger waren, aber jeder einzelne von ihnen war ein Freiwilliger. Sie dienten Honor, weil sie sich dazu entschieden hatten. Sie waren nicht versessener zu sterben als andere, aber sie vertrauten darauf, dass sie jemandem ihre Dienste schenkten, der ihrer würdig war – so wie Honor sich genau dessen sicher gewesen war, als sie zum ersten Mal Elisabeth III. von Angesicht zu Angesicht gegenübertrat. Und weil dem so war, war es nicht Honors Aufgabe, ihre Waffenträger am Leben zu halten – sie hatte die Aufgabe, des Dienstes immer würdig zu sein, den zu erweisen die Waffenträger sich entschieden hatten.

Und dennoch trug sie am Gewicht ihres Todes, wie sie die Last aller Menschen spürte, die durch sie ums Leben gekommen waren, und wünschte sich verzweifelt, dass sie noch lebten. Und was immer sie wegen Simon Mattinglys Tod und wegen der anderen Toten aus dem Brückenpersonal empfand, es blieb immer Timothy Meares. Der junge Mann, den sie getötet hatte.

Sie stand fast am gleichen Fleck, an dem sie damals gestanden hatte. Wenn sie sich umdrehte, konnte sie sehen, wo Simon gefallen war und wo Meares' Leichnam auf das Deck geprallt war. Sie wusste, dass sie keine andere Wahl gehabt und dass Meares sie noch im Augenblick seines Todes verstanden hatte. Aber er war so jung gewesen, so vielversprechend, und so sterben zu müssen – von einer Freundin niedergeschossen, damit er nicht noch mehr Freunde tötete …

Nimitz bliekte ihr tadelnd ins Ohr, und als sie seine Empfindungen schmeckte, rief sie sich geistig zur Ordnung. Auch er trauerte um Simon und Meares, aber er gab weder ihr noch Meares die Schuld. *Sein* ganzer Hass war reserviert für die Unbekannten, die Timothy Meares in seinen letzten, entsetzlichen Einsatz geschickt hatten, und Honor begriff, wie recht er hatte.

Sie wusste nicht, wer ihre Ermordung angeordnet oder ihre Ausführung geplant hatte – aber sie würde es erfahren. Und dann würde sie persönlich etwas … unternehmen.

Nimitz bliekte wieder, und nun klang er noch blutdürstiger und zugleich sanft vor Beifall.

»Sir, melde den Kampfverband bereit zum Auslaufen.«

Lester Tourville wandte den Kopf und sah in das kleine Comdisplay. Captain Celestine Houellebecq, Kommandantin von RHNS *Guerriere,* Flaggschiff der Zweiten Flotte, blickte ihm daraus entgegen.

»Was?«, fragte Tourville mit einem matten Lächeln.

»Keine Verzögerung in letzter Sekunde? Keine Abschiedsparty mehr im Gang?«

»Nichts dergleichen, Sir«, erwiderte Houellebecq ausdruckslos. »Ich habe die Bodenstreife angewiesen, jeden, der sich verspätet meldet, als abschreckendes Beispiel neben dem Shuttlelandeplatz zu füsilieren.«

»Das ist genau der Geist, den ich mir wünsche!«, rief Tourville, doch wenn er ehrlich war, fand er den Witz angesichts der Taten der Vorgängerregierung ein wenig zu makaber. »Immer eine Methode finden, das Personal positiv zu motivieren.«

»Das war meine Absicht, Sir.«

»Na, dann setzen wir uns mal in Marsch, Celestine. Wir haben eine Verabredung mit den Mantys.«

»Jawohl, Sir.«

Houellebecq verschwand vom Display und erteilte die Befehle, die Kampfverband 21 benötigte, um die Parkumlaufbahn zu verlassen, und Tourville wandte sich wieder dem taktischen Plot zu.

Ein Zivilist hätte den langsam sich bewegenden Lichtcodes wenig entnehmen können, doch dem geübten Auge boten sie einen beeindruckenden Anblick. Tourville machte die behäbige Kraft seiner vier Schlachtgeschwader aus, die in Marschformation gingen, während sie langsam beschleunigten. Dem Verband voraus bewegten sich die Icons von zwei Schlachtkreuzergeschwadern, und sechs LAC-Träger der *Av*- *ary*-Klasse folgten. Ein Gesprenkel aus leichteren Sch breitete sich vor der Hauptformation aus wie ein aus Edelsteinen. Sie wachten aufmerksam nach Ra- für ein unidentifiziertes Sternens älter als schnellen Nachschubschiffen ketenbehältern, folgten h

Kein einziges Großkar

drei T-Jahre, und erneut empfand Tourville etwas, das der Ehrfurcht verdächtig ähnelte. Die Republican Navy war vielleicht technisch der Royal Manticoran Navy in mancher Hinsicht noch immer unterlegen, doch im Gegensatz zur RMN hatte sie sich aus der Asche der Niederlage erhoben. Ihre Offiziere und ihre höheren Unteroffiziere hatten erfahren, was es hieß, eine Schlacht nach der anderen zu verlieren. Doch nun hatten die gleichen Offiziere und Unteroffiziere gelernt, wie es war, wenn man siegte. Und noch mehr, sie waren nun *sieggewohnt,* und Lester Tourville fragte sich, ob Manticore schon vollends begriffen hatte, wie groß ihr Recht darauf war.

Na, dachte er, *wenn sie es jetzt noch nicht erkannt haben, geben wir ihnen in etwa zwo Wochen mal einen kleinen Wink.*

»Sir, haben soeben einen Hyperabdruck erfasst. Sieht nach wenigstens zwo Schiffen aus, wahrscheinlich Zerstörer oder Leichte Kreuzer.«

»Wo?«, fragte Captain Durand und durchquerte das Kommandodeck der Raumstation zur Ortungsabteilung.

»Zwoundvierzig Lichtminuten von der Sonne entfernt, auf unserer Seite und genau in der Ekliptik, Sir«, antwortete Lieutenant Bibeau.

»Aha, die Füchse kundschaften den Hühnerstall aus«, murmelte Durand.

Der Ortungsoffizier bedachte ihn mit einem seltsamen
…k; Charles Bibeau stammte aus den Elendsvierteln von
…u Paris, während Durand von der Agrarwelt Rochelle
…immer wieder benutzte der Skipper komische Me-
…Vergleiche. Trotzdem begriff der Lieutenant,
…dant sagen wollte, und nickte zustimmend.
…, sagte Durand schließlich und ließ eine

»Keine Verzögerung in letzter Sekunde? Keine Abschiedsparty mehr im Gang?«

»Nichts dergleichen, Sir«, erwiderte Houellebecq ausdruckslos. »Ich habe die Bodenstreife angewiesen, jeden, der sich verspätet meldet, als abschreckendes Beispiel neben dem Shuttlelandeplatz zu füsilieren.«

»Das ist genau der Geist, den ich mir wünsche!«, rief Tourville, doch wenn er ehrlich war, fand er den Witz angesichts der Taten der Vorgängerregierung ein wenig zu makaber. »Immer eine Methode finden, das Personal positiv zu motivieren.«

»Das war meine Absicht, Sir.«

»Na, dann setzen wir uns mal in Marsch, Celestine. Wir haben eine Verabredung mit den Mantys.«

»Jawohl, Sir.«

Houellebecq verschwand vom Display und erteilte die Befehle, die Kampfverband 21 benötigte, um die Parkumlaufbahn zu verlassen, und Tourville wandte sich wieder dem taktischen Plot zu.

Ein Zivilist hätte den langsam sich bewegenden Lichtcodes wenig entnehmen können, doch dem geübten Auge boten sie einen beeindruckenden Anblick. Tourville machte die behäbige Kraft seiner vier Schlachtgeschwader aus, die in Marschformation gingen, während sie langsam beschleunigten. Dem Verband voraus bewegten sich die Icons von zwei Schlachtkreuzergeschwadern, und sechs LAC-Träger der *Aviary*-Klasse folgten. Ein Gesprenkel aus leichteren Schiffen breitete sich vor der Hauptformation aus wie ein Collier aus Edelsteinen. Sie wachten aufmerksam nach jedem Anzeichen für ein unidentifiziertes Sternenschiff, und ein Trio aus schnellen Nachschubschiffen, beladen mit zusätzlichen Raketenbehältern, folgten hinter den Trägern.

Kein einziges Großkampfschiff im Display war älter als

drei T-Jahre, und erneut empfand Tourville etwas, das der Ehrfurcht verdächtig ähnelte. Die Republican Navy war vielleicht technisch der Royal Manticoran Navy in mancher Hinsicht noch immer unterlegen, doch im Gegensatz zur RMN hatte sie sich aus der Asche der Niederlage erhoben. Ihre Offiziere und ihre höheren Unteroffiziere hatten erfahren, was es hieß, eine Schlacht nach der anderen zu verlieren. Doch nun hatten die gleichen Offiziere und Unteroffiziere gelernt, wie es war, wenn man siegte. Und noch mehr, sie waren nun *sieggewohnt,* und Lester Tourville fragte sich, ob Manticore schon vollends begriffen hatte, wie groß ihr Recht darauf war.

Na, dachte er, *wenn sie es jetzt noch nicht erkannt haben, geben wir ihnen in etwa zwo Wochen mal einen kleinen Wink.*

»Sir, haben soeben einen Hyperabdruck erfasst. Sieht nach wenigstens zwo Schiffen aus, wahrscheinlich Zerstörer oder Leichte Kreuzer.«

»Wo?«, fragte Captain Durand und durchquerte das Kommandodeck der Raumstation zur Ortungsabteilung.

»Zwoundvierzig Lichtminuten von der Sonne entfernt, auf unserer Seite und genau in der Ekliptik, Sir«, antwortete Lieutenant Bibeau.

»Aha, die Füchse kundschaften den Hühnerstall aus«, murmelte Durand.

Der Ortungsoffizier bedachte ihn mit einem seltsamen Blick; Charles Bibeau stammte aus den Elendsvierteln von Nouveau Paris, während Durand von der Agrarwelt Rochelle kam, und immer wieder benutzte der Skipper komische Metaphern und Vergleiche. Trotzdem begriff der Lieutenant, was der Kommandant sagen wollte, und nickte zustimmend.

»Gut, Lieutenant«, sagte Durand schließlich und ließ eine

Hand leicht auf Bibeaus Schulter ruhen, während er zusah, wie die Hyperabdrücke aus dem Plot verschwanden. »Behalten Sie das Ganze im Auge. Wenn wir ihre Aufklärungsdrohnen finden, umso besser, aber vor allem möchte ich wissen, wann noch jemand ankommt.«

»Aye, Sir.«

Durand klopfte ihm noch einmal auf die Schulter, dann wandte er sich ab und ging langsam zu seinem Kommandosessel zurück.

Irgendwo dort draußen, so viel wusste er nun, schlich sich heimlich ein Netz aus manticoranischen Aufklärungsdrohnen systemeinwärts, um die Verteidigung des Solon-Systems in allen Einzelheiten auszuspionieren. Er wusste, was sie sehen würden, und das war in keiner Weise beeindruckend: eine einzige Division alter Superdreadnoughts, ein leicht unterbesetztes Schlachtkreuzergeschwader und zweihundert LACs. Kaum genug, um einen manticoranischen Angriffsverband ins Schwitzen zu bringen.

Und genau so wollte es Captain Alexis Durand. Genau so.

3

»Wir haben Commander Estwickes Bericht vorliegen, Hoheit«, sagte Andrea Jaruwalski.

»Gut.«

Honor wandte sich von dem wunderschönen Bild im visuellen Display ab. Kampfverband 82 durchpflügte den Hyperraum und näherte sich seinem Ziel in solch enger Formation, dass das Display die leuchtenden Scheiben der Warshawski-Segel des nächsten Schiffes zeigte. Es war die

Intolerant, Schwesterschiff der *Imperator* und Flaggschiff von Konteradmiral Allen Morowitz, dem Divisionschef. Über ihre Segel – dreihundert Kilometer durchmessend – tanzte flackerndes Feuer wie ein Hitzegewitter, das durch die leuchtenden Abgründe des Hyperraums zog. Normalerweise genoss Honor diesen Anblick, doch als sie Jaruwalskis Meldung hörte, kehrte sie ihm fast erleichtert den Rücken.

»Lassen Sie sehen«, sagte sie und ging zu dem Sekundärplot an Jaruwalskis Brückenstation. Der Operationsoffizier berührte die Tastatur und legte die Daten von HMS *Ambuscade* ins Display. Dann traten sie und ihre Vorgesetzte zurück und sahen zu, wie die Darstellung sich aufbaute.

»Nicht so viel Feuerkraft, wie wir erwartet hätten, Hoheit«, stellte Jaruwalski fest, nachdem ein Augenblick verstrichen war.

»Nein.«

Honor rieb sich stirnrunzelnd die Nasenspitze. Ihre Planung war davon ausgegangen, dass von beiden Zielen Lorn stärker durch mobile Einheiten geschützt wäre, und deshalb hatte sie mit Alice Truman Superdreadnoughtdivisionen Alistair McKeons und Matsuzawa Hirotakas ältere Schlachtkreuzer gegen Michelle Henkes moderneres, aber unterbesetztes Geschwader getauscht. Außerdem hatte Alice von ihr Winston Bradshaws Schweres Kreuzergeschwader 7 mit seinen vier Kreuzern der *Edward-Saganami-C*-Klasse erhalten, während sie sich CruRon 12 unter Charise Fanaafi mit älteren *Saganami*- und *Star-Knight*-Kreuzern nahm. Dennoch, bei einem System, das so dicht bevölkert und wirtschaftlich wichtig war wie Solon, hatte sie einen stärkeren Wachverband erwartet.

»Ich sehe zwo Superdreadnoughts«, fuhr sie schließlich fort, »dazu sieben Schlachtkreuzer und knapp ...« – sie sah auf eine Seitenanzeige des Displays – »einhundertneunzig LACs.«

»An mobilen Einheiten, jawohl, Hoheit«, stimmte Jaruwalski zu. »Es sieht aber ganz danach aus, als wäre eine ziemlich dichte Kugelschale aus Raketengondeln nahe an der Orbitalindustrie um Artus in Stellung.«

»Und ein weiterer kleiner Haufen dort um Merlin«, fügte Honor hinzu und zog die Stirn noch stärker in Falten. »Das ist ein recht merkwürdiger Punkt dafür, meinen Sie nicht auch?«

»Das meine ich allerdings.«

Jaruwalski musterte die Daten und überdachte sie mit geschürzten Lippen.

»Viel zu weit draußen, um die Erzgewinnung im Nimue-Gürtel zu schützen«, sagte sie. »Geht auf Merlins Monden irgendetwas vor, wovon wir nichts wissen?«

»Durchaus denkbar«, sinnierte Honor, während sie den gewaltigen Gasriesen musterte, der nur ein wenig kleiner war als Jupiter im System von Alterde. »Nach den astrografischen Daten sind zwo Monde Merlins fast so groß wie Manticore, und er hat insgesamt elf Stück. Dort könnte sich ohne weiteres etwas Abbauwürdiges gefunden haben. Aber wie auch immer, er steht relativ zu Artus auf der anderen Seite der Sonne. Wir sollten deshalb Merlin einfach in Ruhe lassen und uns auf Artus und die Industrie des Asteroidengürtels beschränken.«

»Das passt mir sehr gut, Hoheit«, stimmte Jaruwalski zu.

»Anscheinend ist unser bester Trumpf Alpha-Drei«, fuhr Honor fort. »Ich verzichte lieber auf alle überflüssigen Schnörkel.«

»Alpha-Drei hört sich gut an, Hoheit«, stimmte Jaruwalski wieder zu. »Soll ich Signal an Admiral Miklós geben lassen?«

Honor nickte. »Tun Sie das. Und sagen Sie ihm, er soll die alternativen Aufnahmepunkte mit seinen COLACs zwomal durchgehen.«

»Zu Befehl, Hoheit«, sagte Jaruwalski. Sie hielt inne und blickte ihre Vorgesetzte nachdenklich an. »Äh, gibt es einen besonderen Grund dafür, Hoheit?«

»Nichts, worauf ich den Finger legen könnte«, sagte Honor nach kurzem Nachdenken. »Ich bin wahrscheinlich nur ein bisschen nervös. Wie Sie schon sagten, in einem System dieser Bedeutung hätten wir mit einer beträchtlich stärkeren Verteidigung gerechnet.«

»Jawohl, Ma'am. Sie glauben, die Kommandierende dort versucht Bellefeuille mit uns zu spielen?«

»Nein, eigentlich nicht«, sagte Honor fast widerwillig, dann schüttelte sie den Kopf über ihre gestaltlosen Ahnungen. »Estwicke versteht sich auf ihre Arbeit, und alle sind gründlich in das Chantilly-Desaster eingewiesen worden.«

Und, erinnerte sie sich, *auch aus diesem Grund haben wir ihr achtzehn Stunden zusätzlich gegeben. Wenn in der Nähe Artus' irgendetwas ist, das eine Bedrohung darstellt, so müssten die* Ambuscade *und die* Intruder *es eigentlich gefunden haben.*

»Es könnte damit zusammenhängen, dass Solon mitten in einer Gravwelle liegt«, fuhr sie fort. »In solch einem Fall habe ich immer ein unbehagliches Gefühl zwischen den Schulterblättern.«

Jaruwalski nickte. Kein Flaggoffizier griff gern ein Sonnensystem an, das mitten in einer Hyperraum-Gravitationswelle lag – es sei denn, er war sich absolut sicher, genug Feuerkraft mitgebracht zu haben, um das System im Handstreich zu nehmen –, und das hatte einen einfachen Grund: Ohne funktionstüchtige Warshawski-Segel konnte kein Sternenschiff in eine Gravitationswelle eintreten und überleben, und kein Schiff konnte ein Warshawski-Segel erzeugen, wenn es auch nur einen Alpha-Emitter eines seiner Impellerringe verloren hatte. Ein einziger unglücklicher Treffer konnte einem ansonsten vernachlässigbar beschädigten

Kriegsschiff die Möglichkeit verwehren, sich in den Hyperraum zurückzuziehen, wenn der Rest seines Kampfverbands oder seiner Flotte fliehen musste.

Wenn Jaruwalski ehrlich war, so hatte sie den Verdacht, dass Honor auch aus diesem Grund selbst den Angriff auf Solon kommandierte. Darum und weil sie erwartet hatten – irrtümlich wie sich herausstellte –, dass das Solon-System mit seinen dicht bevölkerten Planeten und der relativ blühenden Industrie erheblich schwerere ortsfeste Verteidigungsanlagen besaß als Lorn.

»Wie schon gesagt«, fuhr Honor fort, »habe ich keinen echten Grund, mich unbehaglich zu fühlen, aber lassen Sie Samuel trotzdem alles zwomal prüfen.« Sie lächelte schief. »Ich will nicht versuchen, mir den Ruf unfehlbarer Intuition zu erwerben, deshalb schadet es nichts, wenn ich mir ein bisschen zu viele Sorgen machen und die Leute mich dabei ertappen.«

»Captain Durand! Captain Durand sofort aufs Kommandodeck!«

Alexis Durand drückte den Spülknopf, riss sich die Hose hoch und rannte aus dem Waschraum. Ein ziviler Wartungstechniker der Raumstation grinste, als der Raumoffizier an ihm vorbeistürmte und sich dabei den Hosenschlitz schloss. Nun, Durand konnte es verkraften, wenn ein Zivilist sich ein wenig auf seine Kosten amüsierte.

Er eilte durch die Luke des Kommandodecks und kam an der Ortungsstation schlitternd zum Stehen. Bibeau hatte wieder Wache und sah auf, als Durand neben ihm stand.

»Sie wollten hören, wenn noch jemand auftaucht, Sir«, sagte der Ortungsoffizier grimmig und wies aufs Display. »Nun, da sind sie.«

»Das sehe ich, Lieutenant. Haben Sie Admiral Deutscher informiert?«

»Jawohl, Sir. Und ich habe auch Moriarty verständigt.«

»Gut«, sagte Durand leise und beugte sich näher an das Display. »Was sagt die Operationszentrale bisher?«

»Achtundzwanzig Punktquellen, Sir. Es sieht nach sieben Superdreadnoughts oder Trägern aus, elf Schlachtkreuzern oder Schweren Kreuzern, dazu neun Leichte Kreuzer oder Zerstörer, alle auf unserer Seite der Sonne und genau an der Hypergrenze. Plus natürlich, was immer schon im System war, um uns im Auge zu behalten.«

»Natürlich.« Durand nickte und tauschte mit dem Lieutenant ein wölfisches Grinsen.

»Sir«, sprach ihn ein Signalgast respektvoll an, »Gouverneurin Mathieson möchte wissen, ob sie mit der Evakuierung der Plattformen beginnen soll.«

»Auf jeden Fall«, sagte Durand. »Und erinnern Sie sie, dass sie es auffällig tun soll.«

»Aye, Sir.«

Durand richtete seine Aufmerksamkeit wieder auf Bibeaus Plot. Während er nachdachte, verschränkte er die Arme vor der Brust.

»Noch keine Anzeichen für LAC-Starts?«, fragte er.

»Nein, Sir.«

»Sehr gut. Informieren Sie mich, sobald Sie welche beobachten, sobald das führende Sternenschiff die Hypergrenze überschreitet oder irgendeines davon einen Mikrosprung macht.«

»Aye, Sir.«

Durand blickte noch kurz in den Plot, dann ging er langsam zu seinem Kommandosessel und nahm Platz.

Obwohl Konteradmiral Deutscher im Rang über ihm stand, war für diesen Teil der Operation ganz offiziell Durand verantwortlich, und am liebsten hätte er die Nachricht schon jetzt gesendet. Doch er schob die Versuchung energisch beiseite; erst sollte sich die Lage ein wenig konsolidieren.

»Also schön, Samuel, dann wollen wir mal«, sagte Honor. »Starten Sie Ihre LACs.«

»Aye, aye, Hoheit«, bestätigte Vizeadmiral Miklós den Befehl und wandte sich vom Com-Aufzeichner auf der Flaggbrücke von HMS *Succubus* ab, um den Befehl zu geben. Im nächsten Moment sah Honor die ersten LAC-Icons in ihrem taktischen Plot auftauchen.

Die sechs Träger führten insgesamt mehr als sechshundertsiebzig LAC mit sich, doch Honor ließ das Geschwader von HMS *Unicorn* zurück, um Miklós' schwach bewaffnete Träger zu sichern. Sie ließ auch drei Leichte Kreuzer Mary Lou Moreaus – die *Tisiphone,* die *Samurai* und die *Clotho* – zurück, damit die Träger nicht allein waren, doch der ganze Rest des Kampfverbands beschleunigte zusammen mit ihrem Flaggschiff konstant systemeinwärts.

Angesichts der spärlichen Verteidigung hätte sie wohl noch mehr Kampfschiffe zurücklassen können, doch zwischen den Schulterblättern spürte sie noch immer jenes unerklärliche Jucken. Sie war sich zwar sicher, dass sie vor Schatten Angst hatte, doch es konnte nicht schaden, die eigenen Kräfte massiert zu halten.

Die fünfhundertsechzig LACs ihres Verbands schwärmten in Kugelformation um ihre Sternenschiffe aus, und Andrea Jaruwalski sandte eine Vorhut aus Aufklärungsdrohnen aus, während der Verband auf einen Kurs schwenkte, der die Umlaufbahn des Planeten Artus schnitt.

»Sir, sie überschreiten die Grenze«, sagte Bibeau. »Augenblickliche Geschwindigkeit zwo Komma sechs eins tausend Kps. Entfernung zu Artus zehn Komma zwo Lichtminuten. Ortung legt die augenblickliche Beschleunigung auf vier Komma acht eins Kps Quadrat.«

»Sie bleiben massiert? Keine detachierten Gruppen?«

»Mehr oder minder, Sir. Anscheinend lassen sie ihre Träger mit drei Kreuzern und einer Eskorte aus LACs zurück, aber der Rest stößt systemeinwärts vor.«

Durand nickte ohne die leiseste Spur von Enttäuschung. Eigentlich war er nicht überrascht. Er hatte nie wirklich angenommen, dass die Gondeln in der Umlaufbahn von Merlin die Manticoraner anlocken würden, aber es war den Versuch wert gewesen. Und außerdem hatten die *Tarantula*-Plattformen ohnehin getarnt werden müssen.

»Zeit bis Ankunft bei Artus?«, fragte er.

»Ein Rendezvous und konstante Beschleunigung vorausgesetzt, annähernd drei Stunden, siebzehn Minuten, Sir. Schubumkehr müsste auf neun eins Komma acht Millionen Kilometer Entfernung in vierundneunzig Minuten erfolgen.«

»Sehr gut. Signalstation!«

»Jawohl, Sir?«

»Senden Sie Lieutenant Bibeaus Daten an *Tarantula*, und weisen Sie Lieutenant Sigourney an, seine Befehle auszuführen.«

»Aye, Sir.«

»Ihre Superdreadnoughts rühren sich, Hoheit.«

Bei Jaruwalskis Meldung unterbrach Honor ihr Gespräch mit Mercedes Brigham. Ihr Verband hatte sich nun siebenunddreißig Minuten systemeinwärts bewegt, ihre Geschwindigkeit relativ zur Sonne des Systems sich auf 13.191 Kps erhöht. Seit Überqueren der Hypergrenze waren siebzehn Millionen Kilometer zurückgelegt worden – also lagen noch einhundertsechsundsechzig Millionen vor ihnen.

Sie blickte auf den Plot und sah sich die Vektorpfeile an, die neben der kleinen Verteidigungsstreitmacht in der Umlaufbahn von Artus erschienen waren. Wie Jaruwalski sagte, setzten sich die Sternenschiffe – von dem LAC-Schwarm begleitet – in Bewegung. Sie besah sich ihren Vektor einen Augenblick lang, dann runzelte sie die Stirn.

»Seltsam«, murmelte sie.

»Ma'am?«

Honor schaute hoch. Brigham stand neben ihr und hatte ebenfalls ins Display gestarrt. Die Stabschefin zog eine Braue hoch, als ihre Blicke sich trafen.

»Ich sagte, das ist seltsam.« Honor wies auf die Icons der beschleunigenden Verteidiger. »Sie kommen uns entgegen, was für sich genommen schon seltsam ist. Ich hätte erwartet, dass sie so tief wie möglich innerhalb der Reichweite ihrer Systemverteidigungsgondeln auf uns warten. Wenn sie weiter mit diesen Werten beschleunigen, sind wir genau am Ende der effektiven Reichweite ihrer Gondeln, wenn das Gefecht beginnt, und damit ist die Treffgenauigkeit noch geringer als gewöhnlich. Gleichzeitig ist unser Abstand zu den havenitischen Schiffen geringer, was zur Folge hat, dass *unsere* Treffgenauigkeit steigt. Aber sie kommen uns nicht nur entgegen, sondern den Beschleunigungswerten nach haben sie nicht sehr viele Gondeln im Schlepp – wenn überhaupt welche.«

»Sie meinen, die haben eine Hinterlist vor? Oder ist das nur eine Panikreaktion?«

»Ich wüsste nicht, welche ›Hinterlist‹ die Haveniten im Sinne haben könnten«, sagte Honor nach kurzem Überlegen. »Estwickes Netz hat visuelle Bilder beider Superdreadnoughts aufgezeichnet, und daher wissen wir, dass sie keine Gondelleger sind. Folglich können sie auch keine Mehrstufenraketen feuern, ohne dass sie Gondeln schleppen, was eindeutig nicht der Fall ist. Sicher«, sie winkte ab, »vielleicht haben sie ein Dutzend davon an Traktorstrahlen innerhalb der Impellerkeile, aber das reicht bei weitem nicht aus für ein Raketengefecht gegen uns, zumal die *Katanas* unsere Nahbereichsabwehr verstärken.

Andererseits ist es nun ein bisschen spät für eine Panikreaktion. Wir sind mehr als fünfundvierzig Minuten im System. Damit sich die havenitischen Schiffe überhaupt schon in Marsch setzen konnten, müssen sie zumindest in Manöverbereitschaft gestanden haben, als wir transistierten – was durchaus einleuchtet, denn es muss bekannt gewesen sein, dass das System erkundet wird. Aus der Manöverbereitschaft hätten sie sich aber eine gute Viertelstunde früher in Bewegung setzen können – sogar eine halbe Stunde, wenn sie mit heißen Emittern gewartet hätten. Warum warten die Haveniten also so lange mit ihrer ›Panik‹?«

»Was haben sie denn Ihrer Meinung nach vor?«, fragte Brigham.

»Ich weiß es nicht«, gab Honor zu und rieb sich wieder die Nasenspitze. »Es sieht so aus, als reagierten sie ungeordnet, und natürlich kann so etwas immer geschehen. Aber irgendetwas daran stört mich.«

Sie musterte noch einige Augenblicke lang den Plot, dann stieg sie aus ihrem Kommandosessel, hob Nimitz im Raumanzug in die Arme und ging zu Jaruwalskis Station.

»Wie kommt die Evakuierung voran, Andrea?«

»Läuft unter Hochdruck, Hoheit.« Jaruwalski zeigte auf ein Sekundärdisplay, in das die Sendungen der getarnten Sonden in der Nähe Artus' gespeist wurden. »Ich würde es nicht gerade panisch nennen wollen«, fuhr sie fort, »aber sie bringen offensichtlich jeden so schnell wie möglich auf den Planeten.«

»Immer noch kein Wort von den Systembehörden, Harper?«, fragte Honor an die Signalstation gewandt.

»Nein, Hoheit«, antwortete Harper Brantley, und Honor verzog das Gesicht.

»Aber Sie erfassen noch immer diese Gravimpulse?«, fragte sie.

»Jawohl, Hoheit.« Der Signaloffizier wies mit einer Kopfbewegung auf den Operationsoffizier. »Captain Jaruwalskis Sonden fangen die meisten davon auf, aber wir beobachten sie hier ebenfalls. Bisher erinnern sie stark an unsere Überlichtsignale der ersten Generationen und stammen vermutlich von festen Ortungssatelliten im ganzen System. Ihre Pulswiederholfrequenz ist nach wie vor niedrig, also können sie nur begrenzt Informationen übertragen, aber es gibt zumindest ein paar Sender mit einer höheren PRF.«

»Können Sie die leistungsstärkeren Sender lokalisieren?«

»Zwo von ihnen haben wir angepeilt, Hoheit«, meldete Jaruwalski. »Der eine scheint sich an Bord dieser Raumstation zu befinden.«

An der größten Raumstation des Systems erschien ein roter Visierring, während sie sprach. So groß sie auch war, erreichte sie nicht mehr als zwanzig Prozent der Größe von *Hephaistos* im Manticore-System.

»Und der andere?«, fragte Honor, die Augen vor Aufmerksamkeit zusammengekniffen.

»Der andere ist dort draußen, Hoheit.«

Jaruwalski schaltete ein weiteres Icon ins Display. Es schien sich in einer Umlaufbahn um Merlin zu befinden, wodurch der Sender sich auf der anderen Seite der Sonne mehr als vierzig Lichtminuten außerhalb der Hypergrenze des Systems befand.

»Sprechen sie miteinander, Harper?«

»Ich würde sagen ja, Hoheit. Ich kann mir natürlich nicht sicher sein, aber die Musteranalyse deutet sehr darauf hin.«

Honor nickte. »Danke.«

Sie kehrte zu ihrem Kommandosessel zurück und kraulte Nimitz dabei mit der rechten Hand sanft das plüschige Fell zwischen den Ohren.

»Hoheit, den Ausdruck kenne ich«, sagte Brigham leise, als Honor und Nimitz wieder bei ihr waren.

»Wie meinen Sie?«

»Ich sagte, ich kenne den Ausdruck. Darf ich fragen, was ihn diesmal heraufbeschworen hat?«

»Das weiß ich wirklich nicht«, antwortete Honor schulterzuckend. »Aber ... hier stimmt etwas nicht. Es sieht so aus, als reagierten die Haveniten völlig unkoordiniert – panische Evakuierung der Orbitalplattformen, Schiffe, die uns abfangen, ohne auch nur schwere Gondellasten mitzuschleppen, kein Versuch, mit uns zu kommunizieren, aber gleichzeitig überlichtschneller Signalverkehr.«

»Vielleicht reagieren sie wirklich unkoordiniert, Hoheit«, gab Brigham zu bedenken. »Zu wissen, dass der Gegner das System erkundet, ist etwas anderes, als eine kampfstarke Streitmacht einmarschieren zu sehen.«

»Ich weiß, ich weiß.« Honor schnaubte. »Vielleicht bin ich ja paranoid! Aber ich werde das Gefühl nicht los, dass hier irgendetwas im Busche ist.«

»Nun, Ma'am, selbst wenn Artus mit jemandem da draußen bei Merlin spricht, beide sind uns nicht nahe genug, um irgendeine Bedrohung für uns darzustellen. Merlin steht dazu sogar auf der falschen Seite Solons!«

»Genau. Also wies ...«

Honor unterbrach sich mitten im Wort und riss die Augen auf.

»Hoheit?«, fragte Brigham besorgt.

»Sidemore«, sagte Honor. »Die schneiden sich von Sidemore eine Scheibe ab!«

Brigham blickte einen Moment lang verständnislos drein, dann holte sie tief Luft.

»Dazu müssten sie unsere Einsatzziele genau vorhergesagt haben«, wandte sie ein.

»Wieso sollten sie das nicht können«, entgegnete Honor beinahe geistesabwesend, der Blick unbeirrt, während sie in die Tiefen des taktischen Plots stierte. »Zumindest nicht in einem allgemeinen Sinn. Sehr schwer wäre es nicht, sich zu überlegen, welche Systeme wir wahrscheinlich angreifen. Die genauen, spezifischen Ziele auszusuchen wäre wohl eher ein Ratespiel, aber wie es scheint, hat jemand richtig geraten.«

Sie schaute noch einige Sekunden lang in den Plot, dann wandte sie sich ab.

»Harper, stellen Sie eine Vorrangverbindung zu Admiral Miklós her!«

»Zu schade, dass sie uns nicht auf den Leim gegangen sind, Sir«, sagte Captain Marius Gozzi, während er mit Javier Giscard in den Hauptplot an Bord von RHNS *Sovereign of Space* blickte.

»Ich habe nie geglaubt, dass die Chance größer wäre als eins zu zwo«, erwiderte Giscard. »Dennoch, den Versuch war es wert.«

Er trat vom Plot zurück und legte die Hände hinter sich ineinander, während er nachdachte. Den Berichten seiner Ortungssatelliten zufolge erschien es sehr wahrscheinlich, dass einer der manticoranischen Superdreadnoughts das Flaggschiff der Achten Flotte war. Folglich bekam er es mit dem Besten zu tun, was Manticore aufzubieten hatte.

Aber diesmal spielen wir mit meinen Karten, rief er sich in Erinnerung. *Und meine Karten sind gezinkt.*

Wenn er sich eines wünschte, so war es Aufklärung in Echtzeit, was die Manticoraner gerade taten, doch das lag außerhalb seiner Möglichkeiten. Das *Tarantula*-Netz konnte ihm taktische Information übermitteln, aber nur, indem es sie an Bord von Kurierbooten versandte, und davon stand ihm keine unbegrenzte Stückzahl zur Verfügung. Er konnte auch kein einziges dieser Boote zurückschicken, nachdem sie ihm Meldung erstattet hatten, denn die Gefahr war zu groß, dass die Manticoraner ihre Hyperabdrücke auffingen, wenn sie zurück in den Normal transistierten.

Bisher jedoch schienen die Raider genau das zu tun, was er von ihnen wollte. Lieber wäre es ihm gewesen, wenn sie ihm ›auf den Leim gegangen‹ wären, wie Gozzi sich ausgedrückt hatte. Sie hatten darauf gehofft, dass die Manticoraner aufgrund der Raketengondeln rund um Merlin glaubten, ein lohnendes Ziel vorzufinden und anzugreifen. Der wirkliche Grund für die Gegenwart der Gondeln war natürlich, Hintergrundgeräusche zu erzeugen, hinter denen sich die *Tarantula*-Plattformen verbargen. Shannon Foraker war es nicht gelungen, die neuartigen Überlichtsender so klein zu bauen, dass sie in Gehäuse passten, bei denen man davon ausgehen konnte, dass sie sich den manticoranischen Aufklärungsdrohnen entziehen konnten. Dennoch hatte die Chance bestanden, mehrere Fliegen mit einer Klappe zu schlagen. Und hätten sie sich erst einmal dicht genug Merlin angenähert, hätten sie in der Hypergrenze des massigen Gasriesen in der Falle gesessen, während seine Schiffe sich ihnen von hinten näherten. Dennoch, wie er seinem Stabschef gesagt hatte, große Hoffnung, dass die Manticoraner tatsächlich auf den Köder hereinfielen, hatte er nie gehegt.

Er blickte auf die Zeitanzeige. Vier Minuten, dann war das nächste Kurierboot fällig.

»Selma, geben Sie einleitendes Signal für Hinterhalt Drei«, sagte er.

»Aye, Sir«, antwortete sein Operationsoffizier, Commander Selma Thackery.

»Jawohl, Hoheit?«, fragte Vizeadmiral Samuel Miklós, als er auf Honors Combildschirm erschien.

»Eine Falle, Samuel«, sagte Honor tonlos. Durch die per Gravimpuls betriebenen Überlichtcoms gab es keine Verzögerung durch die Lichtgeschwindigkeit, und Miklós riss überrascht die Augen auf. »Ich kann es nicht beweisen – noch nicht«, fuhr sie fort, »aber ich bin mir sicher. Schaffen Sie Ihre Träger fort. Verlegen Sie sie nach Omega-Eins.«

Miklós' Gesicht verriet, dass er sie am liebsten gefragt hätte, ob sie sich sicher sei, ob sie das wirklich wollte, doch er ließ es. Er nickte nur.

»Jawohl, Hoheit. Unverzüglich. Und Sie?«

»Und wir, Samuel, werden alle Hände voll zu tun bekommen, fürchte ich«, sagte sie grimmig.

»Captain Durand!«

»Ja, Charles?« Durand wandte sich rasch Bibeau zu.

»Sir, die manticoranischen Träger sind soeben transistiert!«

»Verdammt!«

Durand überlegte vielleicht zehn Sekunden lang wütend. Für die Manticoraner konnte es einen völlig unschuldigen Grund geben, ihre Träger plötzlich zu verlegen, doch das glaubte er keinen Augenblick lang. Nein. Irgendwie hatten sie erraten, was ihnen bevorstand, und er unterdrückte den Wunsch, noch einmal zu fluchen.

»Signalstation, leiten Sie Lieutenant Bibeaus gegenwärtige Sensordaten an *Tarantula* weiter. Richten Sie aus, ich empfehle augenblickliche Übermittlung an Admiral Giscard.«

Das Kurierboot, das eine Lichtminute außerhalb der Merlinbahn stand, erhielt Durands Überlicht-Depesche zweiundsiebzig Sekunden, nachdem sie gesendet worden war; das *Tarantula*-Netz übertrug sie an ihre nur lichtschnell arbeitenden Empfänger. Das Bordcomputersystem aktualisierte sich, und das Boot transistierte mühelos über die Alpha-Mauer. Admiral Giscards Kampfverband wartete genau an der Stelle, an der er sich während der letzten anderthalb Wochen befunden hatte, und das Kurierboot sendete rasch den taktischen Lagebericht an das Flaggschiff.

»Sir, die Mantys haben den Braten anscheinend gerochen«, meldete Commander Thackery. »Ihre Träger sind soeben transistiert.«

»Verdammt«, brummte Gozzi, doch Giscard zeigte nur grinsend die Zähne.

»Tatsächlich wäre es bestenfalls problematisch gewesen, sie so weit vor der Hypergrenze zu erwischen, Marius«, sagte er. »Sie wissen, wie schwierig es ist, einen so kurzen Hypersprung zu berechnen. Und die Mantys saßen schließlich nicht mit ausgeschalteten Hypergeneratoren und kalten Impelleremittern da. Solange wir nicht genau bei ihnen transistiert wären, hätten sie genügend Zeit gehabt, in den Hyperraum zu gehen, ehe wir sie angreifen konnten.« Er zuckte mit den Schultern. »Ich hatte mir von dem Moment an, in dem die Mantys die Träger zurückließen, schon gedacht, dass wir sie verlieren. Aber«, sein Grinsen nahm sehr wölfische Züge an, »wenn die Träger fort sind, sitzen die LACs fest, oder?«

Er blickte noch einige Sekunden forschend in den aktualisierten Plot, dann nickte er entschieden.

»Selma, führen Sie Hinterhalt Drei aus.«

»Ach du Scheiße«, murmelte Commander Harriman.

»Was ist los, Yolanda?«, fragte Rafael Cardones rasch.

»OPZ meldet multiple Hyperabdrücke, Skipper«, meldete der Taktische Offizier der *Imperator* mit rauer Stimme. »Drei unterschiedliche Ballungen – einer genau achtern von uns auf drei null Komma vier Millionen Kilometer, einer polar Nord, einer polar Süd. Man hat uns eingekesselt, Sir.«

Cardones merkte, wie seine Kaumuskeln sich verspannten, während die neuen Icons in seinem taktischen W-Display erschienen.

Na, die Alte Dame hat uns gewarnt, dass auch die Havies irgendwann schlau werden, sagte er sich. *Ich wünschte nur, sie hätten die Weisheit nicht ganz so sehr mit Löffeln gefressen!*

»Überprüfung abgeschlossen, Hoheit«, meldete Andrea Jaruwalski. »Drei getrennte Kampfgruppen mit insgesamt achtzehn Wallschiffen und sechs LAC-Trägern plus Geleitschiffen. Wir bezeichnen die Gruppe bei Artus als Bandit-Eins, die Gruppe systemnördlich als Bandit-Zwo, die systemsüdliche als Bandit-Drei und die achtere als Bandit-Vier.«

»Und ihre Einheiten sind gleichmäßig zwischen Zwo, Drei und Vier verteilt?«

»So sieht es aus, Hoheit.«

»Also drei zu eins in Wallschiffen, bestenfalls«, sagte Mercedes Brigham leise, mit angespanntem Gesicht. »Neun zu eins, wenn sie sich massieren können. Dazu natürlich die älteren Schiffe systemeinwärts.«

»Wenn wir zulassen, dass sie sich gegen uns massieren, dann verdienen wir, was immer uns zustößt.« Honors Sopran klang völlig ruhig, fast uninteressiert.

Dass die drei Kampfgruppen im Hinterhalt eindeutig an Ort und Stelle im Hyperraum gewartet hatten, ohne Bewegung relativ zu Solon, war die gute Nachricht. Sie hatten die Alpha-Mauer mit einer Geschwindigkeit von null überschritten, und obwohl sie jetzt mit 529 Gravos beschleunigend Maximalschub gaben, womit sie sich dem Risiko eines Kompensatorversagens aussetzten, bräuchten sie Zeit, um einen Vektor aufzubauen, während Honors Schiffe bereits mehr als vierzehntausend Kilometer pro Sekunde erreicht hatten. Davon abgesehen lag ihr Maximalschub höher als bei den Haveniten, und die achtere Kampfgruppe konnte nicht mehr zu Honors Verband aufschließen, es sei denn, er erlitt einen Antriebsschaden. Schlecht war hingegen, dass sie nur dreißig Millionen Kilometer zurücklagen – und mit geringer Beschleunigung besaßen aktuelle havenitische Mehrstufenraketen aus der Ruhe eine Reichweite unter Antrieb von fast *einundsechzig* Millionen Kilometer.

»Raketenabwehr, führen Sie Plan Romeo aus«, sagte sie knapp. »Formation Charlie einnehmen. Theo.«

»Jawohl, Hoheit?«, fragte Lieutenant Commander Kgari augenblicklich.

»Wir brechen nach Süden aus«, eröffnete Honor ihrem Stabsastrogator. »Bringen Sie uns auf Maximalbeschleunigung, und berechnen Sie einen Kurs, der uns möglichst weit von Bandit-Eins entfernt, aber gleichzeitig wenigstens den augenblicklichen Abstand zu Bandit-Vier bewahrt.«

»Aye, aye, Ma'am.«

Kgari beugte sich über seine Konsole, und Honor wandte

sich wieder dem taktischen Plot zu, auf dem die Icons ihres Verbandes rasch die Formation änderten.

Lange dauert es nicht mehr, dachte sie.

»Sir, bessere Ziellösungen bekommen wir wohl nicht mehr«, meldete Commander Thackery. Giscard sah sie an, und sie begegnete offen seinem Blick. »Auf solche Entfernung wird unsere Treffgenauigkeit nicht sehr hoch sein«, sagte sie.

»Verstanden, Selma. Andererseits haben wir viele Raketen. Bringen wir sie in den Raum. Beschießungsplan Baker.«

»Aye, Sir!«

4

»Raketenstarts!«, verkündete Andrea Jaruwalski. »Ich habe hier multiple Raketenstarts. Entfernung bei Start drei null Komma vier fünf Millionen Kilometer. Zeit bis Angriffsdistanz sieben Minuten!«

»Verstanden. Feuer *nicht* erwidern.«

»Feuer *nicht* erwidern, aye, aye, Ma'am«, antwortete Jaruwalski.

»Hoheit, Kurs ist berechnet«, meldete Kgari.

»Geben Sie ihn Andrea.«

»Gehen auf zwo neun drei zu null null fünf bei sechs Komma null ein Kps Quadrat«, sagte Kgari.

»Zwo neun drei zu null null fünf bei sechs Komma null ein Kps Quadrat«, wiederholte Jaruwalski, und der Kampfverband änderte den Kurs, während die erste Salve von achtern heranschoss.

Jeder von Javier Giscards sechs Lenkwaffen-Superdreadnoughts konnte alle zwölf/24 Sekunden sechs Raketengondeln aussetzen, von denen jede zehn Lenkwaffen enthielt, die ein wenig größer waren als die manticoranischen Mehrstufenraketen erster Generation. Der Gefechtsabstand war – besonders für havenitische Feuerleitgeräte – sehr hoch, wenn man Präzisionsschüsse versuchte, und deshalb entschied sich Giscard für Salven maximaler Dichte, sowohl, um die Abwehr des Feindes zu übersättigen, als auch, um mehr Möglichkeiten zur Erzielung eines Treffers zu erhalten.

Jedes seiner Schiffe legte sechs/3 Gruppen – insgesamt einhundertacht Gondeln – die auf versetzte Starts programmiert waren. Und dann, genau nach Zeitplan, feuerten sie alle und sandten fast elfhundert Raketen gegen die Hecks von Kampfverband 82.

Die Entfernung bei Abschuss betrug 30.450.000 Kilometer. Berechnete man die Bewegung der beiden Verbände relativ zueinander ein, stieg die tatsächlich zurückzulegende Distanz auf 36.757.400 Kilometer. Bei diesem Abstand und einer Beschleunigung von 416,75 Kps^2 erzielten die Mehrstufenraketen eine Geschwindigkeit von 175.034 Kps relativ zur Sonne Solon, was einer Aufschließgeschwindigkeit zu Kampfverband 82 von 152.925 Kps entsprach, oder dreiundfünfzig Prozent der Lichtgeschwindigkeit.

Zweiundsiebzig Sekunden später röhrte eine zweite, identische Salve aus ihren Gondeln.

Weitere zweiundsiebzig Sekunden danach eine dritte.

Im Zeitraum von etwas mehr als dreizehn Minuten rasten elf Salven – knapp unter zwölftausend Raketen – auf Kampfverband 82 zu.

In einem konventionellen Gefecht hätten die verfolgenden republikanischen Superdreadnoughts nur eine Hand voll Raketen aus ihren in die Bugs montierten Werferrohre der Jagdbewaffnung feuern können. In der Ära der Gondelleger war diese Beschränkung lange verschwunden, doch bestehen blieb, dass Raketen, die sich von genau voraus oder achteraus näherten, mit dem schwächsten Abwehrfeuer rechnen mussten. An den Enden eines Kriegsschiffs war einfach nicht genügend Raum, um so viele Lasercluster und Antiraketenwerfer der Nahbereichsabwehr zu montieren wie auf den Breitseiten. Die Cluster an Bug und Heck waren die stärksten in der gesamten Bewaffnung, aber es war nur für wenige davon Platz. Telemetrieverbindungen zu den Antiraketen waren ebenfalls begrenzt, und dass der Impellerkeil keinerlei Schutz gegen Beschuss aus diesem Winkel bot, verschlimmerte die Situation noch.

Und außerdem, wie um die ganze Sache aus der Sicht von Kampfverband 82 noch schöner zu machen, trugen havenitische Mehrstufenraketen zum Ausgleich ihrer geringeren Treffgenauigkeit und der unterlegenen Durchdringungshilfen größere und stärkere Gefechtsköpfe.

»Wieso erwidern sie das Feuer nicht?«, fragte Gozzi leise.

»Ich weiß es nicht«, antwortete Giscard. »Vielleicht möchten sie nicht, dass die Keile ihrer offensiven Vögelchen ihre Feuerleitung stören. Und solange sie nicht den Kurs ändern, um ihre Breitseiten ins Gefecht zu bringen, haben sie nicht genügend Steuerverbindungen, um eine Salve zu schießen, die durch unsere Nahbereichsabwehr dringt.«

Gozzi nickte, und Giscard wandte sich wieder dem Plot zu. Seine Hypothese war zumindest oberflächlich betrachtet folgerichtig, doch tief in seinem Innern glaubte er sie selbst nicht.

Die erste Mehrstufenraketensalve von Bandit-Vier raste näher, sie durchquerte den gewaltigen Abgrund zwischen den Schiffen, die sie gefeuert hatten, und ihren Zielen. Siebzig verloren durch einen Fehler in der Datenübertragung vier Minuten nach dem Start ihre Zielerfassung und lösten sich nutzlos aus der Salve. Eintausendzehn Raketen blieben auf Kurs.

»Feindlicher Beschuss scheint sich auf die *Imperator* und die *Intolerant* zu konzentrieren«, meldete Jaruwalski angespannt.

»Wenig überraschend, würde ich sagen«, brummte Mercedes Brigham.

»Aber vielleicht nicht die klügste Zielansprache«, erwiderte Honor ruhig. Als Brigham sie ansah, zuckte sie mit den Schultern. »Ich gebe ja zu, sie hätten am meisten davon, wenn es ihnen gelänge, einen Alpha-Emitter eines Superdreadnoughts auszuschalten, aber Superdreadnoughts haben erheblich zähere Abwehr als sonst jemand, und angesichts der Geometrie wird es lange dauern, bis eine Rakete zu uns durchkommt. Wenn ich dort drüben das Kommando hätte, hätte ich mir zuerst die Schlachtkreuzer vorgeknöpft, oder vielleicht auch die Schweren Kreuzer.«

»Die schwächeren Schiffe zuerst vernichten und unsere Raketenabwehr zermürben«, sagte Brigham.

»Genau. Jedes von ihnen ist zwar ein kleinerer Prozentsatz unserer gesamten Verteidigungskapazität, aber viel leichter zu vernichten oder manövrierunfähig zu schießen.« Honor hob wieder die Schultern. »Man könnte für beides gute Argumente anführen, vermute ich – auf einen ›goldenen Treffer‹ an einem Superdreadnought abzielen oder zuerst die schwächeren Geleitschiffe beiseiteräumen. Ich persönlich hätte es genau anders gemacht.«

Sie nahm die Augen nicht aus dem taktischen Hauptplot, vor dem sie stand, die linke Hand auf die Kante der Konsole eines Taktikgasten gestützt, mit der rechten Hand langsam und sanft Nimitz' Kopf streichelnd, und ihr Gesicht war ruhig und nachdenklich.

»Antiraketenstarts in ... fünfzehn Sekunden«, verkündete Jaruwalski.

Für die Antirakete Typ 31 betrug die Reichweite unter Antrieb aus der Ruhe 3.585.556 Kilometer bei einer Flugzeit von 75 Sekunden. Angesichts der Geometrie des Gefechts lag die effektive Reichweite bei über 12,5 Millionen Kilometer, und die Abwehrraketen begannen ihre Starts neunzig Sekunden, ehe die havenitischen Mehrstufenraketen die Angriffsentfernung zu ihren Zielen erreichten. Der Antiraketenwerfer Typ 2 XR hatte eine Nachladedauer von acht Sekunden, sodass Zeit für elf Starts pro Rohr blieb.

Früher – ganze vier T-Jahre zuvor – hätte das nicht viel bedeutet, da die Störungen durch die Impellerkeile der ersten Antiraketen die nachfolgenden Salven geblendet hätten. Für ein havenitisches Schiff galt dies noch immer, allerdings hatte Shannon Foraker eine wichtige Neuerung eingeführt: jedes Schiff in einer havenitischen Formation konnte die Lenkung der Antiraketen jedes anderen Schiffes ›übernehmen‹, solange beide Schiffe die Übergabe vor dem Start vereinbarten. Eine republikanische Formation mit dem gleichen Abstand zwischen den Schiffen wie bei Kampfverband 82 hätte daher vielleicht dreimal so viele Antiraketen handhaben können wie vorher.

Doch zur Trickkiste der Royal Manticoran Navy gehörten die Schlüsselloch-Drohnen.

Statt ein halbes oder ganzes Dutzend Antiraketen pro Schiff konnten sie das Feuer ihrer gesamten Breitseiten-Antiraketenbatterien ins Gefecht werfen. Sie waren nicht auf die Telemetrieantennen beschränkt, die auf ihren Heck-Hammerköpfen montiert waren; an Bord jeder einzelnen Schlüsselloch-Plattform befanden sich genügend Steuereinheiten, um *sämtliche* Antiraketen eines Schiffes zu lenken, und jedes Schiff hatte zwei Schlüssellöcher ausgesetzt. Und da Raketenabwehrplan Romeo die Schiffe sich auf die Seite rollen ließ, erhielten diese Plattformen eine hinreichende ›vertikale‹ Trennung, sodass sie an den Störungen durch die aufeinanderfolgenden Antiraketensalven mühelos ›vorbeischauen‹ konnten.

Elf Salven konnten sie immer noch nicht steuern; aber acht, und jede dieser acht Salven umfasste weit mehr Raketen, als irgendjemand sonst hätte kontrollieren können.

Javier Giscards Stab hatte mit ganzen fünf Antiraketensalven gerechnet, mit zehn Abwehrwaffen pro Schiff, insgesamt also zweihundert pro Salve. Ihr Beschießungsplan war somit darauf ausgelegt, mit etwa tausend von Schiffen gestarteten Antiraketen und vielleicht noch weiteren Tausend von den *Katanas* fertigzuwerden.

Tatsächlich sahen sie sich mehr als siebentausendzweihundert Antiraketen allein von Honors Sternenschiffen gegenüber.

»Mein Gott«, sagte Marius Gozzi leise, als die Impellersignaturen der angreifenden Lenkwaffen von den manticoranischen Abwehrraketen überschwärmt wurden. »Wie zum Teufel machen sie *das?*«

«Ich weiß es nicht«, sagte Giscard zähneknirschend, »aber darum haben sie keine Mehrstufenraketen gefeuert. Sie sagen sich, dass ihre Abwehr mit allem fertig wird, was wir auf sie schießen können, und sparen sich ihre Munition auf, die Mistkerle!«

Er sah drohend das Display an, dann wandte er sich an Thackery.

»Baker abbrechen. Wir brauchen erheblich stärkere Salven, um da durchzukommen.«

Er zeigte mit einer ruckhaften Kopfbewegung auf den Plot, wo seine zweite Salve ebenso spurlos verschwunden war wie die erste.

»Ich weiß aber nicht, ob wir überhaupt eine Salve feuern können, die so dicht ist, dass sie da durchkommt, Sir«, wandte Thackery ein. Ihr Gesicht zeigte fast Schock, aber ihr Blick war aufmerksam, und ganz offensichtlich arbeitete es in ihrem Gehirn noch immer.

»Doch, das können wir«, entgegnete Giscard tonlos. »Machen Sie Folgendes ...«

Nachdem er ihr seinen Plan erklärt hatte, nickte Thackery scharf.

»Ich brauche eine kleine Weile, um es einzurichten, Sir.«

»Verstanden. Legen Sie los.«

Giscard wies auf ihre Konsole, und während sie zur taktischen Sektion zurückkehrte, wandte er seine Aufmerksamkeit wieder auf Gozzi.

»Ich hätte auch nie mit diesem Ausmaß an Abwehrfeuer gerechnet«, sagte er, »aber ich glaube, es bedeutet, dass wir unsere Pläne für Deutscher ändern müssen.«

»Was soll er tun, Sir?«

»Der neue Vektor der Manticoraner wird sie auf fünfzig Millionen Kilometer Abstand an Artus heranführen. Angesichts dessen, dass drüben fast mit Sicherheit Honor Harrington das Kommando führt, erwarte ich nicht, dass sie aus solch großer Distanz irgendwelche Raketen in die zivile Orbitalindustrie feuern. Natürlich könnte ich mich in beiderlei Hinsicht irren, aber wir können die Manticoraner jedenfalls nicht daran hindern, so dicht vorbeizufahren. Ich möchte jedoch nicht, dass Deutscher sich ihr stärker nähert, als er unbedingt muss. Und wenn er jetzt die Beschleunigung einstellt, erhält er zusätzliche Zeit, um seinen Teil der Falle aufzubauen.«

»Verstanden, Sir.«

»Hoheit, sie haben das Feuer eingestellt!«, meldete Andrea Jaruwalski in jubelndem Ton.

»Nein, das haben sie nicht«, erwiderte Honor ruhig. Als Jaruwalski sie fragend anblickte, lächelte Honor mit zusammengepressten Lippen. »Vielmehr legen sie im Augenblick erheblich mehr Gondeln aus, Andrea. Wahrscheinlich setzen sie zehn, zwölf Sätze aus. So viele Raketen für das gleichzeitige Eintreffen am Ziel zu sequenzieren ist kompliziert, aber nicht allzu schwierig.«

»Sie haben wahrscheinlich recht, Hoheit«, räumte Jaruwalski ein, nachdem sie nur einen Augenblick lang nachgedacht hatte. »Jetzt, wo Sie es sagen, ist das der offensichtliche Konter.«

»Deshalb ist die nächste Salve ein klein wenig schwieriger abzuwehren. Daher«, sagte Honor grimmig, »könnte es an der Zeit sein, sie ein klein wenig abzulenken. Die Schlachtkreuzer sollen sich zurückhalten – ihre Magazine sind nicht groß genug, um auf diese Entfernung Gondeln einzusetzen –, aber die *Imperator* und die *Intolerant* greifen den Gegner an. Suchen Sie sich einen Superdreadnought aus, und bepflastern Sie ihn, Andrea.«

»Aye, *aye*, Ma'am!«

»Admiral«, sagte einer von Jaruwalskis Gasten, »Bandit-Eins hat soeben die Beschleunigung eingestellt.«

»Damit habe ich gerechnet«, sagte Honor. »Bandit-Eins war nie stark genug, um sich uns zu stellen. Die Gruppe hat wohl nur deshalb auf uns zugehalten, weil wir denken sollten, die Systemverteidigung sei vollkommen unkoordiniert und in Panik. Jetzt, wo die Falle zugeschnappt ist, wollen sie uns nicht näher kommen als unbedingt nötig.«

»Wir sind so weit, Admiral«, sagte Selma Thackery.

»Sehr gut. Ausführen.«

Javier Giscards Kampfgruppe änderte abrupt den Kurs um neunzig Grad und richtete die Breitseiten auf Kampfverband 82. Das Manöver senkte ihre Beschleunigung in Bezug auf die manticoranischen Schiffe auf null, doch der Geschwindigkeitsunterschied hatte sich ohnedies konstant vergrößert, und die Wende erlaubte es den havenitischen zudem, ihre Breitseiten-Feuerleitgeräte einzusetzen. Dadurch stand ihnen plötzlich ein Vielfaches an Steuerkanälen zur Verfügung. Giscard gab im Grunde seine Verfolgung auf, um seine Chancen zu maximieren, eines oder mehrere gegnerische Schiffe manövrierunfähig zu schießen.

»Raketenstart!«, bellte der 2. Operationsoffizier unter Thackery plötzlich. »Multiple Raketenstarts, Admiral! Entfernung bei Start drei neun Komma vier null vier Millionen Kilometer! Zeit bis Angriff sieben Komma sechs Minuten!«

»Na, das kommt nicht ganz unerwartet«, sagte Giscard ein klein wenig ruhiger, als ihm zumute war. »Sie haben gemerkt, was wir vorhaben, und wollen uns zwingen, es entweder einzusetzen oder zu verlieren.«

»Feuern jetzt, Sir!«, rief Thackery, und Giscard nickte.

»Aha, also haben sie auch ein paar neue Tricks«, stellte Honor fest.

Selma Thackery hatte die letzten sechs Minuten mit dem

Aussetzen von Raketengondeln verbracht. Während dieser Zeit konnte sie 1080 Exemplare in Position bringen. Nun feuerte sie alle gleichzeitig ab.

Beinahe elftausend Mehrstufenraketen warfen sich auf Kampfverband 82. Durch ihren geringen Beschleunigungswert und die Tatsache, dass sich Kampfverband 82 fortwährend von ihnen fort beschleunigte, dauerte ihre Flugzeit fünfundzwanzig Sekunden länger als der von Kampfverband 82, und ihre Aufschließgeschwindigkeit lag bei Ankunft fast neuntausend Kps niedriger, doch was ihnen an Leistungsfähigkeit mangelte, machten sie durch ihre erdrückende Überzahl wett.

Die havenitischen Schiffe konnten auf keinen Fall genügend Steuerverbindungen unterhalten, um so viele Raketen gleichzeitig zu lenken, sagte sich Honor. Doch wie sich die einzelnen Bestandteile der gewaltigen Salve ausbreiteten und trennten, sah es aus, als wäre auch Haven auf ein Datenteilungsverfahren ähnlich dem der Allianz verfallen. Wenn sie richtig vermutete, schalteten die Steuerstromkreise zwischen einzelnen Rotten von Raketen hin und her, was natürlich zu Lasten der Treffgenauigkeit ging. Doch angesichts der Gewaltigkeit der Angriffswelle, die dadurch nötig wurde, sagten sich die Haveniten vermutlich, dass die neue Technik den Nachteil ausgleiche.

Und damit haben sie wahrscheinlich sogar recht, sagte sie sich.

»Alle Schiffe, Raketenabwehr Sierra!«, befahl Jaruwalski. »Carter, Sie kümmern sich um unsere Offensivraketen!«

»Aye, aye, Ma'am!«, antwortete einer ihrer Assistenten, und Jaruwalski richtete ihre ganze Aufmerksamkeit auf das Abwehrgefecht.

»Pro Salve kommen wahrscheinlich zwohundertachtundachtzig Raketen herein, Sir«, meldete Thackery.

Giscard nickte verstehend. Angesichts der größeren Zuladung pro Gondel, die Manticore anscheinend mit seinen neuen, verkleinerten Mehrstufenraketen erzielte, lief Thackerys Schätzung auf einen doppelten Satz Gondeln beider manticoranischer Superdreadnoughts hinaus. Angesichts der teuflisch tüchtigen Eloka-Fähigkeiten der Durchdringungshilfen an den manticoranischen Raketen war eine akkurate Zählung des Beschusses ohnehin so gut wie unmöglich. Dennoch, die Pausen zwischen den Salven – vierundzwanzig Sekunden – passten gut zu Thackerys Schätzung.

»Bringen Sie die *Cimeterres* in Position«, befahl er.

»Aye, Sir«, antwortete Thackery, und er hörte, wie sie die Geleit-LACs auf Positionen dirigierte, von denen sie mit ihren Antiraketen und Laserclustern die einkommenden Lenkwaffen angreifen konnten, ohne die Verbindungen zu den eigenen angreifenden Raketen zu stören.

»Sie bringen ihre LACs auf Abfangkurs herein«, verkündete Lieutenant Carter mit leicht heiserer Stimme.

Trotz seiner überragenden Instrumente besaß er nicht den Ansatz von Kontrolle über den Angriff. Er überwachte ihn nur in Honors Auftrag, während die Taktischen Offiziere der einzelnen Schiffe die Anweisungen ausführten, die Jaruwalski bereits übermittelt hatte. Er war noch sehr jung.

»Das war zu erwarten«, erwiderte Honor ihm ruhig. Sie stand hinter Jaruwalski und beobachtete den Plot des Operationsoffiziers, während der unfassliche havenitische Raketensturm auf ihre Schiffe zuraste. »Nehmen Sie es einfach, wie es kommt, Jeff.«

»Jawohl, Hoheit.«

Carter atmete tief durch und ließ sich in den Sessel sinken. Honor streckte die rechte Hand aus und legte sie ihm einen

Moment lang leicht auf die Schulter. Selbst dabei verließen ihre Augen niemals Jaruwalskis taktisches Display.

Das ONI schätzte, dass die neuesten havenitischen Lenkwaffen-Superdreadnoughts annähernd genauso viele Gondeln trugen wie eine manticoranische *Medusa.* Wenn das zutraf, hatte jeder der sechs Superdreadnoughts, die Honors Kampfverband verfolgten, fünfhundert Gondeln an Bord. Bei der ersten Beschießung hatten sie pro Schiff wenigstens einhundertsechzig davon verbraucht, und an der aktuellen Monstersalve mussten wenigstens tausend Gondeln beteiligt sein. Damit waren gut zweitausend Gondeln verbraucht, und wenn die sechs Superdreadnoughts tatsächlich insgesamt dreitausend Gondeln mitgeführt hatten, so waren zu dem Zeitpunkt, an dem die jetzige Salve eintraf, zwo Drittel ihrer Munition bereits verbraucht.

Sie können diese Beschussdichte nicht aufrechterhalten, sagte sich Honor. *Andererseits, wenn sie diesmal mit genügend Raketen durchkommen, dann spielt das vielleicht keine Rolle mehr.*

»Diesmal werden auch die Schlachtkreuzer beschossen, Hoheit«, sagte Brigham leise, und Honor nickte knapp. Die Haveniten ignorierten die Superdreadnoughts keineswegs, aber wenigstens ein Teil ihrer Beschießung konzentrierte sich auf Henkes Schlachtkreuzer.

»Jetzt geht's los«, sagte jemand.

Die Stimme war leise, und Giscard erkannte sie nicht. Er versuchte es auch nicht. Er bezweifelte, ob der Sprecher überhaupt bemerkt hatte, dass er laut sprach.

Niemand hatte die Ankündigung gebraucht.

Die erste manticoranische Salve schoss auf die Bugs seiner Kampfgruppe zu, und ganz offensichtlich hatten sich die Manticoraner auf ein einziges Ziel konzentriert.

Die Raketen von Kampfverband 82 stürzten sich auf den Superdreadnought RHNS *Conquete.* In der führenden Salve befanden sich zweihundertvierzig offensive Raketen und achtundvierzig Eloka-Drohnen. Letztere bestanden zur Hälfte aus ›Drachenzähnen‹, und als sie in Antiraketenreichweite von Bandit-Vier gelangten, erschienen sie auf den havenitischen Ortungsdisplays plötzlich als zweihundertundvierzig zusätzliche offensive Raketen. Antiraketen, die sie bereits erfasst hatten, erlitten massive Verwirrung, als ihre Ziele sich plötzlich in einen Schwarm aus Dutzenden falscher Abbilder aufspalteten. Andere Antiraketen, die für echte Bedrohungen vorgesehen gewesen waren, lenkten sich auf die neuen Ziele um und griffen sie sinnlos an.

Vierzehn Drachenzähne überstanden die Durchquerung der ersten Abfangzone, sechs erreichten das Ende der zweiten, zwei kamen halb durch die innere Antiraketenzone. Doch ehe die letzte von ihnen vernichtet wurde, hatten sie einhundertfünfundsechzig offensive Raketen und vierzehn Eloka-Drohnen vom Typ ›Blender‹ vor der Zerstörung geschützt.

Lasercluster richteten sich auf die übrigen manticoranischen Raketen, doch diese Raketen näherten sich zweiundsechzig Prozent der Lichtgeschwindigkeit. Jeder Cluster hatte eine effektive Reichweite von 150.000 Kilometern, doch manticoranische Mehrstufenraketen konnten aus 40.000 Kilometern angreifen – und benötigten knapp eine halbe Sekunde, um die verbleibenden 110.000 Kilometer zurückzulegen. An Bord der Superdreadnoughts und der eskortierenden *Cimeterres* befanden sich Tausende von Laserclustern, aber sie hatten alle bestenfalls einen Schuss.

Und gerade, bevor sie feuerten, gaben die vierzehn Blender Stoßwellen aus Störsignalen von sich, die Sensoren blendeten, welche verzweifelt nach Zielen suchten.

Trotz der hohen Leistungsfähigkeit manticoranischer Eloka funktionierte Shannon Forakers Abwehrdoktrin. Nicht so gut, wie eine manticoranische Abwehr vielleicht funktioniert hätte, aber der schiere Umfang an Feuerkraft machte sich doch bemerkbar. Von den zweihundertvierzig offensiven Raketen der Salve drangen nur acht auf Angriffsentfernung durch.

Zwei davon detonierten zu spät und verschwendeten ihre Kampfkraft auf das Dach des undurchdringlichen Impellerkeils der *Conquete*. Die anderen sechs detonierten zwischen fünfzehn- und zwanzigtausend Kilometer vor dem Backbordbug des Schiffes, und schwere bombengepumpte Laserstrahlen stachen brutal durch ihren Seitenschild.

Alarm jaulte auf, während das Schiff der *Temeraire*-Klasse vor Schmerz erschauerte. Fünf Lasercluster, zwei Antiraketenwerfer und drei Graserlafetten explodierten. Die Beta-Emitter Eins, Drei und Fünf, Radar Eins, Gravsensor Eins und drei Gruppenantennen der Feuerleittelemetrie verschwanden. Einundfünfzig Besatzungsmitglieder starben, achtzehn wurden schwer verwundet, und vom Rumpf des Superdreadnoughts stoben Panzersplitter davon, darunter einige von Pinassengröße. Doch trotz der entsetzlichen Gewalt dieser Treffer war der Schaden tatsächlich leicht. Superdreadnoughts waren darauf ausgelegt, dem grausamsten Beschuss standzuhalten, und die *Conquete* setzte unbeirrt weiter Raketengondeln aus.

»Wie es scheint, haben wir ihr wenigstens einige Treffer beigebracht, Hoheit«, meldete Lieutenant Carter. »Trotz der Fernsonden schwer zu sagen auf diese Distanz, aber OPZ ist sich ziemlich sicher.«

»Gut«, sagte Honor. »Gut.«

»Und hier kommt die Erwiderung«, sagte Brigham grimmig. »Wie lautete gleich dieser Spruch in der alten Marine, von dem Sie mir erzählt haben, Hoheit? ›Für das, was wir erhalten …‹?«

»›… wollen wir dankbar sein‹«, sagte Honor, ohne die Augen vom Plot zu nehmen.

»Genau«, stimmte Brigham ihr zu, und dann erreichten die Mehrstufenraketen sie.

Die Republik war an der Reihe, und der Tsunami aus Raketen brach in die äußere Antiraketenzone von Kampfverband 82. Auch wenn havenitische Eloka nicht so gut war wie die der RMN, tat sie doch ihr Bestes, und sie war erheblich besser als früher.

Fast elftausend Mehrstufenraketen waren gestartet worden. Sechshundertsiebzehn verloren einfach ihr Ziel und kamen vom Kurs ab, während die Feuerleitung von Bandit-Vier sich anstrengte, die hohen Anforderungen zu erfüllen, die an sie gestellt wurden. Den restlichen zehntausend rasten die Typ-31-Antiraketen entgegen, und zweitausendsechshundert Lenkwaffen verschwanden in der äußeren Abfangzone. In der mittleren endete die Existenz von weiteren dreitausendzweihundert, und in der inneren Zone vernichteten die Typ 31er noch einmal zweitausendneunhundert havenitische Lenkwaffen. Doch dann rasten sie in weniger als eine Sekunde durch den Feuerbereich der Lasercluster, und es waren noch exakt 1472 von ihnen übrig. Zweihundert davon waren Eloka-Drohnen, und die Ziellösungen der übrigen zwölfhundert waren schlechter als bei den Raketen des Kampfverbandes 82, aber dafür gab es sehr, sehr viele.

Die Nahbereichs-Abwehrlaser an Bord der Kriegsschiffe und der LACs vernichteten über neunhundert Raketen. Von den dreihundertzweiundsiebzig Raketen, die tatsächlich zum Angriff kamen, verschwendeten sich einhundertdrei sinnlos an die Impellerkeile ihrer Ziele. Von den verbleibenden zweihundertneunundsechzig griffen einhundertzweiundsiebzig die beiden Superdreadnoughts an, und die *Imperator* und die *Intolerant* schwankten, als die Laser in sie einschlugen. Ihre Seitenschilde fingen die meisten Strahlen ab oder nahmen ihnen viel von ihrer Energie, doch nun zerbarst manticoranische Panzerung unter den Treffern.

Die *Imperator* kam mit relativ geringfügigem Schaden davon, dem Verlust von Grasern und einem halben Dutzend Laserclustern, doch die *Intolerant* schwankte, als Dutzende von Treffern auf ihre dicke, mehrschichtige Panzerung einhämmerten. Riesige Splitter wirbelten davon, Energiewaffen und Lasercluster wurden ausgelöscht, Signal- und Feuerleitsender, Radar- und Gravitationsantennen vergingen. Das Schiff zitterte wie vor Schmerz – und dann schlug ein letzter Zufallstreffer genau in das gähnende Raketenluk genau im Zentrum ihres achteren Hammerkopfs.

Konteradmiral Morowitz' Flaggschiff bockte, als der starke Energiestrahl sich im ungepanzerten, offenen Zentralschacht des Gondellegers nach vorn fraß. Hunderte von Raketengondeln wurden zerstört, in verborgene, zerplatzte Wracks aus angeschmolzenem Stahl verwandelt. Die Raketenzuführschienen wurden zerrissen, und über dreißig Besatzungsmitglieder starben.

Doch so furchtbar der Schaden war, BuShips hatten die Möglichkeit eines solchen Treffers in Betracht gezogen. Im Gegensatz zu den frühen Lenkwaffen-Superdreadnoughts der *Medusa*- und *Harrington*-Klasse besaß die *Invictus*-Klasse von vornherein einen doppelseitigen Kernrumpf, der den hohlen Zentralschacht einschloss, und dessen Wandung war beinahe so schwer gepanzert wie die Flanken des Schiffes. Die Kofferdämme und die Separierung gingen nicht ganz so tief, aber tiefer als in den frühen Klassen, und diese zusätzlichen Schutzmaßnahmen bewiesen ihren Wert, als ein Ring aus verkochtem und zersplittertem Panzerstahl aus der zerstörten Raketenluke brach, denn das Schiff überlebte. Und nicht nur das, es erhielt seine Maximalbeschleunigung aufrecht, und ihre Nahbereichsabwehr feuerte ohne Unterbrechung auf die letzten einkommenden Mehrstufenraketen.

»Hoheit, die *Intolerant* hat die gesamte Raketenbewaffnung und beide Schlüssellöcher verloren«, sagte Jaruwalski gepresst. »Schwere Verluste, schwerer Treffer auf der Flaggbrücke. Offenbar ein Rückschlag über die Operationszentrale. Admiral Morowitz und der Großteil seines Stabes sind ausgefallen.« Sie schüttelte den Kopf. »Klingt nicht gut für den Admiral, Ma'am.«

»Verstanden«, sagte Honor ruhig.

»Die *Star Ranger* wurde ebenfalls getroffen«, fuhr Jaruwalski fort. »Sie ist noch gefechtstüchtig, aber sie beklagt zwoundsechzig Tote, und der Steuerbord-Seitenschild hat vorn nicht einmal mehr halbe Stärke.

Davon abgesehen hat nur die *Ajax* noch Schaden erlitten.« Honors Gesicht zuckte nicht einmal, doch eine kalte Faust schien ihr Herz zu berühren, und sie blickte rasch auf die Datenspalte an Henkes Flaggschiff. »Hält sich in Maßen«, fuhr Jaruwalski fort. »Ein halbes Dutzend Verwundete, nur zwo davon schwer, und an der Backbord-Breitseite hat sie einen Graser und zwo Nahbereichsabwehrcluster verloren.«

»Verstanden«, sagte Honor wieder. Sie blickte Lieutenant Brantley an.

»Harper, informieren Sie Captain Cardones, dass Admiral Morowitz ausgefallen ist und ich vorerst die taktische Kontrolle der Division übernehme.«

»Aye, aye, Hoheit.«

»Andrea«, wandte sich Honor wieder an Jaruwalski, »lassen Sie die LACs zurückfallen. Bei den Schäden an der *Intolerant* benötigen wir die *Ferrets* und die Vipers der *Katanas.*«

Die zweite Welle aus Mehrstufenraketen von Kampfverband 82 brauste auf Bandit-Vier zu. Antiraketen schossen ihr entgegen, Drachenzähne vermehrten sich, Ziele vervierfachten sich, Blender strahlten auf, Impellerkeile von Antiraketen und Mehrstufenraketen vernichteten einander gegenseitig. Dann konzentrierten sich die überlebenden Lenkwaffen wieder auf die *Conquete.*

»Mehrere Hecktreffer!« Der Kommandant der *Conquete* hörte die Meldungen seines Leitenden Ingenieurs aus dem Technischen Leitstand. »Schwerer Schaden zwischen Spant eins null neun sieben und zwo null eins acht. Graser Vierzig ist weg – einfach weg; da ist jetzt ein Loch, in das Sie eine verdammte Pinasse abstellen könnten, und wie es scheint, haben wir die Bedienung zu hundert Prozent verloren. Zwoundvierzig hängt nicht mehr am Feuerleitnetz, und Seitenschild Zehn und Elf sind zerstört. An Spant zwo null null sechs haben wir ein Kernrumpfleck, ich habe wieder drei Lasercluster verloren, und im Heckring fehlen uns zwo Beta-Emitter.«

»Tun Sie, was Sie können, Stew«, erwiderte der Kommandant und musterte die rot gesprenkelte Schadensanzeige auf einem seiner Sekundärdisplays.

»Wir sind dabei«, sagte der Ingenieur, und der Kommandant nickte. Die *Conquete* war angeschlagen, das stand außer Frage, und er wusste, dass die Trauer über die Menschen, die er soeben verloren hatte, bereits auf ihn wartete. Doch das Schiff war noch immer gefechtstüchtig, und das war das Einzige, was zählte.

»Die *Conquete* meldet mittelschweren Schaden«, teilte Marius Gozzi Giscard mit. »Captain Fredericks sagt, sie ist noch gefechtstüchtig, aber er rollt das Schiff und wendet den Steuerbord-Seitenschild von den Mantys ab.«

»Gut«, antwortete Giscard, ohne vom taktischen Hauptplot wegzusehen. Ihm gefiel nicht, dass den Manticoranern gelungen war, die *Conquete* mit nur zwei Salven so schwer zu treffen, aber Fredericks war ein solider, verlässlicher Kommandant. Und indem er das Schiff einfach rollte, ohne erst eine Erlaubnis abzuwarten, zeigte er die Sorte intelligenter Initiative, die zu ermutigen Giscard, Tourville und Thomas Theisman sich sehr bemühten.

Die Gedanken fuhren Giscard zwar durch den Kopf, doch so gut wie seine ganze Aufmerksamkeit konzentrierte sich auf den Plot, während er auf die lichtschnelle Meldung wartete, was seine erste große Salve erreicht hatte.

»Sir, wir sehen Treffer an mehreren Feindschiffen!«, rief Selma Thackery plötzlich jubilierend, und Giscard kniff die Augen zusammen, als die Ergebnisse in den Seitenanzeigen seines taktischen W-Displays erschienen.

»Treffer an beiden Superdreadnoughts und wenigstens zwo Kreuzern«, fuhr Thackery fort, während sie noch dem Bericht der Operationszentrale lauschte, die aus ihrem Ohrhörer drang. »Und ...«

Sie hielt inne, hörte aufmerksam zu, dann wandte sie den Kopf und blickte Giscard direkt an.

»Sir, die Ortung bestätigt schweren Schaden an einem der Lenkwaffen-Superdreadnoughts!«

»Gute Arbeit!«, erwiderte Giscard, doch seine Freude über die Meldung war nicht ungetrübt. Die dritte manticoranische Mehrstufenraketensalve kam herein, und er beobachtete, wie die Raketen wieder auf die *Conquete* einhämmerten.

»Wenigstens fünf weitere Treffer, Hoheit«, meldete Jaruwalski. »Die Impellerstärke sinkt, und die Nahbereichsabwehr wird schwächer.«

»Das wäre schön, wenn wir nur noch die Raketen hätten, die wir bräuchten, um sie weiter zu beschießen«, sagte Mercedes leise zu Honor. Honor sah sie an, und die Stabschefin wies mit dem Kopf in Jaruwalskis Richtung. »Sollen wir den Ausfall der Gondeln an Bord der *Intolerant* mit den *Agamemnons* ausgleichen?«, fragte sie.

»Nein.« Honor schüttelte den Kopf und beobachtete, wie Giscards zweite unfassliche Raketenwelle von achtern zu ihren Schiffen aufschloss. »Das dürfte die letzte so massive Salve sein, die sie zustande bringen. Die Haveniten haben sich leergeschossen, um diese Dichte zu ermöglichen, und ich mache mit Mikes Schlachtkreuzern nicht das Gleiche, nur um vielleicht ein Schiff zu vernichten, das sowieso nicht mehr auf uns feuern kann. Nicht, wo wir die Raketen in Kürze dringender brauchen werden.«

»Jawohl, Ma'am.«

Die feindlichen Mehrstufenraketen kamen heran, wie eine Sturzwelle, die sich höher erhebt, wenn sie sich dem Strand nähert, und Typ 31er, Vipers und Standard-LAC-Antiraketen der *Ferrets* dagegenprallten. Der Verlust der Schlüsselloch-Plattformen der *Intolerant* hatte den Verteidigungsschirm beträchtlich geschwächt, doch die Zeit, die von den Haveniten gebraucht wurde, um mehrere Sätze von Gondeln auszusetzen, erhöhte den Abstand zwischen den Salven so weit, dass Honors LACs zurückfallen und optimierte Abfangpositionen achteraus ihrer Sternenschiffe einnehmen konnten.

Mehrere Dutzend Mehrstufenraketen verloren ihre programmierten Ziele, als die Impellersignaturen der LACs die Sicht störten. Den Befehlen ihrer Bordsysteme gehorchend, suchten sie nach Ersatz, und sechsundzwanzig von ihnen fanden LACs. Neunzehn daraus kamen durch, und sieben *Shrikes,* neun *Ferrets* und drei *Katanas* starben zusammen mit den einhundertneunzig Männern und Frauen an Bord.

Siebenunddreißig andere Mehrstufenraketen durchstießen alles, was Kampfverband 82 ihnen entgegensetzen konnte. Sechs davon waren Eloka-Drohnen; die anderen einunddreißig rasten auf die *Imperator* und die *Intolerant* zu.

»Steuerbordheck vier Treffer«, meldete Commander Thompson aus dem Technischen Leitstand an Cardones. »Zwo weitere mittschiffs um Spant neun sechs vier. Graser Dreiundzwanzig ist vom Netz, die Lafette aber unbeschädigt; es ist feuerbereit unter lokaler Leitung. Keine größeren Lecks, keine Verluste an Menschenleben, aber wir haben zwo Lasercluster im Steuerbordheck-Quadranten verloren und am Heckring einen Beta-Emitter. Ich glaube, den Emitter habe ich in zwanzig Minuten wieder, aber ich könnte mich irren.«

»Tun Sie, was Sie können, Glenn«, erwiderte Cardones, doch seine Aufmerksamkeit galt einem Sekundärdisplay. Die Treffer an seinem Schiff waren gering, oberflächlich. Bei der *Intolerant* konnte man das nicht sagen.

»Die *Intolerant* meldet den Verlust ihres gesamten Steuerbord-Seitenschilds achtern von mittschiffs, Hoheit. Sie hat wenigstens drei Kernrumpflecks, ein Fusionskraftwerk ist ausgefallen. Die Feuerleitung und die Nahbereichsabwehr sind ernsthaft beeinträchtigt.«

Honor nickte und bewahrte eine ruhige Miene, während sie sich Jaruwalskis Bericht anhörte.

»Harper, geben Sie mir Captain Sharif.«

»Aye, aye, Ma'am.«

»Captain«, sagte Honor, als wenige Augenblicke später Captain James Sharif auf ihrem Combildschirm erschien.

»Hoheit.« Sharifs Gesicht war angespannt, doch er hatte Miene und Stimme fest unter Kontrolle.

»Wie schlimm ist es dort drüben, James?«

»Soll ich ehrlich sein?« Sharif zuckte mit den Schultern. »Nicht gut, Hoheit. Ich habe schwere Verluste an Menschenleben, und der Maschinenraum hat fast fünfundzwanzig Prozent seiner Reparaturroboter verloren – im Raketenschacht fast hundert Prozent. Unser Kompensator ist unbeschädigt, und unsere Emitterredundanz erlaubt uns, Maximalschub beizubehalten, aber außerhalb der Strahlwaffenreichweite können wir nicht mehr angreifen. Und ich fürchte, unsere Raketenabwehr lässt im Moment auch sehr zu wünschen übrig.«

»Das hatte ich befürchtet.« Honor warf einen Blick auf das Astrogationsdisplay und sah Sharif wieder an. »Wir sind außer Reichweite von Bandit-Vier und werden bei unserem jetzigen Kurs die Reichweite von Bandit-Drei nur knapp streifen. Dadurch kommen wir allerdings in vierzehn Minuten in Reichweite der Gondeln, die um Artus stationiert sind. Wie viel Raketenabwehr können Sie bis dahin wiederherstellen?«

»Nicht viel«, antwortete Sharif grimmig. »Wir haben beide Schlüssellöcher verloren. Ich glaube nicht, dass wir sie vor einem Besuch in der Werft wieder in Gang bekommen, Hoheit, und in der Hilfsfeuerleitung tobt noch immer ein Großbrand. Meine Kontrollleitungen nach Steuerbord haben ebenfalls sehr gelitten. Nach Backbord sind wir größtenteils intakt, und solange ich dem Beschuss diese Seite des Schiffes zuwenden kann, können wir vielleicht drei oder vier

Antiraketensalven lenken, aber ich würde sagen, wir sind bestenfalls auf vierzig Prozent Raketenabwehrkapazität gesunken.«

»Tun Sie, was Sie können«, sagte Honor. »Rollen Sie Ihr Schiff jetzt. Ich versuche, Ihnen durch die Formation ein wenig mehr Deckung zu bieten.«

»Danke, Hoheit.« Sharif lächelte angespannt. »Freut mich, dass Sie an uns denken.«

»Geben Sie auf sich acht, James«, antwortete Honor. »Ende.«

Sie sah über die Schulter Lieutenant Brantley an.

»Admiral Henke, Harper«, sagte sie.

»Aye, aye, Ma'am.«

Keine zehn Sekunden später hatte Michelle Henkes Gesicht Sharif auf dem Combildschirm ersetzt.

»Mike«, begann Honor ohne Einleitung, »die *Intolerant* ist in Schwierigkeiten. Ihre Raketenabwehr hält nicht mehr stand, und wir nähern uns den Raketengondeln in der Umlaufbahn um Artus. Ich weiß, die *Ajax* hat selber ein paar Treffer abgekommen, aber lass dein Geschwader trotzdem an unserer Flanke ausschwärmen. Deine Nahbereichsabwehr muss zwischen die *Intolerant* und Artus. Bist du dazu imstande?«

»Natürlich.« Henke nickte nachdrücklich. »Die *Ajax* ist als Einzige angeschlagen, und bei uns ist der Schaden ziemlich oberflächlich. Er hat keinerlei Auswirkungen auf unsere Raketenabwehr.«

»Gut! Andrea und ich verschieben die LACs ebenfalls, aber sie haben eine Menge Antiraketen gegen die beiden Monstersalven von Bandit-Vier verbraucht.« Honor schüttelte den Kopf. »Ich glaube nicht, dass sie so viele Gondeln gleichzeitig abfeuern konnten, ohne ihre Feuerleitung aufs Äußerste auszureizen. Anscheinend werden wir einiges überdenken müssen.«

»Das ist die Natur des Tieres, oder?«, entgegnete Henke schulterzuckend. »Wir leben, um zu lernen.«

»Die von uns, die das Glück haben, zu überleben«, stimmte Honor ein wenig grimmig zu. Dann rief sie sich innerlich zur Ordnung. »Also gut, Mike. Setz deine Schiffe in Bewegung. Ende.«

»Die Manticoraner ändern die Formation, Admiral«, meldete Selma Thackery. »Anscheinend bringen sie ihre Schlachtkreuzer zwischen den beschädigten Superdreadnought und Artus.«

»Anscheinend haben wir ihr ganz gut zugesetzt, Sir«, stellte Gozzi fest.

»Noch ein wenig mehr wäre mir lieber gewesen«, erwiderte Giscard, die Augen auf dem Schadensbericht der *Conquete*, der über sein Display lief.

Trotz der Ungleichheit in der Kampfkraft hatten die Manticoraner durch ihre hartnäckige Konzentration auf ein einziges Ziel einen Gewinn erzielt. Von Giscards Schiffen hatten sie nur die *Conquete* beschädigt, aber dafür schwer. Ihre Höchstbeschleunigung war um zweiundzwanzig Prozent gesunken, ihre Nahbereichsabwehr erheblich geschwächt. Sie hatte über zweihundert Tote und Verwundete, wie alle Lenkwaffen-Superdreadnoughts Giscards besaß sie so gut wie keine offensiven Raketen mehr.

Doch Superdreadnoughts waren zäh, und die havenitische Bordreparatur hatte sich in den letzten Jahren enorm verbessert. Die *Conquete* war zwar angeschlagen, hätte aber noch immer ein Gefecht führen können – wenn es jemanden in Reichweite gegeben hätte, gegen den sie kämpfen konnte.

»Auf ihrem augenblicklichen Kurs sind die Mantys für

Sewall unangreifbar, nicht wahr, Marius?«, fragte er nach einem Augenblick.

»Jawohl, Sir, ich fürchte, so ist es«, antwortete Gozzi. Konteradmiral Hildegard Sewall befehligte die republikanische Kampfgruppe, die sich von System Süd näherte. »Aber nur knapp«, fuhr der Stabschef fort. »Wenn es Deutscher gelingt, den Mantys weiteren Impellerschaden zuzufügen, dann hat Admiral Sewall vielleicht doch noch eine Chance, auf Angriffsdistanz aufzuschließen.«

»Und einer der Superdreadnoughts ist schon angeschlagen.« Giscard nickte. »Nun hängt alles an Deutscher.«

5

Weitere Berichte kamen über die nächsten Minuten herein, und Honor lehnte sich in ihrem Kommandosessel zurück, während sie sie verdaute. Die Schäden an der *Intolerant* waren am schlimmsten, und nach den medizinischen Berichten klang es sehr danach, als bräuchte Alistair McKeon einen neuen Kommandanten für die erste Division seines Schlachtgeschwaders. Honor hatte Allen Morowitz nie so gut kennengelernt, wie ihr lieb gewesen wäre – und nun sah es nicht so aus, als erhielte sie dazu noch eine Chance.

Die *Star Ranger* hatte die zweitschlimmsten Schäden erhalten. Ihre Verluste an Menschenleben lagen noch höher als an Bord der *Intolerant*, aber hauptsächlich deshalb, weil sie ein älteres, besatzungsintensives Schiff der *Star-Knight*-Klasse war. Den Berichten zufolge schien man dort die Lage im Griff zu haben, doch auch sie brauchte eine ausgedehnte Zeit auf der Werft. Angesichts ihres Alters und der voraussichtlichen Reparaturen war es wahrscheinlich, dass BuShips sie einfach abschrieb, aber wenigstens sollte Honor in der Lage sein, sie nach Hause zu bringen.

Die Schäden der *Ajax* waren längst nicht so ernst. Vorausgesetzt, ihr stieß nicht noch mehr zu, sollten ihre Reparaturen rasch und routinemäßig verlaufen.

Alles in allem hätte die Lage weit schlimmer aussehen können, sagte sich Honor. Sie hatte sich mit ihrem Kampfverband in die Falle locken lassen, und dass die Haveniten dazu eine Variante ihrer eigenen Taktik bei Sidemore benutzt hatten, verlieh der Sache einen zusätzlichen Stachel. Doch was den Trick bei Sidemore so wirksam gemacht hatte, machte ihn auch hier anwendbar: Niemand konnte aus dem Normalraum in den Hyperraum ›sehen‹ und nach darin versteckten Schiffen suchen. Doch wenigstens hatte sie die Träger weggeschickt, ehe der Gegner sich auf sie stürzen konnte.

»Ist *Rifleman* noch bereit, Mercedes?«, fragte sie, nachdem sie von den Schadensmeldungen aufgesehen hatte.

»Soweit wir feststellen können, haben die Havies keine Ahnung, wo sie ist«, antwortete Brigham.

»Gut. Aber sagen Sie ihr, sie soll bleiben, wo sie ist, bis wir die Hypergrenze überquert haben.« Brigham blickte sie fragend an, und Honor lächelte gezwungen. »Wer immer die andere Seite kommandiert, hat bereits gezeigt, dass sie ziemlich gut ist. Im Augenblick sieht es so aus, als beschleunigten alle ihre verfügbaren Einheiten außer Bandit-Vier noch immer systemeinwärts. Wahrscheinlich hoffen sie, dass wir von den Gondeln bei Artus genügend Treffer einstecken mussten, um langsamer zu werden, sodass sie aufschließen können. Aber wenn ich den Befehl dort führen würde und genügend Schiffe hätte, dann hätte ich noch eine weitere Kampfgruppe im Hyperraum auf Wartestellung.«

»Die knapp außerhalb der Hypergrenze direkt vor uns

transistiert, während wir gerade denken, dass wir ungeschoren davonkommen«, sagte Brigham.

»Genau. Gewiss, ich hoffe auf die Chance, dass sie alles in den Kampf geworfen haben, was ihnen zur Verfügung steht, aber wir wollen auf Nummer sicher gehen, ehe die *Rifleman* in den Hyperraum geht, um Samuel zu sagen, wo er seine LACs aufnehmen soll.«

»Jawohl, Hoheit. Ich kümmere mich darum.«

»Ist Moriarty bereit?«, fragte Konteradmiral Emile Deutscher seinen Stabschef.

»Jawohl, Sir«, erhielt er zur Antwort.

»Gut.« Deutscher wandte sich wieder seinem taktischen Display zu. Seine beiden veralteten Wallschiffe wurden von den Manticoranern fast mit Sicherheit nicht als Bedrohung angesehen. Im Großen und Ganzen hatte der Gegner damit auch recht. Schließlich konnten sie auf diese Entfernung, ohne Gondeln im Schlepp, kaum eine Waffe mit der nötigen Reichweite besitzen, um sie anzugreifen.

Doch der eigentliche Zweck der Superdreadnoughts hatte von Anfang an nur darin bestanden, die Aufmerksamkeit der Manticoraner von der *wirklichen* Bedrohung abzulenken.

»Sir?«

Deutscher blickte seinen Stabschef an.

»Ja?«

»Sir, wieso nannte Admiral Foraker es ›Moriarty‹? Ich rätsele nun schon seit Wochen daran.«

»Ich habe mich das Gleiche gefragt«, gab Deutscher zu. »Deshalb habe ich Admiral Giscard danach gefragt. Er antwortete, einer von Admiral Forakers Stabsoffizieren habe sie mit alten Erzählungen aus der Zeit vor der Raumfahrt bekannt gemacht. ›Detektivgeschichten‹, nannte er sie. Anscheinend war dieser ›Moriarty‹ eine Figur in einigen davon, ein Genie«, sagte er achselzuckend.

»Ein Genie«, wiederholte der Stabschef und lachte in sich hinein. »Nun, in gewisser Weise ergibt das schon Sinn, oder?«

»In fünfundvierzig Minuten gelangen wir in die vermutete Reichweite der Raketengondeln bei Arthur, Hoheit«, sagte Jaruwalski.

»Danke.« Honor drehte sich mit dem Kommandosessel dem Operationsoffizier zu. »Erinnern Sie alle Taktischen Offiziere daran.«

»Jawohl, Ma'am.«

»Sie kommen jetzt in Reichweite, Sir.«

»Danke«, sagte Deutscher. »Senden Sie den Ausführungsbefehl.«

»Aye, Sir!«

»Raketenstart! Multiple Raketenstarts, *multiple Quellen!*«

Als Honor die scharfe Meldung Jaruwalskis hörte, riss sie ihren Kommandosessel herum und starrte auf den Hauptplot.

»Schätzungsweise *siebzehntausend* – ich wiederhole, eins sieben *tausend* – einkommende Raketen! Zeit bis Angriffsdistanz sieben Komma eins Minuten!«

Nur einen Augenblick lang weigerte sich Honors Verstand rundheraus, die Zahlen zu glauben. Im Orbit um Artus hatten die Drohnennetze ihrer Aufklärer nur vierhundert Gondeln entdeckt. Die Höchstzahl der Raketen an Bord hätte nur *viertausend* betragen dürfen!

Ihre Augen schossen über den Plot, und dann riss sie sie

weit auf, denn sie begriff. Die anderen – alle anderen – kamen von den neun Schiffen, aus denen Bandit-Eins bestand. Aber das war einfach unmöglich. Zwei Superdreadnoughts und sieben Schlachtkreuzer konnten so viele Raketen unmöglich abgefeuert haben oder steuern, selbst wenn sie alle Gondelleger gewesen wären! Aber ...

»Wo zum Teufel kommen die her?«, fragte Brigham, und Honor sah sie an.

»Von den Schlachtkreuzern«, sagte sie und dachte an die Schlacht von Hancock Station zurück.

»Den *Schlachtkreuzern?«* Brigham sah sie ungläubig an, und Honor lachte in sich hinein, obwohl ihr gar nicht zum Lachen war.

»Das sind keine Schlachtkreuzer, Mercedes, sondern Minenleger. Haven baut seine schnellen Flottenminenleger auf Schlachtkreuzerrümpfen auf, genau wie wir. Und wir waren so beschäftigt, uns um Superdreadnoughts und Gondelleger Sorgen zu machen, dass wir uns die ›Schlachtkreuzer‹ nie näher angesehen haben. Und die haben, seit sie die Beschleunigung eingestellt haben, nichts anderes getan als Gondeln auszulegen.«

»Himmel!«, murmelte Brigham leise, und es war ein Gebet, kein Verwünschung. Dann atmete sie tief durch. »Na, wenigstens können sie nicht die Feuerleitung haben, um sie alle zu lenken!«

»Ich würde nicht darauf wetten«, entgegnete Honor grimmig. »Man hätte sich niemals die Mühe gemacht, wenn man nicht der Ansicht wäre, man wüsste, wie man damit doch noch etwas treffen kann.«

»Moriarty meldet Kontrolle, Sir.«

»Gut«, sagte Deutscher und lehnte sich mit einem blutgierigen Lächeln zurück.

»Greifen Sie Bandit-Eins an!«, befahl Honor.

»Aye, aye, Ma'am«, antwortete Jaruwalski. »Soll ich die *Agamemnons* ebenfalls einsetzen?«

»Ja«, sagte Honor. »Sequenz Gamma.«

»Aye, aye, Ma'am«, wiederholte Jaruwalski und gab Befehle in das taktische Netz des Kampfverbands.

Angesichts der Geometrie – die Aufschließgeschwindigkeit zwischen Kampfverband 82 und den Gondeln betrug fast sechsunddreißigtausend Kps – hatten die Mehrstufenraketen Typ 16 der Schlachtkreuzer, die eine Stufe weniger besaßen als die größeren Raketen der *Imperator*, eine maximale Reichweite unter Antrieb von zweiundvierzig Millionen Kilometern. Der Abstand betrug jedoch über dreiundfünfzig Millionen, sodass die Typ-16er zwischen Ausbrennen der ersten Stufe und Zündung der zweiten elf Millionen Kilometer ballistisch weiterfliegen mussten. Ihre Flugzeit erhöhte sich dadurch um neunzig Sekunden auf dreizehneinhalb Minuten, während die stärkeren Raketen der *Imperator* die gesamte Strecke beschleunigend zurücklegen konnten und nur sieben Minuten brauchten. Zudem läge die Aufschließgeschwindigkeit relativ zu den Zielen für die kleineren Raketen mehr als zwanzigtausend Kps tiefer.

Doch durch die Sequenz Gamma, die Jaruwalski und sie schon vor Monaten ausgearbeitet hatten, legte die *Imperator* ihr erstes halbes Dutzend Gondelsätze mit Raketeneinstellungen aus, die die Eigenschaften der Typ-16er nachahmten. Die *Agamemnons* legten mit gleichem Tempo sechs Sätze aus, was zweiundsiebzig Sekunden dauerte, und die sechs Salven – von denen jede aus zweihundertsechsundsiebzig Raketen bestand – bewegten sich mit der Geschwindigkeit der Typ-16er.

Erst wenn die kleineren Mehrstufenraketen verbraucht waren, würde die *Imperator* beginnen, Salven mit voller Geschwindigkeit zu feuern, und zwar jeweils zwei Sätze Gondeln alle vierundzwanzig Sekunden. Die erste ihrer 120 Raketen starken Salven würde achteinhalb Minuten nach Beginn des Gondelaussetzens ihre Ziele erreichen, fünf Minuten vor dem Feuer der Schlachtkreuzer.

In der Umlaufbahn um Artus aktivierte sich die Installation, die den Codenamen Moriarty trug, zum ersten Mal vollständig. Sie war nicht sehr groß. Sie war nicht größer als ein Schwerer Kreuzer, und man hatte sie in zwei vormontierten Modulen an Bord eines Flottenversorgers herbeitransportiert und in weniger als achtundvierzig Stunden zusammengesetzt.

Vierhunderttausend Tonnen waren nicht viel für ein Kriegsschiff – es sei denn, sämtliche Masse bestand aus Feuerleitgeräten.

Moriarty war Shannon Forakers Antwort auf die individuelle Unterlegenheit der havenitischen Raketengondeln für die Systemverteidigung. Die Kontrollstation ein flaches Gebilde in lichtschluckendem Schwarz aus radarabsorbierendem Material. Sie zu entdecken war fast unmöglich, solange sie strikte Emissionsstille einhielt, und die manticoranischen Aufklärungsdrohnen hatten es komplett übersehen.

Nun stellte es Verbindung zu den *anderen* unschuldig wirkenden Satelliten her, die gleichzeitig im ganzen inneren Sonnensystem ausgesetzt worden waren. Jeder dieser Satelliten war letztendlich eine leistungsschwächere, einfachere Variante der Schlüsselloch-Drohnen der RMN. Sie bildeten ein Netzwerk, ein expandierendes Geflecht aus Tentakeln, der Moriarty Tausende von Feuerleittelemetrie-Verbindungen bereitstellte. Und was diese Verbindungen an Raffinesse manticoranischer Art vermissen ließen, glichen sie durch ihre Anzahl aus, denn sie konnten die ihnen zugewiesenen Raketen bis hin zu den Zielen ohne Unterbrechung lenken.

Moriarty hatte nur eine echte Schwäche, sah man von der Tatsache ab, dass es relativ leicht zu vernichten war, *wenn* man es entdeckte. Diese Schwäche bestand darin, dass die Telemetrie nur lichtschnell arbeitete. Echtzeitkorrekturen konnte es, während seine Raketen auf den Gegner zurasten, einfach nicht vornehmen. Andererseits waren Honors Telemetrieverbindungen dazu genauso wenig fähig. Sah man von den überlegenen Zielsuchern und den leistungsfähigeren KIs der manticoranischen Raketen ab, hatte Haven auf dem Gebiet der Genauigkeit zur Allianz aufgeholt.

Und die Salve der Republik umfasste zweiundsechzigmal so viele Raketen wie die größte Salve, die von Kampfverband 82 abgefeuert wurde.

»Auf sie! Sofort auf sie!«

Captain Amanda Brankovski, Samuel Miklós' oberste COLAC, wusste, dass ihre Leute nicht eigens ermahnt zu werden brauchten, doch sie konnte sich nicht beherrschen. Sie betrachtete den unglaublichen Zyklon aus Raketenicons, der durch den Plot auf den Kampfverband zuschoss, und es erschien unmöglich, dass auch nur ein einziges seiner Schiffe ihn überstand.

Die fünf LAC-Geschwader, ›über‹ und ›unter‹ den schweren Schiffen und fünfzigtausend Kilometer näher an Artus positioniert, stießen einen Hurrikan zur Antwort aus. Vipers und herkömmliche Antiraketen starteten von den LACs, während von den Sternenschiffen Typ-31er wegzuckten, und die ersten einkommenden Raketen verschwanden.

Brankovski hatte fünfhundertsechzig LACs, einen für je

dreißig angreifende Lenkwaffen, und die Boote warfen ihnen einen beständigen Strom aus Antiraketen entgegen. Nachgeschleppte wie frei fliegende Geisterreiter-Täuschkörper sangen den republikanischen Mehrstufenraketen ein Sirenenlied. Blender wurden ihnen entgegengeschossen und detonierten in einem Ausbruch blendender Störsignale. Und die *Imperator* und ihre Begleitschiffe pumpten eine Welle aus Typ-31ern nach der anderen heraus.

Die Front der republikanischen Angriffswelle zerfiel unter dem Abwehrfeuer von Kampfverband 82 wie eine Klippe unter dem Aufprall der stürmischen See im Zeitraffer. Dennoch war sie wie bei der Klippe nur die *Front* einer größeren Masse. Tausende von Mehrstufenraketen wurden vernichtet, und dennoch bliebe viele tausende übrig, und Honor Harrington beobachtete, wie sie sich ihrem Verband immer weiter näherten.

Emile Deutscher beobachtete, wie Moriartys Feuer auf den Feind zuraste. Selbst von seiner Position aus sah er deutlich, dass so gut wie keine Rakete unterwegs das Ziel verlor, wie es im Kampf mit Mehrstufenraketen normalerweise vorkam. Alle Lenkwaffen hielten Kurs, und er war sich vollkommen sicher, dass keine Abwehr sie aufhalten konnte, auch die manticoranische nicht.

Damit blieb das kleine Problem des Feuers, das auf *ihn* zukam.

Die schwere Salve benötigte sieben Minuten bis zu Kampfverband 82. Von den siebzehntausend gestarteten Raketen verloren nur sechzig ihre Telemetrieverbindung und vernichteten sich selbst, nachdem sie vom Kurs abgekommen waren. In der äußeren Abfangzone zerstörten die Typ-31er mehr als dreitausend; in der mittleren, unterstützt von den Vipers der *Katanas* und den Standard-Antiraketen der *Shrikes* und *Ferrets,* weitere viertausend. Störsender blendeten wiederum sechzehnhundert Raketen, während sie den Zielanflug versuchten, und der unbeschreibliche Hexenkessel aus Raketen-, Sternenschiff- und LAC-Impellerkeilen war zu viel für die Kapazität von Moriartys wackeliger lichtschneller Telemetrie, die Signaturen voneinander zu trennen.

Die überlebenden achttausenddreihundert Mehrstufenraketen schalteten auf autonome Steuerung um, als sie in die innere Antiraketenzone eindrangen. Die bordgestützte Eloka der Sternenschiffe gab ihr Bestes, um die Angreifer zu beschwindeln und zu blenden. In letzter Sekunde gestartete Täuschkörper lockten einige von ihnen fort, und eine scheinbar solide Wand aus Typ-31ern raste ihnen frontal entgegen.

Viertausend weitere Mehrstufenraketen wurden aus dem All gefegt. Zusätzlich fielen elfhundert Lenkwaffen Täuschkörpern und Störsendern zum Opfer. Von den Überlebenden waren dreihundert Eloka-Drohnen mit Durchdringungshilfen, aber ohne Laser-Gefechtsköpfe, und fast die Hälfte der verbleibenden zweitausendneunhundert Mehrstufenraketen verlor das Ziel und erfasste nicht ein Sternenschiff neu, sondern die näheren, besser sichtbaren LACs. Sie schossen heran zum Angriff, doch manticoranische LACs waren außerordentlich schwierige Ziele. ›Nur‹ zweihundertelf von ihnen wurden vernichtet – mit zweitausendeinhundert von Honors Männern und Frauen an Bord.

Dann griffen die letzten sechzehnhundert Raketen die Sternenschiffe von Kampfverband 82 an, wobei die meisten von ihnen einen der beiden Superdreadnoughts erfasst hatten.

Nur eines rettete HMS *Imperator*, und das war der Schaden, den die *Intolerant* bereits erlitten hatte. Die Abwehrwaffen und die elektronische Kampfführung des Schwesterschiffs der *Imperator* waren dem Gefecht schlichtweg nicht mehr gewachsen, und so war sie sowohl leichter zu entdecken als auch leichter zu treffen. Die unter autonomer Steuerung kurzsichtigen Mehrstufenraketen stürzten sich in großen Zahlen auf sie, ohne auf die *Imperator* zu achten, und ihre Nahbereichsabwehr war der Aufgabe, sie zu schützen, nicht mehr gewachsen.

Gefechtskopf für Gefechtskopf, Hunderte von ihnen, detonierten als höllisches Muster aus stroboskopischen Impulsen: Atomexplosionswolken, die tödliche Harpunen aus kohärenter Röntgenstrahlung spuckten, welche sich durch die schwankenden Seitenschilde der *Intolerant* hackten und tief, sehr tief in den massiv gepanzerten Rumpf schlugen. Mike Henkes Schlachtkreuzer gaben ihr Bestes, um die Flutwelle der Vernichtung beiseitezuwischen, doch ihnen mangelte es einfach an der nötigen Feuerkraft, und außerdem waren auch sie nicht gegen Angriffe gefeit.

Honor umklammerte die Armlehnen ihres Kommandosessels, während sie spürte, wie die *Imperator* unter ihren Treffern bebte. Sie schmeckte Nimitz im Hinterkopf, der sich mit grimmiger Liebe und Ergebung an sie schmiegte, während der Tod durch das Schiff dröhnte. Selbst dabei nahm sie die Augen nie vom Plot und beobachtete, wie die tödliche Feuerwalze über die *Intolerant* hinwegfuhr.

Niemand sollte je wissen, wie viele Treffer der Superdreadnought einsteckte, doch wie viele es auch sein mochten, es waren zu viele. Immer wieder durchbohrten die Röntgenlaser sie, und wieder, und noch einmal, bis sie plötzlich in dem strahlendsten, grellsten Blitz von allen verschwand.

Sie starb nicht allein. Die Leichten Kreuzer *Fury, Buckler* und *Atum* verschwanden genauso von Honors Plot wie die Schlachtkreuzer *Priamos* und *Patrocles*. Die Schweren Kreuzer *Star Ranger* und *Blackstone* waren plötzlich nur noch Wracks, die aus einer ballistischen Bahn weitertrieben, ohne Energie oder Antrieb. Und HMS *Ajax* verlangsamte unversehens, als ihr gesamter Heckimpellerring ausfiel.

Die *Imperator* musste mehr als ein Dutzend Volltreffer einstecken, und dennoch war der tatsächliche Schaden am Flaggschiff unglaublich gering. Die dicke Panzerung wies die meisten Treffer ab, zurück blieben nur oberflächliche Krater, und trotz des Verlusts von wenigstens einem halben Dutzend Energielafetten blieb sie vollkommen gefechtstüchtig.

Honor blickte auf die bittere Asche in ihrem Display und musste die grausame Ironie erdulden, dass ausgerechnet ihr Flaggschiff anscheinend unverwundbar war, während sie die verwüsteten Wracks der Schiffe unter ihrem Kommando betrachtete. Von den zwanzig Sternenschiffen und fünfhundertsechzig LACs, die sie über die Hypergrenze geführt hatte, hatten nur zwölf Sternenschiffe, bis auf zwei alle beschädigt, und dreihundertneunundvierzig LACs überlebt. Und während sie noch zusah, fielen die *Ajax* und der Schwere Kreuzer *Necromancer* durch Impellerschaden zurück.

»Hoheit«, sprach Andrea Jaruwalski sie leise an. Honor sah zu ihr hoch. »Die Fernsonden bestätigen die Vernichtung von zwo Minenlegern und schweren Schaden an einem der Superdreadnoughts.«

»Danke, Andrea.« Honor war erstaunt, wie gelassen, wie *normal* sie klang. In Anbetracht dessen, was die Haveniten ihr zugefügt hatten, war es ein erbärmlicher Erfolg, aber wohl besser als nichts.

»Harper«, sagte sie, »verbinden Sie mich mit Admiral Henke.«

»Jawohl, Hoheit.«

Mehrere Sekunden verstrichen, ehe Michelle Henkes angespanntes Gesicht auf Honors Combildschirm erschien.

»Wie schlimm steht es, Mike?«, fragte Honor, kaum dass sie ihre Freundin sah.

»Das ist eine interessante Frage.« Henke gelang es, wenigstens das Zerrbild eines Lächelns aufzusetzen. »Captain Mikhailov ist tot, und die Lage ist ... vorerst ein wenig verworren. Unsere Schienen und Gondeln sind noch intakt, auch unsere Feuerleitung sieht ziemlich gut aus, aber unsere Nahbereichsabwehr und die Energiearmierung hat ziemlich viel eingesteckt. Am schlimmsten scheint es aber beim Heckimpellerring zu sein. Totalausfall.«

»Kannst du ihn wieder in Gang setzen?«, fragte Honor drängend.

»Wir arbeiten dran«, erwiderte Henke. »Immerhin scheint der Schaden in den Steuerleitungen zu stecken; die Emitter selbst sehen aus, als wären sie immer noch intakt, die Alphas eingeschlossen. Schlecht ist, dass wir im Heck eine Menge Rumpfschäden haben, und festzustellen, wo die Leitungen unterbrochen sind, wird ein Krampf erster Güte.«

»Bringst du sie raus?«

»Ich weiß es nicht«, gab Henke zu. »Offen gesagt sieht es nicht gut aus, aber ich bin nicht bereit, sie jetzt schon abzuschreiben. Außerdem«, sie rang sich wieder ein Lächeln ab, und diesmal wirkte es fast ungezwungen, »können wir nur schlecht von Bord.«

»Wie meinst du das?«

»Die Beiboothangars liegen beide in Trümmern, Honor. Die Bosun sagt, sie kann den Heckhangar vielleicht freiräumen, aber das dauert wenigstens eine halbe Stunde. Ohne Hangar ...« Henke zuckte mit den Schultern, und Honor biss sich so hart auf die Innenseite der Lippe, dass sie Blut schmeckte.

Ohne wenigstens einen funktionierenden Hangar konnte kein Beiboot an der *Ajax* andocken, um die Besatzung von Bord zu bringen. Zwar gab es Personennotschleusen, doch es hätte Stunden gedauert, darüber einen merklichen Prozentsatz der Besatzung zu evakuieren, und der Schlachtkreuzer führte nur für gut die Hälfte seiner Besatzung Rettungskapseln mit. Es hatte keinen Sinn, mehr davon zu haben, denn nur die Hälfte aller Besatzungsmitglieder hatte Gefechtsstationen so dicht an der Außenhaut, dass ihnen eine Rettungskapsel etwas nutzen konnte.

Und die Flaggbrücke gehörte nicht zu den Stationen, die in diese Kategorie fielen.

»Mike, ich ...«

Honors Stimme trug einen erschrockenen Unterton, und Henke schüttelte rasch den Kopf.

»Sag es nicht«, bat sie fast sanft. »Wenn wir den Keil wiederhaben, können wir wahrscheinlich mit allem Versteck spielen, was groß genug ist, um uns zu vernichten. Wenn wir ihn nicht wieder in Gang bekommen, kommen wir nicht aus dem Sonnensystem. So einfach ist das, Honor. Und du weißt so gut wie ich, dass du nicht den Rest des Kampfverbands zurückhalten kannst, um uns zu schützen. Nicht wo Bandit-Drei nach wie vor aufschließt. Selbst wenn du nur für die halbe Stunde hierbleibst, in der wir versuchen zu reparieren, was zu reparieren ist, kommst du in ihre Reichweite, und deine Raketenabwehr ist keinen Furz mehr wert.«

Honor wollte widersprechen, protestieren. Eine Möglichkeit finden, dass es nicht wahr wurde. Doch das ging nicht, und sie blickte ihrer besten Freundin fest ins Gesicht.

»Du hast Recht«, sagte sie leise. »Ich wünschte, es wäre anders, aber du hast Recht.«

»Weiß ich.« Henkes Lippen zuckten wieder. »Und wir sind wenigstens in besserer Verfassung als die *Necromancer*«, sagte sie fast launig, »aber ich glaube, bei ihr sind immerhin die Beiboothangars intakt.«

»Nun ja, das stimmt«, sagte Honor. Sie versuchte, Henke im gleichen Ton zu antworten, obwohl sie am liebsten geweint hätte, »das ist der große Unterschied. Rafe kümmert sich gerade um die Evakuierung ihrer Besatzung.«

»Nett von Rafe.« Henke nickte.

»Weich nach Systemnorden aus«, sagte Honor. »Ich werde unsere Beschleunigung für knapp fünfzehn Minuten senken.« Henke sah aus, als wollte sie protestieren, doch Honor schüttelte rasch den Kopf. »Nur fünfzehn Minuten, Mike. Wenn wir dann auf Maximalschub gehen, passieren wir Bandit-Drei wenigstens achtzigtausend Kilometer außerhalb seiner Reichweite mit angetriebenen Raketen.«

»Das ist zu dicht, Honor!«, sagte Henke scharf.

»Nein«, entgegnete Honor tonlos, »das ist es nicht, Admiral Henke. Und nicht nur, weil die *Ajax* dein Schiff ist. Es sind noch siebenhundertfünfzig andere Männer und Frauen an Bord.«

Henke sah sie an, dann holte sie tief Luft und nickte.

»Wenn die Haveniten sehen, dass unsere Beschleunigung fällt, werden sie annehmen, dass die *Imperator* genügend schweren Impellerschaden erlitten hat, um den Rest des Kampfverbands zu verlangsamen, und danach handeln«, fuhr Honor fort. »Bandit-Drei sollte uns auf dieser Grundlage verfolgen. Wenn du den Heckimpellerring innerhalb der nächsten fünfundvierzig Minuten bis einer Stunde wieder in Gang bekommst, solltest du dich von Bandit-Zwo fernhalten können, und Bandit-Eins ist mittlerweile nur noch Schrott. Aber wenn du ihn nicht in Gang bekommst ...«

»Wenn wir ihn nicht in Gang bekommen, können wir auch nicht in den Hyperraum«, unterbrach Henke sie. »Ich glaube, das ist das Beste, was wir tun können, Honor. Danke.«

Honor hätte die Freundin am liebsten dafür angeschrien, dass sie ihr dankte, doch sie nickte nur.

»Richte Beth meine besten Wünsche aus, für alle Fälle«, fügte Henke hinzu.

»Das kannst du selber machen«, versetzte Honor.

»Mach ich auch«, entgegnete Henke. Sanfter sagte sie: »Pass auf dich auf, Honor.«

»Gott segne dich, Mike«, antwortete Honor leise. »Ende.«

6

Das Com auf ihrem Schreibtisch summte, und sie blickte von dem Bericht auf und drückte die Annahmetaste.

»Ja?«

»Honor«, hörte sie Harper Brantleys Stimme, »Sie haben eine Nachricht.«

»Der Inhalt?«

»Wir wurden soeben informiert, dass der Erste Lord und der Erste Raumlord an Bord des Mittagsshuttles sind, Hoheit. Ihre Pinasse dockt in siebenunddreißig Minuten an der *Imperator* an.«

»Danke, Harper.«

Honors höfliche Antwort war gelassen genug, um jeden zu täuschen, der sie nicht wirklich sehr gut kannte. Harper Brantley gehörte zu den Menschen, die sie durchschauen konnten.

»Gern geschehen, Hoheit«, sagte er ruhig und trennte die Verbindung.

Honor lehnte sich in ihren Schwebesessel zurück, und Nimitz summte beruhigend auf seiner Sitzstange. Honor sah auf und lächelte; sie wusste seine Liebe und seinen Versuch, sie aufzuheitern, zu schätzen, aber beide wussten sie, dass es ihm nicht gelungen war.

Sie sah wieder auf ihr Terminal, und der jüngste in der gnadenlosen Abfolge von Berichten schwebte ins Display. Für einen Offizier der Königin nahm die Schreibarbeit nie ein Ende, und sie hatte festgestellt, dass dies nach einer glatten Niederlage noch mehr galt als nach einem Sieg. In gewisser Hinsicht war sie dafür dankbar. Sie bekam dadurch etwas anderes zu tun, als in der Stille ihrer Kajüte dazusitzen und den Gespenstern zuzuhören.

Nimitz sprang auf den Schreibtisch hinunter und erhob sich auf die Hinterbeine, beugte sich vor und stützte sich mit den Echthänden auf ihre Schultern, während er mit der Nasenspitze ihre Nasenspitze berührte. Er starrte ihr in die Augen, und seine grasgrünen Pupillen wirkten so tief wie das Meer auf Sphinx, auf dem sie in ihrer Kindheit zusammen gesegelt waren. Sie spürte ihn tief in ihr. Spürte seine Anteilnahme und sein liebevolles Schelten, während sie beide mit ihrem Gefühl der Schuld und des Verlustes rangen.

Sie hob die Arme und legte sie um ihn, drückte ihn an ihre Brust, während sie ihr Gesicht in seinem weichen Fell vergrub, und sein Summen durchdrang sie sanft, ganz sanft.

Honor stand im Beiboothangar der *Imperator*, Andrew LaFollet links neben sich, als die Pinasse sich auf das Andockgerüst senkte. Das grüne Licht leuchtete auf, das innere Ende der Zugangsröhre öffnete sich, und die Bootsmannspfeifen schrillten, als Major Lorenzettis Seite aus Marineinfanteristen Haltung annahm.

»Erster Lord kommt an Bord!«, verkündete das Intercom, und Hamish Alexander, Samantha auf der Schulter, schwang sich als Erster durch die Röhre, wie es ihm durch seine höhere Seniorität als Sir Thomas Caparellis ziviler Vorgesetzter zukam.

»Bitte um Erlaubnis, an Bord zu kommen, Captain«, sagte er, als Rafe Cardones vor ihm salutierte.

»Erlaubnis erteilt, Mylord.«

»Danke.« Hamish nickte, ergriff die Hand, die Cardones ihm reichte, und schüttelte sie. Er trat an dem Kommandanten vorbei und sah Honor ganz kurz in die Augen, dann gab er ihr die Hand. Sie schüttelte sie wortlos. Ihr empathischer Sinn klammerte sich, deutlich der neugierigen Augen ringsum gewahr, an die Sorge und Liebe in seinem Geistesleuchten, dann ertönten wieder die Hangarlautsprecher.

»Erster Raumlord kommt an Bord!«

»Bitte um Erlaubnis, an Bord zu kommen, Captain«, sagte Sir Thomas Caparelli im uralten Ritual.

»Erlaubnis erteilt, Sir«, gab Cardones ihm die genauso rituelle Antwort, und Caparelli überschritt die Linie, die auf das Deck gemalt war.

»Mylord, Sir Thomas«, begrüßte Honor sie förmlich, während sie Hamishs Hand losließ und Caparellis Hand ergriff.

»Hoheit«, antwortete Caparelli für beide, und Honor schmeckte auch seine Empfindungen. Der halb von ihr befürchtete und zugleich auch ersehnte Zorn fehlte. An seiner Stelle schmeckte sie Mitgefühl, Anteilnahme und etwas, das dem Beileid sehr ähnlich war. Einerseits war sie froh darüber, doch andererseits – in ihrer Verletzung – fast wütend, als verrate er ihre Gefallenen, indem er ihr deren Tod nicht zum Vorwurf machte. Ihre Empfindungen waren vernunftwidrig und unsinnig, und das wusste sie. An ihren Gefühlen änderte es kein bisschen.

»Darf ich Sie und Earl White Haven in meine Kajüte einladen?«

»Das ist eine ausgezeichnete Idee, Hoheit«, sagte Caparelli nach einem kurzen Seitenblick auf Hamish.

»Dann möchte ich bitten, Mylords«, sagte Honor und zeigte mit der rechten Hand auf die wartenden Lifts.

Auf dem kurzen Weg zu Honors Kajüte waren sie still. Der ungezwungene Smalltalk, mit dem sie gewöhnlich die Zeit gefüllt hatten, fehlte. Vor der Luke des Arbeitszimmers löste sich LaFollet von der Gruppe, und Honor ließ ihren Gästen den Vortritt.

Nachdem sie ihnen gefolgt war, schloss sich hinter ihr die Luke.

»Willkommen an Bord der *Imperator*, Mylords«, begann sie und verstummte erstaunt, als Hamish sich zu ihr umdrehte und sie wild in die Arme nahm. Im ersten Augenblick sträubte sie sich, da Caparelli anwesend war. Dann fiel ihr auf, dass sie von dem Ersten Raumlord keinerlei Erstaunen empfing, und sie ergab sich – wenigstens ganz kurz – dem unfassbaren Trost, in den Armen ihres Mannes zu liegen.

Die Umarmung dauerte mehrere Sekunden, dann trat Hamish zurück, die linke Hand noch auf ihrer rechten Schulter, während er Honor mit der Rechten, sanft wie eine Feder, eine verirrte Haarsträhne aus der Stirn strich.

»Wie ... *schön*, dich wiederzusehen, Liebes«, sagte er leise.

»Ja.« Honors Unterlippe wollte zu zittern beginnen, und sie rief sich ernst zur Ordnung. Dann sah sie an Hamish vorbei auf Caparelli und rang sich ein ironisches Lächeln ab. »Und mich freut auch das Wiedersehen mit Ihnen, Sir Thomas.«

»Wenngleich nicht ganz so sehr, was, Admiral Alexander-Harrington?«

»Oje.« Honor atmete tief durch und blickte zwischen den beiden Männern hin und her. »Sind wir an die Öffentlichkeit gegangen, während ich fort war, Hamish?«

»Ganz so würde ich es nicht ausdrücken«, erwiderte er. »Einige Personen haben es entweder von selbst begriffen oder sind informiert worden, weil es alles viel einfacher machte. Thomas fällt in beide Kategorien. Ich habe ihn unterrichtet – und er hatte es sich bereits gedacht.«

»Hoheit – Honor«, sagte Caparelli mit einem schiefen Grinsen, »Ihre Beziehung zu Hamish muss eines der am stärksten gehüteten Geheimnisse in der Geschichte der Royal Manticoran Navy sein.« Unruhe flackerte in ihren Augen auf, doch er lachte nur. »Ich könnte allerdings hinzufügen, dass ich sehr bezweifle, ob irgendein Offizier der Königin auch nur ein Wort darüber verlieren würde. Und wenn ihn nur die Angst vor dem, was wir mit ihm anstellten, wenn wir es herausbekämen, davon abhält.«

»Sir Thomas«, begann sie, »ich –«

»Sie brauchen mir nichts zu erklären, Honor«, unterbrach Caparelli sie. »Erstens, weil ich glaube, dass Hamish recht hat, was die Kriegsartikel angeht. Zwotens, weil ich bei Ihnen nie eine Neigung bemerkt habe, Ihre Entscheidungen von persönlichen Empfindungen beeinflussen zu lassen. Drittens, weil Sie während Ihrer gesamten Laufbahn immer kristallklar deutlich gemacht haben, dass Sie Protektion ablehnen und auf keinen Fall Ihre Karriere dadurch gefördert sehen wollten, dass jemand ›Interesse‹ an Ihnen hatte. Und viertens, und das ist wahrscheinlich das Wichtigste, haben Sie beide Ihr Glück verdammt noch mal verdient – oder genauer, Sie alle *drei*.«

Honor schloss den Mund und spürte die eiserne Aufrichtigkeit, die hinter seinen Worten stand. Für sie bedeutete es eine gewaltige Erleichterung, doch sie verbiss sich jeden

Dank. Stattdessen bedeutete sie den Männern, auf der Couch Platz zu nehmen, und setzte sich in einen Sessel, der ihr gegenüberstand.

Honor lächelte andeutungsweise, als sie mit solchem Vorbedacht Abstand zwischen ihnen schuf, aber er sagte nichts. Samantha sprang von seiner Schulter, dann setzten Nimitz und sie sich auf den anderen Sessel, wo sie sich nebeneinander zusammenringelten und glücklich schnurrten.

»Ich nehme an«, sagte Honor dann, und ihre Stimmung verfinsterte sich wieder, »dass Sie gekommen sind, um mein Fiasko mit mir zu besprechen.«

Hamish rührte keine Miene, doch sie spürte seine innere Qual bei ihrer Wortwahl.

»Das ist wohl eine Möglichkeit, das Geschehene zu beschreiben«, sagte Caparelli. »Allerdings hätte ich ein anderes Wort gewählt.«

»Mir fällt kein besseres ein.« Honor wusste, dass sie verbittert klang, aber sie konnte nichts dagegen tun. »Ich habe die Hälfte meiner Superdreadnoughts verloren, sechzig Prozent meiner Schlachtkreuzer, die Hälfte meiner Schweren Kreuzer, achtunddreißig Prozent meiner *Leichten* Kreuzer und über vierzig Prozent meiner LACs. Dafür konnte ich zwo Minenleger vernichten und zwo Superdreadnoughts beschädigen, einer davon ein Relikt aus der Zeit vor den Gondellegern. Und der Infrastruktur des Systems, die mein Einsatzziel war, konnte ich keinerlei Schaden zufügen.« Sie lächelte vollkommen freudlos. »Für mich klingt das ganz so, als wäre die lexikalische Bedeutung des Wortes ›Fiasko‹ erfüllt.«

»Das ganz sicher«, entgegnete Caparelli gelassen. »Was *mir* jedoch auffiel war, wie gering Ihre Verluste waren, bedenkt man, wo Sie hineingefahren sind.«

Mit erhobener Hand erstickte er ihren Widerspruch im Keim und sah ihr offen in die Augen.

»Ich weiß ganz genau, wovon ich rede, Honor, also behaupten Sie jetzt nicht das Gegenteil. Sie sind in einen sorgsam vorbereiteten Hinterhalt marschiert. Ich habe Ihre Berichte durchgesehen und die Ihrer überlebenden Kommandanten, dazu die Logaufnahmen von Ihrer Flaggbrücke und der taktischen Sektion der *Imperator*. Ich habe sie sehr sorgfältig durchgesehen, und, ob Sie es nun glauben oder nicht, auch sehr kritisch. Und wenn ich zugrunde lege, welche Informationen Ihnen bei Befehlserteilung vorlagen, kann ich keinen einzigen Fehler entdecken, den Sie begangen hätten.«

»Obwohl ich direkt in die letzte Salve hineingelaufen bin?«, entgegnete Honor. »Wenn jemand damit hätte rechnen müssen, dann bin *ich* das!«

«Nur weil Mark Sarnow und Sie bei Hancock Station vor sechzehn T-Jahren eine ähnliche Taktik angewendet haben, sind Sie noch lange keine Hellseherin«, widersprach Caparelli. »Sie hatten immerhin begriffen, dass die Havies hinter Ihnen aus dem Hyperraum kamen, und ich bezweifle sehr, dass die meisten Flaggoffiziere so rasch darauf gekommen wären. Und ohne zu wissen, welch schwere Salven Bandit-Eins feuern konnte, war Ihre Entscheidung, sich von einer Kampfgruppe fernzuhalten, die Ihnen an Wallschiffen drei zu eins überlegen war, das einzig Vernünftige.«

»Und dass ich die *Ajax* zurückgelassen habe?« Honor sprach so leise, dass sie fast flüsterte.

»Auch das war die richtige Entscheidung, Hoheit«, sagte Caparelli ruhig. Honor sah auf, blickte ihm wieder in die Augen und schmeckte seine Aufrichtigkeit. »Eine schwere Entscheidung. Das weiß ich. Ich weiß, wie nahe Admiral Henke Ihnen stand. Ihre erste Pflicht war es jedoch, die Schiffe hinauszuschaffen, die noch fliehen konnten, und bei den Schäden, die Sie bereits erlitten hatten, wäre das unmöglich gewesen, wenn Sie wegen der *Ajax* verlangsamt hätten. Wenn Sie die Besatzung hätten von Bord bringen können, wäre es wieder etwas anderes gewesen. Das aber ging ja leider nicht.«

»Aber …«, begann Honor mit brennenden Augen, und Caparelli schüttelte den Kopf.

»Lassen Sie es. »Ich habe schon in der gleichen Lage gesteckt und weiß, wie weh es tut, jemanden zurückzulassen, da kann die taktische Entscheidung so korrekt sein, wie sie will. Man fragt sich immer, ob es nicht doch eine Möglichkeit gegeben hätte, jeden rauszubringen, und verflucht sich nachts dafür, keine gefunden zu haben. Dass die Gräfin Gold Peak und Sie miteinander so lange so eng befreundet waren, macht es sicherlich noch schlimmer, aber ich kenne Sie mittlerweile gut genug. Auch wenn Michelle Henke nicht an Bord dieses Schiffes gewesen wäre, würden Sie sich jetzt genauso schlecht fühlen.«

Honor blinzelte und sah kurz weg. Er hatte recht, sie wusste es. Und doch, die Erinnerung an Mike …

Sie schloss die Augen, und ihr Gedächtnis spielte das Letzte ab, was sie von Michelle Henke gesehen hatte – was sie je sehen würde. Sie und die anderen Überlebenden hatten die Hypergrenze überquert, Bandit-Zwo und Bandit-Drei dicht auf den Fersen. Die *Rifleman* erfüllte ihren Teil von Omega-Eins, indem sie in den Hyperraum ging und Samuel Miklós' LAC-Träger am vereinbarten Rendezvouspunkt erreichte, nachdem auch die anderen Überlebenden des Kampfverbands die Grenze hinter sich gelassen hatten. Miklós' Geschwader führte einen makellosen Mikrosprung aus und stieß wiederum zu Honors Geschwader. Die Träger nahmen die überlebenden LACs an Bord und verschwanden im Hyperraum, keine fünfzehn Minuten, ehe Bandit-Drei die Hypergrenze erreichte. Doch es war nicht schnell genug gegangen, dass sie nicht hätte beobachten können, was sich im System ereignete.

Sie wünschte, es wäre Zeit für eine letzte persönliche Nachricht gewesen, aber die Signalstation der *Ajax* hatte bei der ersten Salve, die Bandit-Zwo auf Henkes lahmendes Flaggschiff abfeuerte, schwere Schäden erlitten. Es bestand kein Kontakt mehr – selbst die Aufklärungsdrohnen waren zu weit entfernt, um die Vorgänge genau zu beobachten –, aber nach den Sensordaten sah es danach aus, als hätte die *Ajax* wenigstens einen Schlachtkreuzer mit in den Untergang gerissen. Die Explosion ihrer Fusionskraftwerke allerdings war weitaus deutlicher zu erkennen gewesen.

»Ich habe sie im Stich gelassen«, sagte sie leise. »Ich habe sie in ihren letzten Momenten im Stich gelassen.«

»Weil ihr Antrieb beschädigt war«, sagte Caparelli, indem er den Bezug des Pronomens absichtlich falsch interpretierte. »Weil Sie keine Wahl hatten. Weil Sie eine Flottenkommandeurin waren, verantwortlich für das Überleben der anderen Schiffe unter Ihrem Befehl. Ihre Entscheidung war *richtig.*«

»Vielleicht.«

Honor sah ihn wieder an, und der Erste Raumlord neigte den Kopf. Sie schmeckte, dass er ihr ›Vielleicht‹ als das Nächste zu einer Zustimmung annahm, zu dem sie im Moment fähig war, und fast hätte sie gelächelt.

»Aber ob die Entscheidung nun richtig war oder nicht, die Havies haben mir jedenfalls den Hintern hoch zwischen die Ohren getreten, und ich habe mein Einsatzziel nicht ausgeschaltet. Ganz genau das, was die Achte Flotte nicht zulassen durfte.«

»Wir können nicht einfach den Sieg befehlen«, entgegnete ihr Caparelli. »Auch die andere Seite hat ein Interesse zu gewinnen, wie Sie wissen. Und wenn Sie ständig die schwierigsten Aufgaben erhalten, steigt die Wahrscheinlichkeit rasant, dass Sie irgendwann vor einer Unmöglichkeit stehen wie im Solon-System.

Was das betrifft, ja, Sie haben Ihr Einsatzziel nicht erreicht. Admiral Truman hingegen hat, nach Ihrem Plan operierend, die Werft von Lorn, jedes bisschen Zulieferindustrie und jede einzelne mobile Einheit im System zu Schrott geschossen, und das mit nur dem Verlust von sechs LACs.«

»Das weiß ich«, räumte Honor ein. »Und ich weiß auch, dass unser Hauptziel darin bestand, die Republik zur Verlegung von Schiffen zu zwingen, was sie – wie Solon beweist – definitiv getan hat. Dennoch bin ich mir deprimierend sicher, dass man der Zivilbevölkerung eine Geschichte vorlegen wird, in der ausführlich dargelegt wird, wie schwer man *meinen* Kampfverband getroffen hat, und nicht, wie gut Alices sich schlug.«

»Nun, darauf können wir uns mit Sicherheit verlassen«, stimmte Caparelli zu. »Besonders, weil bisher Sie die blauen Augen ausgeteilt haben. Die Niederlage des ›Salamanders‹ – und ich gebe zu, dass es, so erfolgreich Sie auch gerettet haben, was zu retten war, dennoch eine Niederlage gewesen ist – wird gewiss auf jeder Titelseite jeder havenitischen Zeitung stehen. Man wird es propagandistisch bis aufs Letzte ausbeuten, ganz genau wie unsere Presse jeden Erfolg der Achten Flotte hochspielt.

Allerdings, so fürchte ich«, sagte er erheblich niedergeschlagener, mit plötzlich weit düstereren Emotionen, »ist das nicht das Einzige, was sie hochspielen können.«

»Wie darf ich das verstehen?«

Honor sah ihn fragend an, und er hob die schweren Schultern.

»Der erste Bericht kam heute Morgen. Admiral Tourville ist offenbar von Marsh zurück, und man hat ihm eine neue Flotte gegeben, zum Ersatz für die, die Sie vernichtet haben.

Schiffe unter seinem Kommando haben Sansibar überfallen, während Sie gerade Lorn und Solon angriffen.«

Honor holte tief Luft und sah zwischen Caparelli und Hamish hin und her.

»Wie schlimm?«

»Fast so schlimm es kommen konnte«, antwortete Hamish. Ihr Blick zuckte zu ihm, und er seufzte. »Er ist mit ganzen vier Geschwadern aus Gondellegern angerückt, und die havenitischen Schlachtgeschwader sind nach wie vor acht Schiffe stark. Außerdem hatte er zwo Divisionen LAC-Träger und wenigstens zwo Schlachtkreuzergeschwader zur Unterstützung. Obwohl wir nach Admiral al-Bakrs Fiasko – und hier benutze ich das Wort mit Bedacht«, sagte er bitter –, »das System enorm verstärkt hatten, reichte es nicht aus. Tourville hat die Abwehrverbände wie mit einem Vorschlaghammer getroffen. Er begann damit, dass er den Asteroidengürtel mit Aufklärungsdrohnen untersucht hat, gefolgt von LAC-Schlägen gegen unsere ausgesetzten Raketengondeln. Als wäre das nicht genug, hatte er schnelle Flottenversorger mit zusätzlichen Raketengondeln dabei. Er hatte sie im Hyperraum versteckt, kam gerade weit genug hinein, um unsere mobilen Einheiten von ihren Basen fortzulocken, dann griff er sie auf große Distanz an, bis beide Seiten sich fast leergeschossen hatten. Er zog sich über die Hypergrenze zurück, ließ sich neu munitionieren und kehrte zurück, ehe wir die verbrauchten Abwehrgondeln ersetzen oder unsere Gondelleger ins innere System zurückschaffen konnten, um sie unsererseits neu zu munitionieren. Es war ein Blutbad.«

»Wie schlimm?«, wiederholte Honor.

»Elf Lenkwaffen- und sieben ältere Superdreadnoughts«, sagte Caparelli grimmig. »Dazu siebenhundert LACs, sechs Schlachtkreuzer und zwo Schwere Kreuzer. Das sind *unsere* Verluste. Der Großteil der sansibaranischen Navy ist vernichtet. Ganz zu schweigen von der Raumindustrie«, fügte der Erste Raumlord hinzu. »Zum zwoten Mal.«

Honor erblasste. Im Vergleich dazu erschienen ihre Verluste beinahe belanglos.

»Ich glaube, wir sind uns einig«, fuhr Caparelli fort, »dass so, wie die Dinge im Augenblick stehen, es für Haven relativ leicht sein wird, seine Öffentlichkeit zu überzeugen – und vielleicht sogar unsere –, dass die Republik an Boden gewonnen hat. Das macht es für uns noch wichtiger, den Havies klarzumachen, wie sehr sie sich da irren.«

»Woran denken Sie, Sir Thomas?«, fragte Honor und sah ihm direkt ins Gesicht.

»Sie wissen ganz genau, woran ich denke, Honor«, sagte er. »Das ist ein Grund, weshalb ich mit Hamish hierhergekommen bin. Ich weiß, dass Sie trauern, und ich weiß auch, dass Ihre Leute noch unter dem Schock von Solon stehen. Und es ist mir klar, dass Sie wenigstens ein paar Wochen brauchen, um eine neue Operation zu planen und in Gang zu setzen. Aber trotzdem müssen Sie – und Ihre Leute – wieder in den Sattel steigen, und zwar rasch. Wir tun, was wir können, um Ihre Verluste zu ersetzen und Sie sogar zu verstärken, aber es ist wichtig, lebenswichtig sogar, dass die Achte Flotte so rasch wie irgend möglich wieder *offensiv* wird. Auf keinen Fall darf der Eindruck entstehen, die Initiative sei in die Hand des Gegners übergegangen – weder bei ihm, noch bei uns.«

7

Thomas Theisman blickte aus dem Fenster, während der Shuttle in den Zielanflug auf den gewaltigen Superdreadnought ging. Der Kriegsminister und Chef des Admiralstabs der Republik Haven lächelte, als er sich an das letzte Mal erinnerte, dass er diese Reise gemacht hatte. Sein Gastgeber hatte ihn damals in einer etwas anderen Stimmung erwartet.

Der Shuttle bremste ab, bis er relativ zum Superdreadnought zum Stillstand kann, und die Traktorstrahler des Beibootshangars erfassten ihn. Sie erstickten den verbliebenen Bewegungsvektor und zogen ihn sanft ins Schiff. Er sank auf das Andockgerüst, die Zugangsröhre fuhr aus, und Theisman und Captain Alenka Borderwijk, in der Navy seine ranghöchste Adjutantin, stiegen von den Sitzen auf.

»Verlieren Sie das nicht, Alenka«, sagte Theisman und tippte auf das flache Kästchen, das Borderwijk unter dem linken Arm trug.

»Keine Sorge, Sir«, erwiderte der Captain. »Der Gedanke, bei Morgengrauen erschossen zu werden, hat für mich die leiseste Verlockung.«

Theisman grinste ihr zu, dann wandte er sich um und führte sie den Weg durch die Röhre auf die Hangargalerie der *Sovereign of Space.*

»Chef des Admiralstabs kommt an Bord!«, ertönte die Ankündigung, und Theisman unterdrückte ein weiteres Grinsen.

Technisch hätte er als Kriegsminister angekündigt werden müssen, da der Minister der zivile Vorgesetzte des Chefs des Admiralstabs war. In der Flotte jedoch war allgemein bekannt, dass Theisman sich lieber noch als ehrlichen Admiral sah und nicht als Politiker. Es amüsierte ihn immer, wenn das uniformierte Personal der Navy ihn in dieser speziellen Eitelkeit bestärkte.

»Willkommen an Bord, Sir«, sagte Captain Patrick Reumann und trat vor, um ihn zu begrüßen, ehe er formell um Erlaubnis bitten konnte, an Bord kommen zu dürfen.

»Danke, Pat.« Theisman schüttelte dem hochgewachsenen Captain die Hand und blickte Javier Giscard an, der hinter ihm stand.

»Willkommen an Bord, Sir«, sagte auch Giscard, während sie sich die Hände gaben.

»Danke, Admiral.« Theisman hob leicht die Stimme. »Und wo ich gerade hier bin, möchte ich Ihnen und allen Männern und Frauen unter Ihrem Kommando meinen Dank – und den der Republik – dafür aussprechen, dass Sie alle Ihre Aufgabe sehr gut verrichtet haben.«

Noch immer kam er sich ein wenig albern vor, wenn er den politischen Führer spielte, aber er hatte gelernt, die Rolle nicht zu verabscheuen, und auf den Gesichtern der Offiziere, Unteroffiziere und Mannschaften in Hörweite entdeckte er Freude. Was er gesagt hatte, würde sich durch das ganze Schiff – und später durch Giscards gesamte Flotte – mit einer Geschwindigkeit verbreiten, die die Gravimpulse eines Überlichtcoms beschämte. Und obwohl er wusste, dass Giscard genau begriff, was er tat, sah er auch in dessen Augen aufrichtige Freude, als der höchste Vorgesetzte innerhalb seiner Streitkraft sicherstellte, dass sein Dank öffentlich gehört wurde.

»Vielen Dank, Sir«, erwiderte Giscard. »Das bedeutet mir viel, ganz wie allen unseren Leuten, wie Sie sicher wissen.«

»Das freut mich.« Theisman ließ Giscards Hand los, während Reumann die Begrüßung Alenka Borderwijks abschloss und sie zu den beiden Admiralen trat. »Und jetzt, Admiral Giscard«, sagte er, »haben wir einiges zu bereden.«

»Jawohl, Sir. Wenn ich Sie zum Flaggbesprechungsraum führen darf?«

»Was ich gesagt habe, das meinte ich ernst, Javier«, sagte Theisman, als die Luke des Besprechungsraums sich hinter ihnen geschlossen hatte. »Sie und Ihre Leute haben *verdammt* gute Arbeit geleistet. Zusammengenommen mit Lesters Erfolg im Sansibar-System müssen sich die Mantys vorkommen, als wären sie unachtsam einem steuerlosen Frachtshuttle am untersten Punkt eines Schwerkrafttrichters in die Quere gekommen.«

»Wir geben uns durchaus Mühe, Tom«, sagte Giscard und bot dem Chef des Admiralstabs und seiner Adjutantin Stühle an, ehe er selbst Platz nahm. »Linda und Lewis haben es erst ermöglicht, indem sie die richtigen Vermutungen anstellten. Nun, sie und Shannon.« Er schüttelte den Kopf, und sein ironisches Gesicht wirkte nicht mehr sehr belustigt. »Wenn nur meine Schiffe im Gefecht gewesen wären, wäre sie unversehrt davongekommen.«

»Ich glaube, das ist ein bisschen pessimistisch«, widersprach Theisman. »Nach den Daten der Ortungssatelliten im System haben Sie einem der Superdreadnoughts arg zugesetzt, ehe Moriarty auf die Mantys feuern konnte.«

»Ja, und dazu habe ich *sechs* Lenkwaffen-Superdreadnoughts leergeschossen«, entgegnete Giscard. »Ich möchte keineswegs herabwürdigen, was meine Leute geleistet haben, und ich werde auch keineswegs meine eigenen Verdienste kleinreden, aber diese neue manticoranische Raketenabwehr ...« Er schüttelte den Kopf. »Das ist ein Monstrum, Tom. Wirklich hart.«

»Was Sie nicht sagen!« Theisman schnaubte. »Ich weiß, dass Sie Lesters Einsatzbericht über Sansibar noch nicht gesehen haben, aber er sagt genau das Gleiche. Er ist sogar der Ansicht, dass er nur deswegen durchgekommen ist, weil er seinen Superdreadnoughts Nachschub an Raketen mitgebracht hatte. Er hat sie auf weite Distanz gehalten, bis sie keine Munition mehr hatten, dann ist er fast auf Einstufenraketenentfernung gegangen, damit er die bestmöglichen

Ziellösungen erhielt, und selbst dann benötigte er eine Überlegenheit von drei zu eins.«

Er zuckte mit den Schultern.

»Damit müssen wir zunächst leben. Die Suchköpfe der nächsten Generation sind fast einsatzbereit – das sollte ein wenig Erleichterung bringen –, und Shannon arbeitet bereits an anderen Lösungen ... in ihrer üppigen Freizeit.« Giscard und er lachten beide. »Inzwischen muss das Planungsamt unsere Berechnungen zum relativen Kampfwert der einzelnen Einheiten noch einmal durchgehen. Im Augenblick sind wir noch ziemlich sicher, dass wir unser Ziel erreichen, aber es könnte sein, dass es länger dauert als erwartet.«

»Wie viel länger?«, fragte Giscard mit leicht beunruhigter Miene.

»Das kann ich natürlich noch nicht mit Bestimmtheit beantworten, aber noch deutet nichts darauf hin, dass sich alles um mehr als ein paar Monate nach hinten verschiebt – sechs, höchstens sieben. Wir sprechen hier nicht davon, dass wir Neubauten bräuchten, die nicht sowieso schon auf Kiel lägen, nur davon, dass wir mehr von diesen Neubauten benötigen, als wir ursprünglich dachten. Und angesichts dessen, dass unsere Überlegenheit noch ein ganzes Jahr über unser ursprüngliches Zieldatum hinaus anwächst, sind sechs oder sieben Monate Verzögerung durchaus akzeptabel.«

»Ich hoffe, dass es nicht noch länger läuft, aber ...« Giscard hielt kurz inne, zuckte mit den Schultern und fuhr fort: »Sorgen bereitet mir, Tom, dass unsere Prognosen auf dem beruhen, was uns die Mantys bereits gezeigt haben und was wir auf dieser Grundlage extrapolieren konnten. Wir haben aber die Verbesserung ihrer Raketenabwehr nicht korrekt vorhergesehen. Wir wussten, dass sie sich verbessern würde, aber ich darf wohl mit Fug und Recht sagen, dass niemand mit diesem Ausmaß gerechnet hätte. Genauso wie keiner von uns diese Kurvenkampf-Rakete vorhergesehen hat. Was, wenn sie mit ihren Mehrstufenraketen etwas Ähnliches zuwege bringen?«

»Das ist allerdings ein stichhaltiges Argument«, sagte Theisman ernst, »und ich müsste lügen, wenn ich behaupten wollte, ich hätte da nicht selbst hin und wieder Bedenken gehabt. Ich meine aber, dass wir mit Moriarty und der konstanten Verbesserung unserer überlichtschnellen Signalsysteme und Koordination noch immer schneller aufholen als die Manticoraner. Im Augenblick stehen sowohl wir als auch die Mantys am absoluten Ende, was die Treffgenauigkeit bei Mehrstufenraketengefechten auf höchste Distanz angeht. Die Manticoraner sind darin besser als wir, aber mit Fortschritten wie den neuen Suchköpfen werden wir schneller besser als sie.«

Er lehnte sich in den Sessel zurück und verschränkte die Arme vor der Brust.

»Ich habe Linda und die Abteilung für Operationsbewertung jeden Gefechtsbericht jeder Analyse unterziehen lassen, die uns einfallen wollte. Wir tabellieren die qualitativen und quantitativen Verbesserungen auf beiden Seiten so genau wir können und passen unsere Prognosen dynamisch an. Es ist gut möglich, dass etwas auftritt, was alle unsere Berechnungen über den Haufen wirft. Ich glaube es aber nicht, und ich hoffe es auch nicht. Wenn es aber geschieht, sollten wir es rechtzeitig entdecken, um sowohl unsere Optionen als auch unsere Pläne neu zu überdenken. Und ich habe auf keinen Fall vor, die Navy in eine kriegsentscheidende Offensive zu werfen, ehe ich sicher sein kann, dass unsere Berechnungen wirklich nicht über den Haufen geworfen sind.«

»Und, mit allem schuldigen Respekt, Admiral Giscard«,

warf Captain Borderwijk ein, »was Sie bei Solon erreicht haben, bestätigte das Moriarty-Konzept. Wir kommen mit der Postierung in anderen Sonnensystemen, beginnend mit den wichtigsten, rasch voran. Aufgrund von Solon glauben wir fest, dass unsere Abwehrdoktrin und -kapazität ausreichen, um es den Manticoranern unmöglich zu machen, die Verluste hinzunehmen, den ein Großangriff ihrerseits hervorbringen würde.«

»Im Augenblick sieht es tatsächlich danach aus«, stimmte Giscard zu. »Andererseits dürfen Sie nicht vergessen, dass wir bei Solon nur gegen einen Kampfverband mit einer einzigen Division *Invictus*-Superdreadnoughts gekämpft haben. Die Raketenabwehr einer kompletten manticoranischen *Flotte* wäre erheblich tiefer und weit unverwüstlicher. Ich denke, Sie liegen richtig, wenn Sie sagen, dass Moriarty im Moment an fester Systemverteidigung das Beste ist, wofür wir uns entscheiden können. Aber es muss in weit größerer Tiefe als im Solon-System angelegt werden, um einem manticoranischen Großangriff standzuhalten.«

»Zugegeben«, sagte Theisman amüsiert – und tief zufrieden – über die Selbstsicherheit und Hartnäckigkeit, mit der Giscard seine Argumente vortrug. Er wirkte – zum Glück – wie ein ganz anderer Mann als der Giscard, der sich nach Donnerkeil beständig hinterfragt und Vorwürfe gemacht hatte.

»Zugegeben«, wiederholte der Chef des Admiralstabs. »Und daran arbeiten wir. Außerdem hat Shannon die neuen Systemverteidigungsraketen fast zur Serienreife gebracht. Wir haben noch keine Möglichkeit gefunden, sie in einer Gondel unterzubringen, mit der ein Lenkwaffen-Superdreadnought fertig wird, aber sie sollten den Mantys Herzanfälle bereiten, wenn sie darauf stoßen. So hoffen wir wenigstens.«

»Sie sagen also, unsere Defensive sei so weit gefestigt, dass wir das Risiko eingehen können, hier und da offensiv vorzugehen?«, fragte Giscard.

»In Grenzen«, bejahte Theisman. »Aber nur in Grenzen. Wenn wir uns eines nicht leisten können, dann uns durch übersteigertes Selbstvertrauen in den Fuß zu schießen. Auch wenn Sie« – er grinste plötzlich – »den ›Salamander‹ gründlich überfahren haben.«

»Na«, räumte Giscard ebenfalls grinsend ein, »das hat sicher schon gutgetan. Ich habe persönlich nichts gegen Harrington, verstehen Sie, aber ich bin sicher, Lester würde mir zustimmen, dass es wirklich sehr schnell langweilig wird, immer nur ihren Punchingball zu spielen.«

»Ich habe mir die Gefechtsberichte aus der letzten Runde – meine eigenen eingeschlossen – noch einmal angesehen«, erwiderte Theisman nachdenklich. »Es ist noch ein bisschen früh, um es zu sagen, aber ich neige zu der Auffassung, dass sie zumindest in der Taktik noch besser ist als White Haven. Er hat uns schon zum Wahnsinn getrieben, und sein verdammtes Unternehmen Butterblume war ein Desaster ohnegleichen, aber Harrington ist *hinterhältig.* Manchmal glaube ich, dass sie sich nie die Mühe gemacht hat, die Regeln zu lesen, geschweige denn irgendwelche Rücksicht darauf zu nehmen. Sehen Sie sich diesen irrsinnigen Trick an, den sie bei Cerberus durchgezogen hat, um Gottes willen! Und was sie mit Lester bei Sidemore veranstaltete.«

»Ich spreche als jemand, der mit Freuden ihre eigenen Ideen gegen sie gerichtet hat«, erklärte Giscard, »und muss sagen, dass ich mich wundere, inwiefern die Taktik bei Hancock auf Sarnows Mist gewachsen war und wie viel von *ihr* stammte? Ich weiß, dass der FND die Lorbeeren Sarnow angeheftet hat, und er kann nach allem, was wir über ihn wissen, durchaus von allein darauf gekommen sein, aber trotzdem trägt der Plan Harringtons Handschrift.«

»Jetzt, wo Sie es sagen, fällt es mir auch auf«, sagte Theisman. Er runzelte die Stirn und zuckte mit den Schultern. »Nun, sie ist nur eine Person, und wie Sie gezeigt haben, nicht unbesiegbar. Zäh und niemand, dem ich mich ohne gehörige Überlegenheit stellen wollte, aber nicht unbesiegbar. Was unsere Presse übrigens mit freudiger Ausführlichkeit herausstellt, seit Ihre Depeschen eingetroffen sind. Ich warne Sie, wenn Sie sich auf Haven irgendwo in der Öffentlichkeit sehen lassen, dann werden Sie so sehr in Verlegenheit gebracht, dass Sie nur noch einen Zentimeter groß sind – mit Uniformmütze.«

»Ach du lieber Gott«, brummte Giscard angewidert. »Genau, was Eloise und ich gebraucht haben – *Smutsies.*«

Theisman lachte. Er hätte es sich verkneifen sollen, das wusste er, aber *Smutsies* – die modernen Erben der Paparazzi aus der Zeit vor der Raumfahrt – waren in der Volksrepublik immer eine besonders lästige Tatsache des Lebens gewesen. Sie waren sogar fast ein halboffizielles Anhängsel des Amts für Öffentliche Information gewesen. Ihre Funktion hatte darin gelegen, den Mob mit aufdringlichen, aufgebauschten Geschichten über Prominente, angebliche Volksfeinde und besonders die politische Führung gegnerischer Sternnationen zu fesseln und von den inneren Problemen abzulenken. Einige Geschichten über Elisabeth III. und ihre angebliche … Beziehung zu ihrem Baumkater etwa waren entschieden über das Ziel hinausgeschossen. Außerdem, da zweifelte er keine Sekunde, auch anatomisch unmöglich.

Leider hatten die Smutsies den Untergang der Volksrepublik überlebt, und die neue Informations- und Pressefreiheit unter der wieder in Kraft gesetzten Verfassung zügelte sie nicht, sondern machte sie *noch* zudringlicher. Bisher war es Giscard und Präsidentin Pritchart gelungen, ihre Beziehung mehr oder minder unter dem Radarhorizont der

Smutsies zu halten. Was die sogenannten ›Journalisten‹ täten, wenn sie endlich begriffen, was sie so lange übersehen hatten, bildete die Grundlage für die gemeinsamen Albträume des inoffiziellen Präsidentenpaares.

»Na«, sagte Theisman und streckte die Hand zu Borderwijk aus, »ich verstehe gut, weshalb Sie sich da einige Sorgen machen. Und während ich es wirklich nur ungern sage, ich fürchte, ich mache es nun nur noch schlimmer.«

»Schlimmer?« Giscard musterte ihn misstrauisch. »Wie wollen Sie es denn schlimmer machen? Und schützen Sie keinen Widerwillen vor – ich kann von hier sehen, wie Ihre Augen funkeln!«

»Nun, es ist ... das hier«, sagte Theisman, indem er das Kästchen öffnete, das Borderwijk ihm gereicht hatte, und Giscard hinhielt.

Der Admiral nahm es mit einem weiteren misstrauischen Blick entgegen und sah hinein. Augenblicklich schlug seine Miene um, und seine Augen hefteten sich auf Theismans Gesicht.

»Das soll wohl ein Scherz sein.«

»Nein, Javier, ganz bestimmt nicht.« Theismans Lächeln war verschwunden.

»Das habe ich nicht verdient«, sagte Giscard. »Jacques Griffith hat es für den Angriff auf *Grendelsbane* bekommen, um Gottes willen!«

»Ja, richtig.«

Theisman streckte die Hand aus, nahm das Kästchen zurück und hob den recht schmucklos wirkenden silbernen Orden heraus. Er hing an einem Band aus einfachem blauem Tuch, und Theisman hob ihn an, sodass er im Licht funkelte. Es war das Kreuz des Kongresses, ein Verdienstorden, der vor einhundertachtzig T-Jahren eingestellt worden war, nachdem die Legislaturisten die Verfassung so weit

›ergänzt‹ hatten, dass sie außer Kraft trat. Offiziell war er vom Tapferkeitsorden ersetzt worden, der unter der Volksrepublik an ›Helden des Volkes‹ verliehen wurde. Doch zusammen mit der Verfassung war er wiedererweckt und bisher nur zweimal verliehen worden.

Nun, jetzt dreimal.

»Das ist doch völlig albern, gottverdammt noch mal!« Giscard war, wie Theisman sah, aufrichtig verärgert. »Ich habe ein *begrenztes* Gefecht gegen einen einzelnen Kampfverband gewonnen, von dem die Hälfte davongekommen ist, während Jacques das komplette manticoranische Schiffbauprogramm vernichtet hat! Und Lieutenant Haldane gab sein Leben, um fast dreihundert seiner Schiffskameraden zu retten!«

»Javier, ich –«

»*Nein,* Tom! Wir können nicht so entwerten – nicht so rasch! Das sage ich Ihnen, und ich sage es auch Eloise, wenn ich muss!«

»Eloise hatte nichts damit zu tun. Und ich übrigens auch nicht. Der *Kongress* entscheidet, wer das Kreuz bekommt, nicht die Präsidentin und nicht die Navy.«

»Dann sagen Sie eben dem *Kongress,* er soll sich das Ding in den kollektiven –«

»Javier!« Theisman schnitt dem Admiral scharf das Wort ab, und Giscard ließ sich in den Stuhl zurücksinken, den Mund geschlossen, aber die Augen noch immer voller Wut.

»Besser«, sagte Theisman. »Nun stimme ich Ihnen im Großen und Ganzen bei allem zu, was Sie gerade gesagt haben. Aber wie ich schon erklärte, liegt die Entscheidung weder bei mir noch bei Eloise. Und trotz Ihrer persönlichen Empfindungen sprechen einige sehr stichhaltige Argumente dafür, die Auszeichnung anzunehmen. Nicht zuletzt wegen der öffentlichen Wirkung. Ich weiß, Sie möchten es nicht hören, aber Harringtons Raids haben eine gewaltige Wut geweckt.

Nicht die ganze Wut richtet sich gegen die Mantys, denn man findet allgemein, wir hätten sie irgendwie aufhalten sollen. Harringtons Operationen wecken außerdem Angst. Nun haben Sie nicht nur einen ihrer Raids abgewehrt, sondern sie auch noch entscheidend geschlagen. Die ganze angestaute Frustration und Wut – und Angst – richtet sich nun als Genugtuung auf das, was Sie geleistet haben. Offen gesagt bin ich sicher, das ist zum Großteil der Grund, weshalb der Kongress in seiner unermesslichen Weisheit beschlossen hat, Ihnen das Kreuz zu verleihen.«

»Mir ist es gleich, welche Gründe er hatte. Ich nehme es nicht an. Punkt. Ende der Debatte.«

»Javier ...«, begann Theisman, hielt inne und schüttelte den Kopf. »Verdammt, Sie sind dem ›Salamander‹ wirklich ähnlicher, als ich dachte!«

»Was soll das heißen?«, fragte Giscard misstrauisch.

»Das soll heißen, dass sich hartnäckig Gerüchte halten, Harrington habe die Parliamentary Medal of Valour abgewiesen, als man sie ihr zum ersten Mal geben wollte.«

»Ach, wirklich?« Giscard lachte plötzlich auf. »Sehr vernünftig von ihr! Und Sie können dem Kongress sagen, dass ich es mir beim nächsten Mal vielleicht anderes überlege mit dem Kreuz. Diesmal aber nicht. Soll er sich etwas anderes ausdenken, aber etwas, das nicht das Kreuz entwertet. Es ist zu wichtig für die Navy, die wir aufbauen wollen, als dass man eine *politische* Auszeichnung daraus machen kann.«

Theisman betrachtete Giscard mehrere Sekunden lang schweigend. Dann legte er das silberne Kreuz in das Kästchen zurück, schloss es und seufzte.

»Vielleicht haben Sie recht. Ja, ich neige eigentlich zu Ihrer Meinung. Aber entscheidend ist doch wohl, dass Sie in dieser Hinsicht völlig halsstarrig sein wollen.«

»Darauf können Sie wetten.«

»Das glaube ich.« Theisman lächelte humorlos. »Sie bringen Eloise und mich gegenüber dem Kongress in eine sehr schwierige Position.«

»Das tut mir ganz aufrichtig leid. Trotzdem bleibe ich bei meiner Ansicht. Hier kann ich nicht nachgeben.«

»Schon gut. Ich kehre zum Kongress zurück – zum Glück ist die Auszeichnung noch nicht öffentlich verkündet worden! – und sage ihnen, dass Ihre angeborene Demut und überwältigende Bescheidenheit es Ihnen unmöglich machen, das Kreuz diesmal anzunehmen. Außerdem werde ich anregen, dass man Ihnen den offiziellen Dank des Kongresses übermittelt. Ich hoffe, *das* ist für Sie nicht zu hoch gegriffen?«

»Solange es nur nicht das Kreuz ist. Und ...« – Giscards Augen funkelten, als Theisman bei der Einschränkung aufstöhnte – »sofern der Dank sich auch auf alle meine Leute erstreckt.«

»Ich glaube, das kann ich einrichten.« Theisman schüttelte den Kopf. »Himmel! Jetzt muss ich Lester davon erzählen.«

»Wie meinen Sie das?«

»Na, Sie wissen ja, wie lange und hart er an seinem Image als unbeherrschter Cowboy gearbeitet hat, ehe wir Saint-Just loswurden. Was glauben Sie wohl, wie er reagiert, wenn ich ihm eröffne, dass der Kongress *ihm* das Kreuz für Sansibar geben will? Besonders jetzt, wo Sie für eine Ablehnung den Weg geebnet haben!«

8

»Hoheit«, sagte Dr. Franz Illescue steif, »im Namen des Fortpflanzungszentrums Briarwood spreche ich Ihnen mein aufrichtiges und persönliches Bedauern für unsere unentschuldbare Verletzung Ihrer Privatsphäre aus. Ich habe die Angelegenheit mit unserer Rechtsabteilung besprochen und sie angewiesen, Schadenersatzforderungen, die Sie eventuell wegen unseres Versagens erheben, nicht anzufechten. Darüber hinaus hatte ich die Rechnungsabteilung informiert, dass in Anerkennung des Medienwirbels, den die ungenehmigte Weitergabe dieser Informationen zur Folge hatte, alle noch nicht bezahlten Dienstleistungen der Klinik Ihnen kostenlos erwiesen werden sollen.«

Honor stand in der Eingangshalle von Briarwood vor Illescue und schmeckte sein aufrichtiges Bedauern. Überlagert war es mit mehr als nur einem wenig Groll, sich in dieser Lage zu befinden, und dann auch noch vor ihr. Und er hegte keinen Zweifel – oder fürchtete zumindest –, dass ihre Eltern ihn persönlich verantwortlich machen würden. Trotz allem aber dominierten Gewissensbisse und professionelle Verantwortung seine Gefühle. Allerdings war es unwahrscheinlich, dass ihm viele Leute das geglaubt hätten, wie er da mit steifem Rücken vor ihr stand. Honor jedoch sah keine andere Wahl, als ihn beim Wort zu nehmen.

Das bedauerte sie eher. Nachdem sie den Spießrutenlauf durch die Reporter außerhalb von Briarwood hinter sich hatte – trotz Solomon Hayes' Fall war die Story für eine gewisse besonders abstoßende Unterart von Journalisten nach wie vor sehr einträglich –, hatte sie sich doch so sehr darauf gefreut, Franz Illescue in großen, schmerzhaften, blutigen Stücken die Haut abzuziehen. Jetzt konnte sie das nicht mehr. Nicht wo es für sie so offensichtlich war, dass er seine Entschuldigung ernst meinte.

»Dr. Illescue«, sagte sie schließlich, »ich weiß, dass Sie persönlich nichts mit dem Durchsickern der Information zu tun hatten.«

Er weitete leicht die Augen, und sie schmeckte sein Erstaunen über ihren vernünftigen Ton.

»Außerdem«, fuhr sie fort, »habe ich einige Erfahrung mit großen bürokratischen Organisationen. Ihrer Majestät Navy zum Beispiel. Während ich mir bewusst bin, dass die Kommandantin für alles verantwortlich ist, was an Bord ihres Schiffes vorfällt, weiß ich auch, dass Dinge geschehen, über die sie keine Gewalt hat. Ich bin überzeugt, das Leck war ein Beispiel für einen Verstoß dieser Art.

Ich will nicht behaupten, dass ich nicht zornig wäre oder dass ich nicht stark verüble, was passiert ist. Ich habe jedoch die Gewissheit, dass Sie alles in Ihrer Macht Stehende unternommen haben, um aufzudecken, wie dieses Wissen in die Hände von jemandem wie Solomon Hayes geraten konnte. Ich sehe also keinen Grund, Sie oder Ihre Einrichtung für das rechtswidrige Verhalten einer Einzelperson haftbar zu machen, die ohne Ihre Genehmigung handelte und gegen die Vorschriften Briarwoods die Schweigepflicht verletzte. Ich habe nicht die Absicht, Forderungen nach Schadenersatz oder sonst etwas an Sie oder Briarwood zu richten. Ihr Angebot, mir weitere Dienstleistungen nicht zu berechnen, nehme ich an, und für mein Teil ist die Angelegenheit damit erledigt.«

»Hoheit ...«, begann Illescue und verstummte. Er blickte sie einen Moment lang an, dann lockerte sich seine angespannte Miene ein wenig, und er atmete tief durch.

»Das ist außerordentlich großzügig und nachsichtig von Ihnen, Hoheit«, sagte er vollkommen aufrichtig. »Ich werde mich nicht weiter entschuldigen, weil ich offen gesagt nicht glaube, dass man sich für solch einen Verstoß gegen die Schweigepflicht angemessen entschuldigen kann. Ich wäre jedoch geehrt, wenn Sie mir erlauben würden, Sie persönlich zu Ihrem Sohn zu führen.«

Honor stand in dem kleinen, in angenehmen Pastellfarben gehaltenen Raum, Andrew LaFollet im Rücken, und blickte auf das friedlich aussehende Schränkchen im Zentrum des Zimmers. Sie hätte einen Knopf daran drücken können, und die Verkleidung des ›Schränkchens‹ wäre zurückgefahren und hätte die künstliche Gebärmutter entblößt, in der ihr Kind konstant reifte, aber sie entschied sich dagegen. Sie hatte alle medizinischen Berichte gelesen und die Bilder gesehen, und eigentlich hätte sie den Fötus gern mit eigenen Augen betrachtet. Sie hatte sich jedoch schon entschieden, dass sie es erst tun würde, wenn Hamish und Emily sie begleiteten. Es war ihr Kind, aber auch das der beiden anderen, und sie wollte sie nicht um den Moment betrügen.

Sie lächelte über ihre mögliche Albernheit, dann durchquerte sie den Raum, setzte sich neben das Gerät und ließ Nimitz von ihrer Schulter auf den Schoß. Der angetriebene Sessel war unglaublich bequem, und sie lehnte sich zurück, schloss die Augen und lauschte. Die Lautstärke war nicht sehr hoch gestellt, aber sie hörte, was ihr ungeborener Sohn hörte. Den konstanten Ton ihres aufgezeichneten Herzschlags. Musikfetzen – besonders das Werk Salvatore Hammerwells, ihres Lieblingskomponisten – und ihre eigene Stimme, die etwas vorlas. Aus, wie sie mit einem weiteren, ganz anderen Lächeln feststellte, *David und der Phönix.*

Mehrere Minuten lang saß sie dort, hörte zu, nahm auf, hatte teil. Das war das Kind ihres Leibes, das Kind, das sie nicht austragen konnte, und dieses stille, behagliche Zimmer existierte nur für das, was sie gerade tat: damit sie sich wenigstens zeitweilig in die Gegenwart des mystischen Vorgangs begeben konnte, von dem Umstände, Schicksal und Pflicht sie ausgeschlossen hatten. Und Honor bot der Raum sogar noch mehr als anderen Müttern.

Von hinter den Augen griff sie heraus, lauschte mit mehr

als nur den Ohren, und dort, in der Stille ihres Geistes, fand sie ihn. Sie spürte ihn als etwas Helles, Schläfriges, Treibendes. Noch ungeformt, bewegte er sich immer weiter in Richtung Gestaltung. Sein Geistesleuchten tanzte in den Tiefen seines eigenen Geistes und Herzens, strahlte in der Verheißung dessen, was er sein und werden würde, rührte sich zu den Lauten der Stimmen seiner Eltern, sehnte sich aus friedlichen Träumen nach der Zukunft, die ihn erwartete.

In diesem Augenblick wusste sie wenigstens zum Teil, was eine werdende Baumkatzenmutter empfand, und sie wand sich innerlich bei dem Gedanken, das Zimmer je wieder verlassen zu müssen. Sich von diesem neuen, hellen Leben zu trennen, dass so sanft und doch so stark in ihrer Wahrnehmung brannte. Ihre geschlossenen Augen brannten leicht, und sie erinnerte sich an den Vers, den Katherine Mayhew ihr herausgesucht hatte, als sie hörte, dass Honor über Willard Neufsteiler ihr erstes Waisenhaus auf Grayson finanzierte. Es war ein altes Gedicht, älter als die Diaspora, das man auf Grayson sorgsam bewahrt hatte, weil es Gesellschaft und Glaubensvorstellungen des Planeten so perfekt ansprach.

Not flesh of my flesh, or bone of my bone,
But still miraculously my own.
Never forget for a single minute;
You didn't grow under my heart, but in it.

Nicht Fleisch von meinem Fleisch
oder Knochen von meinem Knochen.
Vergiss keinen einzigen Moment
Dass du zwar nicht unter meinem Herzen wuchsest,
aber darin.

Natürlich traf es in diesem Fall nicht ganz auf sie zu. Und in gewisser Weise – doch. Denn was immer sonst für dieses Kind galt, es wuchs täglich, wurde stärker, lebendiger, wirklicher – in ihrem Herzen. Und sie hatte Katherine schon gefragt, ihr ein Widmungsexemplar zu schicken, das sie Emily geben konnte.

Sie blinzelte, dann drehte sie den Kopf und sah LaFollet an. Der Colonel blickte sie gerade nicht an. Auch seine Augen ruhten auf dem Gerät in der Mitte des Raumes, und sein unbewachtes Gesicht spiegelte seine Empfindungen wieder. Das war auch sein Kind, begriff Honor. Im Gegensatz zu den meisten männlichen Graysons hatte LaFollet nie geheiratet. Sie wusste, warum das so war, und sie empfand ein plötzliches, frisches Schuldgefühl. Vielleicht lag es zum Teil daran, dass die Gefühle, die aus ihm herausflossen, während er das schmucklose Schränkchen betrachtete, das den ungeborenen Sohn seiner Gutsherrin verbarg, nicht allein nur grimmig beschützerisch waren. Sie waren vielmehr sehr, sehr denen ähnlich, die sie von Nimitz schmeckte.

Während Honor das Geistesleuchten ihres Waffenträgers auskostete, kristallisierte etwas in ihr. Wieder blickte sie LaFollet an, sah die grauen Flecken in seinem noch dichten, kastanienbraunen Haar, die Krähenfüße in den Winkeln seiner ruhigen grauen Augen, die in sein Gesicht eingegrabenen Linien. Er war acht T-Jahre jünger als sie, doch physisch hätte er ihr Vater sein können.

Und außerdem war er der einzige Überlebende ihrer ersten Leibwache. Alle anderen, und allzu viele ihrer Ersatzleute, waren in Erfüllung ihrer Pflicht ums Leben gekommen. Einschließlich Jamie Candless, der an Bord eines Schiffes zurückgeblieben war, von dem er wusste, dass es gesprengt wurde, um die Flucht seiner Gutsherrin zu decken.

Für eine Treue dieser Art gab es keine adäquate Belohnung, und sie wusste, dass sie Andrew LaFollet schon mit der Andeutung, es müsste eine Belohnung geben, beleidigt hätte. Doch als sie seine tiefe Ergebenheit schmeckte, seine Liebe zu ihrem ungeborenen Sohn – und zu ihr –, erfüllte sie eine genauso tiefe Entschlossenheit.

»Andrew«, sprach sie ihn ruhig an.

»Jawohl, Mylady?«

Er blickte sie an, die Augen leicht zusammengekniffen, und sie schmeckte sein Erstaunen über ihren Tonfall.

»Setzen Sie sich, Andrew.«

Sie wies auf den Sessel neben sich, und er sah erst ihn an, dann wieder sie.

»Ich bin im Dienst, Mylady«, erinnerte er sie.

»Und Spencer steht draußen vor der Tür. Ich möchte, dass Sie sich setzen, Andrew. Bitte.«

Er musterte sie noch einen Augenblick, dann durchquerte er langsam den Raum und gehorchte. Sie schmeckte seine zunehmende Besorgnis, fast Vorsicht, doch er sah sie aufmerksam an.

»Danke«, sagte sie und streckte die Hand aus, um sie leicht auf die künstliche Gebärmutter zu legen.

»Sobald dieses Kind geboren ist, wird sich einiges ändern, Andrew. Manches davon kann ich mir noch gar nicht vorstellen, aber andere Dinge sind ziemlich offensichtlich. Zum einen wird das Gut von Harrington einen neuen Erben haben, mitsamt allen Sicherheitsfragen, die das mit sich bringt. Zum anderen wird ein brandneues menschliches Wesen im Universum existieren, dessen Sicherheit mir weitaus wichtiger ist, als meine eigene mir je sein könnte. Und deswegen habe ich eine neue Aufgabe für Sie.«

»Mylady«, begann LaFollet rasch, in fast ängstlichem Ton, »ich habe darüber nachgedacht, und ich wüsste mehrere Waffenträger, die –«

»Andrew.«

Bei diesem einen Wort schon verstummte er, und Honor lächelte ihn an, dann streckte sie die rechte Hand vor und legte sie ihm auf die Wange. Zum ersten Mal berührte sie ihn so, und Colonel Andrew LaFollet erstarrte wie ein verängstigtes Pferd.

Honor lächelte ihn an.

»Ich weiß, wen ich will«, sagte sie ruhig zu ihm.

»Mylady«, protestierte er, »ich bin *Ihr* Waffenträger. Ich bin geschmeichelt – und geehrt ... mehr als Sie sich vorstellen können ... aber ich gehöre zu *Ihnen*. Bitte.«

Beim letzten Wort schwankte seine Stimme ganz leicht, und Honor streichelte ihm die Wange. Dann schüttelte sie den Kopf.

»Nein, Andrew. Sie sind wahrlich mein Waffenträger – das werden Sie immer sein. Mein perfekter Waffenträger. Der Mann, der mir nicht nur einmal das Leben gerettet hat, sondern immer wieder. Der Mann, der mich mehr als einmal davor bewahrt hat, den Verstand zu verlieren. Der Mann, an dessen Schulter ich geweint habe und der mir fünfzehn Jahre lang den Rücken gedeckt hat. Sie bedeuten mir viel, Andrew LaFollet. Und ich weiß, dass ich Ihnen viel bedeute. Sie sind der Mann, dem ich den Schutz meines Sohnes anvertraue. Der eine Mann, von dem ich *möchte,* dass er meinen Sohn beschützt.«

»Mylady ...« Seine Stimme war rau, zittrig, und er schüttelte langsam, fast bittend den Kopf.

»Ja, Andrew«, sagte sie, lehnte sich zurück und beantwortete die ungestellte Frage, die sie in seinen Empfindungen schmeckte. »Ja, ich habe noch ein weiteres Motiv, und Sie haben es richtig erraten. Ich möchte dafür sorgen, dass Sie so sicher sind, wie es nur geht. Ich habe Simon, Jamie, Robert und Eddy verloren. Ich möchte Sie nicht auch noch verlieren. Ich möchte wissen, dass Sie leben. Und wenn, was Gott verhüten möge, etwas geschieht und ich falle, dann möchte ich wissen, dass Sie noch immer da sind und noch immer meinen Sohn für mich beschützen, weil ich weiß, dass niemand in diesem Universum es so gut machen wird wie Sie.«

Mit Tränen in den Augen starrte er sie an, und schließlich legte er die Hand genau so auf die künstliche Gebärmutter, wie er sie an dem Tag, an dem er ihr persönliche Treue schwor, auf eine Bibel gelegt hatte.

»Jawohl, Mylady«, sagte er leise. »Wenn Ihr Sohn geboren wird. An diesem Tage werde ich sein Waffenträger. Und was immer geschieht, ich schwöre, dass ich ihn mit meinem Leben schützen werde.«

»Das weiß ich, Andrew«, sagte Honor. »Das weiß ich genau.«

»Na, das ist ja nun nicht sehr gut gelaufen, was?«, fragte Albrecht Detweiler im Plauderton.

Aldona Anisimovna und Isabel Bardasano tauschten einen Blick, dann wandten sie sich wieder dem Gesicht zu, das auf dem Bildschirm des abhörsicheren Comgeräts zu sehen war. Sie saßen in Anisimovnas Büro – einem ihrer Büros – auf Mesa und hatten keinen Zweifel, was Detweiler meinte. Ein ganzer T-Monat war seit dem missglückten Anschlag auf Honor Harrington vergangen, und zum ersten Mal waren sie wieder im Mesa-System.

»Ich hatte noch keine Zeit, mich eingehend mit den Berichten zu befassen, Albrecht«, antwortete Bardasano schließlich. »Wie Sie wissen, sind wir erst seit ein paar Stunden wieder im System. Nach allem, was ich bisher gesehen habe, muss ich zustimmen, dass es nicht *wie geplant* gelaufen ist. Ob das gut oder schlecht ist, bleibt abzuwarten.«

»Wirklich?« Detweiler neigte den Kopf zur Seite und zog eine Braue hoch. Anisimovna konnte nicht entscheiden, ob sein Ausdruck eher Belustigung oder eher Gereiztheit bedeutete.

»Sind Sie sicher, dass Sie nicht bloß versuchen, einen Fehlschlag schönzureden, Isabel?«, fragte er.

»Oh, in gewissem Maße tue ich das natürlich.« Bardasano lächelte matt. »Ich müsste lügen, wenn ich etwas anderes behaupten würde. Vor allem würden Sie es merken, und das könnte für mich definitiv ungesund werden. Gleichzeitig wissen Sie aber, wie hoch meine übliche Erfolgsquote ist. Und ich glaube, Sie wissen genau, dass ich nicht nur wegen der Operationen, die ich erfolgreich zu Ende führe, wertvoll bin, sondern auch wegen meines Verstandes.«

»Das galt zumindest bis jetzt«, stimmte er zu.

»Na, dann«, sagte sie, »schauen wir uns einmal an, was passiert ist. Die Operation hätte Erfolg haben müssen – *wäre* nach den Berichten, die ich mir schon ansehen konnte, erfolgreich gewesen –, hätte nicht Harrington ausgerechnet einen *Pulser* in ihre künstliche Hand eingebaut.«

Sie zuckte mit den Schultern.

»Kein einziger Geheimdienstbericht, der mir vorlag, wies auf eine solche Möglichkeit auch nur hin, deshalb war es unmöglich, sie einzukalkulieren. Offensichtlich hatte unser Vermittler Erfolg beim Ausschalten ihres Leibwächters, genau nach Plan und unter Umständen, in denen er bewaffnet sein sollte und sie nicht. Aber dann hat sie ihn leider erschossen – mit ihrem *Finger*.«

Bardasano verzog das Gesicht, Detweiler lachte, wenn auch nur ein bisschen, in sich hinein.

»Deshalb ist die Operation gescheitert«, fuhr sie fort. »Bei dem Mordanschlag auf Harrington ging es, so außerordentlich befriedigend ihr Tod in mehrerer Hinsicht für uns alle gewesen wäre, nie wirklich darum, sie zu beseitigen. Sicher wäre es nützlich gewesen, den Manticoranern eine ihrer besten Flottenkommandeurinnen zu nehmen. Und sicher, die enge Freundschaft, die sich zwischen ihr und Anton Zilwicki entwickelt hat, ist nur mehr Grund dafür, sie tot sehen zu wollen. Doch unser eigentliches Ziel bestand darin, sie auf eine Weise zu töten, die Manticore im Allgemeinen und Elizabeth Winton im Besonderen davon überzeugt, dass *Haven* die Tat begangen hatte. Und genau zu diesem Schluss ist man laut unserem Agenten im Foreign Office gekommen, Albrecht. Wer sollte sonst schließlich einen Grund haben, sie töten zu wollen?«

»Ich glaube, Isabel hat da nicht unrecht, Albrecht«, warf Anisimovna ein. Technisch fiel der Harrington-Anschlag in keiner Weise in Anisimovnas Aufgabenbereich. Da sie bei mehreren anderen Projekten mit Bardasano zusammenarbeitete – und Bardasanos plötzliches Ableben diese Projekte erheblich kompliziert hätte –, besaß sie jedoch ein ausgeprägtes, ureigenes Interesse an deren Überleben.

»Wirklich?« Detweilers Blick verschob sich von Bardasano zu Anisimovna.

»Ja«, sagte sie unerschüttert. »Es ist allgemein bekannt, dass Mordanschläge sowohl bei den Legislaturisten als auch bei Pierre und seinen Irren zum Standardrepertoire gehörten. Angesichts dessen war es meiner Meinung nach unausweichlich, dass Manticore automatisch annimmt, dass Pritchart – die zu ihrer Zeit etliche Leute ermordet hat – das Attentat auf Harrington angeordnet hat. Insbesondere, nachdem Harringtons Raids solchen Erfolg hatten.« Sie zuckte mit den Schultern. »Soweit ich sehen kann, hat Isabel recht. Das Hauptziel der Operation wurde erreicht.«

»Und«, fügte Bardasano fast schüchtern hinzu, »die Berichte, die ich schon lesen konnte, stimmen darin überein, dass die Mantys nicht mehr ahnen als die Andermaner, wie wir es gemacht haben.«

»Das ist wohl richtig.« Detweiler schürzte nachdenklich die Lippen und zuckte mit den Achseln. »Also gut, im Großen und Ganzen stimme ich mit Ihnen überein. Ich würde jedoch hinzufügen, dass ich eine der Personen bin, die mit erheblicher persönlicher Genugtuung gehofft hatten, dass Harrington tot ist. Sollte die Gelegenheit sich bieten, diesen Aspekt der Operation zu bereinigen, so vertraue ich darauf, dass sie genutzt wird.«

»Oh, darauf können Sie auf jeden Fall zählen«, versprach Bardasano mit einem schmalen Lächeln.

»Gut. Nun, wenden wir uns einem anderen Thema zu. Wie geht es im Talbott-Sternhaufen vorwärts?«

»Nun, ich weiß nur, was in den neuesten Berichten steht«, sagte Anisimovna. »Offensichtlich sind wir hier dank der Nachrichtenwege mehrere Wochen hinterher, aber sowohl Nordbrandt als auch Westman scheinen ihre Sache gut zu machen, jeweils auf eigene Weise. Persönlich halte ich Nordbrandt für nützlicher, was die öffentliche Meinung der Sollys angeht, aber Westman ist wahrscheinlich auf lange Sicht effektiver.

Politisch weisen die Berichte aus der verfassunggebenden Versammlung darauf hin, dass Tonkovic sich nach wie vor Anschlussbedingungen widersetzt, die für Manticore akzeptabel wären. Sie hat keineswegs die Absicht, den Anschluss tatsächlich zu Fall zu bringen, aber sie ist so beschränkt, dass sie nicht merkt, während sie mit ihrer Fidel spielt, dass das Haus über ihr in Flammen steht. Die Berichte unserer Leute auf Manticore bestätigen ausnahmslos, dass die Mischung aus Nordbrandts Anschlägen und Tonkovics Obstruktionspolitik zu einem noch begrenzten, aber wachsenden inneren Widerstand gegen den Anschluss des Sternhaufens beitragen.«

»Und Monica?«

»Levakonic hat effektiv die Leitung dieses Teils der Operation«, sagte Bardasano. »Aldona und ich haben die grundlegenden Vorarbeiten geleistet, aber Izrok koordiniert die Auslieferung und Umrüstung der Schlachtkreuzer. Laut seiner letzten Depesche hinken sie dem Zeitplan hinterher. Anscheinend sind die monicanischen Werften weniger leistungsfähig, als Izrok gegenüber behauptet wurde. Er hat zusätzliche Techniker eingestellt, um die Angelegenheit zu beschleunigen, und selbst mit der augenblicklichen Verzögerung bewegen wir uns noch immer im Rahmen des ursprünglichen Zeitplans. Mir passt es zwar nicht sehr, dass überhaupt eine Verzögerung eingetreten ist, aber im Moment scheint alles unter Kontrolle zu sein.«

»Verben wie ›scheinen‹ flößen mir immer Unbehagen ein«, bemerkte Detweiler in humorigem Ton.

»Das ist mir klar«, entgegnete Bardasano gelassen. »Bei Schattenoperationen wie dieser treten sie leider recht oft auf.«

»Ich weiß.« Detweiler nickte. »Und wie steht es um die Propagandaoffensive in der Liga?«

»Dort«, gab Anisimovna zu, »fallen wir in Luftlöcher.«

»Wieso?«

»Hauptsächlich, weil Manticore die völlig unfähige Mannschaft ersetzt hat, die High Ridge und Descroix in die Botschaft auf Alterde abgestellt hatten.« Anisimovna verzog das Gesicht. »Ich hätte Webster nie als Botschafter ausgesucht, aber ich muss zugeben, dass er Manticore alle Ehre macht. Vermutlich nutzt er die politische Erfahrung, die er als Erster Raumlord gesammelt hat. Wie auch immer, er wirkt wie ein sehr aufrichtiger, solider, verlässlicher, *wahrheitsliebender* Mensch. Und das nicht nur als sprechender Kopf in HD. Mehrere unserer Quellen berichten, dass er auch in Gesprächen unter vier Augen mit Ligavertretern so rüberkommt. Zugleich hat er – oder jemand aus seinem Stab, obwohl alles darauf hinweist, dass er dahinter steht – eine bemerkenswert wirksame PR-Kampagne in Gang gesetzt.

Wir machen Fortschritte, Albrecht. Die vielen Bilder voller Blut, Explosionen und abgetrennter Körperteile, die aus dem Split-System kommen, erzeugen immerhin ein allgemeines Gefühl, dass sich jemand im Sternhaufen dem Anschluss widersetzt. Unsere eigenen PR-Spezialisten melden, dass sie Fortschritte dabei machen, den Solly auf der Straße zu überzeugen, Nordbrandts Aktivitäten erstreckten sich in Wirklichkeit auf alle Sonnensysteme im Sternhaufen. Ich würde Sie aber irreführen, wenn ich verschweigen würde, dass Webster sehr erfolgreich Schadensbegrenzung betreibt. Insbesondere weist er immer wieder mit Erfolg darauf hin, dass Nordbrandts Taten nur von irrsinnigen Randgruppen begangen werden und Irre nicht gerade das beste Barometer dafür seien, wie die vernünftigen Mitglieder irgendeiner Gesellschaft reagierten.«

»Und wie ernst ist das?«

»Was unsere Ziele angeht, im Moment nicht sehr«, erwiderte Anisimovna zuversichtlich. »Wir verschaffen dem Ligaamt für Grenzsicherheit einen Vorwand, das zu tun, was wir verlangen. Wir brauchen die solarische Öffentlichkeit nicht zu überzeugen; wir müssen nur eine Rechtfertigung liefern, die das OFS benutzen kann, und es hat viel Erfahrung darin, weit weniger plastische Vorwände zu nutzen als Nordbrandt und Westman. Vorausgesetzt, dass Präsident Tyler und seine Flotte ihren Teil erfüllen, hat Verrochio jedes Feigenblatt, das er braucht.«

»Verstehe.« Detweiler überlegte einige Sekunden lang, dann zuckte er die Achseln.

»Verstehe«, wiederholte er. »Trotzdem, nach allem, was Sie sagen, ist dieser Webster zumindest ein untergeordneter Störfaktor, richtig?«

»Ich glaube, das kann man so ausdrücken«, stimmte Anisimovna zu.

»Und auf Manticore ist er beliebt?«

»Sehr beliebt. Es gab schon beträchtlichen öffentlichen Druck, ihn wieder zum Kommandeur der Homefleet zu ernennen, statt ihn als Diplomaten zu ›verschwenden‹.«

»Wenn die Havies ihn also ermorden würden, wäre es mehr als nur ein kleines Ärgernis für die Manticoraner?«

»Ganz bestimmt.«

»Sehr schön. Isabel.«

»Jawohl, Albrecht?«

»Ich weiß, dass Sie einiges zu tun haben, aber mir wäre es recht, wenn Sie sich um diese Kleinigkeit auch noch kümmern könnten. Und suchen Sie sich diesmal als Vermittler jemanden aus der havenitischen Botschaft auf Alterde aus. Manchmal muss man sehr offensichtlich sein, damit Neobarbaren die gewünschte Schlussfolgerung auch wirklich ziehen.«

9

»Nun, Honor, ich glaube, ihr habt mir etwas zu sagen, Hamish und du, nicht wahr?«

Honor drehte sich rasch um und kehrte der archaischen, zinnenbewehrten Brüstung von King Michael's Tower den Rücken zu. Im Stillen verfluchte sie sich für die Plötzlichkeit ihrer Bewegung und hoffte, dass sie nicht zu sehr nach einem sphinxianischen Chipmunk aussah, das sich unvermittelt einer Baumkatze gegenübersah.

Sonnenlicht fiel über das flache Dach des Turmes. Es war

kühler als bei Honors letztem Besuch im Mount Royal Palace vor vier Monaten, aber noch immer warm. Die Büsche und Blumen in dem Garten auf dem Turmdach standen in voller Blüte, und der Rand des Sonnensegels über den Gartenstühlen flatterte leicht. Der Himmel war von einem tiefen, wolkenlosen Blau, und weit oben ritten einige Vögel aus dem Schwarm altirdischer Raben, die auf dem Mount Royal wohnten, in Kreisen auf dem Wind.

Königin Elisabeth und Prinzgemahl Justin Zyrr-Winton saßen auf zwei Gartenstühlen. Ihre Baumkatzen hatten sich behaglich auf dem altmodischen Korbtisch dazwischen ausgestreckt. Hamish saß auf einer Seite, neben sich Emilys Lebenserhaltungssessel, und Samantha und Nimitz räkelten sich in einem schattigen Flecken auf Emilys anderer Seite.

Eine häusliche Szene von charmanter Friedlichkeit, dachte Honor. Leider schmeckte sie auch die leicht maliziöse Heiterkeit hinter dem unschuldigen Ausdruck in den braunen Augen der Königin.

»Was bringt dich auf diese Idee, Elizabeth?«, fragte sie, um Zeit zu gewinnen, während sie Hamishs plötzliche Entgeisterung schmeckte. Von Emily jedoch, bemerkte sie, spürte sie nichts dergleichen.

»Honor«, sagte die Königin geduldig, »ich bin die Queen, weißt du noch? Ich habe Tausende und Abertausende Spione, deren einzige Aufgabe darin besteht, mir Dinge zuzutragen. Außerdem kenne ich Hamish und Emily seit meiner Geburt, und dich seit ... wie lange? Fünfzehn T-Jahre sind es nun, oder? Du bist dir vielleicht nicht bewusst, wie deine Körpersprache sich ändert, sobald sie in der Nähe sind, aber ich schon. Also, wer von euch Bösewichtern möchte mir gestehen, dass Hamish und du gegen die Kriegsartikel verstoßt?«

Honor spürte Hamishs aufflammende Bestürzung, doch

in Elizabeth' Geistesleuchten lag zu viel diabolisches Entzücken, als dass Honor die Empfindung teilte.

»Zufälligerweise«, entgegnete sie nach einem Augenblick, in dem sie sich sammelte, »gibt es meinem Anwalt, Richard Maxwell, zufolge gute Gründe anzunehmen, dass eine Beziehung zwischen uns die Kriegsartikel nicht verletzt, da der Erste Lord ein Zivilist ist und ich nicht. Vorausgesetzt natürlich«, fügte sie lächelnd hinzu, »dass solch eine Beziehung überhaupt existiert.«

»Oh, natürlich nur *vorausgesetzt*«, stimmte Elizabeth freundlich zu. »Ach, und gibt es solch eine Beziehung zufälligerweise tatsächlich?«

»Tatsächlich, Beth«, antwortete Emily ruhig, »gibt es sie wirklich. Wir sind verheiratet.«

»Du schockierst mich.« Elizabeth lachte stillvergnügt und lehnte sich zurück, dann fächelte sie sich mit einer Hand Luft zu. »Ach, wie habt ihr alle drei das Vertrauen missbraucht, das ich in euch gesetzt! Weh, ach Weh. Und so weiter.«

»Sehr komisch«, sagte Emily höflich.

»Dich scheint nicht zu überraschen, dass ich nicht überrascht bin«, stellte Elizabeth fest.

»Anders als meine beklagenswert vertrauensseligen Ehegatten empfand ich einen mehr als nur leisen Verdacht, als du uns drei zu einer Privataudienz einludst. Die beiden, das braucht kaum gesagt zu werden, sind ganz unschuldig und blind in die Falle getappt.« Emily schüttelte traurig den Kopf. »Nun, Honor vielleicht nicht. Sie ist in dieser Hinsicht wirklich viel klüger als Hamish, aber ich bin mir ziemlich sicher, dass es dir gelungen ist, auch ihr wenigstens teilweise Sand in die Augen zu streuen.«

»Versucht habe ich es gewiss.« Elizabeth blickte Honor an, und ihre Augen blitzten im Schatten des Sonnensegels. »Das ist nicht immer sehr einfach«, sagte sie.

»In den letzten Monaten passiert mir so etwas mit niederschmetternder Regelmäßigkeit«, erklärte Honor. »Erst die Kleinigkeit dieser unerwarteten Schwangerschaft, dann Solomon Hayes' hilfreiche Verkündigung derselben. Dann kam der kleine Hinterhalt von Reverend Sullivan, Erzbischof Telmachi, meiner Mutter und meines Mannes und meiner Frau – nur dass sie zu diesem Zeitpunkt noch gar nicht mit mir verheiratet waren. Wusstest du, dass binnen weniger als zwo Stunden um meine Hand angehalten und ich verheiratet wurde? Der Reverend kam den weiten Weg von Grayson hierher, um eine anständige Frau aus mir zu machen. Und dann« – gegen ihren Willen verdüsterte sich ihre Stimmung – »gab es seither noch ein paar andere, weniger angenehme Überraschungen.«

Sie spürte von Elizabeth einen jähen, scharfen Widerhall ihrer eigenen Trauer, als ihre Worte den Schmerz über Michelle Henkes Verlust zurückholten. Nimitz bedachte sie mit einem nachdrücklichen, scheltenden Blieken, und Honor schüttelte rasch den Kopf.

»Tut mir leid.« Sie lächelte fast natürlich. »Ich wollte wirklich nicht das Gespenst beim Gastmahl spielen.«

»Entschuldigung angenommen«, sagte Elizabeth. Sie holte Luft, schüttelte sich und erwiderte das Lächeln, verdrängte ihre eigene Trauer und beschwor ihre vorhergehende Stimmung zurück.

»Wie auch immer«, fuhr sie fort, »der eigentliche hinterhältige Grund, weshalb ich euch hierher eingeladen und euch im Schwitzkasten zum Geständnis gezwungen habe, ist der, dass ich mich frage, wie lange ihr noch warten wollt, bis ihr eure Situation öffentlich ... regelt?«

»Wir wollten warten, bis Richard Hamishs Auslegung der rechtlichen Komplikationen bestätigen kann«, antwortete Honor.

»Und«, fügte Hamish hinzu, »es ist uns in Fleisch und Blut übergegangen, über unser Privatleben Stillschweigen zu bewahren. Ich glaube, wir sind alle ein wenig nervös – nein, sehr nervös –, wie die Öffentlichkeit darauf reagieren wird. Besonders nach High Ridges Hetzkampagne.«

»Da ich euch alle kenne, gehe ich davon aus, dass an Hayes' Behauptungen damals kein wahres Wort gewesen ist?«

»Nein, kein einziges«, antwortete Hamish bestimmt und sah Emily und Honor an. »Nicht«, fügte er in seiner gewissenhaften Ehrlichkeit hinzu, »dass nicht beträchtliche Versuchung bestand, ob Honor und ich es uns nun eingestanden haben oder nicht.«

»Ich dachte mir so etwas.« Elizabeth musterte sie nachdenklich, dann zuckte sie mit den Schultern. »Ich bin mir sicher, dass viele Menschen, die euch nicht kennen, das Gegenteil annehmen werden. Leider könnt ihr daran rein gar nichts ändern, und wenn ihr abwartet, bis euer Sohn zur Welt gekommen ist, macht ihr alles nur noch schlimmer. Das ist euch doch klar, oder?«

»Ja – sogar Hamish«, sagte Emily und lächelte ihrem Mann sittsam zu.

»Unter gewissen Umständen«, fuhr Elizabeth ein wenig ernster fort, »hätte es dadurch zu einer wesentlichen politischen Belastung kommen können. Nicht nur ist Hamish Erster Lord, sondern Willie ist Premierminister. Übrigens haben zum ersten Mal in der Geschichte des Sternenkönigreichs zwei Verwandte gleichzeitig solch wichtige Regierungspositionen inne. Ob es nun stimmt oder nicht, auf jeden Fall wird sich der Gedanke aufdrängen, dass wir alle gelogen haben, und die Opposition wird mit Vergnügen dort einhaken. Im Augenblick gibt es nur keine richtige Opposition. Die einzige Person, die so etwas wirklich zusammenbringen könnte, ist

Cathy Montaigne, und angesichts ihres eigenen ... ungewöhnlichen Privatlebens – von ihrer Persönlichkeit einmal ganz abgesehen – wird sie als Erste im Parlament einen Toast auf Bräute und Bräutigam ausbringen und ihnen zu Ehren ein unanständiges Trinklied anstimmen.

Was ich damit sagen will, ist, dass politisch gesehen kein günstigerer Moment als jetzt denkbar ist. Ich finde, ihr solltet euch ein Herz fassen und eure Heirat bekanntgeben. Außerdem habe ich Queen's Bench befragt. Dort stimmt man Hamishs Auslegung zu. Man ist ferner der Auffassung, dass ich als Königin das Recht habe, Artikel Einhundertneunzehn aufzuheben. Übrigens habe ich dort auch erfahren, dass Admiral Caparelli ›zum Besten der Raumstreitkraft‹ die gleiche Entscheidung treffen dürfte, weil die Krone es sich im Moment nicht leisten könnte, einen von euch beiden zu verlieren. Deshalb ist es für euch drei wirklich Zeit, mit dem Versteckspiel aufzuhören.«

»Das ist ... ein beängstigender Gedanke«, gab Honor leise zu. Ihr Lächeln geriet etwas zittrig. »Ich freue mich zwar wirklich darauf, verstehst du, aber nach so langer Zeit ist es trotzdem beängstigend. Und ich muss übermorgen nach Trevors Stern zurück. Ich hätte schreckliche Schuldgefühle, wenn alles schiefgeht und den anderen um die Ohren fliegt, während ich bei der Flotte außer Reichweite bin!«

»Wenn wir warten wollen, bis du hierbleiben kannst, um deinen Anteil an Würgschlingen und Pfeilen abzubekommen, dann geben wir es nie bekannt«, entgegnete Emily. »Die Achte Flotte nimmt noch die letzte Minute deiner Zeit in Anspruch.« Sie schmollte. »Es war schon schlimm genug, als die Navy mir nur einen meiner Gatten entfremdete!«

»Na, wenn du keinen Humor hast, solltest du nicht der Flotte folgen, Schätzchen«, erwiderte Hamish mit einem verschmitzten Grinsen, und Emily gluckste.

»Ich wette, das sagst du allen deinen Puppen an Land, Raumschiffer!«, knurrte sie.

»Wenn wir das Gespräch auf ein etwas weniger lüsternes Thema zurückführen könnten«, sagte Elizabeth ernst, aber mit funkelnden Augen, »hätte ich einen Vorschlag zur Güte.«

»Und zwar?«, fragte Honor, ohne auf Hamish und Emily zu achten, während Emily den brauchbaren Arm hob und Hamish einen Klaps auf den Kopf versetzte.

»Dass wir wahrscheinlich zumindest einen Teil der widrigen öffentlichen Reaktion entschärfen können, indem wir die Bekanntgabe richtig angehen.«

»Und zwar?«, wiederholte Honor.

»Ihr drei seit ja schon zum Staatsbankett heute Abend eingeladen«, sagte Elizabeth. »Es sollte einer dieser langweiligen, aber notwendigen Anlässe sein, mit lauter Botschaftern und Trinksprüchen und zuversichtlicher Haltung für die Reporter und HD-Kameras. Wenn ich ganz ehrlich bin, ist eine zuversichtliche Haltung heute wichtiger denn je.«

Ihr Gesicht verdüsterte sich wieder, und Ariel reagierte auf ihren Stimmungswandel, indem er die Ohren flach anlegte.

»Was dir bei Solon zugestoßen ist, Honor, und was die Havies uns bei Sansibar angetan haben, hatte einen messbaren Effekt auf die öffentliche Moral. Die Ereignisse in Talbott machen es auch nicht gerade besser. Wenigstens scheint Admiral Sarnow die Lage in Silesia unter Kontrolle zu haben, aber dieser Schlächter Nordbrandt hat im Split-System Hunderte von Menschen ermordet. Und was geschah, als die Havies dich zu töten versuchten, muss auch einberechnet werden.«

»Wie ich es verstanden habe, hat der Mordanschlag die Leute vor allem wütend gemacht«, wandte Hamish ein.

»Schon richtig«, stimmte Elizabeth zu. »Und wenn du

meinst, dass die Leute hier im Sternenkönigreich stinksauer sind, dann überlege dir mal, wie *Grayson* reagiert hat! Als wir glaubten, die Havies hätten dich exekutiert, Honor, war es schlimm genug – und jetzt ist es in gewisser Weise noch schlimmer. Gleichzeitig machen natürlich alle möglichen Gerüchte die Runde. Zur Ehrenrettung von Lieutenant Meares und seiner Familie habe ich genehmigt, dass verlautbart wird, er habe unter Zwang gehandelt. Dass wir nicht einmal ansatzweise darlegen können, wie dieser Zwang auf ihn ausgeübt wurde, trägt zu einem Klima des Misstrauens bei. Oder vielleicht auch der Angst. Denn wenn die Havies ihm beikommen konnten, wozu sind sie dann noch in der Lage?

Wie auch immer, alles, was die Moral hebt, ist im Moment sehr wertvoll, und ich glaube, wenn eure Heirat hier im Mount Royal Palace bekanntgegeben wird, von mir, mit allem passenden Tralala, dann sollte es ein wenig Feststimmung verbreiten. Ihr drei gehört im Moment wahrscheinlich zu den beliebtesten Persönlichkeiten des öffentlichen Lebens im Sternenkönigreich, und das wird jeden Verdacht mehr als ausgleichen, Hamish und Honor könnten miteinander … getändelt haben, ehe ihr es wirklich getan habt.«

»Politik«, seufzte Honor und lachte ein wenig traurig auf.

»Was hast du?«, fragte Hamish.

»Ich musste nur gerade an ein Gespräch mit Admiral Courvosier denken, ehe wir zum ersten Mal nach Grayson ausliefen«, sagte Honor kopfschüttelnd.

»Auf unserer Ebene der Verantwortlichkeit sind politische Überlegungen immer wichtig, Honor«, sagte Elizabeth. »Dadurch wird die Entscheidung nicht notwendigerweise unlauter.«

»Das wollte ich damit auch nicht sagen. Es ist nur manchmal so ermüdend.«

»Das ist wohl richtig. Andererseits schaffe ich es manchmal, Dinge, die ich von Herzen tun möchte, mit politischen Erwägungen in Einklang zu bringen. Zugegeben verläuft es manchmal auch genau in die andere Richtung. Öfter sogar. Diesmal allerdings habe ich für euch ein verspätetes Hochzeitsgeschenk.

Honor sah die Königin wachsam an. Im Augenblick hätte Elizabeth' Vorstellungen, was sie ›verdient‹ habe, einen unangenehmen Nachgeschmack hinterlassen – vor allem eingedenk Solons.

Elizabeth sah sie an, als wäre die Königin die Empathin, dann griff sie unter den Stuhl und zog ein kleines, flaches Kästchen hervor.

»Nichts Besonderes«, versicherte sie ihrer Vasallin mit einem angedeuteten Lächeln. »Ich habe nur Broughton and Stemwinder gebeten, mir das anzufertigen.«

Sie gab Emily das Kästchen, und Honor ging zu ihr, sodass Emilys Lebenserhaltungssessel zwischen ihr und Hamish schwebte. Emily sah beide an, dann senkte sie den Blick und fuhr mit dem Finger das erhabene, aus den verschlungenen Buchstaben B und S bestehende Zeichen der Firma nach, die seit mehr als drei T-Jahrhunderten Hofjuwelier des Hauses Winton war.

Sie öffnete es, und Honor holte tief Luft, als sie die drei Ringe sah, die sich in die Samtfütterung schmiegten. Es waren Eheringe graysonitischer Art, schwerer und größer als auf Manticore üblich, und exquisit gearbeitet, wenngleich nicht im reinen graysonitischen Stil. Auf Grayson bestand der Ehering der Männer traditionell aus Gelbgold und der der Frauen aus Silber, doch diese drei Ringe waren aus drei geflochtenen Bändern gefertigt, aus Gelbgold, Weißgold und Silber. Sie trugen den Schlüssel des Guts von Harrington auf der einen und den aufsteigenden Hirsch von White

Haven auf der anderen, und in den flachen Ringkästen saß der tradierte Kreis aus Diamanten, jeder mit einem anderen Halbedelstein in der Mitte.

»Ich habe nachgesehen«, sagte Elizabeth. »Honor, du bist im Oktober alter Zeitrechnung geboren. Du, Hamish, im März, und Emily im August. Daher sind eure Monatssteine Opal, Jade und Sardonyx. Deshalb habe ich sie euch anfertigen lassen. Sie sind nicht ganz graysonitisch und nicht ganz manticoranisch, so wie ihr drei nicht mehr nur zu einer Sternnation gehört.«

»Sie sind wunderschön, Elizabeth.« Emily blickte mit hellen Augen auf. »Ich danke dir.«

»Als Geschenk sind sie klein genug für Menschen, die mir so viel bedeuten wie ihr«, sagte Elizabeth nur. »Und sie sind von uns – von Elizabeth und Justin, nicht von der Krone.«

Honor griff in das Kästchen und nahm den Opalring heraus. Er glitzerte in der Sonne, und sie blickte ihn einige Sekunden lang an. Dann probierte sie ihn am Ringfinger ihrer linken Hand.

Er war ein wenig weit, und sie empfand leise Überraschung. Elizabeth hatte sich mit diesem Geschenk solche Mühe gegeben, und es hätte für sie keine Mühe bedeuten dürfen, Honors Ringgröße zu erfahren, denn Honors Vater kannte die exakten Ausmaße ihrer Handprothese. Dann aber spürte sie Elizabeth' Blick und die Aufmerksamkeit der Königin, die auf ihr ruhte. Einen Augenblick lang dachte sie darüber nach, dann zog sie den Ring von der linken Hand und probierte ihn an der rechten.

Er passte perfekt, und Honor hob die Hand und blickte daran vorbei Elizabeth an.

»Wenn du ihn ändern lassen willst, ist das kein Problem, Honor«, sagte Elizabeth. »Aber ich glaube dich mittlerweile recht gut zu kennen, und es kam mir vor, dass du ihn vielleicht lieber an deiner Hand aus Fleisch und Blut tragen möchtest.«

»Ich glaube, da hast du recht«, sagte Honor bedächtig, senkte die Hand und sah sie an. Sie hatte nie sehr viel Schmuck getragen, doch der Ring sah perfekt an ihr aus, und sie lächelte. Dann nahm sie ihn wieder ab und reichte ihn Emily.

»Bitte, Emily«, sagte sie und streckte die Hand vor. »Auf Grayson gibt die ältere Frau den Ehering der jüngeren. Ich weiß, dass wir, wie Elizabeth sagt, nicht mehr ganz Manticoraner oder Graysons sind, aber mir würde es viel bedeuten.«

»Natürlich«, sagte Emily sanft und sah zu ihrem Mann hoch. »Hamish, wärst du so gut?«

Hamish lächelte beide an, dann hielt er Honors Handgelenk, während Emily ihr den Ring wieder überstreifte. Emily musterte ihn, dann blickte sie wieder hoch.

»Sieht gut dort aus, oder?« Sie sah Elizabeth an. »Und ich glaube, ich lasse meinen auch für die rechte Hand ändern.«

»Nicht nötig«, sagte Elizabeth. »Er passt schon.«

»Du bist solch eine kluge Frau«, erwiderte Emily ihrer entfernten Cousine, und Elizabeth lachte in sich hinein.

»Ich weiß aus sicherer Quelle, dass alle Königinnen namens ›Elisabeth‹ klug sind.«

»Ha! Wahrscheinlich hat der kriecherische Prinzgemahl, mit dem du verheiratet bist, sich damit bei dir einschmeicheln wollen!«, versetzte Emily.

»Was wiederum beweist«, entgegnete der verleumdete Prinzgemahl gleichmütig, »wie klug *er* ist.«

10

»Meinen Glückwunsch, Hoheit«, sagte Mercedes Brigham mit breitem Lächeln. Sie wartete gleich hinter der Luke, als Honor und Nimitz durch die Verbindungsröhre zwischen ihrem Shuttle von Manticore und der Pinasse schwammen. Andrew LaFollet und Spencer Hawke folgten ihnen, und Brigham lachte, als Honor bei ihrer Begrüßung eine Braue hochzog.

»Die ganze Flotte weiß es jetzt.« Die Stabschefin wies auf den Ring, der an Honors Hand glitzerte. »Ich war sogar ein wenig überrascht, wie viele überrascht waren, wenn Sie verstehen, was ich meine.«

»Und wie reagiert man?«, fragte Honor.

»Das rangiert von schlichtem Beifall zu Begeisterungsstürmen, würde ich sagen«, antwortete Brigham.

»Keine Vorbehalte wegen ›Einhundertneunzehn‹?«

»Selbstverständlich nicht.« Brigham lachte. »Sie wissen wahrscheinlich so gut wie ich, dass Einhundertneunzehn der Kriegsartikel ist, bei dem die meisten Augen zugedrückt werden. Und selbst wenn dem nicht so wäre, niemand käme auf den Gedanken, dass er auf Sie und den Earl von White Haven zuträfe. Oder« – Brigham neigte den Kopf zur Seite – »ist er jetzt Gutsherrinnengemahl von Harrington?«

»Bitte!« Honor erschauerte gespielt. »Ich kann es kaum erwarten, dass das Konklave der Gutsherren sich damit befasst! Anscheinend verbringe ich meine Zeit hauptsächlich damit, immer wieder etwas Neues zu finden, was bei einem echten Konservativen einen Schlaganfall verursacht.«

»Man kann nur hoffen, dass es einige von ihnen erwischt«, erwiderte Brigham scharf, mit aller Inbrunst der Jahre, die sie in der Grayson Space Navy gedient hatte.

»Ein höchst unpassender Gedanke – dem ich vollkommen zustimme, wenn auch nur inoffiziell.«

Honor schaute geziert über die Schulter LaFollet an, der ihren Blick mit unbewegter Miene erwiderte. Dann breitete sie die Arme aus, und Nimitz glitt von ihrer Schulter hinunter und legte sich hinein, während sie zu ihrem Sitz ging. Brigham folgte ihr und setzte sich auf die andere Seite des Mittelgangs. Der Bordmechaniker verschloss die Luke, und die Verbindungsröhre löste sich ab. Brigham, Honor und die Waffenträger waren die einzigen zweibeinigen Passagiere der Pinasse. LaFollet und Hawke wählten sich zwei Sitze vor Honor, zwischen ihr und dem Cockpit aus.

Ihre gewohnte Position war das nicht, und Honors Frohsinn legte sich ein wenig, als sie ihre Empfindungen schmeckte. Simon Mattinglys Tod und Honors knappes Entkommen hatten ihre Spuren hinterlassen. Die professionelle Paranoia ihrer Leibwächter war auf ein neues Hoch gestiegen, und ihr gefiel es wenig zu spüren, wie gering der Anlass sein musste, um eine Reaktion von ihnen auszulösen. Sie nahm sich vor, die Lage mit LaFollet zu besprechen, und wandte sich wieder Brigham zu.

»Wie gehen die Reparaturen voran?«

»Die *Imperator* wird noch wenigstens einen Monat in der Werft liegen, Hoheit.« Brighams Miene ernüchterte sich. »Wahrscheinlich sogar länger. Zwar ist kein Treffer durch den Kernrumpf gekommen, aber die Heck-Graserlafetten haben größere Schäden erlitten, als wir vor der Untersuchung geglaubt haben. Die *Agamemnon* ist noch länger außer Gefecht. Die *Truscott Adams* und die *Tisiphone* müssten in drei bis sechs Wochen wieder bei uns sein.«

»Ich hatte so etwas befürchtet, als ich die ersten Werftgutachten las«, sagte Honor seufzend. »Na ja. Was nicht geheilt werden kann, das muss man ertragen, wie wir auf Grayson sagen. Und es sind nicht nur die Reparaturen, die uns aufhalten werden.«

»Hoheit?«

»Ich habe drei Tage in der Admiralität verbracht, Mercedes. Nach dem Überfall auf Sansibar ist die Lage noch schlimmer, als wir dachten. Der Kalif erwägt offensichtlich, aus der Allianz auszutreten.«

Brigham setzte sich kerzengerade. »Wie bitte?«

Honor zuckte mit den Schultern. »Man kann es ihm eigentlich kaum verdenken. Überlegen Sie nur. Sein Sonnensystem ist zwomal zusammengeschossen worden, und er ist der Allianz in erster Linie beigetreten, weil er Schutz suchte. Man kann schwerlich behaupten, wir hätten sein Volk erfolgreich geschützt.«

»Und das ist verdammt noch mal die Schuld seines Admirals!«, erwiderte Brigham hitzig. »Wenn al-Bakr nicht Padgorny überstimmt und den Havies eine Generalstabskarte der Systemverteidigung geschenkt hätte, wäre es niemals passiert!«

»Ich weiß, dass man es in der Flotte allgemein so sieht, aber ich bin mir nicht ganz sicher, ob es auch fair ist.«

Brigham sah sie halb ungläubig an, und Honor zuckte mit den Achseln.

»Ich will nicht sagen, dass al-Bakr die richtige Entscheidung getroffen hat oder dass seine Entscheidung den Haveniten nicht beträchtlich geholfen hätte. Aber wenn Haven den gleichen Angriffsverband gegen unsere ursprüngliche Aufstellung geschickt hätte, wäre trotzdem alles niedergewalzt worden, was sich ihm in den Weg stellte. Sicher, die Raketengondeln hätten ihnen höhere Verluste zugefügt, aber nicht genug, um einen solch starken Verband unter dem Befehl eines Lester Tourville zurückzuschlagen. Dass Haven wusste, was wir ursprünglich stationiert hatten, mag es überhaupt erst veranlasst haben, einen stärkeren Verband zu entsenden. Aber nachdem dieser einmal im Gefecht war, hätte unsere ursprüngliche Aufstellung ihn auch dann nicht aufhalten können, wenn wir ihn damit völlig überrascht hätten.«

»Vielleicht haben Sie recht.« Brigham machte das Zugeständnis augenscheinlich gegen ihren Willen. »Aber selbst dann wären *unsere* Verluste erheblich leichter gewesen, wenn man uns nicht gezwungen hätte, unser Geld zum Fenster rauszuwerfen, indem wir Sansibar verstärkten.«

»Mercedes«, sagte Honor ein wenig streng, »wir haben eine *Allianz*. Das bedeutet gegenseitige Verpflichtungen – und ich darf Sie erinnern, dass uns High Ridges idiotisches Versagen darin, das zu begreifen, bereits Erewhon gekostet hat. Wenn wir unsere Verpflichtungen nach dem Bündnisvertrag als zu belastend empfinden, dann sollten wir froh sein, dass Sansibar ihn aufkündigt. Wenn nicht, dann ist das Sternenkönigreich – und die Königin auch – unmittelbar verpflichtet, dem Bündnis nachzukommen. Und das bedeutet, einen bedrohten Alliierten so gut zu verstärken, wie man nur kann.«

Brigham blickte sie einen Augenblick lang rebellisch an, dann seufzte sie.

»Sie haben ja recht, Hoheit. Nur …« Sie verstummte und schüttelte den Kopf.

»Ich verstehe schon«, sagte Honor. »Doch die Flotte ist auch so schon wütend genug. Sie und ich haben die besondere Pflicht, alles zu vermeiden, was weiteren Wasserstoff in dieses spezielle Feuer pumpen könnte.«

»Verstanden, Ma'am.«

»Gut. Nachdem wir das geklärt haben«, fuhr Honor fort, »muss ich sagen, dass es allerdings einige Regierungsmitglieder gibt – und einige Personen in der Admiralität –, die der Ansicht sind, wir sollten Sansibar und vielleicht auch Alizon ermutigen, sich zu nicht kriegführenden Sternnationen zu erklären.«

»*Was?*« Brigham blinzelte. »Nach all dem Ärger, den wir hatten, um die Allianz überhaupt aufzubauen?«

»Damals war die Situation ein wenig anders«, entgegnete Honor. »Wir standen allein gegen Haven und brauchten dringend strategische Tiefe. Sansibar und Alizon haben unter dem Strich beide ihren Beitrag zur Allianz geleistet – oder hätten es, wenn die Notwendigkeit, sie nach McQueens Unternehmen Ikarus wiederaufzubauen, nicht so teuer gewesen wäre –, aber eigentlich wollten wir die Systeme in einer Zeit, als jeder noch in Begriffen des Vormarsches Sonnensystem für Sonnensystem dachte, als vorgeschobene Basen.«

Sie zuckte mit den Schultern.

»Das operative Denken hat sich geändert, wie unsere Raids – und Tourvilles Angriff auf Sansibar – zeigen. Beide Seiten denken nun in Begriffen von Schlägen weit hinter der Front, tief im feindlichen Hoheitsraum, und einfache strategische Tiefe wird, wenn man nicht gerade unfasslich viel davon hat, immer unwichtiger. Nachdem Sansibar nun auch wenigstens acht bis zwölf T-Monate aus dem Spiel ist, müssen wir das System zwar verteidigen, aber es liefert keine Gegenleistung mehr. Und Alizon, das von Ikarus ebenso schwer getroffen wurde, bietet nur die Möglichkeit, ein paar Dutzend Schlachtkreuzer oder leichtere Schiffe gleichzeitig zu fertigen.

Die neue Denkschule führt deshalb an, dass wir, wenn wir uns von den Verteidigungspflichten gegenüber relativ unwichtigen Sonnensystemen befreien würden, uns erlauben könnten, mehr Kampfkraft in der Homefleet und hier in der Achten Flotte zu konzentrieren. Gleichzeitig wären die Systeme aus der Schusslinie, wenn die Republik bereit ist, ihre Neutralität anzuerkennen und sie in Ruhe zu lassen. Die wichtigen Verbündeten im Augenblick sind Grayson und die Andermaner. Wir könnten Grayson stärker verteidigen, wenn wir die Verbände zurückrufen könnten, die im Moment in Systemen wie Alizon gebunden sind, und die Andermaner sind vor einem direkten Angriff schon allein durch ihre große Entfernung von Haven gefeit.«

Brigham saß schweigend fast zwei Minuten lang auf ihrem Platz und überdachte offenbar, was Honor gerade gesagt hatte, dann blickte sie ihre Vorgesetzte an.

»Und stimmen Sie der ›neuen Denkschule‹ zu, Hoheit?«

»Ich halte sie für eine vernünftige, frische Herangehensweise an das Problem. Und ich finde, wenn die Republik wirklich willens ist, die zukünftige Neutralität gegenwärtiger Angehöriger der Allianz zu akzeptieren und zu respektieren, dann wäre es sehr in unserem Interesse, diese Möglichkeit zu verfolgen. Mein größtes Bedenken gilt allerdings der Frage, ob die Republik es akzeptiert oder nicht.«

»Sie versucht seit Jahrzehnten, die Allianz zu spalten«, erwiderte Brigham.

»Ja, das stimmt. Aber wenn Eloise Pritchart und Thomas Theisman eines nicht sind, dann dumm, und das bedeutet, sie wissen genauso gut wie wir, wie sich die strategischen und operativen Gegebenheiten geändert haben. An ihrer Stelle wäre ich daher sehr versucht, unseren Verbündeten jeden einfachen Ausweg zu verbauen. Ich würde auf der *Kapitulation* bestehen, statt ihnen einfach zu gestatten, dass sie nach Hause gehen, weil sie zu müde sind zum Kriegspielen.«

»Oder«, sagte Brigham langsam, »Sie könnten sich mit der Neutralität einverstanden erklären, aber insgeheim beabsichtigen, sie zu schlucken, kaum dass unsere Schiffe sich zurückziehen und sie sich selbst überlassen.«

»Das ist natürlich auch eine Möglichkeit. Und angesichts der Rekorde, die die Regierung Pritchart in puncto interstellarer Diplomatie erzielt, führen etliche Personen, die gegen die Idee sind, das gleiche Argument an. Persönlich glaube ich, dass Pritchart, wenn sie öffentlich der Neutralität zustimmt, eigentlich zu ihrem Wort stehen müsste, und zwar wegen des Streits, den es vor Wiederaufnahme der Feindseligkeiten wegen der Verfälschungen unserer diplomatischen Korrespondenz gab. Ich habe dieses Argument vorgebracht, aber nicht, ohne einige Ungläubigkeit hervorzurufen. In diesem Punkt sind der Großteil der Regierung und ich uns offenbar nicht einig – nicht einmal mein neuer Schwager und ich.« Sie verzog das Gesicht. »Vielleicht ist es ein Glück, dass nicht ich diese Entscheidung fällen muss.«

»Aber es hat doch Auswirkungen auf unsere Position hier, oder? Deshalb haben Sie das Thema angeschnitten.«

»Ja, richtig. Nach Stand der Dinge sind wir gezwungen, Alizon und den anderen zwotrangigen Systemen wegen des Desasters von Sansibar noch stärkere Verbände zuzuteilen. Und das heißt, dass es noch schwieriger wird, Ersatz und Verstärkung für die Achte Flotte zu finden. In Anbetracht der Falle, in die wir im Solon-System getappt sind, besteht die Admiralität aber darauf, dass wir verstärkt werden, ehe wir wieder offensiv werden. Noch so eine Niederlage wie die, die Giscard uns bereitet hat, können wir uns nicht leisten.«

»Also steht fest, dass es Giscard war?«

»Die Nachricht kam herein, kurz bevor mein Shuttle abhob. Für die erfolgreiche Verteidigung des Solon-Systems hat er den Dank des republikanischen Kongresses erhalten. Tourville bekam das Gleiche für das Zusammenschießen Sansibars.«

»Das ist gut zu wissen«, sagte Brigham nachdenklich. Honor blickte sie an, und die Stabschefin zuckte mit den Achseln. »Ich fühle mich immer besser, wenn ich dem Gegner ein Gesicht geben kann, Hoheit.«

»Wirklich?« Honor schüttelte den Kopf. »Mir hilft es, wenn ich über ihre möglichen Aktionen und Reaktionen nachdenke, aber eigentlich ist es mir lieber, wenn ich die Menschen auf der anderen Seite nicht kenne. Fremde zu töten ist leichter.«

»Reden Sie sich nichts ein, Hoheit«, erwiderte Brigham ruhig. »Ich kenne Sie nun schon sehr lange. Wenn es Fremde sind, ist es für Sie kein Stück einfacher, ihren Tod zu verursachen.«

Honor sah sie wieder an, schärfer, und ihre Stabschefin gab den Blick offen zurück. *Und sie hat recht,* dachte Honor.

»Wie auch immer«, fuhr sie fort und gab Brighams Punkt nur durch ihren Tonfall nach, »dürfen wir aus mehreren Gründen nicht zulassen, dass Haven uns das Gleiche noch einmal antut. Die Verluste waren für sich schmerzhaft genug, aber jetzt haben wir gerade begonnen, die Initiative zurückzugewinnen, und das halten wir nicht durch, wenn Haven uns immer wieder eine blutige Nase verpasst. Die Entscheidung lautet deshalb, dass die Achte Flotte erst beträchtlich verstärkt werden muss, ehe wir wieder Angriffe durchführen, auch wenn es sehr wichtig ist, so rasch wie möglich wieder offensiv zu werden. Das heißt, dass unter anderem zusätzliche moderne Wallschiffe beschafft werden müssen.«

»Und das dauert wie lange?«, fragte Brigham besorgt.

»Wenigstens sechs bis acht Wochen. Deshalb kann ich sagen, dass die Reparaturdauer der *Imperator* uns nicht allzu schlimm aufhält.«

»Neue Wallschiffe klingt gut, aber mir gefällt die Vorstellung überhaupt nicht, den Havies so lange Freilauf zu lassen, Hoheit.« Brigham wirkte besorgt. »Sie werden versucht sein, ihren Erfolg im Sansibar-System zu wiederholen, und wenn wir mit dem Druck auf sie ein paar Monate lang nachlassen ...«

Sie ließ ihre Stimme schwächer werden, und Honor nickte.

»Ich habe Admiral Caparelli und dem Strategischen Rat gegenüber das Gleiche vorgebracht. Und ich habe einen Vorschlag gemacht, wie wir vielleicht einige schlimme Folgen der Notwendigkeit, die Offensive der Achten Flotte so lange zu unterbrechen, umschiffen könnten.«

»Welchen Vorschlag, Hoheit?« Brigham musterte sie genau.

»Wir dürfen Haven keine Ruhe lassen; die Haven müssen sich ständig über die Schulter gucken. Ab nächster Woche – ungefähr dann, wenn wir es ohnehin täten, wenn wir dem Zyklus folgten, den wir mit Raupenfraß Zwo und Drei etabliert haben – werden unsere Zerstörer anfangen, ein halbes Dutzend havenitische Systeme aufzuklären. Haven wird genau die gleichen Schritte einleiten wie vor unseren letzten Angriffen. Nur dass natürlich jeder Angriff ausbleibt.«

»Das ist ... herrlich gemein, Hoheit«, sagte Brigham bewundernd. »Die Havies werden glauben, wir planen einen Angriff, und sich entsprechend verhalten.«

»Anfangs zumindest. Auf der anderen Seite ist man alles andere als dumm und wird sich fragen, ob wir nicht genau das tun werden, denn man weiß natürlich, dass man uns schwer angeschlagen hat. Ich glaube aber, Sie haben recht; Haven wird auf die vermeintliche Bedrohung reagieren müssen, zumindest beim ersten Mal. Danach könnten sie es sich schon wieder anders überlegen.«

»Also machen wir es zwo-, dreimal, während wir nicht angriffsbereit sind«, sagte Brigham, »damit sie sich daran gewöhnen, dass unsere Aufklärung bloß Teil einer Strategie des Bluffs ist, und sobald wir wieder angreifen können ...«

»Dann verschafft uns die Aufklärung unserer Zielsysteme hoffentlich einen Überraschungsvorteil, weil Haven bis dahin ›weiß‹, dass wir sie gar nicht angreifen«, stimmte Honor zu. »Und wenn wir unsere Karten richtig ausspielen, dann können wir die Havies vielleicht sogar bewegen, einen al-Bakr zu bauen und uns vorzeitig ihr Blatt zu zeigen, was Verteidigungspläne und defensive Aufstellungen angeht.«

»Mir gefällt das«, sagte Brigham. »Natürlich wäre es mir lieber, wenn wir unsere Operationen nicht unterbrechen müssten, aber wenn es denn sein muss, sollten wir es so weit ausnutzen, wie es geht.«

»Das ist mehr oder weniger, was ich dachte. Wir sollten uns deswegen ein bisschen Zeit nehmen und überlegen, bei welchen Systemen wir Haven am liebsten nervös machen wollen.«

»Hoheit?«

Honor und Spencer Hawke lösten sich augenblicklich voneinander und traten an die entgegengesetzten Enden der Matte zurück. Sie nahmen Grundstellung ein, dann verbeugte sich Honor, und Hawke erwiderte die Liebenswürdigkeit, ehe sie sich zu James MacGuiness umdrehte.

»Ja, Mac?«

MacGuiness stand neben der Luke der Turnhalle. Wie Honors ursprüngliches Flottenflaggschiff war HMS *Second Yeltsin* ein Superdreadnought der *Invictus*-Klasse. Honor hatte es bezogen, während die *Imperator* repariert wurde, und obwohl sie und ihr Stab nun fast zwei Wochen an Bord der *Second Yeltsin* waren, fühlte sie sich noch immer nicht ›zu Hause‹.

Dennoch hatte man sie nicht gerade in einer Waldhütte untergebracht. Die *Second Yeltsin* war wie die *Imperator* von Grund auf als Flaggschiff konzipiert worden, und dieser Status als potenzielles Flaggschiff spiegelte sich in verschiedenen Annehmlichkeiten wieder, darunter auch die kleine, gut ausgerüstete ›Flaggturnhalle‹ ein Deck unter der Admiralskajüte. Honor hätte lieber die Hauptturnhalle an Bord der *Imperator* benutzt, wo sie den Puls der Moral und Stimmung der Crew spürte, aber nach dem Tod Simon Mattinglys und Timothy Meares' hatte Andrew LaFollet sich durchgesetzt. Zwischen so vielen Menschen so dicht beieinander konnte er ihre Sicherheit nicht garantieren, und seine Empfindungen – und seine Sorge – waren so stark gewesen, dass sie in diesem Fall kaum symbolischen Widerstand geleistet hatte. Selbst jetzt schmeckte sie die konzentrierte Wachsamkeit ihres Waffenträgers, der hinter MacGuiness stand und angespannt auf jede plötzliche Bewegung ausgerechnet dieses Mannes wartete.

»Ein Sonderkurier ist eingetroffen, Hoheit.« Wenn MacGuiness der Musterung durch LaFollet gewahr war, wovon man ausgehen konnte, so ließ er es sich nicht anmerken. Auch in MacGuiness' Geistesleuchten schmeckte Honor keinen Groll über die erhöhte Wachsamkeit ihres Waffenträgers. »Von der Admiralität«, fuhr er fort. »Das Boot kam gerade durch das Wurmloch, und Harper hat bereits ein Signal empfangen. Es hat persönliche Depeschen für Sie an Bord.«

Honor spürte, wie ihre Augenbrauen sich heben wollten. Der planmäßige Morgenshuttle von Manticore war vor kaum drei Stunden angekommen, der Abendshuttle käme in nur fünf Stunden. Was konnte so dringend sein, dass die Admiralität es mit einem Sonderkurier schickte?

Sie empfand plötzliche Beklommenheit, zwang sich aber, sie beiseitezuschieben. Hätte es sich um persönliche schlechte Neuigkeiten gehandelt, wären sie an Bord eines privaten Postschiffes eingetroffen, nicht mit einem offiziellen Kurierboot der Admiralität.

»Danke, Mac«, sagte sie ruhig. »Ich nehme eine Dusche und lese die Depeschen in meiner Kajüte.«

»Jawohl, Hoheit.«

MacGuiness neigte den Kopf und ging, und Honor wandte sich wieder an Hawke.

»Ich breche nur ungern ab, Spencer. Allmählich bekommen Sie den Bogen raus.« Hawke grinste; er lernte erst seit zehn T-Jahren *Coup de Vitesse.* »Wenn mein Terminkalender mitspielt, können wir die Lektion vielleicht vor dem Abendessen beenden.«

»Wie stets, Mylady, stehe ich zu Ihrer Verfügung«, sagte er mit einer Verbeugung, und sie lachte in sich hinein und blickte LaFollet an.

»Meine Güte, wir sind dicht dran, ihn zu zivilisieren, oder?«

»›Dicht dran‹ zählt nur bei Hufeisen, Handgranaten und taktischen Atomwaffen, Mylady«, erwiderte LaFollet gesetzt.

Honor schob den Datenchip in ihr Schreibtischterminal. Das Display leuchtete auf, und sie runzelte leicht die Stirn, als ein Datenvorsatz vor ihr schwebte. Die Depesche trug das elektronische Siegel und die Verschlüsselung des Ersten Lords der Admiralität und nicht des Ersten *Raumlords.* War es am Ende eine persönliche Nachricht von Hamish?

Sie gab ihren Schlüssel ein und fuhr mit der rechten Hand über den DNA-Schnüffler. Im nächsten Augenblick blinkte das Display bestätigend, und der Vorsatz wich Hamishs Gesicht. Er wirkte eigenartig erregt, aber nicht bedrückt. Wenn er überhaupt etwas ausdrückte, dann das Gegenteil.

»Honor«, sagte er, »diese Nachricht hätte ich dir wahrscheinlich auch über normale Kanäle zukommen lassen können, aber ich sagte mir, dass du mir dann wahrscheinlich wehtun würdest. Deshalb habe ich das Privileg des Ranges genutzt und mir von Thomas Caparelli erlauben lassen, dir eine Sonderdepesche zu schicken. Halt bloß dein Barett fest, Liebes.«

Er atmete tief durch, und Honor spürte, wie ihre Schultern sich in Erwartung des Unbekannten verkrampften.

»Wir haben gerade über Erewhon eine offizielle Mitteilung Havens erhalten. Es handelt sich um eine aktualisierte Liste von Kriegsgefangenen und Gefallenen, deren Tod Haven bestätigen kann. Demzufolge lebt Mike Henke noch.«

Honor sank so plötzlich in ihrem Stuhl zurück, als hätte ihr jemand gegen die Brust geboxt. Und genauso fühlte sie sich, wie sie einen Augenblick später bemerkte, als Nimitz von seiner Sitzstange auffuhr, kaum dass er ihre emotionale Spitze spürte. Sie starrte auf das Display, und Hamish blickte sie mehrere Sekunden lang wortlos an, als hätte er ihre Reaktion vorhergesehen und ließe ihr die Zeit, damit fertigzuwerden, ehe er weitersprach.

»Wir kennen noch nicht alle Details«, fuhr er schließlich fort, »aber anscheinend hat die *Ajax* wenigstens einen Beiboothangar freigeräumt bekommen. Nach der Liste sieht es so aus, als wäre noch ein gutes Drittel der Besatzung von Bord gekommen, einschließlich Mike. Sie ist verwundet, und wir wissen nicht, wie schwer, aber laut der havenitischen Nachricht sind ihre Verletzungen nicht lebensgefährlich, und sie erhält die beste verfügbare medizinische Versorgung. Das gilt übrigens für alle unsere Verwundeten.

Gegen Ende der Nachricht findet sich zumindest eine Andeutung, dass man offen wäre für die Idee eines Gefangenenaustauschs. Du betonst immer wieder, dass ein himmelweiter Unterschied bestehe zwischen der jetzigen Regierung und Pierre und seinen Bluthunden. Das ist mit Sicherheit ein deutlicher Hinweis. Natürlich gibt es Personen – die Königin eingeschlossen –, die anführen, es handele sich um einen Trick, mit dem uns ein Leopard umgarnen will, der nicht aus seiner Haut kann. Aber ob das nun stimmt oder nicht, mir war es wichtig, dass du so schnell wie möglich die Neuigkeit über Mike erfährst.

Nach der Depesche beabsichtigen die Havies, den Kriegsgefangenen das Versenden und den Empfang persönlicher Nachrichten zu erlauben, strikt nach der Übereinkunft von Deneb. Ein weiterer erfrischender Unterschied zur Systemsicherheit oder den Legislaturisten. Ich dachte, du überlegst dir vielleicht, was du ihr schreiben willst.«

Er schwieg wieder, gab ihr weitere Sekunden zum Nachdenken und lächelte sie an.

»Trotz ihres Misstrauens ist Elizabeth überglücklich, dass Mike noch lebt. Das ist jeder, der sie kennt. Emily und ich haben uns fast mehr für dich gefreut als für uns. Alles Gute, Liebes. Ende.«

Das Display wurde leer, und Honor saß davor und starrte es an. Nimitz glitt von seiner Sitzstange, kletterte auf ihre Arme und tätschelte ihr die Wange. Sie sah ihn an, und er begann mit fliegenden Fingern zu signalisieren.

›Siehst du? Hab doch gesagt, alles wird besser. Vielleicht kann dein Geistesleuchten jetzt heilen.‹

»Tut mir leid, Stinker.« Sie streichelte ihm den Hinterkopf. »Ich weiß, dass ich seit Solon nicht die beste Gesellschaft gewesen bin.«

›Du hast einen Kampf verloren‹, signalisierte er zurück. ›Der erste, den du je wirklich verloren hast. Du weißt wahrscheinlich noch nicht, wie das geht. Und du dachtest, deine Freundin wäre tot. Natürlich war dein Geistesleuchten dunkler. Starkes Herz und Durchschaut-alles tun dir gut, ergänzen dich, aber du bist schon immer am strengsten mit dir selbst gewesen. Tief drinnen konntest du dir Mikes Tod nicht vergeben. Jetzt brauchst du es nicht mehr.‹

»Vielleicht hast du recht.« Sie zog ihn sanft an sich. Es war ungewöhnlich, dass er Hamish und Emily in einem normalen Gespräch bei ihren Baumkatzennamen nannte. Es zeigte, welche Sorgen er sich um sie gemacht hatte, begriff sie, und drückte ihn wieder.

»Vielleicht hast du recht«, wiederholte sie, und ein gewaltiges Lächeln breitete sich auf ihrem Gesicht aus, als die Erkenntnis, dass ihre beste Freundin noch lebte, emotional wie intellektuell einsickerte. »Ja, Stinker, ich glaube, du hast *wirklich* recht. Und ich glaube, wir sollten Mac suchen und es ihm sagen, ehe er es von jemand anderem erfährt!«

»Admiral Henke.«

Michelle Henke öffnete die Augen, und als sie sah, wer sie mit Namen angesprochen hatte, richtete sie sich hastig in dem Krankenhausbett auf. Es fiel ihr nicht leicht, denn ihr linkes Bein lag noch immer im Streckverband, während die Schnellheilung den zerschmetterten Knochen neu aufbaute. Sie waren einander zwar noch nie begegnet, doch Mike hatte genug Nachrichtenbilder gesehen, um die platinblonde Frau mit den Topasaugen zu erkennen, die am Fußende ihres Bettes stand.

»Lassen Sie nur, Admiral«, sagte Eloise Pritchart. »Sie sind verletzt, und mein Besuch ist nicht gerade offiziell.

»Sie sind eine Staatschefin, Madame Präsidentin«, entgegnete Henke trocken, setzte sich aufrecht und ließ sich erleichtert an das obere Ende des Bettes sinken, das sich automatisch aufgerichtet hatte. »Ihre Besuche sind immer offiziell.«

»Na, vielleicht haben Sie recht«, räumte Pritchart mit

einem charmanten Lächeln ein. Dann wies sie auf den Stuhl am Bett. »Darf ich?«

»Aber sicher. Schließlich ist es Ihr Stuhl. Im Grunde« – Henke wies auf das hübsche, wenn auch nicht gerade luxuriöse Krankenzimmer – »gehört Ihnen das ganze Lazarett.«

»Im übertragenen Sinn vielleicht.«

Pritchart setzte sich mit Anmut und regte sich einige Sekunden lang nicht. Sie hatte den Kopf leicht zur Seite geneigt, und ihr Gesicht zeigte einen nachdenklichen Ausdruck.

»Welchem Umstand habe ich die Ehre Ihres Besuches zu verdanken, Madame Präsidentin?«, fragte Henke nach einer Weile.

»Mehreren. Erstens sind Sie unsere ranghöchste Kriegsgefangene, in mehreren Hinsichten. Sie sind militärisch gesehen der ranghöchste Offizier, und außerdem sind Sie ... was? Die fünfte in der Erbfolge?«

»Seit der Ermordung meines älteren Bruders, ja«, antwortete Henke ruhig, und ihr wurde die Genugtuung zuteil, dass Pritchart ganz leicht zusammenzuckte.

»Der Tod Ihres Vaters und Ihres Bruder tut mir aufrichtig leid, Admiral Henke«, sagte sie genauso ruhig und sah, während sie sprach, Henke offen in die Augen. »Aus den Akten, die uns vorliegen, geht hervor, dass die Systemsicherheit tatsächlich für dieses Attentat verantwortlich war. Die Fanatiker, die es ausgeführt haben, sind zwar Masadaner gewesen, aber die SyS hat sie angeworben und mit den Waffen versorgt. Soweit wir feststellen konnten, sind alle Personen, die direkt an der Entscheidung, diese Operation auszuführen, beteiligt waren, entweder tot oder hinter Gittern. Nicht«, fuhr sie fort, als Henke ungläubig die Brauen wölbte, »wegen dieser speziellen Operation, sondern wegen eines ganzen Katalogs an Verbrechen, die sie an der Bevölkerung ihrer eigenen Sternnation begangen haben. Auch wenn es Ihren Zorn und Ihre Trauer wohl nicht mindert, möchte ich darauf hinweisen, dass diese Menschen für den Tod von unzähligen Tausenden – nein Millionen – ihrer eigenen Bürger verantwortlich waren. Die Republik Haven hat von solchen Männern und Frauen mehr als genug.«

»Das glaube ich Ihnen«, entgegnete Henke, während sie ihr Gegenüber sorgsam musterte. »Aber anscheinend haben Sie deren Methoden nicht so ganz abgeschworen.«

»In welcher Hinsicht?«, fragte Pritchart ein wenig scharf und kniff die Augen zusammen.

»Ich könnte zum Beispiel auf Ihre Diplomatie unmittelbar vor dem Krieg zu sprechen kommen, aber ich bin mir ziemlich sicher, dass wir uns dabei nicht einig werden«, sagte Henke. »Also beschränke ich mich darauf, auf Ihren Mordanschlag auf die Herzogin von Harrington hinzuweisen. Die, wie ich Sie erinnern darf, zufällig eine enge Freundin von mir ist.«

»Ihrer engen Freundschaft mit der Herzogin bin ich gewahr«, sagte Pritchart. »Sie ist sogar einer der erwähnten Gründe für dieses Gespräch. Einige meiner höchsten Offiziere, einschließlich Kriegsminister Theisman, Admiral Tourville und Admiral Foraker, kennen Ihren ›Salamander‹. Sie haben eine sehr hohe Meinung von ihr. Wenn sie auch nur einen Augenblick glauben würden, meine Regierung hätte ihre Ermordung befohlen, wären sie sehr, sehr ungehalten mit mir.«

»Verzeihen Sie, Madame Präsidentin, aber das ist nicht das Gleiche, als hätten Sie gesagt, Sie hätten den Anschlag nicht angeordnet.«

»Nein, tatsächlich nicht, was?« Pritchart grinste. »Einen Augenblick lang hatte ich vergessen, dass Sie gewohnt sind, sich im Sternenkönigreich auf höchster politischer Ebene zu bewegen. Sie haben das Ohr einer Politikerin, auch wenn Sie ›nur‹ Raumoffizier sind. Gut, ich will mich klarer ausdrücken. Weder ich noch sonst jemand in meiner Regierung hat ein Attentat auf die Herzogin von Harrington befohlen oder genehmigt.«

Nun war es an Henke, die Augen zusammenzukneifen. Wie Pritchart sagte, war sie gewohnt, mit manticoranischen *Politikern* umzugehen, wenn nicht mit der Politik an sich. Sie hatte schon einige außerordentlich glatte, gewandte Lügner kennengelernt. Doch ob Eloise Pritchart zu ihnen gehörte, konnte sie nicht sagen.

»Das ist eine interessante Erklärung, Madame Präsidentin. Bei allem schuldigen Respekt, ich habe leider keine Möglichkeit zu überprüfen, ob sie zutrifft. Und selbst wenn Sie glauben, dass es stimmt, bedeutet es noch lange nicht, dass kein schwarzes Schaf innerhalb Ihrer Regierung den Anschlag befohlen hat.«

»Es überrascht mich nicht, dass Sie das denken, und wir in der Republik hatten sicher mehr Erfahrung mit von ›schwarzen Schafen‹ in Gang gesetzten Unternehmungen, als uns lieb ist. Ich kann nur sagen, dass ich fest an das glaube, was ich sage. Und ich möchte hinzufügen, dass ich die Chefs der inneren und der äußeren Sicherheit durch Männer ersetzt habe, die ich seit Jahren kenne und in die ich das größtmögliche Vertrauen setze. Wenn eine Schattenoperation gegen die Herzogin von Harrington eingeleitet wurde, dann ohne ihr Wissen und ihre Billigung. Da bin ich mir hundertprozentig sicher.«

»Und wer sonst hätte Ihrer Ansicht nach ein Motiv, sie töten zu lassen? Oder die Mittel, um zu versuchen, sie auf diese besondere Weise zu ermorden?«

»Wir kennen nicht viele Einzelheiten über den Ablauf des Attentats«, erwiderte Pritchart. »Nach allem, was mir vorgelegt wurde, scheinen sich die Spekulationen auf die Möglichkeit zu konzentrieren, dass ein junger Offizier – ein Lieutenant Meares, glaube ich – irgendwie psychojustiert wurde, um ihr das Leben zu nehmen. Wenn das zutreffen sollte, so fehlen *uns* die Mittel, um es ausgeführt zu haben. Jedenfalls in dem Zeitrahmen, der zur Verfügung stand, um die Justierung durchzuführen. Immer vorausgesetzt, dass es so auch passiert ist.«

»Ich hoffe, Sie vergeben mir, Madame Präsidentin, wenn ich mich in diesem Fall mit meinem Urteil zurückhalte«, sagte Henke nach kurzem Nachdenken. »Sie sind sehr überzeugend. Andererseits bewegen Sie sich wie ich auf der höchsten Ebene der Politik, und Politiker auf dieser Ebene *müssen* überzeugend sein. Ich werde aber im Hinterkopf behalten, was Sie gesagt haben. Ich darf davon ausgehen, Sie teilen mir all das in der Hoffnung mit, dass ich Ihre Nachricht an Königin Elisabeth weiterleite?«

»Nach allem, was ich über Ihre Cousine gehört habe, Admiral Henke«, entgegnete Pritchart ironisch, »bezweifle ich sehr, dass sie irgendeiner Behauptung von mir Glauben schenken würde, einschließlich der Feststellung, dass Wasser nass sei.«

»Wie ich sehe, sind Sie über Ihre Majestät bestens informiert«, sagte Henke. »Allerdings ist das wahrscheinlich noch immer untertrieben«, fügte sie hinzu.

»Ich weiß. Dennoch, falls Sie die Gelegenheit dazu erhalten, bitte ich Sie, ihr dies von mir auszurichten. Vielleicht glauben Sie mir nicht, Admiral, aber ich habe diesen Krieg wirklich nicht gewollt. Oh«, fuhr Pritchart rasch fort, als Henke den Mund öffnete, »ich gebe zu, dass wir den ersten Schuss abgefeuert haben. Ich gebe auch zu, dass ich mit dem Wissen, das ich damals besaß, heute wieder so handeln würde. Das ist jedoch nicht das Gleiche, wie es tun zu *wollen,* und mir tut es um jeden Mann und jede Frau leid, die gefallen sind oder, wie Sie, verwundet wurden. Das kann ich nicht ungeschehen machen. Ich würde aber gerne glauben, dass es uns möglich ist, die Kämpfe zu beenden, ohne dass die eine Seite den anderen vollständig besiegt hat.«

»Mir geht es genauso«, sagte Henke ruhig. »Leider haben Sie, auch wenn wir die Manipulation unserer diplomatischen Korrespondenz außer Acht lassen, immer noch den ersten Schuss gefeuert. Elizabeth ist nicht die einzige Person auf Manticore – oder auf Grayson, oder im andermanischen Reich –, der es schwerfallen wird, das zu vergessen oder zu übersehen.«

»Und Sie sind eine dieser Personen, Admiral?«

»Ja, Madame Präsidentin, das ist richtig«, sagte Henke leise.

»Ich verstehe. Und ich weiß Ihre Offenheit zu schätzen. Dennoch unterstreicht gerade das die Natur unseres Dilemmas, nicht wahr?«

»Das nehme ich auch an.«

Schweigen senkte sich über das sonnenerhellte Krankenzimmer. Eigenartigerweise wirkte dieses Schweigen beinahe gesellig, bemerkte Henke. Nach vielleicht drei Minuten setzte sich Pritchart gerade, atmete tief ein und stand auf.

»Ich will Sie wieder Ihrer Genesung überlassen, Admiral. Die Ärzte versichern mir, dass Sie auf dem besten Weg sind. Sie rechnen mit völliger Wiederherstellung und sagen, dass Sie in einer Woche aus dem Lazarett entlassen werden können.«

»Und dann geht's ab ins Stalag?«, fragte Henke lächelnd. Mit einer Hand wies sie auf die unvergitterten Fenster des Krankenzimmers. »Ich kann nicht sagen, dass ich mich auf die neue Aussicht freue.«

»Ich denke, wir haben wahrscheinlich schon etwas Besseres zu bieten als eine Nissenhütte hinter einem Gewirr aus Bandstacheldraht, Admiral.« Pritcharts Topasaugen funkelten tatsächlich. »Tom Theisman hat sehr festgefügte Ansichten, was die angemessene Behandlung von Kriegsgefangenen betrifft – wie sich die Herzogin von Harrington vielleicht noch von dem Tag erinnert, an dem sie sich im Jelzin-System begegneten. Ich versichere Ihnen, dass wir unsere Kriegsgefangenen ohne Ausnahme gut behandeln. Und nicht nur das, ich hoffe, dass es sich ermöglichen lässt, regelmäßig Kriegsgefangene auszutauschen, vielleicht auf Ehrenwortbasis.«

»Wirklich?« Henke war erstaunt, und sie wusste, dass es sich in ihrer Stimme zeigte.

»Wirklich.« Pritchart lächelte ein wenig traurig. »Was auch sonst geschehen ist, Admiral, und wie gering Ihre Königin vielleicht von uns denkt, aber wir sind nicht Rob Pierre oder Oscar Saint-Just. Verstehen Sie mich nicht falsch, wir haben unsere Fehler. Aber ich denke, dazu gehört nicht die Fähigkeit zu vergessen, dass auch Feinde Menschen sind. Guten Tag, Admiral Henke.«

11

Die Pinasse trieb langsam an dem spindelförmigen Berg aus Panzerstahl entlang. Honor, Nimitz, Andrew LaFollet, Spencer Hawke, Rafael Cardones und Frances Hirshfield saßen auf ihren Plätzen und blickten aus den Armoplastfenstern. Das Beiboot erreichte den achteren Hammerkopf des Superdreadnoughts und bremste ab, bis es zum völligen Stillstand gekommen war, eine Kaulquappe neben einem schlummernden Wal.

Werftarbeiter in Hardsuits, Reparaturroboter und ein ungelenkes Netz aus Trägern und Arbeitsplattformen, angeordnet mit der erhabenen Verachtung der Mikrogravitation für das Konzept des ›Oben und unten‹, schlossen das Schiff ein, das vor den Sternen dahinzog. Starke Arbeitslampen beleuchteten die wimmelnde Aktivität der Reparaturmannschaften und ihrer robotischen Diener, und Honor runzelte nachdenklich die Stirn, während sie die emsige Energie betrachtete.

»Sieht ganz schön schrecklich aus, nicht wahr, Hoheit?«, fragte Cardones, und sie zuckte mit den Schultern.

»Ich habe schon viel Schlimmeres gesehen. Erinnern Sie sich noch an die alte *Fearless* nach Basilisk?«

»Oder die zwote nach Jelzin«, pflichtete Cardones ihr bei. »Trotzdem ist es, als liege das eigene Kind in der Notaufnahme.« Er schüttelte den Kopf. »Ich mag es gar nicht, sie in diesem Zustand zu sehen.«

»Sie sieht schon viel besser aus, Skipper«, entgegnete Hirshfield.

»Ja, das stimmt«, räumte Cardones ein und sah seinen Ersten Offizier an. »Andererseits gibt es noch viel Raum für Verbesserungen.«

»Wichtig ist, dass die Werftheinis sagen, Sie bekommen sie in sechs Tagen zurück«, sagte Honor und wandte sich von dem Fenster ab, um ihn anzusehen, »und das ist gut so. Nichts gegen Captain Samsonov, aber ich möchte meinen Flaggkommandanten wiederhaben.«

»Ich bin geschmeichelt, Hoheit. Aber selbst wenn ich sie zurückhabe, muss die Crew erst einmal kräftig üben, um den Rost loszuwerden.«

»Ach, ich habe Sie beobachtet, Rafe«, erwiderte Honor lächelnd. »Commander Hirshfield und Sie haben Ihre Leute die ganze Zeit, in der das Schiff in der Werft lag, in die Simulatoren getrieben. Natürlich brauchen Sie wenigstens ein paar Tage, aber ich bezweifle, dass Sie sehr viel Rost angesetzt haben.«

»Wir haben versucht, es zu vermeiden«, gab Cardones zu. »Und es war schon gut, dass wir das Schiff nicht komplett räumen mussten. Allein unsere Leute an Bord halten zu können war sehr hilfreich, und wir konnten wenigstens mit den vorderen Waffen regelmäßig üben.«

»Ich weiß. Ich wünschte, ich wäre selbst dazu fähig gewesen. Leider ...«

Honor zuckte mit den Achseln, und Cardones nickte verstehend. Honor hätte theoretisch an Bord der *Imperator* bleiben können, denn die Reparaturtechniker hatten hauptsächlich an den Außensektionen des Rumpfes zu arbeiten, und wie Cardones gesagt hatte, musste die übrige Crew das Schiff nie verlassen. Nur war die *Imperator* vollkommen manövrierunfähig gewesen, und wenn ein Notfall eingetreten wäre, hätte Honor ein Flaggschiff benötigt, das in der Lage war, sich zu bewegen und zu kämpfen.

»Dennoch«, fuhr sie fort, »ich freue mich schon auf meinen neuerlichen Umzug. Mac freut sich auch.« Sie grinste. »Schließlich hat er gut die Hälfte von meinem Zeugs noch immer verpackt!«

»Wir sind bereit, wann immer Sie es sind, Ma'am«, versicherte Cardones ihr.

»Ich denke, ich werde in etwa vier Tagen zurückkommen«, sagte Honor, »es sei denn, die Werftheinis machen wieder irgendetwas kaputt. Jedenfalls geht es dann los. Mac braucht wenigstens zwo Tage, um alles transportieren und an Ort und Stelle bringen zu lassen, und ich muss diese Woche sowieso mal wieder zur Admiralität. Ich denke, diesen Aufenthalt kann ich so legen, dass er sich mit dem Umzug überschneidet, und Mac kann in Ruhe alles erledigen, während ich auf Manticore bin.«

»Das klingt gut, Hoheit«, sagte Cardones, und Hirshfield – die als Erster Offizier der *Imperator* die Verantwortung für solche Details der Haushaltsführung trug – nickte zustimmend.

»Gut.« Honor wandte sich vom Fenster ab. »Dann kehren wir jetzt wieder zur *Yeltzin* zurück. Wenn wir uns beeilen, können wir vor der Stabsbesprechung noch zu Mittag essen.«

»Wir nennen die neue Operation ›Sanskrit‹«, informierte Andrea Jaruwalski die versammelten Admirale, Commodores und Captains im Flaggbesprechungsraum von HMS *Second Yeltzin*. «Codename ›Raupenfraß‹ ist leider an die Presse durchgesickert und während der letzten paar Wochen andauernd gefallen. Außerdem nehmen wir einen vollkommen neuen operativen Ansatz, weshalb ein neuer Codenamen in vielerlei Hinsicht nicht unpassend ist.«

Sie sah sich in der großen Abteilung um, und Honor hob die Hand und rieb Nimitz sanft die Ohren, während sie zuhörte. Fast acht Wochen waren verstrichen, seit Kampfverband 82 nach Trevors Stern zurückgehinkt war, und ganz wie sie befürchtet hatte, waren die Verstärkungen für die Achte Flotte in den Nachwehen der Sansibar-Katastrophe schwer zusammengestrichen worden. Obwohl im Sansibar-System nichts mehr übrig war, das verteidigt werden konnte, war es praktisch unmöglich gewesen, sich zu weigern, einen kampfstarken Wachverband zu stationieren, der die Ruinen im Auge hielt. Und Alizon hatte besonders lautstark verkündet, wie notwendig es sei, seine Abwehr aufzustocken. Es war ein Glück, dass die Umrüstung von mehr als vierzig andermanischen Superdreadnoughts endlich abgeschlossen worden war, sie manticoranische Raketengondeln benutzen konnten und sich zum Dienst gemeldet hatten. Selbst mit dieser

Verstärkung war es außerordentlich schwierig gewesen, die schiere Anzahl von Schiffen zu finden, die erforderlich waren.

Nun allerdings begann es besser auszusehen. Eine komplette Division *Invictus*-Superdreadnoughts mit den aktuellsten Systemen waren erst am Vortag eingetroffen, und zwei weitere Superdreadnoughtdivisionen, allesamt Gondelleger, wurden vor Ende der Woche erwartet. Konnte der Zeitplan eingehalten werden, so besaß die Achte Flotte binnen zwei Wochen drei komplette Geschwader Lenkwaffen-Superdreadnoughts – ganze achtzehn Schiffe. Weitere Schlachtkreuzer einschließlich der nächsten fünf *Agamemnons* waren ebenfalls eingetroffen, und die Admiralität hatte Honor drei weitere *Saganami-C* versprochen. Unterdessen hatten Alice Truman und Samuel Miklós die LAC-Geschwader ihrer Träger reorganisiert und führten nun doppelt so viele *Katanas*.

»Dies«, fuhr Jaruwalski fort, »ist natürlich nur eine Vorbesprechung. Ihre Hoheit wünscht, dass wir uns vergewissern, alle in den gleichen Bahnen zu denken. Im Augenblick streben wir Ausführung in neunzehn Tagen ab heute an. Der vorläufige Operationsplan, der auf den erwarteten Schiffen basiert, wird in den nächsten zehn Tagen erstellt. Am Ende dieses Zeitraums werden wir eine groß angelegte Übung in den Simulatoren durchführen. Schwierigkeiten, die sich dabei zeigen, werden besprochen, und in den darauffolgenden drei bis vier Tagen entsteht der überarbeitete Operationsplan. Zu dieser Zeit müssten wir definitiv wissen, welche Kräfte uns zur Verfügung stehen, und entsprechende Anpassungen vornehmen. Den verbesserten Plan simulieren wir an X minus drei Tage.«

Einige Personen am Tisch zeigten sich wenig erfreut über die Enge des Zeitplans. Honor spürte mehrere Gefühlsaufwallungen, die an Bestürzung grenzten, und Honor konnte sie den Offizieren, die sie empfanden, nicht einmal verübeln.

Sie sah zu Jaruwalski hoch und machte eine knappe Geste mit der rechten Hand. Der Operationsoffizier wandte sich ihr augenblicklich zu, und aller Augen folgten ihrem Blick wie durch magnetische Anziehung.

»Mir ist klar, dass nun alles recht schnell geht, Herrschaften«, sagte Honor, als sie sicher war, jedermanns Aufmerksamkeit zu haben. »Das gilt besonders für die Schiffe, die neu dazugekommen sind oder noch zu uns stoßen. Und für die von Ihnen, die von Anfang an dabei waren, muss es überhastet aussehen, nachdem wir die vergangenen zwo Monate relativ tatenlos verbracht haben.

Das Problem ist, dass wir nicht mehr viel Zeit haben. Die Berichte des Nachrichtendienstes weisen darauf hin, dass Haven mehr oder weniger das Gleiche tut wie wir. Man hat analysiert und überdacht, was bei Solon und Sansibar geschehen ist, und man ergänzt die Flotte durch Neubauten. Die gleichen Berichte deuten stark an, dass Haven zu einer neuen Offensive ansetzt. Für uns ist es unerlässlich, dass wir den ersten Schlag landen und Haven zwingen, sich wieder um sein Hinterland Sorgen zu machen. Leider konnten wir selbst noch nichts Definitives planen, weil wir einfach nicht wussten, was uns zur Verfügung stehen würde. Und offen gesagt, weil der operative Wechsel, den Captain Jaruwalski bereits angesprochen hat, eine substanzielle Verstärkung unseres Schlachtwalls voraussetzte.

Die Schiffe, die wir brauchen, werden uns nun bald zur Verfügung stehen, und in dem Augenblick, in dem ich genügend Einheiten habe, um Sanskrit zu beginnen, geht es los. Ich möchte, dass das jeder begreift: Diese Operation muss so zügig wie möglich begonnen werden. Nach den letzten Schätzungen des ONI hat Haven mehr als fünfhundert

Lenkwaffen-Superdreadnoughts; die Allianz besitzt im Moment keine dreihundert. Es ist durchaus möglich« – ihre braunen Augen waren sehr ruhig –, »dass das Schicksal des Sternenkönigreichs davon abhängt, ob es uns gelingt, Haven nervös zu machen – so nervös wegen seines Hinterlands, dass es starke Verbände verlegt, um sie zu schützen; so nervös wegen unserer neuen Waffensysteme, dass man sich noch einmal überlegt, ob man den Preis, den eine eigene Offensive kostet, wirklich zu entrichten bereit ist.«

In der Abteilung war es sehr still, doch Honor spürte Befriedigung in den Emotionen ihrer Untergebenen. Noch färbte Sorge manches Geistesleuchten, doch Entschlossenheit herrschte vor, und sie nickte.

»Andrea?«, bat sie.

»Danke, Hoheit.«

Auch Jaruwalski musterte die Offiziere am großen Konferenztisch, dann schaltete sie eine holografische Sternenkarte über die Tischplatte. Sie drückte Tasten an ihrem Kontrollfeld, und ein Cursor fiel in die Karte. Er markierte einen einzigen Stern, und Honor spürte, wie sich neue Überraschung regte.

»Lovat, Ladys und Gentlemen«, sagte Jaruwalski. »Das System, das Admiral White Haven eingenommen hätte, wenn High Ridge nicht Saint-Justs Köder mitsamt Haken, Leine und Schwimmer geschluckt hätte. Dorthin kehren wir zurück.«

»Sie sind sich sicher, dass Sie es mit nur drei Schlachtgeschwadern schaffen?«, fragte Admiral Caparelli.

»So sicher ich mir nur sein kann«, antwortete Honor ein wenig ruhiger, als ihr tatsächlich zumute war.

Sie saß in einem Konferenzraum tief unter der Admiralität, an einem Tisch mit bequemen Stühlen, von denen die meisten leer waren, zwischen Mercedes Brigham rechts von ihr und Andrea Jaruwalski links. Nimitz lag ausgestreckt auf der Stuhllehne, und Andrew LaFollet stand genau hinter ihr.

Caparelli saß ihr am Tisch gegenüber, zwischen Captain Dryslar, seinem Stabschef, und Patricia Givens. Admiral der Grünen Flagge Sonja Hemphill war ebenfalls zugegen, begleitet von Commander Coleman Hennessy, ihrem Stabschef, doch Hamish Alexander-Harrington glänzte durch Abwesenheit. Technisch war die Besprechung Sache seiner uniformierten Untergebenen, und er hatte immer sehr darauf geachtet, seit er Erster Lord geworden war, diesen Untergebenen nicht auf die Zehen zu treten, doch unter anderen Umständen hätte er vielleicht doch an der Besprechung teilgenommen.

»Es ist keine Operation wie Raupenfraß«, fuhr Honor fort. »Wir werden mit Lovat machen, was Tourville mit Sansibar gemacht hat. Wir werden direkt ein Industriezentrum angreifen, das nach Butterblume enorm verstärkt wurde, und das in einer Weise, die eine Proklamation darstellt. Wir werden Haven sagen, dass man sich wirklich hüten sollte, uns wütend zu machen.«

»Das klingt nach einer wirklich guten Idee, Hoheit«, sagte Admiral Givens. »Ich mache mir nur Sorgen, wie schwer Sie bei dem Versuch getroffen werden könnten.«

»Wir werden es nicht nur versuchen, Pat«, entgegnete Honor tonlos. »Wir werden es tun.«

»Legen Sie uns den Plan bitte noch einmal dar«, bat Caparelli.

»Im Mittelpunkt unserer Planung stehen Admiral Hemphills neue Spielzeuge«, sagte Honor und nickte der Chefin von BuWeaps respektvoll zu. »Der Rest beruht auf drei grundlegenden Annahmen. Erstens, dass die Haveniten wahrscheinlich glauben, unsere aufklärenden Zerstörer sind nur Teil der Ablenkung, mit der wir unsere Unfähigkeit, echte Operationen auszuführen, zu kaschieren versucht haben. Zwotens, sie wissen, dass wir gezwungen waren, große Stückzahlen an Wallschiffen abzuziehen, um die Verteidigung von Alizon, Sansibar und anderen unwichtigen Verbündeten zu stärken. Und drittens, dass wir bei Raupenfraß typischerweise mit relativ leichten Verbänden relativ leicht verteidigte Sonnensysteme angreifen und dass sie nicht überrascht wären, wenn wir damit fortfahren ... oder uns den Anschein geben.

Offensichtlich können wir uns auf keine dieser Voraussetzungen absolut verlassen, aber wir glauben, dass sie alle standhalten sollten. Insbesondere muss Haven zwar um die Sicherheit des Lovat-Systems besorgt sein, aber wir sind grundsätzlich davor zurückgeschreckt, so schwer verteidigte Systeme anzugreifen. Diese Tatsache muss Haven zumindest ein wenig in Sicherheit wiegen, ganz gleich, wie scharfsinnig man auf der anderen Seite ist.

Aus unseren Operationen während der vergangenen sechzig Tage wissen wir, dass Haven heftig auf unsere Aufklärungsvorstöße reagiert. Ganz offenkundig hat man versucht, die Systeme herauszufinden, die wir wahrscheinlich angreifen könnten, und dort Verbände im Hyperraum zu ihrem Schutz stationiert.

Wie Ihnen bekannt ist, haben wir vor drei Wochen einen Scheinangriff auf das Suarez-System geführt. Wir schickten Aufklärungszerstörer hinein, und dann, zwo Tage später, Admiral Trumans Trägergeschwader mit einem Geleit aus einem Geschwader Schlachtkreuzer und einem Schweren Kreuzergeschwader. Admiral Truman hat die Hälfte ihrer LACs gestartet und sie systemeinwärts entsandt, begleitet von einem Dutzend Geisterreiter-Elokadrohnen, die die

Emissionssignaturen von Schlachtkreuzern und Superdreadnoughts simulierten, dann ist sie mit ihren hyperraumtüchtigen Schiffen wieder transistiert. Nach unseren Berechnungen sollten die Mikrofusionskraftwerke der Geisterreiter ausreichen, um die Täuschung so lange aufrechtzuerhalten, dass eine Reaktion eintrat.

Und wir erhielten eine Reaktion: Praktisch eine Wiederholung dessen, was man mit mir bei Solon gemacht hat. Diesmal hatten wir jedoch damit gerechnet, und das Abfangmanöver basierte auf den Maximalbeschleunigungen der Wallschiffe, von denen die Haveniten glaubten, wir schickten sie ins System, nicht denen der LACs. Davon abgesehen waren drei Viertel unserer LACs *Katanas,* ausgesprochen schwierige Raketenziele also. Unsere LACs konnten dem Abfangmanöver ausweichen und über die Hypergrenze ausbrechen, ehe die Verteidiger die Verfolgung aufnahmen. Admiral Truman nahm sie am vereinbarten Rendezvouspunkt wieder auf und transistierte.

Die Operation hat uns mehrere Informationen geliefert. Erstens bestätigte sie, dass Haven zumindest diesmal an einer Doktrin festhielt, die sich bewährt hatte. Zwotens erhielten wir eine Möglichkeit abzuschätzen, wie rasch der Rückendeckungsverband reagierte, verglichen mit dem, auf den wir bei Solon gestoßen sind. Drittens hoffen wir, Haven in der Auffassung bestärkt zu haben, dass wir im Moment nur bluffen, ohne die nötigen Schiffe – oder den Willen – zu besitzen, um einen ernsthaften Raid zu führen. Und viertens haben die Haveniten, während sie ihre Verteidigung hochfuhren und ehe sie begriffen, dass wir sie mit Drohnen ausgetrickst hatten, das gleiche Feuerleitnetzwerk aktiviert, wie sie es im Solon-System eingesetzt haben müssen. Darauf hatten wir gehofft, und Admiral Truman hatte Sondengruppen so tief systemeinwärts postiert, dass sie die Signale auffangen konnten, und jetzt wissen wir, wonach wir beim nächsten Mal Ausschau halten müssen.«

Sie unterbrach sich und griff nach dem Glas, das an der Ecke ihrer Schreibunterlage stand. Andrea Jaruwalski füllte es rasch mit Eiswasser aus einer Karaffe, und Honor lächelte ihr zu, ehe sie trank. Dann stellte sie das Glas ab und sah wieder Caparelli, Givens und Hemphill an.

»Wir haben einige ähnliche Operationen durchgeführt, aber ohne Eloka-Drohnen. In zwo Fällen erhielten wir gar keine Reaktion, was bei uns den Verdacht weckte, dort verbargen sich Wachverbände im Hyperraum, die niemals gerufen wurden, weil nie eine Bedrohung erkennbar wurde. In den meisten anderen Fällen war die Ankunft unserer Aufklärer für Kurierboote das Signal zu transistieren, und nach zwo bis vier Tagen trafen von irgendwoher recht starke Reaktionskräfte ein. Anscheinend hat sich Haven also für eine Strategie der Einsatzknotenpunkte entschieden, und zusätzlich werden die Systeme gesondert überwacht, bei denen ein Überfall besonders wahrscheinlich erscheint.

Durch die Auswahl Lovats glauben wir, einen dieser Kampfverbände in einem Knotensystem direkt anzugreifen. Wenn wir ihn ausschalten können, dürfte nichts nahe genug stehen, um binnen zwoundsiebzig Stunden herbeigerufen zu werden, wenn unsere Analyse der vorherigen Operationen richtig ist. Da wir ein stark verteidigtes System auskundschaften und bereits gezeigt haben, dass wir Aufklärer zur Ablenkung in Systeme schicken, die wir nicht angreifen wollen, rechnen wir damit, dass die Haveniten skeptisch sein werden, was wir wirklich vorhaben. Selbst wenn das nicht eintrifft, gibt es keinen Grund, weshalb sie Verstärkung herbeirufen sollten, ehe wir sie tatsächlich angreifen.

Diesmal sollten wir, weil wir wissen, nach welchen neuralgischen Stellen wir bei ihrem Systemverteidigungsnetz suchen müssen, in der Lage sein, es mit Mistelzweig zu neutralisieren, ehe die Haveniten es einsetzen können. Dann stehen unsere Wallschiffe und unsere LACs ihren gegenüber, in einem wüsten Gefecht ohne die Raketenunterstützung, mit der man uns bei Solon zusammengeschossen hat.«

»Sie sind also sicher, dass Sie die Befehls- und Leitsysteme der Systemverteidigung ausschalten können?«, fragte Givens, doch ihre Aufmerksamkeit ruhte mehr auf Hemphill, und Honor lächelte.

»Admiral Hemphill und ich waren nicht immer einer Meinung«, begann sie, und Hemphill lachte stillvergnügt.

»Das könnte man so sagen, Hoheit«, entgegnete sie, »wenn man zur Untertreibung neigt. Ich erinnere mich da an eine recht leidenschaftliche Nachbesprechung, die Sie dem Amt für Waffenentwicklung im Anschluss an den kleinen Zwischenfall im Basilisk-System präsentierten.«

»Damals war ich noch jung, Admiral«, entgegnete Honor fast geziert. »Und ich war leicht erregt.«

»Und zu Recht«, sagte Hemphill nickend. Sie schüttelte den Kopf. »Ich glaube, ich bekam noch nie Gelegenheit, es Ihnen zu sagen, Hoheit, aber ich hatte mir die *Fearless* immer als ein Testschiff vorgestellt. Ich hätte nie gedacht, dass sie tatsächlich ins Gefecht muss, und schon gar nicht völlig ohne Unterstützung. Dass Sie das Gefecht gewonnen hatten, war ein beeindruckendes Zeugnis für Ihre taktischen Fähigkeiten. Und dass Sie ... ›leicht erregt waren‹, so sagten Sie wohl, das verstehe ich gut. Übrigens«, und sie lachte wieder, »wenn ich mir Ihre Akte der letzten Jahre so ansehe, habe ich nicht den Eindruck, dass Sie so sehr gereift sind.«

»Nicht gereift«, entgegnete Honor grinsend. »Ich habe mir nur ein Gefühl für ... Diplomatie angeeignet.«

Diesmal fielen Caparelli und Givens in Hemphills Lachen ein, und Caparelli neigte sich mit dem Stuhl nach hinten.

»Ich glaube, Sie wollten eigentlich Pats Frage beantworten, Hoheit?«

»Ja, das stimmt, Sir«, antwortete Honor und wandte sich wieder an Admiral Givens. »Was ich sagen wollte, dass ich diesmal überzeugt bin, dass Admiral Hemphills Tricks funktionieren werden. Ich hatte gehofft, ihre neuen Spielzeuge für den Notfall aufheben zu können, ohne dass die Haveniten von ihrer Existenz erfahren, bis wir sie wirklich dringend brauchen. Leider ist ›wirklich dringend brauchen‹ eine recht gute Beschreibung unserer augenblicklichen Lage. Wie auch immer, wir haben bei Trevors Stern das neue Gerät in Übungen getestet, und es erfüllt seine Vorgaben. Eine Übung ist natürlich nicht das Gleiche wie ein echter Einsatz, aber die Übungsergebnisse sehen sehr gut aus. Sie übertreffen die ursprünglichen Prognosen sogar. Wir tasten uns gerade erst an die taktischen Möglichkeiten heran, die es uns bietet, aber was wir schon wissen, sollte jedem, der uns bei Lovat in die Quere kommt, Schreikrämpfe bereiten.«

Als sie wieder lächelte, zeigte sich in ihrem Gesicht kein bisschen Heiterkeit.

»Tatsächlich«, fügte Admiral Lady Dame Honor Alexander-Harrington leise hinzu, »hoffe ich sogar auf die Gelegenheit.«

12

»Na, das lief ja ziemlich gut, fand ich, Hoheit.«

Andrea Jaruwalski tat das Menschenmögliche, um sich nicht vor Zufriedenheit in die Brust zu werfen, und Honor unterdrückte ein Lächeln. Sie hatte Jaruwalski, Brigham,

Rafe Cardones und Yolanda Harriman zum Abendessen gebeten, und nun waren sie alle von der Tafel abgerückt, vor sich eine Tasse Kaffee – oder Kakao, je nachdem.

»Ich *denke,* man könnte es so sagen«, erwiderte Honor langsam, die Lippen zu einer skeptischen Miene geschürzt. »Natürlich gab es den einen oder anderen Aussetzer.«

»Die gibt es immer«, entgegnete Brigham. »Ich muss schon sagen, Hoheit, ich wundere mich noch immer, wer wohl die Simulation programmiert hat, uns dieses zusätzliche, unerwartete Geschwader Superdreadnoughts auf den Hals zu hetzen.«

Sie bedachte Honor mit einem intensiv forschenden Blick, den Honor mit völliger Unschuld erwiderte. Die Stabschefin richtete die Augen auf Commander Harriman, welche offenbar ein plötzliches, außerordentliches Interesse am Boden ihrer Kaffeetasse entwickelt hatte.

»Während ich mich so wunderte«, fuhr Brigham fort, »kam mir der Gedanke, dass der oder die Unbekannte, die oder der es in die Wege leitete – wie Sie sicherlich bemerken, nenne ich keine Namen –, eine Verbündete oder einen Verbündeten an Bord des Flaggschiffs gehabt haben muss. Vorzugsweise jemanden mit Zugang zum taktischen Computernetz. Nachdem mir dieser unedle Verdacht einmal gekommen war, schob ich ihn natürlich frauenhaft als unseres offenherzigen, freimütigen Befehlsstabs für unwürdig zur Seite.«

»Mac!«, rief Honor durch die Luke zur Pantry.

»Jawohl, Hoheit?«

»Bringen Sie mir bitte meine Gummistiefel, wenn Sie so freundlich wären? Das Wasser steigt.«

»Sofort, Hoheit«, erwiderte MacGuiness völlig ungerührt. »Möchten Sie auch die Tauchermaske?«

»Bis zum Hals steht es mir noch nicht«, erwiderte Honor, während ihre Gäste lachten.

»Wie Hoheit wünschen«, sagte MacGuiness, kam aus der Pantry und setzte Honor eine zweite Portion Pfirsichpastete vor. Sie lächelte ihn dankbar an und nahm wieder die Dessertgabel zur Hand.

»Hoheit«, sagte Brigham traurig, während sie zusah, wie die Gabel in die Pastete stach, »manchmal hasse ich Sie und Ihren Metabolismus wirklich.«

Sie klopfte sich auf den eigenen verhältnismäßig flachen Bauch und schüttelte traurig den Kopf.

»Sie sollten auch mal die Kehrseite sehen, Mercedes«, sagte Honor ihr. »Vielleicht beneiden Sie mich darum, wie ich meinem Hang zu Süßigkeiten nachgeben kann, aber wachen Sie mal mitten in der Nacht mit so einem höllischen Kohldampf auf, wie ich ihn als Zwölfjährige bekam.« Ihr schauderte. »Glauben Sie mir, als Heranwachsende schien ich nicht nur die halbe, sondern die ganze Zeit über Essen in mich hineinzuschaufeln.«

Plötzlich empfand sie ein aufflackerndes, finsteres Gefühl hinter sich und blickte über die Schulter.

Neben der Luke zum Salon stand Andrew LaFollet. Vor dem Anschlag auf Honors Leben hätte er sich angesichts der Gästeliste begnügt, draußen Posten zu beziehen. Nach dem Attentat stand diese Möglichkeit jedoch außer Frage für ihn, und Honor spürte, dass die Düsterkeit von ihm ausging. Er dachte an VFS *Tepes* und eine halb verhungerte, ausgemergelte Honor, die er, Jamie Candless und Robert Whitman aus einer Arrestzelle der havenitischen Systemsicherheit befreit hatten.

Sie begegnete seinem Blick gerade lange genug, um ihn sanft anzulächeln, und er erwiderte es und schüttelte die trübe Stimmung ab. Honor wandte sich wieder den Gästen zu, von denen niemand das kurze Zwischenspiel wahrgenommen hatte.

»Eigentlich, um auf Ihren ursprünglichen Kommentar zurückzukommen, Andrea, muss ich zustimmen. Die Dinge liefen wirklich recht gut. Mir hat besonders gut gefallen, wie Mistelzweig funktionierte.«

»Das ging mir genauso, Hoheit«, sagte Cardones. Gleichzeitig bereiten mir die Parameter der Situation ein wenig Kopfzerbrechen. Wenn sich herausstellt, dass Mistelzweig im Ernstfall nicht so gut funktioniert – oder, was noch schlimmer wäre, früh entdeckt wird –, könnten wir in Teufels Küche kommen, wenn wir plötzlich in einem Raketenangriff von der gleichen Wucht wie bei Solon stecken.«

Honor nickte »Da haben Sie natürlich recht.« Sie schob die Gabel mit einem Bissen Pastete in den Mund, kaute, schluckte und fuhr fort: »Wir haben absichtlich die pessimistischeren Vorgaben aus Admiral Hemphills Testprogramm benutzt, aber wir können es nicht sicher wissen, ehe wir Mistelzweig gegen aktive havenitische Abwehrsysteme eingesetzt haben. Im Großen und Ganzen simuliert BuWeaps feindliche Bedrohungen aber schon seit einiger Zeit sehr akkurat.«

»Ich habe nicht gesagt, dass meine Sorgen völlig vernünftig wären, Hoheit«, sagte Cardones lächelnd. »Ich sagte nur, dass ich sie habe.«

»Ich persönlich, Skipper«, sagte Harriman zu ihm, »kann es kaum erwarten, Apollo in Aktion zu erleben.« Der Taktische Offizier der *Imperator* lächelte fast glückselig. »Die Havies sollten ihre Nahbereichsabwehr lieber extrem verbessert haben, wenn sie hoffen, diesmal mit heiler Haut nach Hause zu kommen!«

»Ich hoffe nur, sie merken nicht, wie wenige von den neuen Gondeln wir tatsächlich haben«, sagte Brigham.

»Solange ihre Spione nicht erheblich weiter vorgedrungen sind, als das ONI glaubt, sollten sie es nicht wissen«, erwiderte Honor. »Und wenn sie tatsächlich so weite Einblicke haben, dann stecken wir dermaßen tief in der Patsche, dass es ganz unwichtig ist, ob sie diese spezielle Sache nun auch noch merken oder nicht.«

Brigham lachte leise.

»Sie haben recht, Hoheit, ich –«

»Verzeihung, Hoheit.«

Honor wandte sich um, die Brauen zusammengezogen, als MacGuiness wieder aus der Pantry kam.

»Was ist denn, Mac?«

»Der Signaloffizier hat gerade angerufen. Ein Sonderkurierboot der Admiralität ist soeben aus dem Terminus gekommen. Der Kommandantin zufolge hat es Notfalldepeschen an Bord.«

Der Unernst und das vertrauliche Verhalten von Honors Gästen glänzten durch komplette Abwesenheit, als sie wieder im Flaggbesprechungsraum saßen. Nur Cardones, ihr Stab, Andrew LaFollet und Nimitz waren körperlich anwesend, doch das große Comdisplay über dem Konferenztisch war in Segmente unterteilt, welche das Gesicht aller Geschwader- und Divisionskommandeure ihrer vergrößerten, kampfkräftigeren Achten Flotte zeigten.

Die vergrößerte, kampfkräftigere Flotte, die nun doch nirgendwohin ausläuft, dachte sie grimmig.

»Verzeihen Sie, wenn ich Sie so spät noch wecke«, begann sie. »Leider sind die Neuigkeiten von der Admiralität nicht gut.«

Sie sah keine Überraschung auf den angespannten Gesichtern im Display. So viel hatten sich alle bereits gedacht.

»Heute Nachmittag hat die Admiralität eine Notrufdepesche von Admiral Khumalo im Talbott-Sternhaufen erhalten«, fuhr sie mit gleichmäßiger Stimme fort. »Eine Kopie dieser Depesche war in der Sendung der Admiralität enthalten, die ich vor einer Stunde erhalten habe. Commander Reynolds« – sie wies auf den Nachrichtenoffizier – »hat den Großteil des Materials kopiert und wird es im Anschluss an diese Besprechung an Sie alle verteilen. Im Augenblick möchte ich zusammenfassend nur sagen, dass Admiral Khumalo die Admiralität informiert hat, Captain Aivars Terekhov habe herausgefunden, dass die scheinbar isolierten terroristischen Zwischenfälle im Sternhaufen tatsächlich sehr sorgfältig von außen inszeniert sind. Insbesondere die Terroristin Nordbrandt und ihre ›Freiheitsallianz Kornati‹ wird von Mesa mit modernen Waffen versorgt. Das Gleiche gilt offenbar für die Terroristen im Montana-System.«

Aller Aufmerksamkeit ruhte auf ihr, bemerkte sie mit bitterer Belustigung.

»Offenbar hat Captain Terekhov einen greifbaren Beweis für diesen Teil seiner Theorie. Er hat ein Sklavenschiff des Jessyk Combine abgefangen und aufgebracht, welches benutzt wurde, um die Waffen zu transportieren. Vorher allerdings hat das Schiff mit einem Lasercluster eine von Terekhovs Pinassen vernichtet und jeden an Bord getötet.«

Vor Trauer schloss sie kurz die Augen und erinnerte sich an eine vielversprechende, lernbegierige Midshipwoman namens Ragnhild Pavletic. Sie schlug sie wieder auf und fuhr fort:

»Nach dem Verhör der überlebenden Crew des Sklavenschiffs und der Auswertung seiner Computerdaten ist Terekhov zu dem Schluss gekommen, dass die Republik Monica ebenfalls verwickelt ist. Er glaubt, die Monicaner werden mit modernen Kampfschiffen in hinreichenden Stückzahlen versorgt, um den Sternhaufen in die Krise zu stürzen. Er glaubt ferner, dass auch das Ligaamt für Grenzsicherheit involviert und bereit ist, solarische Flottenverbände hinzuzuziehen, um im Sternhaufen ›die Ordnung wiederherzustellen‹, nachdem die Monicaner zugeschlagen haben.«

Aller Augen hafteten nun auf ihr, und sie erwiderte ruhig die Blicke.

»Im Augenblick kann das Sternenkönigreich eine kriegerische Auseinandersetzung mit der Navy der Solaren Liga am allerwenigsten gebrauchen. Captain Terekhov ist sich darüber vollkommen im Klaren, denn er hat aus eigener Initiative ein kleines Geschwader aus Kreuzern und Zerstörern zusammengezogen und ist unmittelbar ins Monica-System einmarschiert.«

»*Wie bitte?*«, fragte Alistair McKeon scharf. Honor sah ihn auf dem Display an, und er schüttelte den Kopf. »Er hat mitten im Frieden ohne Billigung der Regierung die Invasion einer souveränen Sternnation in Gang gesetzt. Wollen Sie das damit sagen, Hoheit?«

»Ganz genau das will ich sagen«, antwortete Honor tonlos. »Seinen Bericht hat er offensichtlich mit einem Blick auf die Veröffentlichung geschrieben. Er achtet sehr sorgfältig darauf klarzustellen, dass er auf eigene Faust handelt, ohne jede Billigung eines Vorgesetzten. Er spricht es nicht aus, aber eindeutig richtet er alles so ein, dass die Regierung sich jederzeit von ihm distanzieren kann, sollte es nötig sein. Gleichzeitig beabsichtigt er, die Lage im Monica-System persönlich zu untersuchen und, falls sein Verdacht bestätigt wird, die Bedrohung mit allen erforderlichen Mitteln zu … neutralisieren.«

Vollkommenes Schweigen herrschte, und Honors Blick bewegte sich über das Display, betrachtete nacheinander das Gesicht aller ihrer untergebenen hohen Offiziere.

»Admiral Khumalo«, fuhr sie dann fort, »entsandte ein Kurierboot zur Admiralität, kaum dass er Terekhovs Bericht erhalten hatte. In seinen Depeschen informiert er die Admiralität, dass er Terekhovs Maßnahmen voll und ganz billigt und mit allen verfügbaren Schiffen zu ihm stößt, um ihn zu unterstützen.«

Sie fragte sich, wie viele ihrer Offiziere darüber genauso überrascht waren wie sie selbst, doch sie gestattete dem Gedanken nicht, sich auch nur andeutungsweise zu zeigen.

»Unter den gegebenen Umständen sah Admiral Khumalo keine andere Möglichkeit, als um sofortige Verstärkung zu bitten. Da es möglich ist, dass Terekhov oder Khumalo oder beide in ein Gefecht mit solarischen Einheiten geraten könnten, sah die Admiralität keine andere Möglichkeit, als einen kampfstarken Entsatzverband aus Einheiten der Homefleet zu entsenden. Diese Schiffe sind bereits auf dem Weg nach Monica.

Offensichtlich haben diese Vorgänge Auswirkungen auf uns. Am unmittelbarsten, dass die Homefleet nun geschwächt ist, und eine der Funktionen der Achten wie der Dritten Flotte besteht darin, als Reserve für die Homefleet herzuhalten. Darüber hinaus besteht die Möglichkeit, dass das Sternenkönigreich in Konflikt mit solarischen Einheiten gerät, und niemand ist im Moment bereit zu prognostizieren, wohin das führen kann.

Da die gesamte strategische Situation plötzlich in solch einen Zustand der Bewegung geraten ist, hat die Admiralität die vorübergehende Aufschiebung von Operation Sanskrit angeordnet. Zunächst verschieben wir den Beginn um drei Wochen. Bis dahin sollten Nachrichten von Terekhov oder Khumalo aus dem Monica-System eingetroffen sein. Hoffentlich bestätigen diese Nachrichten entweder, dass Terekhov sich geirrt hat, oder, dass Khumalo und er die Lage entschärfen konnten. In beiden Fällen wird Sanskrit reaktiviert, obwohl wahrscheinlich eine weitere Verzögerung durch die

Notwendigkeit entsteht, nachrichtendienstliche Erkenntnisse über Veränderungen in den Operationsplan einzuarbeiten, die sich in der Zwischenzeit ereignet haben.«

Sie saß sehr ruhig da, blickte ihre Flaggoffiziere an, und ihr Gesicht war grimmiger, als irgendjemand von ihnen es je gesehen hatte.

»Herrschaften, nach meiner Ansicht steht das Sternenkönigreich der größten Gefahr gegenüber, der es sich je stellen musste«, sagte sie ruhig. »Es ist durchaus möglich, dass wir uns gleichzeitig im Krieg mit der Republik Haven und der Solaren Liga wiederfinden. Sollte es dazu kommen, wäre unsere strategische Situation denkbar verzweifelt. In den nächsten vier bis sechs Wochen könnte sich sehr gut das Schicksal unseres Sternenkönigreichs entscheiden.«

»Sie wollten mich sprechen, Kevin?«, fragte Eloise Pritchart vorsichtig.

»So hätte ich es nicht ausgedrückt«, entgegnete Kevin Usher fast launig. »Ich würde sagen, ich *musste* Sie sprechen.«

»Was bedeutet, dass Sie mir etwas sagen werden, das ich nicht hören möchte.«

»Was bedeutet, dass ich Ihnen etwas sagen werde, das Sie nicht hören möchten«, bestätigte Usher. »Genauer gesagt, Senior Inspector Abrioux wird es Ihnen sagen.«

»Senior Inspector?« Die Präsidentin wandte sich der zierlichen FIA-Beamtin zu, und Danielle Abrioux erwiderte ihren Blick mit unfroher Miene.

»Madame Präsidentin«, sagte sie, »es tut mir leid, aber der Direktor und ich haben beide das Gefühl, gegen eine Wand zu laufen. Wir haben alles probiert, was uns einfällt, aber wir können Ihnen den Beweis, den Sie brauchen, einfach nicht liefern.«

»Warum nicht?« Pritchart schüttelte rasch den Kopf. »Verzeihen Sie. Das klang beinahe anklagend, und so meinte ich es nicht. Ich wollte fragen, wieso laufen Sie gegen eine Mauer?«

»Weil unsere beiden Verdächtigen tot sind und wir nicht in der Lage waren, auch nur einen verdammten Komplizen zu identifizieren«, antwortete Usher an Abrioux' Stelle. »Grosclaudes Tod sieht immer noch wie Selbstmord aus, aber Danny und ich sind uns sicher, dass es Mord war. Giancola, seine schwarze Seele schmore in der Hölle, ist durch einen echten Unfall ums Leben gekommen, aber das wird niemand glauben. Und Grosclaudes sogenanntes ›Beweismaterial‹ ist eine offensichtliche, wenn auch ziemlich raffinierte Fälschung. Das sind leider die einzigen harten Fakten, die wir haben. Wir haben jede Möglichkeit ausprobiert, bis auf eine sehr öffentliche großangelegte Untersuchung, und kamen einfach nicht weiter. Und offen gesagt glaube ich nicht, dass wir irgendetwas erfahren, das wir nicht schon wüssten, wenn wir an die Öffentlichkeit gehen.

Meiner Theorie nach, und ich glaube, Danny stimmt mir da zu« – er sah Abrioux an, die nachdrücklich nickte –, »hat Giancola die Sache mehr oder minder allein durchgezogen und ist auch für die Fälschungen in Grosclaudes persönlichen Dateien verantwortlich. Er hat Grosclaude gebraucht, um die Kommuniqués auszutauschen, und ich werde den Verdacht nicht los, dass er hier auf Haven *noch* einen Helfer hatte – jemand mit dem Computerzugang, den er benötigte. Leider gibt es überhaupt keinen Hinweis, wer das gewesen sein kann, wenn er denn überhaupt existiert und ich ihn mir nicht nur einbilde, weil ich ihn so dringend brauche, damit ich ihm mit eigenen Händen ein Geständnis entringen kann. Aber selbst wenn er existiert, Giancola steckte hinter allem.«

»Und Sie sind überzeugt, dass er nie vorhatte, es so weit kommen zu lassen, wie es kam?«

»Ich bin mir ... nicht mehr so sicher, wie ich einmal war«, sagte Usher langsam, und Pritchart setzte sich gerade und blickte ihn forschend an.

»Warum nicht? Was hat sich geändert?«

»Danny hat mich neulich auf etwas hingewiesen«, antwortete Usher. »Der manticoranische Lieutenant, der vor drei Monaten versucht hat, Harrington zu töten, handelte offenbar unter einer Art Zwang. Nach den Informationen, die mir zur Verfügung stehen, war er Harrington sehr nahe. Er war eine ganze Weile bei ihr gewesen, und das Dossier des FND deutet darauf hin, dass ihr engerer Kreis ihr gegenüber fast immer sehr loyal und persönlich ergeben ist. Was immer das also für ein Zwang war, er musste stärker gewesen sein als diese persönliche Ergebenheit und den Lieutenant zu einer Tat getrieben haben, die letzten Endes selbstmörderisch war. Doch die Mantys – deren medizinische und forensische Einrichtungen, sehen wir der Tatsache ins Gesicht, besser sind als unsere – haben keinerlei Erklärung finden können, wie dieser Zwang denn nun ausgeübt wurde. Klingt das nicht ganz nach unserem Fall Grosclaude?«

»Sie glauben, dass die Hinterleute von Grosclaudes Tod – oder wer Arnold gegeben hat, was er dazu benutzte – auch Harrington zu töten versuchten?«

»Sagen wir mal, dass ich den starken Verdacht habe, dass die benutzte Technik aus der gleichen Quelle stammt. Nun bin ich ein scheußlich misstrauischer Mensch und denke mir, wenn es wirklich aus der gleichen Quelle kommt, dann ist es sehr gut möglich, dass es in beiden Fällen benutzt wurde, um die gleiche Strategie zu verfolgen. Natürlich wäre es auch möglich, dass da jemand nur die Technik vermarktet und jedem zur Verfügung stellt, der sie will und sie sich leisten kann, aber allmählich kommen mir da immer mehr Zweifel.« Usher schüttelte den Kopf. »Nein, Eloise. Hier zeichnet sich ein Muster ab, ich sehe es nur noch nicht richtig deutlich. Aber was ich gesehen habe, deutet darauf hin, dass die Hinterleute weder uns noch die Mantys besonders gut leiden können.«

»Jetzt sagen Sie also, dass Arnold vielleicht aktiv in jemandes Auftrag neue Feindseligkeiten zwischen uns und Manticore provoziert hat?« Pritchart wünschte, sie könnte ungläubiger klingen, als sie tatsächlich klang.

»Ich halte es für möglich«, stimmte Usher ihr zu. »Trotzdem gibt es dabei noch viel zu viele unbeantwortete Fragen, als dass ich sagen könnte, wer den Krieg gewollt haben kann. Hatten die Unbekannten genügend Informationen über Schlupfloch, um von uns zu erwarten, dass wir uns für sie wieder auf die Mantys stürzen? In diesem Fall ist Manticore vielleicht das eigentliche Ziel, und wir sind nur ein stumpfer Gegenstand, mit dem man es niederknüppelt. Oder sollten die Mantys uns an die Kehle springen, was uns zum Hauptziel machen würde? Vielleicht möchte man aus einem Grund, den ich mir im Moment nicht vorstellen kann, nur, dass wir uns wieder bekämpfen, wodurch wir *beide* die Schießscheibe einer dritten Partei mit eigenen, im Augenblick noch völlig unbekannten Absichten wären?«

»Himmel, Kevin!« Pritchart starrte ihn mit einem Ausdruck an, der dem Entsetzen stark ähnelte. »Das ist so ... so ... so sehr um die Ecke gedacht, dass ich schon vom Zuhören Kopfschmerzen bekomme! Was nützt einer hypothetischen dritten Partei denn, wenn wir wieder Krieg gegen Manticore führen?«

»Ich sagte ja schon, ich kann mir nicht vorstellen, was ihre Motive sein könnten. Wenn ich dazu imstande wäre, hätte ich einen guten Ansatzpunkt herauszufinden, wer sie sind.

Und es ist völlig möglich, dass ich mit meiner Theorie komplett daneben liegen. Meine Erfahrung als ›Spion‹ könnte mich halluzinieren lassen, weil Danny und ich alle möglichen inneren Möglichkeiten abgeklopft haben. Ich weiß es einfach nicht, Eloise. Aber eines weiß ich – meine Instinkte sagen mir ohne Ausnahme, dass wir bisher nur die Spitze des Eisbergs gesehen haben.«

13

»Guten Morgen zusammen«, sagte Eloise Pritchart, während sie forschen Schritts den sonnigen Sitzungsraum betrat.

Der Kabinettssaal lag im Ostflügel der offiziellen Residenz der Präsidentin, und der teure polierte Konferenztisch, der mit einem halben Dutzend exotischer Holzsorten eingelegt war, glitzerte in der Flut des Morgenlichts, die durch die großen Fenster der Außenwand hereinströmte. Der dicke Naturfaserteppich lag da wie ein tiefer See voll kobaltblauem Wasser, und das Siegel der Präsidentin trieb darauf wie eine goldene Spiegelung. Alle Sessel waren schwarz gepolstert, nur Pritcharts nicht: er hatte das gleiche Blau wie der Teppich, und der Rücken seiner Lehne war mit dem Amtssiegel verziert. An jedem Platz standen Gläser und teure Kristallkaraffen mit Eiswasser, und optische Aufzeichner auf dem Dach des Gebäudes fütterten die intelligenten Innenwände der Kammer, die konfiguriert waren, eine Panoramasicht der Nouveau Pariser Innenstadt mit ihrem morgendlichen Verkehr darzustellen.

»Guten Morgen, Madame Präsidentin«, erwiderte Thomas Theisman als allgemein anerkannter ranghöchster Angehöriger des Kabinetts für alle Anwesenden.

Nach der Rangfolge, die durch die Verfassung vorgegeben wurde, stand eigentlich Leslie Montreau, Arnold Giancolas Nachfolgerin im Außenministerium, technisch höher im Rang als Tom Theisman, doch niemand im Saal ließ sich davon täuschen. Theismans Ergebenheit gegenüber der Verfassung und sogar seine Entschlossenheit, auf keinen Fall Präsident zu werden, wurde sogar von den zynischsten Kabinettsministern als gegeben anerkannt. In gewisser Hinsicht vergrößerte sich seine Machtbasis dadurch sogar noch. Jeder wusste, dass Theisman keinen politischen Ehrgeiz kannte und rückhaltlos hinter Eloise Pritchart stand, dem ersten gewählten Staatsoberhaupt der Republik seit drei Jahrhunderten.

Und dass das Militär der Republik rückhaltlos hinter *ihm* stand.

Pritchart ging zu ihrem Sessel, zog ihn vom Tisch zurück, setzte sich und wartete einen Augenblick, bis er sich an ihre Körperformen angepasst hatte. Dann beugte sie sich ganz leicht vor und musterte die Mitglieder ihres Kabinetts nacheinander mit ernstem Blick.

»Ich weiß, Sie alle wundern sich, aus welchem Grund ich diese außerordentliche Sitzung einberufen habe«, begann sie. »Sie werden es gleich erfahren. Auch werden Sie einiges hören, von dem bisher nur sehr wenige in diesem Raum wussten. Diese Dinge werden Sie schockieren und die meisten von Ihnen wahrscheinlich sogar mehr als nur ein wenig erschüttern. Dennoch werden Sie wohl begreifen, weshalb die Einzelheiten streng geheim gehalten wurden. Doch nun habe ich eine politische Initiative im Sinn, für die ich die volle – und auf umfassender Kenntnis der Lage beruhende – Unterstützung jedes Mitglieds dieser Regierung benötige. Ich hoffe, dass Sie mir diese Unterstützung gewähren.«

Sie besaß die gespannte Aufmerksamkeit des Kabinetts, bemerkte sie und lächelte fast ein wenig wehmütig.

»Denis«, wandte sie sich an den Justizminister, »würden Sie wohl Kevin und Wilhelm hereinbitten?«

»Gern, Madame Präsidentin.«

Denis LePic drückte eine Taste an seinem Terminal. Unverzüglich öffnete sich eine Tür in der Westwand, wie ein klaffende Wunde im Herzen des lebenden, atmenden Abbilds von Nouveau Paris. Pritchart fand diesen Anblick immer recht unangenehm, und heute erschien er ihr unheilverkündender denn je.

Sie begrüßte sie mit einem Nicken und wies auf die leeren Sessel zu beiden Seiten LePics. Usher und Trajan setzten sich, und Pritchart wandte sich wieder an das Kabinett, von dessen Mitgliedern einige offensichtlich perplex waren – und nicht wenig besorgt.

»Kevin und Wilhelm sind hier, um bei der Erläuterung der Dinge zu helfen«, sagte Pritchart. »Insbesondere wird Kevin Ihnen etwas zur Kenntnis bringen, wovon er mich bereits vor fast sechs T-Monaten informiert hat. Kurz gesagt, meine Damen und Herren, hat *nicht* die Regierung High Ridge unsere diplomatische Korrespondenz verfälscht.«

Die wenigen, die wie Rachel Hanriot schon davon gewusst hatten, nahmen ihre Worte relativ gelassen auf. Die übrigen starrten Pritchart zuerst nur an, als könnte ihr Geist nicht auffassen, was sie gehört hatten. Dann ließ sich nur schwer sagen, ob nun Bestürzung, Unglaube oder Wut die vorherrschende Regung war. Wie die genaue Zusammensetzung der Empfindungen indes aussah, was sie hervorriefen, erinnerte sehr stark an einen Hexenkessel.

Fünfzehn oder zwanzig Sekunden lang ließ Pritchart sie stammeln und mit den Händen wedeln, dann klopfte sie laut auf den Tisch. Das scharfe Geräusch durchschnitt den Tumult, und die Ministerinnen und Minister sanken in ihre Sessel zurück. Sie wirkten noch immer wie gelähmt, doch ihnen war auch eine gewisse Verlegenheit ob ihrer anfänglichen Reaktion anzumerken.

»Ich kann Ihnen Ihre Überraschung nicht verdenken«, sagte die Präsidentin mit großzügigem Understatement in das Schweigen, das sich wieder eingestellt hatte. »Ich habe sehr ähnlich reagiert, als Kevin mir seine Hypothese vorlegte. Ich werde ihn nun bitten, Sie von einer verdeckten Ermittlung zu unterrichten, die ich genehmigt habe. Sie ist nicht aktenkundig und offen gesagt auch nicht besonders verfassungskonform. Unter den gegebenen Umständen hatte ich jedoch keine andere Möglichkeit gesehen, als seinem Unterfangen grünes Licht zu geben, so wie ich jetzt keine andere Wahl habe, als Sie alle einzuweihen.«

Sie blickte Usher an.

»Wenn Sie so freundlich wären, Kevin.«

Dreißig Minuten später sagte Eloise Pritchart: »Im Großen und Ganzen wäre es das.«

Ushers Vortrag hatte keine zehn Minuten gedauert; die restliche Zeit war mit dem Beantworten von Fragen der Kabinettsmitglieder vergangen – einige Fragen ungläubig, andere feindselig, die meisten verärgert, aber alle besorgt.

»Trotzdem, es ist alles nur Spekulation«, wandte Tony Nesbitt ein, der Handelsminister. Als einer von Arnold Giancolas stärksten Verbündeten im Kabinett neigte er nach wie vor sehr zum Unglauben. »Ich meine, Director Usher hat gerade selbst gesagt, dass es keinen Beweis gebe.«

»Nein, das hat er nicht, Tony«, entgegnete Rachel Hanriot.

Nesbitt sah sie an, und sie erwiderte seinen Blick fast mitfühlend, auch wenn sie sich im Machtkampf zwischen Pritchart und Giancola fast immer auf entgegengesetzten Seiten befunden hatten.

»Er sagte vielmehr«, fuhr sie fort, »dass es keine Möglichkeit gibt, um zu beweisen, *wer* auf unserer Seite es getan hat. Angesichts von Arnolds Position im Außenministerium kann ich aber unmöglich glauben, dass er nicht der Drahtzieher gewesen wäre. Auch wenn die Grosclaude-Dokumente gefälscht sind, bilden sie einen sehr überzeugenden Beweis, dass jemand in der Regierung der Republik die Korrespondenz manipuliert hat. Auf jeden Fall scheinen sie mir klar zu zeigen, dass die Mantys die lautere Wahrheit gesagt haben, was ihre Korrespondenz angeht. Und das weist sehr deutlich darauf hin, dass sie in Bezug auf die Korrespondenz, die sie von uns erhalten zu haben behaupten, die Wahrheit sagen. Was wiederum deutlich auf Arnold zeigt.«

»Aber ... aber mein Cousin Jean-Claude ... – war Arnolds Sicherheitschef«, protestierte Nesbitt. »Ich kann nicht glauben, dass Arnold so etwas geschafft haben kann, ohne dass Jean-Claude zumindest misstrauisch geworden wäre.« Er sah Montreau an. »Leslie? Hast du im Außenministerium *irgendetwas* gefunden, das diese Anschuldigungen stützt?«

Montreau wirkte außerordentlich unbehaglich. Trotz ihrer Position in der offiziellen Hierarchie war sie das neueste Kabinettsmitglied, und ihr Räuspern klang ein wenig nervös.

»Nein, das habe ich nicht«, sagte sie. »Aber andererseits, Tony, wäre mir nie in den Sinn gekommen, nach Beweisen für solch ... unglaubliche Verbrechen Ausschau zu halten. Ich muss aber eines sagen«, fügte sie widerstrebend hinzu. »Die Sicherheitsmaßnahmen im Außenministerium ähneln vielleicht noch immer ein wenig zu sehr denen, wie sie die Legislaturisten und das Komitee benutzt haben.«

»Was willst du damit sagen?«, fragte Nesbitt.

»Ich meine, dass der Minister noch immer zu viel direkte Kontrolle ausübt«, antwortete Montreau unverblümt. »Offen gesagt war ich erstaunt, als ich herausfand, in welchem Umfang ich von meinem Büro aus Zugriff auf die Sicherheitsprozesse des Ministerialapparats besitze. Mir wäre es nie in den Sinn gekommen, dass Minister Giancola getan haben könnte, was ihm nun vorgeworfen wird. Aber wenn ich mir ansehe, worauf *ich* alles zugreifen kann, und – wie Director Usher – annehme, dass er die Sicherungscodes des manticoranischen Foreign Office besaß, nun, dann muss ich sagen, er hätte es tun können. Und ich fürchte, im Augenblick wüsste ich niemanden, der es sonst noch getan haben könnte.«

Nesbitt lehnte sich eindeutig bestürzt zurück. Pritchart sah ihn nachdenklich an, doch soweit sie sagen konnte, war er mindestens genauso erstaunt wie alle anderen im Raum. Vor allem aber wirkte er entsetzt.

»Wie Sie sich unschwer denken können«, fuhr sie dann fort, »musste ich sehr vorsichtig vorgehen, was diesen Schlangenkorb anging. Wie Kevin und Denis Ihnen gerade bei der Beantwortung Ihrer Fragen erläutert haben, besitzen wir nicht den untrüglichen Beweis, um den Kongress und die Öffentlichkeit zu überzeugen, dass tatsächlich geschehen ist, was wir vermuten. Abgesehen davon werden wir diesen Beweis vermutlich auch nie erhalten. Ohne ihn wäre es meiner Ansicht nach jedoch höchst riskant, an die Öffentlichkeit zu gehen.«

»Vielleicht bleibt uns aber trotzdem keine andere Wahl, Madame Präsidentin«, erwiderte Nesbitt nach kurzem Zögern. Alles blickte ihn an, und er zuckte unfroh mit den Schultern. »Glauben Sie nur nicht, ich sage das gern. Weiß Gott, wenn in diesem Raum jemand ist, den Arnold völlig getäuscht hat, dann bin ich das, und ich werde wie der letzte Idiot dastehen, wenn die Presse von der Sache erfährt! Aber wenn Ihre Vermutungen stimmen, dann führen wir einen Krieg, in den uns ein Mitglied unserer eigenen Regierung manövriert hat.« Er schüttelte den Kopf. »Wie sollten wir rechtfertigen, die Wahrheit zu verschweigen?«

»Aber die Präsidentin hat recht«, wandte Henrietta Barloi ein, die Technologieministerin. »Niemand wird uns glauben, und wegen der Umstände von Arnolds Tod wird doch jeder annehmen, dass wir ihn liquidieren ließen.«

»Und wieso hätten wir das tun sollen?«, wollte Nesbitt wissen.

»Ich fürchte, da fallen mir gleich mehrere Szenarien ein, Sir«, sagte Kevin Usher.

Alles blickte ihn an, und er zuckte mit den Schultern.

»Wenn ich ein Anhänger von Verschwörungstheorien oder jemand mit persönlichem politischem Ehrgeiz wäre oder das Verlangen hätte, das alte Regime wiedereinzusetzen, könnte ich das Geschehene sehr gut dahingehend auslegen, dass Minister Giancola herausgefunden hätte, was die Erzverräterin Präsidentin Pritchart getan hat, um eine Kriegserklärung zu rechtfertigen. Als er die Wahrheit erfahren hatte, hat sie – und mit ihr sie alle – seine Hinrichtung angeordnet. Jetzt aber fürchten wir, dass die Wahrheit trotzdem ans Licht kommen könnte, und deshalb versuchen wir, die Schuld auf den Mann zu schieben, den wir ermordet haben und der sich nicht mehr wehren kann. Alles zeigt deutlich, dass unsere hochfliegenden Prinzipien und unsere Treue zur ›Rechtsstaatlichkeit‹ nicht mehr sind als Heuchelei. Daher ist die gesamte Regierung – nicht nur die Führungsspitze – ein korruptes Gefüge, das auf einer Verfassung ruht, die wieder nur ein riesiger Schwindel ist, mit dem das schon so lange leidende Volk hinters Licht geführt wird.«

»Das ist doch Irrsinn!«, widersprach Nesbitt.

»Aber natürlich!«, schnaubte Usher. »Alle guten Verschwörungstheorien sind Irrsinn! Was glauben Sie wohl, wie Cordelia Ransom dem Pöbel so lange immer einen Schritt voraus bleiben konnte? Aber wenn Ihnen diese Theorie nicht gefällt, dann vielleicht die nächste. Jemand anderes, jemand aus dem Sicherheitswesen – wahrscheinlich ich oder Wilhelm hier – ist der Übeltäter. Giancola hat es herausgefunden, wir haben ihn beseitigt, und jetzt versuchen wir – aus Gründen, die nur uns bekannt sind – durch eine finstere Intrige den Krieg zu einem unbefriedigenden Abschluss zu bringen, und die gesamte Theorie von Giancolas Untaten ist nur Mittel zum Zweck. Oder wenn Sie das auch nicht mögen: Das Ganze ist ein Versuch von jemandem – wahrscheinlich von einigen Kabinettsministern, Wilhelm und mir –, die vollkommen gerechtfertigte und bisher erfolgreiche Kriegführung der Präsidentin gegen die bösen Mantys zu sabotieren. Leider ist es uns gelungen, ihr Sand in die Augen zu streuen, und sie glaubt wirklich unsere lächerliche Geschichte, dass Giancola die Korrespondenz frisiert hätte. In Wirklichkeit waren es doch die Mantys, und wir haben ihn ermordet, weil er der Einzige war, der es hätte beweisen können. Oder …«

Nesbitt sah mittlerweile mehr als nur ein wenig bestürzt aus, und Pritchart hob die Hand.

»Das genügt, Kevin«, sagte sie und wandte sich Nesbitt ganz zu. »Kevin hat noch immer nicht ganz vergessen, dass er mal Spion gewesen ist, Tony. Er ist es gewöhnt, in diesen verwundenen, abwegigen Bahnen zu denken. Aber sein Argument – dass Gott allein weiß, was Machtgier oder simple Feindschaft zur Verfassung aus der ganzen Sache machen könnten – ist leider stichhaltig. Und nicht dass auch nur einer von Ihnen nur einen Augenblick lang glaubt, solche Leute gäbe es nicht. Wir reden hier nicht nur von untergetauchten SyS-Schergen, die auf ein neues politisches Klima hoffen, das ihren Zielen dienlicher ist. Wenn ich mich nicht sehr täusche, dann gehörte auch Arnold zu den Leuten, die viel lieber nach den Regeln des alten legislaturistischen Regimes gespielt hätten und nichts lieber sähen, als dass die Verfassung untergeht oder zumindest so weit kastriert wird, dass sie machen können, was sie wollen. Von denen gibt es noch mehr, und die augenblickliche Lage könnte ihnen direkt in die Hände spielen.«

»Aber wenn wir nicht an die Öffentlichkeit gehen können, was bleibt uns dann?«, fragte Nesbitt fast klagend.

»Und«, fügte Walter Sanderson, der Innenminister, mit zusammengekniffenen Augen hinzu, »warum weihen Sie uns jetzt überhaupt ein? Ein paar von uns – Tony und ich zum Beispiel – standen Arnold sehr nahe. Sie können sich doch gar nicht sicher sein, ob wir nicht ebenfalls in diese Sache verwickelt sind. Sie können sich nicht einmal sicher sein, dass wir nicht, kaum dass wir dieses Zimmer verlassen haben, zur Presse gehen und alles hinausposaunen.«

Pritchart nickte. »Das stimmt. Sie könnten sogar zu Recht anführen, durch die Verfassung verpflichtet zu sein, damit an die Öffentlichkeit zu gehen, ganz gleich, worum ich Sie bitte. Noch wird in der Sache nicht *offiziell* ermittelt, aber ich bin mir ziemlich sicher, dass man mich für meine bisherigen Entscheidungen in der Angelegenheit wegen versuchter Behinderung der Justiz anklagen könnte.«

»Warum also sind Sie offen zu uns?«, beharrte Sanderson.

»Weil wir vielleicht eine befristete Möglichkeit haben, ein Ende der Kampfhandlungen auszuhandeln«, eröffnete Pritchart allen Anwesenden.

»Was für eine Möglichkeit, Madame Präsidentin?«, fragte Stan Gregory, der Minister für Stadtentwicklung, und mehrere Personen setzten sich mit hoffnungsvoller Miene aufrecht.

Pritchart nickte Trajan zu. »Laut Wilhelm und dem FND«, antwortete sie, »hat Manticore erhebliche Schwierigkeiten im Talbott-Sternhaufen. Wir haben nicht annähernd vollständige Informationen, aber deutliche Hinweise, dass man dort zumindest der Möglichkeit offener Kampfhandlungen mit der Liga gegenübersteht.«

Jemand holte vernehmlich Luft, und Pritchart lächelte sehr gepresst.

Die Solare Liga war der Acht-Kilotonnen-Gorilla der Galaxis. Pritchart vermutete zwar sehr, dass die Navy der Liga nicht einmal entfernt ahnte, in was für eine Vibroklinge sie griff. Wenn und falls sie sich mit der Royal Manticoran Navy anlegte, war die Chance, dass das Sternenkönigreich auf lange Sicht gegen diesen aufragenden Monolithen standhalten konnte, entfernt, um es höflich auszudrücken. Mit den Sollys legte sich *niemand* an.

»Dadurch ergeben sich für uns zwei unterschiedliche Möglichkeiten«, fuhr sie fort. »Einerseits wären, militärisch gesehen, unsere Probleme gelöst, sobald Manticore sich im Kriegszustand mit der Solaren Liga befindet. Das Sternenkönigreich müsste jeden Frieden annehmen, den wir anbieten, wenn es auch nur eine entfernte Hoffnung haben möchte, der Liga zu widerstehen.

Wenn wir andererseits anbieten, jetzt mit Manticore zu verhandeln, und sie wissen lassen, dass wir uns des Drucks bewusst sind, dem es in Talbott ausgesetzt ist, dann wird man bemerken, dass wir ihre Zwangslage nicht zu unserem Vorteil ausnutzen wollen.

Meine Idee ist, dass wir an einem neutralen Ort, mit dem beide Seiten einverstanden sind, ein Gipfeltreffen zwischen mir und Königin Elisabeth einberufen.«

»Madame Präsidentin, ich glaube nicht ...«

»Soll das heißen, Sie schlagen vor ...?«

»Aber die Mantys werden sich doch vorkommen, als setzten wir ihnen den Pulser auf die Brust, und ...«

»Ich glaube, das könnte gehen, wenn ...«

Pritchart klopfte wieder auf die Tischplatte, fester als zuvor, bis das Stimmengewirr sich legte.

»Ich will nicht behaupten, dass es sich hier um eine Art Wunderwaffe handelt«, sagte sie. »Und ja, Walter, ich bin mir bewusst, dass es ihnen vorkommen wird, als setzten wir ihnen ›den Pulser auf die Brust‹. Ich glaube nicht, dass der Vorschlag sie sehr beglücken wird, aber wenn ich mich mit Elizabeth Winton an einen Tisch setzen kann, dann habe ich vielleicht eine Chance, sie zu überzeugen, Bedingungen zuzustimmen, die sowohl für das Sternenkönigreich als auch für unsere Öffentlichkeit akzeptabel sind.«

»Verzeihen Sie, Madame Präsidentin, aber wie viel davon ist Realismus und wie viel Wunschdenken?«, fragte Nesbitt geradezu sanft.

»Leslie?« Pritchart blickte die Außenministerin an.

»Das lässt sich nur sehr schwer sagen, Madame Präsidentin«, antwortete Montreau nach kurzem Überlegen. »Ich setze voraus, dass Sie daran denken, zuerst die Unterzeichnung eines Friedensvertrags zu erreichen und dann, nachdem der Friede eine Chance gehabt hat, sich zu festigen, mit unseren Vermutungen an die Öffentlichkeit zu gehen und die Angelegenheit offen untersuchen zu lassen?«

»Das ist ziemlich genau, was mir vorschwebt.«

»Nun, es könnte tatsächlich funktionieren.« Montreau betrachtete stirnrunzelnd die Skyline von Nouveau Paris und rieb mit den Fingerspitzen der rechten Hand über ihre Schreibunterlage.

»Zum einen haben Sie recht, was den Druck angeht, unter dem die Mantys stehen werden, vorausgesetzt, dass das, was in Talbott vorgeht, so ernst ist, wie Sie andeuten. Es wird ihnen nicht passen, aber sie müssen realistisch bleiben, und letzten Endes ist es weniger gefährlich zu reden, als sich

Gefechte zu liefern, besonders, wenn Manticore sich einem möglichen Zweifrontenkrieg gegenübersieht.

Darüber hinaus«, fuhr sie mit wachsender Begeisterung fort, »wäre ein Treffen von Angesicht zu Angesicht solch ein dramatischer Ansatz, dass die Öffentlichkeit wahrscheinlich sogar hinnehmen würde, wenn Sie mit einem Ergebnis nach Hause kämen, bei dem Sie nicht ganz so viel herausgeschlagen hätten, wie unser gegenwärtiger militärischer Vorteil erzwingen könnte. Das bedeutet umgekehrt natürlich, dass Sie noch weiter auf die Mantys zugehen könnten, als Sie es schon bereits getan haben.«

Pritchart nickte. »Das habe ich mir auch schon überlegt. Und ich finde auch, dass wir, wenn und falls wir nach einem Friedensschluss mit der Giancola-Affäre an die Öffentlichkeit gehen, offen zugeben können, wieso wir uns bewegen ließen, Manticore beträchtliche Reparationen anzubieten.«

Sie wollte schon fortfahren, doch dann hielt sie inne. Jetzt war nicht der richtige Moment, um zuzugeben, dass sie ernsthaft erwog, der manticoranischen Königin gegenüber ihren momentanen Verdacht zumindest teilweise offenzulegen, wenn die Gespräche einen guten Verlauf zu nehmen versprachen. Einige am Tisch wirkten über den Vorschlag von Reparationen ohnedies schon empört, und sie schüttelte nachdrücklich den Kopf.

»Nein«, sagte sie. »Denken Sie vorher darüber nach. Erstens tun wir dadurch das Richtige. Zweitens, wenn wir einen langfristigen Frieden mit Manticore wollen und sich herausstellt, dass unsere Seite die Korrespondenz manipuliert hat, dann müssen wir dem Sternenkönigreich gegenüber eine wesentliche Geste machen, zumal wir es waren, die die Feindseligkeiten wieder aufgenommen haben. Und wenn wir schließlich feststellen, was wir wohl alle festzustellen erwarten, dann erleiden wir beträchtlichen diplomatischen Schaden. Indem wir unsere Schuld eingestehen und Wiedergutmachung nach Kräften anbieten, gewinnen wir die beste Chance zur Schadensbegrenzung und Rehabilitation in Begriffen der interstellaren Diplomatie.«

Die Empörung legte sich großenteils, aber noch immer sahen mehrere zutiefst unzufrieden drein.

»Darf ich einen Vorschlag machen, Madame Präsidentin?«, fragte Thomas Theisman förmlich.

»Natürlich dürfen Sie das.«

»Dann möchte ich anregen, dass Sie einen weiteren Punkt in Ihr Angebot einer Gipfelkonferenz aufnehmen.« Pritchart sah ihn fragend an, und er zuckte mit den Schultern. »Ich würde Ihnen empfehlen, dass Sie ausdrücklich um die Teilnahme der Herzogin von Harrington als militärische Beraterin an der Konferenz ersuchen.«

»Harrington? Warum ausgerechnet Harrington?«, fragte Sanderson.

»Aus mehreren Gründen«, antwortete Theisman. »Darunter, ohne mit der Reihenfolge etwas aussagen zu wollen, der Umstand, dass sie sich unseren Quellen zufolge immer für politische Mäßigung starkgemacht hat, und das, obwohl sie eine der besten manticoranischen Flottenchefs ist. Dass sie jetzt mit dem Ersten Lord der manticoranischen Admiralität verheiratet ist, was sie zur Schwägerin des manticoranischen Premierministers macht. Dass sie, obwohl sie mit der Königin eindeutig nicht einer Meinung ist, was *uns* angeht, trotzdem zu den engsten Vertrauten Elisabeths gehört und außerdem eine graysonitische Gutsherrin ist, wahrscheinlich diejenige dieses Standes, der Benjamin Mayhew am tiefsten vertraut. Dass ich und Lester Tourville sie kennen und glauben, dass wir zumindest eine Art von Übereinstimmung erzielt haben. Dass sie allen Berichten nach ein recht unheimliches Talent besitzt zu erkennen, wann sie belogen wird. Was vermutlich bedeutet, dass sie auch weiß, wann man ihr die Wahrheit sagt. Kurz gesagt glaube ich, dass sie einen mäßigenden Einfluss auf Elizabeth Winton ausübt und es bei Hofe niemanden gibt, der uns freundlicher gesonnen sein dürfte als sie.«

»Madame Präsidentin, ich halte den Vorschlag für ausgezeichnet«, sagte Montreau. »Ich wäre nicht darauf verfallen, weil ich bei dem Namen Harrington in erster Linie an einen Raumoffizier denke, aber Minister Theisman hat mehrere sehr gute Argumente angeführt. Ich empfehle, seinem Vorschlag zu folgen.«

»Ich stimme ebenfalls zu, Madame Präsidentin«, sagte Rachel Hanriot.

»Nun gut, ich denke, wir können Harrington in unseren Vorschlag einschließen.« Pritchart blickte sich noch einmal am Tisch um. »Und darf ich ferner annehmen, dass wir einig sind, auf die Gipfelkonferenz hinarbeiten zu wollen?«

»Ja«, sagte Nesbitt nicht ohne ein gewisses, offensichtliches Widerstreben. Pritchart sah ihn an, und er zuckte die Achseln. »Ich habe so viel investiert, die Mantys am Boden zu sehen, nach allem, was sie uns im letzten Krieg angetan haben, dass ich den Gedanken hasse, sie jetzt vom Haken zu lassen. Aber wenn Arnold verbrochen hat, was vorhin gesagt wurde, dann bleibt uns keine andere Wahl, als das Töten so rasch wie möglich zu beenden. Erwarten Sie nur bitte nie von mir, die Mantys zu mögen.«

Pritchart nickte. »Also gut. Ich brauche wohl niemanden von Ihnen zu erinnern, dass es absolut lebenswichtig ist, unseren Verdacht über den Rest für uns zu behalten, bis ich mich mit Elizabeth Winton getroffen habe.«

Sie erhielt nachdrückliches Nicken zur Antwort und lehnte sich lächelnd zurück.

»Gut. Und da wir uns nun einig sind, möchte ich noch sagen, dass ich glaube, wir haben genau die richtige Botin, um unser Angebot nach Manticore zu bringen.«

14

»Skipper, außerplanmäßiger Hyperabdruck auf sechs Millionen Kilometer!«

Captain Jane Timmons, Kommandantin von HMS *Andromeda,* drehte sich mit dem Kommandosessel dem Taktischen Offizier zu. Sechs Millionen Kilometer lag innerhalb der Reichweite von Einstufenraketen!

Sie öffnete den Mund, um weitere Informationen zu verlangen, doch der Taktische Offizier lieferte sie schon selbstständig.

»Ein einziger Abdruck, Ma'am. Sehr klein. Wahrscheinlich von einem Kurierboot.«

»Bereits ein Signal?«, fragte Timmons.

»Nicht überlichtschnell, Ma'am. Und lichtschnell dauert es noch ...« – er sah auf den Zeitstempel der Erstortung – »ein paar Sekunden. Um genau zu sein ...«

»Captain«, sagte der Signaloffizier in sehr behutsamem Ton, »ich habe hier ein Gespräch, das Sie lieber annehmen sollten.«

In der verdunkelten Kammer summte das Com. Honor setzte sich rasch auf, hellwach, wie es im Laufe der Jahre ganz normal geworden war. Außer vielleicht, dachte sie mit einem flüchtigen Lächeln, als sie schon zum Com griff, wenn sie ›zu

Hause‹ im Bett lag. Ihr Finger fand die schwach erhellte Taste für den Empfang ohne Bild, und sie drückte sie.

»Ja?«

»Hoheit, tut mir leid, Sie zu wecken.«

Honor kniff die Augen zusammen. Sie hörte keineswegs MacGuiness' Stimme, der fast immer ihre Anrufe außerhalb der Dienstzeit entgegennahm; sie sprach mit Mercedes Brigham.

»Ich nehme nicht an, dass Sie mich ohne einen sehr guten Grund wecken«, sagte Honor, als Brigham schwieg.

»Jawohl, Hoheit.« Die Stabschefin räusperte sich. »Ein Schlachtkreuzer auf Außenpatrouille hat soeben eine Nachricht an uns weitergeleitet. Sie stammt von einem außerplanmäßigen Kurierboot.« Sie machte eine kurze Pause. »Einem Kurierboot der *Havies.*«

»Ein havenitisches Kurierboot?«, wiederholte Honor langsam. »Hier?«

»Das ist richtig, Hoheit.« Brighams Stimme hatte einen höchst eigentümlichen Unterton, bemerkte Honor. Ehe sie jedoch nachbohren konnte, fuhr die Stabschefin fort: »Ich glaube, Sie sollten sich die Nachricht ansehen, die wir erhalten haben, Hoheit. Darf ich durchstellen?«

»Sicher«, sagte Honor, die sich ein klein wenig perplex fühlte, und drückte den Knopf, der auch eine visuelle Übertragung annahm. Das Display erhellte sich und zeigte das Hintergrundbild des Signalsystems der *Imperator*, und dann zuckte Honor zusammen, denn ein höchst vertrautes Gesicht erschien auf dem Combildschirm.

»Wahrscheinlich ist das Vorgehen nicht ganz ordnungsgemäß«, sagte Konteradmiral Michelle Henke, »aber ich bringe eine Nachricht von der Präsidentin der Republik Haven an Ihre Majestät.«

Honor wartete hinter der Seite, während die Pinasse der *Andromeda* sich in das Andockgerüst des Beiboothangars senkte. Ihr gelang es, völlig gelassen zu bleiben, wenn auch Nimitz, der auf ihrer Schulter saß, durch das langsame, aber konstante Zucken seines Schweifs allen, die den 'Kater gut kannten, ihre innere Stimmung preisgab.

Die Zugangsröhre fuhr aus, das grüne Licht ging an, und dann schwang sich Michelle Henke behutsam durch die Grenzfläche aus der Mikrogravitation der Röhre ins interne Schwerefeld der *Imperator.* Bei der Landung schonte sie offensichtlich ihr linkes Bein, und Honor schmeckte ihre körperlichen Beschwerden, als sie Haltung annahm und im Schrillen der Bootsmannspfeifen salutierte.

»Schlachtkreuzergeschwader Einundachtzig kommt an Bord!«

»Bitte um Erlaubnis, an Bord zu kommen, Sir«, wandte sie sich an den Hangaroffizier vom Dienst.

»Erlaubnis erteilt, Admiral Henke!«

Beide Hände senkten sich nach der Ehrenbezeigung zackig, und Henke ging mit merklichem Hinken an dem Hangaroffizier vorbei.

»Mike«, sagte Honor sehr ruhig und drückte ihrer Freundin fest die Hand, die diese ihr entgegenstreckte. »Es freut mich sehr, Sie wiederzusehen.«

»Ganz meinerseits, Hoheit«, erwiderte Henke, und ihre stets heisere Altstimme klang noch ein klein wenig rauchiger als sonst.

»Nun ...« Honor ließ ihre Hand endlich los und nahm ein wenig Abstand von ihrer beiderseitigen Wiedersehensfreude. »Sagten Sie nicht etwas von einer Nachricht?«

»Jawohl, das sagte ich.«

»Soll ich Admiral Kuzak herbitten lassen?«

»Das wird wohl nicht nötig sein, Ma'am«, entgegnete

Henke förmlich, sich deutlich der beobachtenden Augen und lauschenden Ohren bewusst.

»Dann begleiten Sie mich doch in mein Quartier.«

»Gern, Hoheit.«

Honor führte den Weg zum Liftschacht an, und ihr folgte ein unglaublich hellwach wirkender Andrew LaFollet. Sie drückte den Knopf, dann lächelte sie matt und winkte Henke durch die Tür, die sich vor ihr öffnete. LaFollet und sie folgten ihr, die Tür glitt zu, und sie streckte die Hände vor und packte Henke bei den Unterarmen.

»Mein Gott«, sagte sie leise, »was tut es gut, dich zu sehen!«

Honor Alexander-Harrington war nie eine Freundin beiläufiger Umarmungen gewesen, doch nun zog sie Mike Henke unversehens in eine bärenhafte Umklammerung.

»Vorsicht! *Vorsicht!*«, keuchte Henke, während sie die Umarmung erwiderte. »Das Bein reicht mir, Frau! Ich brauche nicht auch noch gequetschte Rippen!«

»Entschuldige.«

Einen Augenblick lang klang Honors Sopran fast so heiser wie Henkes Alt, doch dann trat sie zurück und räusperte sich, während Nimitz auf ihrer Schulter glücklich und willkommen heißend schnurrte.

»Entschuldige«, wiederholte sie mit normalerer Stimme, »es kommt nur davon, dass ich dich für tot hielt. Und als wir dann erfuhren, dass du noch lebst, dachte ich, es dauert Monate oder sogar Jahre, bis ich dich wiedersehe.«

»Dann sind wir wohl quitt wegen deinem kleinen Abstecher nach Cerberus«, erwiderte Henke mit einem schiefen Lächeln.

»Das sind wir wohl«, stimmte Honor ihr mit einem plötzlichen leisen Lachen zu. »Allerdings warst du wenigstens nicht lange genug tot, dass man dir schon ein komplettes Staatsbegräbnis ausrichten konnte!«

»Schade. Das hätte ich mir gern im HD angesehen.«

»Ja, wahrscheinlich. Du warst schon immer ein klein bisschen komisch, Mike Henke!«

»Um das zu merken, brauchst du dir nur meinen Freundeskreis anzuschauen.«

»Ganz bestimmt«, entgegnete Honor trocken, und der Lift öffnete sich und setzte sie im Gang vor ihrer Kajüte ab. Spencer Hawke stand Wache am Eingang, und Honor blieb stehen und blickte LaFollet über die Schulter hinweg an.

»Andrew, Spencer und Sie können nicht ewig so weitermachen. Wir brauchen wenigstens einen weiteren Waffenträger hier oben, der Sie beide ab und zu mal entlastet.«

»Mylady, ich habe darüber nachgedacht, aber noch nicht die Zeit gefunden, jemanden auszusuchen. Ich müsste nach Grayson zurück, und –«

»Nein, Andrew, das brauchen Sie nicht.« Sie unterbrach sich und sah ihn verhältnismäßig streng an. »Zwei Punkte«, sagte sie leise, aber bestimmt. »Erstens, nächsten Monat kommt mein Sohn zur Welt. Zwotens«, fuhr sie fort, während sie vorgab, das schmerzliche Aufflackern in seinen grauen Augen nicht bemerkt zu haben, »ist Brigadier Hill durchaus imstande, auf Grayson eine Gruppe geeigneter Kandidaten auszuwählen und sie herzuschicken, damit Sie und ich sie uns näher ansehen können. Ich weiß, dass Ihnen vieles durch den Kopf geht, und ich weiß, dass Ihnen gewisse Aspekte der Lage nicht sehr gefallen. Trotzdem, wir müssen uns darum kümmern.«

LaFollet erwiderte vielleicht zwei Sekunden lang ihren Blick, dann seufzte er.

»Jawohl, Mylady. Mit dem Morgenshuttle sende ich die Depesche an Brigadier Hill.«

»Danke«, sagte sie sanft, berührte ihn leicht am Arm und wandte sich wieder an Henke.

»Ich glaube, da erwartet dich noch jemand«, sagte sie, und die Luke glitt auf und zeigte einen über das ganze Gesicht strahlenden James MacGuiness.

»Also, Mike«, sagte Honor eine Viertelstunde später, »was hat die Haveniten denn nun bewegt, dich nach Hause zu schicken?«

Henke und sie saßen sich in Sesseln gegenüber, Henke mit einer dampfenden Tasse Kaffe, Honor mit einem Becher Kakao. MacGuiness hatte dafür gesorgt, dass auf dem Couchtisch ein Teller mit Sandwiches stand, und Honor knabberte träge an einem mit Schinken und Käse, ergriff die Gelegenheit, ihrem Metabolismus Brennstoff zuzuführen. Henke indes begnügte sich mit ihrem Kaffee.

»Das ist eine interessante Frage«, sagte Henke, wiegte die Tasse in beiden Händen und blickte Honor durch eine Dampffahne an. »Ich glaube, hauptsächlich haben sie mich ausgesucht, weil ich Beth' Cousine bin. Man sagte sich wohl, dass sie sich eine Nachricht eher anhört, wenn ich sie überbringe. Und ich könnte mir vorstellen, dass man sich von meiner Freilassung erhofft, sie dazu bewegen zu können, sich ernsthaft anzuhören, was man zu sagen hat.«

»Und das wäre? Oder handelt es sich um vertrauliche Informationen, die du mir nicht mitteilen darfst?«

»Oh, vertraulich sind sie ganz gewiss – vorerst jedenfalls. Man hat mir jedoch ausdrücklich gestattet, dich einzuweihen, weil sie auch dich betreffen.«

»Mike«, sagte Honor mit nur einer Spur von Verärgerung, als sie die neckische Belustigung hinter Henkes bewundernswert ernstem Gesicht schmeckte, »wenn du mir noch länger die Brocken unter die Nase hältst und nicht mit der Sprache rausrückst, dann prügle ich es aus dir heraus.«

»Keine Stunde wieder bei den eigenen Leuten, und schon bekommt man Schläge angedroht«, stellte Henke in tieftraurigem Ton fest, schüttelte den Kopf und duckte sich in dramatischer Geste, als Honor ansetzte, vom Sessel aufzustehen.

»Schon gut, schon gut! Ich sage ja alles!«

»Schön. Aber«, fügte Honor betont hinzu, während sie sich zurücklehnte, »ich warte noch immer.«

»Tja ...« Henkes Belustigung verblasste zu Ernst. »Sehr komisch ist die Sache leider nicht, fürchte ich. Ganz einfach ausgedrückt, lässt Pritchart über mich als Botin Elizabeth vorschlagen, dass sie beide sich zu einer Gipfelkonferenz treffen, um eine Einigung auszuhandeln.«

Honor rückte abrupt tiefer in den Sessel. Trotz der dramatischen Begleitumstände von Henkes Rückkehr wirkte die unerwartete Radikalität von Pritcharts Vorschlag beinahe umwerfend. Eine glänzende Aussicht auf ein Ende des Tötens breitete sich vor ihr aus, und ihr Herz machte einen Satz. Doch dann trat sie innerlich zurück und nahm einen Atemzug Wirklichkeit.

»Das ist ein sehr interessantes Angebot. Glaubst du, Pritchart ist es damit ernst?«

»Nun, ich glaube jedenfalls, dass sie sich definitiv mit Beth treffen will. Was das angeht, so wünschte ich, du wärst es gewesen, die mit ihr gesprochen hat.«

Henke warf einen bezeichnenden Blick auf Nimitz, der sich behaglich auf Honors Rückenlehne ausgestreckt hatte und nun den Kopf hob.

»Was für eine Tagesordnung schlägt sie vor?«

»Das ist eine der Seltsamkeiten an ihrem Angebot«, sagte Henke. »Im Grunde hat sie die Frage völlig offengelassen. Offenbar möchte sie einen Friedensvertrag erreichen, aber sie hat keine Liste mit Bedingungen vorgelegt. Anscheinend ist Pritchart bereit, alles in den Schmelztiegel zu werfen, wenn Beth einwilligt, mit ihr persönlich zu verhandeln.«

»Das ist eine beträchtliche Veränderung zum bisherigen havenitischen Standpunkt, so viel weiß ich jedenfalls«, stellte Honor fest.

»Ich sage es nicht gern, aber du bist wahrscheinlich in einer besseren Position, um das zu sagen, als ich«, gab Henke zu. Sie zuckte mit den Schultern und lächelte etwas verlegen. »Seit du mich eingenordet hast, gebe ich mir mehr Mühe, der Politik zu folgen, aber sie steht einfach noch immer nicht im Mittelpunkt meines Interesses.«

Honor sah sie verärgert an und schüttelte den Kopf. Henke erwiderte den Blick letztlich reuelos. Dann zuckte sie wieder mit den Achseln.

»Tatsächlich ist es wahrscheinlich eine gute Sache, dass *du* dich mehr für Politik und Diplomatie interessierst als ich.«

»Wieso?«

»Weil ein spezifisches Element von Pritcharts Vorschlag die Bitte ist, dass auch du an der Konferenz teilnimmst, die sie anregt.«

»Ich?« Honor blinzelte erstaunt, und Henke nickte.

»Du. Ich hatte den Eindruck, der Vorschlag, dich einzubinden, stammte ursprünglich von Thomas Theisman, aber ich bin mir nicht ganz sicher. Pritchart hat mir jedenfalls versichert, dass weder sie noch ein Mitglied ihrer Regierung irgendetwas mit dem Mordanschlag auf dich zu tun hatte. Und davon kannst du so viel glauben, wie du willst.«

»Wahrscheinlich musste sie das sagen, denke ich«, sagte Honor sinnend. Ihre Gedanken überschlugen sich, während sie Pritcharts Vorschlag erwog. Dann neigte sie den Kopf. »Hat sie irgendetwas von Ariel oder Nimitz gesagt?«

»Nein, hat sie nicht ... und ich glaube, das war wahrscheinlich wichtig. Die Havies wissen natürlich, dass Beth und du adoptiert seid, und man ließ keinen Zweifel, dass man ausführliche Dossiers über euch führt. Ich bin sicher, auf Haven werden alle Artikel und anderen Präsentationen über die Fähigkeiten der Baumkatzen verfolgt, seit sie sich entschlossen haben, damit an die Öffentlichkeit zu gehen.«

»Das heißt im Endeffekt, Pritchart lädt uns ein, zwo pelzige Lügendetektoren mit auf die Gipfelkonferenz zu bringen.«

Henke nickte. »So sehe ich das auch. Es ist zwar möglich, dass Haven die Schlussfolgerung noch nicht gemacht hat, aber eher ziemlich unwahrscheinlich.«

»Das sehe ich auch so.« Honor blickte in die Ferne und dachte angestrengt nach. Schließlich sah sie Henke wieder an.

»Das zeitliche Zusammentreffen ist interessant. Es sind eine Reihe von Faktoren im Spiel.«

»Ich weiß. Und Pritchart weiß es auch«, sagte Henke. Honor blickte sie fragend an, und sie schnaubte. »Sie hat alles getan, um mir deutlich zu machen, dass Haven von der Geschichte im Talbott-Sternhaufen weiß. Pritchart wies eigens darauf hin, dass sie das Angebot eines Gipfeltreffens zu einer Zeit unterbreitet, in der sie und ihre Berater sich völlig im Klaren sind, wie wenig Spielraum wir besitzen. Ungesagt blieb, dass Haven durchaus, anstatt Gespräche vorzuschlagen, auch eine Schlachtflotte hätte entsenden können.«

»Ja, das ist wohl richtig.«

»Haben wir schon Neuigkeiten aus dem Sternhaufen?«, fragte Henke besorgt.

»Nein. Und wir werden frühestens in zehn, elf Tagen von Monica hören. Das ist ein Grund, weshalb ich sagte, das zeitliche Zusammentreffen sei interessant. Für den Fall, dass wir gute Neuigkeiten hören, bin ich angewiesen worden, unsere Pläne für Operation Sanskrit zu aktualisieren – das ist der

Nachfolger für die Raupenfraß-Raids«, erklärte Honor, als Henke eine Braue hochzog. »Vorläufiger Operationsbeginn zwölf Tage ab morgen. Hm«, machte sie, als sie das Zeit-Datum-Display in ihrem künstlichen Auge aufrief, »ab heute sogar.«

»Du denkst daran, wie Saint-Just Butterblume zum Scheitern brachte, indem er High Ridge einen Waffenstillstand vorschlug.«

»Tatsächlich überlegte ich gerade, dass *Elizabeth* sich auf jeden Fall daran erinnern wird«, erwiderte Honor und schüttelte den Kopf. »Wenn Haven nicht viel tiefer in unsere Sicherheitsbereiche eingedrungen ist, als ich glaube, kann es unseren operativen Zeitplan nicht kennen. Gewiss, man vermutet mit Sicherheit, dass die Achte Flotte mittlerweile in der Lage sein müsste, erneut offensiv vorzugehen – vorausgesetzt, wir wollten nach Khumalos Depesche überhaupt noch angreifen. Wenn die Haveniten richtig rechnen können, wissen sie wahrscheinlich, dass wir dieser Tage wieder von ihm hören sollten. Andererseits wurdest du fast genau am gleichen Tag losgeschickt, an dem ihn unsere Verstärkungen aus der Homefleet erreicht haben können. Mir klingt das ganz danach, als hätte Haven so rasch wie möglich gehandelt, um sich eine Gelegenheit zunutze zu machen, ernsthafte Verhandlungen anzustrengen. Ich fürchte nur eben, das erinnert Elizabeth zu stark an die Situation bei Butterblume.«

»Sie ist nicht ganz vernunftbestimmt, wenn die Havies ins Spiel kommen«, gab Henke zu.

»Mit Grund, wie ich fürchte«, sagte Honor. Henke wirkte erstaunt, das von ihr zu hören, und Honor schüttelte den Kopf. Sie fragte sich, ob Mike alles über die Erfahrungen ihrer eigenen Familie mit den diversen havenitischen Regimes wusste.

»Na, ich hoffe, diesmal gerät sie nicht wieder in Rage«,

sagte Henke nach kurzem Schweigen. »Weiß Gott habe ich sie lieb, und sie ist eine der stärksten Monarchen, die wir je hatten, aber ihr Temperament ...!« Nun schüttelte Henke den Kopf.

»Ich weiß, jeder hält sie für einen Sprengkopf mit Berührungszünder«, entgegnete Honor ein wenig ungeduldig, »und ich will sogar zugeben, dass ich kaum jemanden kenne, der nachtragender wäre als sie. Trotzdem ist sie nicht blind gegenüber ihren Pflichten als Staatsoberhaupt, weißt du!«

»Vor mir brauchst du sie nicht in Schutz zu nehmen, Honor! Ich versuche nur, realistisch zu sein. Tatsache bleibt aber, dass sie ein Temperament aus dem finsteren Teil der Hölle hat, und du weißt so gut wie ich, wie sehr sie es verabscheut, unter Druck gesetzt zu werden, selbst wenn er von Leuten ausgeübt wird, bei denen sie weiß, dass sie sie nach bestem Wissen und Gewissen beraten. Und wo wir von Druck sprechen, Pritchart hat mir unmissverständlich klargemacht, dass sie weiß, dass die Vorgänge im Cluster der Republik die Oberhand geben, diplomatisch gesehen. Nicht nur das«, fügte Henke mit einer Mischung aus Überdruss und widerwilliger Bewunderung fest, »Pritchart hat mir gesagt, ich soll Beth informieren, dass sie morgen in Nouveau Paris eine offizielle Erklärung verlauten lässt, mit der sie die Republik und die Galaxis von der Einladung informiert, die sie ausgesprochen hat.«

»Ach wie schön.« Honor lehnte sich zurück und lehnte den Hinterkopf leicht gegen Nimitz' warmen, pelzigen Leib. »Das war ein kluger Schachzug. Und du hast recht: Elizabeth wird ihn verabscheuen. Andererseits spielt sie selbst das Spiel der interstellaren Diplomatie – und zwar recht gut. Ich glaube nicht, dass sie überrascht sein wird. Und ich bezweifle sehr, dass der Groll, den sie empfindet, sie in ihrem Entschluss nennenswert beeinflussen wird.«

»Ich hoffe, du hast recht.« Henke nippte an ihrem Kaffee und senkte die Tasse. »Ich hoffe, du hast Recht«, wiederholte sie, »denn so sehr ich mir auch Mühe gebe, zynisch zu bleiben, glaube ich, dass es Pritchart wirklich ernst ist. Sie möchte sich aufrichtig mit Beth zusammensetzen und über den Frieden verhandeln.«

»Dann wollen wir hoffen, dass sie es schafft«, erwiderte Honor leise.

»Und *ich* meine, dass ich ihnen nicht mal so weit traue, wie ich einen Superdreadnought werfen kann!«, rief Elisabeth III. von Manticore ärgerlich.

Die Kraft ihrer Gefühle hing wie eine schwarze Gewitterwolke über Honors Wahrnehmung, überschattete die behagliche Ratskammer im Mount Royal Palace. Kein anderer Mensch spürte sie, aber sämtliche Baumkatzen waren sich ihrer nur zu offensichtlich bewusst. Honor hob die Hand und strich Nimitz über den Rücken, während sie beobachtete, wie Prinz Justin für Monroe das Gleiche tat. Ariels halb zurückgelegte Ohren waren ein akkurates Stimmungsbarometer für die Queen, und Honor spürte, wie Samantha sich auf Hamishs Rückenlehne dagegenstemmte.

»Eure Majestät ... Elizabeth«, sagte William Alexander, »niemand verlangt, dass Sie den Haveniten trauen. Jedenfalls nicht auf einer weiteren Grundlage als der Tatsache, dass sie Michelle freigelassen haben und Pritchart um ein Treffen mit Ihnen ersucht. Um Vertrauen geht es eigentlich nicht.«

»O doch, genau darum geht es!«, versetzte Elizabeth.

»Nein, Eure Majestät«, widersprach Sir Anthony Langtry. Die Königin funkelte ihn an, und er zuckte mit den Schultern. »Willie hat recht. Die Frage ist, ob wir lieber mit Haven reden oder kämpfen wollen, während wir nicht wissen, was im Sternhaufen vor sich geht.«

»Aber in ungefähr einer Woche wissen wir es!«

Honor unterdrückte bedachtsam einen Seufzer. Elizabeth erwies sich als weit unversöhnlicher, als sie in den vier Tagen, seit sie mit Michelle Henke von Trevors Stern nach Manticore zurückgekehrt war, gehofft hatte.

»Elizabeth«, sagte Honor nun gelassen, »allerfrühestens können wir in vier Tagen mit einem Kurierboot rechnen, vorausgesetzt, Terekhov hat eines innerhalb von vierundzwanzig Stunden nach seiner geplanten Ankunft im Monica-System in Marsch gesetzt. Dass nicht bereits eines eingetroffen ist, ist ein schlechtes Zeichen, und das weißt du.«

Elizabeth blickte sie an, und Honor zuckte mit den Schultern.

»Seit zwo Wochen wissen wir, vom letzten seiner Kurierboote, dass die *Copenhagen* seine ursprünglichen Annahmen zumindest teilweise bestätigt hat, nachdem sie nach Erkundung von Monica am Rendezvouspunkt zu ihm stieß.«

»Und?«, fragte Elizabeth, als sie schwieg.

»Wir wissen aus der gleichen Depesche, dass Terekhov weiter ins Monica-System vordrang, wo er fast mit Sicherheit monicanischen Hoheitsraum verletzte. Nehmen wir einmal an, er konnte im besten Fall seinen Plan durchführen, ohne einen Schuss abzufeuern, und die Monicaner hätten zugestimmt, alle Vorbereitungen einzustellen, bis wir uns vergewissert haben, dass sie keine Pläne gegen den Sternhaufen hegten. Das wäre die *bestmögliche* Nachricht, die wir während der nächsten Woche empfangen könnten.«

»In diesem Fall wäre die Lage unter Kontrolle«, sagte Elizabeth.

»In diesem Fall würden wir den monicanischen Hoheitsraum kontrollieren«, verbesserte Honor sie sanft. »Vorerst.

Es ist genauso möglich, dass Terekhov uns in seiner Depesche mitteilt, er habe ein Gefecht geführt. In diesem Fall hat er entweder gewonnen oder verloren, aber auf jeden Fall Waffengewalt gegen eine souveräne Sternnation angewendet, die seit langem eine gute Beziehung zum Amt für Grenzsicherheit pflegt. Dann wird es Wochen, wenn nicht gar Monate dauern, bis wir erfahren, ob das OFS bereit ist, solarische Flotteneinheiten gegen uns einzusetzen oder nicht. Ja, selbst wenn kein Schuss gewechselt wurde, müssten wir, wenn Terekhov und Khumalo das System unter Gewaltandrohung besetzt haben, noch immer mit einer Intervention des OFS rechnen. Und was immer Terekhovs Depeschen uns in einer Woche auch mitteilen, wir werden so lange abwarten müssen, ehe wir erfahren, ob das OFS sich auf uns stürzt oder nicht.«

»Genau das versuche ich zu sagen.« Baron Grantville sah seine Schwägerin dankbar an und nickte nachdrücklich. »Ich bin mir sicher, Pritchart hat uns das Angebot nicht gemacht, weil sie uns so gut leiden kann, sondern ihr Argument, für uns wäre ein Waffenstillstand sehr praktisch, während wir abwarten, ob wir im Kriegszustand mit der Solaren Liga sind oder nicht, ist vollkommen stichhaltig.«

Er wandte sich wieder an die Queen.

»Darauf wollen Tony und ich die ganze Zeit seit Mikes Rückkehr hinaus. Elizabeth« – in seinen Augen stand das pure Flehen –, »wir haben ernsthafte Schwierigkeiten. Allein die Havies sind uns an Wallschiffen zwei zu eins überlegen. Wir alle hoffen, dass Terekhov und Khumalo im Keim ersticken konnten, was sich im Sternhaufen entwickelt, und dass Admiral O'Malleys Kampfverband dann ausreichen wird, um die Sache unter Kontrolle zu halten. Wir wissen es aber nicht, und wir erfahren es auch nicht, bevor das OFS den Schwanz einzieht. Und vergessen Sie nicht das mesanische Element. Wir wissen genau, dass die Mesaner mit einer ganzen Reihe von Grenzsicherheits-Kommissaren Geschäfte machen, aber nicht, wie viel Druck sie ausüben können, wenn Terekhov und Khumalo ihnen tatsächlich einen Knüppel zwischen die Beine geworfen haben.«

Und ob man Haven nun traut oder nicht, und ob Pritchart nun beabsichtigt, von Anfang an ehrlich zu verhandeln oder nicht, es besteht immerhin die Möglichkeit, dass doch ein Friedensvertrag dabei herauskommt«, warf Hamish Alexander-Harrington gleichmütig ein.

Elizabeth blitzte ihn an, und er begegnete seelenruhig ihrem Blick.

»Sie ist es, die den Reportern mitgeteilt hat, dass sie ein Gipfeltreffen vorschlägt«, sagte er. »Das heißt, es ist vor allem ihre Sache, irgendwelchen Fortschritt zu erzielen, wenn du zustimmst, dich mit ihr zu treffen. Solange ihr beide euch nicht ganz allein irgendwo in einem rauchverhangenen Hinterzimmer zusammensetzt und eine private Abmachung aushandelt, steht die ganze Sache in den Augen der Öffentlichkeit in strahlendem Glanze da. Wenn du also ein zumutbares Angebot machst, fängt sie sich vielleicht in ihrer eigenen Schlinge und ist gezwungen, es ernsthaft in Erwägung zu ziehen.«

»Sag Emily, sie soll nicht versuchen, mich per Fernbedienung zu steuern, Hamish!«, fuhr Elizabeth ihn an. »Ich habe schon genug *offizielle* Berater, die das probieren!«

Honor wollte protestieren, doch dann hielt sie den Mund fest geschlossen. Verheiratet zu sein brachte neue Komplikationen mit sich, stellte sie fest. Um jeden Preis musste sie den Anschein vermeiden, sie wolle den Worten ihrer Gatten mehr Gewicht verleihen.

»Ach, sei doch vernünftig, Elizabeth!«, sagte der siebte Mensch am Tisch mit einer Stimme, aus der beträchtlicher Unmut klang. Der bohrende Blick der Königin zuckte auf die Sprecherin, nur um funkelnden Augen zu begegnen, die genau die gleiche Farbe hatten wie ihre eigenen.

»Jetzt komm mal runter«, befahl Caitrin Winton-Henke ihrer Nichte scharf. »Du magst die Havies nicht. Du traust den Havies nicht. Prima. Ich sehe es genauso, und dir ist bekannt, dass ich genau weiß, warum. Aber du bist die Königin von Manticore, kein Schulmädchen! Also benimm dich auch so.«

Honor spürte, wie man sich allgemein auf den bevorstehenden Wutanfall der Queen wappnete. Er blieb jedoch aus. Vielmehr sah die Königin ihrer Tante in die Augen, und die verspannten Schultern und das starre Rückgrat der Frau, die von den Baumkatzen ›Seele-aus-Stahl‹ genannt wurde, schien abzusacken.

Honor bemerkte, wie ihr eigener Blick vor Mitgefühl weicher wurde, aber sie begriff sehr gut, was Michelle Henkes Mutter gerade tat. Die Gräfinwitwe von Gold Peak war einmal Elizabeth' Regentin gewesen. Sie war außerdem die einzige Person am Konferenztisch, denen die Haveniten einen noch engeren Menschen geraubt hatten als Elizabeth ... und daran hatte sie ihre Nichte soeben erinnert.

»Und vergiss nicht, Elizabeth«, sagte Honor, als sie spürte, wie der eiserne Widerstand der Königin wankte, »wenn du an diesem Gipfeltreffen teilnimmst und ich dich begleitete, dann sind wenigstens zwo Baumkatzen anwesend. Meinst du nicht, es wäre die Mühe wert, Ariel und Nimitz in die Nähe von Pritcharts Geistesleuchten zu bringen, egal, was sich sonst ergibt?«

Elizabeths Blick zuckte zu Honor, und sie runzelte nachdenklich die Stirn. Offensichtlich überlegte sie sich, dass dann auch *Honor* nahe genug an Pritchart wäre, um deren Geistesleuchten zu schmecken, und Honor gestattete sich eine zaghafte Erleichterung, als es so aussah, als würde die

Queen endlich weit genug zurücktreten, um nachzudenken.

»Beth«, sagte Prinz Justin leise. Seine Frau blickte ihn an, und er nahm über dem Tisch ihre Hand. »Beth, denke darüber nach. Jeder einzelne deiner Berater ist anderer Meinung als du. Sogar«, er lächelte, »dein Mann. Ich glaube, das solltest du in deiner Entscheidung berücksichtigen, oder etwa nicht?«

Sie sah ihm mehrere Sekunden lang in die Augen und seufzte.

»Ja.« Offenbar verabscheute sie es, ihm dieses Zugeständnis zu machen, aber Honor schmeckte ihre widerwillige Aufrichtigkeit. Die Königin blickte sich in der Ratskammer um und zuckte mit den Schultern. »Also gut. Sicher hat jeder von euch stichhaltige Argumente vorgebracht. Die meisten von ihnen kann ich sogar nachvollziehen, intellektuell zumindest. Das heißt noch lange nicht, dass es mir gefällt, absolut nicht. Ich hasse diese Lage. Aber dadurch habt ihr nun einmal nicht unrecht, auch wenn mir das sehr lieb wäre. Also treffe ich mich mit Pritchart.«

»Danke, Eure Majestät«, sagte Grantville in förmlicher, dankbarer Ruhe.

»Womit sich die Frage stellt, wo ihr euch treffen sollt«, sagte Langtry. »Pritchart überlässt es dir, den Ort zu bestimmen.«

»Ja, und sie hat vorgeschlagen, sich an ›neutraler‹ Stelle zu treffen«, stimmte Grantville ihm zu. »Allerdings bleibt es ein Rätsel, wo man ihrer Meinung nach solch einen Ort findet.«

»Unsinn«, erwiderte Elizabeth, indem sie hart und knapp auflachte. »Nichts leichter als das! Wenn sie einen neutralen Treffpunkt will, was böte sich mehr an als Torch?«

»Ich weiß nicht recht«, begann Grantville. »Die Sicherheit würde mir Sorgen machen, und –«

»Die Sicherheit wäre wahrscheinlich unsere geringste Sorge«, unterbrach Honor ihn. Als Grantville sie anblickte, grinste sie. »Ein Planet voller befreiter Sklaven, Willie, den man bittet, den Gastgeber für die Staatsoberhäupter der beiden Sternnationen zu spielen, die von allen die Cherwell-Konvention immer am strengten durchgesetzt haben? Man bräuchte ein paar Infanteriedivisionen in Panzeranzügen, um da durchzukommen!«

»Das«, sagte Langtry, »ist fast mit Sicherheit richtig, Willie. Die Torcher haben vielleicht nicht die gleichen technischen Möglichkeiten wie wir, aber ganz gewiss die nötige Motivation!«

»Ja, das ist wohl wahr«, stimmte Grantville zu. »Und uns bliebe wahrscheinlich auch genügend Zeit für zusätzliche Sicherheitsmaßnahmen.«

»Und«, fügte Elizabeth hinzu, »wir hätten Gelegenheit, Erewhon einzubeziehen. Sicher, wir sind alle sauer auf die Erewhoner, weil sie unsere Technologie an die Havies weitergegeben haben, aber seien wir mal ehrlich. High Ridge hat sein Menschenmöglichstes getan, um sie dazu zu treiben. Wenn wir Erewhon bitten, Einheiten seiner Flotte abzustellen, um für beide Seiten einen neutralen Sicherheitsschirm um Congo aufzuspannen, ohne dass eine andere Seite ihre Schlachtgeschwader mitbringt, wäre es eine Bekundung, dass diese Regierung – und das Haus Winton – Erewhon sowohl traut als auch bestrebt ist, unsere Differenzen beizulegen.«

Grantville blickte sie leicht erstaunt an, und sie lachte fast natürlich auf.

»Ich habe zwar immer noch meine Vorbehalte, Willie, aber wenn wir schon einwilligen, dann sollten wir damit so viele Ziele erreichen wie möglich.«

15

Aldona Anisimovna versuchte sich zu versichern, dass sie zu den erfolgreichsten Organisatorinnen und leitenden Angestellten gehörte, die Manpower Incorporated je geschaffen hatte. Dass sie eine nahezu unerreichte Erfolgsbilanz aufzuweisen hatte. Dass sie reich und mächtig war, dass sie eine der besten Blutlinien von Mesa vertrat.

Nichts davon half ihr besonders.

Zusammen mit Isabel Bardasano folgte sie dem ›Butler‹ (der einer Blutlinie mit weitaus stärker ausgeprägten Kampffertigkeiten entstammte, als sie das Anisimov-Genom aufwies) durch den prächtig möblierten Flur, vorbei an Lichtskulpturen, Bronzen, Gemälden und handgewebten Wandbehängen aus Textil. Von den Lichtskulpturen abgesehen hatte der Innenarchitekt bewusst auf intelligente Wände oder andere moderne Sichttechnik verzichtet, aber beruhigende, unterschwellige Schallschwingungen schienen ihre Haut zu liebkosen.

Obwohl ihre Umgebung so freundlich und einladend wirkte, holte sie tief Luft, versuchte unauffällig ihre Nerven zu beruhigen und hoffte, die unsichtbaren Überwachungssysteme bemerkten ihre erhöhte Pulsfrequenz nicht, während ihr Führer die altmodische Tür am Ende des Korridors öffnete.

»Ms Anisimovna und Ms Bardasano, Sir«, sagte er.

»Danke, Heinrich«, antwortete eine vertraute Stimme, und der ›Butler‹, der in Wahrheit ein recht tödlicher Leibwächter war, wenn er sich nicht gerade als Attentäter betätigte, verbeugte sich und gab den Weg frei.

Anisimovna ging an ihm vorbei, ohne seine Gegenwart auch nur wahrzunehmen, aber sie war dankbar, als er hinter ihr und Bardasano die Tür von der anderen Seite schloss. Nicht dass sie wirklich erwartete, seine ... Dienste würden benötigt, sagte sie sich fest.

»Nun, meine Damen«, sagte Albrecht Detweiler hinter dem Arbeitsplatzrechner, ohne ihnen einen Platz anzubieten, »im Talbott-Sternhaufen ist es am Ende wohl doch nicht sehr glatt gelaufen, wie es scheint.«

»Nein, das kann man wirklich nicht sagen«, stimmte Anisimovna ihm so ruhig zu, wie sie konnte. Detweiler musterte sie nachdenklich, als wartete er, dass sie ihrer nackten Zustimmung noch etwas hinzufügte, doch sie wusste es besser, als sich auch nur andeutungsweise zu entschuldigen. Schon gar nicht, nachdem Detweiler sie beide nach ihrer Rückkehr aus der Republik Monica fast drei Tage lang hatte warten und im eigenen Saft schmoren lassen.

»Warum nicht?«, fragte er schließlich.

»Wegen einer Verkettung von Umständen, die wir nicht vorhersehen konnten«, antwortete Isabel Bardasano, die Stimme genauso ruhig wie Anisimovna.

»Ich war davon ausgegangen, dass angemessene Planung alle Eventualitäten vorsieht«, entgegnete Detweiler.

»Gute Planung sieht alle Eventualitäten vor, an die der Planer gedacht hat«, erwiderte Bardasano in erstaunlich gelassenem Ton. »Die Eventualitäten, zu denen es hier gekommen ist, waren jedoch unmöglich vorherzusehen, denn niemand kann zufällige Ereignisse einplanen, die sich von Natur aus unmöglich vorhersagen lassen.«

»Das klingt mir doch sehr nach einer Ausflucht, Isabel.«

»Ich bezeichne sie lieber als Erklärung, Albrecht«, entgegnete Bardasano, während Anisimovna versuchte, sich ganz auf eines von Detweilers Ölgemälden aus der Zeit vor Anbeginn der Raumfahrt zu konzentrieren. »Unter gewissen Umständen werden Erklärungen natürlich zu Ausflüchten. Sie haben uns aber gefragt, weshalb die Dinge nicht wie geplant gelaufen sind. Und das ist der Grund dafür.«

Detweiler musterte sie, die Lippen ganz leicht geschürzt, die Augen zusammengekniffen, und sie begegnete offen seinem Blick. Das spricht wirklich für sie, dachte Anisimovna; Nerven hat sie. Ob ihr Mangel an Furcht geistig ganz gesund war oder nicht, das war eine andere Frage.

»Nun gut, Isabel«, sagte Detweiler schließlich. »Dann ›erklären‹ Sie mir mal, was geschehen ist.«

»Wir wissen es noch nicht vollständig«, räumte sie ein. »Und wir werden es einige Zeit noch nicht wissen. Die einzige Tatsache, die wir im Moment kennen, ist die, dass ein manticoranischer Kreuzerkommandant namens Terekhov und Bernardus Van Dort irgendwie herausgefunden haben, was vor sich ging. Terekhov hat einen Angriff auf das Monica-System unternommen, bei dem ich davon ausgehe, dass er in keiner Weise genehmigt gewesen ist. Und wie Aldona und ich Ihnen bei unserer letzten Besprechung berichteten, lag das Programm zur Umrüstung der Schlachtkreuzer, die wir – oder genauer gesagt Technodyne – lieferten, hinter dem Zeitplan zurück.«

»Damals haben Sie mich allerdings auch informiert, dass Ihr Zeitplan ein genügend großes Polster aufwies«, unterbrach Detweiler wie mit täuschend freundlicher Stimme.

Wenn er versucht hatte, Bardasano aus dem Takt zu bringen, so scheiterte er. Sie sah ihn nur einen Moment lang an und nickte.

»Ja, das stimmt. Und damals hat es auch gestimmt. Izrok Levakonic und die Monicaner hatten schon drei Schlachtkreuzer komplett umgerüstet und bemannt, ehe Terekhov aufkreuzte, und *sein* größtes Schiff war ein Schwerer Kreuzer. Wäre er nur eine Woche später gekommen, wären vier weitere *Indefatigables* gefechtsklar gewesen. Unter normalen

Umständen hätte allerdings jeder angenommen, dass drei Schlachtkreuzer der Solaren Liga mit aktueller Elektronik und Bewaffnung fünf Kreuzern und vier Zerstörern gewachsen wären.«

»Offenbar hätte sich da jeder geirrt«, sagte Detweiler. »Und wenn ich zur Pedanterie neigte, würde ich anmerken, dass ein Operationsziel darin bestand, Muster manticoranischer Hardware zu erhalten, weil wir eben wissen, dass sie besser ist als solarisches Gerät.«

»Das stimmt«, sagte Bardasano. »Ich möchte aber anführen, dass eben ihre Überlegenheit sich als größer erwies, als irgendjemand vermutet hatte, Technodyne eingeschlossen.«

»Ich bin in technischen Fragen weitaus weniger versiert als Isabel, Albrecht«, warf Anisimovna zur Unterstützung ihrer Kollegin ein, »aber wir haben die Sache mit Levakonic besprochen. Er war zuversichtlich, Monicas Sicherheit mit den bereits in Dienst gestellten Schlachtkreuzern und den positionierten Raketengondeln gewährleisten zu können. Dieser Teil der Operation lag in seiner Verantwortung, und wir haben uns auf seine Expertenmeinung verlassen.«

Detweiler richtete seinen Blick auf sie, und sie zwang sich, ihn ruhig zu erwidern. Er schien ihre Worte einige Sekunden lang zu erwägen und zuckte leicht mit den Schultern.

»Das war unter den gegebenen Umständen wohl vernünftig«, sagte er. »Aber selbst dann«, fuhr er fort, ehe Anisimovna auch nur beginnen konnte, sich zu entknoten, »wirft die Tatsache, dass die Mantys und dieser Van Dort irgendwie darüber gestolpert sind, ein schlechtes Licht auf Ihre operative Sicherheit.«

»Zu diesem Zeitpunkt«, erwiderte Bardasano, »wussten wir noch gar nicht, dass wir eine Sicherheitslücke hatten. Ich sehe zwei Möglichkeiten. Eine besteht darin, dass die Verletzung der Sicherheit bei den Monicanern geschah. Präsident

Tyler und seine engsten Berater mussten voll ins Bild gesetzt werden, zumindest, was ihren Teil der Operation anging. Ihre Sicherheitsvorkehrungen konnten wir nicht kontrollieren, und wir wissen nicht, wo oder wie sie überwunden sein könnten.

Die zweite Möglichkeit wäre«, fuhr sie unerschütterlich fort, »dass die Sicherheitslücke bei uns lag. In diesem Fall wäre das wahrscheinlichste Szenario, dass dieser Terekhov über die *Marianne* im wahrsten Sinne des Wortes gestolpert ist.«

»Die *Marianne?*«, wiederholte Detweiler.

»Das Sonderkommando-Schiff, das wir benutzt haben, um Waffen zu unseren Bevollmächtigten zu transportieren«, erklärte Bardasano. »Wir haben es samt Besatzung schon zuvor Dutzende Male eingesetzt. Die Leute sind verlässlich und haben große Erfahrung mit solchen verdeckten Operationen. Indem wir darüber hinaus unser eigenes Schiff und unsere eigenen Leute einsetzten, konnten wir erheblich unauffälliger vorgehen und haben eine ganze Ebene voll möglicherweise undichter Stellen umgangen.«

»Warum also meinen Sie, das Schiff könnte in das Scheitern der Operation verwickelt sein?«

»Weil es die einzige direkte Verbindung zwischen unseren terroristischen Verbündeten und Monica war.« Bardasano zuckte mit den Achseln. »Izrok brauchte dringend ein Transportmittel für zusätzliche Werfttechniker. Die *Marianne* hatte ohnehin schon Kurs auf den Sternhaufen. Er fragte mich, ob wir sie für ihn transportieren könnten, und ich willigte ein. Anscheinend hätte ich es lieber gelassen.«

Sie gestand ihren Fehler ein, ohne mit der Wimper zu zucken, und in Detweilers Augen flackerte kurz etwas auf, bei dem es sich sehr gut um Anerkennung handeln konnte.

»Wenn die *Marianne* der Fingerzeig war, auf den die Mantys stießen«, fuhr sie fort, »dann müssen sie wenigstens einen Teil der Besatzung gefangen genommen und ausgequetscht haben. Die Leute wussten nichts Konkretes über den monicanischen Teil der Operation, aber natürlich, dass sie Techniker nach Monica transportierten. Das könnte ausgereicht haben. Leider werden wir wahrscheinlich noch einige Zeit nicht erfahren, ob es wirklich so gekommen ist. Der Flugplan der *Marianne* sieht den nächsten Kontakt mit ihr erst in etwa zwei Wochen vor.«

»Das sind alles Spekulationen«, bemerkte Detweiler, und Bardasano und Anisimovna nickten.

»Wir konnten gerade eben aus dem Monica-System fliehen und alles OFS-Personal mitnehmen, das direkt in unsere Operation involviert war«, sagte Anisimovna. »Wir konnten uns nicht leisten, auf mehr Einzelheiten zu warten. Wenn die Mantys Isabel oder mich gefangen genommen hätten ...«

Sie verstummte, und nun musste Detweiler nicken.

»Einverstanden«, stimmte er zu. Er musterte beide schweigend, dann schien er eine Entscheidung zu fällen.

»Nehmen Sie Platz«, sagte er und wies auf zwei Stühle vor seinem Schreibtisch. Anisimovna hoffte, dass ihre gewaltige Erleichterung sich nicht zeigte, während sie seinem Befehl gehorchte.

»Von uns gefällt niemandem, was im Sternhaufen geschehen ist«, sagte Detweiler. »Ich vertraue darauf, dass Sie beide nicht überrascht sind, wenn Ihnen eine Menge Schuldzuweisungen und Vorwürfe der Unfähigkeit bevorstehen?«

Anisimovna nickte ruckartig, und diesmal versuchte sie nicht einmal, ihr finsteres Gesicht zu verbergen. Welche Folgen das Talbott-Fiasko sonst auch hätte, sie würde viel Zeit benötigen, um ihr Prestige wiederherzustellen und ihre beschädigte Machtbasis zu reparieren.

»Nachdem dies gesagt ist, neige ich unter der Voraussetzung, dass keine neuen Erkenntnisse auf ein Verschulden Ihrerseits hinweisen, zu der Anschauung, dass der Fehlschlag fast mit Sicherheit auf Faktoren außerhalb Ihres Einflussbereiches beruhte.« Er zuckte mit den Schultern. »Wie ich schon zu Anfang sagte, es war ein Schuss ins Blaue, und jetzt kommen wir hoffentlich noch mit einem blauen Auge davon. Gehen wir also weiter. Was meinen Sie, wird das OFS den Mantys diese Geschichte durchgehen lassen oder nicht?«

»Ich glaube, es wird«, antwortete Anisimovna. Die Handhabung solarischer Bürokratien war ihr Spezialgebiet. »Verrochio kocht vor Zorn, und er wird sogar noch wütender werden, wenn die Mantys seine Beteiligung beweisen können. Er hat jedoch nicht die nötigen Kräfte unter seinem Kommando, um einseitig aktiv zu werden, und die anderen OFS-Kommissare werden ihn nicht unterstützen. Nicht nach einem derartigen Spektakel, wie es die Mantys im Monica-System veranstaltet haben, und schon gar nicht, wenn Tyler oder irgendeiner seiner Kumpane uns den Rücken kehren und eine manticoranische Ermittlung unterstützen.«

»*Gewinnen* muss er ja gar nicht«, wandte Detweiler ein. »Sie sagen, er ›kocht vor Zorn‹. Besteht eine Möglichkeit, auf dieser Wut aufzubauen und ihn in eine direkte militärische Auseinandersetzung zu manövrieren? Ob die anderen Kommissare einverstanden sind oder nicht, so etwas wäre genau das Material, aus dem unsere Freunde in der Liga den Vorwand für die Intervention stricken könnten, auf die wir abzielen. Besonders wenn man ihm seine Schiffe zusammenschießt ...«

»Ich sehe keine Möglichkeit«, antwortete ihn Anisimovna. »So wütend er auch ist, seine Stellung wird er nicht riskieren. Sein Vizekommissar ebenfalls nicht, Hongbo, der – in diesem Fall wohl leider – großen Einfluss auf ihn besitzt und sich in seinen Entscheidungen weit weniger von Zorn beeinflussen lässt wird.«

»Das hatte ich befürchtet.«

Detweiler neigte den Sessel nach hinten und faltete die Hände vor dem Bauch, und Anisimovna ereilte eine neue Beklommenheit. Diese entspannte Haltung wies normalerweise darauf hin, dass etwas Albrecht Detweiler still, eisig und *gefährlich* wütend machte.

»Vor drei Wochen«, sagte er, »hat Eloise Pritchart eine Einladung an Elizabeth Winton gesendet. Sie schlägt vor, dass die beiden sich persönlich zu einer Gipfelkonferenz treffen, an einem neutralen Ort, den Winton sich aussuchen kann.«

Anisimovna merkte, wie sie die Augen aufriss, und sie kämpfte gegen den plötzlichen Drang an, sich umzuwenden und Bardasano schockiert anzusehen. Pritchart schlug eine *Friedenskonferenz* vor?

»Wir haben von unserem Maulwurf im manticoranischen Foreign Office davon erfahren«, fuhr Detweiler fort. »Der Vorschlag ging vor neun Tagen auf Manticore ein, und der Führer unseres Maulwurfs hat es geschafft, die Neuigkeit sehr rasch an uns weiterzuleiten, auch wenn er dazu den Beowulf-Kanal benutzen musste. Darüber bin ich nicht besonders erfreut. Dieser Kanal ist zu wertvoll, wir können es uns nicht leisten, ihn zu verlieren. In diesem Fall allerdings glaube ich, dass die Entscheidung unseres Mannes voll und ganz gerechtfertigt war.«

»Verzeihen Sie, Albrecht«, sagte Anisimovna, »aber wissen wir denn wenigstens ansatzweise, was Pritchart dazu bewogen hat?«

»Nein, nicht genau.« Detweiler runzelte die Stirn. »Im Augenblick vermute ich, dass sie herausgefunden hat, was im Talbott-Haufen vor sich geht. Sie hat schon gezeigt, dass sie eine sehr gerissene Politikerin ist, und sie könnte darauf spekulieren, dass der Druck eines möglichen Konflikts mit der Solaren Liga Winton zwingen könnte, ihre Bedingungen anzunehmen.«

Anisimovna nickte, entgegnete aber sehr bewusst kein Wort. Nach Detweilers Tonfall hätte er wahrscheinlich nur sehr ungern die Feststellung gehört, dass sie der Republik Haven durch ihre eigenen Bemühungen den Hebel in die Hand gegeben hatten, mit dem Pritchart den so sorgfältig geschürten Krieg vorzeitig zum Stillstand bringen konnte.

»Unserem Maulwurf zufolge«, fuhr Detweiler fort, »hat es zwei Tage gedauert, bis man Winton überzeugt hatte, das Angebot anzunehmen. Akzeptiert hat sie es am Ende aber doch. Und was meinen Sie wohl, welcher ›neutrale Treffpunkt‹ für die kleine Plauderstunde ausgesucht wurde?«

Anisimovna runzelte die Stirn, doch Bardasano schnaubte rau.

»Verdant Vista«, sagte sie tonlos, und Detweilers Auflachen klang noch rauer als ihr Schnauben.

»Volltreffer«, sagte er.

»Kennen wir das Datum dieses Treffens?«, fragte Bardasano.

»Noch nicht. Die Mantys werden in ihrer Antwort an Pritchart sicherlich einen Vorschlag machen, aber unser Maulwurf besitzt auf dieser Ebene keinen Zugang mehr. Selbst nachdem ein Termin vorgeschlagen wurde, müssen Nachrichten zwischen Manticore und Haven hin und her geschickt werden, und die Reisezeit beträgt selbst für ein schnelles Kurierboot via Trevors Stern noch elf Tage. Die Konferenz wird also nicht gerade nächste Woche stattfinden, aber es sieht so aus, als käme sie zustande.«

»Elizabeth Winton hasst Haven auf den Tod«, sagte Anisimovna. »Selbst wenn die Gipfelkonferenz tagt, wie wahrscheinlich ist es denn, dass es dabei wirklich zum Friedensschluss kommt? Zumal Haven als Erstes angegriffen hat und jeder überzeugt ist, dass Haven hinter dem Mordanschlag auf Harrington steckt?«

»Unter normalen Umständen würde ich die gleichen Überlegungen anstellen«, sagte Detweiler. »Winton ist jedoch von einer dieser verdammten Baumkatzen adoptiert worden, und Sie können wetten, dass sie ohne das kleine Monster an keiner Konferenz teilnehmen wird.«

»Oh.« Anisimovna verzog das Gesicht.

»Ja, wir können die kleinen Scheißer wirklich nicht mehr übersehen, was?«, knurrte Detweiler.

Es war, gelinde ausgedrückt, ungewöhnlich für ihn, dass er sich seinen Zorn so deutlich anmerken ließ, doch die Baumkatzen von Sphinx waren seit Jahrhunderten ein Dorn im Fleische Manpowers und Mesas. Die Bioingenieure von Mesa hatten der Möglichkeit, das Geheimnis der Telepathie zu enträtseln, nicht widerstehen können, waren aber bemerkenswert erfolglos bei der Beschaffung von Exemplaren gewesen. Genauer gesagt, es konnte während mehr als dreihundert T-Jahren genau eine Baumkatze lebend gefangen werden, und man hatte rasch entdeckt, dass eine Baumkatze in der Gefangenschaft einfach stirbt. Noch immer besaß man Genmaterial des Geschöpfes, und noch immer wurde daran planlos ein wenig geforscht, aber ohne große Aussichten, die Fähigkeit erfolgreich in das menschliche Genom einzubinden.

Dass die erbärmlichen kleinen Viecher sich als noch intelligenter erwiesen, als von Manpower in seinen schlimmsten Befürchtungen angenommen worden war, hatte eine zusätzliche unangenehme Entdeckung bedeutet. An die Möglichkeit, dass ein voll funktionsfähiger Telempath seine Beobachtungen zum Seelenzustand des Gegenübers bei diplomatischen Verhandlungen auf höchster Ebene der anderen Seite mitteilen konnte, mussten sich die Politfachleute erst noch gewöhnen.

»Auch wenn Winton es nicht weiß, wir wissen, dass Pritchart die Kampfhandlungen nie wieder aufnehmen wollte«, fuhr Detweiler fort. »Wenn irgendeine verfluchte Baumkatze das an Winton weitergibt, dann wäre es durchaus denkbar, dass die beiden sich zu einer *gemeinsamen* Untersuchung der fraglichen diplomatischen Korrespondenz zusammensetzen. Und dann ist es sehr gut möglich, dass ganz schnell Frieden herrscht zwischen Manticore und Haven.«

»Nicht gerade ein wünschenswertes Ergebnis«, murmelte Bardasano, und Detweiler belohnte sie mit einem gepressten Grinsen und einem weiteren rauen Auflachen.

»Schön ausgedrückt. Was also unternehmen wir, damit es nicht so weit kommt?«

»Winton oder Pritchart zu töten wäre die effizienteste Lösung«, antwortete Bardasano nachdenklich. »Andererseits, wenn wir an eine von ihnen leicht herankämen, hätten wir sie bereits erledigt. Hmmm ...«

Sie überlegte einige Sekunden lang und nickte.

»Ich sehe eine Möglichkeit«, sagte sie.

»Und die wäre?«

»Ich habe die Operation, die Sie auf Alterde ausgeführt haben wollten, bereits vorbereitet«, erklärte sie. »Einen Termin habe ich jedoch noch nicht festgelegt. Ich habe auch Unternehmen Rattengift angebahnt. Beide Operationen kann ich jederzeit in Gang setzen, und zwar so, dass sie sich gleichzeitig ereignen, oder zumindest in dichter Abfolge. Bei Elizabeth Wintons bekannter Haltung zu Haven würde ich sagen, dass sie eine gute Chance hätten, jede Vereinbarung zum Kippen zu bringen, die bei der Gipfelkonferenz beschlossen wird.«

»Besonders Rattengift«, stimmte Detweiler zu. Seine Augen leuchteten bei der Aussicht vor Freude auf. Dann kniff er sie zusammen. »Erfolgswahrscheinlichkeit?«, wollte er wissen.

»Auf Alterde: sehr hoch«, antwortete Bardasano, ohne zu zögern. »Dort nähert sie sich wahrscheinlich hundert Prozent. Rattengift ist problematischer, fürchte ich. »Unsere Auswahl an Trägern ist erheblich stärker eingeschränkt, und alle, die wir im Augenblick in Erwägung ziehen, gehören nicht zum inneren Kreis, sodass der Zugang schwieriger zu erlangen sein wird. Damit der Plan mit einem der augenblicklichen Träger gelingt, müssten wir eine zweistufige Lenkung benutzen, und damit erhöhen sich die Chancen, dass irgendetwas schiefgeht. Ich würde sagen, sie liegt etwa bei sechzig plus/minus fünf Prozent, wenn wir die Operation sofort beginnen.«

»Ich würde lieber abwarten, zumindest so lange, bis die Chancen besser stehen«, brummte Detweiler.

»Das ist gut möglich«, sagte Bardasano. »Mit ein paar Monaten Vorbereitungszeit könnte ich die Chancen signifikant erhöhen. Wenn wir aber abwarten, verlieren wir die Gelegenheit, den Gipfel zum Scheitern zu bringen. Und wir erhöhen außerdem das Risiko, dass selbst Winton *uns* die Schuld gibt. Wenn der Anschlag aber zur gleichen Zeit geschieht, zu der jemand mit offensichtlichen Verbindungen zu Haven Webster tötet, werden die Mantys fast mit Sicherheit beide Operationen in Zusammenhang stellen und sie *beide* Haven zur Last legen. Und wenn ich das sagen darf, Albrecht, selbst wenn der Anschlag an sich fehlschlägt, sollte die bloße Tatsache, dass er ausgeführt wurde, zu der Entwicklung führen, die wir uns wünschen.«

»Das ist wohl wahr«, stimmte Detweiler zu. Vielleicht eine Viertelminute saß er reglos da und dachte offenbar angestrengt nach. Dann nickte er scharf.

»Also gut. Führen Sie es aus.«

16

»Was werden die Sollys Ihrer Meinung nach tun, Hoheit?«, fragte Rafe Cardones leise.

Honor und er standen nebeneinander im Lift, begleitet von Mercedes Brigham, Andrea Jaruwalski, Frances Hirshfield, Andrew LaFollet, Spencer Hawke und Sergeant Clifford McGraw, einer der beiden Harringtoner Waffenträger, die Colonel LaFollet schließlich ausgewählt hatte, um Honors persönliche Leibwache zu verstärken. Nimitz ritt auf Honors Schulter, und selbst die geräumige Liftkabine wirkte mehr als nur ein bisschen beengt.

»Das lässt sich nur schwer sagen«, antwortete Honor schließlich. Der lang erwartete Kurier von Aivars Terekhov und Augustus Khumalo war am Vortag endlich eingetroffen und hatte Nachricht von Terekhovs vernichtendem Sieg über die monicanische Navy gebracht. Und von dem schrecklichen Preis, den sein hastig zusammengezogenes Geschwader dafür hatte zahlen müssen.

»Es ist ziemlich offensichtlich«, fuhr sie einen Moment später fort, »dass zumindest einige Solarier bis zum Hals mit drinstecken. Die solarische Navy hat über ein Dutzend moderne Schlachtkreuzer nicht einfach so ›verloren‹.«

»Glauben Sie, dass die Navy der Liga direkt beteiligt war?« Cardones machte sich mehr als nur ein wenig Sorgen über die Frage, und Honor konnte es ihm nicht verdenken.

»Nicht die Navy als solche«, antwortete sie kopfschüttelnd. »Ich würde eher vermuten, dass es ein abtrünniges Element innerhalb der Flotte war, oder einer privaten Interessengruppe, einem großen solarischen Schiffbauer zum Beispiel, wie Technodyne oder General Industries of Terra. Beide hätten die Schiffe liefern können, wenn sie bereit gewesen wären, ein gewisses Risiko einzugehen. Ich aber würde auf Technodyne wetten, wegen ihrer Verwicklung mit Mesa im Tiberian-System. Wir werden wohl noch eine ganze Weile nichts Genaues wissen. Admiral O'Malleys Verband trifft erst in vier Tagen ein, und bis er dort ankommt, haben Terekhov und Khumalo alle Hände voll zu tun, das System in Schach zu halten. Auf keinen Fall können sie schon mit den Untersuchungen beginnen.«

Cardones nickte nachdenklich, und Honor hob leicht die Schultern.

»Andererseits muss die Grenzsicherheit die Operation genehmigt haben, zumindest inoffiziell«, sagte sie. »Ohne dass das OFS ihm Unterstützung zugesichert hätte, wäre dieser Präsident Tyler niemals die hohen Risiken eingegangen, zu denen er bereit war. Außerdem kann ich nicht glauben, dass Mesa solche logistische und finanzielle Hilfe gewährt, ohne dass man reichlich sicher ist, dass einer der OFS-Kommissare, die man in der Tasche hat, Rückendeckung gibt.

Wahrscheinlich läuft alles auf die Frage hinaus, wie rasch diese OFS-Schergen reagieren können. Wenn sie vor O'Malley im Monica-System eintreffen, besitzen sie vor Ort vielleicht genügend Feuerkraft, um Khumalo und Terekhov zum Abrücken zu zwingen. Wenn sie sich aber nicht schnell genug organisieren können, dann werden sie sich kaum mit seinem Kampfverband anlegen wollen. Und wenn sie zögern? Je länger sie den Gegenangriff aufschieben, desto unwahrscheinlicher wird es, dass sie ihn jemals durchführen können. Deshalb bin ich recht zuversichtlich, dass sie uns nicht mehr angreifen, wenn sie mit der Attacke warten, bis O'Malley in Position ist. Außer natürlich, jemand auf ihrer Seite verrechnet sich.«

Cardones nickte wieder.

»Und was hat es mit diesem Gipfeltreffen auf sich?«

Honor spürte auch ohne ihr empathisches Talent die Hoffnung, die aus seiner Frage sprach. »Glauben Sie, das führt wirklich zu etwas?«

»Ich denke, die Möglichkeit besteht immer. Wie wahrscheinlich sie ist, kann ich nicht sagen. Aber ganz wie Sie verbringe ich viel Zeit mit Hoffen.«

Der Lift hielt an, die Türen fuhren auf, und Honor trat hinaus. Sie ging voran zum Flaggbesprechungsraum und einer weiteren Konferenz mit ihren kommandierenden Offizieren.

»Und die Zeit, die ich nicht mit Hoffen verbringe«, sagte sie ein klein wenig grimmig, »plane ich für den Fall, dass meine Hoffnungen sich nicht erfüllen.«

»Danke, dass Sie mich empfangen, Madame Präsidentin.«

Außenministerin Leslie Montreau schüttelte Eloise Pritchart die Hand, nachdem die Präsidentin hinter dem Schreibtisch hervorgekommen war, um sie zu begrüßen. Pritchart lächelte und winkte der Ministerin, in einem Sessel Platz zu nehmen, dann setzte sie sich ihrer Besucherin gegenüber.

»Angesichts des allgemeinen Tenors in Ihrer Bitte um ein Gespräch habe ich Ihnen heute Morgen gern etwas Platz freigemacht, Leslie. Ich gehe davon aus, dass wir eine Antwort erhalten haben?«

»Jawohl, Madame Präsidentin.«

Montreau öffnete ihren schmalen Aktenkoffer und holte einen Stapel altmodischer Ausdrucke hervor. Es handelte sich um mehrere Schriftstücke, jedes mit dem zugehörigen Chip des elektronischen Dokuments versehen. Sie legte sie vor sich auf den Couchtisch.

»Grundsätzlich«, fuhr sie fort, »haben wir insgesamt eine

sehr günstige Antwort erhalten. Das hier«, sie klopfte auf eine Dokument, »ist ein persönlicher Brief von Königin Elisabeth an Sie. Es handelt sich hauptsächlich um höfliche Floskeln, aber sie dankt Ihnen ausdrücklich für unsere gute Behandlung der Kriegsgefangenen und für die Freilassung ihrer Cousine, Admiral Henke, als Botin.

Das hier«, sie wies auf ein anderes, dickeres Dokument, »ist die offizielle Antwort auf unseren Vorschlag, verfasst vom Foreign Office und von Außenminister Langtry unterzeichnet. Sie enthält eine ganze Menge diplomatischer Satzbausteine, aber läuft letzten Endes darauf hinaus, dass man unseren Vorschlag einer Konferenz begrüße und unser Angebot einer Waffenruhe bis nach dem Gipfeltreffen annehme; sie soll vierundzwanzig Stunden nach der erwarteten Ankunftszeit der Antwort in Nouveau Paris beginnen. Ich denke, Sie werden sie komplett lesen wollen, zumal die eine oder andere Passage etwas gereizt formuliert ist. Ich fürchte, die meisten davon beziehen sich darauf, dass wir Donnerkeil begonnen haben ohne vorherige offizielle Verlautbarung, die Kampfhandlungen wiederaufnehmen zu wollen. Aber ich halte es für bemerkenswert, dass man unseren Disput über die Manipulation der diplomatischen Korrespondenz mit keinem Wort erwähnt.

Außerdem«, fuhr sie in leicht verändertem Ton fort, »hat Manticore unsere Bitte beantwortet, einen neutralen Treffpunkt vorzuschlagen.«

»Und der wäre?«, fragte Pritchart, als Montreau innehielt.

»Torch, Madame Präsidentin«, antwortete die Ministerin, und Pritchart lehnte sich mit plötzlich nachdenklichem Gesicht zurück.

»Wissen Sie«, sagte sie schließlich, »die Idee hätte uns selbst kommen sollen. Der eine neutrale Hafen, in dem beide Seiten Kontakte haben.« Plötzlich lachte sie in sich hinein. »Wenn es mir natürlich eingefallen wäre, hätte ich den Vorschlag trotzdem nicht gemacht. Ich hätte mir überlegt, dass die Mantys nicht riskieren würden, ihre Königin in die Nähe unseres halbzahmen Irren Cachat zu bringen!«

»Dann finden Sie Torch akzeptabel?«, fragte Montreau, und Pritchart neigte den Kopf zur Seite.

»Sie nicht?«

»Ich finde, er ist für uns sehr ungünstig positioniert, Madame Präsidentin«, antwortete die Außenministerin nach kurzem Zögern. »Die manticoranische Delegation braucht dank ihrem und dem erewhonischen Wurmlochknoten keine Woche für die Reise. Unsere Delegation wäre von Haven aus über einen Monat unterwegs. Es dauert mehr als drei Wochen, bis unsere Zustimmung und die manticoranische Bestätigung unserer Zustimmung zwischen hier und Manticore hin und her gereist ist. Daher könnten wir allerfrühestens in zwei Monaten ab heute mit der Konferenz beginnen.«

»Solche zeitlichen Zwänge treten bei jeder Friedenskonferenz auf, Leslie«, erwiderte Pritchart. »Es braucht immer Zeit, und eine passende Stätte zu finden, die uns beiden recht ist, gleicht einen kleinen Umweg aus. Ich nehme an« – sie lächelte matt –, »dass wir Manticore immer um sicheres Geleit bitten und mit der *Haven One* durch das Wurmloch gehen könnten. Damit könnten wir unsere Reisezeit um etwa eine Woche verringern.«

»Wenn ich das vorschlage, lässt Thomas Theisman mich bei Morgengrauen füsilieren, Madame Präsidentin.«

»Wahrscheinlich nicht«, widersprach Pritchart.

»Ich möchte es aber lieber nicht herausfinden.«

»Kluge Entscheidung, würde ich sagen.« Für einen Moment musterte Pritchart die Miene ihrer Außenministerin, dann runzelte sie leicht die Stirn. »Irgendwie werde ich das Gefühl nicht los, dass sie nicht nur wegen des zeitlichen Elements Bedenken haben, Leslie.«

»Nun«, begann Montreau und hielt wieder inne. Sie wirkte befangen, doch schließlich atmete sie durch und setzte neu an.

»Madame Präsidentin, ich muss zugeben, dass ich ein wenig besorgt bin bei dem Gedanken, dass das Staatsoberhaupt der Republik an einer Friedenskonferenz auf einem Planeten teilnimmt, der fast nur von befreiten Gensklaven bewohnt wird. Soweit ich sagen kann, hat wenigstens die Hälfte von ihnen eine Verbindung mit dem Audubon Ballroom, und ihr Kriegsminister ist vermutlich der berüchtigste Terrorist der Galaxis. Hinzu kommt, dass es sich um eine Monarchie handelt, mit einer Königin, die Adoptivtochter einer führenden manticoranischen Politikerin und eines Mannes ist, der einmal einer der besten Spione des Sternenkönigreichs war. Der gleiche Mann leitet quasi den Nachrichtendienst von Torch, und seine Assistentin ist eine *Nichte* der Königin von Manticore!«

Sie schüttelte den Kopf.

»Madame Präsidentin, ich stelle ernsthaft infrage, ob man diesen Planeten überhaupt als ›neutrale Stätte‹ bezeichnen kann, und habe ernste Bedenken bezüglich Ihrer persönlichen und institutionellen Sicherheit auf Torch.«

»Verstehe.«

Pritchart lehnte sich mit nachdenklicher Miene zurück und überdachte, was Montreau gesagt hatte. Dann zuckte sie mit den Schultern.

»Ich kann verstehen, was Sie beunruhigt«, sagte sie. »Ich glaube allerdings, dass Sie einen nicht unverständlichen Fehler begehen, wenn Sie nicht erkennen, dass Torch etwas Neues ist, das einzigartig dasteht. Richtig, Queen Berry ist die Tochter von Anton Zilwicki und Catherine Montaigne.

Sie wurde aber auf Alterde geboren und nicht auf Manticore, und ich bin mir ziemlich sicher, dass ihre erste Loyalität ihrem neuen Planeten und ihren neuen Untertanen gilt. Ich habe ... gewisse hochgestellte Geheimkontakte innerhalb der Torcher Regierung, die mich in dieser Hinsicht stets gut unterrichtet halten.

Was meine persönliche und institutionelle Sicherheit mitten in einem Haufen von ehemaligen Terroristen betrifft, so sollten Sie sich erinnern, was genau die Aprilisten gewesen sind.« Diesmal war ihr Lächeln dünn und kühl. »Ich war ein führendes Mitglied der Aprilisten, Leslie. Persönlich habe ich mehr als ein Dutzend Männer und Frauen getötet, und die InAb hat uns alle als ›Terroristen‹ abgestempelt. Ich werde mir keine großen Gedanken um meine Sicherheit unter Menschen machen, die von jemandem wie Manpower als Terroristen abgestempelt wurden, weil sie gewaltsam gegen die Schlächter zurückschlugen, die ihnen die Hölle auf Erden bereitet haben. Und während Anton Zilwicki den Torcher Geheimdienst leiten mag, habe ich volles Vertrauen zu der jungen Frau, die das Torcher Militär kommandiert.«

Montreau sah sie an. Pritchart vermutete, dass die Ministerin ihre Einwände eigentlich noch hatte unterstreichen wollen, aber so vernünftig war, darauf zu verzichten.

»Nun schön, Madame Präsidentin«, sagte sie stattdessen. »Wenn Ihnen der Planet akzeptabel erscheint, werde ich keine weiteren Bedenken vorbringen. Ihre Erlaubnis vorausgesetzt, würde ich spezifische Fragen jedoch gern mit dem Justizminister und dem Präsidentenschutz besprechen, und natürlich mit meinen eigenen Sicherheitsexperten.«

»Selbstverständlich haben Sie dazu meine Erlaubnis, Leslie.«

»Danke.«

Die Ministerin lächelte, dann klopfte sie auf den letzten Stapel Ausdrucke.

»Das hier ist vielleicht der überraschendste Teil des ganzen Pakets«, sagte sie. »Das Dokument enthält eine Kopie von zwei offiziellen Nachrichten an Erewhon. Eine stammt von Außenminister Langtry, die andere von Königin Elisabeth. Sie schlagen vor, dass beide Seiten sich verpflichten, keine Militärschiffe ins Congo-System zu bringen, abgesehen von einem einzelnen Geleitschiff für die Einheit, die unsere Delegationen transportiert, und dass die erewhonische Navy während der Konferenz die Verantwortung für die Sicherheit des Sonnensystems übernimmt. Manticore ersucht, dass weder wir noch das Sternenkönigreich den tatsächlichen Tagungsort bekanntgeben, sondern dass wir diese Bekanntgabe Erewhon überlassen, zu einem Zeitpunkt, an dem sich beide Sternnationen offiziell auf das Gipfeltreffen geeinigt haben und Erewhon zuversichtlich ist, alle Sicherheitsanstrengungen im Griff zu haben. Die offiziellen Nachrichten, die uns kopiert wurden, sind Bitten an Erewhon, diese Rolle zu übernehmen.«

»Na, *das* ist wirklich ein cleverer Schachzug, Leslie«, sagte Pritchart fast bewundernd. »High Ridge hat Manticore auf Erewhon so unmöglich gemacht, wie er nur konnte, und den Planeten damit fast in unsere Arme *getrieben,* und das ist ihm hauptsächlich deswegen so gut gelungen, weil er zu dumm war zu begreifen, wie die Erewhoner denken. Wer immer auf diesen Gedanken gekommen ist, ist ganz offensichtlich nicht auf dem gleichen Auge blind. Da man im Sternenkönigreich weiß, dass Erewhon uns beträchtlichen Technologietransfer erwiesen hat, ehe die Feindseligkeiten fortgesetzt wurden, bedeutet dies, dass die gegenwärtige Regierung die Fehler ihrer Vorgänger einsieht. Sie vertraut darauf, dass die Republik Erewhon zu ihrem Wort steht und sie Erewhon das Leben ihrer Königin anvertraut.«

Sie schüttelte lächelnd den Kopf.

»Was immer bei der Friedenskonferenz herauskommt, Erewhon zu bitten, für die Sicherheit zu sorgen, wird den Planeten fast wieder auf eine wahrhaft neutrale Position zwischen uns und Manticore setzen.«

»Sollten wir den Vorschlag also ablehnen?«, fragte Montreau, und Pritchart schüttelte heftig den Kopf.

»Ganz bestimmt nicht! Den Vorschlag abzulehnen, nachdem Elizabeth und Langtry ihre Bitte bereits ausgesprochen haben, wäre das Gleiche, als würden wir sagen, wir trauten den Erewhonern nicht zu, die Rolle des ehrenwerten Neutralen zu spielen. Im Augenblick fällt mir nichts ein, was unser Verhältnis zu Erewhon mehr beschädigen könnte.«

»Dann kann ich davon ausgehen, dass Sie bereit sind, die manticoranischen Vorschläge anzunehmen?«

»Ja, ich glaube schon. Wie Sie es bereits vorgeschlagen haben, möchte ich die Korrespondenz zuvor selber lesen, und ich muss die Billigung des Kabinetts einholen, ehe ich das Ansinnen offiziell dem Senat vorlege. Unter den gegebenen Umständen sehe ich jedoch nicht, dass jemand Einwände erhebt, so lange ich freundlich bitte.«

»Offen gesagt, ich auch nicht, Madame Präsidentin. Mit Ihrer Erlaubnis also« – Montreau erhob sich – »kehre ich in mein Büro zurück. Ich möchte mich mit Colonel Nesbitt zusammensetzen und unsere eigenen Sicherheitsmaßnahmen erörtern.«

»Der Präsidentin ist es damit also wirklich ernst, Ma'am?«, fragte Jean-Claude Nesbitt.

»Ganz gewiss, Colonel«, antwortete Außenministerin Montreau. »Und obwohl ich zugebe, dass ich in Bezug auf den Tagungsort eigene Bedenken hege, erscheint mir ihre

Initiative dennoch als unsere beste Chance auf einen Verhandlungsfrieden.«

»Verstehe.«

Nesbitt zog ein finsteres Gesicht, und Montreau sah ihn fragend an. Als er ihre Miene bemerkte, schüttelte er sich ungeduldig.

»Verzeihen Sie, Ma'am. Ich dachte gerade an die vielen Möglichkeiten, wo etwas schiefgehen könnte. Und wenn ich ganz ehrlich sein soll, dann dachte ich auch an die relativen militärischen Positionen. Bei unserem gegenwärtigen Vorteil und dem Umstand, dass die Mantys sich anscheinend mit den Sollys im Talbott-Sternhaufen in den Haaren liegen, hoffe ich nur, dass Präsidentin Pritchart plant, eine hübsch harte Linie zu verfolgen.«

»Unsere genaue Position beim Gipfeltreffen bleibt der Präsidentin überlassen«, entgegnete Montreau ein wenig kühl.

»Natürlich, Ma'am. Ich wollte auch nichts anderes sagen. Es ist nur so, dass der Mann auf der Straße in ziemlich blutrünstiger Stimmung ist, besonders nach Solon und Sansibar.«

»Das weiß ich. Andererseits wäre es keine besonders gute Idee, langfristige Diplomatie auf der Grundlage von Meinungsumfragen zu formulieren.«

»Natürlich, Ma'am«, sagte Nesbitt wieder und nickte mit einem freundlichen Lächeln. »Soll ich also alles zusammenstellen, was wir über Torch haben? Ich werde von Director Trajan beim FIS komplette Hintergrunddaten anfordern. Lassen Sie mich sie ein paar Tage lang mit meinen erfahrenen Leuten durchgehen und vielleicht einige von Ihren älteren Mitarbeitern hinzuziehen, damit wir ihre Sicht der Lage hören können. Danach bin ich in der Lage, Problembereiche genau darzustellen und Vorschläge zu formulieren, wie mit ihnen zu verfahren ist.«

»Das klingt nach der besten Möglichkeit fortzufahren«, stimmte Montreau ihm zu, und Nesbitt lächelte wieder und stieg von seinem Sessel.

»Ich mache mich sofort an die Arbeit. Guten Tag, Ma'am.«

»Guten Tag, Colonel.«

Nesbitt verließ das Büro der Ministerin und setzte sich Richtung Liftschacht in Bewegung. Plötzlich verharrte er. Einen Augenblick stand er im Korridor, dann drehte er sich um, durchquerte den Gang und klopfte leicht an den Rahmen einer offenen Tür.

»Oh. Guten Tag, Colonel«, sagte Alicia Hampton und blickte von ihrem Arbeitsplatzrechner auf.

»Guten Tag, Ms Hampton.« Nesbitt trat in das recht geräumige, behaglich möblierte Büro. »Ich habe gerade meine Besprechung mit Ministerin Montreau hinter mir, und ich dachte, ich schaue mal, wie Sie so zurechtkommen.«

»Danke, Colonel. Das ist sehr freundlich von Ihnen.« Hampton lächelte ein wenig zaghaft. »Leicht war es nicht. Ministerin Montreau ist ein sehr netter Mensch, und sie nimmt ihre Arbeit auch ernst, aber sie ist eben kein Minister Giancola.« Ihre Augen waren verdächtig hell, und sie schüttelte den Kopf. »Ich kann noch immer nicht fassen, dass er tot ist – er und sein Bruder, beide zugleich, einfach so. Das ist ... so eine Vergeudung.«

»Ich weiß genau, was Sie meinen«, sagte Nesbitt mit Nachdruck, wenn auch nicht ganz aus den gleichen Gründen.

»Und er war solch ein *guter* Mann«, fuhr Hampton fort.

»Nun, Ms Hampton – Alicia«, sagte Nesbitt, »wenn wir einen guten Mann verlieren, einen Anführer, dann können wir nur hoffen, dass jemand die Lücke füllen kann, die er hinterlässt. Ich glaube, Ministerin Montreau wird sich sehr große Mühe geben, und ich hoffe nur, dass wir alle ihr dabei helfen können.«

»Oh, da bin ich ganz Ihrer Meinung, Colonel! Und es war so nett von ihr, mich als Sekretärin zu behalten!«

»Bitte, wir kennen uns doch wohl lange genug, dass Sie mich Jean-Claude nennen«, sagte er mit einem freundlichen Lächeln. »Und es war wirklich nett von ihr, Sie zu behalten. Natürlich auch ziemlich gescheit. Minister Giancola hat mir oft genug gesagt, dass er sich ganz auf Sie verlässt, damit im Ministerium alles glatt läuft. Ihr Hintergrundwissen und Ihre Erfahrung müssen für Ministerin Montreau während der Übergangsphase sehr wertvoll gewesen sein.«

»Das rede ich mir jedenfalls ein ... Jean-Claude«, sagte Hampton und senkte nur einen Moment lang schüchtern den Blick. Dann sah sie ihn wieder an und erwiderte sein Lächeln. »Ich habe mich jedenfalls bemüht. Und allmählich überträgt sie mir mehr Aufgaben als damals, als der Senat Sie gerade eingesetzt hatte.«

»Gut!« Nesbitt nickte energisch. »Genau davon habe ich ja gesprochen, Alicia. Und ich hoffe, Sie vergessen mich auch nicht. Minister Giancola war auch für mich mehr als nur ein Vorgesetzter, und ich sähe es wirklich gerne, wenn seine Arbeit fortgeführt würde. Wenn es also irgendetwas gibt, was ich für Sie oder Ministerin Montreau tun kann, irgendeine Sicherheits- oder Informationsfrage oder etwas in dieser Richtung, so lassen Sie es mich bitte wissen. Schließlich gehört es zu meinem Job, intelligent vorherzusagen, was die Ministerin wahrscheinlich brauchen wird, ehe sie tatsächlich dazu kommt, mich zu fragen.«

»Aber natürlich, Jean-Claude. Ich werde daran denken.«

»Das ist gut. Nun, ich muss jetzt gehen. Ich melde mich morgen oder so wieder bei Ihnen, nachdem diese ganze Idee mit der Konferenz sich ein bisschen setzen konnte. Vielleicht sollten wir die Erfordernisse der Ministerin über dem Mittagessen in der Kantine besprechen.«

»Ich glaube, das wäre eine gute Idee ... Jean-Claude«, erwiderte sie.

17

Honor Alexander-Harrington stand zwischen ihrem Mann und ihrer Frau. Mit der linken Hand hielt sie Emilys Rechte, mit der rechten Hamishs Linke, während sie alle drei durch das übergroße Fenster beobachteten, wie Dr. Knippschds Assistenten die künstliche Gebärmutter vorsichtig in den Raum dahinter rollten. Außerhalb des Sterilfelds standen Dr. Franz Illescue und sein Team in OP-Kitteln bereit und warteten.

Honor spürte, wie sie die Hände ihrer Gatten unwillkürlich fester drückte, und entspannte sich bewusst – zumindest körperlich –, ehe sie ihnen wehtat. Hamish neigte sich zu ihr, drückte seine Schläfe kurz und sanft an ihre, und sie lächelte. Dann bückte sie sich neben den Lebenserhaltungssessel und drückte ihre Wange an Emilys.

»Ich hätte nie gedacht, dass ich das einmal sehen würde«, flüsterte Emily ihr ins Ohr.

»Warte nur zwo Monate«, wisperte Honor zurück, und Emily sah mit einem breiten Lächeln zu ihr hoch.

»Es wird anstrengend sein. Aber wenigstens sieht es danach aus, als könntest du auch dann hier sein.«

»Wir können hoffen«, sagte Honor und richtete sich wieder auf.

Sie blickte sich über die Schulter, und ihre Lippen zuckten, als sie Nimitz und Samantha betrachtete. Dr. Illescue war nicht gerade ihr Freund, und sie bezweifelte, ob sie sich je anfreundeten, doch ihre Beziehung war herzlicher geworden, seit er sich bei ihr entschuldigt und sie seine Entschuldigung angenommen hatte. Dennoch schienen er und Briarwood noch immer ein wenig Schwierigkeiten damit zu haben, dass zwei sechsgliedrige, pelzige Baumbewohner während einer Entbindung zugegen sein sollten. Und die Schar bewaffneter Leibwächter hinter den Eltern – allen dreien – und den lebenden Großeltern, der siebenjährigen Tante und dem siebenjährigen Onkel plus den inoffiziellen Tanten und Onkeln sowie den Paten hatte die Bestürzung des Personal nur vertieft. Man war gewohnt, dass zu solchen Anlässen der engste Familienkreis anwesend war, doch dieser ›engste‹ Kreis hatte es vor Herausforderungen gestellt.

Deshalb standen alle in der Beobachtungsgalerie eines ausgewachsenen Operationssaals und nicht eines der kleineren, intimeren Entbindungsräume, die normalerweise benutzt wurden. Briarwood verfügte schlichtweg über keinen normalen Entbindungsraum, der groß genug gewesen wäre, um solch eine Menschenmenge aufzunehmen.

Colonel Andrew LaFollet, Captain Spencer Hawke, Sergeant Jefferson McClure, Sergeant Tobias Stimson und Corporal Joshua Atkins bildeten eine solide Mauer im Harringtoner Grün zwischen der Elternfamilie und dem einzigen Zugang der Beobachtungsgalerie. Alfred und Allison Harrington standen Arm in Arm links neben Emily. Faith und James standen vor ihren Eltern und beobachteten alles mit großen Augen und höchst ungekonnt verhohlener Aufregung, wachsam von Lindsey Phillips, ihrer Kinderfrau, im Auge behalten. Rechts von Hamish waren Miranda LaFollet und James MacGuiness; Miranda hielt Farragut in den Armen. Willard Neufsteiler und Austin Clinkscales waren von Grayson angereist, um dem Ereignis beizuwohnen, begleitet von Katherine Mayhew und Howard Clinkscales'

Witwen, und Michelle Henke, Alice Truman und Alistair McKeon vervollständigten die Gruppe.

Fast, hieß das. Die Königin von Manticore und ihr Prinzgemahl waren, zusammen mit ihren Baumkatzen, ebenfalls anwesend, dazu ein halbes Dutzend Leute aus dem Queen's Own zur Verstärkung des Harringtoner Schutzkordons. Ganz zu schweigen von den zusätzlichen Sicherheitskräften außerhalb des Gebäudes.

Kein Wunder, dass Illescues Leute bei der Gästeliste erst mal Bauklötze staunten, dachte Honor und unterdrückte eine plötzliche, fast unwiderstehliche Versuchung, laut loszukichern. *Die Nerven,* sagte sie sich streng. *Das sind alles nur die Nerven, Honor.*

Als hätte Illescue gespürt, dass sie an ihn dachte, blickte der Arzt zum Beobachtungsfenster hoch, nickte einmal und winkte sein Team vor.

Das ist ein Routineeingriff, den er jeden Tag vornimmt, erinnerte sich Honor. *Ein Routineeingriff. Kein Grund, sich Sorgen zu machen. Gib Ruhe, Puls!*

Sie atmete tief durch und mobilisierte jahrzehntelanges Kampfsporttraining, aber es war schwer, sehr schwer. Am liebsten hätte sie sich auf die Zehenspitzen gestellt und die Nase an das Glas gedrückt, um den ersten Blick auf ihr Kind zu erhaschen. Sie wollte Emily und Hamish in die Arme schließen und singen. Nimitz und Samantha spürte sie bei sich, nahm teil an ihrer Spannung und ihrem Entzücken, und plötzlich begriff sie, dass noch keine andere Frau je den Augenblick der Geburt ihres Kindes mit einem Baumkatzenpaar geteilt hatte.

Auf der anderen Seite der Scheibe öffneten Illescue und sein Team das Gerät. Die Innenkammer fuhr langsam aus, und Honor hielt den Atem an, wusste, dass sie trotz aller Bemühungen Hamishs Hand malträtierte – an der Linken hatte sie den Begrenzer zugeschaltet, um Emily zu schützen –, während sie ihren ungeborenen Sohn im Fruchtwasser treiben sah. Das Kind regte sich, trat und driftete, und sogar durch die Korona der Freunde ringsum schmeckte sie den Strang seiner schläfrigen, ungeformten Verwunderung, als spürte es den nahenden Augenblick seiner Geburt. Die Gefühle ihrer Familie und Freunde waren wie ein gewaltiger Ozean, tief, intensiv und stark, aber gerichtet. Nicht gerade friedlich, aber zugleich nicht ungestüm. Sie waren lebendig, bebten vor Erwartung wie eine angeschlagene Gitarrensaite, und waren gleichzeitig so strahlend warm zugetan – freuten sich so sehr für sie –, dass Tränen Honors Blick trübten.

Illescue drückte Tasten auf einer Konsole, und der Deckel der Innenkammer glitt auf. In der Flüssigkeit trieb eine faserig aussehende Matte, und er benutzte ein Vibroskalpell, um die aufzutrennen. Die Nabelschnur war mit der Matte verbunden gewesen, und sie ringelte sich träge, als er mit behandschuhten, sterilen Händen hineingriff und den kleinen, zerbrechlichen, unendlich kostbaren Leib heraushob.

Honors Lungen bestanden darauf, dass sie einatmete. Sie ignorierte sie, denn ihr ganzes Wesen konzentrierte sich auf Illescues sanfte, tüchtige Hände, während er und sein Team die Nabelschnur abtrennten und die Atemwege freimachten; dann änderten sich die Empfindungen des Säuglings unversehens.

Honor schloss die Augen und streckte mentale Hände aus, versuchte das Geistesleuchten des Neugeborenen zu berühren, in dem schläfrige Zufriedenheit Angst und Verwirrung wich, Schock, als er die warme Sicherheit der Gebärmutter verlassen musste und ins kalte, furchteinflößende Unbekannte gerissen wurde. Honor spürte, wie er protestierte und sich wand, zurückzukehren versuchte, und dann waren auf eine Weise, von der sie wusste, dass sie es einem anderen Menschen niemals erklären könnte, Nimitz und Samantha bei ihr. Gleich darauf kam Farragut, hinter ihm Ariel und Monroe.

Die Baumkatzen griffen nach ihm, als der erste, dünne Protestschwall erklang, und plötzlich, es war so leicht wie die Hand in einen Handschuh zu führen, berührte Honor ihn. Berührte ihn, wie sie noch keinen anderen Menschen berührt hatte, selbst Hamish nicht. Es war, als hätte sie die Hand in die Dunkelheit gestreckt, und eine kleinere, wärmere, vollkommen vertrauende Hand hätte sie mit untrüglicher Genauigkeit gefunden.

Der Beschwerdeschwall versiegte. Der Säugling bewegte die Augen, ohne scharf sehen zu können, und doch spürte er, aus welcher Richtung das herzliche, tröstende Willkommen kam, die Liebe und die Ungeduld, die von Honor ausgingen. Er war noch eine ungeformte Präsenz, aber er kannte sie trotzdem. Er *erkannte* sie, und sie spürte, wie ihn Kummer und Angst verließen, während er sich eng an sie schmiegte.

Ihre Sicht nach außen geriet ins Wanken, verschwand hinter einem Tränenschleier, und sie spürte, wie Hamish die Arme um sie legte. Sie spürte seine Liebe zu ihr, zu ihrem Sohn, zu Emily, die sich erhob, um sie zu umschließen. Sie klammerte sich an ihn, ohne Emilys Hand loszulassen, und in diesem Augenblick wusste sie, dass ihr ganzes Leben lebenswert gewesen war.

Das Baby wand sich, wehrte sich gegen die fremden Hände, die Instrumente, während es gewogen, untersucht und bewertet wurde. Doch während es sich wandte, das Gesicht zur konzentrierten Miene eines Neugeborenen verzogen, der kleine Mund in Bewegung, die Augen indigniert zugekniffen, drückte sie ihn mit immateriellen Händen der Liebe, kräftig wie Stahl, an sich. Und dann war er ein winziges, rotgesichtiges, sauber gewickeltes Bündel in Illescues Händen, das der Arzt aus dem Entbindungsraum zu seinen wartenden Eltern brachte.

Als Illescue mit einem breiten Lächeln auf dem Gesicht in die Galerie kam, schmeckte Honor zum ersten Mal keine Spur seiner reizbaren Persönlichkeit, seines angeborenen Überlegenheitsgefühls. Sie spürte nur das Vergnügen, das Gefühl von Ehrfurcht und Erneuerung, das den arroganten Aristokraten überhaupt erst in die Welt des freudenreichsten ärztlichen Fachgebiets gelockt hatte, und ungeduldig die Arme vorgestreckt, erwiderte sie sein Lächeln, während er zu ihr kam.

»Hoheit«, sagte er leise, »das ist Ihr Sohn.«

Honors Lippen bebten, als sie das ach so winzige Gewicht vorsichtig an sich zog. Sie hätte ihren Sohn am ausgestreckten Arm halten können, das Köpfchen in der Handfläche geborgen, und sie blickte auf das uralte, ewig neue Wunder in ihren Armen. Seine Augen öffneten sich wieder, fuhren hin und her, blicklos, und doch suchten sie die liebevolle Präsenz, die ihn wie eine weitere Decke umgab. Honor hob ihn an die Brust. Sie hielt ihn nahe bei sich, sog den unbeschreiblichen Geruch des Neugeborenen ein, spürte die unglaublich glatte, verletzliche Haut an ihrer Wange. Sie summte leise, und er bewegte die Lippen und rieb das Köpfchen an ihr. Vielleicht suchte er nur mit dem Appetit des Neugeborenen nach einer Brustwarze, aber dennoch rollten ihr frische Freudentränen die Wangen hinab.

»Willkommen auf der Welt, Baby«, wisperte sie ihm ins Ohr, dann nahm sie ihn herunter und hauchte ihm einen Kuss auf die Stirn. Sie wandte sich Hamish und Emily zu, bückte sich zu Emilys Lebenserhaltungssessel, hielt ihn ihnen hin, und Emily wischte sich die Tränen ab, damit sie ihren Sohn gemeinsam betrachten konnten.

Honor sah auf, als ihre Eltern hinter ihr nähertraten und ihre Mutter ihr beide Hände auf die Schultern legte.

»Er ist schön«, sagte Allison Harrington und lächelte zärtlich, während sie die Hand an ihrer Tochter vorbeistreckte und die Wange ihres ersten Enkels berührte. »Du glaubst es vielleicht nicht, in diesem Augenblick«, fuhr sie fort, während sie mit der Fingerspitze über das verzogene, noch immer irgendwie entrüstete Gesichtchen strich, »aber lass ihm ein bisschen Zeit. Der haut dich aus den Schlappen.«

»Hat er schon«, sagte Emily und sah zu Honor und Hamish hoch. »Mein Gott, das hat er schon.«

Honor lächelte sie an und blinzelte die eigenen Tränen fort, dann richtete sie sich auf und drehte sich um. Sie ging an Emily und Hamish vorbei, an einer strahlenden Elizabeth Winton und Justin Zyrr-Winton, an Nimitz und Samantha, die leise summten, und stellte sich vor Andrew LaFollet.

»Das ist mein Sohn«, sagte sie zu allen, mit festem Blick in die Augen des Mannes, der so viele Jahre lang ihr persönlicher Waffenträger gewesen war, »Raoul Alfred Alistair Alexander-Harrington. Fleisch von meinem Fleisch, Bein von meinem Bein, Erbe des Herzens und des Lebens, der Macht und des Titels. Das erkläre ich vor euch allen als meinen und Gottes Zeugen.«

»Er ist Ihr Sohn«, erwiderte Austin Clinkscales und verbeugte sich tief. »Das bezeugen wir alle.«

»Das ist mein Sohn«, wiederholte sie leiser, nur an LaFollet gewandt, »und ich ernenne Sie zu seinem Hüter und Beschützer. Sein Leben gebe ich in Ihre Obhut. Enttäuschen Sie mein Vertrauen nicht.«

LaFollet erwiderte ihren Blick, dann sank er auf ein Knie, legte die Hand vorsichtig auf das in die Decke gehüllte Baby und sah ihr unverwandt in die Augen.

»Ich erkenne ihn«, sprach er mit leiser, aber klarer

Stimme die alte Formel, »und ich kenne ihn. Ich nehme sein Leben in meine Obhut, Fleisch von Ihrem Fleisch, Bein von Ihrem Bein. Vor Gott, Schöpfer und Prüfer von uns allen, vor Seinem eingeborenen Sohn, der starb, um uns zu erlösen, und vor dem Heiligen Tröster schwöre ich, dass ich in der Prüfung des Lebens vor und in der Schlacht hinter ihm stehen werde. Ich werde über ihn wachen und sein Leben mit meinem eigenen schützen. Seine Ehre ist meine Ehre, sein Erbe werde ich hüten, und ich werde das Vertrauen nicht enttäuschen, und sollte es mich das Leben kosten.«

Beim letzten Satz wurde seine Stimme undeutlich, und seine Augen glänzten verdächtig, als er sich wieder erhob. Honor lächelte ihn an und schälte eine winzige, unfassbar kostbare Hand aus der Wickeldecke. LaFollet streckte die geöffnete Rechte aus, und sie legte die Hand ihres Sohnes hinein.

»In seinem Namen akzeptiere ich Ihren Eid. Sie sind meines Sohnes Schwert und Schild. Sie bewachen und beschützen seine Schritte, leiten ihn an, behüten ihn vor Unheil.«

LaFollet sagte nichts mehr, neigte nur den Kopf zu einer leichten, aber inhaltsschweren Verbeugung, dann trat er zurück. Honor neigte vor ihm den Kopf und schmeckte und teilte seine Freude und sein tiefes, bittersüßes Bedauern, dann wandte sie sich wieder den anderen zu.

»Faith, James«, sagte sie zu Bruder und Schwester, während sie sich auf ein Knie niederließ. »Kommt her, das ist euer Neffe.«

»Daran muss man sich erst noch gewöhnen«, brummte Hamish Honor ins Ohr, während sie zu beiden Seiten von Emilys Lebenserhaltungssessel langsam dem Mittelgang der King Michael's Cathedral folgten.

»Woran?«, fragte Honor murmelnd zurück und blickte auf den schlafenden Säugling, den er behutsam in den Armen hielt. »Die Vaterschaft?«

»Daran auch«, antwortete er aus dem Mundwinkel, und dann gelang es ihm irgendwie, mit dem Kopf zu zucken, ohne ihn wirklich zu bewegen, und auf die vier grün uniformierten Männer zu weisen, die hinter ihnen gingen.

Honor brauchte nicht hinzusehen. Andrew LaFollet war dort, selbstverständlich, als persönlicher Waffenträger Raouls. Spencer Hawke ging direkt hinter ihr, und sie schmeckte die Mischung aus Stolz und besorgtem Verantwortungsgefühl wegen seiner Beförderung zu *ihrem* persönlichen Waffenträger. Sie wusste aber auch, dass es Tobias Stimson und Jefferson McClure waren, auf die sich Hamish tatsächlich bezog.

»Ich habe dich und Emily gewarnt«, wisperte sie ihm zu, während sie an das Taufbecken traten. »Und wenigstens kommt ihr beide mit je nur einem Waffenträger davon.«

Zwischen ihnen schnaubte Emily leise, und Hamish sah sie beide mit funkelnden Augen an, dann glättete er seine Miene zu einem feierlichen Ausdruck, denn sie hatten das Taufbecken erreicht, und Erzbischof Telmachi wandte sich ihnen zu. Vater O'Donnell stand neben dem Erzbischof, bereit, ihm zu helfen, und Telmachi lächelte und öffnete einladend die Arme.

Hinter ihnen erhob sich kurz Gemurmel, als Raouls Paten hinzutraten.

»Brüder und Schwestern im Herrn«, sagte Telmachi, »wir haben uns hier versammelt, um dieses Kind zu taufen. Wie es das Kind zweier Planeten ist, so ist es auch das Kind Gottes in zwei Traditionen. Wir haben die Doktrin der Kirche der Entketteten Menschheit geprüft, so, wie die Kirche der Entketteten Menschheit die der Mutter Kirche geprüft hat. Wir fanden keine unvereinbaren Gegensätze zwischen ihnen, und da dieses Kind auf beiden seiner Welten Erbe hoher Ämter und Titel ist, taufen wir ihn hier in Gottes allheiligstem Namen durch die Mutter Kirche und die Kirche der Entketteten Menschheit.«

Er schwieg kurz, dann wandte er sich lächelnd an die Eltern.

»Ist dieses Kind schon getauft worden?«

»Nein, es ist noch nicht getauft worden«, antworteten Honor, Hamish und Emily im Chor, und Telmachi nickte.

»Liebe Gemeinde, da unser Erlöser gesagt hat, dass niemand das Königreich Gottes betreten kann, sofern er nicht wiedergeboren ist durch das Wasser und den Heiligen Geist, bitte ich euch, Gott anzurufen, dass er durch Jesus Christus, unseren Herrn, diesem Kind seine reiche Gnade gewähre, die es durch die Natur noch nicht haben kann; dass es durch das Wasser und den Heiligen Geist getauft und in Christi heilige Gemeinschaft der Kirche aufgenommen und zu ihrem lebendigen Mitglied geschaffen werde.

Lasset uns beten.«

Honor neigte den Kopf, und Telmachis geschulte, schöne Stimme fuhr fort:

»Allmächtiger unsterblicher Gott, Helfer in aller Not, Helfer aller, die zu dir fliehen um Beistand, das Leben aller Gläubigen und die Auferstehung des Fleisches; an dich wenden wir uns für dieses Kind, auf dass es deine heilige Taufe empfange und ihm seine Sünden durch die spirituelle Wiedergeburt vergeben werden. Nimm es auf, o Herr, wie du durch deinen geliebten Sohn versprochen hast, indem du sagtest: Bittet, so wird euch gegeben; suchet, so werdet ihr finden; klopfet an, so wird euch aufgetan. So gib uns, die wir bitten, lass uns, die wir suchen, finden, öffne das Tor, an das wir klopfen, und schenke diesem Kind die unvergängliche Segnung deiner himmlischen Waschung, und möge kommen das ewige Königreich, das du uns durch Christus, unseren Herrn, versprochen hast. Amen.«

»Amen«, kam die Antwort, und er sah den Eltern lächelnd direkt in die Augen.

»Hört das Wort der Schrift, geschrieben vom Heiligen Markus, im dreizehnten Vers des zehnten Kapitels.

Und sie brachten Kinder zu ihm, damit er sie anrühre. Die Jünger aber fuhren sie an. Als dies Jesus sah, wurde er unwillig und sprach zu ihnen: Lasst die Kinder zu mir kommen, und wehret ihnen nicht; denn solchen gehört das Reich Gottes. Wahrlich, ich sage euch: Wer das Reich Gottes nicht empfängt wie ein Kind, der wird nicht hineinkommen. Und er herzte sie, legte ihnen die Hände auf und segnete sie.

Und jetzt, da wir überzeugt sind von dem guten Willen unseres himmlischen Vaters für dieses Kind, wie er erklärt worden ist von seinem Sohn Jesus Christus, lasset uns ihm wahrhaft und treu danken und sagen:

Allmächtiger, ewiger Gott«, betete Telmachi, und die Stimmen der Gemeinde fielen ein, »himmlischer Vater, wir danken dir unterwürfig, dass du uns wissen lässt, dass wir deine Gnade anrufen dürfen und uns an dich zu glauben gestattest. Vergrößere dieses Wissen, und bestätige diesen Glauben in uns ewig. Schenke diesem Kind deinen Heiligen Geist, auf dass es wiedergeboren werde und die ewige Erlösung erbe. Durch unseren Herrn Jesus Christus, der an deiner Seite lebt und herrscht, und den Heiligen Geist, jetzt und für immer. Amen.«

Telmachi schwieg, dann winkte er wieder. Nach graysonitischer Tradition gab es vier Paten: zwei Patenonkel, zwei Patentanten, und Honor lächelte, als Elizabeth Winton, Justin Zyrr-Winton, Katherine Mayhew und Alistair McKeon sich zu beiden Seiten der Eltern aufstellten.

»Liebe Brüder und Schwestern im Herrn«, wandte sich

Telmachi an sie, »ihr habt dieses Kind hierhergebracht, damit es getauft werde; ihr habt gebetet, dass Jesus Christus, unser Herr, es aufnehme, von der Sünde erlöse, es mit dem Heiligen Geist weihe und ihm das Königreich des Himmels und immerwährendes Leben schenke.

Schwört ihr also im Namen dieses Kindes dem Teufel und all seinen Werken ab, der eitlen Pracht und dem eitlen Glanz der Welt und aller neidischen Wünsche, dem sündigen Verlangen des Fleisches, sodass ihr ihnen nicht folgt oder von ihnen geführt werdet?«

»Ich schwöre ihnen allen ab«, antworteten die Paten im Chor, »und mit Gottes Hilfe will ich mich bemühen, ihnen nicht zu folgen oder von ihnen geführt zu werden.«

»Glaubt ihr an alle Artikel des christlichen Glaubens, wie sie im Apostolischen Glaubensbekenntnis enthalten sind.«

»Ja, ich glaube daran.«

»Und werdet ihr in diesem Glauben getauft?«

»Das ist mein Wunsch.«

»Werdet ihr gehorsam Gottes heiligem Willen und seinen Geboten folgen und euch an allen Tagen eures Lebens nach ihnen richten?«

»Das werde ich mit Gottes Hilfe.«

»Nachdem ihr im Namen dieses Kindes diese Versprechen abgelegt habt, werdet ihr auch dafür sorgen, dass dieses Kind das Glaubensbekenntnis lernt, das Gebet des Herrn, die Zehn Gebote und alles, was ein Christ wissen und glauben sollte um seiner Seele willen?«

»Das werde ich mit Gottes Hilfe.«

»Werdet ihr euch um dieses Kind kümmern, bis es genügend unterrichtet und in einem Alter ist, dass es aus eigenem Recht und eigenem Willen vor den Bischof oder Reverend treten kann, um die Schwüre selbst und freiwillig zu bekräftigen und konfirmiert zu werden?«

»Das werde ich mit Gottes Hilfe.«

»O gnädiger Gott, gib, dass dieses Kind, wie Christus starb und wieder auferstand, der Sünde stirbt und sich neu zum Leben erhebt. Amen.«

»Amen.«

»Gib, dass alle sündigen Neigungen in ihm sterben und dass alles, was zum Geist gehört, lebe und wachse. Amen.«

»Amen.«

»Gib, dass es die Kraft und die Stärke hat zu siegen und über den Teufel, die Welt und das Fleisch zu triumphieren. Amen.«

»Amen.«

»Gib, dass wer immer dir hier durch unser geistliches Amt gebracht wird, von himmlischen Tugenden erfüllt wird und ewig in deiner Gnade steht, o gesegneter Gott der Herr, der lebt und über alles herrscht, über Welten ohne Zahl. Amen.«

»Amen.«

»Der Herr sei mit euch.«

»Und mit deinem Geiste.«

»Erhebet eure Herzen.«

»Wir erheben sie zum Herrn.«

»Lasset uns danken dem Herrn, unserm Gott.«

»Das ist würdig und recht.«

»Es ist sehr würdig, recht und unsere Pflicht, dir zu danken, Vater im Himmel, allmächtiger, ewiger Gott, denn dein innig geliebter Sohn Jesus Christus ließ aus seiner kostbaren Seite Blut und Wasser strömen für die Vergebung unserer Sünden und gab das Gebot an seine Jünger, dass sie gehen und alle Nationen sein Wort lehren und sie im Namen des Vaters, und des Sohnes, und des Heiligen Geistes taufen sollten. Wir bitten dich, erhöre die Bitten deiner Gemeinde. Heilige dieses Wasser, dass es die Sünden abwasche, und schenke diesem Kind, das nun darin getauft werden soll, die

Größe deiner Gnade, und bleibe immer bei deinen gläubigen Kindern; durch unseren Herrn Jesus Christus, dem, mit dir, in der Einigkeit des Heiligen Geistes, aller Ruhm und alle Ehre sei, jetzt und immerdar. Amen.«

»Amen.«

Telmachi streckte die Hände aus, und Raoul regte sich, drehte den Kopf, als der Erzbischof ihn in die Arme nahm und erneut die Paten anblickte.

»Gebt dem Kind seinen Namen.«

»Raoul Alfred Alistair«, antwortete Elizabeth Winton deutlich, und Telmachi beugte sich über das Taufbecken und nahm etwas Wasser mit der Hand auf. Er goss es sanft über Raouls dunklen Haarschopf, und der Kleine fing augenblicklich an zu weinen.

»Raoul Alfred Alistair«, sagte Telmachi über Raouls kräftigen Protest, »ich taufe dich im Namen des Vaters, und des Sohnes, und des Heiligen Geistes. Amen.«

»Ich habe mich gefragt, welches Taufgeschenk ich Raoul machen soll«, sagte Elisabeth III. leise zu Honor, als sie aus dem Dom auf die gut bewachte Vordertreppe traten.

»Du hast es schon gemacht«, entgegnete Honor ebenso leise und sah die Königin an.

»Habe ich das?« Elizabeth zog eine Braue hoch.

»Ja, das hast du.« Honor lächelte. »Es sollte in etwa drei Tagen in Nouveau Paris ankommen.«

»Ach, das.« Elizabeth konnte sich eine leichte Grimasse nicht ganz verkneifen, doch Honor nickte nur.

»Ich kann mir schlimmere Taufgeschenke vorstellen als einen Friedensvertrag, der einen interstellaren Krieg beendet, Elizabeth.«

18

»Es ist da, Tom.«

Thomas Theisman blickte das frohe Gesicht in seinem Com an und stellte fest, dass er das Lächeln erwiderte.

»Die offizielle Antwort ist eingetroffen?«, fragte er, und Eloise Pritchart nickte.

»Das Kurierboot traf vor etwa fünf Stunden ein. In zwei Monaten erwartet uns die manticoranische Delegation auf Torch. Wir müssen in etwa drei Wochen aufbrechen – zwanzig Tagen, um genau sein.«

»Das ist großartig, Eloise!«

»Ja, allerdings«, stimmte Pritchart ihm zu, doch dann ernüchterte sich ihre Miene. »In gewisser Weise macht es alles noch schlimmer.«

»Schlimmer?«, wiederholte Theisman erstaunt.

»Ich muss mich am Tisch einer Frau gegenübersetzen, die alles verabscheut, von dem sie glaubt, dass die Republik dafür stehe, und sie irgendwie überzeugen, Frieden mit dem Volk zu schließen, das auf meinen persönlichen Befehl hin ihre Sternnation überfallen hat.« Sie schüttelte den Kopf. »Ich hatte schon leichtere Aufgaben vor mir.«

»Das weiß ich«, erwiderte Theisman. »Aber versuchen müssen wir es.«

»Wir müssen mehr als es nur versuchen, Tom.« Pritcharts Miene wurde härter, und erneut schüttelte sie den Kopf, nur diesmal aus einem ganz anderen Grund. »Ich komme mit einem Friedensvertrag nach Hause. Egal wie. Selbst wenn ich dazu Elizabeth Winton unseren Verdacht gegen Giancola mitteilen muss.«

»Bist du dir da ganz sicher? Ich meine, sie einzuweihen? Der Schuss könnte nach hinten losgehen. Wir haben alle von ihrem Temperament gehört, und wenn jemals ein Mensch ein Recht besessen hat, misstrauisch zu sein, dann sie. Wenn sie herausfindet, dass wir uns von Giancola haben manipulieren lassen, dann weiß Gott allein, wie sie reagiert.«

»Herausfinden wird sie es so oder so«, wandte Pritchart ein. »Und wie du schon sagst, Harrington wird anwesend sein. Hoffentlich übt sie einen mäßigenden Einfluss auf ihre Königin aus. Ich vermute allerdings, dass die Baumkatzen noch wichtiger sein werden, vorausgesetzt, die manticoranischen Artikel über ihre Fähigkeiten treffen wirklich zu. Ich glaube, ich würde das Risiko einzugehen, ihr von Angesicht zu Angesicht die Wahrheit zu sagen, in Gegenwart der Baumkatzen, die beweisen können, dass ich wirklich nicht lüge.«

»Ich hoffe, du hast Leslie gegenüber diesen Gedanken noch nicht erwähnt?« Theismans Lächeln war nur halb belustigt, und Pritchart lachte in sich hinein.

»Es reicht schon, wie wenig ihr Torch als Ort des Gipfeltreffens gefallen hat. Ich glaube nicht, dass sie wissen muss, welchen diplomatischen Fauxpas ich zu begehen bereit bin, wenn wir erst einmal dort sind.«

Admiral Sir James Bowie Webster, Baron von New Dallas und Botschafter des Sternenkönigreichs von Manticore in der Solaren Liga, betrachtete seinen Terminplan für den Vormittag mit geringer Freude.

»Das ist doch vollkommen albern«, knurrte er Sir Lyman Carmichael an, seinen Stellvertreter.

»Was ist albern?«, fragte Carmichael, als führten sie das gleiche Gespräch nicht jeden Montagvormittag seit Websters Ankunft auf Alterde.

»Das.« Webster schlug mit einer recht großen Faust auf den Ausdruck seines Terminplans, dann öffnete er die Hand und wies damit in einer raumgreifenden Geste auf das ganze prächtige Büro. »Dieser ganze *Mist!* Ich bin Raumoffizier, kein verdammter *Diplomat!*«

»Von tradierten Vorurteilen einmal abgesehen«, erwiderte Carmichael milde, »ist eine diplomatische Karriere nicht ganz das Gleiche, als suchte man sich einen Job in einem Bordell. Und sag jetzt nicht ...« – er hob warnend den Zeigefinger, als Webster den Mund öffnete – »sag jetzt nicht, es liege daran, dass Huren mehr Prinzipien hätten!«

»Also gut, ich sag's nicht. Zumal« – Webster grinste – »du es ja schon selbst bemerkt hast.«

»Eines Tages«, versprach Carmichael ihm. »Eines Tages.«

Webster lachte und lehnte sich in seinen Sessel zurück.

»Mein Cousin, der Herzog, wäre hier der bessere Mann als ich, Lyman. Das weißt du so gut wie ich.«

»Ich habe nun seit vielen Jahren das Vergnügen, deinen Cousin zu kennen«, entgegnete Carmichael. »Ich habe gewaltigen Respekt vor ihm, und er ist wirklich ein geübter Diplomat. Nachdem ich das gesagt habe, kann ich hinzufügen, dass ich aufrichtig nicht glaube, dass er geschafft hätte, was du erreicht hast.«

»Na, *das*«, sagte Webster, »ist wirklich albern!«

»Nein, keineswegs. Dass du Raumoffizier bist und besonders einer, der die Ämter innehatte, die du innehattest, ist natürlich mit ein Grund dafür.« Carmichael lächelte. »Ein Grund, weshalb das Sternenkönigreich traditionell sowohl aktive als auch pensionierte Offiziere als Botschafter in der Liga abstellt, ist der, dass ihr auf solarische Politiker eine gewisse Faszination ausübt. Man sieht hier nicht sehr viele echte Militärs dieser Ebene, und die recht schroffe Direktheit, die man bei der Navy offenbar erwirbt, steht in hübschem Kontrast zu den geblähten Plattitüden und dem vorsichtigen politischen Manövrieren, woran sie gewohnt sind.

Aber in deinem Fall, Jim, liegt es, wenn ich ehrlich sein soll, hauptsächlich daran, dass du ums Verrecken nicht lügst.«

Webster blinzelte. »Wie bitte?«, fragte er, und Carmichael lachte leise.

»Ich sagte, du lügst ums Verrecken nicht. Du bist ein so schlechter Lügner, dass bei den zwei oder drei Gelegenheiten, wo du es versuchst hast, die Leute, mit denen du sprachst, geglaubt haben, du würdest absichtlich so tun, als würdest du lügen, um irgendeinen Punkt zu unterstreichen.«

Webster musterte ihn eingehend, und Carmichael zuckte mit den Schultern.

»Du bist einfach ein ehrlicher Mensch, das spürt man. Und das ist selten – sehr selten – bei jemandem, der auf der Ebene operiert wie du im Moment. Besonders hier.« Carmichael verzog das Gesicht. »Hier auf Alterde hängt ein Schatten von Dekadenz in der Luft, und vielleicht kommt es daher, dass Ehrlichkeit so selten ist. Aber wie auch immer, sie verstehen dich hier in vielerlei Hinsicht nicht richtig, weil du vom Militär kommst, und die meisten von ihnen nicht. Aber wenn du etwas sagst, ob persönlich oder als Repräsentant Ihrer Majestät, dann glauben sie, dass du ihnen die Wahrheit sagst. Wegen des Streits um die Korrespondenz mit den Havies und dem Hin und Her im Talbott-Sternhaufen ist das im Augenblick unfassbar wichtig. Jim, unterschätze dich nicht.«

Webster winkte ab, als sei ihm bei Carmichaels Erklärung nicht ganz wohl.

»Vielleicht«, sagte er und schüttelte sich. »Wo wir von den Havies sprechen, was hältst du von der Gipfelkonferenz, die Pritchart vorgeschlagen hat?«

Carmichael ließ sich auf den Themenwechsel ein. »Ich

war überrascht«, gab er zu. »Eine sehr ungewöhnliche Richtungsänderung, besonders für Haven. Es ist sogar so ungewöhnlich, dass ich zu der Ansicht neige, sie meint es ernst.«

»Gott, das wäre eine gewaltige Erleichterung«, sagte Webster offen. »Mir gefällt die Lage in Talbott gar nicht. Dort geht mehr vor, als wir glauben. Da bin ich mir sicher. Ich kann nur noch nicht sagen, was. Aber es ist so, und ich werde das Gefühl nicht los, dass es für uns auf lange Sicht sogar noch gefährlicher ist als für die Havies.«

Carmichael lehnte sich zurück. Selbst sein trainiertes Diplomatengesicht zeigte Überraschung, und Webster lachte rau auf.

»Nein, ich habe nicht den Verstand verloren, Lyman. Und ich bin auch nicht blind für die augenblickliche militärische Lage – das kannst du mir glauben. Aber die Republik Haven ist im Vergleich mit der Solaren Liga ein kleiner Fisch, und wenn Mesa – du weißt so gut wie ich, dass Terekhov mit seiner Vermutung richtig liegt – die Grenzsicherheit bewegen kann, die Schmutzarbeit zu erledigen, dann verschlimmert sich die Lage um ein tausendfaches. Und die Sollys sind so arrogant, dass dieser Sauhaufen, ihre sogenannten Spitzenpolitiker, sich nicht einmal dafür interessiert.«

»Da hast du wahrscheinlich recht«, sagte Carmichael. »Aber glaubst du im Ernst, hinter den Vorgängen im Talbott-Haufen steckt mehr als Mesas gewohnte Versuche, sich uns so weit wie möglich vom Leibe zu halten?«

»Sieh dir mal das Ausmaß ihrer Anstrengungen an«, erwiderte Webster. »Wir reden von Schlachtkreuzern im Wert von Milliarden – *vielen* Milliarden – Dollar. Jemand hat das Geld dafür aufgebracht und zusätzlich das OFS, ansässige Terroristen und eine ganze Sternnation als Strohmänner eingesetzt. Das ist eine gewaltige Anstrengung und erheblich direkter, als Mesa oder Manpower in den letzten beiden Jahrhunderten vorgegangen sind. Verdammt noch mal, direkter als zu Saganamis Lebzeiten!«

»Aber könnte das nicht einfach daran liegen, wie bedrohlich man auf Mesa unsere Nähe empfindet, und dass man dort weiß, wie sehr wir durch Haven abgelenkt sind? Ich meine, man weiß dort doch, dass wir ihnen im Moment nicht sehr viel entgegensetzen können.«

»Ich bin überzeugt, dass das in den mesanischen Überlegungen eine Rolle spielt«, stimmte Webster zu, »aber man kommt dennoch immer weiter aus den Schatten – nicht nur bei uns; auch bei den Sollys. Mesa geht das Risiko ein, an die Oberfläche aufzutauchen, und bisher hat es immer nur am Meeresboden gegründelt.« Er schüttelte den Kopf. »Nein. Die Sache hat einen völlig neuen Anstrich bekommen, und das macht mich nervös.«

»Nervös machst du jetzt *mich*«, beschwerte sich Carmichael. »Können wir die Krisen nicht einfach nacheinander abarbeiten?«, fügte er klagend hinzu.

»Schön wär's.« Webster trommelte auf seinen Schreibtisch und zuckte mit den Schultern. »Tja, eigentlich tun wir es ja, vorausgesetzt, diese Idee mit dem Gipfeltreffen führt zu etwas. Und in der Zwischenzeit heißt das wohl, dass wir nett zu dem havenitischen Botschafter und seinen Leuten sein müssen, zumindest in der Öffentlichkeit.«

»Nun, dazu bekommen wir heute Abend Gelegenheit«, sagte Carmichael philosophisch.

»Weiß ich«, entgegnete Webster düster. »Und die Oper hasse ich auch.«

»Sind wir so weit?«

»Ja.« Roderick Tallman betrachtete sich selbst als ›Erleichterer‹, und er verstand sich gut auf seinen Job. Obwohl er sich wegen der Natur der Dinge, die er ›erleichterte‹, außerordentlich bedeckt halten musste, gab es für ihn immer Arbeit, und ohne falsche Bescheidenheit war er sich seiner Unentbehrlichkeit bewusst.

»Das Geld ist platziert?«

»Ja«, sagte Tallman und verkniff sich dabei einen überdrüssig-geduldigen Tonfall. Er verstand sich schließlich auf seinen Job. »Die Überweisungen sind getätigt, zurückdatiert und dann gelöscht worden – größtenteils. Die Computerarbeit habe ich selbst übernommen.« Er lächelte kurz und schüttelte den Kopf. »Die Haveniten sollten wirklich eine gute solarische Firma beauftragen, ihre Sicherheitssysteme zu aktualisieren. Wir hätten nicht so mühelos dort einbrechen dürfen.«

»Seien Sie dankbar«, sagte seine Auftraggeberin mürrisch. »Die Buchhaltungssoftware war vielleicht verwundbar, aber wir haben viermal erfolglos versucht, in die anderen gesicherten Dateien einzudringen. Ich habe übrigens den Verdacht, dass Sie von der solarischen Seite in das Bankprogramm eingebrochen sind, richtig?«

»Ja, richtig«, gab Tallman zu. »Ich habe die Schnittstelle mit der Bank geknackt.«

»Dachte ich's mir doch.« Seine Auftraggeberin schüttelte den Kopf. »Nehmen Sie es nicht persönlich, aber viele Sollys gehen von einer technischen Überlegenheit aus, die einfach nicht mehr gegeben ist. In nicht allzu ferner Zeit könnte sich das auch gegen Sie wenden und Sie in den Hintern beißen. Und zwar fest.«

»Wahrscheinlich ist alles denkbar.« Tallman zuckte mit den Achseln. Schließlich konnte niemand die Liga *bedrohen*. Allein die Vorstellung war lächerlich.

»Nun«, sagte seine Auftraggeberin, »nachdem wir das geklärt haben, hätten Sie wohl gern Ihr Honorar.«

»Das nehmen Sie richtig an«, antwortete Tallman.

»Das Wichtigste von allem ist«, sagte sie, ohne sich zu beeilen, ihm das nicht zurückverfolgbare gedruckte Zertifikat einer Inhaberobligation zu reichen, »dass diese spezielle Manipulation nicht mehr aufzuspüren ist. Dass sie *nur* zu den Haveniten zurückverfolgt werden kann.«

»Das war mir von Anfang an klar.« Tallman lehnte sich leicht zurück. »Sie kennen meinen Ruf. Deshalb sind Sie doch überhaupt zu mir gekommen, denn ich garantiere für meine Arbeit, und bei mir ist noch kein Klient aufgeflogen. Die eigentlichen Änderungen waren nicht schwer zu machen. Schwer war es, gleichzeitig vier getrennte abgesicherte Speichersites zu infiltrieren, um an die Sicherheitskopien der Bank zu kommen. Nun, das«, er gestattete sich das träge, arrogante Lächeln eines hochgradigen Profis, »und genau die richtigen Spuren zu hinterlassen. Wenn die Bankprüfer ihre Dateien abrufen, werden sie feststellen, dass die Haveniten drei ihrer Sites infiltrieren konnten, Nummer vier aber übersehen haben. Und dort habe ich die Sicherheitskopie hinterlassen, die die Überweisungen protokolliert. Eine wirklich hübsche Lösung, wenn ich das selbst so sagen darf. Wenn sie genau hinsehen, werden sie entdecken, dass diese bösen havenitischen Hacker die Transaktionen aus den Sites löschen konnten, von denen sie wussten, aber die vierte Datei – die wird sie überlisten. Vertrauen Sie mir, wenn die Prüfer diese Datei zurückverfolgen, können sie sogar das Terminal in der Botschaft feststellen, an dem die Überweisungen angeblich eingegeben worden sind.«

»Gut!« Sie lächelte. »Das ist genau das, was ich hören wollte. Und nun zu Ihrem Honorar.«

Sie griff in ihre modische Jacke, und Tallman richtete sich mit dem Stuhl wieder auf und streckte die Hand vor – dann erstarrte er entsetzt.

»Wa …?«, begann er, aber er beendete die Frage nicht,

denn der Pulser in ihrer Hand fauchte. Der Feuerstoß traf ihn in die Drosselgrube und fuhr über den Hals und die linke Gesichtshälfte hoch – mit vorhersehbar entsetzlichen Auswirkungen.

Seine Auftraggeberin verzog vor Abscheu das Gesicht, aber sie hatte darauf geachtet, weiter von ihm entfernt zu sitzen als üblich, und sich folglich außerhalb des Spritzradius befunden. Sie warf den Pulser auf den Schreibtisch, zog sich geziert die Jacke straff und verließ das Büro. Am Gang nahm sie den Lift zur Garage, stieg in ihren Flugwagen und hob geruhsam ab. Fünf Minuten später landete sie mehrere Kilometer entfernt vom Bürogebäude des verstorbenen, tief betrauerten Mr Tallman.

Diese zweite Garage lag in einem erheblich weniger attraktiven Teil der Hauptstadt. Die meisten geparkten Flugwagen waren alt und zerbeult – von der Sorte, über die Jugendbanden auf der Suche nach einem schnellen Credit die Nase rümpften.

Sie landete ihren neuen, teuren Sportflugwagen in einer Parktasche neben einem solchen abgenutzten, schmutzigen Vehikel und stieg aus in die Dunkelheit. Sie sah sich sorgfältig um, nahm dann ein kleines Gerät aus der Tasche und drückte einen Knopf. Ihr Gesicht schien sich in einer unbeschreiblichen Weise zu kräuseln und zu erschauern, und ihr Teint – nicht nur auf ihrem Gesicht, sondern überall – änderte sich unvermittelt, wurde dunkler und grober, als die Nanotech, die jeden Quadratmillimeter ihres Körpers bedeckte, sich abschaltete. Die unsichtbar winzigen Maschinen lösten ihre Verankerung und trieben im Morgenwind davon, und an Stelle der recht großen, blonden Frau, die Roderick Tallman ermordet hatte, stand ein dunkelgesichtiger, knapp unterdurchschnittlich großer Mann in der Parktasche, der drahtig-muskulös gebaut war und einen Busen hatte.

Er verzog das Gesicht und griff in sein Hemd, zog das Polster hervor und warf es auf den Rücksitz seines Flugwagens. Ein rascher Stoß aus einer kleinen Sprühdose, und das Polster löste sich in dünnen Nebel auf.

Der Mann richtete seine Kleidung und schloss das schmutzige Vehikel neben dem Flugwagen auf, in dem er angekommen war. Er setzte sich hinter das Steuer, schaltete den Kontragrav hoch und flog gelassen davon. Nachdem er sich in eine Route eingefädelt hatte, die stadtauswärts führte, schaltete er auf Autopilot und lehnte sich in den Sitz zurück. Träge überlegte er, ob der Flugwagen, den er zurückgelassen hatte, bereits jetzt schon gestohlen und zerlegt wäre.

Wenn nicht, würde es nicht mehr lange dauern, da war er ganz zuversichtlich.

Sir James Bowie Webster lächelte freundlich, obwohl er eigentlich am liebsten mit den Zähnen geknirscht hätte, als er vor dem Greater New Chicago Opera House aus der Dienstlimousine stieg. Er hatte die Oper nie gemocht, auch zu seinen besten Zeiten nicht, und dass die Solarier sich rühmten, wie bei allem anderen auch, bei der Oper im ganzen bekannten Universum am besten zu sein, machte ihn nur noch reizbarer.

Hätte man ihn bedrängt, wäre Webster zu dem Zugeständnis bereit gewesen, dass die Bürger von Planeten wie Alterde oder Beowulf es immerhin gut meinten. Dass sie aber kaum einen größeren Überblick besaßen, was außerhalb ihrer behaglichen kleinen Sonnensysteme vorging, als ein mittelalterlicher Bauer, war bedauerlich. Es entsprang keiner Böswilligkeit, tatsächlich nicht einmal Dummheit. Die Leute hatten einfach zu viel mit den Dingen zu tun, die ihnen wichtig waren, um lange über Probleme außerhalb ihres eigenen geistigen Ereignishorizonts nachzudenken. Doch dass sie selbstgefällig glaubten, die Solare Liga mit ihren riesigen, korrupten Bürokratien und den eigennützigen, manipulativen Eliten sei noch immer Gottes größtes Geschenk an die Galaxis, machte es manchmal schwierig, sich vor Augen zu halten, dass die meisten ihrer Sünden solche der Unterlassung und nicht der Verübung waren.

Wenigstens machten Carmichael und er einige Fortschritte beim Umgang mit dem verdammten Geschehen im Talbott-Sternhaufen. Die Berichte über die Schlacht von Monica erreichten Alterde gerade erst, und nach allem, was er bisher gesehen hatte, würden die Enthüllungen zunächst noch schlimmer, ehe sie besser werden konnten. Die einzige gute Nachricht war wohl die entfernte Möglichkeit, dass sich sogar die solarische Öffentlichkeit empörte, denn solch ein deutlich …

Webster sah nicht den Pulser, den der Chauffeur des havenitischen Botschafters plötzlich in der Hand hielt.

»*Wie bitte?* Was hast du gesagt?«, wollte William Alexander, Baron Grantville, ungläubig wissen.

»Ich sagte, Jim Webster wurde erschossen«, antwortete Sir Anthony Langtry mit aschfahlem Gesicht und der Stimme eines Mannes, der nicht glauben konnte – oder wollte –, was er sich selbst aussprechen hörte.

»Er ist *tot?*«

»Ja. Sein Leibwächter und er wurden fast gleichzeitig ermordet, und das ausgerechnet vor der Oper!«

»Himmel.« Grantville schloss die Augen, als Schmerz ihn durchschoss. Er hatte James Webster fast sein ganzes Leben lang gekannt, und sie waren Freunde gewesen, wenn auch nicht so eng wie Webster und Hamish. Seinen Bruder würde die Neuigkeit schwer treffen, und das gesamte Sternenkönigreich wäre gelähmt – und erzürnt – über den Tod des sehr populären ehemaligen Admirals.

»Was ist geschehen?«, fragte er.

»Das ist das eigentlich Schlimme«, antwortete Langtry grimmig. Der Außenminister war mit der Neuigkeit persönlich zu Grantville gekommen, und etwas an seinem Ton jagte dem Premierminister einen kalter Schauer über den Rücken.

»Dass er tot ist, ist für mich schlimm genug, Tony«, sagte Grantville ein wenig schroffer, als er eigentlich wollte, und Langtry gab ihm recht, indem er die Hand hob.

»Das weiß ich, Willie. Und es tut mir leid, wenn ich anders klang. Ich habe ihn nicht so gut gekannt wie du und Hamish, aber soweit ich ihn kannte, mochte ich ihn sehr. Leider ist in diesem Fall die Art, wie er getötet wurde, das Schlimmste.«

Der Außenminister holte tief Luft.

»Er und einer seiner Leibwächter wurden von dem Chauffeur des havenitischen Botschafters erschossen.«

»*Was?*«

Trotz seiner jahrelangen Erfahrung als Politiker und des Charakterzugs, dass er auch im Angesicht von Katastrophen ruhig blieb, erhob sich Grantville hinter seinem Schreibtisch, beugte sich darüber und stemmte beide Hände auf die Platte. Augen im Alexander'schen Blau blitzten fassungslos – und wütend –, und nur einen Moment lang sah er aus, als wollte er mit einem Sprung über den Schreibtisch setzen.

Langtry gab keine Antwort. Er saß nur da und wartete ab, dass der Premierminister seinen Schock überstand, wie auch er ihn hatte bewältigen müssen, als die Nachricht in seinem Büro eintraf. Grantville benötigte einige Sekunden, danach ließ er sich langsam auf den Stuhl zurücksinken. Noch immer starrte er Langtry an.

»So ist es passiert«, sagte der Außenminister, nachdem der

Premierminister sich wieder gesetzt hatte. »Genau gesagt, ist es ziemlich simpel. Der Fahrer ist natürlich tot – Websters zweiter Leibwächter hat ihn erledigt, und drei solarische Polizisten, die an der Oper für zusätzliche Sicherheit sorgen sollten, haben die Sache beobachtet. Einer von ihnen hat sogar noch rechtzeitig die Waffe ziehen können, um den Fahrer wenigstens selbst mit einem Bolzen zu treffen, und ein anderer hat alles mit seiner Schulterkamera aufgezeichnet. Sie haben den Anschlag auf Chip, und sie haben uns zusammen mit der Depesche eine Kopie geschickt.«

»Mein Gott«, sagte Grantville fast im Gebetston.

»Warte, es kommt noch besser«, fuhr Langtry grimmig fort. »Der Chauffeur war kein havenitischer Staatsbürger. Er war Solarier und arbeitete für den Limousinenservice, der einen Transportvertrag mit der havenitischen Botschaft in New Chicago hat.«

»Ein Solly«, sagte Grantville nachdenklich.

»Ein Solly«, bestätigte Langtry, »der über das letzte halbe T-Jahr verteilt umgerechnet etwas mehr als hundertfünfundzwanzigtausend manticoranische Dollar erhalten hat – davon fünfundsiebzigtausend in den letzten drei Wochen –, und zwar in nicht protokollierten, nicht gemeldeten Überweisungen von einem havenitischen Diplomatenkonto.«

Grantville starrte ihn an, jenseits aller Fassungslosigkeit im Reich des puren, ungemilderten Schocks.

»Was haben sie sich dabei nur *gedacht?*« Er schüttelte den Kopf. »Sie können doch nicht geglaubt haben, dass sie damit *durchkommen?*«

»Beide Fragen habe ich mir auch schon gestellt. Aber um ehrlich zu sein, es gibt eine weitere, die im Augenblick wesentlich drängender ist.«

Grantville sah den Außenminister an, und Langtry zuckte mit den Schultern.

»Wozu?«, fragte er einfach. »Wozu sollten die Havies so etwas tun?«

»Zum *Teufel* mit ihnen!«, fauchte Elizabeth Winton, während sie wie ein Tigerin im Käfig hin und her stürmte. Mit festen Schritten stapfte sie über den Teppich hinter ihrem Sessel, auf dem sie eigentlich hätte sitzen sollen.

Ihr Zorn war in dem Konferenzraum anwesend wie ein lebendes, atmendes Wesen, und Ariel kauerte auf der Lehne ihres Sessels, die Ohren flach wie an den Schädel geklebt, und zerschnitt das Polster mit seinen Krummsäbelkrallen, als wären es knetende Skalpelle. Samantha befand sich in kaum besserem Zustand. Sie hatte die Augen halb geschlossen, kauerte auf der Lehne von Hamish Alexander-Harringtons Sessel und wehrte die helle Wut des Baumkaters nach Kräften ab.

»Haben diese *Schweine* denn überhaupt nichts gelernt?«, zischte Elizabeth. »Was zum *Teufel* denken die sich denn –«

»Einen Augenblick, Elizabeth.«

Die Königin wirbelte zum Tisch zurück, das Gesicht noch immer von Wut überzogen, als White Haven das Wort ergriff.

»Was?«, fuhr sie ihn an.

»Jetzt beruhige dich für eine Sekunde«, sagte er mit der Miene eines Mannes, der gerade verwundet worden ist. »Denk nach. Jim Webster war mehr als siebzig T-Jahre lang mein Freund. Du kannst überhaupt nicht wütender über seine Ermordung sein als ich. Aber du hast gerade eine sehr wichtige Frage gestellt.«

»Was für eine Frage?«, wollte sie wissen.

»Haben sie gar nichts gelernt?«, antwortete er. Sie funkelte ihn an, doch er erwiderte ihren Blick ungerührt. »Versteh mich nicht falsch. Glaube nicht einen Augenblick, dass ich nicht auf das Blut der Havies aus wäre, sollte sich herausstellen, dass sie dahinterstecken. Um Himmels willen, Elizabeth – sie haben bereits versucht, meine *Frau* zu ermorden!«

»Und worauf willst du hinaus?«, fragte sie in etwas gemäßigterem Ton.

»Ich will darauf hinaus, dass die ganze Angelegenheit vor Dummheit stinkt. Angenommen, Haven hätte wirklich Zugang zu einer Technik, mit der sie Timothy Meares zu dem Versuch bewegen konnte, Honor zu töten. Wenn das so ist, warum zum *Teufel* sollte man sich ausgerechnet den Chauffeur ihres eigenen Botschafters als Mörder aussuchen? Man hätte jemanden nehmen können, der in keiner Verbindung zu Haven steht, aber stattdessen benutzt man seinen Fahrer? Leuchtet dir das in irgendeiner Weise ein?«

»Ich ...«, begann Elizabeth. Dann hielt sie inne und begann offensichtlich endlich nachzudenken.

»Also gut«, sagte sie schließlich. »Ich gebe zu, dass es eine fundierte Frage ist. Aber was ist mit den Überweisungen, die von der solarischen Polizei entdeckt worden sind?«

»Ach ja«, entgegnete White Haven. »Die Überweisungen. Überweisungen direkt von einem havenitischen Botschaftskonto. Nicht gerade die am wenigsten belastende Zahlungsmethode, von der ich je gehört hätte. Und wenn eingesetzt worden ist, was auch gegen Honor benutzt wurde, warum den Täter dann überhaupt bezahlen? Wir sollten nicht vergessen, der Mörder war auf einem Himmelfahrtskommando, und jeder Idiot hätte das sofort begriffen. Laut den Berichten gab es *Polizisten* als Augenzeugen. Zuallermindest musste der Täter mit Verhaftung und Verurteilung wegen Mordes rechnen. Würdest *du* das für weniger als hundertfünfzigtausend Dollar in Kauf nehmen? Was nutzt dir das

Geld, wenn du tot auf dem Gehsteig liegst oder wenn das Gericht es beschlagnahmt, nachdem man dich wegen Mordes verurteilt hat? Wenn man ihn unter diesen Umständen dazu bringen konnte, den Anschlag zu verüben, dann war Geld auf keinen Fall der ausschlaggebende Faktor. Wenn das aber so ist, wieso musste man ihm dann überhaupt Geld überweisen und eine direkte Verbindung zwischen ihm und der Botschaft herstellen?«

»Das sind ausgezeichnete Fragen, Mylord«, gab Colonel Ellen Shemais zu. Als Chefin von Königin Elisabeths Leibwache war sie Ermittlerin wenigstens auf Teilzeitbasis. Infolgedessen setzte Elizabeth den Colonel auch als Verbindungsoffizier zum Secret Intelligence Service ein.

»Wie meinen Sie das, Ellen?«, fragte die Queen.

»Ich meine, dass Earl White Havens Einwände außerordentlich stichhaltig sind, Eure Majestät«, antwortete Shemais. »Das muss so ziemlich die idiotischste Art sein, einen vorgeblich dementierbaren Mordanschlag zu arrangieren, von der ich je gehört habe, und das Queen's Own ist so etwas wie eine Autorität für die Geschichte des Attentats.«

»Aber hiernach«, sagte Grantville, indem er auf seine ausgedruckte Kopie des Berichts von Alterde klopfte, »hat man angenommen, alle Spuren der Überweisungen beseitigt zu haben. Das hat man sogar. Es war reines Glück, dass die zusätzliche Sicherheitskopie der Bank nicht aufgefallen ist und daher auch nicht geändert werden konnte.«

»Ich stimme zu, es ist möglich, dass wir in dieser Hinsicht großes Glück hatten, Sir«, entgegnete Shemais. »Aber das ändert nichts daran, dass man den Mann von einem offiziellen Konto der Botschaft bezahlt und dann hingegangen ist und die Protokolle *gelöscht* haben soll. Wenn man ihn überhaupt bezahlte, warum dann nicht über einen unbeteiligten Strohmann? Die Schattenwirtschaft auf Alterde wimmelt nur so von Kanälen, über die man ihn hätte auszahlen können, ohne eine Spur zu hinterlassen, geschweige denn einer, die man eigens verwischen muss. Nach den ersten Berichten über die Qualität der Manipulation an den bekannten Backups wusste man offenbar, was man tat, und deshalb würde ich sagen, man war sich völlig sicher, alle Spuren beseitigt zu haben. Aber warum überhaupt solche Spuren hinterlassen? Und wenn man zu diesem Mann eine Verbindung hat, die sich nachweisen lässt, warum in Gottes Namen dann ausgerechnet *ihn* als Attentäter anwerben? Da hätte Haven auch gleich den Botschafter persönlich den Abzug drücken lassen können!«

»Dem letzten Bericht des ONI an das Foreign Office zufolge«, warf Langtry ein, »haben wir noch immer nicht die leiseste Ahnung, was mit Lieutenant Meares angestellt wurde. Theorien gibt es zwar zur Genüge, aber nichts Handfestes. Dennoch, eine Vermutung geht dahin, dass der Lieutenant nicht nur wegen seiner Nähe zur Herzogin von Harrington ausgesucht wurde, sondern auch, weil an ihm etwas Einzigartiges war. Wahrscheinlich eine medizinische oder genetische Besonderheit, die ihn für die unbekannte benutzte Technik anfälliger machte. Ist es möglich, dass dieser Chauffeur die nächststehende Person war, die das medizinische Profil erfüllte, an die man herankam?«

»Das wäre wohl möglich, Sir«, sagte Shemais. »Und man hat die direkte finanzielle Verbindung zu ihm gelöscht – oder zumindest glaubte man das. Wenn es wirklich so war, dass man jemanden mit besonderem Profil brauchte, dann machte man sich immerhin viel Arbeit, um ihn zu entschärfen. Aber den Chauffeur des eigenen Botschafters einsetzen?« Sie schüttelte den Kopf. »Selbst wenn der Hacker alle Spuren direkter, geheimer Bezahlung hätte beseitigen können, die Verbindung zwischen Täter und Botschafter stach doch so hervor, sie musste jeden Ermittler sofort zwischen die Augen treffen.«

»Könnte man darauf gezählt haben?«, wunderte sich Grantville laut. Jeder blickte ihn an, und er zuckte mit den Achseln. »Wenn an Tonys Idee, dieser Mann hätte eine Eigenschaft gehabt, die zwingend erforderlich war, um ihn benutzen zu können, wie man Lieutenant Meares benutzt hat, etwas dran ist, dann hat man sich vielleicht entschieden, das Beste aus der Sache zu machen. Wenn man ihn benutzen *musste,* dann hat man sich vielleicht überlegt, dass wir uns genau die Fragen stellen würden, die wir uns jetzt stellen.«

»Eine Doppelablenkung, meinen Sie, Sir?«, fragte Shemais nachdenklich. »Sie wollen sagen, man möchte uns glauben machen, die Verbindung sei so offensichtlich, dass kein halbwegs kompetenter Planer von verdeckten Operationen sie auch nur mit einer Drei-Meter-Stange berühren würde?«

»Etwas in der Richtung«, bestätigte Grantville.

»Ich würde sagen, es wäre entfernt möglich.« Shemais runzelte die Stirn. »Ich kann aber nicht behaupten, dass ich es für sehr wahrscheinlich hielte. Unter dem Strich hat Haven entweder nichts damit zu tun, und jemand gab sich große Mühe, uns vom Gegenteil zu überzeugen, oder Haven hat es absichtlich so eingefädelt, damit allzu offensichtlich ein Finger auf die Republik zeigt.«

»Warum sollte man das tun wollen, Ellen?«, fragte Elizabeth skeptisch.

»Um das Beste daraus zu machen, wie der Premierminister bereits andeutete, Eure Majestät. Wenn es einen Grund gab, aus dem dieser bestimmte Mann als Attentäter benutzt werden *musste,* dann hat man vielleicht gehofft, die oberflächliche Verbindung zwischen ihm und Haven wäre so auffällig, dass man lauthals behaupten könnte, von einem Dritten zum Sündenbock gemacht zu werden. Was«, gab sie fast widerwillig zu, »ich persönlich auch durchaus glauben könnte, wären da nicht die Zahlungen und der Umstand, dass man offenbar solche Mühe auf sich genommen hat, um jede Spur davon auszulöschen. Leider gab es schon eine frühere finanzielle Beziehung, und außerdem sind laut den Ermittlern der Bank und der solarischen Polizei die Bankunterlagen wenigstens eine Woche *vor* dem Attentat manipuliert worden. Jemand anderes hätte herausfinden können, dass der Mann auf Havens Gehaltsliste stand, was ihn vielleicht noch attraktiver machte, um Haven in die Pfanne zu hauen. Aber die Daten zu dem Zeitpunkt zu ändern, zu dem es geschehen ist, weist darauf hin, dass die Haveniten wussten, was geschehen würde, und sichergehen wollten, die offensichtliche Verbindung schon im Vorfeld zu beseitigen.«

»Also glauben Sie, dass es die Haveniten waren, Colonel?«, fragte Langtry.

»Ich weiß nicht, was ich glauben soll, Sir. Noch nicht jedenfalls«, gab Shemais offen zu. »Ich muss zugeben, dass sehr viele Indizien darauf hindeuten, dass Haven dahintersteckt – wie ich schon sagte, die zeitliche Abfolge des Hackerangriffs weist deutlich in die Richtung, dass sie wussten, was geschehen würde. Aber handwerklich ist die Sache, wenn Haven es denn war, nicht nur schlecht gemacht, sondern einfach grauenhaft. Nicht nur unprofessionell, sondern ungeschickt, besonders für die Volksrepublik, die so viel Erfahrung in der Planung von Mordanschlägen hat. Natürlich ist es durchaus möglich, dass Pritcharts Säuberungen in den Sicherheitsdiensten des alten Regimes Haven einiges an Erfahrung gekostet hat, aber trotzdem …«

»Wenn wir die Möglichkeit in Betracht ziehen, dass nicht Haven dahintersteckt, wer sonst hätte Jims Tod wünschen sollen?«, fragte Grantville.

»Die Frage kann ich nicht beantworten, Sir«, gab Shemais zu. »Es kann beliebig viele Personen gegeben haben, die ein Interesse hatten, ihn zu töten. Als Expertin kann man jedoch tief in die Bredouille geraten, wenn man auf der Grundlage von zu wenig konkreten Daten zu viel spekuliert, und mir springen vor allem zwo Punkte ins Auge. Erstens der Zeitpunkt des Anschlags. Es könnte nur ein Zufall sein, aber ich stehe Zufällen grundsätzlich misstrauisch gegenüber. Nur stehen wir mitten im Krieg gegen eine andere Sternnation, und dann kommen die Gründe, aus denen diese andere Nation einen unserer Botschafter tot sehen möchte, ganz am Anfang der Liste, die ich abarbeitete. Und zwotens ähnelt diese Affäre sehr dem Anschlag auf die Herzogin von Harrington. Damals bestand, anders als hier, keine Frage, weshalb die Havies sie tot sehen wollten, aber die Ähnlichkeit der Technik ist es, die mir so sehr auffällt. Wenn wir darüber nachdenken, wer sonst Admiral Webster hätte töten können, so müssen wir uns auch überlegen, wer die Mittel und die technischen Möglichkeiten dazu hatte, den Anschlag so und nicht anders auszuführen. Nach dem Anschlag auf die Herzogin sieht es ganz so aus, als hätten die Havies diese Mittel. Aber wir haben keinen Beweis, dass sonst noch jemand über sie verfügt. Und wenn Haven nicht dahintersteckt, dann hat sich jemand sehr viel Mühe gemacht, uns davon zu überzeugen, dass Haven sehr wohl schuldig ist.«

»Ich glaube nicht, dass es jemand anderes war«, knurrte Elizabeth. Sie war nicht mehr ganz so wütend, und Ariel erlaubte ihr, ihn von der übel zugerichteten Sessellehne zu nehmen, als sie endlich Platz nahm. Sie setzte sich den 'Kater auf den Schoß und verzog finster das Gesicht.

»Ich bin bereit, zumindest die theoretische Möglichkeit zuzugeben, dass es nicht die Havies waren«, sagte sie, »aber ich glaube nicht, dass es jemand anderes getan hat. Ich glaube, es war Haven. Ich glaube, man hat Webster aus einem Grund ermordet, den wir nicht kennen. Wahrscheinlich wegen etwas, das er auf Alterde herausgefunden hat und von dem wir nichts erfahren sollten. Vielleicht hatte er selbst noch nicht begriffen, was er da wusste. Wie Sie sagen, Ellen, wir können nicht wissen, was Haven als logischer Grund vorgekommen wäre. Und was die Überweisungen angeht, so könnte der Mann schließlich noch andere Aufträge für die Botschaft ausgeführt haben, ehe sie ihn für den Anschlag anwarben.«

»Aber –«, begann Hamish, doch sie schnitt ihm mit einem raschen, scharfen Kopfschütteln das Wort ab.

»Nein«, sagte sie. »Ich lasse mich nicht auf dieses Spielchen der Selbsthinterfragung in drei Instanzen ein. Vorerst – *vorerst* – handele ich auf Grundlage der Voraussetzung, dass es *vielleicht* doch nicht die Havies gewesen sind. So viel gebe ich Ihnen. Die Vorbereitungen zum Gipfeltreffen laufen weiter, und wir werden sehen, was Pritchart zu sagen hat. Ich müsste lügen, wenn ich behaupten würde, das Geschehene würde mich nicht erheblich weniger geneigt machen zu glauben, was immer auch auf Torch gesagt wird, aber ich gehe hin. Aber ich bin es unglaublich leid, dass diese Mistkerle ständig Menschen töten, die mir wichtig sind, Mitglieder meiner Regierung und meine Botschafter. Weiteres Entgegenkommen ist von mir nicht zu erwarten.«

Anthony Langtry sah aus, als wollte er widersprechen, aber er schloss nur den Mund und nickte; er war bereit, sich mit dem zu begnügen, was er bekommen konnte.

Elizabeth sah noch einmal wütend durch den Konferenzraum, dann erhob sie sich aus ihrem malträtierten Sessel, nickte den drei Kabinettsministern zu und verließ, von Colonel Shemais begleitet, das Zimmer.

19

»Wo ist Ruth?«, fragte Berry Zilwicki, Königin von Torch, leidend.

»Saburo sagt, sie kommt später, Mädchen«, antwortete Lara und zuckte in der ungezwungenen Formlosigkeit, die zum Kern ihres Wesens gehörte, die Schultern.

Die ehemalige ›Schwätzerin‹ war noch immer so zivilisiert wie ein Wolf und hatte Schwierigkeiten, die feineren Punkte der höfischen Etikette zu erfassen. Was, wenn sie ehrlich war, Berry nur begrüßte. Normalerweise wenigstens.

»Wenn ich das jetzt tun muss«, sagte die Königin bestimmt, »soll Ruth dabei sein.«

»Berry«, entgegnete Lara, »Kaja sagt, sie kommt gleich, und Saburo und Ruth sind schon unterwegs. Wir können schon mal anfangen.«

»Nein.« Berry stolzierte – anders konnte man es nicht nennen – zu einem Sessel und schmiss sich hinein. »Ich bin die Königin«, sagte sie naserümpfend, »und ich möchte meine Sicherheitsberater dabeihaben, wenn ich mit diesen Leuten spreche.«

»Aber dein Vater ist nicht mal auf Torch«, erwiderte Lara mit einem Grinsen. Thandi Palanes ›Amazonen‹ hatten tatsächlich einen Sinn für Humor entwickelt und tiefe Zuneigung zur ›kleinen Schwester‹ ihrer Kommandeurin gefasst. Deshalb bereitete es ihnen auch so viel Freude, sie aufzuziehen.

»Du weißt genau, was ich meine!«, versetzte Berry und rollte verärgert mit den Augen. Es lag aber ein Funkeln in ihren Augen, und Lara lachte stillvergnügt in sich hinein, als sie es sah.

»Ja«, gab sie zu, »aber sag mir eins, wozu brauchst du

Ruth? Das ist doch nur ein Haufen von Händlern und Geschäftsleuten.« Sie kräuselte die Nase in der toleranten Herablassung einer Wölfin für die Schafe, die eine großzügige Natur allein dazu erschaffen hatte, um sie zu füttern. »Bei den Burschen brauchst du dir wegen nichts Sorgen zu machen, Mädchen!«

»Außer dass ich es vermasseln und ihnen Torch für eine Hand voll Glasperlen verkaufen könnte!«

Lara sah sie offensichtlich verwirrt an, und Berry seufzte. Lara und die anderen Amazonen gaben sich größte Mühe, aber es würden noch Jahre vergehen, bis sie auch nur ansatzweise die unzähligen Lücken in sozialer Kompetenz und allgemeinem Hintergrundwissen zu füllen begannen. Bei ihr war es schließlich genauso gewesen.

»Schon gut, Lara«, sagte die Teenager-Königin. »So besonders witzig war es nun auch nicht. Ich meinte nur, weil Web mit dem Vertreter von Gouverneur Barregos beschäftigt ist, brauche ich jemanden, der ein bisschen verschlagener ist als ich und mir die Hand hält, wenn ich mit diesen Leuten ins Haifischbecken steige. Ich brauche jemanden, der mir sagt, was sie wirklich wollen, nicht nur, was sie zu wollen *behaupten.*«

«Stell doch einfach klar, dass jeder, der betrügt, mit gebrochenem Hals nach Hause geht.« Lara zuckte mit den Schultern. »Anfangs verlierst du einen oder zwo, aber der Rest weiß dann Bescheid. Sollen Saburo und ich uns für dich darum kümmern?«

Sie klang geradezu eilfertig, und Berry lachte auf. Saburo X war der ehemalige Killer des Ballroom, den Lara für sich ausgesucht hatte. Berry vermutete oft, dass Saburo noch immer nicht genau begriff, wie es dazu gekommen war, aber nach einem kurzen, vorsichtigen, halb ängstlichen, *extrem*... direkten Umwerben beschwerte er sich nicht. Im Grunde war ihre Beziehung eine der unwahrscheinlichsten Partnerschaften in der Geschichte – der ehemalige Gensklave und Terrorist, wild verliebt mit der ehemaligen Schwätzerin, die direkt für Manpower gearbeitet hatte, ehe sie ihre mörderische Vergangenheit hinter sich ließ –, und dennoch, sie funktionierte unbestreitbar.

»Der Gedanke an gebrochene Hälse hat natürlich eine gewisse charmante Einfachheit«, räumte Berry schließlich ein. »Leider geht das so nicht. Ich bin noch nicht sehr lange Königin, aber so viel weiß ich schon.«

»Schade«, sagte Lara und blickte auf ihr Chrono. »Sie warten jetzt schon eine halbe Stunde«, bemerkte sie.

»Ach, na schön!«, rief Berry. »Ich gehe – ich gehe ja schon!« Sie schüttelte den Kopf und schnitt ein Gesicht. »Eigentlich sollte man ja meinen, dass man sich als Königin wenigstens ein bisschen was herausnehmen darf, wenn der Vater schon ein halbes Dutzend Sonnensysteme weit weg ist!«

Mit verschränkten Armen stand Harper S. Ferry im Thronsaal und beobachtete die etwa dreißig Personen, die dort warteten. Er wusste, dass er militärisch keine besondere Figur machte, aber das war ihm nur recht. Streng genommen hatten die Ex-Sklaven von Torch eine gewisse Manie, nicht gerade wie Zinnsoldaten auszusehen. Sie waren die ausgestoßenen Promenadenmischungen der Galaxis, und sie wollten nicht, dass irgendjemand – sie selbst eingeschlossen – das vergaß.

Was nicht bedeutete, dass sie leichtfertig gewesen wären in ihren Pflichten.

Harper zum Beispiel: Wenn ihn ein beiläufiger Zuschauer anblickte, sah aus wie ein Mann Ende dreißig von recht durchschnittlichem Körperbau – vielleicht ein klein wenig drahtiger als die meisten – mit dunklem Haar und dunklen Augen, einem dunklen Teint und einem Gesicht, das aus verhältnismäßig freundlichen Zügen zusammengesetzt war. Dieser Zuschauer würde höchstwahrscheinlich nicht ahnen, dass Harper S. Ferry dem Audubon Ballroom als einer seiner besten Killer gedient hatte, seit er vierzehn Jahre alt geworden war. Tatsächlich hätte Harper sehr genau nachdenken – und wahrscheinlich sein Tagebuch zurate ziehen – müssen, wenn er hätte angeben sollen, wie viele Männer und Frauen er während seines Lebens getötet hatte.

Nicht dass er bereute, was er getan hatte. Allerdings wurde ein Mann, des Tötens müde, wenn es zu lange ging, selbst wenn es sich um Abschaum wie Gensklavenhändler handelte, von dem er das Universum befreite. Männer und Frauen, die ein Vermögen verdient hatten, indem sie seit Jahrhunderten Millionen von Gensklaven wie Harper S. Ferry systematisch verkauften, missbrauchten und folterten. Wenn er eine andere Möglichkeit hätte finden können, ihnen zu schaden, so hätte er sie genutzt. Aber von Anfang an hatte ihm der Gedanke gefallen, dass er Manpower Incorporated einen gezackten, spitzen Pflock ins Auge stieß, indem er das Leben eines immens liebenswerten jungen Mädchens schützte. Und so ungezwungen er auch wirkte, er ging absolut kein Risiko ein, was Berry Zilwickis Sicherheit betraf.

Und nicht nur deswegen, weil sie so liebenswert war. Es kam nicht oft vor, dass ein Mädchen von kaum siebzehn T-Jahren essenziell wichtig war für das Überleben eines ganzen Planeten voller Flüchtlinge, doch genau dieser Sachverhalt traf auf Berry Zilwicki zu.

Judson Van Hale durchquerte ungezwungen den Thronsaal und näherte sich Harper. Judson war selbst nie ein

Sklave gewesen, aber sein Vater. Zu seinem Glück war das Sklavenschiff, an Bord dessen der ältere Van Hale transportiert wurde, von einem Leichten Kreuzer der Royal Manticoran Navy abgefangen worden. Das Sklavenschiff war zu dem Zweck, unangenehmen Fragen auszuweichen, mit Einrichtungen ausgestattet gewesen, um seine menschliche Fracht ins All zu schleudern, und infolgedessen hatte seine Besatzung, kurz nachdem es aufgebracht worden war, selbst eine Reihe tödlicher Vakuumexpositionen erlitten. Die meisten der befreiten Sklaven hatten die manticoranische Staatsbürgerschaft angenommen, und so war Judson auf Sphinx zur Welt gekommen.

Er war außerdem einer von augenblicklich genau drei Torchern, die eine 'Katz adoptiert hatte.

Für die verhältnismäßig kleine Leibwache, die Queen Berry zu dulden bereit war, wurde er dadurch außerordentlich wertvoll. Harper hatte darüber hinaus den Verdacht, dass Judsons manticoranische Herkunft ihn für die Königin akzeptabler machte. Er war wie ein Gruß aus der Heimat, eine Erinnerung an die erste Welt – die einzige Welt eigentlich –, auf der sich Berry Zilwicki jemals vollkommen sicher gefühlt hatte.

»Das ist ja ein lebhafter Haufen«, murmelte Judson angewidert aus dem Mundwinkel, als er neben Harper stehenblieb. »Dschingis ist völlig gelangweilt.«

Er hob den Arm und streichelte den cremefarben-grauen Baumkater, der auf seiner Schulter ritt, und die 'Katz drückte schnurrend den Kopf gegen seine Hand.

»Langweilig ist gut«, erwiderte Harper gelassen. »Aufregend ist schlecht.«

»Weiß ich. Trotzdem, ich würde mir mein üppiges Gehalt gern anders verdienen. Nichts zu Aufregendes natürlich. Gerade so aufregend, dass ich mich nützlich fühlte. Na, dass wir *uns* nützlich fühlen«, verbesserte er sich und kraulte Dschingis die Brust.

»Thandi hält dich für nützlich«, sagte Harper. »Mir reicht das. Ich lege mich jedenfalls nicht mit ihr an.«

Judson lachte. Anders als der sphinxgeborene Judson hatte sich Harper für einen tödlichen Nahkämpfer gehalten. Nachdem Judson ihn auf der Trainingsmatte beobachtet hatte, neigte er dazu, ihm zuzustimmen. Zu Harpers Unglück war Thandi Palane nicht allein eine tödliche Nahkämpferin; sie war eine vernichtende Naturgewalt, die über alles nur Tödliche höchstens laut lachte. Wie sie Harper beim ersten Mal, als er sich mit ihr auf die Matte traute, recht schlüssig bewiesen hatte.

Sie hatte ihn wirklich kaum verletzt. Mit Schnellheilung waren die gebrochenen Knochen nach nur wenigen Wochen wie neu gewesen.

»Ich glaube nicht, dass es zum Torcher Nationalsport wird, sich mit Thandi anzulegen«, sagte Judson, und Harper lachte leise.

»Verspäten sie sich nicht?«, fragte Judson nach kurzem Schweigen, und Harper zuckte mit den Schultern.

»Ich werde heute sonst nirgendwo erwartet«, sagte er. »Und wenn Berry zur vollen Form aufläuft, dann zögert sie alles hinaus und wartet auf Ruth. Und auch auf Thandi, wenn es geht.«

»Warum sind die beiden eigentlich nicht hier?«

»Sie sind irgendwelche Sicherheitsmaßnahmen für das Gipfeltreffen durchgegangen, und nach dem, was man im Netz so hört« – Harper klopfte an sein Com –, »schickt Thandi Ruth vor und bringt die Sache allein zu Ende.« Er zuckte wieder mit den Achseln. »Ich bin mir nicht ganz sicher, woran genau sie arbeitet. Wahrscheinlich irgendwas von wegen Zusammenarbeit mit Cachat.«

»O ja: *Zusammenarbeit*«, sagte Judson, und Harper gab ihm einen Klaps vor den Hinterkopf.

»Keine respektlosen Bemerkungen über die Große Kaja, mein Freund! Es sei denn, du möchtest, dass die Amazonen an dir eine beidseitige Orchiektomie ohne vorherige Narkose vornehmen.«

Judson grinste, und Dschingis lachte bliekend.

»Wer ist denn der Kerl da?«, fragte Harper schließlich. »Der Typ neben dem Haupteingang.«

»Der mit der dunkelblauen Jacke?«

»Genau der.«

»Heißt Tyler«, antwortete Judson. Er gab eine kurze Tastenfolge in sein Memopad und blickte aufs Display. »Er gehört zu New Age Pharmaceutical. Ein Konsortium von Beowulf. Wieso?«

»Ich weiß auch nicht«, sagte Harper nachdenklich. »Fängt Dschingis irgendwas von ihm auf?«

Beide Menschen sahen den Baumkater an, der eine Echthand hob, das zweifingrige Zeichen mit eingefaltetem Daumen für den Buchstaben N machte und sie hoch und runter bewegte. Judson sah wieder Harper an und zuckte mit den Schultern.

»Wahrscheinlich nicht. Sollen wir ’nen Schritt näher herangehen und ihn uns noch mal ansehen?«

»Ich weiß auch nicht«, sagte Harper wieder. »Nur …« Er schwieg. »Wahrscheinlich hat es nichts zu sagen«, fuhr er fort. »Nur dass er der Einzige ist, den ich hier mit einem Aktenkoffer sehe.«

»Hm?«

Judson runzelte die Stirn und musterte den Rest der Menge.

»Du hast recht«, gab er zu. »Schon komisch. Ich dachte, heute ist nur ›gesellschaftlicher Anlass‹. Eine Gelegenheit für die Gruppe, Queen Berrys Bekanntschaft zu machen, ehe die einzelnen Verhandlungen beginnen.«

»Das dachte ich auch.« Harper überlegte noch kurz, dann tippte er eine Nummer in sein Com.

»Ja, Harper?«, fragte eine Stimme.

»Der Typ mit dem Aktenkoffer, Zack. Hast du das Ding überprüft?«

»Bin mit dem Schnüffler drübergegangen und hab ihn den Koffer öffnen lassen«, versicherte Zack ihm. »Nichts drin außer einem Microcomputer und zwei Parfümzerstäubern.«

»Parfüm?«, fragte Harper.

»Ja. Ich habe ein paar organische Spuren erfasst, aber sie passen alle zu Kosmetika. Der Schnüffler hat noch nicht einmal rot geflackert. Ich habe den Kerl auch gefragt, was das soll, und er sagte, das sind Geschenke von New Age für die Mädchen. Ich meine, für Queen Berry und Prinzessin Ruth.«

»War das vorher abgesprochen?«, fragte Harper.

»Glaub ich nicht. Er sagte, das sollten Überraschungen sein.«

»Danke, Zack. Ich melde mich wieder.«

Harper schaltete das Com ab und sah Judson an. Judson erwiderte seinen Blick, und der ehemalige Ballroom-Killer runzelte die Stirn.

»Ich mag keine Überraschungen«, sagte er tonlos.

»Na, Berry und Ruth vielleicht schon«, entgegnete Judson.

»Schön. Sie kann man ja so viel überraschen, wie man will, aber nicht ihre Leibwache. Wir sollten solchen Mist eigentlich vorher wissen.«

»Das meine ich auch.« Judson zupfte sich nachdenklich am linken Ohrläppchen. »Höchstwahrscheinlich ist es aber nichts, weißt du. Dschingis würde etwas von ihm auffangen, wenn er etwas ... Unangenehmes im Sinn hätte.«

»Vielleicht. Trotzdem sollten wir beide mal rüberschlendern und ein paar Takte mit Mr Tyler reden«, sagte Harper.

William Henry Tyler stand im Thronsaal, wartete geduldig wie die übrige Menge und rieb sich müßig die rechte Schläfe. Er fühlte sich ein wenig ... merkwürdig. Nicht etwa krank – er hatte nicht einmal Kopfschmerzen. Eigentlich empfand er nur eine gewisse Euphorie, ohne dass er sagen konnte, woher sie kam.

Schulterzuckend blickte er auf sein Chrono. ›Queen Berry‹ – bei dem Gedanken an die groteske Jugendlichkeit der Torcher Monarchin lächelte er ein wenig – kam offenbar zu spät. Was, sagte er sich, wohl das Vorrecht eines Staatsoberhauptes darstellte, auch wenn es erst siebzehn Jahre alt war.

Er blickte auf seinen Aktenkoffer und empfand ganz kurz mildes Erstaunen. Das Gefühl verschwand sofort in einem Aufbranden jener unerklärlichen Euphorie. Als der Sicherheitsmensch ihn gefragt hatte, was in dem Koffer sei, war er ganz kurz tatsächlich ein wenig überrascht gewesen. Nur einen Augenblick lang war ihm gewesen, als habe er den Koffer noch nie zuvor gesehen, aber dann hatte er sich natürlich an die Geschenke für Queen Berry und Prinzessin Ruth erinnert. Das war wirklich eine gute Idee der Marketingabteilung, räumte er ein. Jede junge Frau, der er jemals begegnet war, mochte teures Parfüm, ob sie es zugab oder nicht.

Er entspannte sich wieder und summte leise vor sich hin, im Frieden mit dem Universum.

»Alles okay, siehst du? Hier bin ich«, sagte Berry, und Lara lachte.

»Und du bist dabei so elegant«, erwiderte die Amazone. »Du, die du unermüdlich versuchst, uns zu ›zivilisieren‹.«

»Tatsächlich«, sagte Berry und tätschelte Lara den Unterarm, »habe ich beschlossen, dass ich euch alle gerade so mag, wie ihr seid. Mein eigenes Wolfsrudel. Na gut, Thandis Rudel, aber ich bin mir sicher, sie leiht euch mir aus, wenn ich sie frage. Tut mir nur einen Gefallen, und macht bloß kein Blut auf die Möbel. Ach ja, und seid nicht so offensichtlich mit den Orgien, zumindest, wenn Daddy da ist. Einverstanden?«

»Einverstanden, Kleine Kaja. Das mit den Orgien mache ich Saburo schon klar«, sagte Lara, und vielleicht war es ein Zeichen für die Wirkung, die Berry Zilwicki auf die Menschen ringsum ausübte, dass eine Ex-Schwätzerin die Sympathie, die sie für ihre Teenager-Monarchin empfand, nicht einmal vor sich selbst in Frage stellte.

Ein leichtes Raunen ging durch den Thronsaal, als jemand bemerkte, dass die Königin und ihre schlanke, muskulöse Leibwächterin durch den Nebeneingang hereinkamen. Die beiden durchquerten den gewaltigen Raum, der einmal dem planetaren Gouverneur als Ballsaal gedient hatte, als Torch noch Verdant Vista hieß und mesanischer Besitz gewesen war. Die Männer und Frauen, die gekommen waren, um die Königin von Torch kennenzulernen, staunten nicht schlecht, wie jung sie von Angesicht zu Angesicht aussah, und die Köpfe drehten sich zu ihr um. Allerdings war niemand so unfein, sich in ihre Richtung zu bewegen, ehe sie sich in den schmucklosen Schwebesessel setzte, der ihr als Thron diente.

Harper S. Ferry und Judson Van Hale waren noch zehn Meter von Tyler entfernt, als der Repräsentant von New Age Pharmaceutical aufsah und Berry entdeckte. Im Gegensatz zu allen anderen Handelsvertretern im Saal setzte er sich, kaum dass er sie erblickte, in ihre Richtung in Bewegung, und Dschingis' Kopf zuckte im gleichen Moment herum.

Der 'Kater richtete sich hoch auf, die Ohren angelegt, die Zähne entblößt zum plötzlichen, sich wie zerreißende Leinwand anhörenden Kriegsschrei einer Baumkatze, und warf sich unversehens von der Schulter seiner Person auf Tyler.

Tyler riss den Kopf herum, und Harper durchfuhr ein plötzlicher, durch nichts gemilderter Schreck, als er das entsetzliche, starre Licht in den Augen des Vertreters sah. Daran war etwas wie ... Irrsinn, und Harper griff augenblicklich nach dem Panikknopf an seinem Waffengurt.

Als der Pharmavertreter die herannahende 'Katz bemerkte, zuckte seine freie Hand zu seinem Aktenkoffer. Dem Aktenkoffer mit dem ›Parfüm‹, von dem bei New Age Pharmaceuticals niemand je gehört hätte – und von dem Tyler gar nicht mehr wusste, wie er es von dem Mann entgegengenommen hatte, der ihm auf Smoking Frog jenen eigenartigen Nebel ins Gesicht gesprüht hatte.

Dschingis erreichte ihn fast rechtzeitig. Der Baumkater stieß sich zu einem fauchenden Sturmangriff vom Boden ab, der Tylers Unterarm vielleicht eine Zehntelsekunde zu spät erreichte.

Tyler drückte den verborgenen Knopf. Die beiden ›Parfümzerstäuber‹ im Aktenkoffer zerbarsten und gaben das binäre Nervengas frei, das sie unter einem Druck von mehreren tausend Atmosphären enthalten hatten. Getrennt waren die Komponenten harmlos gewesen und leicht mit Parfüm zu verwechseln; in der Kombination waren sie unfassbar tödlich, und sie vermischten sich und breiteten sich mit einer immensen Druckwelle von Tyler aus, während der Aktenkoffer mit einem heftigen Krachen zerplatzte.

Dschingis erstarrte, zuckte einmal und stürzte einen Sekundenbruchteil zu Boden, ehe Tyler, die linke Hand von der Explosion des Aktenkoffers zerfetzt, neben ihm zusammenbrach. Harpers Finger beendete die Bewegung zum Panikknopf, dann strich die Todeswolke auch über ihn und Judson hinweg. Sie beugten den Rücken, öffneten in stiller Qual den Mund, dann fielen sie um, und der Zyklon des Todes breitete sich weiter aus.

Lara und Berry gaben sich größte Mühe, trotz ihrer beiderseitigen Belustigung angemessen ernste Gesichter zu bewahren, während sie zu Berrys Sessel stolzierten. Sie hatten den Weg zur Hälfte zurückgelegt, als plötzlich das schrille Fauchen einer wütenden Baumkatze die Stille im Thronsaal zerriss.

Sie fuhren zu dem Laut herum und sahen einen verschwommenen, cremefarben-grauen Fleck durch die Menge schießen. Im ersten Moment begriff Berry überhaupt nicht, was geschah. Doch Lara mochte noch nicht besonders gut sozialisiert sein, hatte aber noch immer die scharfen Sinne, die verbesserte Muskulatur und die blitzschnellen Reflexe der Schwätzerin, als die sie geboren worden war.

Sie wusste nicht, was Dschingis zu seinem Handeln trieb, aber jeder Instinkt in ihr schrie: ›*Gefahr!*‹ Und wenn sie auch nicht wusste, welche Gabel sie bei einem formellen Diner für welchen Gang benutzte, sie wusste genau, was sie bei Gefahr unternahm.

Sie vollendete ihre Drehung, streckte den rechten Arm aus, schlang ihn wie einen Python um Berrys Taille und riss das Mädchen hoch. Als Dschingis nur noch zwei Sprünge von Tyler entfernt war, sprintete Lara bereits zu der Tür, durch die sie den Thronsaal betreten hatten.

Sie hörte hinter sich den scharfen Knall, mit dem der Aktenkoffer explodierte, als die Tür sich gerade wieder öffnete, und erblickte Saburo und Ruth Winton. Aus dem Augenwinkel sah sie zugleich den Kurier des Todes näherkommen wie die Wellen von einem Stein, der in einen stillen See geworfen war, denn wo er hinkam, brachen die Menschen in zuckender Todesqual zusammen. Das Nervengas breitete sich rascher aus, als sie rennen konnte; sie wusste nicht, worum es sich handelte, aber dass es der unsichtbare Tod war ... – und dass sie ihm nicht entkommen konnte.

»*Saburo!*«, schrie sie und riss Berry vom Boden hoch. Einmal wirbelte sie auf dem Absatz herum wie eine Diskuswerferin, und plötzlich sauste Berry kopfüber durch die Luft. Wie ein Wurfspeer flog sie genau auf Saburo X zu, und er breitete reflexartig die Arme aus.

»Die Tür!«, schrie Lara, während sie durch ihren Schwung auf die Knie fiel. »Die Tür zu! *Haut ab!*«

Berry prallte gegen Saburos Brust. Er schloss den linken Arm um sie, drückte sie fest an sich, und sein Blick begegnete Laras, als ihre Knie den Boden berührten. Braune Augen starrten tief in blaue, trafen sich mit der plötzlichen, nackten Erkenntnis, der sich keiner von ihnen zu entziehen vermochte.

»Ich liebe dich!«, brüllte er ... und dann schlug er mit der rechten Hand auf den Knopf, der die Tür schloss.

20

»Nicht ein Wort«, sagte Elizabeth Winton tonlos. »Kein Wort darüber, wieso sie es getan haben sollten oder wer sonst es getan haben könnte.«

Der Premierminister und das Kabinett saßen schweigend da, während die Queen sie mit Augen wie braunen Gletschersplittern betrachtete. Die unterschiedlichen Reisezeiten vom Solsystem über Beowulf und von Congo über den Erewhonischen Wurmlochknoten hatten zur Folge gehabt, dass die Nachrichten im Abstand von nur wenig mehr als vierundzwanzig Stunden eingetroffen waren, und Königin Elisabeth war über jeden Zorn hinaus. Sie war in ein Reich des Eises eingetreten, wo der Hass kalter brannte als das All zwischen den Sternen.

»Sie haben am gleichen verdammten Tag Sir James ermordet und Berry Zilwicki und meine Nichte zu ermorden versucht. Sämtliches Beweismaterial von Alterde deutet auf eine havenitische Operation hin, und wer außer uns wusste noch von dem geplanten Gipfel auf Torch? Die Havies und die Erewhoner, und glaubt jemand in diesem Raum, dass der erewhonische Ehrenkodex eine solche Schandtat zugelassen hätte? Selbst wenn man voraussetzt, dass Erewhon einen vorstellbaren *Grund* besessen hätte?«

Hamish Alexander-Harrington holte tief Luft und blickte sich im Kabinettsraum um. Für die Königin war es ungewöhnlich, dass sie hierherkam, statt von ihrem Premierminister und vielleicht ein, zwei anderen Ministern im Mount Royal Palace aufgesucht zu werden. Genauer gesagt war so etwas in der Geschichte des Sternenkönigreichs nur siebenmal vorgekommen. Nun, jetzt waren es achtmal. Elizabeth hatte nicht nur mit ihrem Premierminister sprechen wollen;

sie wollte, dass alle Kabinettsmitglieder hörten, was sie zu sagen hatte.

Er schloss kurz die Augen, das Gesicht von Schmerz verzerrt, und Schmerz nicht nur um seinen ermordeten Freund. Die heldenhafte Entschlossenheit von Berry Zilwickis Leibwächterin hatten sie und Ruth Winton vor dem sicheren Tod bewahrt. Der Ex-Sklave, der die Tür im letzten Moment schließen konnte, hatte die beiden Mädchen aus dem Palast gezerrt. Zerren war wörtlich zu nehmen: er hatte sie zerren müssen; Berry hatte hysterisch versucht, die Tür mit bloßen Händen wieder zu öffnen.

Jede Person im Thronsaal war binnen fünfzehn Sekunden tot gewesen, und weitere zweihundertsechsundzwanzig Menschen waren gestorben, als das Nervengas sich durch andere Türen, Fenster und das Ventilationssystem aus dem Thronsaal verbreitete. Die Zahl der Todesopfer hätte wenigstens dreimal so hoch gelegen, wenn der Leibwächter, dem der Aktenkoffer des Attentäters aufgefallen war, nicht mit seinem Panikknopf Alarm ausgelöst hätte. Die fast unverzüglich erfolgte Abschaltung der Ventilation hatte die Ausbreitung des Giftgases so lange verzögert, dass die übrigen Personen aus dem Palast evakuiert werden konnten. Das Nervengas breitete sich im Übrigen nicht nur schnell aus, sondern war auch persistent. Den ersten Berichten zufolge war es vermutlich leichter, den Palast einfach niederzubrennen und neu aufzubauen, als zu versuchen, das Gebäude zu dekontaminieren.

»Ich begreife es nicht«, sagte die Baronin Morncreek, Schatzkanzlerin unter Grantville, mit sorgenschwerer Stimme. »Warum hat Haven das getan? Ich meine, was hat es damit erreicht?«

»Auf diese Weise ist unser Botschafter in der Liga tot«, antwortete Elizabeth kühl. »Admiral Webster genoss bei seinen

Kontaktleuten in der Liga höchstes Vertrauen. Durch seine Auftritte in verschiedenen Talkshows war er zu einer bekannten Mediengestalt geworden und hat sehr gekonnt die Berichte der extremistischeren Reporter darüber entschärfen können, was im Talbott-Sternhaufen vorgeht, seit Nordbrandt begonnen hat, Menschen zu töten. Haven hat sich vermutlich gesagt, Webster könnte in ähnlicher Weise die Reaktion der Liga auf Terekhovs Handeln bei Monica begrenzen. Indem man ihn tötete, versuchte man diese Möglichkeit auszuschalten und die Wahrscheinlichkeit zu erhöhen, dass die Liga wegen Talbott militärische Schritte gegen uns einleitet.«

»Und was ist auf Torch geschehen, Eure Majestät?«, fragte Morncreek.

»Haven hat uns – mich – zu einer Gipfelkonferenz eingeladen. Ich bezweifle, ob man wirklich erwartet hat, dass ich zusage. Ich glaube, es war als weiterer diplomatischer Winkelzug geplant. Die Havies wollten vermutlich die Korrespondenz der Einladung und meine Ablehnung als Beweis veröffentlichen, dass sie in diesem Krieg die ›vernünftige Seite‹ sind. Damit hätten sie auch ihre Behauptung untermauert, sie wären es, die von Anfang an die Wahrheit über die diplomatische Korrespondenz gesagt haben.

Doch dann nahm ich die Einladung an, und wir benannten Torch als Verhandlungsort und baten Erewhon, die Absicherung zu übernehmen, wodurch sich möglicherweise der Schaden beheben ließ, den unsere Beziehungen zu den Erewhonern unter High Ridge erlitten hatten. Damit hatte Haven nicht gerechnet. Und obwohl die Havies nie erwartet hätten, sich hinzusetzen und ernsthaft zu verhandeln, fanden sie sich in einer Situation wieder, in der sie ausgerechnet das tatsächlich tun mussten. In der es sogar möglich war, dass am Ende *wir* als Stimme der Vernunft dastehen. Folglich beschloss man, dem Problem aus dem Weg zu gehen, indem man Berry und Ruth ermordete – was bedeutet Mistkerlen wie den Havies schon der Tod von zwei Teenagerinnen? Wenn die Mädchen nicht zu spät gekommen wären, hätte man mit dem Anschlag wahrscheinlich auch Thandi Palane erwischt und das Torcher Militär enthauptet. Offensichtlich mussten die Verwirrung und das Chaos zur Folge haben, dass Torch als Konferenzort völlig ausfiel. Selbst wenn das nicht geschehen wäre, hätte Haven leicht Sicherheitsbedenken vorschieben und den Tagungsort ablehnen können, weil dort die Unversehrtheit ihrer teuren Präsidentin Pritchart nicht gewährleistet werden könne. Das natürlich erst, nachdem die Havies mir ihre verlogenen Beileidsbekundungen zum Tod meiner Nichte zugestellt hätten – ganz wie Saint-Just, nachdem er Onkel Anson und Cal umbringen ließ!«

White Haven lag eine Entgegnung auf der Zunge. Nicht etwa, dass er sich in Bezug auf Havens Schuld nicht beinahe genauso sicher gewesen wäre wie Elizabeth, sondern weil es ihm nach wie vor nicht einleuchtete. Die Art und Weise, wie Haven versucht hatte, Honor zu töten, deutete gewiss darauf hin, dass man Attentate noch immer als legitimes Mittel der Kriegsführung ansah, und das passte zur tradierten Vorgehensweise der Legislaturisten und des Komitees für Öffentliche Sicherheit; ganz zu schweigen davon hatte Pritchart persönlich während ihrer Revolutionärszeit mehr als nur einen Mordanschlag begangen.

Davon abgesehen konnte er Elizabeth' Argumentation, was James Websters Tod betraf, sehr gut nachvollziehen. Webster war tüchtig gewesen, und sein Tod machte es gewiss nicht leichter, die Krise im Talbott-Sternhaufen zu meistern. Besah man sich, wie die Drohung dieser Krise über dem Sternenkönigreich hing und Manticore Handlungsfreiheit einschränkte, so musste es Haven lohnend erscheinen, ihre Beilegung zu verhindern.

Aber Elizabeths Theorie über die havenitischen Motive beim Geschehen auf Torch ... Sie hinzunehmen fiel ihm schwerer. Oder wenigstens zu verstehen.

Die Republik hatte es nicht nötig, auf machiavellistische diplomatische Manöver zurückzugreifen, das wusste niemand besser als Hamish Alexander-Harrington. Schon das Ausmaß der havenitischen zahlenmäßigen Überlegenheit war beängstigend, und es würde nur schlimmer werden. Möglich, dass Neuentwicklungen wie Mistelzweig und Apollo die Chancen wieder ausgleichen konnten, aber Pat Givens schwor jeden Eid, dass Haven auf keinen Fall die Sicherheitsschirme um diese Projekte durchdrungen haben konnte. Soweit Thomas Theisman und Eloise Pritchart wussten, gab es keine radikalen Änderungen an der manticoranischen Bewaffnung, und das bedeutete, dass sie vollkommen sicher hätten sein müssen, eine kriegsentscheidende zahlenmäßige Überlegenheit zu besitzen.

Warum sich also Gedanken um die Diplomatie machen? Warum nicht einfach ein Ultimatum setzen: ergebt euch jetzt, oder euch blüht eine überwältigende Offensive von unserer Seite, wenn ihr gleichzeitig im Talbott-Sternhaufen gegen die Grenzsicherheit kämpft.

Und doch ...

Und doch hatte Elizabeth ihren Finger auf den Punkt gelegt, der Haven am schwersten belastete. Wer *sonst* hätte ein Motiv gehabt?

Wären bei dem Anschlag auf Berry Zilwicki, Websters Ermordung und dem Mordversuch an Honor nicht solch ähnliche Techniken benutzt worden, er hätte dazu geneigt, sich zu fragen, ob das Attentat auf Torch vielleicht eine mesanische Unternehmung sein könnte. Aus mesanischer Sicht leuchtete ein Anschlag auf Berry Zilwicki schließlich ein, denn Torch war der einzige Planet, der Mesa offen den Krieg erklärt hatte. Und es war durchaus denkbar, dass Manpower und Mesa es aus genau dem gleichen Grund auf Websters Leben abgesehen hatten, die Elizabeth soeben Haven zugeordnet hatte.

Aber sprach in dieser Überlegung seine Vernunft oder nur sein Wunsch, einen anderen Schuldigen zu finden – egal wen –, damit die Möglichkeit eines Verhandlungsfriedens erhalten blieb?

Wenn die drei Anschläge einander nur nicht so verdammt ähnlich gewesen wären! Aber dennoch, so war es. Drei getrennte Mordversuche, jeder die eindeutig selbstmörderische Tat eines Menschen, der keinen persönlichen Grund besaß, dem beabsichtigten Opfer den Tod zu wünschen – und ohne Chance, den Anschlag selbst zu überleben. Und während Mesa klare Gründe besaß, Berry Zilwicki zu töten, und möglicherweise ein Motiv, Jim Webster zum Schweigen zu bringen, warum hätten sie versuchen sollen, *Honor* zu töten? So viel Mühe er sich auch gab, auf diese Frage fand er einfach keine Antwort.

Ockhams Skalpell, dachte er. Die einfachste Antwort, die alle beobachteten Fakten abdeckt, ist mit größter Wahrscheinlichkeit die Wahrheit. Und die einfachste Antwort lautete, dass hinter allen drei Anschlägen die gleichen Leute steckten. In Anbetracht der zeitlichen Übereinstimmung von Websters Ermordung und dem Attentat auf Berry mussten diese Hintermänner beabsichtigen, den Friedensgipfel zum Scheitern zu bringen. Dazu aber mussten sie wissen, wo die Konferenz abgehalten wurde, und das hatte niemand außerhalb des Kabinetts und der höchsten Etagen im Foreign Office, dem Königreich Torch, Erewhon ... und Eloise Pritcharts Regierung gewusst. Jeder hatte zwar gewusst, dass die Konferenz stattfinden würde, aber nicht, wo, und White Haven konnte einfach nicht glauben, dass Erewhon die Information hatte durchsickern lassen. Es wusste zu gut, wie sensibel Manticore reagieren musste, nachdem es in einem solchen Ausmaß Technologie nach Haven transferiert hatte. *Torch* hätte ganz gewiss nicht geplaudert, und in der Presse des Sternenkönigreichs war noch nicht einmal der Hauch eines Gerüchtes aufgetaucht.

Und die Havies sind die einzigen, bei denen ich mir denken könnte, weshalb sie Honor *tot sehen wollten. Selbst wenn die Mesaner den Tagungsort irgendwie entdeckt haben sollten, konnten sie ihn denn* rechtzeitig *herausgefunden haben, um eine Operation dieses Umfangs zu beginnen? Von den größenwahnsinnigen Anwandlungen Manpowers abgesehen, ist Mesa nichts weiter als eine halblegale Fassade für gewöhnliche Verbrecher. Und wäre selbst* Manpower *so dumm, den akkreditierten Botschafter des Sternenkönigreichs in der Solaren Liga auf Alterde ausgerechnet in dem Moment zu ermorden, in dem die Beweise für die mesanische Verwicklung in die Talbott-Krise an die Öffentlichkeit kommen?*

Nein. Hier ging es um erheblich mehr als nur um Manpowers fehlgeschlagene Operation im Talbott-Sternhaufen. Und die Einzigen, die rechtzeitig gewusst hatten, wann und wo der Gipfel stattfinden sollte, und einen Grund besaßen, Honor tot sehen zu wollen, waren die Haveniten. Elizabeths Theorie, weshalb sie ihre eigene Friedenskonferenz sabotieren wollten, war vielleicht nicht vollkommen logisch, aber dennoch bot sich keine andere plausible Hypothese an.

»Ich nehme an«, sagte William Alexander schwerfällig, »die eigene Frage, der wir uns gegenübersehen, ist nicht, ob wir die Haveniten für ihr Tun zur Verantwortung ziehen, sondern wie. –

Hamish«, wandte er sich an seinen Bruder, »wie sieht die militärische Seite aus?«

»Im Grunde genauso wie vor Pritcharts Einladung«, antwortete White Haven. »Geändert hat sich nur die Zeit, die die Achte Flotte hatte, um neue Munition zu empfangen und mit ihr zu üben. Wir kennen ein paar neue Kniffe, von denen wir glauben, dass sie unsere Schiffe erheblich kampfkräftiger machen, und die zusätzliche Übungszeit wird der Achten Flotte guttun. Im Augenblick ist die Achte Flotte aber die einzige Formation, die komplett an dem neuen Waffensystem ausgebildet ist. Sie ist auch die einzige Formation, die mit den neuen Waffen *ausgerüstet* wurde, weil nur die *Invictus*- und die letzten Neubauten der graysonitischen *Harrington*-Klasse …« – trotz seiner trüben Stimmung lächelte er kurz über den Typnamen – »sie ohne Umrüstung betreiben können.«

»Wie kommt das?«, fragte Grantville. »Ich dachte, die Gondeln hätten die gleichen Abmessungen.«

»Haben sie auch, aber nur die Schiffe, die von Kiel auf Schlüsselloch-tauglich gebaut wurden, können die Typ-Zwo-Plattformen handhaben, und diese wiederum sind Grundvoraussetzung, damit die neuen Raketen funktionieren. Wir können alte Einheiten mit Schlüsselloch-Zwo nachrüsten – tatsächlich hat die Entscheidung, sofort die neue Version einzubauen, die Umrüstung der andermanischen Superdreadnoughts verzögert –, aber dazu müssen die Schiffe wenigstens acht bis zehn Wochen in die Werft. Und da wir mit Schiffen reichlich knapp sind, können wir so lange nicht auf in Dienst stehende Einheiten verzichten. Sämtliche Neubauten werden abgeändert und Schlüsselloch-Zwo-fähig, und sobald sie in Dienst kommen, können wir wohl damit beginnen, die alten Schiffe zur Umrüstung zurückzurufen.

Im Moment jedoch ist nur die Achte Flotte wirklich geeignet, sie zu handhaben, und auch da haben wir nur Teilladungen in den neuen Gondeln. Wir bemühen uns, so schnell wie möglich in Vollproduktion zu treten, aber wir sind noch auf ein paar Engpässe gestoßen, und Sicherheitsbedenken schränken die Anzahl der Produktionsstätten ein, die wir ihnen zuteilen konnten.«

»Aber die Achte Flotte könnte sofort wieder aktiv operieren?«

»Jawohl«, antwortete White Haven fest und versuchte dabei, den eisigen Schauer zu unterdrücken, den er bei dem Gedanken empfand, dass Honor wieder in den Kampf zog, nachdem er sich gestattet hatte, so sehr auf eine diplomatische Lösung zu hoffen. Und nicht an ihre – und Emilys – bittere Enttäuschung zu denken, wenn sie daher nicht bei der Geburt ihrer Tochter dabei sein konnte.

»Und wie sieht unsere defensive Position aus?«

»Auch dabei bleibt es im Grunde beim alten, allerdings tauchen Verbesserungen am Horizont auf. Wir arbeiten unter Hochdruck, um die Systemverteidigungsversion von Apollo fertigzustellen, und sollten schon bald mit der Installation beginnen können. Auch hier haben wir mit Produktionsengpässen zu kämpfen, aber sobald die Systemverteidigungsgondeln in Stückzahlen positionieren können, sind wir im Heimatsystem erheblich besser abgesichert.

Im Talbott-Sternhaufen sind wir in etwas besserer Form, da O'Malley sich nun im Monica-System befindet. Nach den augenblicklichen Prognosen des ONI über die solarischen Kapazitäten und unter Berücksichtigung der Leistungsmerkmale solarischer Schlachtkreuzer, die aus Terekhovs Gefechtsbericht hervorgehen, kann O'Malley fast mit Sicherheit alles vernichten, was Verrochio während der nächsten zwo bis vier Monate zusammenziehen und ihm entgegenwerfen könnte. Vielmehr müsste Verrochio erheblich verstärkt werden, eher er überhaupt eine Chance besäße, uns aus dem Monica-System zu werfen, geschweige denn dem Sternhaufen insgesamt.

Was eine direkte Offensive der Liga gegen unser Heimatsystem angeht, so arbeitet allein die Entfernung zu unseren Gunsten. Durch das Wurmloch könnte man uns nicht erfolgreich angreifen, nicht bei der Anzahl von Raketengondeln, mit der wir den zentralen Nexus abdecken. Die Liga müsste also den langen Weg nehmen, und folglich hätte man eine sechsmonatige Reise vor sich, ehe man hier wäre. Dabei ist noch gar nicht berücksichtigt, dass die Liga eine Flotte mit unbändiger zahlenmäßiger Überlegenheit massieren, in Marsch setzen und logistisch unterstützen müsste, wenn man wirklich unsere taktischen und technischen Vorteile ausgleichen wollte.

Um ehrlich zu sein, erinnere ich mich an den Satz eines Admirals der nassen Marine auf Alterde. Achtzehn Monate bis zwo Jahre, vielleicht sogar doppelt so lang, könnten wir wild um uns schlagen. Es ist unwahrscheinlich, dass die Sollys schon begriffen haben, wie sehr sich die Dinge in den letzten fünf bis zehn T-Jahren wirklich verändert haben, und das bedeutet wahrscheinlich, dass sie mit völlig unzureichenden Kräften zuschlagen werden, wenigstens zu Anfang. Irgendwann würden sie allerdings schon merken, was geschieht. Und wenn sie den nötigen Mumm haben, könnten sie die schiere Größe der Liga nutzen, um alles aufzusaugen, was wir ihnen bis dahin zugefügt hätten, während sie gleichzeitig die eigene Forschung und Entwicklung ankurbeln, an gleichwertigen Waffensystemen arbeiten und die eigene Baukapazität vervielfachen.

Unter dem Strich erwarte ich, dass wir der Liga gewaltigen Schaden zufügen könnten – weit mehr, als irgendeiner ihrer Strategen oder Politiker für möglich hielte, da bin ich mir sicher. Doch Quantität hat seine ganz eigene Qualität, und wir sind schlichtweg nicht groß genug, um die Solare Liga militärisch zu schlagen, wenn sie sich einmal zusammenreißt und entschließt, den Preis zu zahlen, der nötig ist, um uns zu schlagen. Wir besitzen weder die Schiffe noch die Kopfstärke, die erforderlich wären, um die Anzahl von Sonnensystemen zu besetzen, die wir besetzen müssten, um einen militärischen Sieg zu erringen. Der Liga stehen andererseits effektiv unbegrenzte menschliche Ressourcen und Produktionskapazität zur Verfügung. Am Ende gäbe das den Ausschlag. Und selbst wenn es anders wäre, diese Überlegungen lassen die Tatsache außer Acht, dass die Havies schon jetzt – oder sehr bald – genügend Wallschiffe von annähernd gleichem Kampfwert besitzen, um uns niederzuringen. Das gilt erst recht, wenn wir durch Auseinandersetzungen mit der Liga abgelenkt sind.«

»Deinen Worten entnehme ich Folgendes«, sagte Grantville aufmerksam: »Was auch immer die Liga *am Ende* macht, in den nächsten, sagen wir, sechs Monaten kann sie nichts tun, was für uns spürbare Folgen hätte?«

»Dieser Zeitrahmen ist wahrscheinlich ein wenig optimistisch, vorausgesetzt, wir erleiden schwere Verluste gegen Haven«, erwiderte White Haven. »Im Großen und Ganzen allerdings trifft die Aussage zu.«

»Dann scheint es mir, als müssten wir die Position einnehmen, dass diese sechs Monate – oder welch kürzerer Zeitraum uns tatsächlich bleibt – das Fenster sind, in dem wir uns um die Havies kümmern müssen«, sagte der Premierminister.

»Von der Tatsache abgesehen, dass gegen Ende dieses Fensters der havenitische zahlenmäßige Vorteil an Lenkwaffen-Superdreadnoughts in der Größenordnung von drei zu eins oder noch höher liegen wird«, sagte White Haven.

»Wir können nichts tun, um das zu ändern«, sagte Elizabeth tonlos. »Wir fertigen mit Hochdruck; die Havies tun das Gleiche. Die gefährliche Zeit, die vergeht, bis die neu auf

Kiel gelegten Schiffe die Zahlen ausgleichen, liegt außerhalb unserer Kontrolle – es sei denn, wir könnten die Havies irgendwie zurechtstutzen.«

»Sie denken an Sanskrit«, sagte Hamish genauso tonlos.

Die meisten Anwesenden im Kabinettszimmer wussten nicht, was Sanskrit war. Grantville, White Haven, die Queen und Sir Anthony Langtry sehr wohl, und Elizabeth nickte.

»Sie sagten gerade, die Achte Flotte habe die neuen Waffen. Wenn wir sie einsetzen – wenn wir die Havies überzeugen könnten, dass wir noch mehr davon haben –, muss das ihre Strategie beeinflussen. Vielleicht können wir sie damit zwingen, zu tun, was wir die ganze Zeit wollten: ihren Schlachtwall zu schwächen, um die abgelegenen Systeme zu schützen. Vielleicht überzeugen wir sie damit sogar, dass sie falsch gerechnet haben und doch nicht ausreichende Zahlen besitzen, um unsere Überlegenheit pro Schiff auszugleichen. In dem Fall müssten sich die Bastarde vielleicht doch mit uns an einen Tisch setzen und reden.«

»Das wäre möglich«, stimmte White Haven zu. »Ich kann allerdings nicht absehen, wie *wahrscheinlich* es vielleicht wäre. Eine Menge hinge davon ab, wie ihre Experten die Lage beurteilen, nachdem die Havies in Mistelzweig und Apollo hineingelaufen sind. Vielleicht ziehen sie nicht die Schlüsse, die wir erwarten würden, denn sie hätten nicht die gleichen Informationen über die Fähigkeiten und die Verfügbarkeit der Systeme wie wir. Und ich glaube kaum, dass bei der Admiralität irgendjemand in der Lage wäre, genau vorherzusehen, worin ihre militärische Reaktion bestünde.«

»Das ist eine gegebene Tatsache«, sagte Elizabeth nickend. »Dennoch sagen Sie, dass wir die Apollos der Systemverteidigung schon bald in Position bringen werden. Damit stärken wir doch die Sicherheit unseres eigenen Hinterlands, oder?«

»Beträchtlich«, antwortete White Haven. »Aber noch haben wir sie nicht positioniert.«

»Dennoch, die Achte Flotte hat Apollo bereits, und sie gehört zur strategischen Reserve der Homefleet, nicht wahr, Ham?«, fragte Grantville.

»Ja, schon, aber sie kann nicht gleichzeitig an zwo Orten sein«, erwiderte White Haven. »Wenn sie gerade havenitische Systeme überfällt, kann sie nicht hier das Heimatsystem verteidigen.«

»Aber wenn wir Sanskrit starten und danach die Achte Flotte augenblicklich nach Trevors Stern zurückführen, wäre sie wieder in ihrer Schutzposition, ehe Theisman auf die neuen Waffensysteme reagieren könnte, oder? Ich meine, einer der Vorteile, die Achte Flotte bei Trevors Stern zu stationieren, liegt schließlich darin, dass dieses System neunzig Lichtjahre weniger von Haven entfernt ist als Manticore. Selbst wenn wir also ein Ziel wie Lovat angreifen, könnte die Achte Flotte drei Wochen, ehe Theisman eine Flotte hierher bringen könnte, um uns anzugreifen, wieder in Position sein, um das Heimatsystem zu schützen, selbst wenn er sie von Haven im gleichen Augenblick in Marsch setzt, in dem er von Sanskrit hört, oder?«

»Theoretisch ja«, stimmte White Haven zu und verfluchte im Stillen die Ausweichplanstudien der Admiralität, die sein Bruder offensichtlich ein wenig zu genau gelesen hatte. Dann gab er sich innerlich einen Stoß. Willie und Elizabeth hatten recht. Die Möglichkeit einer direkten Konfrontation mit der Solaren Liga stellte für das Sternenkönigreich eine erheblich tödlichere strategische Bedrohung dar als die mögliche Reaktion der Republik Haven auf die neuen Waffensysteme.

»Wir haben nicht mehr genügend Zeit, um mit diesen … *Leuten* zu reden«, sagte Elizabeth tonlos. »Soeben haben wir neue Beweise dafür erhalten, dass man ihnen nicht trauen kann, und angesichts der Situation im Talbott-Sternhaufen müssen wir das Schlimmste einkalkulieren. Das bedeutet, wir müssen uns bei der Planung bewusst sein, dass wir jederzeit mit der Solaren Liga in den Kriegszustand geraten könnten, und dass sie, wie Hamish sagt, binnen weniger Wochen eine Flotte in den Talbott-Sternhaufen schicken könnte, und eine weitere in sechs Monaten. Dieses Risiko dürfen wir nicht eingehen, und wir vermeiden es nur, indem wir eine Entscheidung schnell herbeiführen. Sehen Sie irgendein Herangehen – ein militärisches Herangehen –, das uns eine bessere Chance böte, diese Entscheidung zu erreichen, Hamish?«

»Nein«, antwortete White Haven kopfschüttelnd. »Wenn wir Haven hart mit Sanskrit und Apollo schlagen, muss es innehalten und nachdenken. Selbst wenn die Havies unverzüglich einen Gegenangriff starten wollten, bräuchten sie wenigstens Wochen, um zu planen, Kräfte zu verlegen und sich in Position zu bringen, um solch eine schwere Attacke zu fahren, dass sie die Abwehr unserer wichtigen Sonnensysteme durchbrechen könnten. Ihre Verluste wären schon gegen unsere bestehende Abwehr gewaltig, und wir haben bisher noch keine Hinweise darauf, dass Theisman bereit wäre zu einem Kamikaze-Angriff à la Alles oder Nichts, oder das Leben seiner Leute vergeblichen Hoffnungen zu opfern. Ich sage keineswegs, dass sich das niemals ändern könnte, aber wie Willie schon angemerkt hat, haben wir auch einen Zeitfaktor im Auge zu behalten. Wir hätten wenigstens einen Monat, vielleicht zwo, um die Apollo-Gondeln der Systemabwehr in ihre Anfangspositionen zu bringen, während er eine Offensive als Antwort auf Sanskrit organisiert. Und Willie hat recht. Wir hätten die Achte Flotte wieder in der Schutzposition bei Trevors Stern, lange bevor solch ein Angriff erfolgen könnte.«

Mit grimmigem Gesicht blickte er sich im Konferenzraum um.

»Ich werde nicht vorgeben, dass wir kein Risiko eingingen, wenn wir Sanskrit beginnen«, sagte er. »Doch solange Theisman nicht bereit ist, wörtlich Hunderte von Superdreadnoughts zu verlieren, könnte er nicht sehr viel gegen die Verteidigung unternehmen, die wir bereits in Position gebracht haben. Gegen die Abwehrmittel, die in zwo Monaten installiert sein werden, wären seine Verluste sogar noch höher. Ich würde es vorziehen, noch wenigstens vier bis sechs Wochen zu warten, ehe wir Sanskrit beginnen, nur damit wir noch ein bisschen Zeit haben, die Apollo-Produktion richtig anlaufen zu lassen. Wenigstens ein paar weitere Apollo-fähige Wallschiffe in Dienst zu stellen und die Apollo-fähigen Systemverteidigungsgondeln an die Anfangspositionen zu setzen. Aber wenn wir entscheiden, so lange nicht warten zu können, weil ein Zwischenfall mit den Sollys – eines weiteren Zwischenfalls, sollte ich wohl sagen – möglich wäre, dann stellt Sanskrit unsere beste Option dar.«

»Sehr gut.« Elizabeth musterte zum weiteren Mal ihre Minister, dann nickte sie entschlossen.

»Willie, ich werde eine Note an Pritchart verfassen. Nett wird sie nicht ausfallen. Ich werde ihre Taten darin offiziell und öffentlich anprangern und sie informieren, dass ich nicht die Absicht habe, mich mit jemandem zu treffen, der routinemäßig Mordanschläge einsetzt. Ferner werde ich sie darin unterrichten, dass wir beabsichtigen, unverzüglich wieder aktiv militärisch zu operieren.«

Grantville nickte.

Technisch hätte er Elizabeth Wintons Richtlinienentscheidung zurückweisen können. Tatsächlich war ihrem Gebaren eindeutig anzumerken, dass er sich ihr nur widersetzen konnte, indem er zurücktrat, statt die Linie zu übernehmen. Und er hatte überhaupt keinen Zweifel, dass in dem Fall, dass die Königin ihren Untertanen erklärte, was geschehen war und weshalb sie diese und keine andere Entscheidung traf, ihr Entschluss auf überwältigende Unterstützung und Billigung treffen würde. Sie hätte leicht einen anderen Premierminister finden können, der ihre Richtlinien in die Tat umsetzte.

So sehr das alles stimmte, verfehlte es doch den springenden Punkt. Und der war, dass er mit ihr übereinstimmte.

»Tony«, fuhr Elizabeth fort, an den Außenminister gewandt, »ich möchte, dass unsere Ankündigung, wieder aktiv zu operieren, völlig eindeutig ausgedrückt wird. Im Gegensatz zu Haven werden wir keine Angriffe führen, ohne vorher unsere feindseligen Absichten bekanntgegeben zu haben, und das soll der Galaxis im Ganzen dadurch klargemacht werden, dass wir unsere Note zeitgleich in der Presse veröffentlichen, wenn wir sie absenden. Diesmal soll kein Raum bleiben, uns zu beschuldigen, Korrespondenz nach der Sendung abgeändert zu haben. Ist das klar?«

»Völlig klar, Euer Majestät«, sagte Langtry, und die Queen wandte sich wieder White Haven zu.

»Hamish, an die Achte Flotte gehen augenblicklich neue Befehle. Unternehmen Sanskrit ist von sofort an reaktiviert. Die Planung hat unverzüglich zu beginnen, und Sanskrit soll die Havies so rasch treffen, wie es physikalisch möglich ist.«

Das Lächeln, das sie aufsetzte, hätte auch einem Hexapuma gut angestanden.

»Wir unterrichten sie offiziell«, sagte sie grimmig, »und ich hoffe, die Dreckskerle ersticken dran!«

21

In gelähmtem Schweigen saßen die wichtigsten Minister in Eloise Pritcharts Kabinett um den Konferenztisch. Leslie Montreau hatte ihnen den offiziellen Text von Elizabeth Wintons grimmiger Note laut vorgelesen, und jeder im Raum fühlte sich, als habe er gerade einen Schlag in die Magengrube einstecken müssen.

Außer Pritchart. Sie hatte das gleiche Gefühl schon neunzig Minuten früher erlebt, als Montreau ihr die Note vorlegte. Die Präsidentin der Republik atmete tief durch, neigte den Sessel leicht nach vorn und stützte in einer Haltung, von der sie hoffte, dass sie Selbstvertrauen bekundete, die Unterarme auf den Tisch.

»Da haben wir es«, sagte sie nur.

»Hat sie den Verstand verloren?« Tony Nesbitt hatte wütend klingen wollen; stattdessen klang er leidend. »Warum in Gottes Namen glaubt sie denn, dass wir es getan haben? Welches Motiv hätten wir denn dafür?«

»Manticore hat uns bereits den Anschlag auf Harrington zur Last gelegt«, sagte Pritchart. »Und wenn ich ehrlich sein soll, wäre ich an ihrer Stelle, wäre ich von unserer Schuld ebenfalls überzeugt. Schließlich wäre es für uns sehr nützlich, Harrington zu beseitigen, wenn wir könnten.

Weil wir wissen, dass wir unschuldig sind, sehen wir die Sache natürlich aus einer anderen Perspektive. Für uns ist es offensichtlich, dass es jemand anderes getan haben *muss*. In Harringtons Fall ist das für die Manticoraner jedoch nicht offensichtlich, und ich wüsste mehrere logische Gründe für uns, Webster zu beseitigen, wenn wir denn bereit wären, auf Attentate zurückzugreifen. Die *Beweise*, dass wir direkt in den Mord an Webster verwickelt wären, sind vernichtend, auch wenn wir wissen, dass sie durch die Bank gefälscht wurden.

Jetzt gibt es noch einen Mordanschlag auf Queen Berry und offensichtlich auch Prinzessin Ruth. Wem sonst sollte man das Attentat zur Last legen?«

»Aber wir haben Manticore Friedensverhandlungen angeboten«, wandte Walter Sanderson ein. »Warum hätten wir das tun sollen, wenn wir dann vorsätzlich den Friedensgipfel sabotieren, den wir selbst vorgeschlagen haben? Das ergibt doch keinen Sinn.«

»Da muss ich widersprechen, Sir«, erwiderte Kevin Usher. »So wütend Elizabeth Winton im Moment auch sein mag, dass sie uns verdächtigt, ist längst nicht so unlogisch – oder zumindest unvernünftig –, wie mir lieb wäre.«

»Wie meinen Sie das?«, fragte Sanderson ungehalten.

»Madame Präsidentin?« Usher blickte Pritchart mit einem fragenden Ausdruck an, und sie nickte.

»Nur zu, Kevin. Sagen Sie es ihnen.«

»Jawohl, Ma'am.«

Usher wandte sich wieder an das Kabinett.

»Vor einigen Monaten habe ich ältere Akten der Systemsicherheit durchgearbeitet. Wie Sie wissen, haben wir so viele Geheimakten beschlagnahmt, dass es noch Jahre dauern wird, bis wir da durch sind. Die Dateien, von denen ich spreche, waren allerdings auf die höchste Sicherheitsstufe gesetzt – sowohl von der Systemsicherheit als auch der Inneren Abwehr. Das war so ungewöhnlich, dass es meine Neugier weckte, und ich warf einen Blick hinein. Wie sich herausstellte, reicht unsere Verbindung zum Haus Winton länger zurück, als wir glaubten.«

Sanderson runzelte die Stirn, als warte er ungeduldig darauf, dass der Direktor der Federal Investigative Agency fortfuhr, und Usher lächelte gepresst.

»Ich bin sicher, wir alle sind uns gewahr, dass niemand anderer als Saint-Just hinter dem Anschlag auf das Leben Elizabeth Wintons und Benjamin Mayhews im Jelzin-System steckte. Ferner wissen wir alle, dass Winton und Mayhew den Masadanern zwar entkamen, der manticoranische Premierminister und der Außenminister aber getötet wurden. Und dieser Außenminister, Anson Henke, war Elizabeth Wintons Onkel. Auch ihr Cousin wurde getötet, und dem Herzog von Cromarty hatte sie seit dem Tag ihrer Thronbesteigung nicht nur politisch, sondern auch emotional sehr nahe gestanden.

Das Ganze ist schon schlimm genug, aber wir könnten Königin Elisabeth vielleicht überzeugen, dass solche Taten eben für die Systemsicherheit typisch gewesen wären, und nicht für Haven. Nur gibt es da leider die kleine Komplikation, dass wir auch ihren *Vater* ermorden ließen.«

»*Wie bitte?*« Thomas Theisman hatte sich kerzengerade aufgerichtet. Er wirkte wie vom Donner gerührt, und Usher nickte grimmig.

»König Roger war die treibende Kraft hinter der manticoranischen Aufrüstung als Maßnahme gegen den legislaturistischen DuQuesne-Plan. Die Legislaturisten hatten von Anfang an vermutet, dass Manticore von allen vorgesehenen Opfern am schwierigsten zu besiegen wäre. Aber durch Rogers Maßnahmen sahen die Prognosen immer schlechter aus, und man entschied sich zu einem Enthauptungsschlag gegen den Gegner. Die InAb hatte bereits eine Reihe von manticoranischen Politikern in der Tasche und benutzte sie, um den König zu töten. Elizabeth Winton war zu diesem Zeitpunkt noch minderjährig, und laut den InAb-Akten beabsichtigte man, Einfluss auf die Regentschaft auszuüben und die manticoranische Außenpolitik ›umzuleiten‹. Zuallermindest vermutete man, dass man den Gegner lähmen könnte, indem man jemanden auf den Thron setzte, der so jung und unerfahren war wie Elizabeth Winton.

Zum Leidwesen der Legislaturisten flog die Operation aus irgendeinem Grunde auf. Die InAb konnte nicht sagen, wie die Mantys darauf gekommen sind, aber man war überzeugt, dass sie bemerkt hatten, was vorgefallen war. Der Plan, den Regenten zu beeinflussen, fiel ins Wasser, als Elizabeth Wintons Tante Caitrin Winton-Henke zur Regentin ernannt wurde. Sie war so entschlossen, wie es nur ging, und sie hat das Foreign Office gründlich ausgeschwefelt und jeden entfernt, der den Legislaturisten auch nur ansatzweise Sympathien entgegenbrachte. Und Elizabeth Winton begnügte sich – obwohl sie von der Beteiligung der InAb gewusst haben muss – damit, die manticoranischen Politiker, die die eigene Schmutzarbeit gemacht hatten, politisch kaltzustellen. Was, wenn man recht darüber nachdenkt, eigentlich nur beweist, dass sie wusste, wer wirklich dahintersteckte – und dass sie dennoch genügend Verstand und Selbstdisziplin besaß, die Legislaturisten nicht bloßzustellen, ehe das Sternenkönigreich einen Krieg führen konnte.«

»Mein Gott«, sagte Theisman. »Sie haben König Roger getötet, weil sie dachten, Elizabeth wäre *schwächer?*« Er lachte rau auf. »Na, diese hirnverbrannte Idee ist ja prächtig nach hinten losgegangen!«

»Das kann man wohl mit Fug und Recht behaupten«, stimmte Pritchart ihm zu. »Aber Sie sehen, worauf Kevin hinauswill, oder? Die Legislaturisten und die Innere Abwehr haben ihren Vater ermorden lassen. Das Komitee für Öffentliche Sicherheit und die Systemsicherheit haben versucht, sie zu ermorden, und dabei ihren Onkel, ihren Cousin und ihren Premierminister getötet. Wenn also zwei völlig unterschiedliche havenitische Regimes bereit waren, Angehörige des Hauses Winton zu ermorden, warum sollte dann nicht ein drittes Regime den Tod ihrer Nichte in Kauf nehmen? Ist es so verwunderlich, dass sie nicht glauben will, wir könnten von den alten Wegen lassen?«

»Von König Rogers Ermordung wusste ich nichts«, sagte Sanderson kopfschüttelnd. Seine Miene erinnerte an einen Ochsen, der einen Schlag vor den Kopf bekommen hat. »Mir will noch immer kein logischer Grund einfallen, weshalb wir hinter dem Geschehen auf Torch stecken sollten, aber unter den Umständen ist es wohl nicht verwunderlich, dass sie so und nicht anders reagiert.«

»Worüber *ich* mich wundere, Sir«, sagte Usher, »ist, ob wer immer Webster ermordet hat und Berry Zilwicki und Ruth Winton zu töten versuchte, vielleicht die Wahrheit über den Tod König Rogers wusste?«

Er blickte Wilhelm Trajan an, und der Chef des Auslandsgeheimdienstes zuckte unfroh mit den Schultern.

»Damit befassen wir uns, Kevin«, sagte er und wandte sich an das Kabinett als Ganzes. »Wie Kevin weiß, haben wir einen sehr guten Mann auf Erewhon, der außerordentlich gute Beziehungen nach Torch besitzt. Leider haben wir noch nichts von ihm gehört, und das wird auch noch eine Weile so bleiben. Selbst wenn er auf Torch gewesen ist, als der Anschlag sich ereignete – und das ist offen gesagt unwahrscheinlich angesichts seines ausgedehnten Verantwortungsbereichs –, dauert es noch wenigstens zwei Wochen, ehe eine Nachricht von Torch oder Erewhon uns hier erreicht.

Nachdem das alles gesagt wurde, springt es einem doch förmlich ins Gesicht, dass jemand von der Gipfelkonferenz gewusst hat und sie verhindern wollte. Kevin, haben Ihre Leute schon mehr über Grosclaudes sogenannten Selbstmord herausgefunden?«

»Nein«, gab Usher zu.

»Das habe ich befürchtet.« Trajan seufzte. »Wir haben

jetzt seit einiger Zeit Berichte wie Gerüchte gesammelt. Auch mit dem Anschlag auf Harrington haben wir uns eingehend befasst, da wir ja nun einmal wissen, dass wir es nicht gewesen sind. Für uns wurde es recht bald offensichtlich, dass zwischen dem Attentat auf sie und der Hofschulte-Affäre im Andermanischen Kaiserreich eine Reihe von Parallelen existieren. Es sieht sogar ganz danach aus, als wäre in beiden Fälle die identische, uns bisher unbekannte Technik verwendet worden. Noch haben wir nichts Direktes von Alterde über den Webster-Mord, aber wenn ich mir die Klageschrift ansehe, die Elizabeth Winton ihrer Note angefügt hat, so sieht es mir ganz danach aus, als könnte Botschafter DeClercqs Fahrer genau der gleichen Technik zum Opfer gefallen sein. Und bei dem Anschlag auf Berry Zilwicki könnte es sich um einen weiteren solchen Fall halten – beachten Sie, dass in allen vier Fällen zum Beispiel der anscheinende Mörder kein persönliches Motiv hatte, sein Opfer zu töten, und keinerlei Überlebenschance besaß.

Von außen drängt sich mir der Verdacht auf, auch wenn wir über nur sehr wenig forensisches Material verfügen, dass bei Grosclaude die gleiche Technik eingesetzt wurde. Nicht, damit er jemand anderen tötet, sondern sich selbst.«

Pritchart sah Trajan scharf an. »Worauf wollen Sie damit eigentlich hinaus, Wilhelm?«, fragte sie.

»Grosclaude war fast mit an Sicherheit grenzender Wahrscheinlichkeit Giancolas Werkzeug«, erklärte Trajan. »*Giancola* wurde bei einem Verkehrsunfall getötet, der eindeutig echt gewesen ist, aber Grosclaude wurde vorsätzlich eliminiert, und auf den ersten Blick betrachtet von der gleichen unbekannten Partei, die anscheinend ungehindert durch die Galaxis zieht und andere Menschen so gut wie beliebig ermordet. Wie Kevin gezeigt hat, ist es sehr wahrscheinlich, dass Grosclaudes Tod und das gefälschte Belastungsmaterial gegen Giancola uns tatsächlich von Giancolas *Unschuld* überzeugen sollte. Unsere unbekannte Partei schützte also die Interessen des vielbetrauerten Arnold Giancola, als er – oder sie – Grosclaude tötete.«

Rachel Hanriot schürzte die Lippen und pfiff leise vor sich hin. »Himmel!«, rief sie. »Wollen Sie andeuten, Arnold hat von Anfang an für diese ›unbekannte Partei‹ gearbeitet? Dass der ganze Krieg gegen Manticore absichtlich von jemand anderem provoziert worden ist?«

Trajan nickte. »Ich halte das durchaus für möglich. Und wenn es wirklich so geschehen ist, dann werden diejenigen, die von vornherein wollten, dass wir auf die Mantys schießen, alles in ihrer Macht Stehende tun, um zu verhindern, dass wir das Feuer einstellen.«

»Aber wer soll das sein?«, wollte Nesbitt wissen, das Gesicht frustriert verkniffen. »Wem nutzt es, wenn sich Haven und Manticore einander zerfleischen?«

»Das weiß ich nicht«, gab Trajan zu. »Angesichts der Operation auf Torch wäre ich geneigt, Mesa für die Schuldige zu halten. Schließlich und endlich mögen Mesa und Manpower aus einer Reihe von Gründen weder uns noch Manticore. Ich bin mir nur nicht sicher, wieso sie Hofschulte benutzt haben sollten, um den jüngeren Bruder des andermanischen Kaisers zu töten. Was das angeht, so könnten die wahren Schuldigen sich natürlich auch gesagt haben, dass wir *automatisch* auf Mesa verfallen würden, wenn sie einen Anschlag auf die Herrscherin von Torch verüben. Dabei könnte es sich um eine Irreführung handeln, und ich sehe für Mesa keinen Grund, die Zeit und die nicht unbeträchtlichen Ressourcen einzusetzen, die nötig waren, damit Manticore und wir Manpower in Ruhe lassen und wenigstens in unseren jeweiligen Sektoren den Sklavenhandel nicht stören.«

»Wollen Sie etwa behaupten, das wäre *kein* Grund?«

»Nein, Minister Nesbitt. Ich sage nur, dass weder ich noch meine erfahrensten Experten sich einen möglichen Grund denken können. Und wir müssen vorsichtig sein, sonst verleitet uns die Torch-Komponente des Geschehenen, einer falschen Spur hinterherzuhetzen. Wir können es uns nicht leisten, unsere Aufmerksamkeit ausschließlich auf die Möglichkeit Mesa und Manpower zu konzentrieren, ohne einen tieferen Grund dafür zu haben als den physischen Ort des Anschlags auf Berry Zilwicki.«

»Das ist alles sehr beeindruckend«, sagte Thomas Theisman. »Ich meine das ehrlich, und ich möchte unbedingt die Antworten auf die Fragen hören, die sich uns stellen. Leider haben wir ein unmittelbareres Problem. Damit meine ich Manticores Entscheidung, die Feindseligkeiten wieder aufzunehmen.«

»Das ist wohl wahr, Admiral«, sagte Leslie Montreau. »Der Formulierung zufolge wird Manticore zum frühestmöglichen Zeitpunkt die Operationen fortsetzen. Möglich, dass man uns in dem Moment, wo wir hier sitzen, bereits angreift. Nach den Buchstaben des interstellaren Rechts könnte Manticore behaupten, uns über seine Absichten informiert zu haben, ehe es den Waffenstillstand brach, da wir in unserer ursprünglichen Zustimmung zum Waffenstillstand nicht festgelegt haben, wann eine Mitteilung ›rechtzeitig‹ ist.«

»Glauben Sie, dass man uns bereits angreift, Tom?«, fragte Pritchart.

»Vom diplomatischen Blickwinkel kann ich diese Frage nicht einmal entfernt beantworten«, sagte Theisman. »Aus der militärischen Perspektive wäre ich erstaunt, wenn Manticore so rasch eine Operation in Gang setzen könnte. Ich gehe davon aus, dass man schon vor dem Waffenstillstand Operationspläne in Arbeit hatte und sie vorsichtshalber konstant aktualisiert hat. Aber dennoch wird man Zeit brauchen, um die Pläne abzustauben, die nötigen Kräfte einzuweisen, um dann tatsächlich die Ziele zu erreichen. So gesehen haben wir wahrscheinlich noch eine Woche. Ich könnte mich irren, aber ich halte dies für das wahrscheinlichste Szenario.«

»Es muss doch eine Möglichkeit geben, sich unter diesen Pulserbolzen zu ducken«, wandte Nesbitt drängend ein. »Falls Wilhelms Verdacht auch nur entfernt zutrifft, dann spielen wir beide jemand anderem in die Hände, wenn wir wieder in den Krieg ziehen!«

»Aber wenn Tom mit seiner Schätzung richtig liegt«, sagte Henrietta Barloi mit rauer Stimme, »dann können wir überhaupt nichts unternehmen. Wenn die Mantys uns so schwer und so schnell angreifen, dann werden wir irgendwo geschlagen, ehe wir eine Note von Haven nach Manticore zurückschicken könnten. Selbst wenn Elizabeth Winton bereit wäre, uns zu glauben – und da bin ich mir gar nicht sicher –, haben wir keine Möglichkeit, uns an sie zu wenden, ehe sie den Abzug drückt.«

»Und wenn sie ›den Abzug drückt‹«, sagte Pritchart grimmig, »dann wird es teuflisch schwierig, den Kongress zu bewegen, einem zweiten Gipfeltreffen zuzustimmen.«

»Außerdem«, fügte Montreau bedrückt hinzu, »könnten wir die Mantys überhaupt nicht bewegen, den Vorschlag dazu ernstzunehmen, es sei denn, wir wiesen die Operation, die sie beginnen, in vernichtender Weise ab.«

Alles sah die Außenministerin an, und sie zuckte mit den Schultern.

»Im Augenblick nimmt Elizabeth Winton an, wir hätten das Ganze aus einem unbekannten, hinterhältigen Grund eingefädelt, den nur wir kennen. Wenn Manticore uns erfolgreich angreift, größeren Schaden verursacht und ungeschoren oder mit geringen Verlusten davonkommt, dann haben wir aus Elizabeth' Sicht nur mehr Grund, Zeit zu gewinnen oder was wir auch immer mit unserem ›falschen‹ Verhandlungsangebot bezweckten. Wenn wir dagegen Manticore schwer treffen und danach eine weitere Nachricht mit wenigstens einer teilweisen Erklärung von Director Trajans Verdacht verbreiten, dann sprechen wir taktisch und psychologisch aus einer Position der Stärke. Wenn wir sagen: ›Hört zu, wir haben euch bei eurem letzten Angriff die Nase blutig gehauen, aber wir glauben, jemand manipuliert uns beide. Wenn ihr euch also wenigstens mit uns zusammensetzen und mit uns reden würdet, würden wir so lange unseren momentanen Vorteil nicht nutzen‹, nähme Manticore uns eher ernst.«

Pritchart nickte. »Ich verstehe, was Sie meinen«, sagte sie und blickte Theisman an. »Tom, wie wahrscheinlich ist es, dass es so kommt?«

»Das hängt von zu vielen Unwägbarkeiten ab, als dass ich es auch nur abschätzen könnte«, antwortete Theisman offen. »Es kommt darauf an, was Manticore zu tun beschließt, wo es getan werden soll und was die Mantys erwartet, wenn sie zuschlagen. Wir haben fast alle Sonnensysteme, die wir als mögliche Kandidaten für ihre Zielauswahl identifizieren konnten, mit den neuen Gondeln und Leitsystemen ausgestattet. Während des Waffenstillstands habe ich auch eine erkleckliche Anzahl Wallschiffe abgestellt, um die verwundbareren unter diesen Systemen zu decken. Die Einheiten, die ich dazu auswählte, konnten auf ihren neuen Stationen weiterhin üben und Manöver abhalten, während sie uns gleichzeitig eine größere defensive Tiefe schenkten.

Sämtliche nachrichtendienstlichen Erkenntnisse deuten darauf hin, dass Manticore seine Achte Flotte mit allen Mitteln verstärkt hat. Aufgrund dessen sollte sie in der Lage sein, mit größeren Kräften anzugreifen. Vielleicht entscheidet man sich aber auch, an noch mehr Punkten zugleich zuzuschlagen als bisher. Aber ich halte es für wahrscheinlicher, dass man sich auf eines konzentriert, insbesondere nach dem Desaster bei Solon. Ich wette auf einen massierten Angriff auf ein, höchstens zwo der wertvolleren Zielsysteme.

Vorausgesetzt, ich habe recht, vorausgesetzt, wir haben die wahrscheinlichen Ziele richtig erraten, und vorausgesetzt, man greift ein System an, dem ich Wallschiffe zugeteilt habe, und ebenfalls vorausgesetzt, dass Manticore mit keiner neuen Doktrin oder neuen Waffen und Gerät aufwartet, sollten wir den Raid zurückschlagen können. Aber beachten Sie bitte, wie viele Voraussetzungen ich genannt habe.«

Er schüttelte den Kopf und blickte seinen Amtskollegen in die Augen.

»Ich müsste lügen, würde ich rundheraus behaupten, Manticore könnte kein System gefährden, egal, welches es sich aussucht. Ich rechne damit, dass der manticoranische Verband Verluste erleidet, wo er auch angreift, aber ich kann nicht garantieren, dass die Manticoraner zurückgeschlagen werden, sei es mit oder ohne erhebliche Verluste.«

»Verstehe.« Pritchart nickte bedrückt und saß eine kleine Weile in Gedanken versunken da. Dann blähten sich ihre Nasenflügel, und sie richtete sich leicht auf.

»Also gut. Persönlich glaube ich, dass Sie auf der richtigen Spur sind, Wilhelm. Konzentrieren Sie sich ganz darauf herauszufinden, was zum Teufel eigentlich vorgeht und wer dahintersteckt.«

»Jawohl, Madame Präsidentin.«

»Leslie, ich glaube, Sie liegen richtig, was die Umstände angeht, die herrschen müssen, ehe wir den Mantys unseren Verdacht mitteilen können. Gleichzeitig möchte ich, dass

Sie jetzt schon eine Nachricht ausarbeiten, die wir senden können, sobald wir die richtigen Bedingungen finden oder schaffen können. Wir können es uns nicht leisten, schwach zu klingen, oder als würde ihre augenblickliche Kompromisslosigkeit unser Vorgehen antreiben – nicht, wenn wir sie überzeugen wollen, dass wir die Wahrheit sagen. Gleichzeitig müssen wir so überzeugend sein, wie wir können, deshalb bitte ich Sie, sich mit Kevin zusammenzusetzen. Sie müssen mit seinen Ermittlungsergebnissen so vertraut sein wie irgend möglich, denn Sie sind es, die eine Erklärung für die Mantys aufsetzen muss. Machen Sie mit Wilhelm das Gleiche. Innerhalb der nächsten fünf Tage legen Sie mir einen Entwurf vor.«

»Jawohl, Madame Präsidentin.«

»Tom«, wandte sich Pritchart an Theisman, »ich sage es nicht gern, aber im Moment sieht es so aus, als bliebe alles an Ihnen und Ihren Leuten hängen. Leslie hat recht. Wir brauchen einen Sieg, ehe wir den Mantys diesen Schlangenkorb überreichen können. Sie müssen uns einen verschaffen.«

»Madame Präsidentin –«

»Ich weiß, dass Sie gerade erst gesagt haben, Sie könnten nicht garantieren, den nächsten Raid zurückzuschlagen«, unterbrach Pritchart ihn. »Ich verstehe die Gründe, und ich akzeptiere Ihre Analyse. Andererseits schicken wir sie vielleicht mit blutiger Nase nach Hause, und in dem Fall können wir Leslies Note gleich hinterhersenden. Aber wenn Manticore uns zusammenschießt, dann muss auf der Stelle ein mächtiger Gegenschlag erfolgen. Deshalb setzen Sie sich im Oktagon bitte mit Admiral Marquette und Admiral Trenis zusammen. Legen Sie mir eine Beurteilung möglicher offensiver Operationen unsererseits vor. Ich wünsche eine Bandbreite an Optionen von dem schwersten Schlag, den wir landen könnten, bis zu einer abgestufteren Reaktion, die wir vielleicht nutzen, wenn die RMN uns angreift und wir sie zurückschlagen können, ohne dass eine Seite schwere Verluste erleidet.«

»Jawohl, Madame Präsidentin.« Theisman war damit ganz und gar nicht zufrieden, doch Stimme und Miene ließen sich nichts anmerken.

»Unsere Lage gefällt mir nicht«, sagte Pritchart grimmig, »kein bisschen, und es gefällt mir jedes Mal weniger, wenn ich mir klarmache, dass wer immer die Manipulationen durchführt, von denen Wilhelm spricht, mich dazu bewegt hat, ganz genau das zu tun, was die Unbekannten wünschen. Leider ist ihnen bei Elizabeth Winton nun ganz genau das Gleiche gelungen, und von ihrer offensichtlichen Haltung uns gegenüber ausgehend besteht auch keine Aussicht, ihr die Augen zu öffnen. Uns bleibt deshalb nur die Möglichkeit, sie so hart zu treffen, wie wir können, damit sie weiß, dass sie uns zuhören *muss*, ganz egal, wie albern unsere Behauptungen klingen.«

22

»Hier sind die Pläne, die Sie angefordert haben, Eloise.«

»Gut ... glaube ich.«

Eloise Pritchart lächelte Thomas Theisman und Arnaud Marquette schlecht gelaunt an, als der Kriegsminister und der Admiralstabschef sich in dem kleinen Besprechungsraum neben ihrem Büro an den Tisch setzten. *In letzter Zeit,* dachte sie, *scheine ich sehr viele Stunden in solchen Zimmern zu verbringen.*

»Wie gewünscht, haben wir eine Reihe von Möglichkeiten

zusammengetragen«, fuhr Theisman fort. »Meiner Meinung nach erfüllen zwo davon Ihre Anforderungen am besten. Arnaud und ich haben Ihnen Zusammenfassungen jeder einzelnen mitgebracht, aber mit Ihrer Erlaubnis möchte ich mich auf die beiden Kandidaten konzentrieren, die ich als am geeignetsten ansehe: Beatrice und Camille.«

»Nun, die Namen klingen wenigstens ganz nett«, erwiderte die Präsidentin matt, und Theisman und Admiral Marquette entblößten zu pflichtschuldigem Lächeln die Zähne. »Also gut, Tom. Fahren Sie fort.«

»Dann sollten wir uns zunächst Camille ansehen«, sagte Theisman.

»Grundsätzlich ist Camille für die Situation gedacht, dass die Mantys eines unserer Sonnensysteme angreifen und wir sie mit relativ leichten Verlusten auf beiden Seiten zurückschlagen. Die Folge eines Sparrings, wenn Sie so wollen, und keines tödlichen Ringens.

In dieser Lage wollen wir, wie wir Ihre Direktive begreifen, eine Strafoperation durchführen, ohne dass auf einer Seite die Verluste arg in die Höhe schießen; eine Erklärung, dass wir den Schlag absorbiert und pariert haben und bereit sind, ähnliche Schläge unsererseits auszuteilen.

Grundsätzlich ist dabei das Problem, dass die Allianz, obwohl sie gezwungen wurde, Schlachtgeschwader zum Schutz von Systemen wie Sansibar und Alizon abzustellen, an den meisten wichtigen Zielen stärkere Systemverteidigungskräfte hat als wir. Die Allianz muss eben weniger Systeme verteidigen als wir, sodass sie trotz ihrer zahlenmäßigen Unterlegenheit jedes einzelne weit stärker sichern kann als wir. Selbst ein Schlag, den wir als relativ geringfügig ansehen, erfordert daher eine beträchtliche Kampfkraft unsererseits. Dazu haben wir die nötigen Ressourcen; mein einziger wirklich besorgniserregender Punkt ist, dass der Einsatz eines Kampfverbands oder einer Flotte der nötigen Stärke von den Mantys als Eskalation unsererseits angesehen werden könnte, ob wir wollen oder nicht.

Unter diesen Voraussetzungen schlagen wir unter Camille einen Angriff auf Alizon vor, ähnlich dem gegen Sansibar. Wahrscheinlich geben wir wieder Lester das Kommando und setzen sechs Schlachtgeschwader ein – achtundvierzig Lenkwaffen-Superdreadnoughts – mit Trägerunterstützung und Geleitschutz. Das ist beträchtlich mehr, als wir gegen Sansibar eingesetzt haben, aber die Mantys haben die Verteidigung Alizons seither verstärkt, und wir brauchen die zusätzliche Feuerkraft, um durchzubrechen.

Unter der Voraussetzung, dass unsere Stärkenabschätzungen zutreffen, sollten sechs Geschwader ausreichen, aber das manticoranische ONI muss zumindest eine gute Ahnung unserer gegenwärtigen Kampfkraft besitzen. Man wird dort erkennen, dass sechs Schlachtgeschwader nur einen kleinen Teil unserer verfügbaren Wallschiffe darstellen. Hoffentlich begreift man, dass wir absichtlich in vermindertem Umfang operieren, obwohl man vielleicht nicht die Schlüsse daraus zieht, die wir gerne hätten. In diesem Fall benötigen wir eventuell einen diplomatischen Kontakt, um zu unterstreichen, dass wir sie auch härter hätten treffen können. Das ist mit ein Grund, weshalb unsere Zielauswahl auf Alizon fiel. Politisch, diplomatisch und in Bezug auf die Moral der Allianz ist das System bedeutsam; was die Kriegsanstrengungen angeht, fällt es allerdings nicht mehr sehr ins Gewicht. Wir hoffen, durch die Vernichtung der alizonischen militärischen Infrastruktur unsere Fähigkeiten zu unterstreichen, ohne als tödliche Bedrohung wahrgenommen zu werden.

Entspricht das in etwa dem, was Sie für dieses Ende der Spanne im Sinn hatten?«

»Es klingt danach«, erwiderte Pritchart. »Ich möchte natürlich Ihre Zusammenfassung lesen und mich näher damit befassen, aber es klingt ganz nach dem Schlag ins Gesicht, der die Aufmerksamkeit der Mantys weckt, ohne sie gleich auf die Latten zu senden.«

»Genau darauf haben wir den Plan abstimmen wollen. Andererseits«, fuhr Theisman fort, »hoffe ich, dass Leslie und Sie sich erinnern, dass militärische Operationen sich nur bedingt eignen, ein bestimmtes diplomatisches Klima zu erzeugen. Es ist viel einfacher – und offen gesagt auch verlässlicher –, wenn man in Begriffen von zu erreichenden militärischen Zielen denkt, als Möglichkeiten zu ersinnen, den Gegner zu bestimmten erwünschten politischen Reaktionen zu bewegen. Er findet immer einen Weg zu vermasseln, was man eigentlich von ihm zu bekommen glaubte, und jeder Kriegsminister oder Admiral, der etwas anderes behauptet, hat entweder den Verstand verloren, oder er lügt. In beiden Fällen sollte man zusehen, ihn so rasch wie möglich loszuwerden.«

»Ich ... werde daran denken«, sagte Pritchart, und ihre Lippen zuckten, als sie frauhaft der Versuchung zu schmunzeln widerstand.

»Gut. Wenden wir uns nun Beatrice zu.«

Theisman lehnte sich leicht aus seinem Stuhl vor, die Handflächen auf die Oberschenkel gestützt, während er sich der Präsidentin zuneigte, und sein Gesicht wurde sehr ernst.

»Beatrice ist kein Schlag ins Gesicht, Madame Präsidentin«, sagte er ruhig. »Beatrice ist eine Großoffensive mit dem Ziel des umfassenden militärischen Sieges. Sie sagten, am einen Ende Ihres Spektrums sollte die massivste Operation stehen, zu der wir fähig sind. Das wäre Beatrice.«

Pritchart spürte, wie ihre Miene zu einem Ausdruck konzentrierter Aufmerksamkeit erstarrte.

»Grundsätzlich ist Beatrice ein direkter Angriff auf das

manticoranische Heimatsystem«, eröffnete Theisman ihr. »Finessen sucht man hier vergeblich. Wir nehmen zwoundvierzig Brigham – dreihundertsechsunddreißig Lenkwaffen-Superdreadnoughts, die nach den neuesten Abschätzungen des Flottennachrichtendienstes gleichwertig sind zu über achtzig Prozent des gesamten modernen Schlachtwalls der Allianz, einschließlich der Andermaner –, und werfen sie direkt gegen ihre härteste Abwehr und das wichtigste Defensivziel. Zur Verteidigung Manticores *muss* die Allianz bis zum Letzten kämpfen, und durch die Astrografie des Systems ist Sphinx besonders exponiert. Letzten Endes können wir Sphinx so rasch erreichen, dass die manticoranische Homefleet keine andere Wahl hat, als sich uns frontal zu stellen, so schlecht die Chancen von ihrer Perspektive auch erscheinen mögen. Und die Chancen werden schlecht sein für Manticore. Weil die RMN so viel Kampfkraft verlegen musste, um andere, zwotrangige Systeme zu schützen, wird sie bei der Gefechtsberührung zahlenmäßig signifikant unterlegen sein.

Wir nehmen mehrere tausend LACs mit. Der Angriffsverband, der unter Javiers Kommando stehen wird, mit Lester als Stellvertreter, wird von einem kompletten Versorgungstross begleitet – Werftschiffe, Munitionstransporter, Lazarettschiffe, einfach alles. Wir werden Lesters Taktik bei Sansibar wiederholen und könnten unsere Lenkwaffen-Superdreadnoughts mehrmals komplett neu munitionieren, sollte es erforderlich sein.

Selbst im optimistischsten Szenario«, fuhr er nüchtern fort, »erleiden wir schwere Verluste – sehr schwere. Glauben Sie nicht, es könnte anders sein. Wir stünden sehr harten, gut vorbereiteten Abwehrsystemen gegenüber – mit motivierten Besatzungen, und sie hätten nach wie vor den technischen Vorteil, auch wenn wir aufgeholt haben. Nicht nur das, sondern wir erwarten auch nicht, fähig zu sein, das System bei einem Gegenangriff halten zu können, selbst wenn wir siegreich sein sollten. Auf keinen Fall könnten wir es unbegrenzt halten.

Im Augenblick besteht die Homefleet laut FND aus etwa fünfzig Lenkwaffen-Superdreadnoughts und der gleichen Anzahl älterer Superdreadnoughts. Die Dritte Flotte hat weitere fünfzig Wallschiffe, die Achte noch einmal vierundzwanzig bis dreißig. Gegen die Homefleet besitzen wir in reinen Schiffszahlen einen Vorteil von mehr als drei zu eins, bei Lenkwaffen-Superdreadnoughts sogar sieben zu eins. Diesen Vorteil macht Manticore durch ortsfeste Abwehranlagen und die LACs der Systemverteidigung wieder wett, aber nicht so viel, wie man denken mag. Nach den neuesten Berichten des FND haben die Erfordernisse der Verteidigung von Manticore B und des Wurmlochknotens die RMN gezwungen, bei der Verteidigung von Manticore A gewisse Kompromisse einzugehen, von denen wir hoffen, sie uns zunutze machen zu können.

Wenn sowohl die Dritte als auch die Achte Flotte von Trevors Stern ins Heimatsystem beordert werden, fällt der zahlenmäßige Vorteil an Gondellegern von sieben zu eins auf annähernd vier zu eins, aber wir wissen nicht genau, wie wahrscheinlich es ist, dass beide in den Kampf geworfen würden. Die Admiralität muss sich Sorgen um die Tatsache machen, dass die Flotte, mit der wir Manticore angreifen, nur einen Bruchteil unseres gesamten Schlachtwalls darstellt. Das bedeutet, man muss Vorkehrungen treffen für den Fall, dass wir noch eine weitere Flotte im Hyperraum in Wartestellung haben, die nur darauf wartet, Trevors Stern anzugreifen, sobald man das System entblößt. Wahrscheinlich wird man etwas schwanken, zunächst nur eine Flotte von Trevors Stern abziehen und hoffen, dass es ausreicht. In mancherlei Hinsicht wäre das günstig für uns – sie kämen in kleineren Gruppen ins System und wären getrennt leichter zu schlagen. Aber bei einer Variante von Beatrice, die wir erwägen – Beatrice Bravo –, würden wir sie zu verleiten suchen, zusammen durch den Terminus zu kommen.

Wenn sie konzentriert bleiben und beide Flotten gleichzeitig in den Transit schicken, fällt unsere Überlegenheit zwar erheblich geringer aus, aber sie sollte ausreichen, weil Javiers Verband konzentriert hineingeht, während die Homefleet und die Flotten von Trevors Stern sich erst vereinigen müssten, ehe sie gemeinsam operieren könnten. Wenn Javier direkt auf Sphinx zuhält, wird die Homefleet sich der Bedrohung annehmen müssen und augenblicklich auf Abfangkurs gehen. In diesem Fall müsste er in der Lage sein, die Homefleet getrennt zu schlagen.

Wenn danach die Flotten von Trevors Stern gemeinsam aufkommen, müsste er den Angriff abblasen, falls seine Verluste gegen die Homefleet und die ortsfesten Abwehranlagen einen gewissen Wert überschreiten. Andererseits dürfte er – besonders, wenn wir die alternative Aufstellung nach Bravo benutzen – in der Position sein, die verbleibenden Flottenelemente nacheinander anzugreifen und seinen zahlenmäßigen Vorteil auszunutzen, oder die Verbände, die zu ihm aufkommen, zu ignorieren, während er weiter ins System eindringt und die industrielle Infrastruktur ausschaltet – besonders die dezentralisierten Bauwerften. Eine Menge hängt davon ab, wie schwer seine eigenen Verluste waren und ob er die nötige Feuerkraft besitzt, um mit den inneren Verteidigungsanlagen fertigzuwerden. Der Munitionsverbrauch wird hier ein besonders heikles Problem werden, vermute ich.

Kann Javier der Infrastruktur schweren Schaden zufügen, erweist sich Beatrice zwar nicht unmittelbar vernichtend für die Mantys, aber die Langzeitfolgen für das strategische

Gleichgewicht wären eindeutig entscheidend. Ohne die manticoranischen Werften kann die Allianz unmöglich mit unserer Baukapazität mithalten, und das weiß man dort auch. Was wiederum bedeutet, dass man keine andere Wahl hat als zu kapitulieren.

Wenn Javier die Dritte und die Achte Flotte einzeln ins Gefecht verwickeln kann, nachdem er bereits die Homefleet zusammengeschossen hat, ist er vermutlich in der Lage, knapp die Hälfte des modernen manticoranischen Schlachtwalls zu vernichten und *danach* noch die Infrastruktur auszuschalten. In diesem Fall wäre Beatrice augenblicklich entscheidend.«

Theisman schwieg und lehnte sich zurück, und Pritchart blickte ihn eine Zeit lang stumm an, die ihm wie eine Ewigkeit vorkam. Im Konferenzraum war es sehr still geworden.

Beatrice, dachte sie. *Solch ein hübscher Name für etwas derart Schreckliches. Ist es wirklich so weit gekommen, Eloise?*

Sie wollte nein sagen, den Gedanken zurückweisen. Doch das konnte sie nicht. Sie hatte ihr Allerbestes gegeben, um diese Situation zu vermeiden, und sie betete, sie könnte doch noch auf Beatrice verzichten. Tief in den geheimsten Stellen ihrer Seele aber fürchtete sie sich. So sehr. Nicht vor der Niederlage, sondern vor dem Preis der Alternative.

»Sie sagen, wir würden beinahe dreihundertfünfzig Wallschiffe ins Gefecht schicken«, sagte sie schließlich. »Wenn alles schiefgeht, wie viele bleiben uns noch?«

»Zu dieser Zeit hätten wir insgesamt etwas über sechshundertzwanzig Lenkwaffen-Superdreadnoughts in Dienst«, antwortete Theisman. »Zur Unterstützung ständen etwa dreihundert ältere Superdreadnoughts zur Verfügung, wobei wir diese Schiffe bis dahin allmählich außer Dienst stellten, um die Neubauten bemannen zu können.«

»Warum nicht mehr davon nach Manticore mitnehmen?«

»Aus vier Hauptgründen. Erstens befänden sich von der Gesamtzahl der Gondelleger ungefähr hundert noch in der Aufbauphase. Die Besatzungen wären noch nicht miteinander vertraut, die volle Effizienz noch nicht erreicht. Kurz gesagt, es wären keine wirklich gefechtstüchtigen Einheiten.

Zwotens müsste die Streitmacht, die wir einzusetzen planen, zur Erreichung des Einsatzzieles genügen, und es wird die größte Flotte von Superdreadnoughts sein, die jemals von *irgendjemandem* in eine einzige Schlacht geworfen wurde, die Solare Liga eingeschlossen. Sollte es zum Schlimmsten kommen, wäre sie mehr als kampfstark genug, um mit minimalen Verlusten den organisierten Rückzug anzutreten. Mir ist klar, dass Murphy sich dennoch irgendwo blicken lassen wird, aber die grundlegenden operativen Parameter der RMN müssten sich schon wahrhaft radikal geändert haben, damit die Mantys die Überlebensfähigkeit der Flotte ernsthaft bedrohen können.

Drittens, wir können nicht sicher sein, wo die Achte Flotte in dem Augenblick sein wird, in dem wir mit Beatrice beginnen. Angenommen, sie ist von Trevors Stern zu einem Raid vorgestoßen. In diesem Fall wäre unsere Überlegenheit bei Manticore noch größer, aber wir müssten unser lebenswichtiges Hinterland decken – wie Schlupfloch, obwohl es keinen Hinweis gibt, dass die Mantys herausgefunden haben könnten, wo Schlupfloch ist –, um für alles gewappnet zu sein, was die Achte Flotte unternehmen könnte, während wir das Manticore-System in Schutt und Asche legen.

Viertens sind da die Andermaner. Die Manticoraner und die Graysons haben etwa zwanzig Superdreadnoughts verloren, seit Donnerkeil zu Ende ging, zwölf davon Gondelleger. Das entspricht etwa sieben Prozent ihrer Gesamtzahl an Lenkwaffen-Superdreadnoughts. Dennoch sind die Andys irgendwo dort draußen, und wir haben bisher nur sehr wenig von ihren Großkampfschiffen gesehen. Wenigstens ein paar Geschwader davon sind der manticoranischen Homefleet zugeteilt, aber wer wissen wir nicht. Wir schätzen jedoch, dass sie irgendwo um die hundertzwanzig Gondelleger haben müssten – knapp ein Drittel der alliierten Gesamtzahl –, und wir haben sie noch nicht gesichtet. Wir wissen, dass sie nicht bei Trevors Stern stehen, und der Nachrichtendienst meint, dass noch immer ein technisches Problem bestehen muss. Wir wissen, dass an den andermanischen Wallschiffen ein größeres Umrüstungsprogramm durchgeführt wurde, und nehmen an, dass das der Grund für ihre fortgesetzte Abwesenheit ist. Es ist aber denkbar, dass mehr von ihnen zum Vorschein kommen, ehe wir Beatrice beginnen. Und was immer im Manticore-System geschieht, die andermanischen Schiffe, die nicht dort sind, können auch nicht vernichtet werden. Wir müssen also eine genügend große eigene Streitmacht als strategische Reserve gegen das plötzliche Auftauchen der andermanischen Navy zurückbehalten.«

Pritchart überlegte einen Augenblick lang, was er gesagt hatte, und nickte dann zustimmend.

»Wie bald können Sie diese Operationen beginnen?«

»Camille könnte mit sehr geringem Vorlauf in Gang gesetzt werden«, antwortete Theisman. »Lester ist im Grunde schon in der Position, die Operation auszuführen. Beatrice erfordert längere Vorbereitung. Offen gesagt bräuchten wir wenigstens sieben bis acht Wochen, um die genannten Kräfte zusammenzuziehen. Weitere drei Wochen benötigen die Einheiten, um sich zu vereinen und Manticore zu erreichen. Sagen wir also, wir könnten Alizon innerhalb von zwo Wochen ab Ihrem Befehl angreifen, und Beatrice ließe sich in zehn bis zwölf Wochen ab heute ausführen. Wenn wir die ersten Vorbereitungen unverzüglich treffen, könnten wir wahrscheinlich die Zehn-Wochen-Frist einhalten.«

»Ab heute«, wiederholte Pritchart mit einem Lächeln der Verzweiflung. »Ihnen ist klar, dass heute der Tag ist, an dem ich nach Torch aufgebrochen wäre?«

»Ja, das weiß ich«, sagte Theisman traurig.

»Das war kein Gespräch, das ich führen wollte. Nicht heute. Nicht sonst wann.«

»Das ist mir bewusst, Madame Präsidentin. Aber« – er sah ihr unbeirrt in die Augen, »dass eine diplomatische Lösung nicht zur Verfügung steht, ist ja überhaupt erst der Grund, dass man in den Krieg zieht.«

»Sie haben natürlich recht.« Sie seufzte und massierte sich mit den Fingerspitzen beider Hände die Schläfen. »Und Sie haben versucht, mich zu warnen, ehe wir den Krieg anfingen. Ehe ich ihn begann.«

»Madame Präsidentin«, entgegnete er ruhig, »ich hätte Sie aufhalten können. Das wissen wir beide.«

»Nein, das hätten Sie nicht«, widersprach sie. »Ich denke gern, dass es möglich gewesen wäre, weil ich dann ein bisschen von der Schuld abtreten könnte, die ich empfinde. Aber Sie hätten mich nicht aufhalten können, ohne der Verfassung den Todesstoß zu versetzen, und das hätten Sie genauso wenig gekonnt wie ohne Kontragrav zu fliegen … oder ihr eigenes Kind mit bloßen Händen zu erwürgen. Das wissen wir beide.«

Er öffnete den Mund, als wollte er ihr widersprechen, schloss ihn stattdessen aber wieder, und sie lächelte erneut.

»Aber wie immer wir hierhergekommen sind, hier sind wir jetzt«, sagte sie und holte zischend Luft.

»Also gut, Tom, Arnaud. Ich werde mir Ihre Zusammenfassungen ansehen. Auf der Grundlage dessen, was Sie bisher gesagt haben, bin ich geneigt zu denken, dass Sie wohl recht hatten: wir werden wohl leider zwischen diesen beiden Möglichkeiten wählen müssen. Ich hoffe, es wird Camille sein, aber nehmen Sie lieber das Schlimmste an. Beginnen Sie Ihre Einheiten zu verlegen, als müssten wir Beatrice durchführen.«

23

Das Kriegsschiff, das aus dem Trevors-Stern-Terminus des Manticoranischen Wurmlochknotens drang, sendete keinen manticoranischen Transpondercode und auch keinen graysonitischen oder andermanischen. Dennoch wurde ihm der Transit gestattet, denn sein Code wies es als dem Königreich Torch zugehörig aus.

Die Einheit als ›Kriegsschiff‹ zu bezeichnen war vielleicht allzu großzügig, denn es handelte sich um eine Fregatte – ein Schiff einer solch kleinen Klasse, dass keine größere Raummacht sie seit über fünfzig T-Jahren mehr baute. Allerdings war es ein sehr modernes Schiff, keine drei T-Jahre alt, und von manticoranischer Fertigung, vom Hauptmann-Kartell für die Anti-Sklaverei-Liga gebaut.

Was, wie jedermann wusste, tatsächlich bedeutete, dass das Schiff für den Audubon Ballroom gefertigt worden war, und zwar vor dessen Sprung in die Ehrbarkeit. Diese besondere Fregatte – TNS *Pottawatomie Creek* – war recht berühmt, um nicht zu sagen berüchtigt, weil es das persönliche Transportmittel eines gewissen Anton Zilwicki war, ehemals Captain Ihrer Manticoranischen Majestät Navy.

Der Mordanschlag auf Zilwickis Tochter war im ganzen Sternenkönigreich bekannt, und in der augenblicklichen blutgierigen manticoranischen Stimmung machte niemand irgendwelche Probleme, als die *Pottawatomie Creek* die Erlaubnis erbat, sich HMS *Imperator* zu nähern und zwei Besucher überzusetzen.

»Hoheit, Captain Zilwicki und ... ein Gast«, verkündete Commander George Reynolds.

Honor brach das Sinnieren über die am nächsten treibenden Einheiten unter ihrem Kommando ab und zog eine Augenbraue hoch, als sie die eigenartige Färbung von Reynolds' Empfindungen schmeckte. Sie hatte sich entschieden, sich so rasch wie möglich mit Zilwicki zu besprechen, und hatte ihn darum von Reynolds empfangen und in die relativ kleine Beobachtungskuppel gleich achtern vom vorderen Hammerkopf der *Imperator* führen lassen. Dort bot sich eine spektakuläre Panoramasicht, aber die Kuppel lag deutlich außerhalb ihrer Kajüte oder der offiziellen Umgebung der Flaggbrücke.

Nun allerdings veranlasste das eigenartige Kräuseln in Reynolds' Geistesleuchten sie zu der Frage, ob Zilwicki nicht vielleicht genauso froh wie sie sei, die ›inoffizielle‹ Natur des Besuches zu wahren. Reynolds, der Sohn eines befreiten Gensklaven, war ein begeisterter Befürworter des großen Experiments im Congo-System und, man brauchte es kaum zu erwähnen, ein Bewunderer von Anton Zilwicki und Catherine Montaigne. Unmittelbar vor Honors Einsatz im Marsh-System hatte der Commander mit Zilwicki sehr eng zusammengearbeitet, und er hatte sich sehr gefreut, als sie ihn bat, Zilwickis Kutter zu empfangen. Jetzt allerdings wirkte er fast ein wenig ... besorgt. Nein, das war nicht ganz das richtige Wort, aber es kam der Sache nahe, und Honor bemerkte, wie Nimitz' Interesse erwachte, als der 'Kater sich auf der Sessellehne, wo sie ihn abgesetzt hatte, zu voller Größe aufrichtete.

»Captain«, sagte sie und reichte Zilwicki die Hand.

»Hoheit.« Zilwickis Stimme dröhnte so tief wie immer, aber sie klang ein wenig schroff. Abgehackt. Und als sie sich ihm ganz zuwandte, schmeckte sie einen brodelnden Zorn, den er hinter seinem augenscheinlich ruhigen Äußeren verbarg.

»Mir hat es sehr leid getan, als ich hörte, was auf Torch passiert ist«, sagte Honor ruhig. »Aber ich bin froh, dass Berry und Ruth unversehrt davongekommen sind.«

»›Unversehrt‹. Das ist ein interessantes Wort, Hoheit«, brummte Zilwicki in einer Stimme, die rumpelte wie kullernder gryphonischer Granit. »Berry wurde nicht verletzt, nicht physisch, aber ich finde nicht, dass sie wirklich ›unversehrt‹ geblieben ist. Sie macht sich Vorwürfe. Sie weiß, dass sie es nicht zu tun bräuchte, und sie ist einer der vernünftigsten Menschen, die ich kenne, aber sie macht sich Vorwürfe. Nicht so sehr wegen Laras Tod oder der vielen anderen Menschen, die ihr Leben verloren haben, sondern weil sie davongekommen ist. Und auch, glaube ich, wegen der Art, wie Lara starb.«

»Es tut mir leid, das zu hören«, sagte Honor und verzog das Gesicht. »Mit *Survivor's Guilt* hatte ich auch schon einoder zwomal zu tun.«

»Sie steht das schon durch, Hoheit«, sagte der ärgerliche Vater. »Wie gesagt, sie ist einer der geistig gesundesten Menschen, die existieren. Aber dieses Erlebnis wird seine Narben hinterlassen, und ich hoffe, sie zieht daraus die richtigen und nicht die falschen Lehren.«

»Das hoffe ich auch, Captain«, sagte Honor voll Aufrichtigkeit.

»Und wo wir davon sprechen, die richtigen Lehren zu ziehen – oder *Schlüsse,* wie ich vielleicht sagen sollte«, entgegnete er, »ich muss mit Ihnen bereden, was geschehen ist.«

»Ich wäre dankbar für jeden Einblick, den Sie mir gewähren können. Aber sollten Sie nicht eher mit Admiral Givens sprechen, oder vielleicht dem SIS?«

»Ich bin mir nicht sicher, ob ein offizieller Nachrichtendienst schon bereit ist zu hören, was ich zu sagen habe. Und ich weiß genau, dass man dort nicht bereit wäre, meinen ... Mitermittler hier anzuhören.«

Honor richtete ihre Aufmerksamkeit offen und vollständig auf Zilwickis Begleiter, als der Captain auf ihn wies. Er war ein sehr junger Mann, stellte sie fest, ohne besondere körperliche Merkmale. Von durchschnittlicher Größe – vielleicht sogar ein wenig kleiner – und allenfalls drahtigem Körperbau, wirkte er neben Zilwickis beeindruckender muskulöser Massigkeit fast unreif. Er hatte dunkles Haar, auch sein Teint ging eher ins Dunkle, und seine Augen waren einfach nur braun.

Doch als Honor ihn anblickte und seine Empfindung zu kosten versuchte, bemerkte sie rasch, dass dieser junge Mann alles andere als ›nicht besonders‹ war.

In ihrem Leben hatte Honor Alexander-Harrington schon einige recht gefährliche Menschen kennengelernt. Zilwicki war ein typischer Fall, wie auch, auf seine eigene tödliche Art, der junge Spencer Hawke, der auch hier wachsam hinter ihr stand. Der junge Mann vor ihr hatte jedoch den klaren, sauberen, unbefrachteten Geschmack eines Schwertes. Ja, sein Geistesleuchten ähnelte dem einer Baumkatze stärker, als Honor es je bei einem Menschen geschmeckt hatte. Gewiss nicht boshaft, aber ... direkt. Sehr direkt. Baumkatzen teilten ihre Feinde in zwei Gruppen ein: die, um die man sich schon in geeigneter Weise gekümmert hatte, und die, die noch lebten. Das Geistesleuchten dieses unscheinbaren jungen Mannes war in dieser Hinsicht genau so. Darin lag nicht die winzigste Spur von Boshaftigkeit. In vielerlei Hinsicht war es klar und kühl wie ein Teich mit tiefem, ruhigem Wasser. Aber irgendwie in den Tiefen des Teichs lauerte Leviathan.

Im Laufe der Jahrzehnte hatte Honor sich selbst kennengelernt. Nicht perfekt, aber besser, als es den meisten Menschen je gelang. Sie war der Wölfin in sich begegnet, der Bereitschaft zur Gewalt, dem Temperament, das durch die Disziplin gezügelt und zum Schutz der Schwachen gelenkt wurde, statt ihnen zuzusetzen. Diesen Aspekt ihres Seins sah sie als Spiegelbild auf der glänzenden Wasserfläche dieses jungen Mannes, und mit einem inneren Schauder begriff sie, dass er sogar noch mehr zur Gewalt bereit war als sie. Nicht weil er es auch nur ein bisschen mehr wollte als sie, sondern wegen seiner Konzentration. Seiner Ziele.

Er war nicht einfach Leviathan; dieser Mann war auch Moloch. In ihm war die gleiche Entschlossenheit wie bei ihr, die Menschen und Dinge, die ihm etwas bedeuteten, zu schützen, und zwar mit weitaus größerer Skrupellosigkeit. Honor war bereit, sich für das zu opfern, woran sie glaubte; dieser Mann hätte *alles und jeden* dafür geopfert. Nicht um der persönlichen Macht willen, auch nicht für Profit. Sondern weil seine Überzeugungen, und die Integrität, mit der er an ihnen festhielt, zu stark waren, um irgendetwas anderes zu erlauben.

Aber obwohl ihn eine solch saubere Entschlossenheit prägte wie ein Fleischbeil, war er keineswegs ein geistig verkrüppelter Psychopath oder Fanatiker. Um das, was er opferte, litt er. Er würde es nur trotzdem opfern, weil er sich und seiner Seele ins Auge gesehen und akzeptiert hatte, was er dort fand.

»Darf ich annehmen, Captain«, sagte Honor ruhig, »dass der politische Zusammenhang, um es so zu nennen, dieses Mannes ihn bei nämlichem offiziellen Nachrichtendienst vielleicht ein bisschen zu einer *Persona non grata* machen könnte?«

»Oh, ich glaube schon, dass man es so ausdrücken könnte, Hoheit«, sagte Zilwicki und lächelte ohne große Heiterkeit. »Herzogin Harrington, erlauben Sie mir, Ihnen Special Officer Victor Cachat vom havenitischen Federal Intelligence Service vorzustellen.«

Cachat musterte sie gelassen, aber sie spürte die Anspannung, die hinter seiner ausdruckslosen Fassade anstieg. Die ›einfach nur braunen‹ Augen waren viel tiefer und dunkler, als Honor zuerst gedacht hatte, und gaben eine bewundernswerte Maske ab für alles, was hinter ihnen auch vorgehen mochte.

»Officer Cachat«, wiederholte sie mit fast beschwingter Stimme. »Ich habe einige bemerkenswerte Dinge über Sie gehört. Einschließlich der Rolle, die Sie bei Erewhons jüngster ... Neuorientierung gespielt haben.«

»Ich hoffe, Sie erwarten nicht von mir, dass ich behaupte, es täte mir leid, Herzogin Harrington.« Cachats Stimme war nach außen hin so ruhig wie seine Augen, und doch schmeckte Honor eine Zunahme seines Unbehagens.

»Nein, das erwarte ich ganz bestimmt nicht.«

Lächelnd wich sie einen halben Schritt zurück. Sie spürte, wie Hawke sich innerlich anspannte, seit Cachats Identität bekannt war. Dann wies sie auf die behaglichen Sessel unter der Kuppel.

»Nehmen Sie Platz, Gentlemen. Und dann, Captain Zilwicki, können Sie mir vielleicht genauer erklären, was Sie in Gesellschaft des berüchtigsten Geheimagenten – wenn das kein Oxymoron ist – der finstren Republik Haven hier suchen. Ich bin sicher, es ist eine interessante Geschichte.«

Zilwicki und Cachat blickten einander an. Der Blick war kurz, und sie spürte ihn mehr, als dass sie ihn sah, dann setzten sich beide gleichzeitig. Honor nahm einen Sessel ihnen gegenüber, und Nimitz glitt in ihren Schoß, während Hawke sich ein Stück zur Seite bewegte. Sie spürte, dass Cachat genau merkte, wie Hawke durch diese Bewegung Honor aus seiner Schusslinie brachte. Der Havenit ließ sich äußerlich nicht anmerken, dass er dessen gewahr gewesen war, aber sie konnte spüren, dass er sich darüber amüsierte.

»Wer von den Herren möchte beginnen?«, fragte sie ruhig.

»Ich denke, ich sollte anfangen«, sagte Zilwicki. Er musterte sie einen Moment lang, dann zuckte er mit den Schultern.

»Eines voraus, Hoheit, ich bitte um Entschuldigung, dass ich Victors Besuch nicht mit Ihrer Leibwache im Vorfeld abgeklärt habe. Ich hatte so den Verdacht, dass die Leute eine Reihe von Einwänden erheben könnten. Mal ganz davon abgesehen, dass er wirklich ein havenitischer Agent ist.«

»Ja, das ist er«, bestätigte Honor. »Und ich, Captain, muss Sie darauf hinweisen, dass Sie besagten havenitischen Agenten in einen Sicherheitsbereich gebracht haben. Das gesamte Sonnensystem ist Flottenankerplatz, steht unter Kriegsrecht und ist für jeglichen ungenehmigten Schiffsverkehr geschlossen. Hier ist eine Menge höchst vertraulicher Informationen zu erhalten, darunter einiges, was man sich einfach nur anzusehen braucht. Ich vertraue darauf, dass keiner von Ihnen es falsch versteht, aber ich kann einem ›havenitischen Agenten‹ eigentlich nicht gestatten, nach Hause zurückzukehren und dem Oktagon mitzuteilen, was er hier gesehen hat.«

»Diesen Punkt haben wir in Betracht gezogen, Hoheit«, entgegnete Zilwicki erheblich ruhiger, als ihm eigentlich zumute war, wie Honor feststellte. »Ich gebe Ihnen mein Ehrenwort, dass Victor keinen Zugriff auf unsere Ortungsdaten erhielt und auch die Brücke der *Pottawatomie Creek* nicht betreten durfte, seit wir das Congo-System verlassen haben.

Auch während des Übersetzens von der *Pottawatomie* an Bord Ihres Schiffes hat er keine Gelegenheit für visuelle Beobachtungen erhalten. Jetzt …« – er hob eine Hand und wies auf die Panoramasicht der Beobachtungskuppel – »erhält er zum ersten Mal einen Blick auf etwas, was man auch nur ansatzweise als vertrauliche Information bezeichnen könnte.«

»Was immer es wert ist, Herzogin«, sagte Cachat und sah ihr ruhig in die Augen, während seine rechte Hand locker auf seinem Schoß ruhte, »Captain Zilwicki spricht die Wahrheit. Und obwohl ich zugebe, dass ich eine sehr starke Versuchung empfand, mich in die Informationssysteme der *Pottawatomie Creek* zu hacken und die Informationen zu stehlen, konnte ich diese Versuchung ziemlich leicht unterdrücken. Prinzessin Ruth und er sind beides erfahrene Hacker; ich nicht. Ich muss andere Personen hinzuziehen, damit sie diese Tätigkeiten für mich erledigen, und niemand von diesen anderen Personen war diesmal mit an Bord. Wenn ich es versucht hätte, würde ich einen Fehler begangen haben und wäre erwischt worden. In diesem Fall hätte ich auch keine Informationen erhalten und eine wertvolle berufliche Beziehung zerstört. Was das angeht, ist mein Wissen über Flottenangelegenheiten im Allgemeinen … begrenzt. Ich weiß zwar mehr als der durchschnittliche Laie, aber nicht genug, um erwähnenswerte Beobachtungen zu machen. Gewiss nicht beruhend auf dem, was ich von außen erkennen kann.«

Honor lehnte sich leicht zurück und musterte ihn nachdenklich. Aus seinen Emotionen ging einwandfrei hervor, dass er nicht die leiseste Ahnung von ihren empathischen Fähigkeiten hatte. Genauso offensichtlich war, dass er die Wahrheit sprach. Allerdings war ebenfalls deutlich zu erkennen, dass er damit rechnete, festgehalten zu werden, vielleicht sogar eingesperrt. Und …

»Officer Cachat«, sagte sie, »mir wäre es wirklich lieb,

wenn Sie diese Selbstmordwaffe in Ihrer rechten Gesäßtasche deaktivieren könnten.«

Cachat erstarrte und riss die Augen auf, das erste Zeichen von Bestürzung, das sie bei ihm sah. Honor hob rasch die rechte Hand, als sie das schnarrende Wispern hörte, mit dem Captain Hawke den Pulser zog.

»Ruhig, Spencer«, sagte sie zu dem jungen Mann, der Andrew LaFollet abgelöst hatte, ohne je den Blick von Cachat zu nehmen. »Ganz ruhig! Officer Cachat möchte niemanden außer sich verletzen. Aber mir wäre erheblich wohler zumute, wenn Sie nicht ganz so entschlossen wären, sich zu töten, Officer Cachat. Es fällt schwer, sich auf das zu konzentrieren, was jemand einem erzählt, wenn man sich die ganze Zeit fragen muss, ob er sich am Ende des nächsten Satzes wohl vergiftet oder mit allen ringsum in die Luft sprengt.«

Cachat saß sehr, sehr ruhig vor ihr. Dann schnaubte er – ein raues, schroffes Geräusch, das dennoch einen Unterton aufrichtiger Belustigung enthielt – und blickte Zilwicki an.

»Ich schulde dir einen Kasten Bier, Anton.«

»Ich hab's dir doch gesagt.« Zilwicki zuckte mit den Schultern. »Und jetzt schalte *bitte* endlich das verdammte Ding ab, ja, du Supergeheimagent? Ruth und Berry würden mich beide massakrieren, wenn ich zulasse, dass du dich umbringst. Und ich möchte nicht einmal darüber nachdenken, was Thandi mit mir anstellen würde!«

»Feigling.«

Cachat wandte sich Honor wieder zu, den Kopf leicht zur Seite geneigt, dann lächelte er ein wenig schief.

»Ich habe schon viel von Ihnen gehört, Herzogin Harrington. Wir haben umfassende Dossiers über Sie, und ich weiß, dass Admiral Theisman und Admiral Foraker Sie sehr hoch schätzen. Wenn Sie bereit sind, mir Ihr Wort zu geben – *Ihr*

Wort, nicht das Wort einer manticoranischen Aristokratin oder eines Offiziers der Royal Manticoran Navy, sondern das Wort *Honor Harringtons* –, mich nicht festzuhalten oder zu versuchen, Informationen aus mir herauszupressen, dann entschärfe ich mein Gerät.«

»Ich sollte wohl darauf hinweisen, dass selbst mein Ehrenwort Sie nicht davor schützt, von jemand anderem festgenommen zu werden, sollte man herausfinden, wer Sie sind.«

»Das stimmt.« Er überlegte kurz und sagte achselzuckend: »Gut, dann müssen Sie mir eben das Wort der *Gutsherrin* Harrington geben.«

»Oh, wirklich gut, Officer Cachat!« Honor lachte leise, während Hawke sich empört versteifte. »Sie haben sich wirklich mit meiner Akte befasst.«

»Und der politischen Struktur Graysons«, stimmte Cachat zu. »Es muss das antiquierteste, unfairste, elitärste, theokratischste, *aristokratischste* Relikt aus der Mülltonne der Geschichte auf dieser Seite der erforschten Milchstraße sein. Aber das Wort eines Graysons ist unverletzlich, und graysonitische Gutsherren haben das Recht, jedem überall unter sämtlichen Umständen Schutz zu gewähren.«

»Und wenn ich das tue, bin ich gezwungen – von der Tradition, der Ehre und dem Gesetz –, dafür zu sorgen, dass Sie ihn erhalten.«

»Richtig ... Gutsherrin Harrington.«

»Also gut, Officer Cachat. Die Gutsherrin von Harrington garantiert für Ihre Sicherheit und Ihre Rückkehr an Bord der *Pottawatomie Creek*. Und da ich mit meinen Garantien schon so freigiebig umgehe, garantiere ich außerdem, dass die Achte Flotte die *Pottawatomie Creek* nicht zusammenschießen wird, sobald Sie wieder ›sicher‹ an Bord sind.«

»Danke«, sagte Cachat und griff in die Tasche. Behutsam zog er ein kleines Kästchen hervor und aktivierte eine virtuelle Tastatur. Seine Finger zuckten kurz, als er einen komplizierten Kode eingab, dann warf er das Kästchen Zilwicki zu.

»Ganz bestimmt fühlt sich jeder glücklicher, wenn du es behältst, Anton.«

»*Thandi* mit Sicherheit«, gab Zilwicki zurück und schob sich das entschärfte Gerät in die Tasche.

»Nachdem das erledigt wäre, Captain Zilwicki«, sagte Honor, »ich glaube, Sie wollten gerade erklären, was Sie und Officer Cachat zu uns führt?«

»Hoheit« – Zilwicki schien sich zu Honor vorzuneigen, ohne dass er sich wirklich bewegte –, »wir wissen, dass Königin Elisabeth und ihre Regierung die Republik Haven für den Anschlag auf das Leben meiner Tochter verantwortlich machen. Und ich gehe davon aus, dass Sie sich noch erinnern, wie meine Frau getötet wurde, und Ihnen klar ist, dass ich keinen besonderen Grund habe, Haven zu mögen. Eher im Gegenteil.

Nach dieser Einleitung muss ich Ihnen jedoch mitteilen: Ich bin vollkommen überzeugt, dass Haven nicht das Geringste mit dem Mordanschlag auf Torch zu tun hatte.«

Honor blickte Zilwicki mehrere Sekunden lang wortlos und mit nachdenklichem Gesicht an. Schließlich lehnte sie sich zurück und schlug die langen Beine übereinander.

»Das ist eine sehr interessante Behauptung, Captain. Eine Behauptung, das weiß ich, die Sie für wahr halten. Interessanterweise hält übrigens auch *Officer Cachat* sie für zutreffend. Dadurch ist sie natürlich noch nicht unbedingt wahr.«

»Nein, Hoheit, das nicht«, gab Zilwicki langsam zu, und Honor schmeckte bei beiden Gästen die brennende Neugier, woher sie so sicher – und so treffend – sagen konnte, was sie glaubten.

»Also gut«, sagte sie. »Ich schlage vor, Captain, dass Sie mir sagen, *warum* Sie nicht glauben, dass es eine havenitische Operation gewesen ist.«

»Erstens, weil es für die Republik ein ziemlich dummer Schritt gewesen wäre«, antwortete Zilwicki unverzüglich. »Selbst wenn man die Kleinigkeit beiseitelässt, dass es für Havens interstellaren Ruf katastrophal wäre, bei solch einer Geschichte ertappt zu werden, war das Attentat ausschlaggebend dafür, dass der Friedensgipfel geplatzt ist, den die Republik vorgeschlagen hatte. Und zusammengenommen mit dem Mord an Webster hätte Haven auch genauso gut Pop-up-Anzeigen in jeder Zeitung der Galaxis schalten können, in der es heißt: ›Hey, wir waren das! Was sind wir doch für ein fieser Haufen!‹«

Der massige Highlander von Gryphon schnaubte wie ein besonders zorniger Eber und schüttelte den Kopf.

»Ich habe einige Erfahrung mit den havenitischen Nachrichtendiensten sammeln dürfen, insbesondere in den letzten paar Jahren. Die augenblickliche Regierung ist viel zu klug dafür. Und übrigens wäre selbst ein Oscar Saint-Just niemals so arrogant – und so dumm – gewesen, so etwas zu probieren!«

»Vielleicht nicht. Aber wenn Sie mir vergeben, diese Annahmen basieren allein auf Ihrer Rekonstruktion dessen, was die Leute hätten erkennen müssen, wenn sie ihren Verstand einschalteten. Sie sind logisch, das gebe ich zu, aber Logik ist gerade dort, wo Menschen betroffen sind, oft nichts weiter als ein Weg, mit Selbstvertrauen in die falsche Richtung zu steuern. Gewiss kennen Sie das Sprichwort: ›Man führe nichts auf Böswilligkeit zurück, was auch mit Unfähigkeit erklärt werden kann.‹ Oder in diesem Fall eher Dummheit.«

»Das ist schon richtig«, erwiderte Zilwicki. »Dagegen spricht allerdings der Umstand, dass ich recht eingehend mit den Operationen der havenitischen Geheimdienste im und rings um das Congo-System vertraut bin.« Er zeigte mit einer Kopfbewegung auf Cachat. »Die Nachrichtendienstler, die dort auf Erewhon tätig sind, wissen genau, dass sie sich mit dem Audubon Ballroom nicht anlegen sollen. Oder bei aller Bescheidenheit, mit mir. Und die Republik Haven ist sich vollkommen bewusst, wie Torch und der Ballroom reagieren würden, wenn sich Haven tatsächlich als schuldig am Mord an Queen Berry, Prinzessin Ruth und Thandi Palane erweisen sollte. Das können Sie mir glauben. Wenn Haven das Treffen mit Elizabeth verhindern wollte, hätte es die Konferenz abgesagt. Man hätte niemals versucht, den Gipfel auf diese Art zu sabotieren. Und wenn es erforderlich gewesen wäre, ihn derart zu sabotieren, dann hätten Ruth, Jeremy, Thandi und ich es im Voraus gewusst.«

»Sie sagen also, dass über Ihre Analyse der logischen Gründe, weshalb Haven diese Operation niemals begonnen hätte, Ihre Sicherheitsarrangements Sie vor jedem Attentatsversuch von Havens Seite gewarnt hätten?«

»Mit absoluter Sicherheit garantieren kann ich es natürlich nicht. Ich halte es aber dennoch für zutreffend.«

»Ich verstehe.«

Honor rieb sich nachdenklich die Nasenspitze, dann zuckte sie mit den Schultern.

»Ich akzeptiere die Wahrscheinlichkeit, dass Sie recht haben. Gleichzeitig sollten Sie aber nicht vergessen, dass jemand – vermutlich Haven – es geschafft hat, meinen Flaggleutnant umzudrehen. Das ONI kann noch immer nicht einmal andeuten, wie das geschehen sein mag, und während ich Ihnen und Ihren Fähigkeiten den größten Respekt erbringe, hat Admiral Givens auch einiges auf dem Kasten.«

»Zugegeben, Hoheit. Ich habe jedoch einen anderen Grund anzunehmen, dass Haven auch in den Anschlag auf Sie nicht verwickelt war. Und angesichts der … ungewöhnlichen Schärfe, mit deren Hilfe Sie Victor und mich beurteilt haben, sind Sie vielleicht eher bereit, diesen Grund zu akzeptieren, als ich zunächst befürchtet hatte.«

»Ich verstehe«, wiederholte Honor und sah Cachat an. »Also schön, Officer Cachat. Da offensichtlich Sie Captain Zilwickis zusätzlichen Grund darstellen, nehme ich an, dass Sie mich ebenfalls überzeugen wollen.«

»Admiral«, sagte Cachat, indem er die aristokratischen Titel wegließ, die, wie sie wusste, an sich subtile Erklärungen des Misstrauens gewesen waren, »ich muss zugeben, dass Sie weit unheimlicher wirken, als ich erwartet hätte. Haben Sie je eine nachrichtendienstliche Laufbahn erwogen?«

»Nein. Was ist nun mit der Überzeugungsarbeit?«

Cachat lachte rau, dann zuckte er mit den Schultern.

»Sehr wohl, Admiral. Das überzeugendste Beweisstück, das Anton anführen kann, ist die Tatsache, dass es *meine* Aufgabe gewesen wäre, einen Anschlag auf Torch durchzuführen, wenn die Republik solch eine Operation befohlen hätte. Ich bin der FIS-Chef für Erewhon, Congo und den Maya-Sektor.«

Das Eingeständnis machte er gelassen, aber, wie Honor wusste, nur sehr ungern. Dazu hat er einen ausgezeichneten Grund, dachte sie. Mit Sicherheit zu wissen, wer der Chefspion des Gegners war, machte den eigenen Agenten das Leben erheblich leichter.

»Es gibt Gründe – persönlicher Natur –, weshalb meine Vorgesetzten mich bei dieser speziellen Operation vielleicht übergangen hätten«, fuhr Cachat fort, und Honor schmeckte seine absolute Entschlossenheit, aufrichtig zu sein. Nicht, weil er nicht bereit gewesen wäre zu schwindeln, wenn er es für seine Pflicht hielt, sondern weil er zu dem Schluss gekommen war, dass er keine Chance hatte, sie erfolgreich zu belügen.

»Obwohl diese Gründe durchaus existieren«, fuhr er fort, »habe ich zugleich persönliche Kontakte zu sehr hoher Ebene, durch die ich dennoch verständigt worden wäre. Und bei aller Bescheidenheit, mein eigenes Netz hätte mich gewarnt, wenn jemand von Haven in mein Territorium eingedrungen wäre.

Weil das alles stimmt, kann ich Ihnen versichern, dass die Wahrscheinlichkeit, die Republik könnte irgendwie in den Mordanschlag auf Queen Berry verstrickt gewesen sein, letztlich nicht existiert. Auf den Punkt gebracht, Admiral: *Wir waren es nicht.*«

«Wer dann?«, wollte Honor wissen.

»Nun, wenn es nicht Haven war, dann schwenkt unser Verdacht automatisch auf Mesa«, antwortete Zilwicki. »Mesa und Manpower haben eine ganze Reihe von Gründen, Torch zu destabilisieren und Berry zu töten. Auch die Tatsache, dass das verwendete Nervengas solarischen Ursprungs ist, unterstreicht die Wahrscheinlichkeit einer mesanischen Verwicklung. Gleichzeitig bin ich mir sehr wohl im Klaren, dass jeder Angehörige eines offiziellen Nachrichtendienstes Schlange stehen wird, um herauszustreichen, dass wir natürlich immer glauben werden, Mesa stecke hinter jedem Angriff auf uns. Und um ganz ehrlich zu sein, die Leute hätten recht.«

»Was aber nichts an der Tatsache ändert, dass Sie aufrichtig glauben, Mesa sei der Drahtzieher«, stellte Honor fest.

»Nein, das nicht.«

»Und haben Sie von der Tatsache abgesehen, dass das Nervengas wahrscheinlich aus der Liga stammte, noch andere Beweise?«

»Nein«, gab Zilwicki zu. »Noch nicht. Wir verfolgen einige Spuren, von denen wir hoffen, dass sie uns zu Beweisen führen werden, aber noch haben wir keine.«

»Was natürlich der Grund für diesen recht dramatischen Besuch bei mir ist.«

Zum ersten Mal lächelte Cachat. »Admiral«, sagte er, »ich finde, Sie sollten eine zwote Laufbahn beim Nachrichtendienst wirklich in Erwägung ziehen.«

»Danke sehr, Officer Cachat, aber ich glaube, ich kann meinen Verstand strapazieren, ohne gleich zum Spion werden zu müssen.«

Sie erwiderte sein Lächeln und zuckte mit den Schultern.

»So weit, so gut, Gentlemen. Ich neige dazu, Ihnen zu glauben und zuzustimmen. Mir wollte nie einleuchten, weshalb Haven einen Anschlag auf Berry und Ruth verüben lassen sollte. Aber, während ich Ihnen vielleicht glaube, weiß ich nicht, was das nutzen wird. Ich bin natürlich bereit, Admiral Givens, dem ONI und der Admiralität zu präsentieren, was Sie gesagt haben. Ich glaube nur nicht, dass man es mir abkauft. Nicht ohne irgendeinen erhärtenden Beweis außer dem Gelöbnis des obersten havenitischen Spions im Gebiet – so aufrichtig es auch sein mag –, dass er wirklich, ganz ehrlich nichts damit zu tun habe. Nennen Sie mich ruhig albern, aber irgendwie kann ich kaum glauben, dass man Sie als unparteiischen Zeugen ohne Eigeninteresse akzeptieren wird, Officer Cachat.«

»Das weiß ich«, antwortete Cachat. »Und ich bin weder unparteiisch, noch habe ich kein Eigeninteresse. Vielmehr gibt es zwo sehr starke Motive, mit Ihnen über die Sache zu sprechen. Erstens bin ich überzeugt, dass das, was im Congo-System geschehen ist, den Zielen oder Wünschen meiner Sternnation entspricht, und dass es eindeutig nicht im Interesse der Republik lag. Weil dem nicht so ist, habe ich die Pflicht, alles mir Mögliche zu unternehmen, um die Folgen des Geschehenen abzuwenden. Das schließt ein, Vernunft und Überlegenheit in den Prozess der Entscheidungsfindung im Sternenkönigreich an so hoher Stelle zu injizieren, wie ich nur kann. Und das sind im Augenblick zufälligerweise Sie, Admiral Harrington.

Zwotens verfolgen Anton und ich, wie er schon sagte, unsere eigenen Spuren. Seine Motive sind wohl vollkommen verständlich und eindeutig. Meine eigenen spiegeln den Umstand wider, dass der Republik ein Verbrechen vorgeworfen wird, das sie nicht begangen hat. Meine Pflicht ist es herauszufinden, wer es in Wahrheit verübt hat, und festzustellen, weshalb es so aussehen sollte, als wären wir es gewesen. Dazu kommen bei mir einige persönliche Beweggründe, die damit zusammenhängen, wer bei dem Vorfall alles hätte getötet werden können, was mir eine sehr starke Motivation verleiht, die Hintermänner aufzuspüren. Wenn unsere Untersuchung Früchte tragen sollte, werden wir jemanden brauchen – an der höchsten Stelle im Entscheidungsprozess des Sternenkönigreichs –, der bereit ist, sich anzuhören, was wir herausgefunden haben. Wir brauchen sozusagen, aus Mangel an einem besseren Begriff, einen einflussreichen Fürsprecher bei Hofe.«

»Also läuft alles auf Eigeninteresse hinaus«, stellte Honor fest.

»Jawohl, so ist es«, entgegnete Cachat frei heraus. »Ist das bei nachrichtendienstlichen Angelegenheiten nicht immer so?«

»Ich glaube schon.«

Honor musterte sie beide wieder und nickte.

»Also gut, Officer Cachat. Was immer es Ihnen nutzt, Sie haben Ihre Fürsprecherin bei Hofe. Und unter uns dreien gesagt, ich bete zum Himmel, dass Sie die Beweise finden, die wir brauchen, ehe etliche Millionen Menschen getötet werden.«

24

»Das kann einfach nicht dein Ernst sein!«, stieß Baron Grantville hervor und sah seine Schwägerin ungläubig an.

»Doch, das kann es mit Sicherheit, Willie«, erwiderte Honor, nur die Andeutung von Kühle in ihrer Stimme. »Es ist nun wirklich nicht meine Gewohnheit, über solche Dinge Witze zu reißen, weißt du.«

Der Premierminister lief rot an und schüttelte entschuldigend den Kopf.

»Tut mir leid. Nur, dass du es zu diesem späten Zeitpunkt aufbringst und keine Beweise hast, um die Theorie zu untermauern ...«

Er ließ seine Stimme versiegen, und Honor hob die Hand und strich Nimitz über die Ohren, während sie Grantville gleichmütig anschaute. Dass seine Haltung sie überraschte, konnte sie kaum behaupten; aber sie hatte ihr Wort gegeben. Außerdem hatte sie von Anfang an deutliche Zweifel über Sinn und Unsinn gehegt, die Feindseligkeiten wiederaufzunehmen. Nicht dass sie nun wirklich erwartet hätte, wie durch Zauberhand seine Position ändern zu können.

Vielleicht war das der wahre Grund, weshalb sie gebeten hatte, ihn privat sprechen zu dürfen, überlegte sie. Sogar ein zutiefst unglücklicher Spencer Hawke blieb von der Besprechung ausgeschlossen. Er und Sergeant Clifford McGraw standen draußen zu beiden Seiten der Tür zum Konferenzraum, und sie hatte Grantvilles Erstaunen – und seine plötzliche Besorgnis – geschmeckt, als sie die beiden Waffenträger dort zurückließ.

Andererseits war er nicht so erstaunt, wie er hätte sein können. Auch wenn das Beispiel High Ridges etwas anderes anzudeuten schien, wurde ein Vollidiot normalerweise nicht

Premierminister des Sternenkönigreichs, und Honor war *offiziell* zu einer letzten Besprechung in der Admiralität vor Beginn von Unternehmen Sanskrit wieder auf Manticore. Die Bitte einer Flottenkommandeurin um ein sofortiges, ungeplantes Gespräch unter vier Augen mit dem Premierminister war unter diesen Umständen, gelinde gesagt, ungewöhnlich.

»Willie«, sagte sie, »wir waren uns von Anfang an über die grundsätzliche Natur des augenblicklichen havenitischen Regimes uneins. Das heißt, dass wir beide in dieser Hinsicht geistigen Ballast mit uns herumschleppen, und ich möchte mich über diese Frage nicht mit dir in die Wolle bekommen. Erstens, weil du der Premierminister bist und nicht ich. Zwotens, weil ich aktiver Offizier bin, und die Offiziere der Königin befolgen die Befehle ihrer zivilen Vorgesetzten. Und drittens, offen gesagt, weil ich durch meine Heirat mit Hamish nun in der unangenehmen Situation bin, dass ich nicht nur mit dem Premierminister diskutiere, sondern auch mit meinem Schwager.

Trotz allem glaube ich aufrichtig, dass du die Position Ihrer Majestät Regierung zu dieser speziellen Frage überdenken solltest. Anton Zilwicki kann weit besser als irgendjemand hier im Sternenkönigreich beurteilen, ob die Haveniten an dem Anschlag auf seine Tochter beteiligt waren oder nicht. Er hat nach wie vor Kontakte in dem Gebiet, die wir verloren haben, er ist mit der Lage auf Torch vollkommen vertraut, und er hat eine direkte Verbindung zu einem ziemlich hochrangigen havenitischen Agenten. Du kennst den Ruf des Mannes und weißt, was er bereits geleistet hat. Und du musst wissen, dass er sehr misstrauisch wäre gegen jeden, der ihm erklärt, dass er gar nichts mit dem Mordversuch an seiner Tochter zu tun habe, also möge er ihn bitte nicht niederschießen, sobald er ihn sieht. Oder muss ich dich erinnern, was auf Alterde geschehen ist, als seine ältere Tochter gekidnappt wurde?«

Grantville verzog das Gesicht, aber nicht aus Widerspruch, sondern aus schmerzlicher Erinnerung. Der Manpower-Skandal war auf seinen Amtsvorgänger zurückgefallen, für den Grantville nie etwas anderes als Verachtung empfunden hatte. Doch die negativen Auswirkungen auf das Sternenkönigreich waren extrem gewesen – und Anton Zilwicki war das völlig egal gewesen. Auch wenn die gesamte Regierung gefallen wäre, hätte es ihn trotzdem nicht gekümmert – so wie es ihn auch kalt gelassen hatte, dass er für sein Verhalten hinter Gitter kam. Der Vater, der dieses herausragende Beispiel für das Heraufbeschwören von Chaos orchestriert hatte, konnte nicht auf die leichte Schulter nehmen, was auf Torch geschehen war.

»Nein, daran brauchst du mich nicht zu erinnern«, sagte er. »Übrigens brauchst du mir auch nicht ins Gedächtnis zu rufen, was den Söldnern zustieß, die versuchten, Catherine Montaigne zu töten, und statt auf sie auf Zilwicki trafen. Ich gebe ohne Vorbehalte zu, dass der Mann sehr tüchtig und auch sehr gefährlich ist. Ich räume sogar ein, dass er das Ohr der Königin hat – oder wenigstens ihrer Nichte –, was bestimmte Fragen angeht.

Aber jetzt verlangst du von mir zu glauben, dass eine hypothetische dritte Seite für die Geschehnisse auf Torch verantwortlich war. Und wahrscheinlich auch für den Mord an Jim Webster. Ja, sogar für den Mordanschlag auf dich, weil die Technik in allen drei Fällen so ähnlich war. Und wann immer du mich bittest, es zu glauben, komme ich doch wieder auf die Frage zurück, wer das stärkste Motiv besaß? Und wer darin, Attentate als Routinewerkzeug der Innen- und Außenpolitik einzusetzen, einen nationalen Streckenrekord hält?«

»Das ist mir klar«, entgegnete Honor geduldig. »Aber mit

den nötigen Ressourcen kann *jeder* einen Mordanschlag verüben, und jeder muss wissen, dass gerade das Sternenkönigreich schmerzliche Erfahrungen mit dem Einsatz von Attentaten durch die früheren havenitischen Regimes gemacht hat. Was also hättest du anders gemacht, wenn du eine ›hypothetische dritte Seite‹ wärst und bewirken wolltest, dass wir *automatisch* annehmen, Haven versuche den Friedensgipfel zu sabotieren, den es selbst vorgeschlagen hat?«

»Nichts«, räumte Grantville nach kurzem Nachdenken ein. Er lehnte sich zurück und musterte Honor aufmerksam. »Andererseits kenne ich dich schon lange Zeit, Honor. Es steckt mehr dahinter als nur Zilwickis durch nichts gestütztes Wort, richtig?«

Honor erwiderte seinen Blick, und er lachte rau auf.

»Du bist in der Politik auf hoher Ebene viel besser geworden, aber du musst noch daran arbeiten, eine vollkommen treuherzige Miene aufzusetzen, wenn du deine Trümpfe sortierst.«

»Es steckt mehr dahinter«, gab sie zu. »Ich habe es nicht erwähnt, weil ich mir ziemlich sicher bin, dass es deinem Blutdruck nicht gut täte. Bist du sicher, dass du hören willst, was ich plane?«

»Als meine Schwägerin oder als Offizier der Königin?«, fragte er ein wenig vorsichtig.

»Beides«, sagte sie mit einem schiefen Grinsen.

»Wenn es so schlimm ist, dann sagst du es mir lieber«, sagte er und wappnete sich sichtlich.

»Anton Zilwicki hat mich nicht allein aufgesucht«, sagte sie. »Er brachte einen Mr Cachat mit.«

»Cachat«, wiederholte Grantville. Offensichtlich kam ihm der Name bekannt vor, aber er konnte nicht den Finger auf die Erinnerung legen.

»*Victor* Cachat«, sagte Honor hilfsbereit. »Wie in: der gleiche Victor Cachat, der den Schachzug um Torch erdacht hat.«

»Ein Havie-Spion?« Hatte Grantville vorher schon ungläubig dreingeblickt, so zeigte sein Gesicht nun Fassungslosigkeit. »Du hattest einen *Havie-Spion* an Bord deines Flaggschiffs?«

»Und nicht nur irgendeinen Spion.« Honor konnte nichts dagegen tun. Trotz der Wut, die unter dem Schock in Grantvilles Geistesleuchten zu brodeln begann, empfand sie bei ihrem Geständnis eine gewisse manische Schadenfreude. »Vielmehr ist er nun der Chef des gesamten havenitischen Netzes mit Basis Erewhon.«

Der Premierminister starrte sie an. Schließlich erlangte er seine Fassung zurück.

»Das ist nicht lustig«, sagte er kühl. »Durchaus möglich, dass jemand aufgrund dessen, was du mir gerade gesagt hast, eine Anklage wegen Landesverrats erhebt.«

»Wie das?«, wollte sie wissen.

»Du hast einen bekannten hochrangigen Geheimdienstler einer Sternnation, mit der wir uns im Krieg befinden, in militärischem Sperrgebiet an Bord deines Flaggschiffs empfangen, und deinen Formulierungen darf ich doch wohl entnehmen, dass er nicht noch dort ist und in einer Zelle sitzt. Oder?«

»Nein, das ist er nicht«, sagte sie und erwiderte seine kalte Wut mit hartem Blick.

»Und welche Informationen haben Sie ihn aus dieser in keiner Weise genehmigten Unterredung mitnehmen lassen, Admiral?«

»Keine, die er nicht mitbrachte.«

»Und wären Sie bereit, das vor einem Kriegsgericht zu beweisen?«

»Nein, Herr Premierminister, das wäre ich nicht«, sagte sie

mit gleichermaßen eisiger Stimme. »Wenn mein Wort Ihnen nicht genügt, dann erheben Sie doch Anklage, und scheren Sie sich zum Teufel.«

Grantvilles Nasenflügel blähten sich, doch dann schloss er die Augen. Die rechte Hand ballte er über der Tischplatte zur Faust, und Honor schmeckte die gewaltige Mühe, die er sich gab, um seine eisige Wut zu zügeln.

Interessant, dachte sie. *Also hat auch Willie das Alexander-Temperament.*

»Dein Wort reicht mir«, sagte er schließlich und schlug die Augen wieder auf, »aber es genügt vielleicht nicht jedem, wenn diese ... Unterredung jemals bekannt werden sollte. Mein Gott, Honor! Was hast du dir nur dabei gedacht?«

»Ich dachte daran, dass ein Mann, dem ich nie begegnet bin, willens war, an Bord meines Schiffes zu kommen, obwohl er genau wusste, was ihm zustoßen konnte. Dass er mit einem Selbstmordgerät in der Tasche kam, das zu nutzen er bereit war. Dass er tatsächlich *erwartete,* es benutzen zu müssen, und dennoch gekommen ist. Und dass er mir die Wahrheit gesagt hat, Willie. Dir ist bekannt, dass ich mit Sicherheit *weiß,* dass alles wahr ist, was ich dir gerade gesagt habe.«

Er kniff die Augen zusammen, denn er war eingeweiht.

»Du sagst, er hätte erwartet, sein Selbstmordgerät zu benutzen«, fuhr der Premierminister schließlich fort, und sie nickte. »Dann nehme ich an, du weißt auch – oder glaubst zu wissen –, weshalb er dennoch zu kommen bereit war?«

»Weil er ein Patriot ist«, antwortete Honor ohne Umschweife. »Er ist wahrscheinlich der gefährlichste Mensch, dem ich je begegnet bin, und das nicht nur wegen seiner überragenden Tüchtigkeit. Unter dem Strich nimmt er seine Anschauungen und Pflichten äußerst ernst. Er weiß, dass der Mordanschlag auf Berry und Ruth nicht von seinen Leuten ausgeführt wurde, und er hat auch nichts davon bemerkt, dass jemand in Nouveau Paris versucht hätte, ihn zu umgehen. Jetzt, wo ich den Mann kennengelernt habe, bezweifle ich nicht mehr, dass er seinen gesamten Verantwortungsbereich so weit im Griff hat, um zu wissen, wenn etwas Derartiges geschehen wäre. Da er also weiß, dass er den Anschlag nicht begangen hat, und sich so gut wie sicher ist, dass auch niemand aus der havenitischen Regierung dahintersteckt, muss er annehmen, dass der wirkliche Drahtzieher aus Motiven handelt, die für Außenpolitik und Sicherheit der Republik Haven nachteilig sind. Also hat er sein Leben in der vollen Erwartung, es zu verlieren, aufs Spiel gesetzt, um uns davon zu unterrichten. Nicht weil er uns mag, sondern weil er versucht, seine Sternnation zu schützen. Weil er glaubt, dass seine Präsidentin versucht, einen Krieg zu beenden, und jemand anderer ihre Bemühungen sabotiert.«

»Und du ... weißt« – Grantville bewegte die Hand –, »dass das alles wahr ist?«

»Ich weiß, dass er mich nicht belogen hat und alles, was er mir sagte, vollständig der Wahrheit entspricht, soweit *er* sie kennt. Natürlich wäre es möglich, dass er sich irrt. Auch die besten Geheimdienstleute begehen Fehler. Aber was er mir gesagt hat, entsprach seinem besten Wissen.«

»Ich verstehe.« Grantville schaukelte seinen Sessel leicht vor und zurück. Angestrengt dachte er nach, ohne den Blick von Honor zu nehmen.

»Hast du mit Hamish darüber gesprochen?«, fragte er schließlich.

»Nein.« Honor sah fort. »Ich wollte es. Aber wie gesagt, dass ich mit ihm verheiratet bin, versetzt mich in eine heikle Situation. Ich ... habe mich entschieden, ihn nicht einzuweihen.«

»Du hast dich entschieden, ihn nicht einzuweihen, weil du ihn nicht in die Sache hineinziehen wolltest, falls diese kleine Unterredung so spektakulär nach hinten losgeht, wie es sehr gut möglich gewesen wäre. Das meinst du doch, richtig?«

»Vielleicht. In gewisser Weise. Aber auch deswegen, weil es sich praktisch nicht vermeiden lässt, dass unsere persönliche Beziehung sich auf ein Gespräch oder eine Debatte zwischen uns auswirkt. Um ganz ehrlich zu sein« – sie blickte Grantville wieder an –, »ich wollte nicht das Risiko eingehen, dass er mir zustimmt, nur weil ich es sage.«

»Aber bei mir warst du zu diesem Risiko bereit?«, fragte Grantville mit einem Aufflackern seines alten Humors.

»Bei dir hatte ich keine andere Wahl«, sagte sie mit einem weiteren schiefen Grinsen. »Entweder musste ich mit dir reden oder mich direkt an Elizabeth wenden, und offen gesagt bin ich mir nicht ganz sicher, wie *sie* es aufgenommen hätte.«

»Sehr schlecht.« Grantville klang düster. »Ich glaube, ich habe sie noch nie so wütend erlebt. Ob nun die Havies hinter dem Anschlag stecken oder jemand, der uns das nur glauben machen will, Elizabeth dürstet nach Blut. Und zum Teufel, Honor, das Schlimme ist: Selbst wenn jedes einzelne Wort, das Cachat dir gesagt hat, die lautere Wahrheit war – soweit er sie kennt, wie du selbst einschränkst –, ich bin trotzdem einer Meinung mit Elizabeth.«

»Selbst wenn Haven mit den Attentaten und Morden gar nichts zu tun hat?«, fragte sie ruhig.

»Wenn ich mir dessen wirklich *sicher* sein könnte, würde ich vielleicht anders empfinden. Ich kann da aber nicht sicher sein. Sicher weiß ich nur, dass ein Mann, der informiert sein sollte, überzeugt ist, dass Haven es nicht war. Aber ob er dessen gewahr ist oder nicht, er hat jedenfalls ein gewaltiges persönliches Interesse, von seiner Regierung nur das Beste anzunehmen. Ich akzeptiere, dass er keinen Beweis für eine havenitische Mitwisserschaft hat. Aber wenn ich mich an meine Einweisungen in die Geschehnisse im Erewhon- und im Congo-System richtig erinnere, haben seine Vorgesetzten vielleicht einen sehr guten Grund, ihn bei solch einer Sache zu übergehen: man muss sich nur überlegen, wer wahrscheinlich unter den Opfern gewesen wäre. Liege ich falsch?«

»Nein«, gab Honor zu.

»Was also soll ich nun tun, Honor? Wir sind mitten im Krieg und haben bereits bekanntgegeben, dass wir die Feindseligkeiten wieder aufnehmen. Die Havies haben auf der Grundlage unserer Note wahrscheinlich bereits wieder mit Operationen begonnen, und der Umstand, dass Cachat nichts mit dem Anschlag auf Berry und Ruth zu tun hatte, beweist nicht, dass niemand auf Haven dahintersteckt.«

Mit trauriger Miene schüttelte er langsam den Kopf.

»Ich würde gern glauben, dass du recht hast. Ich möchte sogar glauben, dass du recht hast. Aber ich kann meine Entscheidungen und die Politik des Sternenkönigreichs nicht auf dem gründen, was ich gerne glauben würde. Ich denke, ihr Militärs kennt die Notwendigkeit, Pläne auf Grundlage des ungünstigsten Falls zu formulieren. In dieser Situation stecke ich auch. Auf der Grundlage dessen, was Zilwicki und Cachat für die Wahrheit *halten,* kann ich nicht unsere gesamte Strategie über den Haufen werfen. Wenn sie auch nur einen einzigen greifbaren Beweis vorgelegt hätten, sähe es vielleicht anders aus. Aber das können sie nicht, und deshalb bleibt es dabei.«

Honor schmeckte seine Aufrichtigkeit... und die Unmöglichkeit, ihn umzustimmen.

»Es tut mir sehr leid, das zu hören«, sagte sie. »Ich glaube, sie haben recht, zumindest in der Hinsicht, dass das, was geschehen ist, nicht die offizielle Politik der Regierung Pritchart widerspiegelt.«

»Das ist mir klar«, erwiderte Grantville und sah ihr in die Augen. »Und weil ich weiß, dass du aufrichtig so empfindest, muss ich dich etwas fragen: Ist Admiral Alexander-Harrington noch immer bereit, ihre Befehle auszuführen?«

Honor erwiderte seinen Blick. Sie schwankte am Rande des Undenkbaren. Wenn sie mit Nein antwortete, wenn sie sich weigerte, den Angriff durchzuführen, und ihr Offizierspatent unter Protest zurückgab, dann kam ohne Zweifel die gesamte Frage an die Öffentlichkeit. Die Folgen für sie selbst und für ihren Mann und ihre Frau wären ... ernst, zumindest kurzfristig. Ihre Beziehung zu Elizabeth konnte dadurch irreparabel beschädigt werden. Ihre Karriere, zumindest in manticoranischen Diensten, wäre wahrscheinlich vorbei. Dennoch wäre all das akzeptabel – ein geringer Preis sogar –, wenn dadurch der Krieg endete.

Nur würde das nicht geschehen. Grantville hatte den Finger direkt auf die eine unüberwindbare Schwäche von Zilwickis und Cachats Aussage gelegt: den Mangel an Beweisen. Alles, was sie in der Hand hatte, war die Aussage zweier Männer, die sie im privaten Gespräch erhalten hatte. Bestenfalls würde alles, was sie ihr gesagt hatten, als Hörensagen bezeichnet, und es gab einfach keine Möglichkeit, einem Menschen außerhalb ihrer unmittelbaren Umgebung klarzumachen, wie sie wissen konnte, dass Zilwicki und Cachat ihr die Wahrheit gesagt hatten.

Der Krieg ginge also weiter, egal was sie tat, und sie wäre durch eigenes Dazutun nicht mehr in der Lage, seinen Verlauf und seinen Ausgang in irgendeiner Weise zu beeinflussen. Damit hätte sie ihre Pflicht gegenüber den Männern und Frauen der Achten Flotte und dem Sternenkönigreich als Ganzem verletzt. Kriege wurden nicht immer aus den richtigen Gründen geführt und ereigneten sich dennoch, und für die Leute, die darin kämpften, und ihre Sternnationen bedeutete es keinen Unterschied. Und Honor war Offizier der Königin. Sie hatte einen Eid geleistet, sich zwischen das Sternenkönigreich und seine Feinde zu stellen, weshalb auch immer sie seine Feinde waren. Wenn das Sternenkönigreich, das sie liebte, wieder in die Schlacht zog, in der so viele andere, die den gleichen Eid geschworen hatten, sterben würden, konnte Honor sie nicht einfach verlassen und zurückbleiben. Nein, ihr blieb keine andere Wahl, als neben ihnen zu stehen und sich dem gleichen Schicksal zu stellen.

»Jawohl«, sagte sie ruhig ohne eine Spur von Zögern oder Vorbehalt in der Stimme, »ich bin bereit, meine Befehle auszuführen, Willie.«

25

»Gibt es etwas Neues von unseren Gästen?«, fragte Admiral Alessandra Giovanni.

»Keine wesentlichen Veränderungen, Ma'am«, antwortete Commander Ewan MacNaughton. »Die Sternenschiffe dümpeln immer noch außerhalb der Hypergrenze herum, aber ihre Aufklärungsdrohnen machen das gesamte System unsicher – so offensichtlich, dass wir es merken müssen.«

Er verzog das Gesicht und wies mit einer Hand auf das große Display, das die inneren Planeten des Lovat-Systems und den sie umgebenden Weltraum darstellte.

Der G6-Stern des Sonnensystems hing im Zentrum des Displays, umgeben von der innersten Höllenwelt – der außer Lovat I nie auch nur die Würde eines eigenen Namens zugestanden worden war – und dann die Planeten Furnace, Forge und Anvil – Schmelzofen, Esse und Amboss. Auf sieben Lichtminuten von der Sonne hätte Forge, die einzige bewohnbare Welt des Systems, eigentlich ein angenehmes Klima aufweisen sollen, wäre nicht ihre ausgeprägte Achsneigung gewesen. Um fair zu bleiben, muss man anmerken, dass Forge eine ganz schöne Welt war, wenn man schwere jahreszeitliche Wetteränderungen mochte (was auf MacNaughton nicht zutraf).

Sie war darüber hinaus ein Industriezentrum.

Das Lovat-System war zuerst von der Aamodt Corporation besiedelt worden, einem der gewaltigen Industriekonzerne, die den enormen Reichtum und die ungeheure Macht der ursprünglichen Republik Haven aufgebaut hatte und unter der *Volksrepublik* den Weg des Dinosauriers gegangen war. Der augenblickliche Systemgouverneur, Havard Ellefsen, stammte in direkter Linie von dem Gründer der Aamodt Corporation ab, und Lovat hatte irgendwie die schlimmsten Folgen des volksrepublikanischen Ehrgeizes zu tragen. Obwohl es keine fünfzig Lichtjahre vom Haven-System entfernt lag, war Lovat immer einer der unangefochtenen Lichtblicke in der wirtschaftlich allgemein verwahrlosten Volksrepublik geblieben, und bei der industriellen Renaissance seit den Wirtschaftsreformen, die Rob Pierre durchgesetzt hatte, und der Wiedereinführung der Verfassung hatten die Konzerne des Systems eine tragende Rolle gespielt.

Unter anderem war die augenblickliche, fast drei Milliarden zählende Bevölkerung Forges tief in das gewaltige Flottenbauprogramm involviert, das Thomas Theisman ins Leben rief, nachdem er der Öffentlichkeit die Existenz der neuen Schiffstypen der Republican Navy bekanntgegeben hatte. Gewiss, das Lovat-System beherbergte nicht die Hauptwerften. Die lokale Industrie fertigte vor allem leichte Einheiten – LACs und die neuen Typen Leichter Kreuzer – und Trossschiffe – Munitionsschiffe, Truppentransporter,

Flottenversorger und Werkstattschiffe. Dennoch gehörte es zu den zwanzig wichtigsten Sonnensystemen der Republik, und diese Wichtigkeit spiegelte sich in den Verteidigungsanlagen wider.

Etwas über achttausend LACs waren auf Forge und den Satellitenbasen im ganzen System stationiert. Ein permanenter Systemschutz aus drei Schlachtgeschwadern – zugegebenermaßen keine Gondelleger, aber dennoch insgesamt vierundzwanzig Superdreadnoughts – war ihm zugeteilt, und im System wimmelte es förmlich vor Raketengondeln. Während der vergangenen sechs Monate hatte Lovat ferner nicht nur eine Moriarty-Plattform erhalten, sondern deren drei, wobei zwei lediglich als Ausfallsicherung für die erste dienten.

Und, dachte MacNaughton, *dazu kommt der Systemschutz, den ich nicht sehen kann.*

Alles zusammen erklärte, wieso Commander MacNaughton genauso zuversichtlich wie seine Vorgesetzte war, dass kein manticoranischer Angriffsverband seine Nase nach Lovat hineinstecken würde.

»Wir haben ihre Sonden in mehreren Quadranten des inneren Systems erfasst«, fuhr er fort und wies auf die flackernden Icons, die für geisterhafte Echos standen, das Äußerste, was seine Plattformen der manticoranischen Stealth-Technik aktueller Generation entlocken konnten. »Sie surren seit mehr als sechzig Stunden dort herum, und ich fasse andauernd Hyperabdrücke am ganzen Systemrand auf, die rein- und rausspringen. Allmählich geht es mir auf die Nerven, Ma'am.«

»Das soll es ja auch«, entgegnete Admiral Giovanni.

»Das weiß ich ja, Ma'am. Und unsere LAC-Crews wissen es auch. Trotzdem ist es nervenaufreibend, und Commander Lucas meldet, dass die Goldcrew auf Moriarty allmählich Ermüdungserscheinungen zeigt.«

»Ich habe dem Oktagon gesagt, wir brauchen mehr Leute«, knurrte Giovanni. »Leider stehen sie uns noch nicht zur Verfügung – nicht für Moriarty. Nun, wir hätten natürlich komplette Crews zum Austausch – wenn wir bereit wären, auf die Ersatzplattformen zu verzichten.«

MacNaughton nickte. Admiral Foraker und ihr ›Schlupfloch‹ wirkten bei ihren Ausbildungsprogrammen ein Wunder nach dem anderen, aber die enorme Ausdehnung, der sich die Navy nach wie vor unterzog, forderte ihren Zoll. Trotz des beständig ansteigenden allgemeinen Ausbildungsstands innerhalb der Republik musste die Republican Navy noch immer erheblich mehr Zeit aufwenden als die RMN, um ihren Rekruten Wissensgrundlagen zu vermitteln, die sie für ihre Aufgaben benötigten. Zum Glück war Foraker darin sehr, sehr gut geworden. Leider bedeutete die Notwendigkeit nach wie vor einen Flaschenhals bei der Bereitstellung voll ausgebildeter Mannschaften.

»Soll ich Lucas anweisen, Plattform Gold herunterzufahren und Silber oder Bronze zu aktivieren?«

»Tja ...« Giovianni fuhr sich mit der Hand durch das dunkle Haar, die Augen nachdenklich, dann zuckte sie mit den Schultern. »Ja, wechseln Sie auf Silber. Ich bezweifle, dass wir sie wirklich brauchen, aber Silber kann ein bisschen praktische Erfahrung nicht schaden.«

»Jawohl, Ma'am. Ich veranlasse es sofort, und ...«

Den Rest von MacNaughtons Satz verschluckte das plötzliche Schrillen von Alarmklingeln, als ein massiver Hyperabdruck auf dem Plot erschien wie eine Detonation.

»Gut gemacht, Theo«, sagte Honor Alexander-Harrington.

Lieutenant Commander Kgari hatte Kampfverband 81, den Führungsverband der Achten Flotte kaum vierzigtausend Kilometer außerhalb der Hypergrenze des Lovat-Systems in den Normalraum geführt, eine außerordentlich präzise Astrogation, und Kgari lächelte dankbar über das wohlverdiente Lob.

Honor erwiderte sein Lächeln, aber ihre eigentliche Aufmerksamkeit konzentrierte sich auf das ausladende taktische Display der Flaggbrücke. Sie beobachtete aufmerksam und wartete darauf, ob die Operationszentrale größere Änderungen einspielte, aber die einzigen Unterschiede zur letzten Datenübertragung der *Skirmisher* fielen nicht ins Gewicht.

Nicht dass es so bleiben wird, wenn wir richtig erraten haben, wie der Hase hier läuft, ermahnte sie sich.

»Also gut«, sagte sie. »Harper, geben Sie den Befehl zur Ausführung.«

»Aye, aye, Hoheit«, bestätigte Lieutenant Brantley. Die acht LAC-Träger von Alice Trumans verstärktem Trägergeschwader starteten fast neunhundert Leichte Angriffsboote, während BatRon 61 unter Alistair McKeon sich systemeinwärts in Bewegung setzte. Geleitschutz gaben ihm fünfzehn manticoranische und graysonitische Lenkwaffen-Schlachtkreuzer und HMS *Nike,* die unter dem Kommando von Konteradmiral Erasmus Miller standen. Normalerweise hätte Michelle Henke das Kommando geführt, doch zu den Bedingungen ihrer Freilassung aus der Kriegsgefangenschaft hatte gehört, dass sie nicht mehr gegen die Republik kämpfte. Deshalb war sie in den Talbott-Sternhaufen versetzt worden, wo sie sich, das wusste Honor genau, als enorm nützlich erweisen würde, und Michael Oversteegen hatte, frisch zum Konteradmiral befördert, den Befehl über ihr Geschwader erhalten. Doch so sehr Honor die Leistungen Oversteegens schätzte, er war rangjünger als Miller. Und der graysonitische Konteradmiral war selbst nicht gerade unfähig, erinnerte sie sich.

Die zwölf Schweren Kreuzer unter Winston Bradshaw und Charise Fanaafi, acht davon Schiffe der *Saganami-C*-Klasse, deckten Miller den Rücken, und sechs Leichte Kreuzer unter dem Kommando von Commodore George Ullman, der Commodore Moreau ersetzte, die bei Solon an Bord von HMS *Buckler* gefallen war, verstärkten den Geleitschutz.

Die Streitmacht musste nach allen Maßstäben als beachtlich bezeichnet werden, aber Honor war sich vollkommen gewahr, dass die Verteidiger des Systems sie an Kampfkraft und Zahl furchtbar übertrafen.

Genau so, wie es sein sollte.

»Admiral Truman meldet Start aller LAC-Geschwader abgeschlossen, Hoheit«, sagte Andrea Jaruwalski.

»Sehr gut. Weisen Sie Admiral Truman an, in den Hyperraum zu gehen, Kurs auf Rendezvous Alpha.«

»Aye, aye, Hoheit.«

Honor sah zu, wie die Icons der Träger verschwanden, dann ließ sie sich in ihren Kommandosessel sinken, nahm Nimitz in seinem Raumanzug auf den Schoß und beobachtete, wie ihre dreißig Sternenschiffe konstant systemeinwärts beschleunigten.

»Glauben Sie, das gibt ein zwotes Suarez, Ma'am?«, fragte MacNaughton angespannt, während er zusah, wie die aufkommenden Icons sich unaufhaltsam durch den Plot bewegten.

»Ich weiß es nicht.«

Giovanni hatte die Augen vor Konzentration zu Schlitzen verengt, und MacNaughton sah, dass sie sich eine einzelne Haarlocke um den rechten Zeigefinger wand. An diesen Manierismus hatte er sich im Laufe der letzten drei T-Jahre gewöhnt und wartete respektvoll ab.

»Nein«, sagte sie nach kurzem Nachdenken. »Ich weiß nicht wieso, aber ich glaube es nicht. Diese Schiffe sind wirklich dort.«

»Mir kommt es furchtbar mutig vor«, erwiderte MacNaughton, und sie zuckte mit den Schultern. »Und nach Solon auch nicht besonders klug.«

»Ich neige dazu, Ihnen zuzustimmen. Andererseits glaubt man vielleicht, man könne genügend tief eindringen, um beträchtliche Schäden anzurichten, und dennoch das Gefecht vermeiden. Wenn die Analyse der Außenortung zutrifft, dann ist das der stärkste Angriffsverband, den Manticore bisher entsandt hat. Möglich, dass man denkt, man hätte die Feuerkraft, um sich aus einem Abfangmanöver, wie es Admiral Giscard bei Solon angewendet hat, freizuschießen.«

»Wenn man das glaubt, irrt man sich, Ma'am«, sagte MacNaughton.

»Das wiederum glauben wir, Ewan«, verbesserte sie ihn. »Andererseits, wenn die Leute auch nur so viel Verstand haben, wie Gott ihn den Legislaturisten schenkte, dann halten sie sich zumindest außer Reichweite unserer Raketen im inneren System!«

Honor blickte auf die Zeit-Datum-Anzeige und lächelte traurig. Wenn Illescue sich an den Zeitplan hielt, kam in genau acht Minuten ihre Tochter zur Welt.

Katherine Allison Miranda Alexander-Harrington. Sie prüfte den Namen still und wünschte von Herzen, sie wäre dort, sähe das Wunder neu entstehenden Lebens, schmeckte ihrer Tochter neugeborenes Geistesleuchten, anstatt hier zu sein und den Tod von Tausenden in die Wege zu leiten. Sie holte tief Luft und sandte einen Gedanken über die Lichtjahre.

Herzlichen Glückwunsch zur Geburt, Kleine. Ich hoffe, Gott lässt mich zusehen, wie du aufwächst – und dass du niemals so etwas tun musst wie ich jetzt.

»Erreichen Punkt Samar in fünf Minuten, Hoheit«, sagte Jaruwalski.

»Danke, Andrea.«

Honor sah auf das Chronometer. Ihre Schiffe hatten von einer relativ niedrigen Anfangsgeschwindigkeit ausgehend fünfunddreißig Minuten lang mit konstanten 4,81 Kps^2 zum Rendezvouspunkt mit Forge hin beschleunigt. Sie besaßen nun eine Geschwindigkeit von 11.750 Kps und hatten etwas mehr als vierzehn Millionen Kilometer zurückgelegt. Vierundsiebzig Minuten bis zum Punkt der Schubumkehr, und wenn sie sich einer Sache ganz sicher war, dann der, dass keiner der Verteidiger damit rechnete, sie könnte wirklich in die Umlaufbahn um Forge eintreten wollen.

Natürlich könnten sie sich da irren, dachte sie kühl.

Sie richtete ihre Aufmerksamkeit wieder auf den taktischen Plot. Die Superdreadnoughts alten Stils, die Jaruwalski als Bandit-Eins markiert hatte, hielten ihre Position im inneren System dicht bei Forge, aber die vorgeschobenen Aufklärungsdrohnen zeigten, dass sie die Impeller hochgefahren und die Seitenschilde aktiviert hatten. Auch die massive LAC-Streitmacht, die von den Aufklärern gemeldet worden war, zeigte sich deutlich. Wer immer Systemkommandeur von Lovat war, schien sich nicht für die gleiche Art Trug entschieden zu haben wie Admiral Bellefeuille bei Chantilly.

Aber der äußere Schein kann … trügen, erinnerte sich Honor mit einem kleinen Lächeln. *Ich hoffe jedenfalls, dass es so ist. Ich würde mich ärgern, die ganze Vorarbeit umsonst gemacht zu haben, wenn das wirklich alles ist, was sie haben.*

Sie schürzte leicht die Lippen und blickte auf das kleinere taktische Wiederholdisplay, das aus der Seite ihres Kommandosessels ausgefahren war. Im Gegensatz zum Hauptplot war es konfiguriert, das gesamte Sonnensystem darzustellen, und Honors Blick ruhte auf der grünen Kugelschale, welche die Hypergrenze von Lovat darstellte.

»Es kann jeden Moment so weit sein, Hoheit. Vorausgesetzt, wir haben richtig geraten.«

Honor blickte auf. Mercedes Brigham stand neben dem Kommandosessel, blickte auf das gleiche W-Display, und Honor nickte.

»An deren Stelle würde ich mittlerweile glauben, ich hätte die gutmütigen Trottel genau dort, wo ich sie wollte«, stimmte sie zu. »Und mittlerweile sollten die Ortungssatelliten uns genügend unter die Lupe genommen haben, um zu wissen, dass wir nicht bloß Drohnen sind.«

Brigham erwiderte das Nicken, und wartend beobachteten sie beide den Plot.

»Admiral, sie sind siebzig Minuten vor dem Umkehrpunkt.«

»Sehr gut, Ewan. Ausführungsbefehl an *Tarantel.*«

»Hyperabdruck! Schwere Hyperabdrücke direkt achteraus und um Systemnorden und Systemsüden«, meldete Andrea Jaruwalski. »Markiere die Verbände als Bandit-Zwo, Bandit-Drei und Bandit-Vier! Sie beschleunigen mit fünf Komma null acht Kps Quadrat systemeinwärts.«

»Sehr schön«, sagte Honor ruhig.

Sie lehnte sich zurück in ihren Kommandosessel, schlug die Beine übereinander und streichelte das dichte Fell zwischen Nimitz' Ohren.

»Sir, Admiral Giovannis Ortung bestätigt, dass einer der Superdreadnoughts die gleiche Emissionssignatur hat wie das Schiff, das bei Solon davonkam«, meldete Marius Gozzi.

»Aha«, sagte Admiral Javier Giscard leise, »›der Salamander‹ ist wieder da.«

Mit mehr als nur einer Spur Traurigkeit schüttelte er den Kopf. In ihrem letzten Brief an ihn hatte Eloise versucht, ihre Verzweiflung zu verbergen, aber er kannte sie zu gut. Als Elizabeth Winton ihr Angebot zum Gipfeltreffen annahm, war es, als beobachtete man, wie die Sonne durch die Wolkendecke bricht. Und als passierte, was zum Teufel auch auf Alterde und Torch geschehen war und jede Hoffnung auf einen Verhandlungsfrieden zermalmte, hatte es so ausgesehen, als begrabe ein später Blizzard die gefrorenen Blüten eines gemordeten Frühlings.

Er konnte den Manticoranern wohl kaum verdenken, dass sie vorschnell den Schluss gezogen hatten, die Republik stecke hinter den Geschehnissen. In vielerlei Hinsicht leuchtete diese Schlussfolgerung nicht ein, und doch machten Menschen – und Sternnationen – allzu oft Dinge, die keinen Sinn ergaben. Doch so gut er den Gedankengang auch nachvollziehen konnte, er musste nach wie vor mit den Folgen des manticoranischen Tuns klarkommen.

Und sie auch, dachte er grimmig, während er den zahlenmäßig unterlegenen Verband beobachtete, der auf Vollschub ging. Nicht dass es ihm viel nützte. Seine sechs Superdreadnoughts waren den sechzehn Lenkwaffen-Superdreadnoughts und vier LAC-Trägern in jedem seiner Abfangverbände hoffnungslos unterlegen. Im inneren System waren erheblich mehr Raketengondeln stationiert als bei Solon, und er hatte seine Transition erheblich dichter legen können. Im Gegensatz zur Situation bei Solon wären die Manticoraner diesmal nicht in der Lage, sich dem Beschuss mit manövrierfähigen Raketen aller seiner Abfangverbände zu entziehen.

»Feuereröffnung, Sir?«, fragte Selma Thackery, doch Giscard schüttelte den Kopf.

»Harrington hat uns bei Solon gezeigt, was sie mit Langstrecken-Raketenbeschuss anstellt«, entgegnete er dem Operationsoffizier, »und sie hat diesmal erheblich mehr Abwehrplattformen. Nein. Wir folgen ihr nur. Wir sind die Treiber; der Jäger ist Moriarty. Sobald Giovanni sie in den Fängen hat, beseitigen wir die Überlebenden.«

»Jawohl, Sir«, bestätigte Thackery, und Giscard wandte sich wieder dem Plot zu.

Man hätte Sie nicht mit so wenigen Schiffen losschicken dürfen, Hoheit, sagte er zu der Lichtkennung von HMS *Imperator.*

»Also dann, Andrea«, sagte Honor, während sie ein letztes Mal auf das Chronometer blickte. Zwölf Minuten waren vergangen, seit die havenitischen Verbände achtern von ihr aus dem Hyperraum gekommen waren. »Führen Sie Ozawa aus.«

»Aye, aye, Hoheit!«, rief Jaruwalski aufgeregt und gab einen einzelnen Befehl in ihre Konsole.

»Da ist der Befehl zur Ausführung, Ma'am!«, verkündete Lieutenant Harcourt.

»Verstanden«, antwortete Commander Estwicke und sah den Astrogator an. »Bringen Sie uns raus, Jerome.«

»Aye, aye, Skipper«, bestätigte Lieutenant Weissmuller, und HMS *Ambuscade* verschwand in den Hyperraum.

Weissmuller hatte die Transition sorgfältig geplant und genügend Zeit gehabt, das Schiff im Normalraum perfekt zu positionieren, ehe er sie durchführte. Die *Ambuscade* kam genau dort raus, wo sie rauskommen sollte, und im taktischen Plot strahlten plötzlich die Lichtkennungen von Großkampfschiffen auf.

»Signalstation, benachrichtigen Sie Admiral Yanakov«, sagte Estwicke.

»Hyperabdruck!«

Javier Giscard riss den Kopf herum, als er die unerwartete Meldung hörte. Commander Thackery hatte sich über ihre Konsole gebeugt. Ihre Finger flogen, während sie den Kontakt auswertete, dann sah sie mit angespanntem Gesicht hoch.

»Admiral, wir haben achtzehn Superdreadnoughts oder LAC-Träger weit außerhalb der Hypergrenze direkt achtern von uns Entfernung fünf drei Komma neun Millionen Kilometer. Geschwindigkeit relativ zu Lovat zwo Komma fünf null eins tausend Kps. Sie ...«

Sie unterbrach sich, blickte wieder auf das Display und räusperte sich.

»Aktualisierung, Sir. Es sind zwölf Lenkwaffen-Superdreadnoughts und sechs Träger. Die Träger haben soeben volle LAC-Geschwader gestartet.«

Giscard nickte und hoffte, er sehe gelassener aus, als ihm zumute war.

Also hat sie ihre eigene Mausefalle ausgelegt, bei Gott, dachte er. *Ich hatte mich schon gefragt, ob sie es tun würde, nachdem wir sie bei Solon so kalt erwischt haben. Und anscheinend haben die Mantys die Achte Flotte massiver verstärkt, als der FND vorhergesagt hat.*

Stirnrunzelnd blickte er auf den Plot, und seine Gedanken überschlugen sich. Die zwölf Superdreadnoughts achteraus besaßen trotz seiner zahlenmäßigen Überlegenheit in der Gesamtkampfkraft vermutlich den Vorteil, und die LACs, die eingesetzt wurden, würden die Effizienz der

Raketenabwehr deutlich erhöhen. Dennoch war der manticoranische Vorteil nicht groß genug, und die Astrogation hatte danebengelegen. Gewiss würde er Schäden erleiden, aber es war unwahrscheinlich, dass die Manticoraner ihm auch nur eines seiner Wallschiffe vernichten könnten, ehe er aus ihrer effektiven Reichweite lief. Sie hatten ihn tief genug innerhalb der Hypergrenze gefangen, sodass er dem Gefecht nicht ausweichen konnte, aber sie hatten die Alpha-Mauer 2,8 Lichtminuten außerhalb der Hypergrenze gemacht. Auf diese Entfernung musste selbst die Genauigkeit der manticoranischen Mehrstufenraketen spürbar leiden, und er war ihnen zu weit voraus, besaß einen zu großen Vorteil an Grundgeschwindigkeit, als dass sie ihn einholen konnten.

Und Harrington war noch immer vor ihm und drang immer tiefer in die Reichweite der wartenden Abwehrraketen ein.

»Beginnen Sie Gondeln auszusetzen, Selma«, wandte er sich an seinen Operationsoffizier. »Beschießungsplan Gamma.«

Die überlichtschnellen Ortungssatelliten des äußeren Systems meldeten Alessandra Giovanni die Ankunft von Admiral Yanakovs Kampfverband 82 beinahe genauso schnell, wie Selma Thackery sie Javier Giscard meldete.

Trotz eines kurzen, instinktiven Anfalls von Panik gelangte Giovanni rasch zu den gleichen Schlussfolgerungen, die auch Giscard gezogen hatte, und ihr Lächeln war erheblich unangenehmer als seine Miene.

Also kann der große ›Salamander‹ genauso wie wir arme Sterbliche Fehler machen, dachte sie. *Das ist ja so was von schade.*

»Entfernung von Forge?«, fragte sie.

»Noch immer eins eins Komma zwo Lichtminuten, Ma'am«,

antwortete MacNaughton. »Knapp sechsunddreißig Minuten bis Raketenreichweite für Moriarty.«

»Danke«, sagte sie und wandte sich dem Plot des äußeren Systems wieder zu, während der Start der Mehrstufenraketen begann.

Die Entfernung betrug fast vierundfünfzig Millionen Kilometer, und Bandit-Zwo lief mit einer Relativgeschwindigkeit von über viertausend Kps vor Kampfverband 82 davon. Die Raketenflugzeit lag bei über acht Minuten, und wie Giscard bei Solon gezeigt hatte, war auf solche Entfernung selbst die Zielerfassung manticoranischer Lenkwaffen schwach.

Nur …

»Sir, da ist etwas … merkwürdig an der manticoranischen Salve«, sagte Thackery.

»Was meinen Sie mit ›merkwürdig‹?«, fragte Giscard scharf.

»Wie die Offensivraketen einkommen … Mir fällt dazu kein anderes Wort ein als ›klumpig‹, Sir. Sie breiten sich nicht zu einem normalen Fächer aus.«

»Wie bitte?«

Giscard gab einen Befehl in sein W-Display und runzelte die Stirn. Thackery hatte recht. Seine eigenen Raketen fächerten nach dem Abschuss aus, trennten sich voneinander, um die Störungen der Telemetrie zu den Schiffen, von denen sie gestartet waren, durch den Impellerkeil zu minimieren. So war es bei allen Raketen.

Nur nicht bei denen der Manticoraner.

»Rufen Sie die OPZ«, befahl er Thackery. »Man soll dieses Muster analysieren. Es muss einen Grund dafür geben.«

»OPZ ist schon dabei, Sir. Bisher hat man keine Erklärung.«

Giscard grunzte bestätigend. Tatsächlich, bemerkte er, fächerten die einkommenden Raketen durchaus aus, nur nicht so, wie sie sich hätten ausbreiten sollen. Zu einer Angriffsfront ausgebreitet, die sie am Ende alle gleichzeitig ins Ziel führen würden, näherten sie sich jedoch in einzelnen Trauben, relativ engen Gruppen von jeweils acht bis zehn Lenkwaffen.

Nein, dachte er, als eine vorläufige Bewertung der Operationszentrale als Seitenleiste in seinem Plot erschien. *Sie kommen in Trauben zu je* genau *acht Raketen ein. Das ist doch ziemlich dämlich, schließlich passen in jede manticoranische Gondel* zwölf *Raketen!*

Man nannte das System nach dem Bogenschützen unter den Göttern ›Apollo‹.

Den Forschern und Entwicklern der RMN hatte seine Perfektionierung große Schwierigkeiten verursacht. Der Entwurf der Komponenten hatte ein Niveau der Miniaturisierung nötig gemacht, das selbst für manticoranische Technologie bisher unerreicht gewesen war, und bei dem Versuch, es in Produktion zu geben, war BuWeaps auf mehr Komplikationen als erwartet gestoßen. Nun wurde das System zum ersten Mal im Gefecht erprobt, und die Crews, die die Apollo-Mehrstufenraketen gestartet hatten, hielten den Atem an, während sie abwarteten, wie gut es sich schlug.

Javier Giscard irrte sich. Eine Apollo-Gondel fasste keine zwölf Raketen; sie enthielt neun: acht weitgehend herkömmliche Standard-Angriffsraketen oder Eloka-Drohnen, und dazu kam die Apollo-Rakete – erheblich größer als die anderen und mit einem miniaturisierten Überlichtsignaltransceiver kurzer Reichweite ausgerüstet. Eine Weiterentwicklung des erheblich schwereren Geräts, das in den noch größeren Geisterreiter-Aufklärungsdrohnen eingesetzt wurde. Diese Rakete war ein Fernsteuerungs-Knotenpunkt und folgte hinter den acht Raketen aus der gleichen Gondel, ohne einen Gefechtskopf oder eigene Eloka-Kapazität aufzuweisen.

Die Impellerkeile der anderen Raketen verbargen sie und ihre gepulsten Signalübertragungen vor den Sensoren an Bord von Giscards Schiffen – und vor ihren Antiraketen. Ihre Position gestattete der Apollo-Rakete jedoch, die Telemetrie der anderen Raketen aus ihrer Gondel zu überwachen. Außerdem trug sie eine erheblich leistungsfähigere Künstliche Intelligenz als irgendeine Standard-Angriffsrakete – eine KI, die in der Lage war, die Daten aus den Ortungs- und Zielsuchsystemen der anderen Raketen zu verarbeiten und das Ergebnis via Gravimpuls an das Mutterschiff zu senden.

Die Mutterschiffe der Apollo-Gondeln hatten die ebenfalls neuartigen Schhlüsselloch-II-Plattformen ausgesetzt, die ihre Angriffsraketen nicht über normal lichtschnelle Verbindungen steuerten, sondern über Gravimpuls. So gut wie jedes manticoranische oder graysonitische Schiff, das im Augenblick Schlüsselloch II einsetzen konnte, gehörte der Achten Flotte an, und Honor Alexander-Harrington hatte sich die Fähigkeiten des Systems rücksichtslos zunutze gemacht, als sie ihre Offensivpläne formulierte.

Die Gravimpuls-Übertragungen bewegten sich schneller als das Licht, ohne sich allerdings *zeitverlustfrei* auszubreiten. Die Übertragungsgeschwindigkeit war ›nur‹ etwa vierundsechzigmal so schnell wie das Licht, doch gegenüber allem, was bisher möglich gewesen war, bedeutete dies eine gewaltige Verbesserung. Die aktualisierten Ortungsdaten der dahinbeschleunigenden Raketen überquerten die Entfernung zu den taktischen Abteilungen und den überragenden Rechnersystemen der Superdreadnoughts, von denen sie gestartet worden waren, und auf diese Entfernung betrug die Verzögerung keine drei Sekunden. Im Großen und Ganzen hätten sie die Reise auch zeitverlustfrei machen können. Das Gleiche galt für die Korrekturen, die von den taktischen Abteilungen wieder an die Apollo-Raketen gesendet und von dort an die einzelnen Lenkwaffen ihrer Traube weitergeleitet wurden.

Im Endeffekt erlaubte Apollo der Royal Manticoran Navy, den Kurs einer Rakete über die gesamte manövrierfähige Reichweite hinweg fast in Echtzeit zu korrigieren.

Javier Giscards taktische Offiziere begriffen zuerst nicht, was ihnen gegenüberstand. Genauer gesagt erkannten die meisten von ihnen es nie.

Die manticoranischen Lenkwaffen ignorierten geradezu verächtlich die Täuschkörper, und zudem bewegten diese eigenartigen Trauben von Mehrstufenraketen sich mit einer Präzision, wie sie noch kein Raketenabwehroffizier beobachtet hatte. Fast schien es, als wäre jede Traube eine einzelne Rakete, die sich durch den elektronischen Verteidigungsschirm der Kampfgruppe bohrte, als existierte er nicht.

Antiraketen begannen zu starten, und erneut geschah etwas sehr Seltsames. Die über die manticoranische Salve verstreuten Eloka-Drohnen schalteten sich nicht gleichzeitig ein, oder in Gruppen, wie es hätte geschehen müssen. Stattdessen aktivierten sie sich einzeln, jede für sich, als könnte sie die Antiraketen *orten* und ihr Verhalten darauf abstimmen.

Drachenzähne aktivierten sich *exakt* zum richtigen Augenblick, um die maximal mögliche Anzahl von Antiraketen zum Angriff auf falsche Ziele zu verleiten. Blender brannten die Bordsensoren anderer Antiraketen aus – genau dann, wenn die Angriffsraketen dahinter einen Bogen nach oben beschrieben oder nach unten abtauchten, um dann genau durch die Lücke zu stoßen, die die Blender in dem Abwehrschirm hinterlassen hatten.

Nicht alle Abwehrraketen konnten geblendet, nicht allen konnte ausgewichen werden. Dazu gab es zu viele von ihnen. Ihre Wirkung jedoch wurde erheblich abgestumpft.

Die zwölf Superdreadnoughts von Kampfverband 82 hatten vier Sätze von Gondeln ausgesetzt, ehe sie die Raketen starteten. Die zweihundertachtundachtzig Apollo-Gondeln hatten eintausendneunhundert Angriffsraketen und vierhundert Eloka-Drohnen abgefeuert, dazu zweihundertachtundachtzig Steuerraketen.

Admiral Javier Giscards Antiraketen konnten nur dreihundert einkommende Lenkwaffen aufhalten. Seine Lasercluster der Nahbereichsabwehr vernichteten in der verzweifelten einen Salve, mit der sie zum Schuss kamen, weitere vierhundert.

Damit drangen zwölfhundert Raketen durch.

Auf dem Kommandodeck und der Flaggbrücke der *Sovereign of Space* schrillten die Schadensalarme. Das große Schiff erschauerte und bockte, als nicht eine oder zwei, sondern *Dutzende* manticoranischer Raketen unbeeindruckt den Kern der Lenkwaffenabwehr der Kampfgruppe durchbrachen und detonierten. Panzerung splitterte, Atemluft fauchte ins All, Waffenlafetten und Nahbereichsabwehrcluster verwandelten sich in unidentifizierbare Trümmer, und der Trommelschlag der Vernichtung setzte sich immer weiter fort.

Judah Yanakov hatte seinen Beschuss auf nur zwei Schiffe

konzentriert. Ein Grund dafür war, dass niemand hatte wissen können, wie effektiv sich Apollo gegen echte Feindschiffe erweisen sollte, zum Teil aber auch, weil Superdreadnoughts naturgemäß sehr zähe Gegner darstellten. Ein solch robustes Ziel zu vernichten war schwer, und Honor und Yanakov hatten sich entschlossen, mit der ersten Salve so viel Schaden wie möglich anzurichten, ehe der Feind Gelegenheit erhielt, sich auf die neue Gefahrenlage einzurichten.

Dieses Vorhaben gelang.

Javier Giscard klammerte sich an die Lehnen seines Kommandosessels; von den hektischen Gefechtsdurchsagen seiner Kampfgruppe umgeben, lauschte er auf die Alarme und die verzweifelten Berichte der Reparaturkommandos, die gegen die Flutwelle der Schäden ankämpften. Seine Verbindung zum Technischen Leitstand wies nicht den Detailreichtum von Captain Reumanns Displays auf, aber er konnte zusehen, wie sich gewaltige Schwaden roter Schadensanzeigen durch die Schemazeichnung des Schiffes ausbreiteten.

Und dann gab es einen kurzen, furchtbaren Blitz, und etwas riss das gegenüberliegende Ende der Flaggbrücke auf. Giscard riss den Kopf herum und sah gerade noch, wie Selma Thackery und ihre taktische Crew von der Druckwelle in Fetzen gerissen wurden, die weiter auf ihn zuraste. Ihm blieb gerade genug Zeit, um zu begreifen, was geschah.

»Eloi ...«, begann er, und in dem Wirbelsturm der Alarmpfeifen und der Vernichtung war seine Stimme ganz leise.

Ihren Namen konnte er nicht mehr zu Ende sprechen.

»Gütiger Herr Jesus«, wisperte Ewan MacNaughton mit kreidebleichem Gesicht.

Die erste manticoranische Raketensalve hatte zwei Superdreadnoughts Admiral Giscards auf der Stelle vernichtet – einschließlich der *Sovereign of Space.* Die zweite Salve, die der ersten nach achtundvierzig Sekunden auf dem Fuße folgte, schoss zwei weitere zusammen, und die nächste ebenfalls.

Die Manticoraner benötigten insgesamt elf Salven – weniger als acht Minuten Beschuss – um jeden einzelnen Superdreadnought von Bandit-Zwo zu vernichten.

»Wie zum Teufel haben die *das* gemacht?«

MacNaughton hatte gar nicht bemerkt, dass er seine Frage laut aussprach, doch Admiral Giovanni beantwortete sie dennoch.

»Ich weiß es nicht«, sagte sie bedrohlich. »Aber in achtundzwanzig Minuten hilft es den Führungsschiffen auch nicht mehr weiter.«

»OPZ schätzt Zeit bis zum Eintritt in die Reichweite der Raketenbehälter des inneren Systems auf zwanzig Minuten, Hoheit«, meldete Mercedes Brigham ruhig, und Honor nickte.

Auf der Flaggbrücke der *Imperator* war es ungewöhnlich still. Weit achtern des Verbands hatten Judah Yanakovs Raketenbatterien gerade mit den hilflosen LAC-Trägern von Bandit-Zwo kurzen Prozess gemacht. Auf die verwaisten LACs verschwendete er seine Munition nicht. Stattdessen hatte er seine eigenen LACs wieder aufgenommen und war in den Hyperraum transistiert. Honor betrachtete wartend ihr taktisches W-Display.

Schließlich trat Kampfverband 82 wieder in den Normalraum ein. Diesmal befand er sich weit näher an der Hypergrenze und unmittelbar achtern von Bandit-Drei.

»Admiral Yanakov eröffnet das Feuer auf Bandit-Drei, Hoheit«, meldete Jaruwalski, und Honor nickte.

»Zu dumm, dass wir nicht genügend Zeit haben, um auch

Bandit-Vier zu erwischen, ehe er zu tief systemeinwärts aus der Reichweite verschwindet, Hoheit«, sagte Brigham. »Ich hätte zu gern reinen Tisch gemacht.«

Honor blickte sie an und erinnerte sich, was ihrem Verband bei Solon zugestoßen war. Im Grunde gab sie Brigham recht, und nicht nur, weil sie Berufsraumoffizier war. Die Vergeltung hatte jedoch einen bitteren Beigeschmack, und sie blickte wieder auf den Plot.

»Wir müssen uns mit dem begnügen, was wir bekommen können«, sagte sie ruhig. »Und es wird Zeit nachzusehen, wie verwundbar Baldur wirklich ist. Andrea.« Sie blickte Jaruwalski an.

»Jawohl, Hoheit?«

»Aktivieren Sie Mistelzweig.«

»Was zum ...?«

Commander MacNaughton erstarrte konsterniert.

»Admiral Giovanni! Da ...«

Giovanni war noch immer im Begriff, sich ihrem Display zuzuwenden, als die Explosionen begannen.

Die havenitischen Ortungsmannschaften hatten sich daran gewöhnt, dass sie die höchst verstohlen agierenden manticoranischen Aufklärungsdrohnen, mit denen ihre Sonnensysteme erkundet wurden, einfach nicht orten und vernichten konnten. Die Tatsache war bitter, aber nicht zu verleugnen. Und abgesehen von einer gewissen tiefsitzenden Verärgerung hatten sie den Geisterreiter-Aufklärungsdrohnen mit ihrer langen Standzeit, die von Manticore im gesamten inneren System Lovats verteilt worden waren, verhältnismäßig geringe Aufmerksamkeit geschenkt.

Was bedauerlich war.

Sonja Hemphill hatte das Projekt eigens zu Ehren des Pfeiles, der in der nordischen Mythologie den Gott Baldur tötete, ›Mistelzweig‹ getauft, und der Name erwies sich als treffend.

»Wo zum Teufel kommen sie her?«, wollte Giovanni wissen.

»Ich weiß es doch auch nicht, Ma'am!«, erwiderte MacNaughton mit einer Stimme, die genauso gequält war wie sein Gesicht, während manticoranische Laser-Gefechtsköpfe die Moriarty-Plattformen unter Feuer nahmen. Und zwar nicht nur eine, sondern alle drei. *Die Stealth-Systeme und die Verteilung, die sie hatten schützen sollen, genügten* offenbar nicht, dachte er und schloss kurz die Augen, als der gnadenlose Beschuss sie alle drei in Stücke riss.

Alessandra Giovanni war kreidebleich vor Schock. Ohne die Moriarty-Plattformen besaß sie kein Leitsystem für Lenkwaffensalven des Ausmaßes, die man benötigte, um die manticoranische Raketenabwehr zu überwinden. Und in Anbetracht dessen, was die Manticoraner gerade Admiral Giscards Kräften zugefügt hatten, war es schmerzhaft offensichtlich, dass ihre eigene Raketenabwehr bestenfalls oberflächliche Wirkung entfalten konnte.

»Die Ortungsdrohnen!«, rief MacNaughton plötzlich. »Die Schweine haben ihre gottverdammten Ortungsdrohnen mit Laser-Gefechtsköpfen ausgerüstet!«

Giovanni blinzelte, schüttelte den Kopf und sah MacNaughton durchdringend an. *Er hat recht,* begriff sie. Eine andere Erklärung gab es nicht.

»Aber wie haben sie Moriarty gefunden?«, fragte sie. »Es sei denn ...«

»Es sei denn was, Ma'am?«, fragte MacNaughton, als sie plötzlich verstummte.

»Suarez«, zischte sie. »Darum ging es bei Suarez! Die Mantys haben sich ausgerechnet, was bei Solon passiert ist, und haben uns bei Suarez mit Eloka-Drohnen verlockt, das Moriarty-Netz zu aktivieren, nachdem sie zuvor Aufklärungsdrohnen so tief im System platziert hatten, dass sie alles beobachten konnten. Die Mantys hatten einen kompletten, detaillierten Fingerabdruck davon, wonach sie Ausschau halten mussten!«

»Und dann mischten sie bewaffnete Aufklärungsdrohnen unter die regulären, um die Moriarty-Plattformen nach dem Auffinden zu vernichten«, sagte MacNaughton mit zusammengebissenen Zähnen.

»Ganz genau«, stimmte Giovanni rau zu. »Verdammt! Die Drohnen können nicht die nötige Beschleunigung haben, um gegen bewegte Ziele von Nutzen zu sein, aber gegen ortsfeste, bei denen sie zudem genau Bescheid wussten, wonach sie Ausschau halten sollten ...«

»Commander MacNaughton!«, rief ein Gast, und MacNaughton fuhr zu seinen Displays herum. Einen Augenblick lang erstarrten seine Schultern, dann sackten sie ab, und er wandte sich wieder Giovanni zu.

»Nicht nur Moriarty, Ma'am«, knirschte er. »Anscheinend müssen wir die Systemverteidigungsgondeln in Zukunft stärker ausbreiten. Die Mantys haben soeben drei Viertel der Beta-Staffel und fast genauso viele von Delta ausradiert.«

»Wie das?«, fragte Giovanni tonlos.

»Noch mehr von den verdammten Aufklärungsdrohnen. Anders kann es nicht sein. Sie hatten altmodische Atomsprengköpfe – ungefähr fünfhundert Megatonnen Ausbeute – so dicht an den Gondeln, um sie wie durch Naheinschläge auszuschalten.«

Giovanni nickte still. Natürlich. Wenn man die Drohnen mit Laser-Gefechtsköpfen bestücken könnte, warum dann nicht auch mit herkömmlichen Kernwaffen? Nicht dass es wirklich nötig gewesen wäre. Bei der Treffgenauigkeit, die Manticore gegen Giscard bewiesen hatte, ließen sich die Gondeln mit Naheinschlägen von Mehrstufenraketen eliminieren, die aus solch großer Entfernung starteten, dass Giovanni sich überhaupt keine Hoffnung zu machen brauchte, bei Feuererwiderung einen Treffer zu erzielen.

»Admiral Giovanni«, sagte ein erschütterter Signaloffizier, »Admiral Trask fragt nach Ihnen.«

Alessandra Giovanni blickte erneut auf den Plot, wo Herz und Verstand ihrer Abwehr gerade vernichtet worden waren, und atmete tief durch. Natürlich wollte Trask sie sprechen. Seine veralteten Superdreadnoughts waren für Harringtons Lenkwaffen-Superdreadnoughts nur Zielschiffe, und Giovanni beurteilte die Chance ihrer LACs, Harringtons Abwehrfeuer und die verdammten *Katana*-Staffeln ohne die Unterstützung durch massierten Beschuss aus den Systemverteidigungsgondeln zu durchbrechen, ausgesprochen wenig optimistisch.

Wenn sie also Admiral Wentworth Trasks Schiffe ins Gefecht warf, fänden er und jeder unter seinem Kommando den Tod.

»Den regulären Aufklärungsdrohnen zufolge haben wir soeben alle drei Leitstationen ausgeschaltet, Hoheit!«, rief Jaruwalski in jubelndem Ton.

»Sehr gut, Andrea. Wir fahren mit Plan Alpha fort. Zermürben wir die ausgesetzten Gondeln so weit wie möglich, ehe wir in ihre Reichweite eintreten.«

»Aye, aye, Hoheit.«

Honor nickte und wandte sich wieder dem Plot zu. Sie hoffte, dass wer immer auf der Gegenseite das Kommando führte, begriff, wie hilflos die letzten Sternenschiffe waren, und sich ergab, ehe sie gezwungen war, sie alle zu vernichten.

26

»Wie schlimm ist es?«, fragte Eloise Pritchart tonlos.

Thomas Theisman musterte sie kurz, ehe er antwortete.

Sie sieht ... gebrochen aus, dachte er. *Nicht im Geist, nicht in ihrer Entschlossenheit, ihre Pflicht zu erfüllen.* Aber selbst wenn das intakt blieb, klaffte tief in ihr eine blutende Wunde, und sein Herz schmerzte vor Mitgefühl. Sie war nicht nur seine Präsidentin. Sie war eine Freundin, wie auch Javier sein Freund gewesen war, und nach allem, was Eloise und er gemeinsam durchgemacht, was sie unter dem Komitee für Öffentliche Sicherheit riskiert und überlebt hatten, war sein Tod ein bitterer, bitterer Schlag gewesen.

Sie erwiderte seinen Blick über den Schreibtisch hinweg, die Augen ausdruckslos und matt wie ihre Stimme, und er wusste, dass ihr klar war, was er dachte. Trotzdem sagte sie nichts. Sie wartete nur reglos.

»Es ist sehr schlimm«, sagte er schließlich. »Die Industrie von Lovat und alle LACs, Trossschiffe und Munition, die wir dort bauten, gibt es nicht mehr. Harrington hat *alles* vernichtet. Ganz zu schweigen von den zwounddreißig Gondellegern, vier LAC-Trägern, vierundzwanzig älteren Superdreadnoughts unter Admiral Trask und ungefähr zehntausend LACs. Die wirtschaftlichen Kosten kann ich nicht einmal ansatzweise abschätzen. Rachels Leute verfallen noch immer augenblicklich in Schockstarre, sobald sie sich die vorläufigen Zahlen ansehen. Aber ich glaube, man darf davon ausgehen, dass Harrington den wirtschaftlichen und industriellen Preis ihrer sämtlichen vorhergehenden Raids zusammengenommen verdoppelt hat.« Er schüttelte den Kopf. »Dagegen war unser Angriff auf Sansibar ein liebevoller Rippenstoß.«

Pritchart hatte das Gesicht unter neuem Schmerz verzogen, während sie sich die Litanei der Zerstörung anhörte.

»Zum Glück waren die Verluste an Menschenleben erheblich niedriger, als es hätte kommen können«, fuhr Theisman fort. »Admiral Giovanni hat den Verstand bewiesen, Trask zu befehlen, er möge seine Superdreadnoughts zurückhalten, während Harrington die Raketengondeln der Systemverteidigung mit Naheinschlägen ausradierte. Dann hat er die Selbstvernichtung befohlen, damit sie nicht gekapert werden, aber alle seine Leute sind vorher lebend von Bord gekommen. Wir haben viele LAC-Besatzungen verloren. Sie mussten es wenigstens versuchen, und niemand kann Giovanni verübeln, dass sie geglaubt hat, sie hätte genügend davon im Einsatz, um Harringtons führenden Kampfverband anzugreifen. Nur dass jedes einzelne LAC, das diesem Verband Geleitschutz gab, ein *Katana* gewesen ist. Im Zusammenspiel mit den neuen manticoranischen Antiraketen und dem unbekannten System, das gegen unsere Wallschiffe eingesetzt wurde, wurden unsere *Cimeterres* massakriert. Auch die neuen Alpha-Modelle.«

»Wie konnte das geschehen?«, fragte sie mit der gleichen, schrecklichen Stimme.

»Wir werten noch immer die vorläufigen Berichte aus. Nach allem, was wir bisher gesehen haben, schaut es danach aus, als wären zwo neue Waffensysteme gegen uns eingesetzt worden. Das tut besonders weh, weil beide vollkommen logische Weiterentwicklungen dieser verdammten Geisterreiter-Technik sind und wir es trotzdem nicht kommen sahen.

Wir hätten begreifen müssen, dass die Mantys früher oder später ihre Aufklärungsdrohnen mit Waffen bestücken würden. Sie haben gezeigt, dass sie tief innerhalb unserer Schutzzonen damit so gut wie ungestraft operieren können, und sie haben wahrscheinlich ein gewisses Vergnügen daran gefunden, eine Variante der gleichen Technik zu verwenden, mit der Saint-Just Elizabeth Wintons Jacht im Jelzin-System vernichtet hat. Die schlechte Neuigkeit ist, wie nah sie damit an uns herankommen; die – relativ – gute Neuigkeit lautet, dass sie die Drohnen dennoch nicht unter Stealth bis auf Angriffsentfernung annähern können. Um einen Angriff auszuführen, müssen sie die Drohnen nach wie vor auf vierzigtausend Kilometer heranführen, und selbst manticoranische Stealth-Systeme können die Drohnen während der letzten hunderttausend Kilometer der Annäherung vor uns verbergen. Sie besitzen nicht die Beschleunigungswerte einer Rakete, und um brauchbar eingesetzt zu werden, müssen sie praktisch aus der Ruhe angreifen, sonst können sie nicht den richtigen Augenblick abwarten. Sie haben daher relativ geringe Aufschließgeschwindigkeiten und können von Antiraketen und der üblichen Nahbereichsabwehr angegriffen werden, sobald wir wissen, dass sie dort draußen sind. Unsere Abfangwahrscheinlichkeiten liegen nicht sehr hoch, da uns nur sehr kurze Reaktionszeit zwischen dem Aktivieren ihres Antriebs und dem Moment bleibt, in dem sie Angriffsentfernung erreichen. Aber mit dieser Bedrohung können wir wahrscheinlich fertigwerden.«

Er hielt kurz inne und zuckte mit den Achseln.

»Tatsächlich ist das alles zum Großteil sogar meine persönliche Schuld«, sagte er, ohne mit der Wimper zu zucken.

»Shannon hat mich von Anfang an gewarnt, dass das Stealth der Moriarty-Plattformen nicht ausreichen würde, sobald die Mantys begriffen hätten, wonach sie suchen müssten. Sie wollte sie in allein für diesen Zweck gefertigte Superdreadnoughts einbauen oder als zusätzliche Komponenten für größer und stärker verteidigte Satelliten fertigen. Ich habe sie überstimmt, weil wir Moriarty so schnell wie möglich in Dienst stellen wollten. Ich hätte es nicht tun sollen. Sie hatte recht.«

»Du auch. Wir haben Moriarty wirklich gebraucht – brauchen es noch immer. Du hat nicht kommen sehen, dass man sie aus dem Nichts angreifen würde, aber so ging es jedem. Kritisiere dich nun nicht im Nachhinein.«

Theisman nickte, aber er wusste zugleich, dass er diese eine Direktive der Präsidentin nicht befolgen könnte.

»Die andere neue Waffe, die Manticore eingesetzt hat, war allerdings noch furchteinflößender«, fügte er hinzu. »Die demonstrierte Treffsicherheit ist schlimm genug, aber was mit unserer Eloka und unseren Antiraketen angestellt wurde, wiegt vielleicht noch schwerer. Ich versuche immer wieder, mir vor Augen zu führen, dass wir es mit einem vorläufigen Bericht zu tun haben, Eloise, aber ich will ganz offen sein. Es ist kein Problem, wegen dieser Meldungen in Panik zu verfallen.

Ich habe mit Linda Trenis und Victor Lewis darüber gesprochen. Natürlich konnten wir Shannon noch nicht zurate ziehen, aber ich wäre überrascht, wenn sie aufgrund der Daten, die wir bisher haben, zu völlig anderen Schlüssen gelangen würde.

Die Mantys haben offenbar einen Überlichtsender in ihre Raketentelemetrie einbauen können. Ich vermute, dass es sich um eine separate, ausschließlich diesem Zweck dienende Plattform handelt – ein grob raketengroßes Vögelchen, in das sie irgendwie den Gravimpulstransceiver hineinquetschen konnten und das als vorgeschobener Datenverarbeitungsknoten dient. Niemand hat bisher an so etwas gedacht, weil es dazu nie wirklich einen Grund gab. An die Beschränkungen durch die Lichtgeschwindigkeit hatte man sich gewöhnt, und wenn man diesen Weg beschreitet, müssten alle Raketen, die von der Leitplattform gesteuert werden, zu einer recht engen Traube gebündelt werden. Dadurch sollten sie eigentlich gegen Abwehrwaffen verwundbarer sein, und ehe das Überlichtcomgerät eingeführt wurde, wären sie genauso weit vom Mutterschiff entfernt gewesen und hätten genauso träge auf Telemetriebefehle reagiert wie jede andere Rakete auch.

Was Manticore nun gewagt hat, verleiht seinen Raketen eine fast vollgültige Echtzeitsteuerung von den taktischen Abteilungen der Mutterschiffe aus, Eloise. Du warst nie Berufsraumoffizier, deshalb ist dir vielleicht nicht ganz klar, welch großer Vorteil das ist. Selbst mit konventionellen Einstufenraketen hat es immer eine Übertragungsverzögerung durch die Lichtgeschwindigkeit gegeben, die es unmöglich machte, von Bord aus die Raketen über große Entfernungen hinweg zu steuern. Oder bessere Zieldaten von den Sensoren der Angriffsraketen zu erhalten und sie zu benutzen, um die Erfassung der nächsten Gruppen sinnvoll zu programmieren.

Doch für die Mantys gilt das offenbar nicht mehr. Sie brauchen ihren Raketen keine Ausweichmanöver vorzuprogrammieren. Brauchen sie nicht mit einem festen Angriffsprofil zu feuern oder auch nur vorgefertigte Eloka-Reaktionen zu verwenden. Sie können nun mithilfe der Rechenleistung an Bord ihrer Schiffe das Verhalten der Antiraketen sowie der Eloka-Emissionen analysieren und auf dieser Grundlage unterwegs Veränderungen vornehmen und *alles* anpassen, während sie immer näher kommen und ständig bessere

Daten über die Abwehrsysteme erhalten, die sie überwinden müssen. Sie können ihre Eloka-Drohnen genau im günstigsten Moment auslösen – und bestücken ihn mit dem leistungsfähigen Computersystem eines Superdreadnoughts. Und zu alledem können sie die Flugrichtung ihrer Angriffsraketen so ändern, dass sie den größtmöglichen Vorteil aus den Löchern in der Abwehr ziehen, den die Eloka-Drohnen reißen.

Kurz gesagt, die manticoranische Treffgenauigkeit ist bei Gefechten auf Maximalabstand erheblich höher, und auch werden ihre Raketen unsere Abwehr sehr viel leichter durchdringen können. Folglich kommt Manticore mit mehr Laser-Gefechtsköpfen durch, und diese Laser-Gefechtsköpfe sind zielsicherer.«

»Damit ist unsere zahlenmäßige Überlegenheit gerade verdunstet«, entgegnete Pritchart grimmig.

»Nicht ... unbedingt«, erwiderte Theisman, und zum ersten Mal, seit er ihr Büro betreten hatte, flackerte in ihren Topasaugen ein Gefühl auf.

Unglaube.

»Du hast soeben gesagt, sie könnten unsere Schiffe – wie bei Javier – auf Entfernungen vernichten, auf die wir hilflos sind«, entgegnete sie knapp.

»Ja, das ist richtig. Zumindest mit einigen ihrer Schiffe.«

»Wie meinst du das?«

Sie neigte den Kopf zur Seite, die Augen plötzlich aufmerksam, und Theisman zuckte mit den Schultern.

»Eloise, es handelt sich um ein neues Waffensystem, das gerade erst zum Einsatz gekommen ist. Natürlich ist es möglich, dass sie ihre Schiffe durch die Bank damit ausgestattet haben. Ich glaube das nur eben nicht.«

»Wieso nicht?«

»Die Achte Flotte wird seit ihrer Aktivierung vorrangig

behandelt. Sie bekommt die modernsten Schiffe und die meiner Meinung nach beste Flottenchefin der Manticoraner. Die Achte Flotte steht stets in vorderster Linie. Vor fünfeinhalb Monaten, bei Solon, hat sie die neuen Waffen offenbar noch nicht besessen. Wenn doch, hätte man sie todsicher eingesetzt, als Javier die Falle zuschnappen ließ.

Wenn die neuen Systeme schon vor zweieinhalb Monaten, als du Elizabeth Winton zur Gipfelkonferenz eingeladen hast, bereits allgemein in Verwendung gewesen wären, hätte sie die Einladung wohl kaum angenommen. Du weißt, was sie von uns hält, und warum. Glaubst du wirklich, sie hätte mit uns verhandelt, wenn sie solch ein Waffensystem allgemein verfügbar und montiert gehabt hätte?« Er schnaubte in rauer, bitterer Verachtung. »Nein, hätten diese Systeme einer Elizabeth Winton im großen Maßstab zur Verfügung gestanden, hätte sie uns gesagt, wir sollten uns dünne machen. Und dann wäre sie in die Offensive gegangen, hätte alles zurückerobert, was wir ihr während Donnerkeil abgenommen haben, wäre direkt nach Haven durchgebrochen und hätte Nouveau Paris besetzt, wie Manticore es schon am Ende des vorigen Krieges hätte tun müssen.«

»Vielleicht hat sie das Angebot nur angenommen, um Zeit zu gewinnen, bis die Systeme einsatzbereit wären«, versetzte Pritchart.

»Möglich«, räumte Theisman ein. »Ja, das ist wahrscheinlich effektiv das, was geschehen ist, in kleinem Maßstab wenigstens. Aber schau dir nur an, was Manticore mit seiner neuen Waffe angestellt hat. Es hat sich auf Lovat gestürzt, ein zugegeben weit wichtigeres Ziel als alles, was es bisher angegriffen hat. Die Mantys kamen ins System, lockten die eigentlichen Verteidigungsverbände in die Falle und massakrierten sie, als sie aus dem Hyperraum kamen.« In Gedanken verfluchte er sich für seine Wortwahl, als er in ihren Augen frischen Schmerz aufkommen sah, doch er fuhr scheinbar ungerührt fort: »Dann stießen sie systemeinwärts vor, löschten die LACs und einen Haufen veralteter Wallschiffe aus und zerstörten die Industrie des gesamten Sonnensystems. Richtig?«

»Richtig«, sagte sie wieder knapp.

»Aber warum sich mit Lovat aufhalten?«, fragte Theisman. »Wenn sie genügend Schiffe haben, die diese Waffe einsetzen können, warum nicht direkt nach Haven vorstoßen? Uns mit ihrer eigenen Version von Operationsplan Beatrice zuvorkommen? Glaub mir, Eloise – Caparelli, White Haven und Harrington sind mindestens so gute Strategen wie irgendjemand auf unserer Seite. Und wenn wir eine solche Waffe in entscheidenden Stückzahlen verfügbar hätten oder auch nur die Aussicht davon, dass es in unmittelbarer Zukunft dazu käme, würden wir nie unsere Karten aufdecken, indem wir damit ein zwotrangiges Ziel angreifen, so verlockend es auch sein mag. Wir würden uns die Waffe aufsparen und vollkommen zurückhalten, bis wir sie in einer einzelnen Offensive einsetzen könnten, die den Krieg beendete. Denk darüber nach. Genau so hat Manticore es beim letzten Mal gehalten, bei Unternehmen Butterblume – die Mantys saßen auf ihren neuen Schiffen und Waffensystemen, bis sie bereit waren, und dann trieben sie uns vor sich her.«

»Du sagst also, ihr Angriff bei Lovat zeige, dass sie die neuen Systeme noch nicht allgemein einsatzbereit haben?«

»Ich glaube, genau so ist es. Ich denke, sie zeigen uns frühzeitig, wozu sie in der Lage sind, weil sie so gut wie wir selbst wissen, wie die Tonnagenverhältnisse im Augenblick aussehen, und die mögliche Bedrohung aus der Liga bringt sie wirklich zum Schwitzen. Sie versuchen nicht nur, uns zur einer Umgruppierung zu zwingen und unsere Stärke zu verzetteln. Sie hätten vermutlich nichts dagegen, wenn sie uns genau dazu verleiten könnten, während sie ihre Umrüstungen durchführen oder die Engpässe in der Massenproduktion beseitigen – oder was immer es auch ist, das getan werden muss, ehe ihr gesamter Schlachtwall mit diesen Systemen ausgerüstet ist. Ihnen wäre es aber sicherlich am liebsten, wenn wir annehmen würden, sie hätten ihn bereits umgerüstet. Manticore möchte den Krieg hinter sich haben, ehe sie es mit den Sollys zu tun bekommen, und hoffen darauf, dass wir glauben, keine Chance mehr zu haben, und das Handtuch werfen. Aber sobald ihre Schiffe allgemein umgerüstet sind, haben wir keine Chance mehr, versteh mich da nur nicht falsch.«

»Was schlägst du also vor, Tom?«

»Ich sage, wir haben drei Möglichkeiten. Erstens, wir müssen sie bewegen, wieder mit uns zu reden und die Sache beizulegen, ohne dass auf beiden Seiten noch jemand verletzt wird. Zwotens, dass wir kapitulieren, ehe sie die neue Waffe allgemein montieren und Tausende und Abertausende von unseren Leuten abschlachten wie damals während Butterblume oder wie mit Javier bei Lovat. Drittens, wir greifen unverzüglich mit der Variante Bravo von Beatrice an, ehe Manticore alle Schiffe umrüsten kann.«

»Mein Gott, Tom. Das ist doch wohl nicht dein Ernst!«

»Eloise, wir haben keine andere Wahl, und Zeit haben wir auch nicht«, entgegnete er kopfschüttelnd. »Du weißt, was ich von Anfang an von diesem Krieg gehalten habe. Ich wünschte mir die erste Möglichkeit. Ich möchte mit den Mantys reden, ihnen offenlegen, was Giancola getan hat, und die Angelegenheit an einem Konferenztisch beilegen und nicht mit Breitseiten und ruinierten Sonnensystemen. Aber diese Möglichkeit hat Manticore abgelehnt. Ich weiß, was Elizabeth Winton glaubt, aus welchem Grund. Ich weiß auch, dass jemand die Ereignisse manipuliert. Aber wenn die Mantys nicht einmal mit uns reden, können wir es ihnen auch nicht sagen.

Deshalb bleibt uns die Wahl zwischen Kapitulation oder kriegsentscheidendem Angriff.«

»Und welche dieser beiden Möglichkeiten würdest du vorziehen?«, fragte sie leise.

»In vielerlei Hinsicht«, gab er zu, »würde ich fast am liebsten kapitulieren. Ich kämpfe nun schon sehr lange gegen die Manticoraner, Eloise. Teufel, zum ersten Mal habe ich bei Jelzins Stern gegen sie gekämpft, ehe der *erste* Krieg überhaupt begann! Meine Gefühle in Bezug auf sie sind wahrscheinlich so verworren wie bei kaum jemand anderem in der Republik. Aber ich bin es leid, Männer und Frauen unter meinem Kommando sterben zu sehen, Männer und Frauen, die meinen Befehlen gehorchen, weil sie mir vertrauen. Besonders wenn sie wegen eines verfluchten Missverständnisses in den Tod gehen sollen!

Aber ich bin ein Admiral; die Politikerin bist du. Ist eine Kapitulation möglich?«

»Das weiß ich nicht.« Sie atmete tief durch, und in ihren Augen glitzerten unvergossene Tränen. »Ich weiß es einfach nicht. Das Kabinett könnte ich hinter mich bringen, aber ich sehe keine Möglichkeit, wie ich den Senat zur Zustimmung bewegen sollte, selbst wenn ich dort unseren Verdacht gegen Arnold Giancola offenlege. Und ich habe als Präsidentin nicht die Macht, einen Krieg zu erklären oder Frieden zu schließen – oder zu kapitulieren –, ohne dass der Senat darüber berät und zustimmt. Gott allein weiß, was geschehen könnte, wenn ich es versuchte. Unser Rechtssystem und die Befugnisse der einzelnen Instanzen sind noch so neu, dass sie in Trümmer zerfielen, wenn ich eine Kapitulation anordne und der Kongress meine Befehle für unverbindlich erklärte. Alles, wofür wir gekämpft haben, könnte zusammenbrechen. Selbst unsere Navy könnte zerbrechen. Der Großteil würde wahrscheinlich dem Befehl gehorchen, wenn du ihn unterstützt, aber andere Teile könnten ihn ignorieren und den Krieg fortzusetzen versuchen. Wir könnten sogar in einen neuen Bürgerkrieg stürzen!«

»Können wir wenigstens eine private Nachricht an Elizabeth Winton schicken?« Theisman flehte sie beinahe an. »Können wir ihr sagen, dass wir noch einen Waffenstillstand wollen? Eine Feuerpause, während wir eine diplomatische Abordnung direkt nach Manticore schicken?«

»Glaubst du wirklich, sie würde uns nach allem, was passiert ist, noch zuhören?«, erwiderte Pritchart traurig. »Das ist doch genau, was ich schon vorgeschlagen hatte, Tom! Und Manticore ist überzeugt, dass es nur eine Kriegslist war. Dass ich die Konferenz aus irgendeinem machiavellistischen Grund, den nur ich kenne, einberufen und dann zwei Teenagerinnen zu ermorden versucht habe, um meinen eigenen Gipfel zu hintertreiben. Wenn ich das erneut versuche, wird Manticore darin eine Neuaufführung des Theaterstücks erkennen, mit dem Saint-Just die Butterblume-Offensive zum Stillstand gebracht hat. Wir würden damit nur ›beweisen‹, dass die neuen Waffen uns in Panik versetzt haben.«

Eine einzelne Träne lief ihr die Wange hinunter, und sie schüttelte den Kopf.

»Noch mehr als du möchte ich, dass dieser Krieg endet, Tom. Ich bin es, den Arnold mit seiner gottverdammten gefälschten Korrespondenz manipuliert hat. Und sieh es dir jetzt nur an. Hunderttausende sind tot, Sonnensysteme verwüstet, und sogar Javier ist gefallen.«

»Eloise, das war nicht deine Schuld.« Theisman beugte sich vor, griff über den Schreibtisch, packte ihre Hand und drückte sie fest. »Jawohl, manipuliert hat er dich. Na, mich aber auch, das übrige Kabinett und den ganzen gottverdammten *Kongress* hat er getäuscht! Du hast es gerade selbst gesagt – du hattest ohne Beratung und Zustimmung nicht die Macht, einen Krieg zu erklären, und du hast beides bekommen.«

»Aber ich habe darum gebeten. Es war meine Politik«, sagte sie leise. »Meine Regierung.«

»Vielleicht. Aber wie wir hierhergekommen sind, ändert nichts daran, wo wir sind, oder an den Möglichkeiten, die wir haben. Wenn wir also weder unterhandeln noch kapitulieren können, was können wir dann noch tun, außer Beatrice in Kraft zu setzen? Wir sind in einer Situation, in der wir auf Biegen und Brechen handeln müssen, Eloise, und dank deiner vorläufigen Genehmigung und den vorgezogenen Verlegungen, die wir bereits vorgenommen haben, können wir die Offensive erheblich rascher in Gang setzen, als Manticore erwartet. Wenn uns Beatrice gelingt, schalten wir die einzige Streitmacht aus, von der wir *wissen,* dass sie mit den neuen Raketen ausgerüstet ist, aber selbst das ist ziemlich unerheblich, wenn die Hauptoperation Erfolg hat. Darauf läuft es jetzt hinaus. Wenn wir abwarten, verlieren wir den Krieg; wenn wir angreifen und ich die manticoranische Kampfbereitschaft falsch einschätze, verlieren wir auch; wenn wir aber angreifen und ich richtig liege, dann gewinnen wir den Krieg fast mit Sicherheit. So einfach ist die Sache.«

Er blickte ihr wieder in die Augen; ihre Hand hielt er noch immer.

»Was also machen wir, Madame Präsidentin?«

27

»Herzogin Harrington!«

»Hier, Herzogin Harrington!«

»Herzogin Harrington, was sagen Sie dazu, dass ...?«

»Herzogin Harrington, wussten Sie ...?«

»Alvin Chorek, Herzogin Harrington, *Landing Herald United Faxes!* Werden Sie ...?

»Herzogin Harrington! *Herzogin Harrington!*«

Honor ignorierte die Rufe der Reporter, während sie rasch die Ankunftshalle des Shuttlelandeplatzes durchquerte. Eine Konferenz in letzter Minute an Bord der *Imperator*, die weit länger ging als geplant, hatte sie sechs Stunden hinter ihren Zeitplan zurückgeworfen, doch dadurch hatte die Menge nur Zeit gefunden, sich zu sammeln. Schlimmer noch, irgendjemand hatte offensichtlich ihre aktualisierte Ankunftszeit ausgeplaudert. In der Halle ging es zu wie in einem Irrenhaus. Wachpersonal von Capital Field, hastig durch herbeigerufene Landinger Polizei verstärkt, bildete einen Kordon, der die Reporter – und wie es ihrem voreingenommenen Auge erschien, wenigstens zehn Millionen Privatpersonen – auf Abstand hielt.

Größtenteils.

Ein Trio von besonders einfallsreichen Reportern stürmte plötzlich aus der Tür eines Betriebsraums, die aus irgendeinem Grund unbewacht geblieben war. Mit laufenden Schulterkameras eilten sie auf sie zu, riefen Fragen, dann kamen sie abrupt zum Stehen, als sie sich einer sich unvermittelt gebildeten, soliden Reihe aus grüngekleideten Waffenträgern gegenübersahen.

Bewaffneten Waffenträgern.

Ernsten bewaffneten Waffenträgern.

Andrew LaFollet hatte geahnt, was geschehen könnte, und eine zusätzliche, zwölfköpfige Abteilung vom Haus an der Bai zum Shuttlehafen entsendet. Sie hatten Spencer Hawke, Clifford McGraw und Joshua Atkins an der Ankunftshalle verstärkt, und auch LaFollet persönlich hätte den steinharten Blick aus braunen Augen, mit dem Captain Hawke nun den vordersten Reporter fixierte, nicht übertreffen können.

»Äh, hm, ich meine ...«

Die Dreistigkeit schien den Journalisten im Stich gelassen zu haben. Hawke machte keinerlei bedrohliche Gesten, doch sie waren auch nicht nötig. Und während Honor würdevoll zusah, verbarg ihr ernstes Gesicht ein inneres Auflachen, als sie sich fragte, ob ›Grundlagen der Einschüchterung von Reportern‹ wohl irgendwo im Ausbildungsplan eines graysonitischen Waffenträgers als Pflichtfach auftauche.

»Verzeihen Sie, Sir«, sagte Hawke mit formvollendeter Höflichkeit, »aber Sie versperren der Gutsherrin den Weg.«

»Wir wollten nur ...«, begann der Reporter und verstummte. Über die Schulter blickte er seine beiden Kollegen an, als erhoffe er sich von ihnen Unterstützung. Wenn er danach gesucht hatte, so fand er sie. Beide blickten eifrig in die andere Richtung.

Dann, als sei es das Ergebnis einer telepathischen Unterredung, wichen die drei Presseleute wie ein Mann zur Seite.

»Ich danke Ihnen«, sagte Hawke höflich und sah Honor an. »Mylady?«

»Ich danke Ihnen, Spencer«, sagte sie mit bewundernswertem Ernst, und die gesamte Kavalkade nahm den unterbrochenen Gang zu den wartenden Fluglimousinen und eskortierenden Stingships wieder auf.

Spencer Hawke sah geflissentlich aus dem Fenster der Limousine, als Hamish Alexander-Harrington einen Arm um seine Frau warf und sie rippengefährdend an sich drückte.

»Gott, was bin ich froh, dich zu sehen!«, rief er leise, als Honor neben ihm auf der Sitzbank Platz nahm und den Kopf an seine Schulter lehnte. Den Scheitel drückte sie an seine Wange, und die Baumkatzen auf ihren Schultern umarmten sich und rieben ebenfalls die Backen.

»Und ich dich«, murmelte sie ihm ins Ohr. Einen Augenblick lang gestattete sie sich, völlig zu entspannen, dann richtete Honor sich auf; sie blieb in seinem Arm sitzen, rückte aber so weit ab, dass sie ihm ins Gesicht sehen konnte.

»Wie geht es Emily?«, fragte sie. »Und Katherine?«

»Gut, beiden geht es gut«, versicherte er ihr rasch. »Emily wollte mitkommen, aber Sandra wollte kein Wort davon hören. Was das angeht, war Jefferson bereit, ein Machtwort zu sprechen, wenn sie es trotzdem versuchen sollte.« Er schüttelte den Kopf und blickte mit einem schiefen Grinsen auf Hawke. »Wie zum Teufel ist es dir bloß gelungen, dir auch nur einen Fetzen Illusion zu bewahren, du hättest in deinem Leben noch etwas zu sagen, nachdem sich schon so lange graysonitische Waffenträger um dich kümmern?«

»Jefferson tut nur seine Pflicht, Liebling«, erwiderte Honor ihm steif; auch sie beobachtete Hawke aus dem Augenwinkel. Ihr persönlicher Waffenträger schien an diesem Tag allerdings besonders stark zur Schwerhörigkeit zu neigen.

»Und Sandra hat nichts weiter als simple Vernunft bewiesen. Denk doch nur an dieses Irrenhaus!«, fuhr Honor fort.

Sie zeigte mit einer ruckhaften Kopfbewegung auf die Gebäude des Raumhafens hinter ihnen, die rasch kleiner wurden, und er schnaubte.

»Gewöhne dich lieber daran«, riet er Honor. »Die Nachricht kam erst gestern. Zusammen mit Terekhov bei Monica hat Lovat die öffentliche Moral und Begeisterung auf einen neuen Höhepunkt gehoben. Der Stimmungsumschwung war umso heftiger wegen dem, was vor dem Waffenstillstand bei Sansibar passiert ist. Ganz zu schweigen davon, dass Ihrer Majestät Untertanen wegen der Attentate auf Jim, Ruth und Berry in einer Stimmung sind, wie ich sie seit deiner angeblichen Hinrichtung mordlustiger nicht erlebt habe. Und da Terekhov frühestens in einem Monat aus dem Talbott-Sternhaufen zurückkehrt, wird sich alles auf dich konzentrieren, Madam Salamander.«

»Gott, wie sehr ich das hasse«, brummte sie.

»Das weiß ich gut. Manchmal wünschte ich mir ja, du wärst so ein Mensch, der so etwas einsaugt wie Ambrosia. Aber dann wärst du wohl nicht mehr du selbst.«

»Du meinst, dann würde Nimitz mir im Schlaf die Kehle aufschlitzen!«, lachte Honor. »Du machst dir keine Vorstellung, wie eine beutegierige Reportermeute den empathischen Sinn einer 'Katz beeinflusst!«

»Nein, aber ich sonne mich schon lange genug im reflektierten Schimmer deines Glorienscheins, dass Samantha mir schon einen gewissen Eindruck verschafft hat, die Auswirkungen könnten nicht hundertprozentig gut sein.«

»Gelinde ausgedrückt.«

Die Limousine legte sich in die Kurve, und Honor sah stirnrunzelnd aus dem Fenster.

»Wohin fliegen wir?«

»Ich fürchte, wir fliegen zur Admiralität«, erklärte Hamish.

»Nein!«, sagte Honor scharf. »Ich will Emily und Katherine sehen!«

»Das ist mir klar. Aber Elizabeth möchte –«

»Mir ist es völlig egal, was Elizabeth möchte!«, fuhr Honor

ihn an. Hamish blinzelte, setzte sich zurück und sah sie erstaunt an. »Diesmal nicht, Hamish!«, fuhr sie verärgert fort. »Ich möchte jetzt meine Frau und meine Tochter sehen. Die Königin von Manticore, der Protector von Grayson und der Imperator des Bekannten Universums können sich meinetwegen hinten anstellen und kommen nach den beiden dran!«

»Honor«, sagte er vorsichtig, »sie möchte dir *gratulieren*, und sie hat es so eingerichtet, dass es in der Admiralität geschieht und nicht im Palast, weil sie möchte, dass die ganze Navy daran teilhat. Und sie hatte das Ganze ursprünglich so angesetzt, dass du vor der Zeremonie wenigstens fünf Stunden im Haus an der Jasonbai gehabt hättest.«

»Das ist mir gleich.« Honor lehnte sich zurück und verschränkte die Arme. »Diesmal nicht. Ich werde unsere Tochter auf den Arm nehmen, ehe ich etwas anderes tue. Elizabeth überhäuft mich mit diesen Ehrungen, Belohnungen und Geschenken, aber ich habe sie nie um irgendetwas gebeten. Nun, heute ist das anders. Ich bitte sie um etwas. Und wenn sie es mir nicht geben will, dann sage ich ihr, was ich mir nehme, anstatt zu bitten.«

»Ich verstehe.«

Hamish musterte sie einen Augenblick lang und erinnerte sich an die zurückhaltende, konzentrierte, professionell furchtlose und dennoch persönlich wenig bestimmte junge Kommandantin, der er vor so vielen Jahren im Jelzin-System zum ersten Mal begegnet war. *Diese* Honor Harrington hätte sich niemals träumen lassen, sie könnte der Königin von Manticore sagen, sie sollte hinter ihrer kleinen Tochter anstehen. Diese Honor Harrington jedoch …

Er nahm sein persönliches Com hervor und schaltete es ein.

»Willie? Hamish. Ich hatte dir gesagt, dass es eine schlechte Idee wäre, den Termin nicht zu verlegen. Sie ist wirklich stinksauer, und ich kann es ihr nicht verdenken.«

Er hörte kurz zu und zuckte mit den Schultern.

»Du bist der Premierminister von Manticore. Ich glaube, in deiner Stellenbeschreibung steht, dass du mit solchen Situationen fertigwerden musst. Also trottest du jetzt in dein Büro, rufst Elizabeth an und schlägst ganz respektvoll vor, den Termin zu verlegen. Ich persönlich glaube, sie wird die Weisheit deines Vorschlags einsehen. Ich hoffe es wenigstens.«

Er schwieg und hörte wieder, und Honor schmeckte seine Belustigung. Sie konnte auch des Barons Grantvilles erhobene Stimme hören, die aus dem Hörer drang, den sich Hamish ans Ohr hielt.

»Na, das ist nun wirklich dein Problem, lieber Bruder«, sagte er grinsend. »Ich für mein Teil bin nicht so blöd, bei solch einer Sache mit meiner Frau – egal welcher – zu streiten. Also, wir fliegen nach Hause. Ich wünsche dir noch einen schönen Tag.«

Er schaltete das Com ab und steckte es wieder in die Tasche. Dann klopfte er an die Trennscheibe zur Pilotenkabine. Sie wurde geöffnet, und Tobias Stimson sah ihn an.

»Jawohl, Mylord?«

»Zur Jasonbai, Tobias.«

»Zu Befehl, Mylord«, sagte Stimson mit deutlich erkennbarer Zustimmung, und Hamish grinste Honor an, als die Fluglimousine sich erneut auf die Seite legte.

»Besser so?«

»Ja«, sagte sie, noch immer ein wenig verärgert. »Und weil du so schnell nachgegeben hast, erlebst du noch den morgigen Tag, obwohl du es warst, der mich zur Admiralität abschleppen wollte.«

»Hm.« Er rieb sich kurz die Kopfseite und nickte. »Das genügt mir. Zu meiner Verteidigung kann ich nur sagen, dass der Termin gestern angesetzt wurde, ehe du dich verspätet hast. Ich hatte den Zeitplan noch immer so im Kopf.«

»Hmpf.« Sie sah ihn an und zuckte leicht mit dem Kopf. »Das genügt mir, denke ich«, stimmte sie widerwillig zu. »Aber ... sieh zu, dass so was nie wieder vorkommt.«

Katherine Allison Miranda Alexander-Harrington war ein rotgesichtiges Baby mit finsterer Miene und einfach *wunderschön,* fand Honor. In dieser Ansicht ließ sie sich, selbstverständlich, von nichts beeinflussen. Schließlich war Raoul Alfred Alistair wenigstens genauso schön, wenn auch schon ein älterer Herr.

Mit Katherine in den Armen saß sie auf ihrer Lieblingsliege auf der Terrasse und blickte auf die Jasonbai. Sonnenschirme schützten die Babys vor dem direkten Licht Manticore A, und neben Honor parkte Emilys Lebenserhaltungssessel.

Allein waren sie nicht gerade. Sandra Thurston und Lindsey Phillips hatten mit Emily auf Honors Ankunft gewartet. Sandra hatte mit Katherine geschmust, bis Honor und Hamish eintrafen, und Lindsey hielt noch immer Raoul auf dem Arm. Er schlief, und sein Kopf ruhte auf ihrer Schulter. Nimitz und Samantha hatten sich über den vom Sonnenschirm beschatteten Tisch drapiert und sonnten sich in dem Geistesleuchten der Säuglinge, während Andrew LaFollet und Jefferson McClure Emily und die Babys im Auge behielten. Tobias Stimson und Honors dreiköpfige persönliche Leibwache hatte sich hinzugesellt, und so standen die sechs Waffenträger am Rand der Terrasse, nicht gerade unauffällig, aber sie boten doch eine geschützte Blase, in der Privatsphäre möglich war.

»Wir tun gute Arbeit«, sagte Honor und lächelte, als sie das noch formlose Geistesleuchten des in Decken gehüllten Säuglings in ihren Armen prüfte. Sie streckte den rechten Zeigefinger vor, streichelte Katherine mit der Fingerspitze über die unfasslich weiche Wange und sah zu Emily hoch.

»Nun, Dr. Illescue und seine Leute haben ein bisschen vom mechanischen Teil übernommen«, entgegnete Emily mit einem breiten Lächeln. »Und die Bereitschaft deiner Mutter, mir kräftig in den Allerwertesten zu treten, hat auch eine Rolle gespielt. Trotzdem«, fuhr sie mit Bedacht fort, »muss ich doch sagen, dass du unterm Strich – nur nach angemessener, sorgfältiger Erwägung, verstehst du –, vielleicht doch nicht unrecht haben könntest.«

»Ich wünschte nur, ich wäre hier gewesen, als sie zur Welt kam«, sagte Honor leise.

»Ich weiß.« Emily streckte die Hand vor und tätschelte Honors Oberschenkel. »Ich denke, nicht alle Spielarten der Technik bedeuten einen echten Fortschritt. Ich meine, früher einmal mussten sich nur die Väter sorgen, nicht dabei zu sein, wenn ein Baby zur Welt kam. Die Mütter waren immer da.«

»So hatte ich das wirklich noch nicht gesehen«, sagte Honor.

»Ich schon«, entgegnete Hamish, der hinter ihnen aus dem Haus kam. James MacGuiness, Miranda LaFollet und Farragut folgten ihm, und Hamish hob die rechte Hand und schwenkte stolz die Bierkrüge, die er damit hielt.

»Was denn?«, fragte seine ältere Frau, als er sie erreichte und sich beugte, um sie beide rasch zu küssen.

»Ich hatte schon darüber nachgedacht, ob es nur echter Fortschritt ist oder nicht«, sagte er, stellte die Krüge klirrend ab und sah zu, wie MacGuiness sie vorsichtig mit Old Tilman füllte.

»Ich konnte bei beiden dabei sein«, fuhr er fort, »und das war gut. Aber ich war wirklich sauer auf die Admiralität, dass sie Honor ausgerechnet zu diesem Zeitpunkt wegschicken mussten. Ja, ich war so sauer, dass ich beschloss, es mit dem Ersten Lord persönlich auszufechten. Das Gespräch verlief ein bisschen verwirrend.«

»Du bist immer ein bisschen verwirrt, Liebling«, entgegnete Emily, während Honor und er von ihrem Bier kosteten.

»Unsinn!«, rief er forsch. »Ich und immer *ziemlich* verwirrt.«

»Na, dann verwechsle bloß nicht die Babys«, riet Honor ihm.

»Lindsey lässt das nicht zu«, schmollte Hamish, und Honor blickte das Kindermädchen erstaunt an.

»*Lindsey* lässt dich nicht? Das klingt mir verdächtig danach, als gehörte sie nun zum Inventar!«

»Das ist wohl so, Hoheit«, sagte Lindsey lächelnd. »Es sei denn natürlich, es wäre Ihnen nicht recht. Ihre Mutter sagte zu mir, dass Sie Hilfe brauchen würden, da Sie zurzeit sehr beschäftigt seien, und da sie mich – wie sie so charmant ausdrückte – bereits ›abgerichtet‹ habe, hielt sie es für besser, wenn ich Ihnen und Lady Emily weiterhin zur Verfügung stände.«

»Natürlich ist mir das lieber! Aber kann Mutter Sie denn wirklich bei den Zwillingen entbehren?«

»Ich gebe zu, dass ich die beiden vermissen werde«, gab Lindsey zu, »aber es nicht so, dass ich sie nicht mehr oft zu Gesicht bekäme, oder? Und Ihre Mutter hat Jenny, ganz zu schweigen von den Hauslehrern und Waffenträgern, um sie im Auge zu behalten. Selbst ein Paar Siebenjährige werden Schwierigkeiten haben, sie allesamt zu zermürben.«

»Wenn Mutter sich da sicher ist, dann erhebe ich ganz bestimmt keine Einwände!«

»Und wenn du so blöd gewesen wärst, hätten Hamish und ich dir einen über den Kopf gegeben und dich irgendwo weggesperrt, bis du wieder zu Verstand gekommen wärst«, erklärte Emily friedlich.

»Spencer hätte das nicht erlaubt«, widersprach Honor.

»Spencer«, entgegnete Miranda und setzte sich auf einen freien Stuhl, »hätte ihnen geholfen. Und wenn nicht, dann ich.«

Mit einem Blieken zufriedener Zustimmung sprang Farragut ihr auf den Schoß, und Honor lachte.

»Schon gut! Schon gut! Ich ergebe mich.«

»Gut«, sagte Emily und blickte Hamish an. »War das Gemetzel in der Admiralität, als Honor nicht pünktlich kam, sehr schlimm?«

»Eigentlich nicht.« Hamish trank von seinem Bier und lachte. »Ich habe gerade mit Tom Caparelli gesprochen. Von ihm weiß ich, dass Elizabeth mit Honor einer Meinung war. Sie hatte nicht gewusst, wie sehr Honor zu spät kam, und sagte etwas von Sternkammern, Oubliettten, Wasser und Brot und Scharfrichtern für jeden, der Honor vor morgen früh von Katherine trennen will.«

»Das gilt doch hoffentlich nicht nur für *Katherine*«, entgegnete Emily mit einem verstohlenen Grinsen, und Hamish lachte leise auf.

»Wahrscheinlich nicht«, stimmte er ihr zu. »Wahrscheinlich nicht.«

»Willkommen zurück an Bord, Admiral«, sagte Captain Houellebecq leise, als die Seite von RHNS *Guerriere* hinter Lester Tourville abtrat.

»Danke, Celestine.«

Tourville blickte Houellebecq ruhig in die blauen Augen,

während er ihr die Hand schüttelte. Er war sich der Fragen hinter dem aufmerksamen Gesichtsausdruck seiner Flaggkommandantin sehr wohl bewusst, aber weniger sicher, ob er auf jede davon eine Antwort geben konnte.

Verunsicherung und Schock waren zwei Gefühle, an die er nicht gewöhnt war, doch sie beschrieben seine erste Reaktion auf die Besprechung im Oktagon recht umfassend. Er hatte sich keine Illusionen gemacht, Lovat war ein einziges Desaster gewesen, und der Verlust vieler Freunde – einschließlich Javier Giscards, der mit der gesamten Crew der *Sovereign of Space* gefallen war – hatte ihn mit quälender Gewalt getroffen. Seine schlimmsten Albträume verblassten jedoch vor den neuen Waffensystemen, deren Existenz Manticore offenbart hatte. Die Berichte darüber riefen alte Albträume wieder wach, Albträume aus der Zeit, als er und Javier zusehen mussten, wie Unternehmen Butterblume sie überrollte, während sie darauf warteten, ausgerechnet das Sonnensystem verteidigen zu müssen, in dem Javier nun den Tod gefunden hatte.

Und dann, direkt auf den Fersen der niederschmetternden Neuigkeit, hatte Thomas Theisman die anstehende Operation vorgestellt. Das Oktagon hatte seine Karten wochenlang nicht aufgedeckt, während Tourville sich fragte, weshalb so viele seiner Schiffe so weit nach vorn verlegt wurden. Nun wusste er Bescheid: Auf diese Weise stand er um wenigstens fünfzehn Tage dichter am Manticore-System. Er räumte ein, dass ihn dieser Gedanke nicht gerade beruhigte. Andererseits hatte er sich im Laufe der letzten Jahre etliche beunruhigende Gedanken machen müssen. Und immerhin bewies Theismans ›Unternehmen Beatrice‹ eine beeindruckende Dreistigkeit, auch wenn die Entscheidung, es tatsächlich auszuführen, der Verzweiflung entsprang. Dennoch, wenn Theismans Annahmen bezüglich der Verfügbarkeit der neuen Waffen bei den Manticoranern zutrafen – und das Planungsamt stimmte in seinen Schlussfolgerungen hier mit dem Kriegsminister überein –, dann konnte es vielleicht funktionieren, hier und jetzt alles auf eine Karte zu setzen.

Natürlich konnte es auch schiefgehen. Und obwohl Tourville mittlerweile sein seelisches Gleichgewicht zurückerlangt hatte, schoss ihm noch immer eine Frage nach der anderen zu Mechanismen und Grundvoraussetzungen der geplanten Operation durch den Kopf.

»Molly«, sagte Houellebecq und reichte Captain DeLaney die Hand, »wie ich sehe, haben Sie den Admiral doch endlich wieder nach Hause gebracht.«

»Leicht war es nicht, ihn vom Nouveau Pariser Nachtleben wegzulocken«, erwiderte DeLaney mit einem Lächeln, das fast natürlich wirkte, und Houellebecq erwiderte es, ehe er seine Aufmerksamkeit wieder auf Tourville richtete.

»Alles wartet im Besprechungsraum, wie Sie erbeten hatten, Admiral.«

»Na dann«, sagte Tourville von Herzen, »gehen wir doch hinein.«

»Zu Befehl, Sir. Nach Ihnen.« Houellebecq trat einen halben Schritt zurück und wies mit der Hand auf die Lifts.

»Behalten Sie Platz«, sagte Tourville forsch, ehe die versammelten Flagg- und Stabsoffiziere sich mehr als zur Hälfte erhoben hatten. Sie ließen sich gehorsam zurückfallen, und der Admiral ging an seinen Platz am Kopf des Konferenztisches. Er setzte sich, gefolgt von Houellebecq und DeLaney, und blickte auf die Gesichter seiner Offiziere.

»Unsere nächste Besprechung wird ein bisschen größer werden als diese hier«, sagte er schließlich. »Wir werden im Laufe der nächsten beiden Wochen substanziell verstärkt.«

»Verstärkt, Sir?«, fragte Konteradmiral Janice Scarlotti.

Scarlotti war eine untersetzte Brünette, die sich vollkommen humorlos gab, und Tourville merkte, wie seine Augenwinkel sich in heitere Fältchen legten. Sie hatte offenbar die gleichen Gerüchte gehört wie alle anderen auch. Im Gegensatz zu seinen anderen Offizieren fehlte ihr jedoch jegliches taktische Gespür. Sie hatte nur darauf gewartet, sich auf ihn stürzen zu können.

»Richtig, Janice«, sagte er geduldig. »Verstärkt. Das heißt, unserem Schlachtwall werden zusätzliche Schiffe zugeteilt.«

»Das hatte ich mir schon gedacht, Sir«, entgegnete Scarlotti, seiner Ironie anscheinend gar nicht gewahr. Bei sich vermutete Tourville sehr, dass sie sich ihrer sehr genau bewusst war. Sie war zu klug und tüchtig, um solch geringe soziale Kompetenz zu besitzen, wie sie vorzugeben pflegte. Natürlich hatte es auch den Fall der alten Shannon Foraker gegeben ...

»Gefragt habe ich mich«, fuhr Scarlotti, »welche Verstärkungen wir denn nun genau erhalten?«

»Nach den neuesten Zahlen des Oktagons werden wir auf eine Gesamtstärke von etwas mehr als dreihundert Wallschiffen gebracht«, sagte Tourville gelassen.

Mehr als ein Offizier am Tisch rückte auf dem Stuhl nach hinten, als die Zahl ihn oder sie mitten vor die Stirn traf. Selbst Scarlotti stutzte, und Tourville lächelte schmallippig.

»Ich weiß, was alles in der Flotte für Gerüchte die Runde machen«, knurrte er. »Einige davon sind so versponnen, dass man sie nur absolut albern nennen kann. Zum Beispiel das, was besagt, wir machten als Reaktion auf die Schlacht von Lovat einen direkten Angriff auf das Heimatsystem der Manticoraner. Allein die Vorstellung wäre absurd.«

Mehrere Köpfe nickten, und unter dem Bürstenschnurrbart fletschte er die Zähne zu einem breiten Grinsen, als er die Erleichterung in einigen Gesichtern sah.

»Dessen war ich mir jedenfalls vollkommen sicher, als Admiral Theisman Captain DeLaney und mich ins Oktagon einlud, um uns in eine Operation einzuweisen, die den schönen Namen Unternehmen Beatrice trägt«, fuhr er fort. »Wir hatten ein sehr interessantes Gespräch. Zusammen mit Admiral Marquette und Admiral Trenis legte uns der Chef des Admiralstabs den Operationsplan Beatrice mit bemerkenswerter Klarheit dar.

Nun werden Captain DeLaney und ich *Sie* darin einweisen.«

28

»Nun, ich hoffe, es war nicht allzu schlimm?«, fragte Elizabeth Winton lächelnd, als sie mit Honor in den Konferenzsaal der Admiralität trat.

»Nicht allzu schlimm«, räumte Honor ein.

»Ich hatte überlegt, dir noch ein paar Orden umzuhängen«, fuhr Elizabeth im Plauderton fort, als William Alexander und sein älterer Bruder, dazu Sir Thomas Caparelli und Patricia Givens ihnen in den Raum folgten. »Ich habe dann aber beschlossen, mich mit einem weiteren Dank der Monarchin zu bescheiden. Wie viele hast du jetzt davon? Ein paar Dutzend?«

»Nicht ganz«, entgegnete Honor trocken.

Spencer Hawke, Tobias Stimson und Colonel Shemais folgten hinter Givens. Hawke und Stimson positionierten sich hinter ihre Zentralpersonen; Shemais nahm am Tisch ihren Platz als Verbindungsoffizier der Königin zu den Nachrichtendiensten ein.

Nicht, dachte Honor, als die verschiedenen Baumkatzen sich auf den Schößen ihrer Gefährtinnen und Gefährten niederließen und die Tür sich schloss, vor der Joshua Atkins, Clifford McGraw und drei Mann aus dem Queen's Own Regiment Wache standen, *dass hier so wenig Sicherungspersonal vorhanden wäre und der Colonel sich auch noch einmischen müsste.*

Die anderen Teilnehmer der Konferenz warteten, bis Elizabeth und Honor sich gesetzt hatten, dann nahmen sie ebenfalls Platz.

»Zuerst«, sagte Caparelli, als sich aller Aufmerksamkeit auf ihn richtete, »möchte ich Ihnen gern – auch im Namen jeder einzelnen Person im Admiralty House – herzlich danken für eine sehr gut erfüllte Aufgabe, Hoheit.«

»Wir haben uns Mühe gegeben«, sagte Honor.

»Mit beachtlichem Erfolg«, stellte Caparelli fest. »Wir analysieren noch immer Ihren Gefechtsbericht, aber es ist schon klar, dass Sie Haven weitaus mehr geschadet haben, als die Republican Navy uns seit der Eröffnungsoffensive hat wehtun können. Der Schaden, den Sie verursachten, muss zusammen mit der demonstrierten Effizienz von Apollo und Mistelzweig die Havies förmlich aus den Socken gehauen haben.«

»Das würde ich auch gern denken«, sagte Honor, als er schwieg, damit sie sich äußern könnte. »Ich neige sogar dazu, es zu glauben. Ich würde mich damit allerdings behaglicher fühlen, wenn ich nicht wüsste, wie halsstarrig Thomas Theisman ist.« Sie schüttelte den Kopf. »Als Zerstörerkommandant bei Blackbird war er schlimm genug; ich habe keine Anzeichen entdecken können, dass er sich seither zu einem leichten Gegner entwickelt hätte.«

»Da stimme ich ihnen zu.« Caparelli nickte nachdrücklich. »Aber Pat und ich haben das schon ausführlich mit ihren Fachleuten besprochen. Pat?«

»Niemand bei mir im Hause mit der möglichen Ausnahme von ein, zwo sehr jungen Offizieren, die ihre eigene Sterblichkeit noch nicht begriffen haben, ist bereit, zu diesem Zeitpunkt bereits unqualifizierte Prognosen abzugeben, Hoheit«, sagte Givens. »Allgemein ist man sich jedoch einig, dass besonders Apollos Effektivität für Haven einen signifikanten Schock bedeutet haben muss. Das System hat sich im Einsatz stärker bewährt, als von uns selbst nach den Übungen erwartet wurde. Haven muss es völlig kalt erwischt haben. Da Sanskrit in der Republik die Erinnerung an Butterblume wiedererwecken wird« – sie nickte White Haven zu –, »muss man sich dort fragen, ob wir bereit sind, das Gleiche noch einmal zu versuchen.«

»Das bezweifle ich nicht«, antwortete Honor. »Und missverstehen Sie mich bitte nicht: ich will nicht sagen, dass die Experten sich irrten. Ich finde nur, niemand sollte vergessen, dass Thomas Theisman nicht bereit war, sich auf den Rücken zu rollen und toter Mann zu spielen, als wir die Raketengondel einführten und Haven sie nicht hatte. Und als wir den Lenkwaffen-Superdreadnoughts und die Mehrstufenraketen einführten, setzten er und Shannon Foraker sich einfach zusammen und ersannen effiziente Antworten auf beides.«

»Das wissen wir noch sehr gut«, versicherte Caparelli ihr. »Glauben Sie mir, niemand in diesem Gebäude wird jemals Admiral Theisman wieder unterschätzen.«

»Das freut mich zu hören«, sagte Honor. »Ich wünschte nur, dass wir wenigstens dieses ›Schlupfloch‹ finden könnten. Ich weiß, dass es nicht mehr so lebenswichtig für den havenitischen Schiffbau ist, wie es einmal war, und es verliert weiter an Bedeutung, je weiter die Fertigung in anderen

Werften voranschreitet. Dennoch scheinen Admiral Foraker und ihr kleiner Braintrust dort weiterhin an neuen Waffen und Doktrinen zu arbeiten, und das macht es zu einem Ziel, das zu treffen sich für uns jederzeit lohnt.«

»Dem stimmen wir alle zu, Hoheit«, bekräftigte Givens. »Leider haben wir das System nach wie vor nicht finden können. Was mich in dem Verdacht bestärkt, dass unsere grundsätzlichen Annahmen falsch gewesen sind.«

»Wie das?«, fragte Honor neugierig.

»Wir haben angenommen, dass das Schlupfloch sich in einem havenitischen Sonnensystem befindet«, sagte Givens nur, und Honor blinzelte.

»Angenommen haben wir es aus zwo Gründen«, fuhr Givens fort. »Erstens, weil ein gewisses Niveau an Industrialisierung erforderlich ist, was wiederum eine gewisse Bevölkerung bedingt, die die nötigen Arbeitskräfte bereitstellt, und das bedeutet wiederum, dass es ein bekanntes Sonnensystem sein muss. Zwotens haben wir es angenommen, weil wir zu denkfaul waren, um etwas anderes in Betracht zu ziehen.«

»Sie sind noch immer zu hart mit sich selbst, Pat«, warf Caparelli ein, und Givens zuckte die Schultern.

»Ich bleibe nachts nicht auf, um mir deswegen in den Hintern zu treten, aber das ONI hat nicht nur innerhalb, sondern auch abseits der eingefahrenen Gleise zu denken.«

»Ich glaube, ich bin mit Sir Thomas wahrscheinlich einer Meinung«, erwiderte Honor. »Was Haven in Schlupfloch geschaffen hat, erfordert offensichtlich die Kapazitäten, von denen Sie sprechen.«

»Ja, auf jeden Fall. Aber auf der Suche nach Anhaltspunkten bin ich alte Geheimdienstberichte durchgegangen. Einige davon reichen bis vor Pierres Staatsstreich zurück, und ein paar sehr interessante stammen aus Gesprächen mit Leuten, die Sie von Cerberus mitgebracht hatten. Auf der

Grundlage dessen vermute ich allmählich, dass Haven sich nicht etwa die existente Infrastruktur eines Sonnensystems zunutze gemacht, sondern alles von Grund auf in einem System aufgebaut hat, in dem vorher noch niemand lebte.«

»Wie bitte?«

»Ich glaube auch, ich würde mich gern mit Admiral Parnell zusammensetzen und die Sache besprechen«, fuhr Givens mit einem spitzbübischen Lächeln fort. »Wenn ich mich nicht sehr irre, ist er es, der das Projekt noch vor Präsident Harris' Ermordung begann. Einige von den Personen, die Sie von Cerberus mitgebracht hatten, haben erwähnt, dass unter den politischen Gefangenen dort große Arbeitskommandos ausgehoben wurden. Natürlich lief so etwas ständig, aber wenn sie sich richtig an die zeitliche Abfolge erinnern, dann können wir nicht nachvollziehen, wohin einige dieser Kommandos verlegt wurden. Das muss nun nicht unbedingt etwas bedeuten; die Volksrepublik war groß, und man betrieb dort immer irgendwelche ›verdeckten Projekte‹ der einen oder anderen Art. Wir können unmöglich alle davon identifiziert oder aufgespürt haben. Ich glaube allerdings, dass es sich bei Schlupfloch tatsächlich um eine komplett geheime havenitische Kolonie handelt, die von den Legislaturisten begründet wurde. Ich wäre kein bisschen erstaunt, wenn sich zeigte, dass Pierre und das Komitee sie einfach übernahmen – und in einem Maßstab betrieben, an den Harris nie gedacht hätte. Aber wenn ich recht habe, dann liegt der Grund, dass wir trotz all unserer Erkundungsversuche nie etwas gefunden haben, darin, dass wir überhaupt nicht wussten, wo wir nach Schlupfloch suchen mussten. Das System kann durchaus außerhalb der offiziellen Grenzen der Republik liegen.«

»Das ist kein besonders beruhigender Gedanke«, bemerkte Honor.

»Selbst wenn es stimmt, macht es die Dinge nicht mehr sehr viel schlimmer, Hoheit«, erwiderte Caparelli. »Wie Sie schon sagten, verliert Schlupfloch als Fertigungsstätte immer stärker an Bedeutung für Haven. In der Hauptsache wurmt es uns doch, dass die Havies schon vor so langer Zeit so weit vorausgedacht haben.«

»Und«, fügte Givens pikiert hinzu, »›wurmt‹ es von der beruflichen Warte doch sehr, einem nachrichtendienstlichen Fehlschlag diesen Ausmaßes ins Auge zu blicken. Wir hätten wenigstens wissen müssen, dass sie es tun, auch wenn wir nicht die leiseste Ahnung hatten, wo!«

»Hören Sie auf, sich deswegen zu geißeln«, sagte Caparelli in schärferem Ton, und Givens nickte.

»Ob Pat neue Theorie zu Schlupfloch nun zutrifft oder nicht, Hoheit«, fuhr der Erste Raumlord fort, »Ihr Argument, was die Entschlossenheit der Havies im Allgemeinen und Theismans im Besonderen angeht, nehmen wir ernst. Wir glauben sogar, dass es ratsam wäre, Admiral Theisman so schnell wie möglich ebenfalls noch einen satten Hieb zu versetzen. Wir müssen ihm die Tatsache seiner taktischen Unterlegenheit erneut unter die Nase halten und damit hoffentlich die Havies in ihrer Ansicht bestärken, dass wir die neuen Systeme bereits weitgehend in unseren gesamten Schiffsbestand integriert haben, ehe er die Zeit hat, um eine eigene, auf den neusten Stand gebrachte Offensivstrategie zu formulieren und anzuwenden.«

Honor musterte ihn nachdenklich. Emilys Dekret, dass ›zu Hause nicht übers Geschäft gesprochen werde‹ – und Hamishs Vorsatz, sich nicht in Caparellis Autorität zu mischen, was die operative Sphäre anging –, hatten die Diskussion verhindert, die sie ansonsten mit ihrem Mann geführt hätte. Doch aus dem wenigen, was er gesagt hatte, und den Anflügen von Besorgnis, die sie an ihm schmeckte, entstand eine recht gute Vorstellung, worauf Caparelli hinauswollte.

»Lovat«, fuhr der Erste Raumlord fort, »war ein wichtiges, aber zwotrangiges Ziel. Der Angriff hat Haven ohne Zweifel wehgetan und bedeutete gegenüber den Zielen, die wir vorher angegriffen haben, eine wesentliche Eskalation. Aber soweit es die Wirtschaftskraft und die gebündelten Kriegsanstrengungen betrifft, war es in vielerlei Hinsicht nur ein oberflächlicher Schlag. Der Strategische Rat ist der Ansicht, es sei Zeit, dass wir uns gegen ein Ziel ersten Ranges wenden, und wir glauben, wir haben eines gefunden, das zwar vielleicht nicht Schlüsselloch sein mag, die Havies aber dennoch aufhorchen lassen dürfte: Jouett.«

Wieder hielt er inne, und trotz ihres bestehenden Verdachts blähten sich Honors Nasenflügel. Der Planet Schadrach im Jouett-System war eine der ältesten Tochterkolonien Havens. Das System war keine fünfzig T-Jahre, nachdem das Kolonistenschiff *Jason* einen unbewohnten Planeten namens Manticore erreicht hatte, von Haven aus besiedelt worden, und die Bevölkerung reichte mittlerweile in die Milliarden. Dort befand sich auch eine der ältesten Flottenwerften der Republican Navy, und es war beinahe so stark verteidigt wie das Haven-System selbst.

»Sir Thomas«, sagte sie sehr behutsam in das wartende Schweigen, »das ist ... ein sehr gewagter Vorschlag. Ich könnte mir gut vorstellen, dass ein Angriff auf Jouett tatsächlich unter die Kategorie ›satter Hieb‹ fiele. Aber Jouett wird ein sehr, sehr hartes Ziel sein. Bei Lovat hatten wir vor allem deshalb Erfolg, weil Haven nicht einmal ansatzweise ahnte, was bevorstand. Das gilt beim nächsten Mal nicht mehr. Ich denke, wir sind uns einig, dass die neue Führung in Nouveau Paris vor allem zwo Dinge ständig unter Beweis stellt: Unverwüstlichkeit und Flexibilität. Mein Stab und ich haben uns noch nicht näher mit Jouett befasst, weil uns angesichts der Parameter, die für Raupenfraß und Sanskrit festgelegt wurden, nie in den Sinn gekommen wäre, das System in unsere Zielliste aufzunehmen. Dennoch wäre ich sehr überrascht, wenn seine Verteidigung nicht in erheblich größerem Umfang erweitert worden wäre als selbst im Falle Solons und Lovats.«

»Da sind wir ganz Ihrer Meinung«, erwiderte Caparelli gemessen. »Und ehe Sie das Argument aufbringen, jawohl, es ist möglich, dass wir gerade an schwerer operativer Hybris leiden. Wir versuchen uns dagegen dadurch zu schützen, dass wir so skeptisch sind, wie wir nur können, und wir sind außerdem entschlossen, Sie und die Achte Flotte nicht in eine taktische Lage zu drängen, die Sie nicht mehr in der Gewalt haben.«

»Das würde ich sehr begrüßen«, sagte Honor mit schiefem Lächeln. Dann wurde sie wieder ernst und zuckte mit den Schultern. »Vorausgesetzt natürlich, es ist möglich.«

»Selbstverständlich«, stimmte Caparelli ihr zu. »Erstens haben wir nicht die Absicht, Sie ins Gefecht zu schicken, ohne das System im Vorfeld gründlich zu erkunden.

Zwotens bekommen wir die Produktionsengpässe, mit denen wir zu kämpfen haben, allmählich in den Griff. Ab in etwa drei Wochen werden uns erheblich mehr Mistelzweig-modifizierte Drohnen zur Verfügung stehen, und auch die Fertigung von Apollo-Gondeln und -Steuerdrohnen beschleunigt sich. Wir haben mittlerweile genügend davon, um Ihre Flotte komplett neu zu munitionieren, und haben begonnen, einen bescheidenen Vorrat anzulegen, um Ihre Operationen zu unterstützen. Die Systemverteidigungsversion hinkt leider noch immer hinterher; wir werden diese Gondeln erst in zwo Monaten einsetzen können. Aber auf der Offensivseite sieht alles definitiv besser aus.

Drittens werden wir den Angriff auf Jouett unterstützen, indem wir nach dem Gießkannenprinzip Scheinvorstöße am gesamten inneren Kordon um Haven vornehmen. Wir werden jedes System auskundschaften, das sich auskundschaften lässt, und nach dem Angriff auf Lovat wird Haven auf jeden einzelnen Aufklärungseinsatz reagieren. Hoffentlich können wir die Havies verleiten, ihre Abwehrverbände noch weiter zu verteilen.

Viertens wird Ihr Gefechtsplan von vornherein darauf ausgelegt sein, den Angriff jederzeit abbrechen und sich zurückziehen zu können, sollte der Widerstand heftiger erscheinen als von unseren Gefahrenanalysen prognostiziert. Mit anderen Worten, Sie führen keinen Angriff um jeden Preis, Hoheit. Vielmehr handelt es sich um eine Operation, bei der wir uns wünschen, dass sie gelingt – aber für uns hängt nichts davon ab, dass sie gelingt, und Ihre Anweisungen werden diesem Umstand Rechnung tragen.«

Wieder schwieg er, und Honor dachte genau nach über das, was er gesagt hatte. Alles schien Sinn zu ergeben, aber trotzdem konnte sie noch immer nicht die Furcht abschütteln, dass sie sich übernahmen.

»Das klingt alles gut, Sir Thomas«, sagte sie schließlich. »Aber was wir auch tun, um die Operation vorbereiten und zu unterstützen, bleibt doch die Frage der Kräfteniveaus. Ich bin genauso beeindruckt wie jeder andere von dem, was Apollo bei Lovat ausgerichtet hat, aber im Augenblick besteht mein Schlachtwall aus weniger als hundert Schiffen, und nur fünfzehn davon können mit den neuen Gondeln umgehen. Und während es stimmt, dass die Schlagkraft jedes einzelnen Schusses in ihren Magazinen gerade noch weiter nach oben gestiegen ist, haben wir soeben eine fünfundzwanzigprozentige Einbuße der Gesamtmagazinkapazität hinnehmen müssen. Mit anderen Worten, meine fünfzehn Lenkwaffen-Superdreadnoughts haben nur gerade so viel Schuss an Bord wie *elf* Schiffe mit Standardgondeln.«

Caparelli nickte nachdrücklich. »Schon richtig. Das haben wir bei unserem vorläufigen Brainstorming bereits berücksichtigt. Und ehe wir fortfahren, ich hätte von Anfang an sagen sollen, dass wir bisher nichts weiter getan haben, als das Ganze zu konzipieren, mehr nicht. Jeder tatsächliche Schlag gegen Jouett könnte erst in Gang gesetzt werden, nachdem der Strategische Rat – und Ihr Stab – sich die Einzelheiten sehr genau und sehr sorgfältig angesehen haben. Wie ich schon sagte, handelt es sich um eine wünschenswerte Operation, aber keine lebenswichtige. Wir werden sie nicht in Gang setzen, ehe wir zuversichtlich sind – und zwar wir *alle* –, dass sie durchführbar ist und die Risiken in den Griff zu kriegen oder zumindest akzeptabel sind.«

Honor empfand unleugbare Erleichterung. Wenn die Operation praktikabel war, würde sie sich offensichtlich auch lohnen. In dieser Hinsicht hatte sie keine Bedenken – es sei denn wegen der fortwährenden Eskalation, die sie bedeutete. Von diesem einen Vorbehalt abgesehen war es wirklich nur eine Frage der Durchführbarkeit, und was sie in Caparellis und Givens' Geistesleuchten schmeckte, war in dieser Hinsicht überaus beruhigend. Dem Ersten Raumlord war es ernst mit seinem Vorschlag – doch so gern er die Operation in Gang setzen wollte, er beabsichtigte nicht, unter einem Überschuss an blinder Begeisterung einfach vorzustürmen.

»Und wo wir schon von Einzelheiten sprechen«, fuhr Caparelli fort, »wir wissen schon, obwohl wir die konkreten Zahlen noch nicht durchgegangen sind, dass wir die Achte Flotte weit umfassender verstärken können als erwartet.«

Honor spürte, wie sie die Augenbrauen hob, und Caparelli lachte stillvergnügt.

»Vor zwo Wochen, gleich nach Ihrem Aufbruch zu Sanskrit, kontaktierte mich Ihr alter Freund Großadmiral Herzog von Ravenheim. Offenbar hat sich der Kaiser vor ein, zwo Monaten entschieden, seinem Unmut darüber Ausdruck zu verleihen, wie lange sich die andermanischen Umrüstprogramme hinzuziehen schienen. Anscheinend fiel dieser Ausdruck recht drastisch aus, und seine Weltraumflotte entschied daraufhin, man solle ihn doch lieber ernst nehmen und die Anstrengungen umgruppieren. Letzten Endes hat man die Werftheinis von etwa einem Drittel aller Schiffe, die umgerüstet werden sollten, abgezogen – von denen, die zur Fertigstellung am längsten bräuchten – und konzentrierte die freigewordenen Kräfte auf die Einheiten, die bereits am weitesten fortgeschritten waren.«

Der Erste Raumlord zuckte mit den Schultern.

»Diese Entscheidung hat natürlich auch ihre Schattenseiten. Unter anderem hat sie zur Folge, dass die Schiffe, bei denen alle Arbeiten eingestellt wurden, sich in der Fertigstellung noch weiter verspäten, und man konzentriert sich auf nur ein Viertel der gesamten Lenkwaffen-Superdreadnought-Stärke. Dennoch bedeutet es, dass irgendetwas zwischen fünfundzwanzig und vierzig zusätzlichen Gondellegern, alle auf Schlüsselloch-Zwo-Plattformen und flachgepackten Gondeln ausgelegt, während der nächsten vier bis sechs Wochen zu uns kommen. Im Augenblick beabsichtigen wir, sie ohne Ausnahme der Achten Flotte zuzuteilen. Dadurch wird Ihr Kommando schließlich doch noch der größte, kampfstärkste Verband, den wir haben. Und *den* wollen wir bei Sanskrit-Zwo einsetzen.«

Honor rutschte tiefer in den Sessel. Die andermanischen Wallschiffe hatte sie wegen der Verspätungen bei ihrer Umrüstung beinahe vergessen. Aber wenn sie ihr tatsächlich in solchen Stückzahlen zugeteilt wurden und die Anzahl der

Apollo-fähigen Schiffe unter ihrem Befehl verdoppelten oder verdreifachten, erschien Jouett plötzlich als weit attraktiveres Ziel.

»Wie solide sind denn die Zahlen der Andermaner?«, fragte sie.

»Im Moment sehen sie noch sehr gut aus. Offensichtlich gibt es Raum für Schwankungen – so etwas haben wir schon oft erlebt. Aber noch einmal: Wenn die erwarteten Verstärkungen doch ausbleiben, dann wird das Unternehmen auch nicht in Gang gesetzt. Es setzt voraus, dass wir Ihnen vorher die Kampfstärke geben können, die Sie benötigen.«

»Bis die Andermaner eintreffen, müssten wir uns ziemlich bedeckt halten«, sagte Honor nachdenklich. »Das gefällt mir nicht besonders; wir nähmen Druck von Haven. Aber wenn wir ein derart schwieriges Ziel wie Jouett angreifen sollen, kann ich mir in der Zwischenzeit keinerlei vermeidbare Verluste erlauben. Es nützt nichts, die Achte zu verstärken, wenn ich schon vorher die Schiffe verloren hätte, die unsere zahlenmäßige Überlegenheit ausgemacht haben würden. Und wir müssen hart mit den Andys üben, wenn wir sie sinnvoll in den Flottenverband integrieren wollen.«

»Der Strategische Rat ist zum gleichen Schluss gekommen«, erwiderte Caparelli. »Wir glauben nicht, dass Sie planen könnten, mit der Operation eher als in sieben bis acht Wochen zu beginnen. Und Sie haben absolut recht, wir müssen mit den Andys üben, sobald sie zu uns stoßen. Zum Glück eignet sich Trevors Stern für unsere sämtlichen Zwecke sehr gut. Da das gesamte Sonnensystem unter Militärrecht steht, könnte es keinen sicheren Ort geben, um Manöver abzuhalten und neue Einheiten zu integrieren, sowie sie eintreffen. Sie können Übungseinsätze in so gut wie jedem gewünschten Maßstab führen, ohne sich Sorgen zu machen, dass irgendjemand Haven berichtet, was Sie tun. Gleichzeitig sind Sie ideal platziert, um Sie und Ihre Apollo-fähigen Schiffe ins Heimatsystem zurückzubeordern, sollten wir irgendwelche Anzeichen bemerken, dass Theisman doch noch zu Kapriolen neigt. Und natürlich sind Sie näher an Ihren potenziellen Zielen innerhalb der Republik als irgendeine vorgeschobene havenitische Basis am Heimatsystem oder Jelzins Stern.

Während Sie Ihre neuen andermanischen Einheiten an unsere operativen Standards gewöhnen, versuchen wir den Druck auf Haven aufrechtzuerhalten, indem wir Ihre bisherige Strategie fortsetzen, zahlreiche gegnerische Sonnensystem zu erkunden. Wie ich schon sagte, ist das von Anfang an Teil unseres vorläufigen strategischen Konzepts gewesen.«

»In diesem Fall halte ich die Operation für durchführbar«, sagte Honor. »Ich wäre nicht ehrlich, wenn ich behaupten würde, dass ich nicht ein klein wenig nervös wäre bei dem Gedanken, ein derart stark verteidigtes Ziel anzugreifen. Aber mit einem Monopol auf Apollo und der Kampfstärke, die Sie andeuten, denke ich, dass wir es schaffen können.«

Caparelli strahlte. »Gut!«, rief er.

Genau genommen lächelte der ganze Konferenztisch – nur nicht Hamish Alexander-Harrington. Honor schmeckte seine Besorgnis – seine Angst um sie – und hätte am liebsten seine Hand genommen. Doch mit den geziemenden professionellen Standards eines Raumoffiziers hätte sich das nur schlecht vereinbaren lassen.

»Ich wiederhole«, betonte Caparelli, »wir entscheiden nicht über Sanskrit-Zwo, ehe wir einen detaillierten Plan haben, der auf soliden Zahlen sowie aktuellen Geheimdienst- und Aufklärungsberichten über das Jouett-System basiert. Unter diesen Vorbehalten allerdings weise ich Sie offiziell an, unmittelbar mit der Planungsvorbereitung für den Einsatz zu beginnen. Das vorläufige Datum für den Operationsbeginn setze ich auf sechzig Tage ab heute fest.«

29

Mit kräftigen Zügen schwamm Honor am genauen Zentrum der Bahn entlang und lauschte der Musik, die über die Unterwasserlautsprecher abgespielt wurde. Das Becken unterhalb des Terrassenrands am Haus an der Jasonbai erfüllte etwas, das man noch immer ›Olympiagröße‹ nannte, und Honor war bei der dreißigsten ihrer vierzig Bahnen angekommen. So gern sie auch schwamm, Bahnenschwimmen konnte außerordentlich langweilig sein, und deshalb hatte sie auf einem erstklassigen Raumklangsystem bestanden, als sie das Becken bauen ließ. Sie hatte bekommen, wofür sie zahlte, und nun lachte sie innerlich auf, als die Musik von graysonitischer Klassik zu manticoranischem Shatter-Rock wechselte. *Dieser* Übergang verjagte garantiert jedem die Langeweile.

Ihre Waffenträger waren an ihre Schwimmleidenschaft gewöhnt, allerdings hielten die meisten sie nach wie vor für ein wenig bizarr. Alle hatten sie, für alle Fälle, grimmig die verschiedenen Rettungsschwimmerkurse über sich ergehen lassen, aber im Großen und Ganzen waren sie völlig zufrieden, dass ihre Pflicht von ihnen lediglich verlangte, aufmerksam am Rand des Beckens zu stehen, als in dem nassen selber herumplanschen zu müssen. Nimitz freilich hatte ihren Geschmack daran, freiwillig ins Wasser zu tauchen, von je als höchst sonderbar empfunden, und er hatte sich behaglich auf einem Tisch am Beckenrand ausgestreckt und genoss den Sonnenschein, während Honor sich ihrem Wasserfetisch ergab.

Sie erreichte das Ende der Bahn, führte geschmeidig eine Rollwende aus, stieß sich kräftig von der Beckenwand ab und schwamm in die Richtung, aus der sie gekommen war, zurück, ihre einunddreißigste Bahn. Allmählich spürte sie, besonders in den Beinen, die Anstrengung. Das war wohl wenig überraschend, sagte sie sich, wenn sie bedachte, wie viel Zeit sie in letzter Zeit an Bord verbracht hatte. Und übermorgen ging es wieder an Bord. Sie war fest entschlossen, ihr Schwimmbecken in vollen Zügen zu genießen, ehe sie es erneut zurücklassen musste.

Sie war nur noch zehn Meter vom Ende der Bahn entfernt, als James MacGuiness' Stimme die Musik plötzlich unterbrach.

»Bitte entschuldigen Sie die Störung, Hoheit«, sagte er über das Klangsystem, »aber Sie haben einen Anruf von Ms Montaigne.«

Von der Unterbrechung überrascht, holte Honor Luft, als sie es besser hätte lassen sollen. Sie hustete das Wasser aus, dann warf sie sich herum, atmete wieder ein und schwamm die letzten Züge bis ans Ende des Beckens. Sie packte den Rand, zog sich hoch, verdrehte sich und landete sitzend auf der Kante.

»Spencer!«

»Jawohl, Mylady?« Captain Hawke wandte sich ihr eilig zu und zuckte nicht einmal mit der Wimper; er hatte Zeit gehabt, sich an manticoranische Badeanzüge zu gewöhnen, und im Vergleich mit denen, die Allison Harrington so gern trug, erschien Honors Aufzug geradezu züchtig.

»Mac sagt, ich habe einen Anruf.«

»Zu Befehl, Mylady.« Hawke griff in die Tasche, die neben

Nimitz auf dem Tisch stand, und holte Honors persönliches Comgerät hervor. Sie lächelte ihm dankbar zu, als er es ihr reichte, und schaltete es auf Video, ohne aber das Holodisplay zu aktivieren, dann drückte sie die Annahmetaste. Im nächsten Moment erschien MacGuiness' Gesicht auf dem kleinen Flachbildschirm.

»Hier bin ich, Mac«, sagte sie und zog sich mit der freien Hand die Badekappe von den geflochtenen Haaren. »Stellen Sie Ms Montaigne bitte durch.«

»Jawohl, Hoheit.«

Honor bewegte die Füße langsam im Wasser, damit die Muskeln sich nicht versteiften, und blickte über das lebhaft funkelnde Blau der Jasonbai auf die Türme von Landing City. Die Terrasse ihres Hauses reichte bis an den Rand der obersten Klippenstufe über der Bai; blickte sie hoch, sah sie das Geländer, das der Kante folgte. Die Klippe fiel von der Terrasse zehn oder fünfzehn Meter steil ab zu einem abgeflachten Sattel, der fast wie eine riesenhafte Treppenstufe auf halber Höhe zwischen Haus und Strand aussah. Dort hatte sie das Schwimmbecken bauen lassen, mit einem durchsichtigen äußeren Ende. Von dort, wo sie saß, erschien die Illusion fast perfekt, das Wasser im Pool stürze sich kaskadenartig in den Ozean. Von allen Merkmalen ihres manticoranischen Hauses war ihr das Schwimmbecken oft am liebsten.

Das leise Piepen des Coms riss sie aus ihren Gedanken, und die goldblonde, blauäugige Unterhausabgeordnete von High Threadmore erschien im Display.

»Guten Morgen, Hoheit«, sagte Catherine Montaigne.

»Den wünsche ich Ihnen auch, Cathy«, antwortete Honor. »Welchem Umstand habe ich die Ehre Ihres Anrufs zu verdanken?«

»Ich hoffe, ich rufe nicht in einem ungünstigen Moment an«, sagte Montaigne, als sie Honors triefendes Gesicht sah.

»Aber nein, Sie haben mir gerade die letzten neun Bahnen erspart«, versicherte Honor ihr lächelnd.

»Stimmt ja. Sie schwimmen wirklich wegen der Fitness.« Montaigne erschauerte theatralisch.

»Sie schwimmen nicht gern?«

»Ich *ertüchtige* mich nicht gern«, entgegnete Montaigne fröhlich. »Ich verbrenne hinreichend viel Energie, indem ich einfach in sechs oder sieben Richtungen gleichzeitig stürme. Ich bin sicher, das haben Sie von mir schon mal gehört.«

»Ich glaube, Ihre Fähigkeit zum ... begeisterten Multitasking ist ein, zwo Mal zur Sprache gekommen«, stimmte Honor zu, und ihr Lächeln breitete sich zu einem Grinsen.

»Das hatte ich mir schon gedacht.« Montaigne wirkte zufrieden, und Honor lachte stillvergnügt in sich hinein. Sie wusste, welches Vergnügen Catherine Montaigne an ihrem öffentlichen Ruf des nervenzerrütteten Chaos hatte.

»Eigentlich«, fuhr die ehemalige Gräfin of the Tor fort, und ihr Lächeln verschwand, »habe ich einen ernsthaften Grund, Sie heute Morgen anzurufen. Anton hat mich gebeten, Ihnen etwas auszurichten.«

»Aha?« Honor wölbte die Augenbrauen, und Montaigne nickte.

»Er und sein Kompagnon glauben, sie sind einem Beweis auf der Spur, der die Hypothese bestätigen wird, die sie letzten Monat mit Ihnen besprochen haben.«

»Wirklich?« Honor setzte sich etwas gerader. »Sie sagen, er sei dem Beweis auf der Spur. Das heißt dann wohl, dass er ihn noch nicht in Händen hält?«

»Ich fürchte nein. Sie werden einige Zeit brauchen, um ihren Verdacht zu erhärten, aber diesmal sind sie zuversichtlich, dass es ihnen gelingen wird.«

»Haben wir eine Vorstellung, wie lange es dauern wird?«

»Ich fürchte nein. Jedenfalls nicht genau. Man muss eine beträchtliche Reisezeit einkalkulieren.«

»Ich verstehe.« Honor kniff konzentriert die Augen zusammen. »Darf ich fragen, wohin die Reise geht?«

»Da ich nicht mit Bestimmtheit sagen kann, dass unsere Verbindung vollkommen sicher ist, würde ich es vorziehen, Ihnen die Antwort auf diese Frage schuldig zu bleiben, Hoheit«, entgegnete Montaigne. »Ich möchte nur anmerken, dass sie diesmal inkognito reisen müssen.«

»Ich verstehe«, wiederholte Honor, und damit sprach sie die Wahrheit. Der Planet Mesa, der fast mit Sicherheit Zilwickis und Cachats Ziel sein musste, wäre für beide keine sonderlich gesunde Umgebung. Im besten Fall hatte Manpower ein gutes, nachtragendes Gedächtnis, und die Sklavenhändler vergaßen wohl kaum, welche Niederlage das Team Zilwicki & Cachat ihnen auf Alterde bereitet hatte.

Honor versuchte nicht enttäuscht zu sein, auch wenn es in gewisser Weise schlimmer war zu wissen, dass Zilwicki und Cachat glaubten, sie könnten ihren Verdacht beweisen. Was immer sie in Zukunft leisteten, Honor hatte den Beweis nicht in der Hand, und ohne diesen Beweis bestand keine Möglichkeit, die Entwicklung der Ereignisse aufzuhalten, die unerbittlich zu Sanskrit II zu führen schien.

Und wenn wir Jouett erst in Schutt und Asche gelegt haben, sind die Haveniten erheblich weniger geneigt, Vernunft anzunehmen, egal, was Zilwicki ausgräbt; es sei denn, sie entscheiden, dass Apollo ihnen keine andere Wahl lässt, als zu kapitulieren, dachte sie grimmig.

»Wenn Sie zufällig eine Nachricht an Captain Zilwicki senden«, sagte sie, »so richten Sie ihm doch von mir aus, ich hoffe sehr, dass seiner Suche Erfolg beschieden ist. Ich habe mit den Personen gesprochen, die zu kontaktieren ich ihm versprochen hatte. Leider sind sie der Ansicht, ohne schlüssiges – oder wenigstens sehr überzeugendes – Beweismaterial könnten sie in Bezug auf das Problem nur sehr wenig unternehmen.«

»Das hatte ich befürchtet«, sagte Montaigne mit traurigen blauen Augen. »Nun, wir werden unser Bestes tun, um die Beweise zu erhalten, die benötigt werden. Ich hoffe, wir finden diesmal etwas.«

»Das hoffe ich auch«, sagte Honor nüchtern. »Ich fürchte nur, dass die Geschehnisse ein Eigenleben entwickeln. Und einmal in Gang geraten, können wir sie vielleicht nicht mehr aufhalten, egal was entdeckt wird, wenn es zu spät erfolgt.«

»Das haben wir uns schon gedacht.« Montaigne atmete tief durch. »Nun, wenigstens haben wir noch eine Stimme bei Hofe. Wir werden uns große Mühe geben, Sie nicht zu enttäuschen.«

»Willkommen zurück an Bord, Hoheit«, sagte Rafe Cardones, als auf der Hangargalerie der *Imperator* das Schrillen der Bootsmannspfeifen verstummte.

»Ich würde gern sagen, dass ich froh sei, wieder an Bord zu sein«, erwiderte Honor mit mattem Lächeln, »nur wäre das leider gelogen. Nicht dass ich mich nicht freute, Sie wiederzusehen. Ich musste nur einen sehr charmanten jungen Gentleman samt Lady zurücklassen.«

»Aber Sie haben viele Bilder mitgebracht, hoffe ich doch«, entgegnete er, und sie lachte leise.

»Nur ein paar Bootsladungen. Und meinen Bildschirmhintergrund habe ich natürlich auch ausgetauscht.«

»Aber sicher!«, lachte Cardones, und sie schlug ihn auf den Oberarm und sah Commodore Brigham an.

»Wir haben eine Menge zu besprechen, Mercedes«, sagte sie, und Brigham nickte.

»Davon bin ich ausgegangen, Hoheit. Aber erst zeigen Sie uns allen diese Bilder. Wir wissen hier oben nämlich Prioritäten zu setzen, nicht wahr?«

»Ich merke es allmählich«, sagte Honor, und Nimitz bliekte ein Lachen von ihrer Schulter. »Also schön. Sie beide haben mir die Hand so heftig geschüttelt, dass fast mein Arm ausgekugelt ist. Nur wegen Ihrer ständigen nachdrücklichen Forderungen werde ich meinen Wunsch, mich augenblicklich wieder in die Arbeit zu stürzen, hintanstellen und mich zwingen, diese ganzen schrecklichen Bilder auch mit Ihnen noch einmal durchzugehen.«

»Das ist eine … beeindruckende Reise, Hoheit«, sagte Dame Alice Truman.

Honors Stab und die höchsten Flaggoffiziere saßen an dem übergroßen Tisch in ihrem Salon. Die üblichen Tassen mit Kaffee, Tee und Kakao waren ganz nach Plan aufgefahren worden, gefolgt vom Nachtisch, und Admiral Judah Yanakov hatte eine abgegriffene Bruyèrepfeife aus der Uniformtasche gezogen. Er hielt sie hoch und blickte die Gastgeberin fragend an.

»Das ist eine wirklich abstoßende Angewohnheit, Judah«, sagte sie mit einem Lächeln voller Zuneigung, und er nickte.

»Dessen bin ich mir bewusst, Mylady. Und wir hatten sie auf Grayson fast ausgemerzt, da seid ihr Mantys mit eurer ganzen modernen Medizin aufgekreuzt. Jetzt kann ich mich der Sucht in dem sicheren Wissen ergeben, dass eure dekadente, weltliche Medizin mich vor den Folgen meiner Exzesse bewahren wird.«

»Weiß Reverend Sullivan von Ihrer hedonistischen Ader?«, fragte sie ernst.

»Ich fürchte«, erwiderte er traurig, »dass meine Familie

leider bereits für ihre Fehler bekannt ist. Mein erster graysonitischer Ahne zum Beispiel. Seines Zeichens Kapitän des Kolonistenschiffes, hatte er die Aufgabe, es als Exempel für die böse Technik, der zu entfliehen wir Alterde verlassen hatten, komplett zu verschrotten. Aber was tut er? Hält es fast sechzig Jahre lang in Schuss. Bringt die Computer und das Hilfskraftwerk auf die Oberfläche Graysons. Bei solch einem Anfang kann man sich gewiss sein, dass der Reverend gewahr ist, von mir nur das Schlimmste erwarten zu können.«

»Hören Sie mit dem Prahlen auf«, erwiderte Brigham, selber lächelnd. »Ich habe diese Biografie gelesen, die Ihre Urururundsoweitergroßtante über ihn geschrieben hat. Wir wissen alle, dass die Familie Yanakov entscheidend zum Erhalt menschlichen Lebens auf Grayson beigetragen hat. Habe ich das richtig zitiert?«

»Fast«, korrigierte er feierlich. »Die Passage, an die Sie denken, lautet genau, dass unsere Familie ›dank der Gunst des Prüfers *überwältigenden Widrigkeiten zum Trotze* entscheidend zum Erhalt menschlichen Lebens auf Grayson beigetragen‹ hat.« Er lächelte voll Bewunderung. »Tante Letitia konnte immer sehr subtil mit Sprache umgehen, finden Sie nicht auch?«

»Ach, Sie müssen verzeihen! Wie konnte ich diesen Teil nur vergessen?«

»Aufhören, ihr beiden!«, rief Honor lachend. »Und, ja, Judah. Sie können sich das Stinkeding anzünden, sobald Mac für uns andere die Lüftung reguliert hat.«

»Rekonfiguriere … *jetzt,* Hoheit«, sagte MacGuiness aus der offenen Luke zur Pantry.

»Gott sei Dank«, brummte McKeon so laut, dass Yanakov den Kommentar hören musste.

»Heide.« Yanakov hob schniefend die Nase, und McKeon warf mit einer zusammengeknüllten Stoffserviette nach ihm.

»Kinder. Kinder!«, schalt Honor. »Ich hätte niemals die Nanny auf Manticore lassen dürfen!«

Diesmal antwortete ihr allgemeines Gelächter, und Honor war froh, es zu hören. Sie freute sich über die ungetrübte Stimmung, da Yanakov durch seine Seniorität in der Grayson Space Navy zu ihrem Stellvertreter wurde. Zum Glück kannten er, Truman und Mylord sich seit Jahren und hatten schon in der Vergangenheit reibungslos zusammengearbeitet. Niemand hatte sich bei Yanakovs Ankunft übergangen gefühlt.

Auch Honor hatte keine Bedenken. Yanakov war bemerkenswert gereift seit der Zeit, während er unter ihr als einer der brillantesten, aber gelegentlich auch übereifrigen Divisionschefs im Zwoten Schlachtgeschwader der GSN gedient hatte. Nichts eingebüßt hatte er in Bezug auf seine Verwegenheit, seine Fähigkeit, rasch zu denken und Möglichkeiten zu entdecken, die andere vielleicht übersahen. Aber der Eifer war durch Erfahrung gehärtet und mit einer noch schärferen, gefährlicheren Schneide versehen worden. Er besaß nach wie vor die Instinkte eines Spielers, doch heute waren es die eines kühl berechnenden, hochgradig *professionellen* Kartenhais.

»Also gut«, sagte sie, als Yanakov seine Pfeife angemessen entfacht hatte, »ich denke, wir alle stimmen überein, dass der Plan, den der Strategische Rat im Sinne hat, tatsächlich eine, wie Alice sagt, ›beeindruckende Reise‹ ist. Es handelt sich dabei um den umfassendsten Großangriff, den die Allianz oder irgendeines ihrer Mitglieder je unternommen hat. Kurz bevor ich die Rückreise zur Flotte antrat, erhielt ich eine persönliche Nachricht des Herzogs von Ravenheim. Im Augenblick schätzt er, dass wenigstens fünfunddreißig andermanische Apollo-tüchtige Lenkwaffen-Superdreadnoughts und sechzehn Lenkwaffen-Schlachtkreuzer zu uns stoßen werden. Die ersten zehn bis zwölf Wallschiffe treffen schon in den nächsten beiden Wochen hier ein; die anderen werden folgen, sobald die Besatzungen sich in die neuen Systeme eingearbeitet haben.

Unter der Voraussetzung, dass der Herzog seine Minimalschätzung von fünfunddreißig Schiffen einhält, werden wir über insgesamt dreiundfünfzig gondellegende Superdreadnoughts verfügen, davon fünfzig Apollo-tauglich. Das sind fünfzehn Prozent *aller* Lenkwaffen-Superdreadnoughts der Allianz. Und bis die Umrüstung der übrigen andermanischen Superdreadnoughts abgeschlossen ist, sind es sogar mehr als siebenundzwanzig Prozent der insgesamt verfügbaren Schiffe dieses Ranges. Selbst wenn man die Schlachtkreuzer nicht mitzählt, sind es mehr Gondelleger, als Earl White Haven bei der Butterblume-Offensive zur Verfügung hatte, und keines seiner Schiffe war mit Apollo ausgestattet.«

Sie schwieg, damit sich der Gedanke setzen konnte, und musterte die Stabs- und Flaggoffiziere am Tisch. Sie strahlte Zuversicht aus, während sie deutlich schmeckte, dass die Leute das Gleiche empfanden. Und zuversichtlich waren sie in der Tat, wenngleich in ihnen eine gewisse, vollkommen verständliche Befangenheit lebte. Sie vertrauten aber auf ihre Waffen, ihre Doktrin und ihre Führung.

Honor genoss diese Zuversicht, auch wenn sie ihre eigenen Bedenken sorgfältig verbarg. Bedenken hatte sie nicht, was die Durchführbarkeit von Sanskrit II betraf, nicht in Bezug auf die Qualität der Flotte, die ihre Waffe war, oder der Admirale, die sie führen würden. Bedenken hatte sie in Bezug auf die Fragen, *weshalb* sie diese Operation durchführte und was sie zur Folge haben würde.

Sie könnten sowieso nichts daran ändern, sagte sie sich nicht zum ersten Mal. *Also hat es auch keinen Sinn, die Leute damit zu belasten. Wenn sie jetzt eines nicht brauchen konnte, dann das*

Gefühl, sich ständig über die Schulter zu schauen und fragen zu müssen, ob man es nun wirklich tun sollte.

»Judah«, brach sie das kurze Schweigen, das sie verursacht hatte, »Sie haben die größte Erfahrung beim Einsatz von Apollo im Gefecht Schiff gegen Schiff. Ich habe einige Zeit darauf verwandt, Ihren Gefechtsbericht und den Ihres Operationsoffiziers zu lesen, und mir scheint, dass wir die Anzahl Raketen überschätzt haben, die erforderlich sind, um zu einem einzelnen Ziel durchzustoßen. Würden Sie mir da zustimmen?«

»Ja und nein, Mylady. Ja, bei Lovat haben wir die nötige Anzahl überschätzt, aber bei Lovat hatten wir eine Freikarte. Die Havies wussten nicht, wie ihnen geschah, und hatten keine Zeit, sich der Situation anzupassen. Beim nächsten Mal wird das anders sein.«

»Nein, das glaube ich nicht«, widersprach McKeon. »Und was sollte es ihnen nutzen, wenn sie wissen, was mit ihnen geschieht? Wie zum Teufel wollen Sie denn eine brauchbare Abwehrdoktrin gegen so etwas entwickeln?«

»Admiral Hemphill entwickelt gerade einen auf den TLF-Simulatoren, Alistair«, wandte Samuel Miklós ein.

»Sie *versucht* eine zu entwickeln«, verbesserte McKeon ihn. »Ich möchte wetten, sie hatte bisher noch kein Glück, und im Gegensatz zu den Havies weiß sie genau, wozu Apollo in der Lage ist. Ich will nicht behaupten, dass niemand je eine Doktrin ersinnen wird, die die Wirksamkeit Apollos beschneidet. Ich kann mir nur nicht vorstellen, wie Haven jetzt schon so weit sein soll. Mir fällt im Augenblick jedenfalls nichts ein, was die Havies gegen Apollo unternehmen könnten, und ich habe hier und da schon mal ein Dutzend Stunden darüber nachgedacht.«

»Ich glaube, da haben Sie nicht unrecht, Alistair«, sagte Honor. »Aber Judah auch. Und wir wollen auf keinen Fall in

Hochmut verfallen, nur weil wir Apollo haben. Ich stimme zu, dass das System sich als effizienter erwiesen hat als in meiner optimistischsten Schätzung, aber es ist dennoch keine Wunderwaffe. Bisher hat Haven sie noch nicht einmal richtig zu sehen bekommen, aber sie tut im Grunde nichts anderes, als unsere effektive Steuerreichweite um den Faktor sechzig zu erhöhen.«

McKeon zog die Augenbrauen hoch, und Honor schüttelte den Kopf.

»Ich will nicht hinunterspielen, welchen Vorteil uns das bringt, besonders jetzt. Aber wenn wir erst einmal drei oder vier Lichtminuten Abstand überschreiten, erlegt selbst das Gravimpulscom der Echtzeitübertragung eine merkliche Verzögerung auf. Wir können zwar noch immer weit schneller als die Gegenseite reagieren und anpassen, was uns nach wie vor einen gewaltigen Vorteil verschafft. Unsere Reichweite mit manövrierfähigen Raketen aus der Ruhe beträgt aber mehr als dreieinhalb Lichtminuten. Auf diese Entfernung beläuft sich die Übertragungsverzögerung in eine Richtung auf drei Komma vier Sekunden. Damit liegt die minimale Meldungs- und Reaktionsschleife bei sechs Komma acht Sekunden.«

»Und bei einer Aufschließgeschwindigkeit von null Komma acht Licht entspricht das einer Entfernung zum Ziel von achteinhalb Lichtsekunden bei lichtschneller Kommunikation«, warf McKeon ein. »Folglich sollte unsere Signalverzögerung in beiden Richtungen kürzer sein als die des Gegners in einer Richtung, selbst wenn ihre Antiraketen diese Reichweite hätten.«

»Ja, das ist schon richtig.« Honor schüttelte wieder den Kopf. »Ich gebe zu, dass wir dadurch einen großen Vorteil haben, wenigstens so lange, bis auf der Gegenseite jemand herausfindet, wie man nachzieht. Ich sage nur, dass sich mit steigender Gefechtsentfernung unsere Fähigkeit verschlechtert, uns in Echtzeit an die gegnerische Eloka anzupassen und unsere Vögelchen um seine Antiraketen herumzusteuern. Deshalb haben Mercedes, Andrea und ich immer die Notwendigkeit betont, so dicht wie möglich an die äußerste Reichweite des Feindes heranzukommen, ohne sie ganz zu unterschreiten, damit unsere Effizienz maximal bleibt. Und nicht vergessen, wir führen erheblich weniger Munition mit als früher. Das heißt, wir müssen aus jeder einzelnen Rakete das Maximum herausholen. Obwohl die Zahlen aus dem Lovat-System eine Reduktion der Salve um fünfzig Prozent rechtfertigen würden, sollten wir Judahs Vorbehalte einkalkulieren und unsere ursprünglichen Dichteabschätzungen nur um dreißig bis vierzig Prozent verringern.«

»Na schön.« McKeon nickte fröhlich. »Ich irre mich auch lieber zugunsten des Pessimismus, als dass ich zu optimistisch bin und mich plötzlich mit dem … Schweif in der Saftpresse wiederfinde.«

»Ich habe eigene Bedenken«, sagte Truman. »Sie haben nichts mit Apollo zu tun, sondern mit der Leistungsfähigkeit der havenitischen LACs, wie wir sie bei Lovat beobachtet haben. Die macht mir Kopfschmerzen. Ich wünschte, wir hätten uns die Wracks genauer ansehen und vielleicht sogar ein paar intakte Beispiele auflesen können, damit BuWeaps und das ONI was zu spielen bekommen.«

»Was genau macht Ihnen Sorgen?«, fragte Honor.

»Nun, es ist eigentlich erst bei der intensiven Analyse der Schlacht hier im System von Trevors Stern aufgetaucht«, gab Truman zu. »Aber als wir genau hinsahen, wurde es ziemlich offensichtlich, dass Haven wenigstens eine, womöglich sogar zwo neue LAC-Klassen eingesetzt hat. Und wenn ich mit meinen Vermutungen nicht ganz daneben liege, dann haben sie Atommeiler.«

»Das klingt aber gar nicht gut«, sagte Vizeadmiral Morris Baez, Kommandeur von Schlachtgeschwader 23.

»Den Beschleunigungswerten zufolge haben sie noch nicht die neuen Beta-Emitter«, fuhr Truman fort. »Ihr Energiehaushalt ist jedoch eindeutig höher als früher, und ich fürchte, auf der defensiven Seite sind zumindest Bugschilde hinzugekommen. Eine der beiden mutmaßlichen neuen Klassen, die wir vorläufig identifiziert haben, scheint das nächste zu einem Nachbau unserer *Shrikes* zu sein, was die Havies zustande gebracht haben. Das LAC ist mit einem Laser bewaffnet, keinem Graser, aber er ist erheblich kampfstärker als jede Energiewaffe, die wir je an einem havenitischen LAC beobachtet haben. Wir sind nicht völlig sicher, was das mögliche andere neue Modell angeht. Wir *glauben* allerdings, dass die Havies ihr Bestes getan haben, um die *Ferret* zu kopieren. Wenn ja, dann holen sie aus dem Modell noch längst nicht so viel heraus wie wir, aber hauptsächlich, weil ihre Raketen den unseren unterlegen sind.«

»Die *Katanas* scheinen aber mühelos mit ihnen fertiggeworden zu sein«, sagte Matsuzawa Hirotaka.

Truman nickte. »Bei Lovat schon, Hiro. Andererseits gab es von ihnen nicht besonders viele. Der Großteil der LACs, die man bei Lovat gegen uns aufbot, waren alte *Cimeterres*. Das deutet darauf hin, dass die neuen LACs noch nicht in großen Stückzahlen verfügbar sind. Man braucht aber nicht sehr lange, um ein LAC zu fertigen, und wir denken nicht daran, Sanskrit-Zwo früher als in etwa zwo Monaten zu beginnen. Bis dahin könnten erheblich mehr davon zur Verfügung stehen. Und Haven wird seit unserem Angriff auf Lovat die zentralen Systeme mit allem verstärken, was es zur Verfügung hat, und zwar schnellstmöglich.«

»Als wie ernst würden Sie die Bedrohung für unseren Schlachtwall einstufen, Alice?«, fragte Honor.

»Das lässt sich ohne genauere Daten über die Fähigkeiten und die Anzahl, mit der wir es zu tun bekommen werden, unmöglich sagen. Ich versuche nicht auszuweichen, Honor, aber wir wissen es einfach nicht. Ich habe einige höchst problematische Leistungsparameter vorliegen, aber unter den gegebenen Umständen neige ich dazu, sie als Minimum anzusetzen. Die neuen LACs haben im Verband mit den älteren Typen gekämpft und waren daher auf die Leitungsgrenzen der *Cimeterres* beschränkt. Scotty hat zusammen mit meinen übrigen COLACs die vorläufigen Zahlen immer wieder umgedreht, und am liebsten würde ich ihn auf Grundlage unserer besten Schätzwerte einige Simulationen erstellen und ausspielen lassen, was passiert. Ich denke, die Kombination aus *Katanas* und dem Abwehrfeuer unseres Schlachtwalls sollte mit der Bedrohung fertigwerden. Aber mir wäre wohler, wenn wir es bestätigen könnten, und sei es nur in Simulationen.«

»Verstehe.« Honor musterte Truman nachdenklich und nickte. »Mir leuchtet es ein. Und machen Sie BuWeaps nachdrücklich auf die Daten aufmerksam, die Sie aufzeichnen konnten.«

»Ich kümmere mich darum, Hoheit«, sagte Brigham und gab eine Notiz in ihr Memopad.

»Gut. Dann sollten wir uns als Nächstes mit den möglichen Anmarschkursen befassen. Natürlich werden wir zuvor das System gründlich erkunden, deshalb erscheint es mir am besten, wenn wir ...«

Ihre Offiziere beugten sich vor und hörten aufmerksam zu, während sie ihnen ihre ersten Gedanken zur bevorstehenden Operation vorlegte.

30

Flottenadmiral Sebastian D'Orville überdachte die Wunderlichkeit des Universums, während er, die Hände auf dem Rücken verschränkt, mit einem angemessen ernsten Gesicht langsam zur Flaggbrücke ging.

Seine gesamte Laufbahn hatte er im Dienst der Krone verbracht, seine Fertigkeiten verbessert, Seniorität angesammelt und seine Tüchtigkeit bewiesen. Und was hatten diese vielen Jahrzehnte der Beharrlichkeit und hervorragender beruflicher Leistungen eingebracht? Das prestigeträchtigste Kommando der Royal Manticoran Navy natürlich.

Was zur Folge hatte, dass er die düsteren Monate seit dem hinterhältigen Angriff Havens absolut gar nichts hatte tun können.

Das ist nicht wahr, Sebastian, und das weißt du auch, schalt er sich, während er der Besatzung der Flaggbrücke freundlich zunickte und zum visuellen Display ging. *Du hast die Homefleet wieder zu einer brauchbaren Waffe gemacht, nachdem Janacek, dieses unglaubliche Arschloch, den Ausbildungsstand verkommen ließ. Und die Flotte zu befehligen, der der Schutz des Heimatsystems obliegt, ist auch nicht gerade die stressärmste Verwendung, die du je gehabt hast.*

Trotzdem ist es natürlich höllisch langweilig.

Bei dem Gedanken lachte er stillvergnügt in sich hinein, doch es war schon wahr, und er unterdrückte eine unwürdige Anwandlung von Neid, als er an Honor Alexander-Harrington dachte.

Sie hat es schon immer verstanden, dir die Nase umzudrehen, oder?, fragte er sich ironisch. *Angefangen damit, dass sie dein Flaggschiff unterm Hintern weggeschossen hat, in diesem Flottenmanöver, da war sie noch ... was eigentlich? Ein einfacher Commander, oder?* Er schüttelte den Kopf, in Erinnerungen versunken. *Andererseits ist es nicht ganz fair, ihr vorzuwerfen, dass sie so gut ist. Und sie hat ein so viel niedrigeres Rangdienstalter als du. Ihre Seniorität ist so gering, dass sie das Kommando bekommt, das* Spaß *macht – das Kommando, mit dem die Admiralität ein Risiko eingehen kann –, während du der Königin einziger Flottenadmiral bist und mit dem einzigen Flottenverband zu Hause bleibst, der auf keinen Fall riskiert werden kann.*

Innerlich lachte er wieder, doch dann verdüsterten sich seine Gedanken, denn ihm trat James Webster in den Sinn. Seit der Zeit auf Saganami Island waren sie Freunde gewesen, und im letzten Krieg hatte Webster das undankbare Los gezogen, die Homefleet zu befehligen. D'Orville erinnerte sich, wie er Webster damals geneckt hatte, und er schnaubte. *Irgendwie fällt alles, was man sagt, wieder auf einen zurück,* dachte er, und er hatte eindeutig genügend schlechtes Karma angesammelt, um zu verdienen, was ihm widerfuhr.

Natürlich gab es auch Entschädigungen.

Er wandte sich vom visuellen Display ab, um den gewaltigen Hauptplot zu betrachten, und gestattete sich ein Gefühl der Zufriedenheit, während er die Icons der neuen Festungen musterte. Vor einem Jahr noch hatten die permanenten Forts rings um den Manticoranischen Wurmlochknoten praktisch nicht mehr existiert. Ihre Präsenz war so stark ausgedünnt gewesen, dass er sich gezwungen gesehen hatte, die gesamte Homefleet in der Nähe des Nexus zu stationieren, damit der lebenswichtige zentrale Nexus, unverzichtbar für die Wirtschaft des Sternenkönigreichs, vor einem feindlichen Angriff gedeckt war.

D'Orville war davon nicht begeistert gewesen, aber da die Admiralität Janacek versagt hatte, die Festungen zu modernisieren, war ihm keine andere Wahl geblieben. Immerhin hatte die Astrografie des Doppelsternsystems Manticore ihm diese Aufstellung für eine Weile gestattet.

Die klassische Doktrin der Systemverteidigung, die sich auf jahrhundertelange Erfahrungen gründete, lehrte, dass die schützende Flotte im Systeminnern stationiert sein sollte. Bewohnbare Planeten lagen unvermeidlich innerhalb der Hypergrenze eines Sterns, und in der Regel waren es bewohnbare Planeten, die ein Sonnensystem erst wertvoll machten. Unter dieser Voraussetzung war es am klügsten, die eigene Kampfstärke an einer Stelle zu positionieren, von der aus sie jene bewohnbaren Planeten erreichen konnte, ehe ein Angreifer, der von außerhalb der Grenze kam, dort war.

Leider konnte man anführen, dass im Falle von Manticore es der *Wurmlochknoten* war, der das System wirklich wertvoll mache. D'Orville mochte dieses Argument zufälligerweise gar nicht, hätte aber nie bestritten, dass ihm eine gewisse Stichhaltigkeit zukam. Ohne den Knoten hätte das Sternenkönigreich niemals die wirtschaftliche und industrielle Leistungsfähigkeit besessen, die man brauchte, um sich mit einer Sternnation von der Größe der Republik Haven anzulegen. Und auf jeden Fall war es der Wurmlochknoten, der das Manticore-System für potenzielle Aggressoren wie Haven überhaupt erst so attraktiv machte.

Und daraus entstand das Problem. Oder wenigstens eines der Probleme.

Der Wurmlochknoten lag fast sieben Lichtstunden von Manticore A entfernt. Eine Flotte, die den Knoten schützte, trennten daher Lichtstunden von den Planeten, auf denen die Untertanen Königin Elisabeths III. zum überwiegenden Teil zu leben pflegten. Diese Tatsache war für einen gewissen Sebastian D'Orville, dem der Schutz dieser Untertanen anvertraut war ... unbequem.

Von der zweiten Komponente des Doppelsterns war der Wurmlochknoten sogar über elf Lichtstunden entfernt, und das führte zu dem zweiten Problem für den Kommandeur der Homefleet. Zum Glück allerdings lag Manticore B wenigstens außerhalb der Resonanzzone – dem Raumgebiet zwischen Knoten und Manticore A, in dem es so gut wie unmöglich war, zwischen Hyperraum und Normalraum zu transistieren. Jeder Wurmlochterminus, der mit einem Stern verknüpft war, erzeugte im Hyperraum eine konische Zone, wobei die Spitze des Kegels am Wurmloch lag und die Basis eine Kreisfläche vom doppelten Radius der Hypergrenze mit dem Stern im Mittelpunkt aufspannte; im Volumen dieses geometrischen Körpers war die Hyperraumastrogation höchst unzuverlässig. Je größer der Terminus oder der Knoten, desto stärker der Resonanzeffekt – und der Manticoranische Wurmlochknoten mit seinen *zahlreichen* Termini war der größte bisher entdeckte. Die Resonanzzone, die er erzeugte, glich eher einem Tsunami und machte die Astrogation nicht nur ›höchst unzuverlässig‹, sondern so gut wie schlichtweg unmöglich. Jede Transition aus der Resonanzzone trug das Risiko einer gewaltigen astrogatorischen Unsicherheit in sich, und eine Transition in die Zone wäre nichts weiter als ein sehr komplizierter Selbstmord gewesen. Da aber die zweite Komponente des Doppelsternsystems Manticore außerhalb der Resonanzzone lag (und dort für die nächsten paar Jahrhunderte auch bleiben würde), war die Homefleet an ihrer Position nahe des Wurmlochknotens in Begriffen der Reisezeit Manticore B tatsächlich ›näher‹ als Manticore A.

Was Manticore A betraf, so standen die Planeten Manticore und Sphinx – die wichtigsten Verteidigungsaufgaben der Homefleet im inneren System – tief innerhalb der Resonanzzone, als D'Orville sein Kommando übernahm, wobei Manticore durch seinen kleineren Bahnradius Sphinx allmählich überholte und sich der Opposition näherte. Beide Planeten verbrachten ein halbes ihrer jeweiligen Jahre in der Zone, und das Sphinx-Jahr war über fünf T-Jahre lang. Der Planet benötigte einunddreißig T-Monate, um die Zone zu durchqueren, und hatte fast die Hälfte der Wegstrecke zurückgelegt, als D'Orville Kommandeur der Homefleet wurde.

Dennoch war die Position Sphinx das dritte und in vielerlei Hinsicht schlimmste Problem dem sich jeder Homefleet-Chef gegenübersah, denn der Bahnradius des Planeten war nur 15,3 Millionen Kilometer – weniger als neun Zehntel einer Lichtminute – kürzer als die zweiundzwanzig Lichtminuten betragende Hypergrenze des G0-Sterns Manticore A. Im Zeitalter der Mehrstufenrakete konnte daher ein Angreifer vor dem Planeten aus dem Hyperraum kommen und hatte die gesamte orbitale Infrastruktur bereits fünfzig Millionen Kilometer *innerhalb* seiner Lenkwaffenreichweite. Sogar eine konventionelle bewaffnete Flotte mit Kompensatoren alten Stils und einer relativen Geschwindigkeit bei Transition von null hätte ein Rendezvous mit dem Planeten in weniger als einer Stunde zustande gebracht. Eine Flotte Superdreadnoughts mit modernen Kompensatoren, wie sie die Allianz besaß, hätte dazu kaum mehr als fünfzig Minuten benötigt.

Was dem Kommandeur der Systemverteidigung nicht sonderlich viel Zeit ließ, in der er reagieren konnte.

Solange Sphinx noch so tief innerhalb der Zone lag, gewann der Planet erheblich mehr defensive Tiefe. D'Orville sollte, zumindest theoretisch, noch immer in der Lage sein, beide bewohnbaren Planeten von seiner Position am Knoten zu schützen, denn er konnte sich mit einem Mikrosprung durch den Hyperraum vom Wurmloch (und dem Stern) entfernen und mit einem zweiten Sprung dicht hinter jeder Flotte auftauchen, die sich auf einen der beiden Planeten zubewegte. Noch immer hätte es ihm Schwierigkeiten bereitet, die Angreifer wirklich zu erreichen, aber die

Reichweite seiner Mehrstufenraketen hätte diesen Nachteil ausgeglichen. Und weil der Angreifer länger gebraucht hätte, um sich seinem Ziel auf Gefechtsentfernung anzunähern, hätte die Homefleet Zeit gehabt, die beiden Sprünge auszuführen. Zumindest theoretisch.

Theorien hatten jedoch, wie Sebastian D'Orville im Laufe der Jahre gelernt hatte, die unangenehme Gewohnheit, einen im ungünstigsten Moment ins Hinterteil zu beißen. Deshalb war er mit der Aufstellung, die ihm aufgezwungen wurde, nie wirklich glücklich gewesen. Nun, da Sphinx in weniger als vier Monaten die Resonanzzone verlassen würde, gefiel ihm noch viel weniger, mit seiner Flotte am Wurmlochknoten zu stehen. Der Planet hatte zu viel zusätzliche ›Tiefe‹ verloren, die ihm die Zone erzeugt hatte, und selbst im allerbesten Fall hätte ihn die Notwendigkeit, zwei getrennte Hypertransitionen vorzunehmen, weit achteraus des hypothetischen Angreifers platziert, denn den ersten Sprung konnte er erst vornehmen, nachdem die Streitmacht des Aggressors erschienen war und begonnen hatte, in Richtung ihres Zieles zu beschleunigen.

Im Endeffekt war die Homefleet von den übrigen Verteidigungsanlagen des inneren System isoliert, denn jede angreifende Flotte müsste sich zwischen D'Orvilles Schiffen und den ortsfesten Abwehrforts befinden, die ihn unterstützen sollten. Diese Aggressorflotte wäre in der Lage gewesen, gegenüber ihren Zielen einen Beschleunigungsvorteil aufzubauen, während die Homefleet sich noch ordnete.

Unter diesen Umständen konnte ein Angreifer ohne die nötige Stärke, um die Homefleet und die inneren Abwehrforts gemeinsam zu vernichten, sehr wohl noch die Kampfkraft besitzen, um sich gegen die Homefleet zu wenden – der keine andere Wahl bliebe, als sich zum Kampf zu stellen – und sie in einem isolierten Gefecht zusammenzuschießen.

Deshalb war D'Orville so erleichtert, dass die neuen Forts endlich funktionstüchtig waren. Erheblich kleiner als die alten Vorkriegsfestungen, die man außer Dienst gestellt hatte, um die Besatzungen für die Neubauten freizusetzen, waren sie dank der verbesserten Automatisierung und der Neuentwicklungen für die neuen Kampfschifftypen der Navy dennoch stärker bewaffnet als ihre Vorgänger. Jedes dieser Forts umgaben Hunderte von Raketengondeln, und sie besaßen die Feuerleitkapazität für unvergleichlich schwere Salven. Um diese Abwehranlagen zu brechen, war ein Angriff mit überwältigenden Kräften erforderlich, und D'Orville erhielt so die Freiheit, die Homefleet dichter an eine traditionelle Schutzposition zu verlegen: er hatte seine Flotte in der Umlaufbahn von Sphinx stationiert.

Auf diese Weise erhielt Sphinx den engen Schutz, den es dringend benötigte. Da der Planet Manticore im Moment Sphinx noch nachlief, sich folglich tiefer in der Zone befand *und* (wie immer) weiter innerhalb der Hypergrenze, war D'Orville in einer besseren Position zum Schutz Manticores als irgendwo sonst. Jeder zeitoptimierte Kurs nach Manticore zwang den Angreifer, zunächst D'Orvilles Position bei Sphinx zu passieren, sodass die Homefleet den Gegner leicht vor seinem Ziel abfangen konnte.

Perfekt war die Lösung natürlich dennoch nicht. Die Positionierung der Homefleet exponierte Manticore B und ihren bewohnten Planeten Gryphon stärker, als wenn die Flotte am Wurmlochknoten stationiert gewesen wäre, denn wurde Gryphon angegriffen, musste D'Orville zunächst die Resonanzzone verlassen, ehe er in den Hyperraum gehen und die andere Komponente des Doppelsterns anlaufen konnte. Die zusätzliche Gefahr wog jedoch nicht sehr schwer, da Sphinx nun nur acht Lichtminuten vom Rand der Zone entfernt stand. Und mit Gryphon wurde der Planet am verwundbarsten gelassen, der von den ursprünglichen besiedelten Welten des Sternenkönigreichs am dünnsten bevölkert und am wenigsten industrialisiert war. Wenn schon eine Welt exponiert werden musste, so sagte die kühle Logik, dass die Wahl eher auf Gryphon fallen musste als auf einen der beiden anderen Planeten, und die Admiralität hatte diesen Umstand dadurch ausgeglichen, dass sie den Bau von ortsfesten Abwehranlagen bei Manticore B stärker forcierte als bei Manticore A. Die Raumforts und Raumstationen bei Manticore B wurden bereits mit Schlüsselloch II ausgestattet und würden innerhalb der kommenden drei Wochen die ersten Apollo-Gondeln zur Systemverteidigung erhalten, denn man sagte sich, Gryphon könnte sie nötiger brauchen, da es nicht so rasch Schutz durch die Homefleet erhalten konnte wie die beiden Welten von Manticore A.

Sobald die Verteidigung von Manticore B neu aufgebaut worden war, erhielte Sphinx die höchste Priorität, auch wenn der Planet Manticore die größte Bevölkerung und den höchsten industriellen Wert aller Welten des Doppelsternsystems hatte. Wie Manticore B war Sphinx nun einmal stärker exponiert als Manticore.

D'Orville stimmte mit beiden Entscheidungen überein, auch wenn das noch lange nicht hieß, dass er mit der Sichtweise, die sie implizierten, einverstanden gewesen wäre. Seiner Meinung nach handelte es sich um die beste mehrerer Optionen, von denen jedoch keine hundertprozentig akzeptabel gewesen war. Immerhin hatte die Entscheidung des Strategischen Rates, dass Gryphon auf sich gestellt durchhalten müsse, anstatt sich auf die sofortige Intervention der Homefleet zu verlassen, D'Orvilles Pflichten und Probleme erheblich vereinfacht.

Heute jedoch befanden sich Sebastian D'Orville und die halbe Homefleet wieder am Wurmlochknoten und warteten. Warteten nicht auf einen feindlichen Angriff, sondern um zwei Schiffe der Royal Manticoran Navy im Heimatsystem zu begrüßen.

Er musste zugeben, dass er ein gewisses Unbehagen empfand, weil er sein Kommando so weit von seiner neuen Station systemeinwärts entfernte, aber seine Bedenken waren Kleinigkeiten. Und angesichts dessen, dass die Solare Liga wegen der Ereignisse im Talbott-Sternhaufen offenbar zurücksteckte, schuldete das gesamte Sternenkönigreich den beiden Schiffen, die heute eintreffen sollten, gewaltigen Dank. Königin Elisabeth und ihre Regierung hatten sich entschlossen, diesem Dank Ausdruck zu verleihen, und genau zu diesem Zweck stand Sebastian D'Orville am Wurmlochknoten.

Er blickte auf das Chronometer und nickte zufrieden. Noch zweiunddreißig Minuten.

Honor Alexander-Harrington blickte auf das Zeit-Datum-Display und nickte.

Wenn sie die Wahl gehabt hätte, wäre sie am liebsten in der nächsten halben Stunde ins Sonnensystem zurückgekehrt. Leider konnte sie sich dafür kaum entscheiden. Vizeadmiral Lyou-yung Hasselberg, Graf von Kreuzberg, und die Führungsschiffe seines Kampfverbands XVI der Kaiserlich-andermanischen Weltraumflotte hatten vor nicht einer Woche Trevors Stern erreicht. Zwei seiner drei Schlachtgeschwader hatten volle Stärke, und die Weltraumflotte organisierte wie die Republic of Haven Navy noch immer acht Schiffe zu einem Geschwader. Dem dritten Schlachtgeschwader fehlte eine seiner vier Divisionen, doch die Neuankömmlinge brachten der Achten Flotte zweiundzwanzig Lenkwaffen-Superdreadnoughts – ohne Ausnahme Schlüsselloch-II-fähig.

Dummerweise hatte noch keines dieser Schiffe je in den Reihen der Achten Flotte gekämpft, und elf davon waren nur zwei Wochen, ehe sie nach Trevors Stern aufbrachen, mit der Einweisung nach Umrüstung fertiggeworden. Entsprechend unvertraut waren die Besatzungen noch mit ihren neuen Systemen. Wie um der Situation noch ein wenig Würze zu verleihen, gehörte Vizeadmiral Bin-hwei Morser, Gräfin von Grau und Hasselbergs Stellvertreterin, nicht gerade zu den größten Bewunderern der Royal Manticoran Navy. Im Gegenteil, sie gehörte zu der Manticore-feindlichen Fraktion innerhalb der Weltraumflotte, aus der auch ein gewisser Graf von Sternhafen hervorgegangen war, der sich bei Honors letzter Verwendung solche Umstände gemacht hatte, ihr ... die Zeit nicht lang werden zu lassen.

Die anderen Geschwaderchefs unter Hasselberg schienen sich erheblich mehr mit der Entscheidung ihres Kaisers anfreunden zu können, sich mit dem Sternenkönigreich zu verbünden, und Honor vermutete, dass Chien-lu Anderman von Ravenheim mehr als nur ein wenig Einfluss hatte spielen lassen, damit sie für diesen Einsatz ausgewählt wurden. Morser besaß offensichtlich eigene Gönner, denn immerhin hatte sie den Befehl über das allererste umgerüstete andermanische Lenkwaffen-Superdreadnoughtgeschwader erhalten. Auch, wie Honor ein wenig widerstrebend zugeben musste, machte Morser einen sehr tüchtigen Eindruck. Nur leider fiel es ihr so schwer zu verbergen, dass sie Honor lieber den Rest der Flotte zusammengeschossen hätte, als Befehle von ihr entgegenzunehmen.

Die Allüren der Gräfin unterstrichen allerdings nur die Notwendigkeit, Kampfverband XVI so rasch wie möglich in die Achte Flotte zu integrieren. Und das ging am besten, indem sie die andermanischen Schiffe zusammen mit ihren anderen Einheiten drillte.

Wenigstens galten noch sämtliche Argumente, die dafür sprachen, Trevors Stern als Manöverraum zu benutzen. Und Vizeadmiral Morser reagierte auf die Herausforderung ganz professionell. Sie konnte nicht gern eingeräumt haben, dass die Andermaner die manticoranischen oder graysonitischen Standards einfach noch nicht erreicht hatten, aber sie hatte es auch nicht abstreiten können. Natürlich hatte die Kaiserliche Weltraumflotte auch nicht fast die gesamten vergangenen zwanzig T-Jahre gegen die Volksrepublik Haven ums Überleben kämpfen müssen. Unter solchen Umständen wurde eine Flotte entweder sehr, sehr gut, oder die Sternnation, die sie verteidigte, ging sehr, sehr schnell unter, und sowohl Grayson als auch das Sternenkönigreich gab es noch. Die Selbstzufriedenheit, mit der die Admiralität Janacek zugelassen hatte, dass die scharfe Klinge der RMN während des Waffenstillstands stumpf wurde, war ein wesentlicher Faktor für die böse Überraschung gewesen, die das Unternehmen Donnerkeil der Republik bedeutet hatte, doch das meiste davon war vom gnadenlosen Sandstrahler des Raumgefechts wieder abgeschliffen worden. Die weniger als brillanten, aber politisch akzeptablen Flaggoffiziere und Kommandanten, die Janacek auf wichtige Positionen erhoben hatte, waren entweder beiseitegedrängt worden oder in den ersten Gefechten gefallen, und den Offizieren, die ihre Posten behalten durften, war ein recht brutaler Auffrischungskurs zuteil geworden.

Unter dem Strich stand jedoch fest, dass die Navys von Manticore und Grayson die geübtesten und kampferfahrensten Raumflotten der erforschten Galaxis waren. Ihre Überlegenheit im Vergleich zur revitalisierten Navy Thomas Theismans war geringer als früher, blieb aber der bedeutendste Vorteil der Allianz. Und die Andermaner, die nach jedem weniger darwinistischen Maßstab sehr, sehr gut waren, konnten ihren Verbündeten einfach nicht das Wasser reichen.

Jedenfalls noch nicht.

Hasselberg schien diese Tatsache schon vor seiner Ankunft bewusst gewesen zu sein, ein weiterer Fingerzeig, dass der Herzog von Ravenheim ihn persönlich für diesen Einsatz ausgesucht hatte. Ganz eindeutig wollte Hasselberg seinen Verband so rasch wie möglich manticoranischen Standards angleichen, und wenn einer seiner Untergebenen – einschließlich Vizeadmiral Morsers – diesbezüglich Vorbehalte hegte, so war man klug genug, sie für sich zu behalten. Und der Fairness halber musste man zugeben, dass die Kaiserlichen sich sehr anstrengten.

Dennoch blieb einiges zu tun, und nur aus diesem Grund hatte Honor Admiral D'Orvilles Einladung abgelehnt, für die heutige Zeremonie sein Gast an Bord von HMS *Invictus* zu sein. Sie hatte ein weiteres Manöver aus ihrer Serie zunehmend schwieriger werdender Übungseinsätze für die Achte Flotte angesetzt und konnte nicht rechtfertigen, sich einen freien Tag zu nehmen, während alle anderen auf ihren Befehl hin hart arbeiteten.

Sie lachte leise, als sie daran dachte, und Mercedes Brigham, die neben ihr stand und ebenfalls den Hauptplot betrachtete, sah sie fragend an.

»Nichts, Mercedes.« Honor schüttelte den Kopf. »Nur ein flüchtiger Gedanke.«

»Jawohl, Hoheit.«

Brighams leicht perplexer Ton hätte Honor fast noch ein Auflachen entlockt, doch sie unterdrückte ernst die Versuchung.

»Schon etwas von Vizeadmiral Hasselberg, Andrea?«, fragte sie und drehte den Kopf zu Jaruwalski.

»Nein, Hoheit. Ich glaube, es ist noch etwas früh. Seine

Aufklärungsdrohnen können noch nicht ganz in Position sein.«

»Das ist mir klar«, sagte Honor leise und senkte ihre Stimme, sodass nur noch Jaruwalski und Brigham sie hören konnten, »aber seine Sonden aus der ersten Welle müssten jetzt eigentlich so dicht stehen, dass er zumindest den Außenrand von Alistairs Geleitschutz sieht.«

»Sie denken, er wartet ab, bis er ein vollständigeres Bild hat?«, fragte Brigham.

»Richtig, das denke ich«, sagte Honor nickend. »Die Frage ist, weshalb er abwartet. Nur weil er einen vollständigeren Überblick über die Lage haben möchte, ein besseres Gefühl dafür, ehe er sie dem Flaggschiff meldet? Und wenn er deswegen wartet – zeigt er dann intelligente Initiative oder stinkt es ihm, dass wir ihm nur so kurze Leine lassen?«

»Was glauben Sie denn, Hoheit, wenn ich fragen darf?«

»Ehrlich gesagt, wenn es um Morser ginge, würde ich sagen, sie fühlt sich eingeengt«, gab Honor zu. »Bei Hasselberg halte ich die erste Möglichkeit für wahrscheinlicher. Und das ist gut. Trotzdem müssen wir jetzt einen Weg finden, ihm taktvoll nahezulegen, dass es wichtig ist, uns auf der Stelle zu informieren, selbst wenn er nur lückenhafte Informationen besitzt.«

»*Sternenkapitän* Teischer ist ein taktvoller Mensch«, sagte Brigham. »Ich könnte mich ein wenig mit ihm unterhalten – ganz unter uns Stabschefs. Auf Manövernachbesprechungen versteht er sich auch recht gut.«

»Ausgezeichnete Idee, Mercedes«, stimmte Honor zu. »Mir wäre es erheblich lieber, wenn meine Vorschläge an ihn aus den eigenen Reihen kämen, als den Anschein zu erwecken, ich wollte ihm auf die Füße treten. Besonders wo er sich solche Mühe gibt, beste Arbeit zu leisten.«

»Ich kümmere mich darum, Hoheit.«

»Manticore Control meldet, dass die *Hexapuma* und die *Warlock* Transit vollziehen, Admiral«, verkündete Lieutenant Commander Ekaterina Lazarevna, Sebastian D'Orvilles Signaloffizier.

»Sehr gut.« D'Orville wandte sich von dem Hauptplot ab dem Display zu, auf dem seine Flaggkommandantin zu sehen war. »Dass mir alles richtig abläuft, Sybil«, sagte er.

»Wir schaffen das schon, Sir«, versicherte ihm Captain Gilraven.

»Wurmlochtransit abgeschlossen, Admiral«, meldete Lazarevna.

»Sehr gut. Senden Sie die erste Nachricht, Katenka.«

»Aye, aye, Sir. Senden ... jetzt.«

D'Orville musterte achtsam sein Chronometer, während die Nachricht, mit der er Aivars Terekhov und seiner überlebenden Besatzung für ihre Leistungen in der Schlacht von Monica gratulierte, zu HMS *Hexapuma* eilte. In seinem Plot blinkten die Icons der beiden beschädigten Schweren Kreuzer auf und beschleunigten langsam vom Zentralen Nexus weg, und D'Orville empfand etwas, das er nicht mehr gespürt hatte seit dem Tag, an dem der zusammengeschossene, kaum noch manövrierfähige Leichte Kreuzer HMS *Fearless* von Basilisk Station nach Hause gehinkt kam.

Eigenartig, dachte er. *Das zwote Mal, und auch damals war die* Warlock *dabei. Diesmal aber ein wenig anders. Was bin ich froh. Ihr Name musste wieder reingewaschen werden.*

»Jetzt, Sybil«, sagte er ruhig, und die einhundertachtunddreißig Sternenschiffe und siebzehnhundert LACs der Homefleet-Abordnung fuhren in einer perfekten Abfolge die Impellerkeile hoch. Von der *Invictus* ausgehend, breiteten die Impellersignaturen sich durch den Flottenverband aus, aber die *Invictus* stand nicht an der traditionellen Position des Flaggschiffs im Zentrum der strahlenden Kugel.

Diesen Platz nahmen HMS *Hexapuma* und HMS *Warlock* ein.

»Zwotes Signal an die *Hexapuma*«, sagte Flottenadmiral Sebastian D'Orville leise. »›*Euch gebührt die Ehre.*‹«

»Aye, aye, Sir«, erwiderte Lazarevna genauso leise, und die Homefleet beschleunigte, die beiden angeschlagenen, kaum noch manövrierfähigen Schweren Kreuzer umgehend, die das Sternenkönigreich vor einem Zweifrontenkrieg bewahrt hatten, den es unmöglich hätte gewinnen können, konstant Richtung Heimatsystem.

»Admiral Fishers Kampfverband ist soeben eingetroffen, Sir«, meldete Captain DeLaney.

»Verstanden. Danke, Molly. In fünfzehn Minuten treffen wir uns auf der Flaggbrücke.«

»Jawohl, Sir. DeLaney, Ende«, sagte sie und trennte die Comverbindung.

Lester Tourville blieb noch kurz an seinem Schreibtisch sitzen, blickte sich im Arbeitszimmer um und spürte die Megatonnen Masse von RHNS *Guerriere* um sich. In diesem besonderen Moment allerdings fühlte sein Flaggschiff sich eigenartig klein und fast zerbrechlich an.

Er stand auf und ging zu dem Sichtschirm, der konfiguriert war, ihm die diamantgesprenkelten Tiefen des Alls zu zeigen. Er versenkte sich in das Display und musterte die stumpfen Funken aus reflektiertem Licht, das von dem namenlosen roten Zwergstern im Zentrum des Sonnensystems stammte.

Jeder Lichtfunke war ein Sternenschiff, die meisten davon so massiv und schwerbewaffnet wie seine *Guerriere*. Nachdem Fisher nun pünktlich eingetroffen war, war die verstärkte Zweite Flotte komplett, ebenfalls die Fünfte Flotte unter Admiral Chin, und beide standen sie unter Tourvilles Kommando. Dreihundertsechsunddreißig Lenkwaffen-Superdreadnoughts, die Blüte der neuentstandenen Republican Navy, nach jedem Maßstab die kampfkräftigste Streitmacht, die je von einer bekannten Sternnation für einen einzigen Einsatz zusammengezogen worden war. Die Schiffe lagen überall ringsum, trieben in einer weiten Umlaufbahn um den zweiten Gasriesen des Sonnensystems und erwarteten *seine* Befehle; Tourville spürte, wie ihn ein Schauder banger Erwartung durchfuhr.

Ich hätte nie gedacht, dass es wirklich so weit kommen würde, selbst nicht, nachdem Tom mich instruiert hatte. Aber es ist so weit. Und alles gehört mir.

Javier Giscard hätte das Kommando führen sollen, fand er. Javier hätte die Zweite Flotte führen und den Oberbefehl innehaben sollen, während Tourville die Fünfte Flotte kommandierte, aber Javier war tot, und so war die Pflicht auf ihn übergegangen.

Er sann über seine Befehle nach, die unterschiedlichen Sätze von Ausweichanweisungen, die Planung und Koordination sowie den unglaublichen industriellen Aufwand, den seine riesige Flotte repräsentierte. Die Verteidigung der Republik war ohne mit der Wimper zu zucken überall reduziert worden, obwohl Manticore ausgedehnt erkundete. Allerdings stand zu hoffen, dass der Gegner dessen nicht gewahr wurde. Noch nicht. Alle seine Schiffe waren an Ort und Stelle belassen worden, während die Besatzungen mithilfe von Simulatoren übten, bis die Operation tatsächlich begann, damit Manticore über das Bevorstehende hinweggetäuscht wurde.

Tourville hatte es nicht gefallen. Gegen diesen Aspekt des Operationsplans hatte er sogar Protest eingelegt. Simulationen waren schön und gut, aber noch niemand hatte eine Flotte dieser Größe zusammengezogen. Er hätte die Koordination mit Chin üben, die einzelnen Einheiten drillen und die Kommandeure der Untereinheiten in echter Umgebung auf die Probe stellen müssen, wo er sie beobachten und ihre Stärken und Schwächen bewerten konnte. Um diese Möglichkeit hatte er gebeten – gefleht beinahe –, aber sein Ansinnen war abgelehnt worden. Und obwohl er die Bitte gestellt hatte, verstand er sehr gut, weshalb Thomas Theisman sie ihm abschlagen musste.

Es lag nicht daran, dass Theisman nicht genau begriff, weshalb Tourville die Bitte überhaupt vorgebracht hatte. Auch nicht daran, dass Theisman anderer Meinung gewesen wäre. Doch für das Gelingen von Unternehmen Beatrice war die vollkommene strategische Überraschung eine unverzichtbare Voraussetzung. Die Überraschung war so wichtig, dass sie sogar die Notwendigkeit ausstach, ausgedehnte Manöver mit echten Schiffen abzuhalten. Angesichts der Aktivität manticoranischer Aufklärer hatte Theisman nicht gewagt, früh Schutzverbände von den Stationen abzuziehen, die dem Gegner am nächsten standen. Und das war noch nicht alles; der Chef des Admiralstabs hatte sogar vermieden, Tourvilles Einheiten dort zu vereinigen, wo eine manticoranische Aufklärungsdrohne sie hätte entdecken können, woraufhin das Office of Naval Intelligence sich gefragt hätte, warum nur die Republik solch einen großen Prozentsatz ihrer gesamten Schlachtflotte an einer einzigen Stelle konzentrierte.

Aber wir haben immer noch eine Woche, ehe es losgeht, und dazu kommt dann die Reisezeit, dachte Tourville. *Nicht ganz so gut, wie es mir recht gewesen wäre, aber in so viel Zeit kann man eine Menge schaffen. Und das sollten wir, denn am Ende der Reise …*

Er ließ den Gedanken versickern, denn er wusste wirklich nicht, was ihn am ›Ende der Reise‹ erwartete.

Natürlich abgesehen von der größten Raumschlacht in der Geschichte der Menschheit.

31

»Wie sieht es jetzt aus, Andrea?«

»Besser, Hoheit.«

Captain Jaruwalski legte einen Visierkreis in den Hauptplot und legte ihn säuberlich um die Icons des XXXVI. und XXXVIII. Schlachtgeschwaders der Kaiserlich-andermanischen Weltraumflotte. Die Lichtkennungen der sechzehn Superdreadnoughts brannten ruhig im Display, ohne anzudeuten, wie schwer sie selbst für die Sensoren der *Imperator* zu orten waren. Die Zahlen aus der Operationszentrale in der Seitenleiste, die Auskunft über die Stärke der detektierten Signale gab, erzählten allerdings eine andere Geschichte und verrieten, wie schwer die Schiffe zu entdecken gewesen wären, hätte man an Bord der *Imperator* nicht genau gewusst, wo man nach ihnen suchen musste. Nicht ganz so schwer wie bei manticoranischen oder graysonitischen Schiffen, aber schwieriger als bei allen anderen, bemerkte Honor und nickte anerkennend. Und es lag nicht so sehr an den Eloka-Fähigkeiten der Superdreadnoughts, sondern an Vizeadmiral Morsers Taktik.

»Sie hat sich in Admiral Yanakovs Rücken geschlichen«, fuhr Jaruwalski fort. »Ich bezweifle, ob er weiß, dass sie dort ist, aber andererseits ist er selber hinterhältig. Es kann sein, dass er sich nur dumm stellt, bis sie ihn genau dort hat, wo er hinwill.«

»Was bringt Sie auf diesen Gedanken?«

»Zum Teil die Position, wo er seine Träger hat, Hoheit. Er hat sie umgruppiert, sodass sie weiter vor seiner Nachhut fahren, als er es normalerweise macht. Dadurch liegt die Nahbereichsabwehr der Lenkwaffen-Superdreadnoughts zwischen den Trägern und Morsers Batterien. Trotzdem fahren sie immer noch weit genug achtern mit, dass er ihre *Katanas* starten lassen und in aller Eile die Raketenabwehr seines Kampfverbands verstärken lassen kann. Es muss nichts heißen, aber mir sieht es danach aus, als hielte er es zumindest für möglich, dass man ihm von achtern in den Rücken fällt.«

»Verstehe.«

Honor verschränkte die Hände hinter dem Rücken, stellte sich neben den Kommandosessel, auf dessen Lehne sich Nimitz drapiert hatte, als hätte er keinen Knochen im Leib, und musterte den Plot. Andrea hatte nicht unrecht, entschied sie. Sowohl, was Yanakovs Verschlagenheit anging, als auch mit dem, was sie über seine Formation gesagt hatte. Persönlich setzte Honor eine Sechzig-Prozent-Chance an, dass Yanakov nichts von Morsers Position wusste. Oder zumindest, wie nahe sie war. Für die Dauer der Übung konnte er die Geisterreiter-Drohnen nicht einsetzen, sodass seine Ortungskapazität bestenfalls zwanzig Prozent über dem ungünstigsten Schätzwert des ONI für die havenitische Ortung betrug, und sein Beschleunigungsvermögen war auf das republikanischer Superdreadnoughts reduziert worden. Daher war er kurzsichtiger als gewohnt und musste sich schwerfällig vorkommen, behäbig manövrierend. Daher leuchtete es ohne weiteres ein, wenn er Vorkehrungen für die Möglichkeit traf, dass man ihn von hinten überraschte.

Dennoch war er wirklich hinterhältig …

Aber das Gleiche galt für Bin-hwei Morser. Honor mochte sie nach wie vor nicht besonders und war sich im Klaren, dass die Gefühle, die ihr von der Andermanerin entgegengebracht wurden, mit ›nicht besonders mögen‹ kaum zu beschreiben waren – auf schmerzliche Weise, wenn man Geistesleuchten schmecken konnte. Dennoch war der andermanische weibliche Vizeadmiral eine großartige Taktikerin, und gerade ihre Abneigung gegen Manticore hatte sie in den fünf Tagen seit Aviars Terekhovs Rückkehr von Monica bewegt, ihre Leute umso härter anzutreiben. In der Serie von Manövern war sie nicht sonderlich gut davongekommen, und das hatte ihr wenigstens gefallen. Wenn sie eines nicht wollte, dann neben der RMN unterlegen erscheinen.

Wenn man Nummer zwo ist, gibt man sich mehr Mühe, dachte Honor ironisch. *Besonders, wenn einem der Status als Nummer zwo dermaßen gegen den Strich geht. Na, was auch immer funktioniert. Mir ist es ziemlich egal, weshalb sie sich anstrengt, solange sie alles gibt, was sie hat.*

Sie begann langsam auf und ab zu gehen, ohne die sich allmählich entwickelnde taktische Lage aus den Augen zu lassen. Im Moment lief die *Imperator* hinter Konteradmiral Syoutung Waldbergs XXXVIII. Schlachtgeschwader am hinteren Ende von Morsers Formation. Yanakov führte sein 15. Schlachtgeschwader und Vizeadmiral Baez' 23., dazu Samuel Miklós LAC-Trägergeschwader 5 und alle vier manticoranischen und graysonitischen Schlachtkreuzergeschwader, die zur Achten Flotte gehörten. Alistair McKeons BatRon 61, die meisten Träger unter Alice Truman und die restlichen Kreuzer und Zerstörer unter Honors Befehl waren diesmal zu Hause geblieben, bei Admiral Kuzaks Dritter Flotte am Trevors-Stern-Terminus des Manticoranischen Wurmlochknotens. Ziel war es, den andermanischen Einheiten einen signifikanten Stärkenvorteil zu gewähren, denn sie hatten in dieser Systemverteidigungsübung die Rolle des Aggressors übernommen.

»Schon ein Wort von Vizeadmiral Hasselbergs Einheiten?«, fragte sie.

»Nuuuun ...«, sagte Jaruwalski, und Honor sah sie scharf an, eine Augenbraue hochgezogen, während sie die Emotionen des Operationsoffiziers schmeckte.

»Spucken Sie's schon aus, Andrea.«

»Nun, ich weiß, dass Admiral Yanakov die Geisterreiter nicht voll einsetzen kann, und ich weiß auch, dass wir Vizeadmiral Morser diesmal alle Entscheidungen überlassen sollen. Ich konnte jedoch nicht der Versuchung widerstehen, ein paar eigene Drohnen auszusetzen, Hoheit. Ihre Daten gehen in keinem Fall an Morser, aber sie helfen mir sehr, die Dinge ein bisschen im Auge zu behalten.«

»Verstehe. Und ohne Zweifel haben Sie nur vergessen, die Positionen von Vizeadmiral Hasselberg und seinen Schiffen darzustellen. Dass Sie versuchten, Ihre Missetat vor meinem Adlerauge zu verbergen, hat *nichts* mit dieser Unterlassung zu tun, richtig?«

»Na, ein bisschen vielleicht schon, Hoheit«, gab Jaruwalski grinsend zu. »Soll ich die Karten aufdecken?«

»Nur zu.«

»Schauen wir doch mal«, sagte Jaruwalski, und das unterbesetzte Schlachtgeschwader unter Vizeadmiral Hwa-zhyou Reinke, abgeschirmt von den sechzehn Schlachtkreuzern unter Konteradmiral Hen-zhi Seifert und Konteradmiral Tswei-yun Wollenhaupt, begleitet von der *Mermaid* und der *Harpy* unter Konteradmiral Harding Stuart, erschienen plötzlich auf dem Hauptplot.

Die *Mermaid* und die *Harpy* bildeten Trägerdivision 34, von Trumans LAC-Trägergeschwader detachiert, damit die Andermaner ein Trägerelement besaßen. Im Augenblick standen sie und die Superdreadnoughts, die sie begleiteten, weit vor Yanakovs Verband und näherten sich ihm auf einem fast genau konvergenten Kurs. Honor runzelte die Stirn.

Reinkes Geschwader bestand aus nur sechs Lenkwaffen-Superdreadnoughts, und folglich waren Yanakovs Wallschiffe ihm mehr als zwei zu eins überlegen. Stuarts Träger waren drei zu eins in der Unterzahl, und selbst was die Schlachtkreuzer anging, befand sich Hasselberg vier zu drei im Nachteil. Das war schlecht genug, doch auf seinem Kurs war er wenigstens eine halbe Stunde in Reichweite von Yanakovs Mehrstufenraketen, ehe Morser zu Yanakov aufschließen konnte, und in einem Gefecht zwischen Gondellegern war eine halbe Stunde eine lange Zeit.

Honor wollte etwas sagen, doch dann überlegte sie es sich anders. Ihr gefiel eine Taktik nicht, die eine angreifende Flotte in Kleingeld aufspaltete. Auf diese Weise verschenkte man einen zahlenmäßigen Vorteil zu leicht und riskierte, getrennt geschlagen zu werden, insbesondere, wenn die zeitliche Abstimmung versagte, und genau solch ein Fehler schien Hasselberg und Morser gerade zu unterlaufen. Es sah aus, als hätte Hasselberg einen gleichzeitigen Angriff aus zwei Richtungen geplant, bei dem Yanakov von voraus und achtern in die Zange genommen wurde. Wenn dem so war, so hatte sein Timing gewaltig versagt.

Doch darauf musste sie ihn unter vier Augen aufmerksam machen, sodass er sicher sein konnte, dass sie ihn nicht vor seinen Untergebenen zurechtwies. Zwar befürchtete Honor nicht, dass Jaruwalski etwas herausgerutscht wäre, wenn sie Hasselbergs Fehler nun kommentiert hätte, doch dergleichen war auch vor dem eigenen Stab ein Verhalten, das man sich am besten gar nicht erst angewöhnte. Deshalb hüllte sich Honor in Schweigen, während die Situation sich weiter entwickelte.

Und dann ...

»Hoheit, sehen Sie sich das an!«, rief Jaruwalski plötzlich, und Honor runzelte die Stirn. Sie brauchte einen Augenblick, um zu erkennen, was sie da sah, aber als sie es begriffen hatte, war sie froh, Hasselbergs Timing nicht kritisiert zu haben.

»Tut er da wirklich, was ich glaube, Hoheit?«, fragte Jaruwalski, und Honor lachte stillvergnügt in sich hinein.

»Ja, das tut er wirklich, Andrea. Und ich bin sehr gespannt, wie Judah darauf reagiert. Das erinnert sehr an einen Trick, den er selbst mal bei einem Manöver im Jelzin-System angewendet hat.«

Sie trat näher an Jaruwalski heran und legte dem Operationsoffizier die rechte Hand leicht auf die Schulter, während sie den Plot beobachteten. Hasselberg hatte offenbar selbst Geisterreiter-Drohnen eingesetzt; allerdings nicht als Aufklärungsdrohnen, sondern als Eloka-Plattformen, die die Emissionssignaturen von Morsers Superdreadnoughts nachahmten. Und er war subtil vorgegangen. Die Signalstärke der Drohnen war sehr schwach – kaum mehr als zehn Prozent mehr, als durch ein andermanisches Standard-Stealth-Feld gesickert wäre. Da Yanakovs Sensorkapazität für die Dauer der Übung künstlich begrenzt wurde, musste seinen Taktischen Offizieren schwerfallen zu erkennen, was Hasselberg da tat.

Wie wenige Augenblicke später deutlich wurde, hatten sie es nicht erkannt. Yanakov änderte den Kurs und drehte ab von der Bedrohung, die er gerade entdeckt hatte. Dann startete er seine LACs. Da seinen Aufklärungsdrohnen nur havenitische Fähigkeiten gestattet waren, waren die LACs trotz ihrer geringeren Beschleunigungswerte seine besten Langstrecken-Sensorplattformen, und er sandte sie aus, um die verdächtigen Kontakte zu prüfen. Gleichzeitig setzte er aus Vorsicht den Großteil seiner *Katanas* zwischen seine Schlachtgeschwader und Hasselberg. Auch die Schlachtkreuzer ordneten sich neu an, um die Bedrohungsachse mit ihrer Raketenabwehr zu decken.

Ganz eindeutig wollte sich Yanakov nicht verleiten lassen, automatisch anzunehmen, dass er wirklich vor sich hatte, was seine taktische Abteilung zu orten glaubte. Gleichzeitig hatte er aber offenbar entschieden, dass er der Bedrohung Rechnung tragen musste, und gruppierte seine Formation neu, um ihr zu begegnen.

Genau das wollte Hasselberg von ihm.

In den nächsten dreißig Minuten, die langsam verstrichen, ließen Honor und Jaruwalski die Entwicklung im Plot nicht aus den Augen. Yanakov näherte sich, weil er von Hasselberg abgedreht hatte, Morser umso rascher, doch auf solche Entfernungen ist ›rasch‹ ein wahrlich relativer Begriff.

Hasselberg verstand sich gut auf sein Spiel, entschied Honor. Nachdem er Yanakov einmal seine Position sehen gelassen und eine offensichtliche Reaktion erzielt hatte, drehte er die Emissionen seiner Täuschkörper kleiner. Es sah genau so aus, als sei er sich nicht sicher, ob man ihn geortet habe, und als senkte er die Beschleunigung, um die Impellersignaturen zu schwächen und die Stealth-Systeme effizienter zu machen. Das Manöver ließ seine Täuschung realistischer erscheinen und machte sie zugleich schwieriger zu durchschauen, denn die Aufklärungs-LACs mussten sich nun erheblich dichter annähern, um mit Sicherheit etwas auszumachen.

Honor schürzte nachdenklich die Lippen, als die Entfernung zwischen Morsers Geschwadern und Yanakovs Verband konstant fiel. Der Grayson befand sich bereits in Reichweite der Mehrstufenraketen, und in wenigen Minuten wären seine LACs so dicht, dass sie Hasselbergs Maskerade durchschauten. An Morsers Stelle hätte Honor jeden Augenblick …

»Vizeadmiral Morser hat das Feuer eröffnet, Hoheit«, meldete Jaruwalski, und Honor nickte.

»Das sehe ich selbst«, entgegnete sie milde, verschränkte die Arme wieder hinter dem Rücken und kehrte gelassen zum Kommandosessel zurück.

Judah wird sich … über sich selbst ärgern, dachte sie innerlich grinsend. Offenbar hatte er Hasselbergs Köder geschluckt. Er hatte sich vielleicht nicht darauf gestürzt, aber Hasselberg konnte mit seinen kunstgerecht eingesetzten Drohnen Yanakovs Aufmerksamkeit auf die kleinere der andermanischen Kampfgruppen fixieren. Seine taktischen Crews hatten anderen möglichen Bedrohungsachsen wenig Beachtung geschenkt, und als Morser feuerte, befand sich Yanakovs Geleitschutz – und seine *Katanas* – in einer ungünstigen Position mit schlechtem Schussfeld auf die einkommende Raketenflut. Außerdem hatte Morser ihre Gondeln tief gestaffelt. Ihre sechzehn Superdreadnoughts hatten beinahe sechshundert Gondeln ausgesetzt; nun feuerten sie insgesamt 4.608 Angriffsraketen und Eloka-Drohnen – und 576 Apollo-Leitraketen.

Die Flugzeit betrug fast sechs Minuten, was Yanakov einige Zeit schenkte, um sich anzupassen, aber sie reichte nicht aus, um seine Einheiten grundsätzlich neu zu gruppieren. Und als die Raketen ihn erreichten, fanden sich Schiffe der Achten Flotte zum ersten Mal selbst als *Empfänger* eines Apollo-Angriffs wieder.

Besonders angenehm, dachte Honor, als die ersten Schadenskennungen auf ihrem Display erschienen und sie an die ersten Schneeflocken erinnerten, die ein sphinxianischer Gebirgsblizzard vor sich hertrieb, *wird das nicht sein.*

»Admiral, es ist so weit«, meldete Captain DeLaney leise über das Com, und Lester Tourville nickte.

»Ja, da haben Sie wohl recht«, stimmte er zu. »Geben Sie Klarschiff für die Flotte, Molly. Ich komme sofort nach oben.«

»Jawohl, Sir.«

Tourville beendete die Verbindung und erhob sich. Automatisch klopfte er die Außentasche seines hautengen Raumanzugs nach den Zigarren ab, die sein Markenzeichen waren. Zigarren waren so sehr zum Teil seines Images geworden, dass er vermutlich die gesamte Flaggbrücke demoralisiert haben würde, wenn er eigennützig das Rauchen aufgegeben hätte.

Bei dem Gedanken musste er leise lachen, und er war froh, allein zu sein, als er dem Laut einen Unterton der Nervosität anhörte.

Das lassen wir jetzt aber ein für allemal raus, Lester. Kein flaues Gefühl vor den Soldaten. Du bist ihnen noch erheblich mehr schuldig.

Er sah sich im Schottspiegel an. Wahrscheinlich war es auch ganz gut, wenn keiner von seinen Leuten je erfuhr, dass er die letzten fünfzehn Minuten hier gesessen hatte, fix und fertig im Raumanzug. Nicht dass es an irgendwelchem Premierenfieber lag. Jedenfalls nicht sehr. Hinter der Gewohnheit steckte mehr Berechnung. Indem er früh in den Anzug stieg, konnte er sich dabei Ruhe lassen und kam gelassen und gesammelt auf die Flaggbrücke, als wäre er gerade erst aus einem Übungsholo getreten. Nur ein weiterer von seinen kleinen Tricks, mit denen er seine Untergebenen dazu brachte, auch vor sich selbst so zu tun, als sei er ein unerschütterlicher, eiskalter, siegesgewisser Schlachtenlenker: seiner selbst so sicher, dass er mit makellosem Äußerem zum Gefecht erschien, ohne auch nur ein Haar an der falschen Stelle.

Er fuhr sich gerade mit der Hand über das fragliche Haar, als die Musik zu spielen begann.

Eine von Thomas Theismans Reformen hatte darin bestanden, dass er den Kommandanten von Großkampfschiffen gestattete, die schrillen Standardlaute der Alarmpfeifen durch selbst ausgewählte Tonfolgen zu ersetzen. Captain Houellebecq hatte eine Schwäche für wirklich alte Opern, von denen die meisten noch von Alterde in der Vorraumfahrtzeit stammten. Tourville hatte seine Vorbehalte gehabt, als sie beschloss, einige Melodien daraus an Bord der

Guerriere zu benutzen, aber er musste zugeben, dass sie für dieses spezielle Signal eine passende Wahl getroffen hatte. Er hatte es sogar schon für angemessen gehalten, ehe sie ihm verriet, wie das Stück hieß.«

»Achtung, Achtung. Captain an alle. Klar Schiff zum Gefecht! Wiederhole, Klar Schiff zum Gefecht!«, drang Captain Celestine Houellebecqs gelassene, präzise Stimme durch die alten, anschwellenden Klänge von Wagners *Walkürenritt*.

Ma'am, die Alpha-Antennen registrieren ... – *Heiliger Herr Jesus!«*

Lieutenant Commander Angela Turner wandte sich rasch um; ihre Augen blitzten ärgerlich.

»Nennen Sie das etwa eine korrekte Meldung, Hellerstein, zum Teufel noch mal?«, wollte sie schroff wissen, umso ungehaltener, weil Chief Petty Officer Bryant Hellerstein einer ihrer besten, ausgeglichensten Leute war.

»Commander ... Ma'am ... – das kann einfach nicht sein!«, stotterte Hellerstein, und Turner trat rasch an seine Station. Sie hatte den Mund schon zu einer weiteren, schärferen Zurechtweisung geöffnet, doch Hellersteins schockiertes Gesicht, das er ihr zuwandte, ließ sie verstummen. Sie hatte den hartgesottenen, tüchtigen Bootsmann noch nie ... verängstigt erlebt.

»Was kann nicht sein, Bryant?«, fragte sie erheblich sanfter als ursprünglich beabsichtigt.

»Ma'am«, sagte Hellerstein rau, »nach den Alpha-Antennen sind gerade genau an der Hypergrenze über *dreihundert* unidentifizierte Schiffe transistiert.«

32

»Na gut, Robert. Setzen wir die Drohnen aus.«

»Aye, Sir!« Commander Zucker begann, Befehle in seine Konsole zu geben, und Konteradmiral Oliver Diamato wandte sich seiner Stabschefin zu.

»Sie werden nicht lange brauchen, bis sie merken, dass wir hier sind, Serena«, sagte er, während er mit einer Hand auf den Hauptplot wies, der den Manticoranischen Wurmlochknoten zeigte. Allein sich so dicht dem Knoten anzunähern verursachte Diamato eine Gänsehaut, denn wenn es etwas gab – von den bewohnten Planeten ihres Heimatsystem abgesehen –, was die Manticoraner garantiert wie einen verletzten Sumpftiger reagieren ließ, so war es der Wurmlochknoten.

»Nun, Sir«, entgegnete Commander Taverner mit einem freudlosen Grinsen, »eigentlich habe ich den Verdacht, sie wissen schon Bescheid, und Sie?«

»Ich bin ein Admiral. Das heißt, ich kann alles durch die rosarote Brille betrachten, wann immer ich will«, konterte Diamato mit einem ähnlich angespannten Grinsen.

Sowohl Zucker als auch er wussten natürlich genau, dass die manticoranische Ortung ihre Hyperabdrücke in dem Augenblick bemerkt hatte, in dem sie eintrafen. Die gewaltigen Gruppenantennen ließen sich nicht täuschen. Mit Kantenlängen, die man Tausende von Kilometern maß, konnten sie auf eine Entfernung von mehreren Lichtwochen auch die allmählichste Transition in den Normalraum aufspüren, ganz zu schweigen die Materialisierung von zwei Schlachtkreuzergeschwadern nur sechs Lichtstunden vor der Sonne.

»Würde ich auch sagen, Sir«, stimmte Taverner zu. »Vielleicht bin ich deswegen nur Commander.«

»Und vergessen Sie das nie.« Diamato spürte förmlich, wie sich die Stimmung auf der Flaggbrücke bei der Frotzelei zwischen ihm und der Stabschefin entspannte, und das war eine gute Sache. Allerdings gab es auch einige ernste Dinge zu berücksichtigen.

»Was ich sagen wollte«, fuhr er fort, »dass ich nur gern – sehr verstohlen – so viel Abstand zu unseren Ankunftspunkten gewonnen hätte wie nur möglich. Ich bezweifle, dass wir die feindliche Ortung abschütteln können, aber den Versuch ist es wert.«

»Jawohl, Sir«, sagte Taverner in ernstem Ton. Sie blickte mit ihm in den Plot. Die Aufklärungsdrohnen waren gestartet und näherten sich dem Wurmlochknoten, um die Dinge im Auge zu behalten. Es zeigten sich bereits die ersten schwachen, gespenstischen Echos, die anscheinend alles waren, was man je von den allzu treffenden ›Geisterreiter‹ getauften manticoranischen Drohnen zu sehen bekam. Sie näherten sich – so weit man es sagen konnte – ihrer Position.

»Wie wäre es jetzt mit Hütchenspiel, Sir?«, fragte sie schließlich.

»Hatte ich auch schon dran gedacht«, stimmte Diamato ihr zu.

Seine Schiffe hatten die Aufgabe, den Wurmlochknoten für die Zweite Flotte so genau wie irgend möglich zu beobachten. Selbst mit überlichtschnellem Signalgerät wären Diamatos Berichte an Lester Tourville bereits über sechs Minuten alt, wenn sie ihren Empfänger erreichten, aber das war erheblich besser als die sechs*stündige* Verzögerung, die eine lichtschnelle Übertragung mit sich gebracht hätte. Und die Stärke der manticoranischen Abwehr hatte bei der Operationsplanung zumindest die Entscheidung erleichtert, auf den Einsatz von Aufklärungs-LACs zu verzichten, denn sie hätten keine Hoffnung gehabt, lange genug zu überleben, um etwas zu orten. Damit hätte Diamato wenigstens keine toten LAC-Besatzungen auf dem Gewissen, aber die anderen Schwierigkeiten waren dadurch noch lange nicht gelöst. Insbesondere das Problem, dass seine Drohnen, die zwar leistungsfähiger waren denn je, sich längst nicht so gut tarnen konnten wie ihre manticoranischen Gegner. Folglich musste er nahe bei ihnen bleiben, um frische Sonden zu entsenden, sobald die Verteidiger die ersten Wellen vernichtet hatten.

Gleichzeitig hatte es keinen Sinn vorzugeben, seine Schiffe könnten abwehren, was Manticore ihnen auf den Hals hetzen konnte. Statt fehlgeleitete Gedanken an Kampfesruhm und Schlachtensieg zu hegen, musste sich Diamato diesmal – wie Taverner es angedeutet hatte – auf Geschwindigkeit und weite Verteilung verlassen. So weit von der Sonne entfernt (und seitab der Resonanzzone) konnten Diamatos sechzehn Schlachtkreuzer den Kurs jederzeit wechseln. Und sobald die Hypergeneratoren wieder zur Verfügung standen, konnten die Schiffe in den Hyperraum verschwinden, falls es so aussah, als würde die Lage zu brenzlig. Man brauchte nur zu vermeiden, dass irgendetwas mit Mehrstufenraketen dichter als vier oder fünf Lichtminuten an einen herankam.

»Soll ich den Befehl erteilen, Sir?«, fragte Taverner, und Diamato nickte.

»Machen Sie das«, sagte er.

»Ach du Scheiße«, murmelte Admiral Stephania Grimm vom Königlich-manticoranischen Astro-Lotsendienst sehr, sehr leise vor sich hin, als ein leiser, aber aufdringlicher Alarmton aufklang. Die Serviette, mit der sie sich gerade noch Kuchenkrümel von der Uniformjacke gewischt hatte, war plötzlich ein zusammengeknüllter Ball in ihrer Hand, und die Leute, die ihr gerade zum Geburtstag gratuliert hatten, wandten sich wie ein Mensch dem Plot zu.

Typisch, schoss es ihr durch den Kopf. *Natürlich müssen die Havies kommen, wenn* ich *Geburtstag habe!*

Sie blickte ihre plötzlich alle angespannt wirkenden Mitarbeiter an. Der Astro-Lotsendienst war trotz seiner militärischen Dienstgrade eine zivile Organisation, und die meisten ihrer Untergebenen hätten sich auch in ihren finstersten Albträumen nicht ausgemalt, dass sie einmal in ein echtes Gefecht verwickelt werden könnten. Doch Grimms Position als Kommandeurin der Transitleitung am Manticoranischen Wurmlochknoten verlangte von ihr, eng mit den Militärs zusammenzuarbeiten. Nicht alle Kommandeure des ALD waren über diesen Aspekt ihrer Arbeit erfreut, aber bei Grimm kam vorteilhaft hinzu, dass sie selbst einmal in der Navy gedient hatte. Ehe sie zum ALD wechselte, war sie tatsächlich Captain of the List geworden, und bei den militärischen Kollegen hatte sie sich rasch einen Ruf der Effizienz und des Verstandes erworben. Das war vor allem insofern vorteilhaft, als ihr Vorgänger, Admiral Allen Stokes, seinen Anspruch auf seine Position allein mit der Tatsache rechtfertigen konnte, dass sein Schwager eng mit Baron High Ridge und dem Ersten Lord Janacek verbunden war.

Doch im Augenblick bedeutete das Wissen, in hohem Ansehen zu stehen, für Admiral Grimm einen bemerkenswert geringen Trost. Der gewaltige Hyperabdruck knapp außerhalb der Hypergrenze des Systems war schlechte Nachricht genug, doch für sie persönlich waren die verstreuten Hyperabdrücke und sich ausbreitenden Impellersignaturen acht Lichtminuten vom Knoten entfernt genauso schlimm. Schon binnen kurzem wären Drohnen heran, und auf der anderen Seite der Hypermauer konnten durchaus weitere

Superdreadnoughts lauern, bereit zuzustoßen, je nachdem, was die Drohnen ihren Herren meldeten.

Sie war nicht die Einzige, die dunkle Gedanken hegte, stellte sie fest, während sie auf den Seitenleisten des gewaltigen Astroplots betrachtete, wie die Knotenforts eilig Klarschiff zum Gefecht machten. Um es mit ihnen aufzunehmen, bräuchte man sehr viele Superdreadnoughts, sagte sie sich, doch sie fühlte sich dabei nicht viel besser. Mehrere hundert Frachter, Passagierschiffe, Postboote und Forschungsfahrzeuge befanden sich entweder bereits in Transit durch die verschiedenen Termini des Knotens oder standen in Warteschlangen, bis sie an der Reihe waren, und der Gedanke, wie Mehrstufenraketen zwischen diesen vielen hilflosen zivilen Schiffen einschlugen, erzeugte bei ihr ein Gefühl der Übelkeit.

Sie klappte eine Kunststoffkappe an ihrer Konsole hoch und drückte den großen roten Knopf darunter. Ein hässlicher, schriller Summton erschallte, und jedes andere Geräusch auf dem Kommandodeck von HMSS *DaGama* verstummte abrupt. Der Sägezahnrhythmus des Alarmtons sicherte ihr die ungeteilte Aufmerksamkeit ihres Personals, und aller Augen richteten sich auf sie.

»Er ist noch nicht erklärt worden, aber wir können verdammt sicher sein, dass ein Fall Zulu eingetreten ist, Herrschaften«, verkündete sie mit tonloser, angespannter Stimme. »Aufgrund meiner eigenen Befugnis setze ich Zustand Delta in Kraft, das heißt den Wurmlochknoten räumen – *jeglichen* Verkehr, auch in der Warteschlange, nicht nur auf den Ausreisebahnen im Transitanmarsch. Alles, was die Aufmerksamkeit einer Mehrstufenrakete wecken könnte, hat so schnell und so weit wie möglich von hier weg zu sein.

Danach, Jordan«, wandte sie sich an ihren Ersten Offizier, der noch immer ein halbes Stück Geburtstagstorte hielt,

»machen Sie sich bereit für die Achterbahnfahrt Ihres Lebens. Wenn ich mich nicht sehr irre, war das, was Admiral Yestremensky durchzustehen hatte, als Earl White Haven die Achte Flotte ins Basilisk-System führte, ein Spaziergang im Vergleich mit dem, was uns nun bevorsteht. Schicken Sie auf der Stelle ein Kurierboot mit Lagebericht nach Trevors Stern. Dann entwerfen Sie einen Transitplan mit minimalen Intervallen für alles, was Admiral Kuzak und der Herzogin Harrington zur Verfügung steht. Ich weiß nicht genau, was sie haben, aber es kann sein, dass wir mit fast hundert Wallschiffen rechnen müssen, die Nase an Hintern durch den Terminus kommen. Und wenn nur zwo Superdreadnoughts ihre Abstände falsch beurteilen und kollidieren – oder ihre Impellerkeile zu dicht aneinander bringen –, dann bricht hier bei uns die Hölle los.«

»Das sehe ich auch so«, sagte Captain Jordan Lamar.

»Also bekommt die Route unsere besten Lotsen«, sagte Grimm. »Die Wachreihenfolge können Sie vergessen. Holen Sie die besten zusammen, wo zum Teufel sie sich jetzt auch rumtreiben, und setzen Sie die Leute an diese Konsolen« – mit dem Finger stach sie nach der Lotsenkontrolle für den Verkehr nach Trevors Stern –, »und zwar schon vor zehn Minuten. Dann sehen Sie nach, was wir an Schleppern verfügbar haben.«

»Jawohl, Ma'am. Ich bin schon dabei«, sagte Lamar. Er senkte den Blick und schaute den Kuchen an, als sehe er ihn zum ersten Mal. Dann lachte er rau auf, schob ihn sich in den Mund und ging an sein Com, um mit der Befehlserteilung zu beginnen.

»Bradley«, fuhr Grimm an den Verbindungsoffizier zu Admiral Thurston Havlicek gewandt fort, den Kommandeur des Abwehrkommandos Wurmlochknoten, »berichten Sie Admiral Havlicek, was wir bereits veranlasst haben. Ich bin mir sicher, dass in dreißig bis vierzig Minuten die ersten Aufklärungsdrohnen des Gegners eintreffen. Ich gehe davon aus, dass der Admiral eigene Pläne hat, wie mit ihnen zu verfahren ist, aber fragen Sie nach, ob *wir* ihm irgendwie behilflich sein können. Ich glaube, wir müssen uns überlegen, die aufkommenden Wallschiffe so zu positionieren, dass sie den Drohnen eine direkte Beobachtung des Nexus verwehren. Dann erfahren die Havies wenigstens nicht, was genau wann auf sie zukommt. Was immer das Abwehrkommando entscheidet und wozu wir in der Lage sind, das wird gemacht, aber ich muss erfahren, was er braucht.«

»Aye, aye, Ma'am!«, sagte Commander Bradley Hampton mit einem dankbaren Lächeln. »Ich kümmere mich sofort darum.«

»Gut«, sagte Grimm leise und blickte wieder in den Plot. Die ersten Geisterreiter-Plattformen hatten sich schon fünfundzwanzigtausend Kilometer entfernt, sie beschleunigten mit etwas mehr als fünftausend Gravos. Grimm konnte sie nicht sehen, aber sie wusste, dass sie unterwegs waren. Sehen konnte sie jedoch die aufblühenden Impellersignaturen der LACs des Abwehrkommandos. Mehr als dreitausendfünfhundert davon waren bereits im Raum, und noch mehr erschienen mit metronomischer Präzision, so schnell die LAC-Basen sie starten konnten.

Kommt nur her, ihr Bastarde, dachte Grimm giftig an die Impellersignaturen der Schlachtkreuzer gewandt, die versuchten, ihren Kommandobereich auszuspähen. *Kommt nur näher. Wir haben was Schönes für euch.*

Sebastian D'Orvilles Gedanken an die Langweiligkeit seines Postens spukten ihm noch wie ein bitteres, fernes Echo durch den Hinterkopf, als er mit langen, energischen Schritten die Flaggbrücke von HMS *Invictus* betrat. Unvermittelt wurde ihm bewusst, dass er trotz all seiner Übungen, seiner Vorbereitungen, der Simulationen, Manöver und Ausweichplanungen nie geglaubt hätte, die Situation, für die er sich wappnete, könnte wirklich je eintreten. Dass Haven die unverfälschte Stirn hätte, tatsächlich das Heimatsystem des Sternenkönigreichs von Manticore anzugreifen.

Und warum zum Teufel hast *du nicht daran geglaubt?*, wollte sein Verstand herablassend wissen. *Du warst aber bereit, an eine Invasion des havenitischen Heimatsystem während Butterblume zu denken, oder? Hast dich geärgert, dass Saint-Just mit seinem angeblichen Waffenstillstandsangebot die Offensive ins Halten gebracht hat, ja? Nun, anscheinend können auch die Havies in großen Maßstäben denken, was?*

»Ich höre, Maurice«, sagte er schroff.

»Sie kommen frontal zu uns auf, Sir«, antwortete Captain Maurice Ayrault, sein Stabschef, mit unbewegter Stimme. »Die einzige Finesse kann ich im Anmarschvektor erkennen. Es sieht so aus, als wollten sie zuerst die Homefleet und Sphinx ausschalten, um dann mit Manticore weiterzumachen, aber sie lassen sich für alle Fälle einen Ausweg, und die havenitische Astrogation war allererstes Kaliber. Sie sind exakt vor der Schnittfläche zwischen Resonanzzone und Hypergrenze herausgekommen und haben den Winkel fast genau halbiert. Das ist zwar kein zeitoptimierter Anmarsch, aber die Havies können nun quer über die Zonengrenze ausbrechen, wenn es schlecht für sie steht, statt aufs innere System zuhalten zu müssen. Im Moment sind sie acht Lichtminuten weit draußen, kommen mit fünfzehnhundert Kps auf und halten hohe Beschleunigung. Sie müssen ihre Kompensatoren bei wenigstens neunzig Prozent des Maximalschubs betreiben, denn die augenblickliche Beschleunigung beträgt vier Komma acht Kps Quadrat.«

»Nun«, entgegnete D'Orville, »deshalb stehen wir ja hier. Wie lange bis zu einem Rendezvous mit dem Planeten?«

»Knapp unter drei Stunden«, antwortete Ayrault. »Schubumkehr in grob sechsundachtzig Minuten. Bis dahin haben sie sechsundzwanzigtausend Kps erreicht.« Der Stabschef verzog das Gesicht. »Wir sollten wohl für kleine Wohltaten auch schon dankbar sein, Sir. Sie könnten mehr als eine halbe Stunde früher kommen, wenn sie die Zonengrenze direkt überquert hätten.«

»Zeit bis Reichweite zum Planeten, falls sie entscheiden, auf höchste Entfernung zu feuern?«, fragte D'Orville gleichmütig und hoffte, sein Ton und seine Miene verbargen den eisigen Schauer, der ihm den Rücken hinunterlief, als er sich vorstellte, wie derart für ihre Ungenauigkeit bekannte Waffen wie Mehrstufenraketen das innere System durchschnitten.

»Bei Rendezvous vierundneunzig Minuten. Bei zeitoptimiertem Anmarsch ohne Schubumkehr schaffen sie es in kaum einer Minute weniger. Wie auch immer, bis dahin sind es noch knapp anderthalb Stunden.«

»Verstanden.«

D'Orville dachte nach über das, was Ayrault gesagt hatte. Die Homefleet machte noch immer Klarschiff zum Gefecht, aber wenigstens war es normal, dass die Emitter der Schiffe permanent einsatzbereit gehalten wurden, auch wenn dadurch die Bauteile einem höheren Verschleiß unterlagen. In den nächsten zwölf bis fünfzehn Minuten könnte er sich in Bewegung setzen. Die Frage war nur, was er tun sollte, sobald es möglich war.

Nein, sagte er sich. *Eine Frage ist das nicht, oder? Du kannst die Raketengondeln nicht dichter an Sphinx heranlassen, als man dich zwingt. Aber Herr im Himmel – über* dreihundert *Schiffe?*

»Hat die Ortung schon eine Aufschlüsselung erstellt, Madelyn?«, fragte er seinen Operationsoffizier.

»Kommt gerade herein, Sir«, antwortete Captain Madelyn Gwynett. Sie musterte die Informationen auf ihrem Display, und D'Orville sah, wie sie die Schultern anspannten.

»Laut Ortung zwohundertvierzig Superdreadnoughts, Sir. Im Moment sieht es danach aus, als wären es allesamt Gondelleger, aber wir versuchen die Drohnen näher heranzubringen, um es zu bestätigen. Zu den Superdreadnoughts kommen noch offenbar sechzehn LAC-Träger und ein Geleitschutz aus grob neunzig Kreuzern und leichteren Einheiten.«

»Danke, Madelyn.«

D'Orville war zufrieden, auf eine distanzierte Weise, wie gelassen er klang, doch er begriff gut, wieso Gwynett die Schultern zusammengezogen hatte. Die Homefleet besaß zweiundvierzig Lenkwaffen- und achtundvierzig ältere Superdreadnoughts. An Großkampfschiffen war sie somit um zweieinhalb zu eins unterlegen, an Lenkwaffen-Superdreadnoughts jedoch fast *sechs* zu eins. Er besaß außerdem zwölf Lenkwaffen-Schlachtkreuzer, aber gegen Superdreadnoughts waren sie nicht mehr als ein Tropfen auf dem heißen Stein.

Dennoch, so versicherte er sich so bestimmt wie möglich, war die Situation nicht annähernd so schlecht, wie die reinen Zahlen andeuteten. Die neuen, mit Traktorstrahlern ausgerüsteten ›flachgepackten‹ Raketengondeln ermöglichten jedem seiner älteren Superdreadnoughts, fast sechshundert Raketengondeln innerhalb seines Impellerkeils zu ›schleppen‹, an den Rümpfen haftend wie Hightech-Kletten. Sechshundert Gondeln, das waren einhundertzwanzig Prozent der internen Zulandung eines Schiffes der *Medusa*-Klasse, und die Schiffe beluden sich bereits. Leider besaßen sie nicht die nötige Feuerleitung, um Salven von der Dichte eines *Medusa*-Superdreadnoughts zu werfen, und sie mussten den Großteil ihrer Gondeln früh abfeuern, damit die

Sensoren, die Nahbereichsabwehr und die Feuerleitantennen freilagen. Deshalb war D'Orville gezwungen, sie auf höchste Entfernung einzusetzen, wo ihre Treffgenauigkeit am niedrigsten lag.

»Katenka«, wandte er sich an Lieutenant Commander Lazarevna, »geben Sie mir Admiral Caparelli.«

»Aye, aye, Sir.«

Fast augenblicklich erschien der Erste Raumlord auf D'Orvilles Combildschirm.

»Sebastian«, sagte er mit ruhiger Stimme, aber angespanntem Gesicht.

»Tom.« D'Orville erwiderte das Nicken und überlegte, wie oft sie sich so schon begrüßt hatten – und ob sie es je wieder täten.

»Ich denke, ich muss ihnen entgegenkommen«, fuhr D'Orville fort.

»Wenn du das tust, bist du die Gondeln des inneren Systems los«, erwiderte Caparelli, und D'Orville nickte grimmig.

Die Verteidigung des inneren Systems stützte sich sehr auf Mehrstufenraketengondeln, die in gewaltigen Stückzahlen positioniert worden waren. Leider, dachte D'Orville, waren diese Stückzahlen immer noch nicht groß genug. Sie waren darauf abgestellt gewesen, jeden *wahrscheinlichen* Angriff abzuhalten, aber die Planung hatte nicht mit einem Feind gerechnet, der bereit war, mehr als zweihundert moderne Gondelleger ins Gefecht zu werfen, und mit ihnen die Raketenabwehrkapazität, die sie aufwiesen. Die Gondeln könnten den Angriff vielleicht immer noch zurückschlagen, aber nicht, ohne die Angreifer bis auf Schussweite an die furchtbar verletzlichen verteilten Werften heranzulassen, in denen die gesamte nächste Generation Superdreadnoughts der Royal Manticoran Navy ihrer Fertigstellung harrte. D'Orville durfte die Haveniten nicht so weit ins System lassen, dass sie mit den Werften des Heimatsystems das Gleiche anstellten wie bei Grendelsbane.

Und damit ist nicht einmal die Möglichkeit eingerechnet, dass sie von so weit weg das Feuer eröffnen und ein paar ihrer Raketen fehlgehen und mit siebzig bis achtzig Prozent der Lichtgeschwindigkeit Manticore oder Sphinx treffen, dachte er mit einem Schauder.

»Wenn du dich ihnen in den Weg stellst«, fuhr Caparelli fort, »musst du sie ohne jede Unterstützung angreifen, und sie sind zahlenmäßig erheblich überlegen. Du verlierst alles, was du hast, wenn du ihnen frontal begegnest.«

»Und wenn ich sie frontal abfange, lasse ich sie nicht an den Planeten heran«, entgegnete D'Orville schroff.

»Bisher haben sie alles vermieden, was auch nur entfernt nach einer Verletzung des Eridanus-Erlasses aussehen könnte«, führte Caparelli an.

»Und bisher sind sie auch noch nie in unser Heimatsystem eingefallen«, versetzte D'Orville. Nach manticoranischer Tradition stellte die Admiralität die Entscheidungen eines Flottenchefs bei drohender Schlacht nicht infrage – nicht einmal beim Kommandeur der Homefleet. Was D'Orville mit seiner Flotte machte, war seine Sache. Die Admiralität konnte ihn beraten, zusätzliche Informationen bereitstellen oder taktische Vorschläge unterbreiten, aber die Entscheidung lag bei ihm, und es hätte Thomas Caparelli nicht ähnlich gesehen, wenn er versucht hätte, das zu ändern.

Doch D'Orville war kaum überrascht über Caparellis Widerstreben zuzugeben, dass er genau so gut wusste wie D'Orville, was geschehen musste. Der Erste Raumlord kannte zu viele der Männer und Frauen an Bord von D'Orvilles Schiffen – und er konnte sich ihnen nicht anschließen. Er säße behütet auf Manticore, wenn der Hammer die Homefleet traf, und Sebastian D'Orville kannte wiederum

Caparelli nur zu gut und wusste genau, was der Erste Raumlord empfand und wie sehr er nach einem Wunder suchte. Doch es gab keine Wunder, nicht an diesem Tag, und D'Orville schüttelte den Kopf.

»Nein, Tom«, sagte er beinahe sanft. »Ich würde mich gern zurückhalten – das kannst du mir glauben. Aber wir können nicht darauf bauen, dass die Havies sich weiter zurückhalten, was die Zielerfassung angeht. Diesmal geht es um alle Murmeln im Spiel. Sie haben dreißig *Geschwader* Lenkwaffen-Superdreadnoughts – das entspricht vierzig Geschwadern bei uns, mit über einer Million Menschen an Bord –, und die kommen direkt in den Kern unserer Abwehr. Das heißt, Haven ist zu massiven Verlusten bereit. Ich glaube nicht, dass wir von den Havies erwarten können, solche Verluste hinzunehmen, ohne dafür auszuteilen, was sie austeilen können, und selbst wenn sie keinen einzigen Schuss absichtlich auf den Planeten abfeuern, brauchst du dir nur zu überlegen, wie verflucht ungenau Mehrstufenraketen am Ende ihrer Antriebsphase sind. Ich kann nicht zulassen, dass Hunderte von den Dingern so dicht an Sphinx durchs All sausen.«

»Das weiß ich.« Caparelli schloss einen Moment die Augen, dann atmete er tief durch und öffnete sie wieder.

»Ich habe Befehl gegeben, an alle Kommandostäbe den Fall Zulu zu senden«, sagte er in forscherem Ton, das Entsetzen vor dem Bevorstehenden durch reflexhaften Professionalismus versteckt. »Theodosia kann in etwa fünfzehn Minuten von Trevors Stern aus reagieren, aber der Großteil der Achten Flotte ist auf Manöver und weit vom Terminus entfernt. Ich weiß nicht, wie schnell die Einheiten zurückkehren können, aber ich vermute, die Herzogin Harrington benötigt wenigstens zwo Stunden, um den Terminus zu erreichen. Ich rufe auch Jessup Blaines Geschwader vom Lynx-Terminus zurück, aber nach unserer optimistischsten

Schätzung wird er noch länger für seine Reaktion benötigen als die Achte Flotte.«

»Und selbst Theodosia kann keinen Massentransit vornehmen«, sagte D'Orville grimmig. »Sie wird ein Schiff nach dem anderen durchbringen müssen, wie damals Hamish, als die Mistkerle Basilisk angriffen, denn wir werden alles brauchen, was sie hat.«

Kuzak hätte fast dreißig Superdreadnoughts in einem einzelnen Massentransit durch den Wurmlochknoten führen können, aber der Destabilisierungseffekt hätte dann die Route von Trevors Stern nach Manticore für fast siebzehn Stunden geschlossen. Selbst bei einem Transit nacheinander schloss jedes Wallschiff die Route für fast zwei Minuten, ehe das nächste in der Reihe sie benutzen konnte.

»Du hast recht«, stimmte Caparelli ihm zu. »Mit Geleitschutz braucht sie fast zwo Stunden nur für den Transit.«

»Bis dahin steht der Feind nur etwa eine Stunde vor Sphinx, und sie kann ihn nicht mehr abfangen«, sagte D'Orville.

»Jedes einzelne LAC, das wir haben, macht im Augenblick Alarmstart«, sagte Caparelli. »Wir müssten dir fünf- bis sechstausend geschickt haben können, bis du angreifst.«

»Das ist eine Hilfe – eine große«, erwiderte D'Orville. »Aber die Havies haben sechzehn Träger dabei. Das macht über dreitausend eigene LACs.«

»Ja, ich weiß.« Caparelli blickte aus dem Display, Augen und Gesicht grimmig. »Du kannst nicht mehr als dein Bestes tun, Sebastian. Wir werden dich mit allem unterstützen, was wir haben, aber das ist nicht viel.«

»Wer hätte gedacht, dass sie uns mit solch einer Flotte kommen?«, fragte D'Orville beinahe wehmütig.

»Keiner im Strategischen Rat, so viel steht einmal fest.« Aus Caparellis Stimme klang kurz bitterer Selbsttadel, als hätte für ihn eine Möglichkeit bestanden, diesen Albtraum zu verhindern. Als er die Fassung wiedererlangt hatte, fuhr er fort: »Ich glaube, eigentlich war Harrington die Einzige, die den Havies diesen Zug vielleicht zugetraut hätte. Aber ich bezweifle ehrlich, dass selbst sie damit gerechnet haben würde.«

»Na, jetzt sind sie jedenfalls hier, und meine Emitter sind heiß. Sieht so aus, als bekämen wir hier bald ziemlich viel zu tun, Tom. Ende.«

»Hoheit!«

Honor trat aus dem Sparring mit Clifford McGraw zurück und sah erstaunt auf, als einer von Major Lorenzettis Marineinfanteristen durch die Luke der Turnhalle schlitterte. Spencer Hawke und Joshua Atkins wirbelten zu dem unerwarteten Neuankömmling herum, ihre Hände zuckten in der Bewegung zu den Pulsern, und Honor spuckte den Mundschutz aus und hob rasch selbst die Hand.

»Keine Gefahr!«, stieß sie hervor.

Hawke setzte das Ziehen der Waffe fort, aber die Mündung des Pulsers zeigte weiterhin auf die Decksohle. Er blickte Honor nicht einmal an; seine Aufmerksamkeit galt ganz dem Marine, der, wie Honor wusste, nicht einmal entfernt ahnte, wie knapp sie ihn davor bewahrt hatte, niedergeschossen zu werden. Im Grunde verdankte er sein Leben wohl allein dem Glauben ihrer Waffenträger an ihre und Nimitz' Fähigkeit zu erkennen, was in einem anderen Menschen vorging.

Selbst dieser Glaube konnte Hawke allerdings nicht bewegen, die Waffe wieder ins Holster zu stecken, ehe er ganz genau wusste, was vor sich ging.

Im Augenblick jedoch war das für Honor eine Angelegenheit, die vollkommen zweitrangig erschien neben der Bestürzung, dem Gefühlsaufruhr, die in dem Marine kochten.

»Ja, Corporal ... Thackston?«, fragte sie, nachdem sie den Namen des Mannes von seinem Namensschild abgelesen hatte. Mit Bedacht wählte sie die beruhigendste Tonlage, die sie zustande brachte. »Was gibt es?«

»Hoheit ...« Thackston verstummte und riss sich zusammen. »Entschuldigen Sie, Hoheit«, sagte er schließlich mit beherrschter Stimme. »Captain Cardones lässt sich empfehlen« – er berührte das Comgerät an seinem Koppel, als wollte er physisch andeuten, woher Cardones' Nachricht komme –, »und wir haben gerade einen Fall Zulu von der Admiralität empfangen.«

Honor richtete sich ruckartig auf. Sie musste sich verhört haben! Doch während sie sich das noch sagte, zuckte ihr Gedächtnis zurück zu einem anderen Tag an Bord eines anderen Schiffes. An das letzte Mal, als jemand die Kodeformel ›Fall Zulu‹ signalisiert hatte. In der Royal Manticoran Navy besaßen diese beiden Wörter nur eine Bedeutung: ›Invasion droht‹.

»Danke Corporal«, sagte sie in abgehacktem Ton, aber mit dennoch so ruhiger Stimme, dass der Marine sie mit einem Ausdruck ansah, der dem Unglauben sehr nahekam. Sie nickte ihm zu, dann fuhr sie zu Hawke und Atkins herum, während Nimitz durch die Turnhalle auf sie zusprang.

»Spencer, gehen Sie ans Com. Rufen Sie Commodore Brigham. Sagen Sie ihr, dass wir in der Turnhalle sind und ich den Stab in fünf Minuten auf der Flaggbrücke erwarte.«

»Jawohl, Mylady!« Hawke steckte mit einer Hand den Pulser ins Holster und griff mit der anderen nach dem Comgerät, und Honor öffnete die Arme, als Nimitz sie ansprang, dann wandte sie sich Atkins zu.

»Joshua, rufen Sie Mac an. Ich brauche meinen und Nimitz' Raumanzug so rasch als möglich auf der Flaggbrücke.«

»Jawohl, Mylady!«

»Clifford«, sagte Honor über die Schulter zu ihrem dritten Waffenträger, während sie schon zur Luke eilte, »nehmen Sie nur Ihr Koppel. Um den Rest Ihrer Uniform kümmern Sie sich später.«

»Jawohl, Mylady!«

Sergeant McGraw griff den Waffengurt und schnallte ihn sich über den *Gi*.

Fünfzehn Sekunden, nachdem Corporal Barnaby Thackston, RMMC, die Nachricht Rafael Cardones' übermittelt hatte, hielt Admiral Lady Dame Honor Alexander-Harrington entschlossen auf die Lifts zu, während die Waffenträger ihr im Laufschritt folgen mussten, damit sie ihnen mit ihren langen Beinen nicht davoneilte.

»Anscheinend hat man sich entschieden, Sir«, stellte Commander Frazier Adamson fest, während er die Icons der manticoranischen Homefleet musterte.

»Nicht dass wir ihnen groß die Wahl gelassen hätten«, entgegnete Lester Tourville, ohne seinen Operationsoffizier anzublicken.

Adamson war ein überragend tüchtiger Taktiker, ein effizienter Organisator und loyaler Untergebener. Darüber hinaus spielte er recht gut Binokel, und Tourville mochte ihn recht gern – unter normalen Umständen. Außerhalb seiner beruflichen Interessensgebiete besaß der Commander jedoch ungefähr so viel Einfühlungsvermögen wie ein Holzpfosten. Nicht dass er ein seichter Charakter war oder unsensibel in seinen persönlichen Beziehungen. Aber ihm wäre nie in den Sinn gekommen, sich in die Gedanken und Empfindungen der Menschen an Bord der Schiffe hineinzuversetzen, die von Sphinx kommend beschleunigten, um die Zweite Flotte abzufangen.

Lester Tourville, der mit viel zu viel Einfühlungsvermögen gestraft war, beneidete den Operationsoffizier bitterlich um diesen inneren blinden Fleck.

»Die Mantys können nicht sicher davon ausgehen, dass wir die Orbitalindustrie – oder den Planeten selbst – aus hoher Entfernung beschießen«, fuhr er fort, »vor allem nicht, wenn sie die Raketengondeln im Systeminnern gegen uns einsetzen. Also fangen sie uns ab und versuchen, uns auszudünnen, damit wir es nicht mehr wagen, systemeinwärts vorzustoßen und uns dem Beschuss der ortsfesten Abwehrforts auszusetzen.«

»Jawohl, Sir«, erwiderte Adamson. »Das wollte ich sagen.«

Dass sein Admiral das Offensichtliche so deutlich aussprach, schien ihn zu überraschen, und Tourville zwang sich zu einem Lächeln.

»Das weiß ich, Frazier. Das weiß ich gut.«

Er klopfte dem Operationsoffizier auf die Schulter und trat zwei Schritte näher an das taktische Hauptdisplay. Dort stand er und spähte hinein, bis er spürte, dass jemand neben ihn getreten war, und als er sich umwandte, sah er Captain DeLaney.

»Frazier meint es nur gut, Boss«, sagte seine untersetzte Stabschefin leise.

»Weiß ich selbst.« Tourville lächelte wieder, nun etwas natürlicher, aber es war dennoch ein trauriges Lächeln. Nur jemand, den er gut kannte und vertraute, ließ er dieses Lächeln sehen, denn es passte nur sehr schlecht zu seinem ›Cowboy‹-Image.

»Es ist bloß, dass er sie nur als Ziele betrachtet«, fuhr Tourville ebenso leise fort. »Im Augenblick wünschte ich, ich könnte das auch. Ich kann es aber nicht. Ich weiß genau, was sie dort drüben denken, aber sie versuchen uns trotzdem abzufangen.«

»Wie Sie schon sagten, Boss« – DeLaney zeigte das gleiche Lächeln wie er –, »die große Wahl gelassen haben wir ihnen nicht, oder?«

»Zum Teufel mit dem Geleitschutz!«, rief Admiral Theodosia Kuzak. »Wenn wir ihn zurücklassen, sparen wir fünfzehn Minuten Gesamttransitzeit, und Kreuzer und Zerstörer werden wohl kaum einen Unterschied machen, oder?«

»Nein, Ma'am«, antwortete Captain Gerald Smithson, ihr Stabschef. Er war ein hochgewachsener, schlicht wirkender Mann, dessen dunkles Haar und dunkler Teint in einem krassen Kontrast zu Kuzaks feuerrotem Haar und heller Haut standen, und er schien sich erst noch von dem Schock zu erholen, den die Erklärung des Falls Zulu durch die Admiralität der Dritten Flotte bereitet hatte.

»Hat der Lotsendienst sich schon gemeldet?«, fragte Kuzak und fuhr zu Lieutenant Franklin Bradshaw herum, ihrem Stabssignaloffizier.

»Jawohl, Ma'am«, antwortete Bradshaw. »Admiral Grimms Kurierboot ist gerade eben durchs Wurmloch gekommen. Sie hatte bereits mit der Räumung des Nexus begonnen, ehe sie es losschickte. Sie arbeitet jetzt die günstigste Verteilung unserer Einheiten aus, die den Ankunftsterminus vor havenitischen Drohnen abschirmen sollen. Außerdem verlegt sie Schlepper zur Einreisebahn, falls eines unserer Schiffe Hilfe benötigt.«

»Netter Gedanke«, erwiderte Kuzak mit einem freudlosen Lächeln, »aber wenn unsere Wallschiffe zusammenstoßen, helfen Schlepper auch nicht mehr viel.«

»Wir nehmen, was wir kriegen können, Ma'am«, warf Smithson mit schwarzem Humor ein, und Kuzak lachte rau auf.

»Tatsächlich, Ma'am«, fuhr Smithson leise fort, »ist mir gerade ein ziemlich fieser Gedanke gekommen: Was, wenn das nicht die einzige Feindflotte ist? Was, wenn eine weitere nur darauf wartet, Trevors Stern einzunehmen, sobald wir nach Manticore abgerückt sind?«

»Der Gedanke ist mir auch schon gekommen«, erwiderte Kuzak ebenso leise. »Leider können wir dann nicht sehr viel daran ändern. Wir *müssen* das Heimatsystem halten. Wenn die Havies *Hephaistos* und *Vulcan* vernichten und die verteilten Werften ausschalten, dann ist es tausendmal schlimmer als das Debakel von Grendelsbane. Ich sage es nur sehr ungern, aber wenn ich mich zwischen San Martin und Manticore oder Sphinx entscheiden muss, dann verliert San Martin.«

»Wenigstens ist die Systemverteidigung besser als bei Ausbruch der Feindseligkeiten«, sagte Smithson.

»Das ist wohl richtig. Aber das ist noch ein Grund, weshalb wir uns nicht leisten können, das Wurmloch durch einen Massentransit zu schließen. Falls Haven so etwas im Sinn hat, müssen wir so rasch zurückkehren können, wie wir aufgebrochen sind.«

»Was ist mit der Herzogin Harrington?«, fragte Smithson. »Sie ist zu weit draußen, um zu uns zu stoßen, ehe wir den Transit abgeschlossen haben. Sollen wir sie bitten, zurückzubleiben und auf den Laden aufzupassen, solange wir fort sind?«

»Ich wünschte, das könnten wir, aber erst müssen wir sehen, was mit der Homefleet passiert. Und natürlich kann ich ihr keine direkten Befehle erteilen, denn –«

»Verzeihung, Ma'am. Sie haben einen Anruf von Herzogin Harrington«, unterbrach Bradshaw unvermittelt.

»Legen Sie ihn auf Jerrys Combildschirm«, befahl Kuzak und beugte sich über die Konsole des Stabschefs, statt Zeit zu verschwenden, indem sie zu ihrem Kommandosessel ging. Einen Augenblick später erhellte sich das Comdisplay mit dem Bild der Kommandeurin der Achten Flotte.

Sie ist offenbar genauso überrascht wie wir alle, dachte Kuzak, als sie den *Gi* sah, den abzulegen Harrington sich gespart hatte.

»Admiral Harrington«, sagte sie mit einem knappen Nicken. Die Achte Flotte stand fast achtundsiebzig Millionen Kilometer vom Terminus entfernt. Auf diese Entfernung unterlag auch überlichtschnelle Kommunikation einer merklichen Verzögerung, und acht Sekunden verstrichen, ehe Honor das Nicken erwiderte.

»Admiral Kuzak«, antwortete sie und kam im Lichte der Verzögerungen ohne weitere Umschweife zur Sache: »Ich gehe davon aus, dass Sie bereits einen umgehenden Transit der Dritten Flotte nach Manticore planen. Ich schicke meine Schlachtkreuzer voraus, aber meine anderen Schiffe benötigen über zwo Stunden bis zum Terminus. Mit Ihrer Einwilligung unterstelle ich Ihnen vorübergehend Admiral McKeons Schlachtgeschwader und Admiral Trumans Träger.«

»Danke, Admiral«, sagte Kuzak sehr, sehr aufrichtig.

»Je schneller sie dort eintreffen, desto besser«, erwiderte Honor acht Sekunden später. »Und bitte denken Sie daran, dass vier von Alistair McKeons Superdreadnoughts Apollofähig sind. Ich weiß nicht, ob es einen großen Unterschied ausmacht, aber ...«

Sie zuckte mit den Schultern, und Kuzak nickte grimmig.

»Ich werde daran denken, Hoheit. Ich wünschte nur, ich hätte mehr davon.«

»Ich führe den Rest so rasch heran, wie ich kann«, versprach Honor nach der unumgänglichen Verzögerung.

»Und ich versuche dafür zu sorgen, dass es noch ein Sternenkönigreich gibt, wenn Sie ankommen«, erwiderte Kuzak.

»Nun, Sir«, sagte Commander Zucker, »die gute Neuigkeit lautet, dass die Mantys zum Schutz des Wurmlochknotens nur LACs einzusetzen scheinen. Die schlechte Neuigkeit ist, dass sie davon anscheinend eine ganze Menge haben.«

»Das sehe ich auch so«, murmelte Oliver Diamato. Wie Zucker war er sehr froh, dass er nicht schon Fangen spielen musste mit Schwärmen manticoranischer Schlachtkreuzer oder schlimmer! – diesen verdammten, mit Mehrstufenraketen bewaffneten Schweren Kreuzern, von denen er über den FND seit der Geschichte bei Monica so viel gehört hatte. Die Scharen von LAC-Impellersignaturen, die vom Nexus des Wurmlochknotens auswärts schwärmten, bauten allerdings eine solide Wand aus Störungen auf, die es selbst bei dieser winzigen Entfernung seinen Bordsensoren fast unmöglich zu machen schien, auch nur die kleinste Einzelheit zu entdecken. Die Dichte der LAC-Schale verhieß auch nichts Gutes für die Überlebensdauer seiner Aufklärungsdrohnen, wenn sie endlich so nahe herangekommen waren, dass sie etwas entdecken konnten.

Andererseits ...

»Na gut, Serena«, sagte er ruhig. »Überlegen wir gemeinsam. Die Mantys decken stark mit LACs ab und schicken uns kein einziges hyperraumtüchtiges Schiff auf den Hals. Worauf deutet das Ihrer Ansicht nach hin?«

»Dass wir uns ihnen lieber nicht weiter annähern sollten, Sir?«, entgegnete die Stabschefin mit einem angespannten Grinsen, und er schnaubte heiter.

»Davon mal abgesehen«, sagte er.

Sie runzelte nachdenklich die Stirn und fuhr sich mit der

Hand über Haar. »Nun, ich würde sagen, dass sie die LACs wahrscheinlich nicht nur einsetzen, um es zu verteidigen, sondern mindestens genauso sehr, um uns zu blenden – damit wir nur vermuten können, was am Wurmloch vor sich geht. Das deutet darauf hin, dass sie etwas vorhaben, von dem sie glauben, dass wir es nicht besonders mögen würden. Zum Beispiel viele große, gefährliche Schiffe von Trevors Stern heranzuführen.«

»Ja, danach sieht es aus. Aber was fällt Ihnen ein, wenn Sie bedenken, dass niemand in unsere Richtung kommt? Keine Schlachtkreuzer oder Schweren Kreuzer, die uns zusammenschießen oder zumindest weiter vom Nexus abdrängen sollen?«

»Dass sie Wallschiffe durchbringen, aber keine Geleitelemente«, sagte Taverner nach ein, zwei Sekunden.

»Ganz genau.« Nun war Diamato mit dem Stirnrunzeln an der Reihe. »So ungern wir es auch zugeben, für jeden manticoranischen Schlachtkreuzer-Skipper ist ein Gefecht eins zu eins gegen uns ein feuchter Traum. Wenn man sie uns also nicht auf den Hals hetzt, dann müssen stattdessen Wallschiffe bereitgestanden haben, die fast unverzüglich durch das Wurmloch kommen konnten. Und damit sind die Mantys noch immer beschäftigt. Was wiederum bedeutet, dass bei Trevors Stern einiges an Wallschiffen bereitsteht.«

Er legte die Stirn noch tiefer in Falten und blickte über die Schulter den Signaloffizier an.

»Zeichnen Sie ein Signal an die *Guerriere* auf, zu Händen Captain DeLaneys.«

»Jetzt haben wir es also offiziell, dass Kuzak oder Harrington – oder beide – unterwegs sind, Boss«, sagte Molly DeLaney leise, und Tourville nickte.

»So weit, so gut«, stimmte er zu und blickte Adamson an. »Setzen Sie die Packesel ab, Frazier.«

33

»Sir, die Beschleunigung der Havies sinkt«, meldete Captain Gwynett.

Begleitet von Captain Ayrault ging D'Orville hinüber an ihre Konsole, und sie sah zu ihm hoch.

»Um wie viel?«, fragte er.

»Bisher nur etwa ein halbes Kps Quadrat, Sir.«

»Was zum Teufel haben die denn jetzt vor?«, wunderte Ayrault sich laut.

»Vielleicht nehmen sie Gondeln in Schlepp«, erwiderte D'Orville.

»Das wäre gut möglich, Sir«, sagte Gwynett. »Die havenitischen Gondeln sind beinahe genauso schwer zu orten wie unsere, und die Ortungssatelliten können sie auf die gegebene Entfernung nicht erkennen. Bei den Schiffen handelt es sich allerdings um Superdreadnoughts. Sie bräuchten schrecklich viele Traktorstrahler, um so viele Gondeln in Schlepp zu nehmen, dass sie innerhalb des Impellerkeils keinen Platz mehr hätten.«

D'Orville nickte. Gondeln, die innerhalb eines Impellerkeils mitgeschleppt wurden, senkten die Beschleunigung nicht. Genau deshalb führten seine älteren Superdreadnoughts die mit eigenen Traktorstrahlern ausgestatteten Gondeln auf ihrer Außenhaut mit. Der Impellerkeil eines Superdreadnoughts war allerdings riesig; wenn die havenitischen Einheiten so viele Gondeln schleppten, dass sie im Impellerkeil keinen Platz mehr fanden, müssten sie pro Schiff Hunderte von Traktorstrahlern montiert haben. Also musste die Absenkung der Beschleunigung einen anderen Grund haben.

Aber welchen?

»Vielleicht haben sie technische Probleme«, warf Ayrault ein. »Vielleicht hat ein Superdreadnought ein paar Beta-Emitter verloren und musste die Beschleunigung senken. Dann beschleunigen die anderen ebenfalls niedriger, damit das Schiff im Verband bleiben kann.«

»Möglich«, räumte D'Orville ein. »Es könnte sogar noch einfacher sein. Vielleicht hat man auch nur beschlossen, den Kompensatorspielraum wieder zu vergrößern, nachdem man nun weiß, dass wir versuchen, sie abzufangen.«

Ayrault nickte, doch D'Orville war mit seiner eigenen Hypothese nicht sonderlich zufrieden. Auch wenn sie einleuchtete, kam sie ihm trotzdem irgendwie nicht *richtig* vor.

»Wie weit sollen wir aufschließen, ehe wir das Feuer eröffnen, Sir?«, fragte Gwynett schließlich, und D'Orville sah sie an. Obwohl Ayrault und er so dicht bei ihr standen, mussten sie sehr genau lauschen, um sie zu verstehen, denn sie hatte die Stimme stark gesenkt, weil es auf der Flaggbrücke von HMS *Invictus* sehr leise war. Jeder hatte Zeit gefunden, um zu begreifen, was vor sich ging, und Angst schwebte über allem. Es gab keine Panik und kein Zögern, aber die Leute wussten, was ihnen bevorstand, und die Menschen auf der Flaggbrücke wollten genauso gern weiterleben wie jeder andere auch. Das Wissen, dass ihnen dieser Wunsch höchstwahrscheinlich versagt würde, drückte sie nieder wie ein kaltes, unsichtbares Gewicht.

D'Orville wusste es, und er wünschte, er könnte etwas sagen oder tun. Nicht, damit die Furcht verschwand, denn das hätte niemand zustande gebracht. Aber etwas, mit dem er ausdrückte, wie viel sie ihm bedeuteten und wie sehr er es bedauerte, sie auf seinem Ritt in den Tod mitzunehmen.

»Wir müssen dafür sorgen, dass jede einzelne Rakete zählt«, antwortete er Gwynett ebenso leise. »Wir wissen, dass unsere Treffgenauigkeit besser und unsere Durchdringungshilfen wirksamer sind, aber trotzdem müssen wir noch Distanz abbauen. Sobald wir das Feuer eröffnen, überschütten sie uns mit Lenkwaffen, und nach unseren Aufklärungsdrohnen ist jedes einzelne dieser havenitischen Wallschiffe ein Gondelleger. Sie sind nicht dem gleichen Prinzip des ›benutzte sie oder verliere sie‹ ausgesetzt wie wir.

Daher warten wir ab, bis entweder sie das Feuer eröffnen oder der Abstand auf fünfundsechzig Millionen Kilometer fällt.«

Gwynett sah ihn kurz an und nickte langsam.

»Ich weiß. Ich weiß«, sagte D'Orville leise. »Aber wir müssen unsere Lenkwaffen um jeden Preis durchbringen. Wir *müssen*, Madelyn. Wenn wir das nicht schaffen, ist alles« – mit einer leichten Kopfbewegung, die man sich vielleicht nur einbildete, schloss er die Flaggbrücke und die gesamte Flotte dahinter ein – »für die Katz.«

»Jawohl, Sir. Ich verstehe.«

»Welchen Feuerplan benutzen wir, Sir?«, fragte Ayrault.

»Erdrutsch«, antwortete D'Orville grimmig. »Madelyn, Formationsänderung zu Sierra-Drei. Wie viele LACs konnten zu uns aufschließen?«

»Bisher knapp über dreitausendfünfhundert, Sir. Bis wir den vorgegebenen Gefechtsabstand erreichen, sind weitere fünfhundert bei uns.«

»Wie viele davon sind *Katanas?*«

»Das weiß ich nicht genau, Sir. Weniger als die Hälfte – so viel kann ich sagen.«

»Ich wünschte, wir hätten mehr davon«, entgegnete D'Orville, »aber wir müssen uns mit dem begnügen, was wir haben. Ziehen Sie die *Katanas* nach vorn, und fächern Sie sie vertikal aus. Die Vipers sollen den besten Bestreichungswinkel bekommen, den wir erzielen können.«

»Jawohl, Sir.«

»Und richten Sie die Feuersequenzen so ein, dass die älteren Schiffe zuerst ihre Gondeln aussetzen können. Die internen Gondeln versuchen wir so lange wie möglich zurückzuhalten. Die Schlüsselloch-Schiffe sollen bei den Eröffnungssalven so viele Gondeln anderer Einheiten mitsteuern wie möglich.«

»Jawohl, Sir. Verstanden.«

»Gut, Madelyn. Gut.« D'Orville klopfte ihr sanft auf die Schulter. »Dann machen Sie mal schön weiter.«

»Jawohl, Sir«, sagte Captain Gwynett.

»Gefechtsentfernung, Admiral«, meldete Commander Adamson, und Lester Tourville nickte.

»Dessen bin ich mir bewusst, Frazier, vielen Dank.«

»Jawohl, Sir.«

Tourville neigte den Kommandosessel zurück und sah Molly DeLaney an.

»Also hatte Tom recht«, sagte er leise.

»So sieht es aus«, stimmte DeLaney zu, und Tourville fragte sich, ob die Erleichterung, die sie hinter gelassener Miene verbarg, womöglich genauso groß war wie die, die ihn donnernd durchfuhr.

Er schaute in den Hauptplot mit seinen Scharen von Lichtkennungen. Die Zweite Flotte hatte während der vergangenen Stunde in Richtung Sphinx beschleunigt. Aufgrund der aktuellen geometrischen Verhältnisse im Manticore-System beschrieb Tourvilles gegenwärtiger Vektor eine

Sehne im Winkel von beinahe exakt fünfundvierzig Grad zum Rand der langgestreckten, aber ›dürren‹ Resonanzzone. Seine Phalanx von Superdreadnoughts hatte eine Geschwindigkeit von 18.560 Kps relativ zu Manticore A entwickelt und mehr als 35.600.000 Kilometer zurückgelegt. Die manticoranische Homefleet beschleunigte erst seit siebenundvierzig Minuten auf beinahe genau entgegengesetztem Kurs, doch durch ihre höhere Verbandsbeschleunigung betrug ihre Geschwindigkeit relativ zur Sonne bereits über siebzehntausend Kilometer pro Sekunde, und sie hatte sich knapp über vierundzwanzig Millionen Kilometer von ihrem Ausgangspunkt entfernt.

Obwohl Tourvilles Flottenverband noch immer eine halbe Stunde von dem Punkt trennte, an dem er die Schubumkehr einleiten musste, um mit einer relativen Geschwindigkeit von null die Umlaufbahn Sphinx' zu erreichen, war der Abstand zwischen den Gegnern auf 84.000.000 Kilometer gefallen, und ihre Aufschließgeschwindigkeit betrug 45.569 Kps. Diese geometrischen Verhältnisse gewährten Tourvilles Mehrstufenraketen eine effektive Reichweite von 85.369.000 und mehr Kilometern, und das bedeutete, wie Frazier Adamson gerade festgestellt hatte, dass sie die Homefleet auf äußerste Entfernung beschießen konnten.

Doch manticoranische Mehrstufenraketen übertrafen Tourvilles Lenkwaffen in der Beschleunigung um vierunddreißig Kps^2. Damit besaßen sie eine effektive Reichweite von 90.370.000 und mehr Kilometern, was zur Folge hätte, dass er sich schon über zwei Minuten in *ihrer* Schussentfernung befand.

»Es *sieht* nur nicht so aus, als hätte er recht«, sagte er zu DeLaney. »Aber er hat recht. Wenn die Mantys diese gottverdammten Raketen hätten, dann hätten sie schon gefeuert. In den letzten zehn Minuten hätten sie nichts weiter getan, als Gondeln rauszurollen, und spätestens jetzt würden sie uns ihre Vögelchen in den Rachen jagen. Sie hätten noch immer eine Übertragungsverzögerung, aber nur von fünf Sekunden pro Richtung, während sie bei uns über fünf *Minuten* beträgt. Wir lägen also jetzt schon unter Beschuss, ohne dass wir eine Chance hätten, auf Reichweite an sie heranzukommen.«

»Sie meinen nicht, dass sie uns vielleicht nur ein bisschen dichter rankommen lassen, weil die Zielerfassung dann besser wird, Boss?«

»Genau das tun sie ja, und das ist noch ein Grund, weshalb wir sicher sein können, dass die Homefleet die neuen Raketen noch nicht hat. Die Mantys haben dort keine hundert Wallschiffe. Selbst wenn man annimmt, dass sie große externe Gondelzuladungen mitführen – was trotz der hohen Beschleunigung sehr gut möglich ist, wenn der FND mit ihren neuen Gondelmodellen recht hat –, sind sie um mehr als zwo zu eins in der Unterzahl. Wenn ihnen irgendeine andere Wahl bliebe, würden sie niemals frontal in Salven der Dichte hineinmarschieren, wie wir sie feuern können, was sie genau wissen. Zumindest nicht, ohne vorher zu versuchen, uns ein wenig zu schwächen. Aber ohne das ominöse neue Leitsystem muss ihre Treffgenauigkeit auf diese Entfernung genauso schlecht sein wie bei uns. Sie würden nie die Anzahl Treffer erzielen, die sie bräuchten, um uns entscheidend zu schwächen. Sie müssen näher heran, um *ihre eigene* Zielerfassung zu verbessern – genau wie wir.«

»Wenn wir das Feuer eröffnen, wird es hässlich«, sagte DeLaney leise, und Tourville nickte erneut.

»Das ganz gewiss«, stimmte er ihr grimmig zu. »Andererseits haben wir es genau so geplant, oder etwa nicht?«

»Doch, Sir.«

Tourville musterte die Icons der aufkommenden Superdreadnoughts der manticoranischen Homefleet noch kurz, dann blickte er in ein Sekundärdisplay und schüttelte bewundernd den Kopf. Er hatte immer gewusst, welches Talent Shannon Foraker besaß, außerhalb der eingefahrenen Bahnen zu denken. Als sie noch sein Operationsoffizier war, hatte er ihr Talent entdeckt, Lösungen zu finden, auf die andere Leute einfach nicht gekommen wären – Konzepte, die so elegant und zugleich simpel waren, dass jeder sich wunderte, wieso er die Idee nicht schon längst selbst gehabt hatte.

Als der Flottennachrichtendienst meldete, dass die neuen manticoranischen Raketengondeln Traktorstrahler an Bord hatten, um den älteren, nicht auf Gondelkampf ausgelegten Superdreadnoughts zu gestatten, größere Stückzahlen von ihnen mitzuschleppen, hatte es ausgesehen, als könnte die Republik auf diese Entwicklung nicht reagieren. Die havenitischen Gondeln waren bereits zu groß und hatten eine zu schwache Energieversorgung, um den Konstrukteuren irgendeine Möglichkeit zu bieten, auch noch einen Traktorstrahler unterzubringen (und das verdammte Ding zu betreiben). Shannon Foraker jedoch hatte das Problem auf den Kopf gestellt. Statt die Gondeln mit zusätzlichen Traktorstrahlern zu versehen, war sie auf den ›Packesel‹ verfallen, wie ihn jeder nannte, auch wenn ihn offiziell eine hinreichend nichtssagende Buchstabenkombination bezeichnete, und er war ein weiteres Beispiel für die eleganten, simplen Lösungen, die Forakers Spezialität ausmachten.

Statt der typischen manticoranischen aufwändigen Art, den Traktorstrahler in der Gondel unterzubringen, hatte Shannon einfach eine sehr schlecht zu ortende, gondelgroße Plattform konstruiert, die aus nichts weiter als einem soliden Bündel aus Traktorstrahlern und einem Energieempfänger bestand; über letzteren wurde sie drahtlos von dem Schiff versorgt, das sie ausgesetzt hatte. Jeder ›Packesel‹ konnte zehn Gondeln schleppen, und ein Lenkwaffen-Superdreadnought der *Sovereign-of-Space*-Klasse besaß genügend Traktorstrahler, um zwanzig Packesel mitzuführen. Das Beste war, man konnte die Packesel zu einer Kette zusammenschließen, solange alle in einer Position waren, in der sie noch Energie vom Mutterschiff erhielten. Theoretisch ließen sie sich in Dreierreihen ›stapeln‹, während jeder Packesel zehn weitere Packesel zog, von denen jeder wiederum zehn Packesel schleppte, von denen jeder ...

Wenn Lester Tourville sich dazu entschlossen hätte, hätten seine zweihundertvierzig Superdreadnoughts – theoretisch – 4,8 Millionen Gondeln schleppen können, sah man von dem unwesentlichen Faktor ab, dass das Beharrungsvermögen dieser Masse die Beschleunigung ins Negative gesenkt hätte. Oder dass das Schiff nicht die nötige Energie hätte senden können, um so viele Packesel zu versorgen. Dennoch, jeder Superdreadnought konnte eine erhebliche Menge Gondeln schleppen, und die Bereitschaftszahlen auf dem Display flößten ihm eine tiefe Zufriedenheit ein. Er studierte sie noch einen Augenblick, dann sah er Lieutenant Anita Eisenberg an, seinen absurd jugendlichen Signaloffizier.

»Die neusten Meldungen von Admiral Diamato, Ace?«

»Keine Veränderung, Sir. Er bekommt noch immer keine klare Sicht. Die Forts und die LACs, die zum Schutz des Nexus gestartet wurden, schießen ihm die Drohnen ab, ehe sie nahe genug herankommen. Dennoch hat er noch keine hyperraumtüchtigen Einheiten geortet, die es auf ihn abgesehen hätten, und er ist sicher, dass sie noch immer von Trevors Stern hereinkommen. Bisher ist allerdings noch kein Schiff systemeinwärts aufgebrochen.«

»Danke«, sagte Tourville und sah mit erhobener Augenbraue DeLaney an.

Die Stabschefin hatte wahrscheinlich die gleichen Kopfrechenübungen angestellt wie er, und sie verzog das Gesicht.

»Sie kommen jetzt seit über fünfundvierzig Minuten, Boss. Nach meinen Berechnungen bedeutet das mindestens vierundzwanzig Wallschiffe bisher.«

»Und vor allem heißt es, dass sie planen, noch erheblich mehr heranzuführen«, stimmte Tourville zu. »In einem Massentransit hätten die Mantys siebenundzwanzig Wallschiffe versetzen und schon vor einer halben Stunde auf Abfangkurs gehen können. So viel Zeit lassen sie sich nur aus einem Grund: sie können es sich nicht leisten, das Wurmloch zu blockieren, weil sie viel mehr als siebenundzwanzig Wallschiffe bereitstehen haben, mit denen sie uns in den Rücken fallen wollen.«

»Trotzdem, Boss, an Stelle der Mantys würde ich mir überlegen, uns ein paar Schiffe entgegenzuschicken, die ich schon durchs Wurmloch gebracht hätte.«

»Auf keinen Fall.« Tourville schüttelte den Kopf. »Ich wünschte ja wirklich, sie täten es, aber die Mantys lassen ihre Homefleet, ihre Dritte und ihre Achte Flotte von ihren besten Leuten kommandieren. Ich habe die FND-Dossiers über alle drei studiert, und keiner von ihnen wird auch nur ansatzweise etwas tun, was unserer Planung nützt.

Unter den dreien ist D'Orville wahrscheinlich der konventionellste Denker, aber er hat auch die einfachste Gleichung – und eine Menge Mumm. Er darf uns nicht dichter an Sphinx heranlassen als unbedingt nötig, also greift er uns frontal an, auf höchstmöglichem Abstand zum Planeten. Er wird zusammengeschossen. Ich wäre tatsächlich sogar überrascht, wenn auch nur einer seiner Superdreadnoughts das Gefecht überlebte. Aber wie Sie ja schon sagten, wird es für beide Seiten hässlich, und wir müssen uns auf schwere Verluste einstellen. D'Orville weiß das genau und rechnet sich vermutlich gute Chancen aus, trotz des Tonnagenverhältnisses für jedes Schiff, das er verliert, einen unserer Superdreadnoughts abzuschießen. Ich halte das für ein wenig zu optimistisch, aber nicht sehr. Angesichts der Kampfkraft, der gegenüberzustehen er glaubt, rechnet er sich wahrscheinlich gute Chancen aus, uns so schwere Verluste beibringen zu können, dass wir nicht mehr durch die ortsfesten Abwehrforts und Raketenplattformen des inneren Systems kommen. Und wenn seine Beurteilung des Kräftegleichgewichts zuträfe, dann hätte er recht.«

Tourville und seine Stabschefin sahen sich an, und diesmal zeigte ihr Lächeln nichts als Härte. Es war durchaus möglich, dass RHNS *Guerriere* sich unter den ›schweren Verlusten‹ befinden würde, die der Admiral seiner Flotte gerade prophezeit hatte. Im Moment wäre jedoch nach der gnadenlosen Mathematik des Krieges selbst ein Verlustverhältnis von eins zu eins ein schwerwiegender Vorteil für die Republik gewesen – und diese Verluste gehörten zum Köder in der Falle, die Thomas Theisman und sein Planungsstab im Oktagon für Manticore aufgestellt hatten.

»Kuzak denkt unabhängiger als D'Orville«, fuhr Tourville fort. »Ich bin mir sicher, dass ihre augenblickliche Aktion mit der manticoranischen Admiralität abgesprochen ist, aber selbst wenn es anders wäre, würde sie aus eigener Initiative genauso verfahren. Sie macht sich keine Illusionen, was D'Orville bevorsteht – und uns –, und sie weiß, dass sie auf keinen Fall rechtzeitig hier eintreffen kann, um das Ergebnis zu beeinflussen. Folglich teilt sie ihre Kräfte nicht auf und schickt sie uns häppchenweise, damit wir sie nacheinander zusammenschießen können. Gewiss, sie hätte zwo Schlachtgeschwader vorschicken können, die einen Mikrosprung zur Seite ausführen und uns in den Rücken fallen, wenn ihre Astrogation so gut ist. Aber solange Kuzak nicht über die neuen Raketen verfügt, würde jeder kleine Verband, mit dem sie uns angreift, von unserer Feuererwiderung binnen kurzem vernichtet werden, ohne viel auszurichten.

Also wartet sie ab, bis sie alles zusammen hat, was sie durch das Wurmloch bringen kann. Dann erst wird sie ihren Mikrosprung ausführen und uns so rasch wie möglich in den Rücken fallen – oder in die Flanke, falls unsere Verluste uns gezwungen haben, von Sphinx abzudrehen. Kuzak wird zu weit hinter uns sein, um uns abzufangen, wenn sie von achtern aufkommen muss, trotz ihrer höheren Beschleunigung. Sie wird aber genügend Zeitdruck auf uns auszuüben wissen, dass der Schaden, den wir verursachen können, begrenzt bleibt und auch unsere Kampfkraft nicht so hoch ist, dass wir das Risiko eingehen können, uns den Raketengondeln um Sphinx zu stellen. Zumindest, wird Kuzak sich sagen, kann sie uns daran hindern, von Sphinx nach Manticore weiterzuziehen, und damit würde sie etwa siebzig Prozent der Gesamtindustrie des Planeten retten.

Dass Kuzak abwartet, ist der schlüssige Beweis, dass sie die neuen Raketen noch nicht hat – oder zumindest nicht allzu viele. Wenn sie nur zwo Schlachtgeschwader hätte, die damit ausgerüstet sind, wäre es durchaus sinnvoll, sie notfalls auch isoliert vorzuschicken. Ihre Treffgenauigkeit wäre so vernichtend, dass man uns schweren Schaden zugefügt hätte, ehe wir D'Orville begegnen. Wahrscheinlich immer noch nicht genug, um uns aufzuhalten, aber möglicherweise genug, um die Chancen für die Homefleet auszugleichen.«

»Und was ist mit Harrington, Boss?«, fragte DeLaney leise, als er schwieg.

»Harrington ist wahrscheinlich die gefährlichste vom ganzen Haufen«, antwortete Tourville, »und nicht nur, weil wir *wissen,* dass die Achte Flotte wenigstens teilweise mit den neuen Lenkwaffen ausgestattet ist. Zudem hat Harrington mehr echte Gefechtserfahrung als D'Orville oder Kuzak, und sie ist eine verschlagene Schlange.

Aber was sich jetzt am Nexus abspielt, weckt in mir die leise Hoffnung, dass wir gleich beim Abheben einen Straightflush gezogen haben. Wenn die Achte Flotte in Eingreifposition gewesen wäre, kämen nicht *Kuzaks* Schiffe durch den Knoten, sondern Harringtons, und zwo oder drei ihrer Schlachtgeschwader würden uns jetzt schon das Leben zur Hölle machen. Vorausgesetzt natürlich, dass Admiral Chin dabei nicht auch noch ein Wörtchen mitzureden hätte. Allmählich scheint sich also abzuzeichnen, dass die Achte Flotte im Augenblick eine eigene Operation durchführt. Ich plane das nicht ein oder zähle darauf, denn es könnte noch viele andere Erklärungen geben, aber von der Hoffnung lasse ich mich nicht abhalten.«

»Ich glaube, ich bin einer Meinung mit Ihnen, Boss«, sagte DeLaney und lachte leise. »Ich weiß, dass Beatrice Bravo von vornherein darauf angelegt war, die Achte Flotte in die Falle zu locken, und ich müsste wohl enttäuscht sein, wenn wir das nicht schaffen. Andererseits, nachdem ich gesehen habe, wozu diese Lady Dame in der Lage ist, bin ich auch ganz zufrieden, wenn der ›Salamander‹ woanders ist, während wir die Verteidigung des manticoranischen Heimatsystems ausschalten!«

»Ich fühle mich versucht, Ihnen beizupflichten«, sagte Tourville süffisant. »Zu allem anderen auch noch die Achte Flotte auszuschalten wäre gewiss ein Todesstoß, aber selbst mit einer intakten Achten Flotte unter Harrington sind die Mantys erledigt, wenn wir die Werften in diesem Sonnensystem vernichten und dazu beide Flotten, die sie verteidigen.«

»Abstand sinkt auf fünfundsechzigeinhalb Millionen Kilometer, Sir«, meldete Commander Adamson.

»Danke, Frazier.«

Lester Tourville atmete tief durch. Acht Minuten waren verstrichen, seit Adamson ihn informiert hatte, dass sie in Mehrstufenraketen-Reichweite zu den Manticoranern seien. Die Zweite Flotte war noch immer neunzehn Minuten vom geplanten Schubumkehrpunkt entfernt, aber die Entfernung konnte nicht mehr lange sinken, ohne dass der Feind feuerte. Die Distanz zwischen den beiden Flotten war bereits auf 65.767.000 Kilometer gesunken, die Geschwindigkeit der Zweiten Flotte auf 20.866 Kilometer pro Sekunde gestiegen; die Geschwindigkeit der Homefleet lag bei 19.923 Kps, und die hatten den Abstand um beinahe siebenundsiebzig Millionen Kilometer verringert. Tourville war noch immer 98.835.500 Kilometer von Sphinx entfernt, doch bei seiner gegenwärtigen Grundgeschwindigkeit konnte er ab 72.030.000 Kilometer auf den Planeten feuern. Niemals ließen ihn die Manticoraner ungeschoren noch näher kommen.

»Eröffnen Sie das Feuer, Frazier«, sagte er.

Die ersten Raketenimpellersignaturen sprenkelten den Plot, und Sebastian D'Orville holte tief Luft, als die erste, massive Salve auf seine Schiffe zuschoss. Ganz offensichtlich hatten die Haveniten tatsächlich eine große Anzahl Gondeln geschleppt, sagte er sich, während er die Zahlen überdachte. Sogar mehr, als sie nach seiner Einschätzung mit Traktorstrahlern hätten mitführen können. Doch die erste feindliche Salve hat die geringsten Chancen, seine elektronische Kampfführung zu durchbrechen, beruhigte er sich. Und im Übrigen hatte er selbst auch ein paar Raketengondeln mitgebracht.

»Greifen Sie wie angewiesen an, Captain Gwynett«, sagte

er förmlich und beobachtete, wie die Icons seiner eigenen Raketen durch den Plot zu ziehen begannen.

In diesem Moment feuerte der Gegner seine *zweite* unmöglich dichte Salve.

Sebastian D'Orvilles achtundvierzig ältere Superdreadnoughts führten 27.840 externe Gondeln mit, und theoretisch hätten sie allesamt in einer einzigen massiven Welle abgefeuert werden können. Insgesamt verfügte die Homefleet über sogar fast neunundvierzigtausend Gondeln mit mehr als einer halben Million Raketen. Lester Tourvilles etwas größere Superdreadnoughts trugen weniger Gondeln, und jede Gondel enthielt weniger Lenkwaffen, weil havenitische Mehrstufenraketen konstruktionsbedingt größer waren als manticoranische. Obwohl Tourville also zweieinhalbmal so viele Schiffe hatte wie D'Orville, verfügte er nur über knapp zweimal so viele Gondeln, und jede dieser Gondeln trug siebzehn Prozent weniger Raketen. Tatsächlich besaß die Zweite Flotte darum ›nur‹ vierundsechzig Prozent mehr Raketen als die Homefleet.

Lester Tourville verfügte jedoch zusätzlich über Shannon Forakers ›Packesel‹, und darum war jede einzelne von D'Orvilles Annahmen zu Anzahl und Größe der Salven, die Tourville feuern konnte, auf verhängnisvolle Weise fehlerhaft. Tourville hatte außerdem erheblich mehr Steuerkanäle für Raketen. Nicht alle zweiundvierzig manticoranischen, graysonitischen und andermanischen Lenkwaffen-Superdreadnoughts, die ihm gegenüberstanden, waren Schlüssellochfähig, die Mehrzahl allerdings schon. Gondelleger konnten durchschnittlich je vierhundert Raketen gleichzeitig steuern, die älteren Superdreadnoughts hingegen nur einhundert, während jedes einzelne von Tourvilles Schiffen Leitkanäle für dreihundertfünfzig Raketen besaß und diese Zahl durch Benutzung von Shannon Forakers Technik der rotierenden Steuerung um etwa sechzig Prozent erhöht werden konnte. Während die Homefleet somit knapp zweiundzwanzigtausend Raketen pro Salve zu steuern vermochte, lag diese Zahl für die Zweite Flotte bei *vierundachtzigtausend* ohne Rotation der Steuerkanäle. Sie hätte die Zahl sogar auf knapp einhundertfünfunddreißigtausend erhöhen können, wenn sie bereit war, etwas geringere Treffwahrscheinlichkeiten in Kauf zu nehmen, und durch den ›Packesel‹ konnte Tourville tatsächlich genügend Gondeln einsetzen, um so viele Raketen zu starten.

Die manticoranische Feuerleitung war überlegen, die Manticoraner hatten die bessere elektronische Kampfführung und die besseren Durchdringungshilfen, und die manticoranischen Mehrstufenraketen waren schneller und beweglicher. Sebastian D'Orville durfte mit Fug und Recht davon ausgehen, eine beträchtlich höhere Trefferquote zu erzielen, doch damit ließ sich nicht ausgleichen, dass die Zweite Flotte mehr als sechsmal so viele Raketen steuern konnte wie er. Selbst wenn Tourvilles Treffwahrscheinlichkeiten nur halb so hoch lagen wie D'Orvilles, hätte die Republik dennoch dreimal so viele Treffer erzielt wie die Homefleet.

Für die Allianz stand es nicht ganz so schlecht, wie die reinen Zahlen anzudeuten schienen. Zum Beispiel war es alles andere als eine triviale Herausforderung, so viele Gondeln auszusetzen und die Raketen zu starten, ohne dass sie mit den Impellerkeilen gegenseitig die Steuerverbindungen unterbrachen. Aus diesem Grund hatte Tourville entschieden, sich mit höchstens achtzig Prozent des theoretisch möglichen Maximums zu begnügen. Selbst um für diese Raketen das Schuss- und Steuerfeld freizumachen, war er gezwungen gewesen, die Geschwader und ihre behäbigen Ketten aus

Packeseln und Gondeln weiter aufzufächern, als ihm lieb war. Die Abstände zwischen seinen Schiffen, für eine effektive offensive Feuerleitung unerlässlich, erschwerte es ihnen, das Abwehrfeuer zu koordinieren. Andererseits basierte die havenitische Antiraketendoktrin so viel mehr als die manticoranische auf der Masse statt der Genauigkeit, dass die Einbuße geringer ausfiel, als es andernfalls hätte sein können.

Selbst jetzt wusste keine der beiden Seite, was genau geschehen würde, wenn gondellegende Flotten dieser Größe ins Gefecht gingen. Erfahrungswerte existierten einfach nicht, weil noch niemand es probiert hatte. Noch keine Schlacht in der Geschichte hatte gesehen, wie fast dreihundertfünfzig Superdreadnoughts gleich welcher Art sich in ein Gefecht stürzten, das nur ein Kampf bis zum Tod sein konnte. Im Laufe der Jahrhunderte war ein taktischer Formalismus zur Regel geworden, der nichts entscheidende Schlachten und begrenzte Verluste bedingte. Das konnte sich zumindest in diesem Winkel der Galaxis geändert haben, doch selbst hier tasteten sich die meisten Kombattanten noch immer in die sich verändernden Wirklichkeiten des interstellaren Gemetzels vor.

Die Schlacht von Manticore stände einzigartig dar und schlüge in den Annalen der Raumkriegführung eine Seite auf. Das wusste jeder in beiden Flotten.

Doch beim Start der Raketen wusste niemand mehr als das.

Beim ersten Start betrug die Entfernung 65.770.000 Kilometer. Die Flugzeit für die schnelleren Mehrstufenraketen der Homefleet lag bei 7,6 Minuten, und ihre Annäherungsgeschwindigkeit, mit der sie in die Zähne der Zweiten schlugen, bei 246.972 Kilometer pro Sekunde. Die langsameren

Lenkwaffen der Zweiten Flotte benötigten bis zu ihren Zielen fünfzehn Sekunden mehr und kamen mit ›nur‹ 237.655 Kps an.

Bei solchen Geschwindigkeiten wurden die Abwehrwaffen beider Seiten bis an die theoretischen Kapazitätsgrenzen und darüber hinaus belastet. Durch die höhere Reichweite manticoranischer Antiraketen und die besseren Fähigkeiten der *Katanas* bei der Flottenverteidigung erhielten D'Orvilles Schiffe einen beträchtlichen Vorteil, der dennoch nicht groß genug ausfiel. Nicht den Vorteil, mit dem er gegen die erwartete Beschussdichte gerechnet hätte.

Beschießungsplan ›Erdrutsch‹ der Homefleet veranlasste die älteren Superdreadnoughts, ihre am Rumpf mitgeführten Raketengondeln so rasch wie möglich einzusetzen. Die Schiffe sprengten sie ab, damit ihre eigenen Abwehrsysteme freikamen, und von Anfang an hatte D'Orville gewusst, dass sie einen großen Prozentsatz der Gondeln verlieren würden, ohne dass sie je einen Schuss abgefeuert hatten. Daran ließ sich jedoch nichts ändern, und die älteren Schiffe übergaben die Feuerleitung von so vielen Zusatzraketen wie möglich an ihre leitungsfähigeren Begleiter.

Die Lenkwaffen-Superdreadnoughts der *Medusa-*, *Harrington-*, *Adler-* und *Invictus*-Klassen setzten in den Anfangssalven keine einzige ihrer eigenen Raketengondeln ein, sondern steuerten ausschließlich die Gondeln, die D'Orvilles ältere Großkampfschiffe abgesetzt hatten, und sparten ihre besser geschützten, intern gelagerten Raketenbehälter für die Folgesalven auf, die sie vielleicht noch erleben würden. Und da sie Gondeln steuerten, die letzten Endes zu einem einzigen großen Satz ausgelegt worden waren, feuerte ›Erdrutsch‹ seine Salven auch in engeren, rascher aufeinanderfolgenden Wellen, als die Republican Navy es bei einer alliierten Flotte je erlebt hatte. Tatsächlich war ›Erdrutsch‹ vom

Konzept her beinahe – nicht ganz, aber fast – identisch zu Shannon Forakers Doktrin der rotierenden Steuerung.

Die Salvendichte der einen Flotte traf die andere mit Überraschung. Keine der beiden Seite hatte solch schweren Beschuss erwartet … doch Tourville lag mit seiner Schätzung genauer als D'Orville an dem, was er dann tatsächlich abbekam. D'Orville war davon ausgegangen, dass die Schlacht kurz und brutal sein würde und fünfzehn bis höchstens zwanzig Minuten dauerte.

Die erste Hälfte seiner Erwartungen wurde mehr als erfüllt.

In den siebeneinhalb Minuten, die die führende Salve benötigte, um den Abstand zwischen Homefleet und Zweiter Flotte zurückzulegen, feuerten Sebastian D'Orvilles Schiffe in fünfundsechzigsekündigen Intervallen sieben Salven aus jeweils 1.800 Gondeln, die insgesamt 21.600 Raketen umfassten. Mehr als einhundertfünfzigtausend Lenkwaffen, das Maximum, das die Feuerleitung der Homefleet bewältigen konnte, raste durch das All auf den Feind zu – und 524.000 havenitische Raketen eilten ihnen entgegen. Im ganzen Sonnensystem wurden Feuerleitsysteme und Ortungssatelliten halb geblendet durch die Störungen und die massiven Impellerquellen von fast siebenhunderttausend Offensivraketen und ein Mehrfaches an Antiraketen. Und dann bemühten sich die Eloka-Drohnen nach Kräften, die Blendwirkung noch zu verstärken.

Kein menschliches Gehirn hatte die leiseste Hoffnung, sich noch hindurchzufinden, die Dinge im Auge zu behalten. Ein protoplasmisches Gehirn vermochte es einfach nicht. Taktische Offiziere konzentrierten sich auf ihre winzigen Stückchen des heranjaulenden Mahlstroms, lenkten ihre Offensivraketen, verteilten ihre Lenkwaffenabwehr. Antiraketen und Mehrstufenraketen löschten sich gegenseitig aus, wenn ihre Impellerkeile ineinanderrasten. Täuschkörper, Störsender, Blender und Drachenzähne betörten elektronisch die Telemetrieverbindungen der Taktischen Offiziere und der Bordleitsysteme. Standard-Antiraketen, Typ-31er und Vipers warfen sich den gewaltigen Salven entgegen. In den einkommenden Wellenfronten der Vernichtung entstanden klaffende Löcher und Abgründe, doch die Löcher schlossen sich, die Abgründe wurden gefüllt. Lasercluster blitzten in den verzweifelten letzten Versuchen, Raketen abzufangen, die sich mit achtzig Prozent der Lichtgeschwindigkeit annäherten. In der brausenden Verwirrung verloren Mehrstufenraketen ihre Ziele, erlangten sie wieder und verloren sie erneut. Bord-KIs nahmen sich jedes Ziel, das sie erkennen konnten, und die plötzlichen, unvorbereiteten Änderungen ihrer Ziellösungen machten ihren Endanflug nur noch erratischer und unvorhersehbarer.

Und dann detonierte eine Welle von Laser-Gefechtsköpfen nach der anderen. Nicht zu Dutzenden, nicht zu Hunderten, nicht einmal zu Tausenden, sondern in jeder brüllenden, wütenden Sturzwelle zu *Zehntausenden.*

Die Schlacht, die sich niemand in angemessener Weise hatte vorstellen können, war 11,9 Minuten nach dem Start der ersten Rakete vorüber.

»Mein Gott«, flüsterte jemand auf der Flaggbrücke von HMS *King Roger III.*

Theodosia Kuzak wusste nicht, wer es war, und es spielte auch keine Rolle. Das Bildmaterial, das die Ortungssatelliten überlichtschnell gesendet hatten, ließ an brutaler Klarheit nichts zu wünschen übrig.

Die Homefleet war ... weg. Einfach *weg.*

Neunzig Superdreadnoughts, einunddreißig Schlachtkreuzer und Schwere Kreuzer, dazu sechsundzwanzig Leichte Kreuzer waren in weniger als zwölf Minuten vernichtet worden. Wenigstens zwanzig geborstene, zerschmetterte Schiffe trieben antriebslos weiterhin auf die Hypergrenze zu. Aber es waren Wracks, ausgeweidete Rümpfe, die Atemluft, Trümmer und Rettungskapseln hinter sich ließen, während tief in ihnen Rettungstrupps hektisch gegen die Zeit arbeiteten und mit grimmiger Entschlossenheit und einem Mut, von dem nur allzu oft niemand mehr erfahren würde, versuchten, eingeschlossene und verwundete Schiffskameraden zu bergen.

Doch die Homefleet war nicht allein gestorben. Sebastian D'Orville hatte die Schwere des Beschusses durch die Zweite Flotte vielleicht überrascht, und seine Berechnungen erwiesen sich daher womöglich als ein wenig übermäßig optimistisch, aber seine Schiffe und seine Leute hatten heftig zurückgeschlagen. Siebenundneunzig republikanische Wallschiffe waren unmittelbar vernichtet oder zu toten, zerschmetterten Wracks zusammengeschossen worden. Neunzehn weitere hatten wenigstens einen kompletten Impellerring verloren. Und von den verbleibenden einhundertvierundzwanzig Lenkwaffen-Superdreadnoughts unter Lester Tourvilles Befehl waren genau elf vollkommen unbeschädigt.

Die brutal dezimierten Reihen der Zweiten Flotte setzten ihre Fahrt systemeinwärts fort, aber ihre Beschleunigung war durch die beschädigten Schiffe auf weniger als zwei Komma fünf Kps^2 gefallen. Mit diesem Wert konnte nicht mehr für ein Rendezvous mit Sphinx abgebremst werden, und die Verteidiger des Manticore-Systems waren mit Tourvilles Schiffen noch nicht fertig.

Der LAC-Schirm der Homefleet hatte massive Verluste erlitten, vor allem durch Mehrstufenraketen, die ihre ursprünglichen Ziele verloren und stattdessen erfassten, was immer sie fanden. Dennoch überlebten von ihnen mehr als zweitausend, und sie beschleunigten heftig, um auf eigene Gefechtsdistanz zur Zweiten Flotte aufzuschließen. Sie konnten erwarten, weniger starke Verluste zu erleiden, nachdem sie nun die Freiheit besaßen, defensiv zu manövrieren und nicht die Superdreadnoughts der Homefleet, sondern sich selbst zu schützen, und ihre Besatzungen hatten nur eines im Kopf.

Aus dem inneren System näherten sich weitere LACs der Zweiten Flotten, und es war offensichtlich, dass die Haveniten nicht die Absicht hatten, sich auf ein Gefecht gegen die ortsfesten Abwehranlagen um Sphinx einzulassen, zumindest nicht, ehe sie ihre Schäden begrenzt und sich neu munitioniert hatten. Die Zweite Flotte änderte den Kurs und bewegte sich seitwärts von Sphinx weg, dirigierte ihre beschädigten Schiffe beschützerisch aus der Gefahrenzone.

Aber das, dachte Theodosia Kuzak grimmig, *wird ein bisschen schwieriger, als ihr Bastarde euch das vorstellt.*

»Wie lange noch?«, fragte sie rau.

»Unsere letzten Einheiten sollten den Wurmlochknoten innerhalb der nächsten elf Minuten geräumt haben, Ma'am«, antwortete Captain Smithson.

»Gut.« Kuzak nickte einmal, dann wandte sie sich an Commander Astrid Steen, ihre Stabsastrogatorin.

»Berechnen Sie eine Reihe von Mikrosprüngen, Astrid«, sagte sie kühl. »Die *Herrschaften* haben gerade eines auf die Nase bekommen. Jetzt bringen wir zu Ende, was die Homefleet angefangen hat.«

»Admiral Kuzak rückt systemeinwärts ab, Hoheit«, meldete Lieutenant Brantley leise.

»Danke, Harper.«

Honor sah von dem holografischen Comdisplay auf, das über dem Tisch im Besprechungsraum schwebte, an dem sie, Nimitz, Mercedes Brigham, Rafael Cardones und Andrea Jaruwalski unter den wachsamen Augen ihrer Waffenträger saßen. Das Display war in mehrere Unterdisplays geteilt, die die Gesichter von Vizeadmiral Hasselberg, Judah Yanakov, Samuel Miklós und die Chefs aller Geschwader zeigten, die bei der *Imperator* waren. Alice Truman und Alistair McKeon fehlten, und Honor versuchte, die kalte, düstere Sorge zu verbergen, die sie wegen ihrer Abwesenheit empfand.

»Bitte informieren Sie den Admiral, dass wir noch immer im Zeitplan sind«, fuhr Honor fort.

»Jawohl, Hoheit«, sagte der Signaloffizier leise und zog sich zurück. Hinter ihm schloss die Luke des Besprechungsraums, und Honor wandte sich wieder der Diskussion zu.

Die meisten Gesichter auf ihrem Display zeigten einen mehr oder weniger schweren Schock über die komplette Vernichtung der Homefleet, und das verwunderte kaum. Nicht nur war die havenitische Beschussdichte für jeden völlig überraschend gewesen, sämtliche Partner der Allianz hatten Verluste erlitten, als sie einschlug. Von den neunzig Superdreadnoughts, die soeben vernichtet worden waren, hatten zwölf der Grayson Space Navy angehört, und sechsundzwanzig der Kaiserlich-andermanischen Weltraumflotte.

Von allen ihren Untergebenen schien Yanakov den geringsten Schock davongetragen zu haben. Oder zumindest schien ihn sein Schock am wenigsten zu beeinträchtigen. Judah war allerdings auch anwesend gewesen, als Giscard die Infrastruktur des Basilisk-Systems im vergangenen Jahr zerstörte, und unter White Havens Kommando hatten seine Schiffe am Unternehmen Butterblume teilgenommen. Davor hatte er in der Ersten und der Vierten Schlacht von Jelzins Stern gekämpft. Bei Jelzin-Eins, vor dem Beitritt zur

Manticoranischen Allianz, waren drei Viertel der Grayson Space Navy vernichtet worden, und bei Jelzin-Vier hatte sie die Hälfte ihrer Superdreadnoughts verloren. Und er war der Mann, dessen Kampfverband die Verteidigungseinheiten Lovats zusammengeschossen hatte. Trotz seiner Jugend – und er war beinahe so jung, wie seine Prolong-Behandlung ihn erscheinen ließ – hatte er mehr Tod gesehen als irgendein anderer Flaggoffizier in Honors Display.

Hasselberg hatte wie gelähmt gewirkt, als die ersten Berichte eintrafen. Nicht nur das Ausmaß der Vernichtung hatte ihn niedergeschmettert, sondern auch ihre Geschwindigkeit, denn die andermanische Flotte hatte so etwas noch nie erlebt. Nun, um ehrlich zu sein, die *manticoranische* Navy ebenfalls nicht bis zu diesem Nachmittag, doch Manticore und Grayson hatten zumindest bereits Erfahrungen mit Massenverlusten. Sie waren geübt, sich an die abrupten, schmerzhaften Wendungen anzupassen, die sich im Laufe eines Gefechts ereigneten. Das Kaiserreich kannte so etwas noch nicht, und die Wirklichkeit hatte den Vizeadmiral eingeholt wie ein schrecklicher Albtraum, obwohl er mit großer Mühe versucht hatte, sich für die Realitäten der modernen Raumkriegführung zu wappnen.

Honors Ansicht nach zeigte allerdings Bin-hwei Morser die interessanteste Reaktion. Sie war nicht nur Admiral; sie war außerdem die Gräfin von Grau. Wie auch Hasselberg gehörte sie dem Kriegeradel des Kaiserreiches an, und ganz eindeutig nahm sie die kriegerischen Traditionen der Andermaner ernst. Sie machte sich vielleicht eigene Gedanken über die Entscheidung ihres Kaisers, sich mit dem Sternenkönigreich zu verbünden, das in Gebieten wie Silesia so lange traditioneller Rivale des Kaiserreichs gewesen war, aber das spielte keine Rolle. Nicht mehr, nicht jetzt. Ihre dunklen Augen – die Allison Harringtons Augen bemerkenswert ähnelten, oder auch ihren eigenen, wenn Honor recht darüber nachdachte – waren zusammengekniffen und konzentriert, zielgerichtet und feurig.

»Ich wünschte, Admiral Kuzak hätte auf uns gewartet«, sagte Miklós schließlich. »Ich würde mich erheblich wohler fühlen, wenn wir bei ihr wären, insbesondere in Anbetracht der Salven, die die Havies plötzlich feuern können. An Wallschiffen ist sie noch immer zwo zu eins unterlegen, und Alice ist hinsichtlich LACs fast genauso sehr in der Unterzahl.«

»Sie kann nicht warten, Samuel«, widersprach Yanakov. »Ich weiß nicht, wie lange die Havies brauchen, um so viele Gondeln auszusetzen, und wie zum Teufel sie das schaffen, aber sie mussten so gut wie ihre gesamte Munition dazu aufbrauchen. Admiral Kuzak muss sie angreifen, ehe sie sich zurückziehen und ihre Magazine auffüllen lassen können. Und selbst wenn das im Moment kein Argument wäre, ziehen sich die Havies von Sphinx zurück. Sie kann nicht sicher sein, dass es so bleibt, wenn sie sich jetzt nicht in Bewegung setzt. Wenn die Havies vielleicht zur Besinnung kommen und entscheiden, dass ihre Schäden doch nicht so schlimm sind, haben sie noch immer – oder fast – die nötige Stärke, um Sphinx' Abwehrforts zu überwinden. Und selbst wenn die Forts alles vernichteten, was ihnen bleibt, hätten sie trotzdem genug Zeit, um so gut wie sämtliche Infrastruktur in der Umlaufbahn zu vernichten.«

Er lächelte gepresst.

»Wir Graysons sind sehr erfahren darin, uns Sorgen zu machen, was unseren Orbitalhabitaten zustoßen könnte. Glauben Sie mir, ich weiß genau, was Admiral Kuzak durch den Kopf geht. Sie muss den Druck aufrechterhalten, wenn die Havies weiter abziehen sollen.«

»Judah hat recht«, sagte Honor. »Unser erster Superdreadnought geht erst in acht Minuten durch das Wurmloch. Wir benötigen weitere fünfundsiebzig Minuten, nur um die Superdreadnoughts und Ihre Träger hindurchzuschleusen, Samuel. Das sind fast anderthalb Stunden. Admiral Kuzak kann den Havies nicht so viel Zeit zum Nachdenken geben, nicht wo sie dem Planeten schon so nahe sind.«

Sie sprach mit ruhiger, fast leidenschaftsloser Stimme, aber sie schmeckte die Emotionen ihres Stabes und besonders ihres Flaggkommandanten. Sie wusste, was sich hinter der Fassade verbarg, dachte sie. Wusste, niemand konnte vergessen, dass der Planet, von dem sie sprachen, ihre Geburtswelt war. Dass allzu viele Menschen dort Personen waren, die sie schon ihr ganzes Leben lang kannte – Familie und Freunde. Dass Sphinx die Heimatwelt der gesamten Spezies der Baumkatzen war.

Was aber selbst die Offiziere im Augenblick nicht wussten, ihre Eltern, ihre Schwester und ihr Bruder befanden sich auf Sphinx und besuchten Honors Tante Clarissa.

»Die Frage, die sich uns stellt«, fuhr sie fort, »ist, was wir mit dem Transit unternehmen.«

»Wir erhalten vermutlich Anweisungen von der Admiralität, Hoheit«, bemerkte Mercedes Brigham. Sie lächelte völlig freudlos. »Dank des Gravimpulssenders kann die Kommandozentrale endlich über interplanetarische Entfernungen hinweg in Echtzeit Anweisungen erteilen.«

»Da könnten Sie recht haben«, räumte Honor ein. »Bislang allerdings hat Admiral Caparelli nie den Neunmalklugen gegeben. Und selbst wenn es diesmal anders ist, sollten wir alle in den gleichen Bahnen denken.«

»Eine Möglichkeit halte ich für ausgeschlossen, Hoheit«, sagte Cardones, »nämlich, ins Gefecht zu gehen, ehe alle unsere Einheiten durch den Wurmlochknoten gekommen sind.«

Die Flaggoffiziere hörten ihm trotz seines relativ niedrigen Ranges zu. Als Honors Flaggkommandant war er ihr taktischer Stellvertreter.

»Ich stimme Captain Cardones mit Nachdruck zu, Hoheit«, sagte Brigham. »Und zumindest sollten wir genügend Zeit haben, um zu sehen, wie sich die Lage entwickelt, ehe wir eingreifen.«

»Das sehe ich auch so«, erwiderte Honor. »Zwo Dinge allerdings. Erstens, wir setzen unsere Gondeln jetzt schon aus. Die Bordtraktorstrahler fesseln sie an die Außenhaut. Ein Drittel unseres gesamten Gondelbestands, wenn es sich irgendwie machen lässt.«

»Jawohl, Hoheit«, bestätigte Brigham.

»Und zwotens«, fuhr Honor fort, »schicken wir einige leichte Einheiten so rasch wie möglich hindurch. Admiral Oversteegen, Ihr Geschwader übernimmt die Führung und geht in den Transit, sobald Sie den Terminus erreichen. Admiral Bradshaw, Commodore Fanaafi, Sie und Ihre *Saganami-Cs* unterstehen Admiral Oversteegen.« Sie lächelte grimmig. »Wenn die Haveniten noch immer versuchen, den Wurmlochknoten im Auge zu behalten, dann bringen Sie den, der ihre Drohnen steuert, doch einmal auf etwas andere Gedanken.«

34

»Sir, vom Nexus entfernen sich eindeutig Impellersignaturen!«, meldete Commander Zucker scharf.

»Wie viele?«, fragte Diamato angespannt.

»Wegen der Störung durch die Keile schwer zu sagen, Sir.« Zucker verzog das Gesicht. »Ich würde allerdings sagen, wenigstens fünfzig.«

»Verstanden.« Diamato nickte und blickte den Signaloffizier an. »Vorrangsignal an Chef. Melden Sie, dass fünfzig und mehr Wallschiffe eine Hypertransition vorbereiten. Melden Sie …«

Er verstummte, als die Impellersignaturen schlagartig verschwanden.

»Korrektur!«, rief er scharf. »Informieren Sie Admiral Tourville, dass fünfzig und mehr Wallschiffe soeben transistiert sind!«

»Captain Houellebecq meldet, die Reparaturtrupps haben das Feuer in der Operationszentrale unter Kontrolle, Sir.«

»Danke, Ace.« Lester Tourville nickte Lieutenant Eisenberg zu und wandte sich wieder an Captain DeLaney.

»Wir bekommen immer noch neue Zahlen herein, Boss«, erklärte die Stabschefin mit angespannter Miene. »Bislang klingen sie nicht gut. Im Augenblick klingt es danach, als könnten wir unseren Schlachtwall mehr als zur Hälfte abschreiben. Wahrscheinlich noch mehr, wenn wir das Sonnensystem nicht kontrollieren, sobald der Staub sich legt.«

»Wir haben von Anfang an gewusst, dass wir Verluste haben würden«, sagte Tourville, Stimme und Ausdruck gelassener als DeLaney. Und das entsprach der Wahrheit. Seine Verluste überstiegen seine Prognose vor dem Gefecht um zwölf Prozent – fast fünfundzwanzig Prozent mehr, als die Stabsspezialisten im Oktagon angesetzt hatten –, weil er nicht vorhergesehen hatte, wie dicht die Manticoraner ihre Salven bündeln würden. Doch von Anfang an war jedem klar gewesen, dass die Zweite Flotte schwere Verluste erdulden musste.

»Aber wir haben sie fast so viele Wallschiffe gekostet, wie wir verloren haben«, fuhr er fort, »und wenn die FND-Berichte stimmen, dann haben wir fast dreimal so viele davon wie sie. Hatten. Ganz zu schweigen davon, dass wir den Mantys zumindest vorübergehend die Herrschaft über ihr eigenes Heimatsystem entzogen haben.«

»Das ist mir bewusst«, wandte DeLaney ein, »aber ich mache mir Gedanken wegen der LACs. Im Augenblick halten zwotausenddreihundert manticoranische LACs auf uns zu, und wir haben weniger Munition übrig, als mir lieb wäre. Von unseren Mehrstufenraketen haben wir sechzig Prozent verschossen und dazu effektiv unseren halben Schlachtwall verloren. Genaue Zahlen habe ich nicht, aber im Augenblick können wir nicht mehr als zwohunderttausend Schuss zur Verfügung haben. Wenn wir sie verbrauchen, um die manticoranischen *Shrikes* außer Reichweite zu halten, dann können wir auf die Dritte Flotte nur noch mit Vakuum schießen.«

»Dann müssen die *Cimeterres* und der Geleitschutz uns die LACs vom Leibe halten«, erwiderte Tourville unbeeindruckt. »Sie werden genauso wie wir schwere Verluste erleiden, aber schaffen werden sie es.«

»Jawohl, Sir.« DeLaney riss sich zusammen und schüttelte zustimmend den Kopf. »Ich weiß, dass wir noch immer innerhalb der Operationsparameter liegen, Boss. Ich fürchte nur, ich habe den wahren Umfang nie wirklich erfasst. Nicht im Innersten.«

»Ich habe mich dazu an dem Tag gezwungen, an dem Thomas Theisman und Arnaud Marquette uns in Beatrice einwiesen«, erwiderte Tourville grimmig. »Mir gefiel es damals auch nicht, und es gefällt mir heute genauso wenig. Aber wir können uns erlauben, solch einen hohen Preis zu entrichten, wenn wir damit nur diesen gottverdammten Krieg beenden.«

»Jawohl, Sir.«

»Frazier.«

»Jawohl, Sir?«

»Was ist unser –«

»Verzeihung, Sir!«, rief Lieutenant Eisenberg plötzlich und drückte die Hand an ihren Ohrhörer, während sie aufmerksam lauschte. »Admiral Diamato meldet, dass die Mantys in den Hyperraum transistiert sind!«

»Und los geht's«, brummte Lester Tourville und schüttelte gereizt den Kopf, als er bemerkte, wie großspurig er klang.

Dennoch, der Aussage nahm es nichts an Wahrheit. Er beobachtete aufmerksam den Hauptplot und wartete darauf, dass Kuzaks Schiffe wieder erschienen.

Er brauchte sich nicht lange zu gedulden. Keine fünfzehn Minuten, nachdem sie vom Wurmlochknoten verschwunden waren, achteinhalb Minuten nach dem Empfang von Diamatos Warnung, erschienen Kuzaks Schiffe gefährlich dicht am Rand der Resonanzzone. Das Manöver war eine imposante Demonstration von Präzisionsastrogation – die Nerven aus Stahl in der Bereitschaft bewies, die Sicherheitsspanne so dünn zu halten wie eine Rasierklinge. Ein Manöver, das die Manticoraner genau in die Flanke der Zweiten Flotte und auf einen Kurs setzte, mit dem sie zeitoptimiert Sphinx erreichen würden.

»Genau, wo ich die Schiffe auch platziert hätte«, sagte er leise zu DeLaney, die nachdrücklich nickte.

Die Zweite Flotte hatte sich in dem Augenblick, in dem das Feuer eingestellt wurde, von ihrem ursprünglichen, auf Sphinx zeigenden Vektor zu entfernen begonnen. Fünf Minuten später hatte sie den Kurs erheblich schärfer geändert, und nun zog sie sich sehr offensichtlich von ihrem ursprünglichen Missionsziel zurück. Tourville hatte bereits entschieden, in den nächsten zehn Minuten seine am schwersten beschädigten Schiffe zu opfern. Alle Einheiten, die eine Beschleunigung von mindestens 370 *g* nicht mehr erreichten, waren zu räumen und durch Selbstvernichtungsladungen zu sprengen. Gern hatte er den Befehl nicht erteilt, aber er konnte es sich nicht leisten, von ihnen gehemmt zu werden, während Operation Beatrice ansonsten wunderbar verlief. Auch ohne die schwerstbeschädigten Schiffe lag die Verbandbeschleunigung der Zweiten Flotte momentan bei gerade 3,6 Kps^2, und das war zu niedrig, um sich gleich durch welches Manöver aus der Reichweite der Raketengondeln um Sphinx zu halten. Ganz unberücksichtigt die rachedurstige Dritte Flotte, die Tourville in die Flanke stieß, um ihm mit den eigenen Batterien und den sphinxianischen Raketengondeln in die Zange zu nehmen.

Unter diesem Umständen hatte Tourville – aus mehreren Gründen – keine andere Wahl, als auf einen Kurs zu gehen, der mit seinem ursprünglichen Vektor einen spitzen Winkel bildete. Da er nicht vermeiden konnte, wenigstens bis zur Sphinxbahn ins Manticore-System vorzustoßen, hatte er die Schiffe senkrecht gesetzt, damit sie über die Ekliptik stiegen, und gleichzeitig den Kurs um 135 Grad geändert. Damit erlangte er genügend seitliche Vektorkomponente, um möglichst großen Abstand zum Planeten zu gewinnen, während er ihn passierte – und zugleich war es der schnellste Weg aus dem System hinaus. Die Manticore-Resonanzzone war so viel ›höher‹ als ›breit‹, dass die Mantelflächen des Kegels selbst so nahe an der Basis beinahe parallel verliefen. Sphinx lag 102.002.500 Kilometer innerhalb der Zone, und der ursprüngliche Kurs hatte genau auf den Planeten gezeigt, wodurch sich ergab, wie viel seitliche Vektorkomponente Tourville nun benötigte.

Auch mit dem augenblicklichen Kurs musste die Zweite Flotte wegen ihrer begrenzten Beschleunigung Sphinx in weniger als vierzig Millionen Kilometern passieren, aber das war weiter entfernt – und später – als bei fast jedem anderen Kurs, den Tourville hätte erzeugen können. Hätte er den Kurs gar nicht ändern lassen, hätte er Sphinx (und seine

Abwehrforts) siebzig Minuten nach dem kurzen, titanischen Kampf gegen die Homefleet im effektiven Abstand Null passiert. Bei einer Kursänderung um neunzig Grad hätte er acht Minuten später als im ersten Fall den Punkt der größten Annäherung an Sphinx erreicht, der nur fünfunddreißig Millionen Kilometer vom Planeten entfernt gewesen wäre. Mit dem augenblicklichen Vektor kamen seine Schiffe dreiundachtzig Minuten nach der Kursänderung an den Punkt der größten Annäherung, bei einer Entfernung von 39.172.200 Kilometern.

Keine dieser Wahlmöglichkeiten behagte ihm angesichts der Verluste, die ihm die manticoranische Homefleet beigebracht hatte, besonders, aber er hatte sich für die beste Option entschieden, die sich ihm bot. Die Verteidiger des Planeten konnten ihn nach wie vor unter Feuer nehmen, was, wie er hoffte, nicht geschehen würde – noch nicht jedenfalls –, aber die Entfernung wäre auch dann so hoch, dass die manticoranische Treffgenauigkeit beeinträchtigt wäre, und der Beschuss käme auch nicht frontal ein wie im Kampf gegen die Homefleet. Gegen alles, was Sphinx einsetzen konnte, war seine Raketenabwehr erheblich wirksamer, und wenn er ehrlich war, so bezweifelte er, dass dort etwas einen genauso schweren Schlag austeilen konnte wie neunzig Superdreadnoughts. Er musste zudem aus mehreren Gründen über den Rand der Resonanzzone hinweg ausbrechen: zum Teil, um seine beschädigten Schiffe außer Gefahr zu bringen, aber vor allem – worauf DeLaney hingewiesen hatte –, weil er gefährlich knapp an Munition war. Er brauchte ein Rendezvous mit den Flottenversorgern, damit seine Magazine wieder gefüllt waren, ehe er sich den Abwehranlagen des Manticore-Systems stellte.

Allerdings war Sphinx nicht seine einzige Sorge, und Kuzak hatte ihre Schiffe ›höher‹ auf der Mantelfläche der Zone als er aus dem Hyperraum gebracht. Dadurch war sie in einer Position, aus der sie Sphinx rasch entsetzen konnte, indem sie auf zeitoptimiertem Kurs und kürzestem Wege die Resonanzzone zum Planeten durchquerte – wodurch ihre Schiffe Tourville mit Sphinx in die Zange nehmen konnten. Im Moment seiner dichtesten Annäherung an Sphinx wäre die Dritte Flotte nur dreiunddreißig Millionen Kilometer von ihm entfernt. Wenn er jedoch von Kuzak *abdrehte,* blieb ihm keine andere Wahl, als tiefer in die Resonanzzone einzudringen – wo er keine neue Munition aufnehmen konnte –, und die höhere Beschleunigung der unbeschädigten manticoranischen Flotte würde ihr erlauben, dort zu ihm aufzuschließen. Ihm blieb folglich keine andere Wahl, als seinen augenblicklichen Kurs beizubehalten.

Eine meisterhafte Entscheidung von Kuzaks Seite – und genau das, worauf Lester Tourville gehofft hatte.

Die verwaisten überlebenden LACs von Sebastian D'Orvilles Homefleet stürzten sich auf den Geleitschutz der Zwoten Flotte.

Die Geleitschiffe hatten während des heftigen Raketengefechts bereits Verluste erlitten – schwere Verluste –, aber wie bei den manticoranischen LACs waren es reine Kollateralschäden gewesen: Niemand verschwendete mit Bedacht auch nur eine Rakete auf Schlachtkreuzer, wenn Lenkwaffen-Superdreadnoughts zurückfeuerten. Aber die Ungenauigkeit, für die der Beschuss aus Mehrstufenraketen zu Recht berüchtigt war, hatte eingegriffen, und ›verirrte‹ Raketen, die eigentlich auf Superdreadnoughts gezielt gewesen waren, hatten sich auf gleich welche Ziele gerichtet, die sie finden konnten.

Noch immer gab es dreiunddreißig Schlachtkreuzer und einundvierzig Schwere Kreuzer, die auf den LAC-Angriff warteten, bereit, ihnen Raketen entgegenzufeuern, sobald die

Entfernung genügend gefallen war. Doch die manticoranischen LACs kamen mit mehr als fünfzigtausend Kilometern pro Sekunde auf. Aus der Ruhe besaßen aktuelle havenitische Einstufenraketen eine Reichweite unter Antrieb von etwas mehr als sieben Millionen Kilometern. Durch die geometrischen Parameter stieg ihre Reichweite nun auf fast sechzehneinhalb Millionen, und das Gleiche galt für die Offensivraketen der LACs. Das klang nach sehr viel – nur dass die Manticoraner durch ihre hohe Geschwindigkeit den tatsächlichen Angriffsbereich in nur 317 Sekunden durchqueren würden.

Daher hatten die havenitischen Schiffe nicht die Zeit für viele Raketenstarts, und die republikanische Treffgenauigkeit gegen die elektronische Kampfführung von Allianz-LACs lag bekanntermaßen sehr niedrig.

»Schnappt sie euch! *Schnappt sie euch!*«, bellte Captain Alice Smirnoff.

Sie war die ranghöchste überlebende COLAC der Zweiten Flotte, und die Crews ihrer zweitausendsiebenhundert LACs, positioniert zwischen den Kreuzern, die Lester Tourvilles angeschlagene Wallschiffe abschirmten, und den aufkommenden Manticoranern, bemühten sich mannhaft, ihren Befehl zu befolgen.

Mehr als zwei Drittel der Boote unter Smirnoff waren vom Typ *Cimeterre Alpha* und *Cimeterre Beta,* mit den neuen Kernspaltungsreaktoren und verbesserten Energiespeichern, die Shannon Foraker und ihre Leute nach dem warmen Regen der technischen Daten von Erewhon konstruieren konnten.

Die *Alphas* waren mit starken Lasern ausgerüstet, die auf normale Gefechtsdistanz die Seitenschilde und die Panzerung von Zerstörern und Kreuzern durchschlugen. Den massigen Bordgrasern der alliierten *Shrikes* waren sie unterlegen, aber im Energiegefecht bedeuteten sie eine erheblich größere Gefahr als jedes frühere republikanische LAC. Die *Betas* wiesen keinen wesentlich höheren Kampfwert auf als die ursprünglichen *Cimeterres,* da sie noch immer allein mit Raketen bewaffnet und diese Lenkwaffen nicht entscheidend verbessert waren. Aber wie die *Alphas* besaßen sie Bugschilde und beträchtlich gesteigerte Energie- und Leistungswerte.

Zum ersten Mal wurden sie nun in wirklich aussagekräftigen Zahlen gegen die Allianz eingesetzt.

Das Gefecht war kurz. Es musste kurz sein, da die Manticoraner mit solch hoher Aufschließgeschwindigkeit herankamen. Smirnoff hatte ihre LACs ober- und unterhalb der Ortungs- und Bestreichungswinkel positioniert, die für die Geleitschiffe offen bleiben mussten, und ihre kurzreichweitigen Raketen rasten dem Angriffsband entgegen. Smirnoff besaß mehr Boote als die Manticoraner, aber die überlegene Eloka der Allianz glich den rein zahlenmäßigen Vorteil mehr als aus.

Die *Alphas* erhielten nie eine echte Chance, ihre Laser einzusetzen. Die Ziele waren zu schwer zu erfassen, durchquerten den Angriffsbereich zu schnell, und der Schusswinkel hatte zur Folge, dass zu viele Laserstrahlen an die Dächer oder Bäuche der feindlichen Impellerkeile verschwendet wurden. Aber die Raketen der *Betas,* obschon den Vipers der *Katanas* unterlegen, wurden in gewaltigen Mengen abgefeuert.

Sechshundert alliierte LACs wurden in den wenigen Augenblicken vernichtet, in denen Smirnoff sie angreifen konnte, aber das hatte seinen Preis. Zum ersten Mal hatten alliierte LAC-Besatzungen gegen feindliche Boote kämpfen müssen, die ebenfalls Bugschilde besaßen, aber man hatte sich Alice Trumans Bericht über die Schlacht von Lovat zu Herzen genommen. Sie waren ihnen zwar noch nie begegnet, hatten aber die Möglichkeit einkalkuliert, und obwohl die republikanischen LACs durch die neue Technik weit schwieriger zu vernichten waren, verlor Haven dennoch im Verhältnis zwei zu eins, als die alliierte Angriffsformation vorbei in das Abwehrfeuer der Geleitschiffe raste.

Die Geleitschiffe schossen an weitere dreihundert ab, aber der Preis, den sie für ihren Erfolg entrichten mussten, lag weit höher als der, den Smirnoff gezahlt hatte. An Bord der LACs, die von Smirnoffs Booten vernichtet wurden, verlor die Allianz sechstausend Männer und Frauen, aber Haven büßte im Gegenzug beinahe achtzehntausend Menschenleben ein. Die Allianz verlor weitere dreitausend Leute an Bord der LACs, die den Geleitschiffen zum Opfer fielen. Dann aber brachen die überlebenden, graserbewaffneten *Shrikes* über die Geleitkreuzer herein, die ihnen nicht ausweichen konnten, und wüteten verheerend.

Übrig waren ›nur‹ sechzehnhundert alliierte LACs, aber neunhundert davon waren *Shrikes,* und sie ignorierten die Schweren Kreuzer; sie überließen sie den raketenbewaffneten *Ferrets,* deren leichte Schiffskiller bei einem Großkampfschiff kaum den Lack angekratzt hätten. Da sie mit diesen Raketen keine Wallschiffe angreifen konnten, hatte es auch keinen Sinn, sie aufzusparen, und dreihundert *Ferrets* schleuderten jede Rakete, die sie hatten, den Schweren Kreuzern der Zwoten Flotte in den Rachen. Sie feuerten sie im letzten Augenblick, auf geringstmöglichen Abstand, auf dem ihre Opfer keine Möglichkeit mehr hatten, sich mit etwas anderem als Laserclustern zu verteidigen. Die LACs entrichteten einen hohen Preis, um diesen Abstand zu erreichen, aber als sie ihn erlangt hatten, spien sie mehr als sechzehntausend Schiffskiller aus.

Diese Raketen trugen nur Gefechtsköpfe, wie sie auf Zerstörern mitgeführt wurden, aber die Seitenschilde eines Schweren Kreuzers waren schwächer als die eines Schlachtkreuzers, und im Vergleich mit einem Großkampfschiff besaß ein Kreuzer nur sehr wenig Panzerung. Jedenfalls nicht genug, um gegen einen Beschießungsplan zu überleben, bei dem jedes Schiff mit vierhundert Raketen aus einer Entfernung belegt wurde, auf die jeder Lasercluster nur Zeit für – höchstens – einen Schuss bekam.

Die *Ferrets* feuerten auf 182.000 Kilometer, und ihre Raketen benötigten nur zwei Sekunden, um die Entfernung zurückzulegen. In diesen beiden Sekunden vernichtete das verzweifelte Abwehrfeuer der Schweren Kreuzer weitere 112 LACs, aber als die überlegenden *Ferrets* anderthalb Sekunden nach ihren Raketen die Position des Schirms passierten, geschah es im strahlenden Licht der explodierenden Fusionskraftwerke an Bord der Kreuzer, die sie gerade vernichtet hatten.

Keiner der Schweren Kreuzer des Geleits und nur wenige von den fünfzehntausend Männern und Frauen an Bord überlebten.

Den Schlachtkreuzern erging es nicht besser. Sie waren weniger, und ihnen standen dreimal so viele Angreifer gegenüber. Gewiss, diese Angreifer konnten jeweils nur einen Schuss abfeuern, aber sie setzten Graser ein, die so kampfstark waren wie ein Jagdgeschütz der meisten Schlachtkreuzer. Sie stürzten sich direkt in die Breitseiten der Schlachtkreuzer, schlossen mit grimmiger Entschlossenheit auf und feuerten mit weißen Fingerknöcheln auf eine Distanz von weniger als fünfundsiebzigtausend Kilometern.

Vierhunderteinundachtzig *Shrikes* und grob weitere fünftausend Alliierte starben, in dem kurzen Angriffsfenster, das ihnen blieb, von den Energiewaffen der Schlachtkreuzer zerrissen. Im Gegenzug wurden achtundzwanzig republikanische Schlachtkreuzer komplett vernichtet, fünf weitere zu treibenden Wracks und wieder siebenundsiebzigtausend von Lester Tourvilles Leuten getötet.

Doch in seiner Vernichtung hatte der Geleitschutz der

Zweiten Flotte seine Aufgabe erfüllt. Die LACs, die den Angriff überlebten, bildeten eine kampfuntüchtige Streitmacht, die zwischen Tourvilles Superdreadnoughts so rasch hindurchraste, dass selbst die *Shrikes* keine Zeit hatten, um gegen derart massiv gepanzerte Ziele noch Schaden anzurichten. Nicht ohne die zahlenmäßige Überlegenheit, die sie nicht mehr besaßen.

»Ich habe erste Werte, Boss«, sagte Molly DeLaney. Ihr Gesicht und ihre heisere Stimme offenbarten die Anspannung, unter der sie alle standen, fand Tourville und bedeutete ihr mit einem Nicken fortzufahren, ohne dass er die Augen vom Plot nahm.

»Wie es aussieht, sind nur ungefähr zwohundert feindliche LACs davongekommen«, sagte seine Stabschefin. »Der Wall konnte mit Energiewaffen fast alle anderen abschießen, als sie unseren Vektor schnitten.«

»Danke«, sagte Tourville und schloss kurz die Augen.

Mein Gott, dachte er. *Ich bin das Gefecht eingegangen, weil ich glaubte zu wissen, wie hoch die Verluste liegen würden, aber ich wusste gar nichts. Und Tom Theisman eigentlich auch nicht. Niemand hätte solch ein Gemetzel vermutet, weil bis jetzt niemand irgendwelche Erfahrung mit Gefechten wie diesen hatte. Beide Seiten haben sich so weit von den althergebrachten Operationsdoktrinen entfernt, dass wir tief in Neuland vorgestoßen sind. Gondelleger sollten nicht frontal aufeinander zuhalten, bis sie in die nötige Nähe für gegenseitigen Selbstmord gekommen sind. Und wir sollten LACs nicht so nahe an unsere Sternenschiffe heranlassen. Unser Schlachtwall sollte sie ausschalten können, ehe sie uns angreifen können. Aber dazu hatte ich nicht mehr die nötigen Raketen, und sie sind so rasch durch unser Offensivfenster gefegt, dass unsere Energiewaffen sie auch nicht mehr aufhalten konnten.*

Er schlug wieder die Augen auf und blickte in den Plot. In einer Galaxis, wo so viele Jahrhunderte lang im Flottengefecht Manöver die Norm gewesen waren, die zu keiner Entscheidung führten, waren zwei Jahrzehnte – selbst zwei Jahrzehnte wie die beiden, die bei Hancock Station begonnen hatten – einfach nicht genug, um irgendjemanden auf so etwas vorzubereiten.

Und trotzdem gewöhnt sich die Milchstraße besser daran, dachte er grimmig. Denn eines wusste er: Die tödlichen Geister waren aus der Flasche entkommen, und niemand könnte sie je wieder einsperren.

»Neue Befehle, Sir?«, fragte DeLaney, und er schüttelte den Kopf.

»Nein.«

»Hyperabdruck auf zwo Komma drei sechs Millionen Kilometer!«, bellte Commander Zucker. »Zahlreiche Abdrücke!«

Oliver Diamato riss den Kopf herum, als eine Flut von Icons den Plot überzog. Achtzehn Stück waren es, und er fluchte still vor sich hin, als sie höhnisch im Display funkelten.

Wer immer die *Sherman* zu seinem Ziel erkoren hatte, war erheblich dichter aufgetaucht als die meisten anderen, aber alle manticoranischen Schiffe zeigten für solch einen kurzen Sprung eine bemerkenswert gute Astrogation. Dann erschienen die Vektoren im Plot, und Diamato fluchte wieder. Ihren Kursen und besonders ihrer Geschwindigkeit zufolge hatten sie es geschafft, am Wurmlochknoten in den Hyperraum zu gehen, ohne dass er das Geringste davon bemerkte, und dann zurückzukehren, nachdem sie im Hyperraum ihre Geschwindigkeit aufgebaut hatten, sodass der Sprung keineswegs so kurz gewesen war, wie er zunächst angenommen hatte.

Nicht, dass er viel Zeit hatte, darüber nachzudenken.

»Raketenstart!«, rief Zucker. »Multiple Raketenstarts, einkomm …!

Diamato hatte den Mund geöffnet, ehe der Operationsoffizier das Wort ergriff, und sein Befehl schnitt Zucker die Meldung mitten im Wort ab.

»Alle Einheiten, Kode Zebra!«, bellte er.

RHNS *William T. Sherman* verschwand keine drei Sekunden, ehe die Raketen von HMS *Nike* detonierten, in den Hyperraum. Zwei andere Schlachtkreuzer unter Diamato hatten weniger Glück, reagierten etwas zu langsam. Sie erhielten Treffer – RHNS *Count Maresuke Nogi* verlor fast den ganzen Heckimpellerring –, aber auch sie entkamen in den Hyperraum.

Diamato seufzte erleichtert auf, als er begriff, dass alle seine Schiffe in den Hyperraum hatten fliehen können. Doch so sehr ihr Überleben ihm eine Last von den Schultern nahm, die Tatsache blieb bestehen, dass er von seiner Station vertrieben worden war. So frustrierend unvollständig seine Beobachtungen gewesen waren, seine Schiffe waren die einzigen gewesen, die den Wurmlochknoten für die Zweite Flotte im Auge behielten.

»Admiral Diamato wurde gezwungen, sich zum Alpha-Rendezvous zurückzuziehen, Sir«, meldete Lieutenant Eisenberg.

»Verdammt«, murmelte Molly DeLaney, doch Tourville zuckte nur mit den Schultern.

»Früher oder später musste es so weit kommen, Molly. Andererseits könnte es sogar eine gute Nachricht sein.«

»Eine *gute* Nachricht, Sir?«

»Nun, die Mantys haben die ganze Zeit über Diamato niemanden auf den Hals gehetzt, um ihn wegzujagen, weil sie zu beschäftigt waren, die Wallschiffe herzuschaffen. Wenn sie jetzt Schlachtkreuzer und Schwere Kreuzer durchs Wurmloch holen, dann heißt das vermutlich, dass sie bereits alle Großkampfschiffe am Nexus haben. Und dann ist das da« – er nickte dem sich nähernden Ansturm scharlachroter Icons zu, die sich bereits innerhalb ihrer theoretischen Mehrstufenraketen-Reichweite zu seinen angeschlagenen Überlebenden befanden – »wahrscheinlich alles, womit wir es zu tun bekommen.«

»Bei allem schuldigen Respekt, Sir, ›das da‹ reicht mir völlig.«

»Uns allen, Molly. Uns allen.«

Tourville musterte den Plot noch einige Sekunden, dann sah er Eisenberg an.

»Ace, Signal an die *MacArthur.* 'Klar für Paul Revere.«

»Aye, Sir.«

»Eine Veränderung auf seinem Kurs, Judson?«, fragte Admiral Kuzak.

»Nein, Ma'am. Er hält genau Kurs und Beschleunigung«, antwortete Commander Latrell.

»Was zum Teufel denkt er sich denn dabei, Ma'am?«, fragte Captain Smithson leise, und Kuzak zuckte gereizt die Achseln.

»Der Teufel soll mich holen, wenn ich es weiß«, bekannte sie offen. »Vielleicht glaubt er nur, er hätte noch die nötige Feuerkraft, es mit uns aufzunehmen. Schließlich bleiben ihm hundertachtzehn Wallschiffe, und wir haben nur fünfundfünfzig, einschließlich den Geschwadern der Herzogin Harrington.«

»Aber er ist doch zusammengeschossen worden, Ma'am«, wandte Smithson ein. »Die Aufklärungsdrohnen zeigen deutlich, dass wenigstens die Hälfte seiner Überlebenden im Gefecht schwer beschädigt wurden, und selbst ohne die Berichte der Sonden hätte uns so viel schon sein Beschleunigungswert verraten. Sagen wir also, er hat das Gegenstück zur Kampfkraft von achtzig Wallschiffen – und ich finde, das ist ziemlich großzügig geschätzt –, dann sind es immer noch *havenitische* Lenkwaffen-Superdreadnoughts. Wir haben nicht so viele Schiffe, wie die Homefleet hatte, aber unsere Schiffe gehören *alle* der *Medusa-* oder der *Harrington*-Klasse an, und damit sind *wir* überlegen, was den realen Kampfwert angeht. Davon abgesehen muss er den Großteil seiner Munition aufgebraucht haben. Teufel, er hat keine einzige Mehrstufenrakete auf die LACs gefeuert, und Sie konnten selbst sehen, was sie aus seinem Geleitschutz gemacht haben. Seine Magazine müssen so gut wie leer sein.«

»Wenn seine Lage so verzweifelt ist«, wandte Judson Latrell ein, »warum gibt er nicht die übrigen Schiffe mit Impellerschäden auf und haut mit Höchstbeschleunigung ab?«

»Ich vermute, die Antwort darauf hängt wenigstens zum Teil davon ab, was das eigene havenitische Operationsziel ist«, sagte Kuzak.

Sie blickte auf den Hauptplot. Sechsundzwanzig Minuten waren vergangen, seit die Dritte Flotte in den Normalraum zurückgekehrt war. Es fiel schwer zu glauben, dass vor kaum zwei Stunden noch die Homefleet mit all ihren Schiffen sicher in der Umlaufbahn um Sphinx gelegen hatte. Nun waren sie fort, zu sich ausbreitenden Wrackteilen geschossen, und ihr eigenes Kommando beschleunigte mit konstanten 6,01 Kps^2 dem Gefecht gegen ihre Bezwinger entgegen. Die Basisgeschwindigkeit der Dritten Flotte war auf beinahe zehntausend Kilometer pro Sekunde gestiegen, sie hatte beinahe acht Millionen Kilometer in der Resonanzzone zurückgelegt, und der Abstand zur Zweiten Flotte sank bald auf sechzig Millionen Kilometer. Folglich war sie bereits in ihrer Reichweite und umgekehrt.

»Was immer die Burschen vorhaben«, sagte Kuzak grimmig, »ich denke, mit dem Munitionsproblem haben Sie recht, Jerry. In diesem Fall können sie uns nicht mehr mit einer dieser Monstersalven angreifen. Sie haben dann auch nicht genügend Vögelchen übrig, um sie mit Schüssen auf weite Distanz zu verschwenden – bei der havenitischen Treffwahrscheinlichkeit schon gar nicht. Wir hingegen haben volle Magazine.«

»Wollen Sie jetzt schon das Feuer eröffnen, Ma'am?«, fragte Commander Latrell, aber sie schüttelte den Kopf.

»Noch nicht. Tatsächlich nicht, ehe *sie* feuern.« Sie lächelte kalt und gepresst. »Mit jedem Kilometer, den der Abstand noch sinkt, erhöht sich unsere Trefferwahrscheinlichkeit um einige Tausendstel eines Prozents. So lange die Havies nicht bereit sind zu feuern, feuere ich auch nicht.«

»Sphinx kommt in etwa zehn Minuten in ihre Reichweite, Ma'am«, sagte Smithson ruhig.

»Gutes Argument.« Sie nickte. »Das heißt aber auch, dass die Havies wiederum in die Reichweite der Abwehrgondeln rings um Sphinx kommen, und die Ortungssatelliten im System werden den Raketen eine sehr gute Treffgenauigkeit schenken.«

»Aber wenn sie das Feuer eröffnen, werden die Havies es erwidern«, sagte Latrell.

»Das ist richtig«, stimmte Kuzak ihm zu. »Das habe ich mir auch schon überlegt.«

Sie wog Zahlen und Entfernungen ab, dann wandte sie sich an den Signalstand.

»Franklin, rufen Sie Admiral Caparelli. Melden Sie, ich empfehle, dass die Sphinx-Abwehr das Feuer erst eröffnet, wenn und falls die Haveniten auf Sphinx feuern.«

»Jawohl, Ma'am«, antwortete Lieutenant Bradshaw.

»Sind Sie sich da sicher, Ma'am?«, fragte Smithson. Als Kuzak ihn anstarrte, entgegnete er ihrem Blick ungerührt.

Schließlich gehörte es zu den Aufgaben eines Stabschefs, den Advocatus Diaboli zu spielen. »Wenn die Havies tatsächlich den Planeten bombardieren, wird es uns wahrscheinlich einiges kosten, wenn wir sie nicht an der ersten Salve hindern«, sagte er.

»Aber wie Judson gerade herausgestellt hat, könnte es auch sein, dass sie gar nicht bereit sind, den Planeten und die planetennahen Werften zu beschießen, es sich aber anders überlegen, wenn die Orbitalabwehr das Feuer eröffnet«, entgegnete Kuzak. »Und sie sind in der Tat schon schwer angeschlagen. Wenn Sphinx nicht auf sie schießt, reservieren sie ihre Raketen wahrscheinlich für uns, weil wir offensichtlich die größere Bedrohung darstellen. Unter diesen Umständen halte ich das Risiko vertretbar, dass die Havies eine freie Salve gegen die Abwehranlagen erhalten, nachdem sie nun alle gefechtsklar sind. Besonders gönne ich den Havies die Chance, wenn sie sich entscheiden sollten, doch nicht zu feuern.«

»Jawohl, Ma'am.«

»Keine Änderung in den Vorkehrungen, Hoheit«, meldete Andrea, und Honor runzelte die Stirn.

»Was haben Sie, Hoheit?«, fragte eine Stimme, und Honor blickte auf den Combildschirm. Captain Cardones sah sie daraus an.

»Was soll ich haben, Rafe?«

»Dieses Stirnrunzeln«, erwiderte der Flaggkommandant. »Das kenne ich schon. Was stört Sie?«

»Außer dass an diesem schönen Nachmittag bereits rund eine Million Menschen getötet worden sind, meinen Sie?«

Cardones zuckte leicht zusammen, doch dann schüttelte er den Kopf.

»Das meine ich nicht, Ma'am, und das wissen Sie genau.«

»Ja, wahrscheinlich haben Sie recht«, stimmte sie ihm zu.

Sie hob die Hand und streichelte Nimitz die Ohren. Der 'Kater drückte sich gegen ihre Hand und schnurrte durchdringend, während sein Geistesleuchten das ihre liebkoste. Honor ergab sich einen kurzen Moment lang der vorbehaltlosen Ermutigung und Liebe und klammerte sich zum Schutz gegen das kalte, trostlose Wissen um so viel Tod und Zerstörung an seine Wärme. Dann blickte sie Cardones wieder an.

»Ich kann mich des Gefühls nicht erwehren, dass das noch nicht alles war«, sagte sie langsam. »Ich weiß, dass den Haveniten kein Vektor zur Verfügung steht, auf dem sie sowohl aus Sphinx' wie aus Admiral Kuzaks Reichweite kommen. Unter diesen Umständen ist es wahrscheinlich nicht allzu überraschend, dass sie weiterhin Kurs halten. Was sonst könnten sie tun?«

»Nicht viel, Hoheit«, sagte Mercedes Brigham, als Honor schwieg. »Von meiner Warte sieht es so, als hätten die Havies die Sache vermasselt. Anfangs haben die Mistkerle uns schwer getroffen, aber jetzt sind sie zu tief systemeinwärts, um heil wieder herauszukommen, und Admiral Kuzak wird sie zu Schrott schießen.«

»Das bereitet mir ja gerade Kopfzerbrechen«, sagte Honor langsam. »Die Haveniten hätten nicht auf diese Weise vorgehen müssen. Warum sind sie von Anfang an direkt auf Sphinx zugestürmt?«

»Das sind sie nicht«, erwiderte Brigham. »Sie haben den Winkel zwischen Resonanzzone und Hypergrenze geschnitten, damit sie abdrehen konnten, falls es nötig sein sollte.«

»Nein, Mercedes.« Auf Honors Display schüttelte Cardones den Kopf. »Ich verstehe, was Ihre Hoheit meint. Der Beschleunigungswert, richtig, Ma'am?«

»Ganz genau«, stimmte Honor zu. »Im Voraus können die Haveniten nicht genau gewusst haben, was geschehen würde, sobald sie auf die Homefleet trafen, aber ihnen dürfte klar gewesen sein, dass sie vor dem Planeten abgefangen und im Gefecht keine geringen Verluste erleiden werden. Indem sie aber mit solch hoher Beschleunigung anstürmten, obwohl sie es gar nicht mussten, bauten sie einen Vektor auf, den sie auf keinen Fall mehr aufheben konnten, ehe welche Kräfte wir auch immer von Trevors Stern heranführen, sie angriffen. Das sieht Theisman überhaupt nicht ähnlich. Er hätte seinem Kommandeur vor Ort mehr Manöverfreiheit lassen müssen, um zu verhindern, dass seine Einheiten sich in solch einer Falle fangen.«

»Warum hat er es dann nicht getan?« Brigham runzelte die Stirn, während sie Honors Gedankengang nachvollzog.

»Zuerst habe ich gedacht, es wäre ein Hinweis, dass Haven einen Angriff aus zwo Richtungen geplant hätte«, sagte Honor. »Uns zuerst bei Manticore angreifen, sodass wir die Dritte Flotte von Trevors Stern abziehen müssen, um das Heimatsystem zu verteidigen, und dann San Martin angreifen, nachdem wir es entblößt hätten. In diesem Fall könnte man gehofft haben, dass wir die Dritte und die Achte Flotte zwischen den beiden separaten Offensiven verzetteln und auf keine Bedrohung angemessen reagieren können.«

»Das nenne ich eine hässliche Idee, Hoheit«, brummte Brigham.

»Aber auch das sähe Theisman nicht ähnlich«, erwiderte Honor. »Er hat das Prinzip ›Einfach und leicht verständlich‹ begriffen, und in den anfänglichen Angriffen des ›Unternehmens Donnerkeil‹ war jede einzelne Operation unabhängig von den anderen angelegt. Sie fügten sich zwar zu einem großen Ganzen zusammen, aber er hat es sorgfältig vermieden, weit verteilte Flottenverbände koordinieren zu müssen oder ihnen abzuverlangen, sich zur Erfüllung eines Einsatzziels gegenseitig zu unterstützen. Die gesamte Offensive war sehr sorgfältig koordiniert, bis auf die Entscheidung, Tourville bis ins Marsh-System zu senden. Aber der Erfolg gleich welcher Operation hing nicht vom Erfolg irgendeines anderen, gleichzeitig stattfindenden Angriffs ab.«

»Und wenn man sowohl Trevors Stern als auch Manticore angreift, hätte man diesen Fall.« Brigham nickte.

»Ganz gewiss«, stimmte Honor zu. »Und beide Teilverbände hätten keine Möglichkeit, sich zu verständigen; verpasst also einer der Verbände den richtigen Zeitpunkt, wären wir vorgewarnt, ehe beide in Stellung wären. Es ist zwar nach wie vor möglich, dass Haven trotzdem solch ein Manöver versucht, und vor allem deshalb möchte ich den Trevors-Stern-Terminus nicht durch einen Massentransit sperren, aber ich glaube, uns steht irgendetwas anderes bevor.

Wenn die Haveniten jedoch etwas anderes planen, dann begreife ich einfach nicht, was sie vorhaben. Nach dem ONI-Bericht zu ihrer aktuellen Flottenstärke ist das dort ein riesiger Teil ihres Gesamtschlachtwalls, und der hält auf einem Vektor direkt vor die Rohre unserer Abwehrforts zu, auf dem es ihm unmöglich ist, dem Gefecht mit der Dritten Flotte auszuweichen. Das gefällt mir nicht. Es ist dumm ... und wenn Thomas Theisman eines nicht ist, dann dumm.«

»Boss, bei allem schuldigen Respekt«, sagte Molly DeLaney, »aber ich glaube, es ist Zeit.«

»Nein, wirklich?«, entgegnete Lester Tourville in solch trockenem Ton, dass DeLaney erstaunt aufblickte. Dann, fast gegen ihren Willen, lachte sie auf.

Obwohl dieses Auflachen nicht sehr laut war, erschien es in dem angespannten Schweigen auf dem Flaggdeck dennoch so. Überall wurden Köpfe gehoben und richteten sich Augen auf die Stabschefin, und Tourville grinste. Das Erstaunen seiner Leute, dass er in solch einem Moment zu einem noch so müden Scherz imstande war, konnte er förmlich spüren. Und dann bemerkte er, wie dieses Erstaunen wenigstens ein wenig die anspannte Furcht und Beklommenheit aufbrach, die alle eingeschlossen hatte, während er Paul Revere zurückhielt und abwartete. Jeder kannte den Operationsplan Beatrice Bravo so gut wie er, und alles musste sich mittlerweile fragen, worauf zum Teufel er da eigentlich wartete.

Das ging in Ordnung. Worauf er noch wartete, fragte er sich im Grunde selbst.

Tourville blickte in den Plot. Der manticoranische Entsatz von Trevors Stern beschleunigte nun seit beinahe fünfzig Minuten systemeinwärts. Seine Geschwindigkeit hatte soeben achtzehntausend Kps überschritten, und er hatte 27.045.000 Kilometer zurückgelegt. Der Abstand zur Zweiten Flotte fiel rasch und näherte sich der Marke 33.000.000 Kilometer, und Tourville war ein wenig erstaunt, dass man noch nicht das Feuer eröffnet hatte. Dennoch hatte ihm ein bohrender leiser Zweifel, die Stimme seines Instinkts, zum Abwarten geraten.

Er blickte in den Sekundärplot, in dem die letzten taktischen Daten standen, die Oliver Diamato hatte übertragen können, ehe man ihn vom Nexus des Wurmlochknotens verjagt hatte. Tourville erwog sie zwei, drei Sekunden, während er konzentriert sein innerliches Stirnrunzeln verbarg, damit es nicht die wohltuende Wirkung von DeLaneys Lachen wieder aufhob.

Du musst den Würfel langsam mal fallen lassen, Lester, sagte er sich. *Du hast schon so lange gewartet, wie du konntest; Molly hat da ganz recht. Wenn die Achte Flotte käme, wäre sie schon da. Und du kannst dich nicht ewig zurückhalten, falls sie dann doch noch kommt. Denn ob sie nun eintrifft oder nicht, du darfst den Gegner, der auf dich zuhält, nicht noch näher kommen lassen.*

»Also gut, Ace«, sagte er ruhig und selbstbewusst. »Geben Sie der *MacArthur* das Signal zur Ausführung.«

»Sir, die *Guerriere* gibt das Signal zur Ausführung!«

»Manöverstation«, sagte Captain Edward Higgins fast augenblicklich in scharfem Ton, »führen Sie Paul Revere aus.«

»Aye, Sir!«, antwortete der Astrogator, und der Schlachtkreuzer RHNS *Douglas MacArthur,* der nie mit dem Rest des zum Untergang verurteilten Geleitschutzes der Zweiten Flotte systemeinwärts beschleunigt hatte, transistierte mühelos in den Hyperraum.

»Ich denke, wir können langsam den Ball eröffnen, ob die Havies wollen oder nicht«, sagte Theodosia Kuzak zu Commander Latrell. »Wie schauen unsere Feuerlösungen aus?«

»Mir kommt das alte Sprichwort von den Schäfchen im Trockenen in den Sinn«, erwiderte Latrell.

»Gut. Dann –«

«Hyperabdruck!«, bellte plötzlich einer der Gasten unter Latrell. »Hyperabdruck bei vier eins Komma sieben Millionen Kilometer, Peilung eins acht null zu eins sieben sechs!« Er hielt kurz inne, dann blickte er mit kreidebleichem Gesicht auf. »Zahlreiche Punktquellen, Sir! Es sieht nach wenigstens *neunzig* Wallschiffen aus.«

»Ach du lieber Gott«, sagte Mercedes Brigham, als der Plot sich aktualisiert hatte. Die überlichtschnellen Daten der Ortungssatelliten offenbarten in aller schrecklichen Deutlichkeit, was soeben geschehen war.

»Sie hatten recht, Hoheit«, sagte Rafael Cardones tonlos. »Die Havies haben keine Dummheit begangen.«

Honor gab keine Antwort. Sie hatte sich bereits den Seitenleisten ihres taktischen W-Displays zugewandt. Sechzehn ihrer zweiunddreißig Superdreadnoughts standen noch bei

Trevors Stern, ebenso alle LAC-Träger unter Samuel Miklós und dreißig Schlachtkreuzer. Sie blickte die Zahlen einen Herzschlag lang an und wandte sich wieder an ihren Stab.

»Mercedes, schicken Sie ein Kurierboot nach Trevors Stern. Informieren Sie Admiral Miller, dass er den Befehl hat und sämtliche Schlachtkreuzer dortbehalten soll. Sagen Sie ihm, er ist für den Schutz von Trevors Stern verantwortlich, bis wir zu ihm zurückkehren. Dann weisen Sie Judah an, Admiral Miklós' Träger und alle übrigen Wallschiffe mit einem Einzeltransit hierherzuschaffen.«

Ihre Stimme war fest und ruhig, trotz ihres eigenen Entsetzens, und Brigham blickte sie einen Moment lang an, dann nickte sie knapp.

»Aye, aye, Hoheit!«

»Theo«, fuhr sie fort, indem sie mit dem Zeigefinger auf Commander Kgari wies, »berechnen Sie einen neuen Mikrosprung. Wir transistieren gleich hier; kein Knick. Ich möchte fünfzig Millionen Kilometer systemauswärts dieser Neuankömmlinge in den Normalraum zurückkehren. Fünfundsiebzig bis hundert wären sogar besser, aber auf keinen Fall dichter als fünfzig.«

Kgari blickte sie kurz an, und sie schmeckte seine Erschütterung. Sie räumte ihm zwar eine erheblich größere Fehlertoleranz ein als Admiral Kuzak den Schiffen der Dritten Flotte, aber zugleich verlangte sie, dass er von einem Punkt *innerhalb* der Resonanzzone zu einem auf ihrer Peripherie sprang. Sicherheitsspielraum hin oder her, eine derart präzise Astrogation war nur außerordentlich schwer zu erzielen, denn ganz gleich, was er tat, seine Startkoordinaten unterlagen einer beträchtlichen Unsicherheit.

Doch trotz seiner Erschütterung antwortete er mit klarer Stimme.

»Aye, aye, Ma'am!«

»Harper«, fuhr Honor an die Signalabteilung gewandt fort. »Sofortiges Vorrangsignal an Admiral Kuzak, Kopie an die Admiralität. Signal beginnt: ›Admiral Kuzak, mit meiner Unterstützung können Sie in ...« – sie blickte auf das Chronometer, doch es lag nicht in ihrer Macht, die Zeit zu beeinflussen – »fünfzehn Minuten rechnen. Wenn ich die Spanne verringern kann, werde ich es tun.‹ Signal Ende.«

»Aye, aye, Hoheit!«

Honor nickte, setzte sich wieder auf den Kommandosessel und ließ ihn langsam drehen, bis sie das Personal der Flaggbrücke anblickte. Während die Leute begriffen, was der Dritten Flotte bevorstand, egal, was sie nun taten, sah Honor auf ihren Gesichtern die gleiche Angst, die sie empfand, und schmeckte sie in ihrem Geistesleuchten.

Sie starrten zurück, aber sie sahen keine Angst in Honors ruhigem Gesicht. Sie sahen nur Entschlossenheit und Zielstrebigkeit.

»Also, Herrschaften«, sagte sie. »Wir wissen, was wir zu tun haben. Dann wollen wir mal.«

35

Admiral Genevieve Chin, Kommandeurin der Fünften Flotte, stand im Gemurmel der Bereitschaftsmeldungen auf der Flaggbrücke von RHNS *Canonnade*.

»Wir haben sie, Ma'am!«, verkündete Commander Andrianna Spiropoulo im Überschwang. »Astro hat uns keine fünfzig Millionen Kilometer hinter sie gesetzt – genau an die richtige Stelle!«

»Ich sehe es selbst.« Chin hätte im Widerspruch zu ihrem

Operationsoffizier die astrogatorische Leistung bemängeln können, denn sie befanden sich etliche Millionen weiter systemauswärts als geplant. Sie vermutete, dass Lieutenant Commander Julian sie absichtlich etwas entfernter von der Hypergrenze platziert hatte als angewiesen. Spiropoulos Bewertung der taktischen Lage entsprach jedoch genau der ihren, und sie kämpfte sehr darum, sich ihren Überschwang eben nicht in der Stimme anhören zu lassen.

Sie wusste allerdings, dass sie damit keinen hundertprozentigen Erfolg hatte.

Nun, dann vielleicht nicht, dachte sie. *Und wenn schon, ich habe etwas Genugtuung verdient. Das haben wir alle, nachdem sie uns im letzten Krieg so fertiggemacht haben. Aber mir bedeutet es noch ein wenig mehr.*

»Also schön, Andrianna«, sagte sie und wandte dem Plot und den Icons der manticoranischen Wallschiffe den Rücken zu, deren Crews gerade begriffen, dass sie geradewegs in eine Falle gelaufen waren, »wir haben nicht viel Zeit, ehe sie aus unserer Reichweite sind. Fangen wir an, die Gondeln auszusetzen.«

»Aye, Ma'am!«

Spiropoulos dunkle Augen funkelten, und Chin sah Captain Nicodème Sabourin an. Ihr Stabschef begegnete dem Blick, und dann, ohne dass die Besatzung der Flaggbrücke es mitbekam, nickte er ganz leicht.

Chin erwiderte das Nicken. Sabourin war vermutlich der einzige Angehörige ihres Stabes, der ihr Gefühl der ... Vollendung in vollem Maße zu würdigen wusste. Sie war lange unterwegs gewesen, bis sie diesen Punkt erreichte. Sie hatte es überlebt, dass die Legislaturisten sie für das Desaster von Hancock Station gleich zu Beginn des letzten Krieges zum Sündenbock gemacht hatten. Sie hatte lange, trostlose Jahre im Dienst des Komitees für Öffentliche Sicherheit überlebt – nie ganz für vertrauenswürdig gehalten, zu wertvoll, um abserviert zu werden, jedoch stets von ihrem Volkskommissar beobachtet. Sogar Saint-Justs Aufstieg zur absoluten Macht hatte sie überlebt – und das Chaos, das auf seinen Sturz folgte.

Mittlerweile war sie zweimal ›rehabilitiert‹ worden: einmal von Rob Pierres Irren nur deswegen, weil das vorherige Regime sie zum Sündenbock gemacht hatte, und einmal durch die neue Republik wegen der verdammt guten Arbeit, die sie beim Schutz ihres Sektors geleistet hatte, und das, obwohl ihr als Volkskommissar ein psychotischer Sadist zugewiesen worden war.

Diesmal, so glaubte sie wirklich, war die Rehabilitierung auf Dauer. Dennoch, hinsichtlich der Seniorität hatte sie viel Boden verloren. Männer und Frauen, die noch Subalterne oder gar Mannschaftsdienstgrade gewesen waren, als sie schon den Rang eines Flaggoffiziers erreicht hatte, standen heute über ihr. Thomas Theisman etwa war noch Commander gewesen, als man sie zum Konteradmiral beförderte. Andererseits gehörte sie zu der schieren Handvoll Menschen, die bereits unter den Legislaturisten Admiral geworden waren und trotzdem noch lebten – was zählte da das Dienstalter?

Und ob das Universum nun immer fair war oder nicht, sie konnte sich nicht beschweren über den Punkt, den sie heute einnahm. Die Frau, der man die Schuld für die katastrophale Eröffnungsoffensive der Legislaturisten gegen das Sternenkönigreich von Manticore aufgeladen hatte, war auch die Frau, der man den Befehl über den entscheidenden Hammer übertrug, unter dessen Schlägen das Sternenkönigreich ein für allemal zerbrechen sollte. Fünfzehn T-Jahre hatte sie auf diesen Moment gewartet, und er schmeckte zuckersüß.

Nicodème Sabourin verstand es gut. Ihr war es eine ganze Weile nicht bekannt gewesen, aber er hatte bei Hancock Station als Petty Officer Zwoter Klasse an Bord eines ihrer

Dreadnoughts gedient. Wie sie freute er sich auf die Revanche, die ihm heute Nachmittag zuteil werden sollte.

»Wie sehen unsere Ziellösungen aus, Andrianna?«, fragte Chin sie ruhig.

»Sie sehen gut aus, Ma'am, wenn man die manticoranische Eloka bedenkt.«

»Wenn das so ist, Commander«, sagte Genevieve Chin förmlich, »haben Sie Erlaubnis, das Feuer zu eröffnen.«

»Wir sind geradewegs hineingelaufen«, sagte Theodosia Kuzak bitter. »*Ich* bin geradewegs in die Falle gelaufen.«

»Nicht dass wir groß die Wahl gehabt hätten, Ma'am«, sagte Captain Smithson.

Beide starrten sie in den Plot und beobachteten die weit überlegene Streitmacht, die plötzlich achteraus aufgetaucht war, während sie Gondeln aussetzten und warteten. Die Befehle waren erteilt. Ihre Raketen starteten bereits. Im Augenblick konnte Kuzak im wahrsten Sinne des Wortes nichts anderes tun, als tatenlos zuzusehen, wie andere Leute ihre Befehle ausführten.

Sie wandte den Kopf und blickte ihren Stabschef an, und Smithson zuckte mit den Schultern.

»Wir konnten sie auf Sphinx feuern lassen, und nach dem Preis, den D'Orville bezahlt hat, um sie aufzuhalten, konnten wir sie auch nicht einfach davonkommen lassen. Also mussten wir ihnen nach. Und das haben Sie befohlen.«

»Ich hätte es kommen sehen müssen«, erwiderte sie, aber leise, ganz leise, mit beherrschter Stimme. »Es ist die logische Antwort auf Harringtons Schachzug bei Lovat.«

»Aha?« Smithson neigte den Kopf zur Seite und lächelte trotz des Hurrikans aus Raketen, der auf sie zuraste, ironisch. »Und Sie sollten wohl mithilfe der Wahrsagekunst bemerken, dass Haven noch einmal *hundert* Wallschiffe in Reserve hielt? Dass die Havies uns mit *dreihundertfünfzig* Lenkwaffen-Superdreadnoughts angreifen? Und nur Sie – nicht Admiral Caparelli, nicht das ONI, nicht Admiral D'Orville oder Admiral Harrington. Nur Sie. Denn ganz offensichtlich sind Sie ganz allein an dem Debakel schuld.«

»Ich meinte nicht ...«, setzte sie ärgerlich an, dann hielt sie inne. Sie blickte ihn einen Moment an, dann streckte sie die Hand vor und drückte ihm die Schulter.

»Ich denke, das habe ich verdient. Danke.«

»Nichts zu danken.« Smithson lächelte traurig. »Gehört zu den Pflichten jedes Stabschefs.«

»Also gut, Alekan«, wandte sich Alistair McKeon rau an seinen Operationsoffizier. »Wir sind das einzige Geschwader mit Apollos. Admiral Kuzak hat uns unabhängige Zielerfassung genehmigt, damit wir das System möglichst effizient einsetzen können. Das heißt, alles ruht auf Ihren Schultern.«

Commander Slowacki nickte ruckartig. »Verstanden, Sir.«

»Konzentrieren Sie sich auf den neuen Haufen«, fuhr McKeon fort. »Er ist noch nicht getroffen worden, seine Feuerleitung und seine taktischen Abteilungen sind also in bester Verfassung. Wir schalten ihm ein Schiff nach dem anderen aus.«

»Verstanden, Admiral«, sagte Slowacki wieder, und McKeon wies auf die Icons von Genevieve Chins Kampfverband.

»Gut. Und jetzt schießen Sie von den Bastarden so viele ab, wie Sie können.«

»Aye, aye, Sir!«

»Ich wünschte, Ihre Hoheit wäre hier, Sir«, sagte Commander Roslee Orndorff leise zu McKeon, als Slowacki und seine Leute begannen, ihre Ziellösungen zu aktualisieren.

»Ich nicht«, entgegnete McKeon ebenso leise und schüttelte den Kopf. »Hier könnte selbst sie uns nicht mehr rausholen, Roslee.«

»Wahrscheinlich nicht«, räumte Orndorff ein. »Und Sie haben recht. Ich sollte mir nicht wünschen, dass sie mit uns hier feststeckt. Aber – das soll keine Beleidigung sein, Sir – … ich vermisse sie.«

»Ich auch.« McKeon hob die Hand und strich dem Baumkater über den Kopf, der auf Orndorffs Schulter hockte. Banshee erwiderte den Druck seiner Hand, aber nur ganz kurz. Dann schmiegte der 'Kater die Wange wieder an die Kopfseite seiner Person und summte ihr leise zu.

Orndorff griff nach oben und streichelte ihn zärtlich, ohne die Augen vom Plot zu nehmen.

Im Gegensatz zu Oliver Diamatos Schlachtkreuzern konnte die Dritte Flotte sich nicht unter den Pulserbolzen ducken. Admiral Kuzaks Flotte war zu tief innerhalb der Resonanzzone. Kuzak hatte beabsichtigt, die Zweite Flotte zwischen ihren Schiffen und den Abwehranlagen von Sphinx in die Zange zu nehmen; nun saß sie zwischen dem fallenden Hammer von Genevieve Chins Mehrstufenraketen und dem angeschlagenen Amboss von Lester Tourvilles überlebenden Lenkwaffen-Superdreadnoughts in der Falle.

Immerhin übertraf die Dritte Flotte die Fünfte in der Grundgeschwindigkeit um fast vierzehntausend Kilometer pro Sekunde, und der Vektor zeigte fast genau von ihr fort. Durch diese Geometrie hatten Chins Raketen nur einundfünfzig Millionen Kilometer Reichweite unter Antrieb. Die Entfernung jedoch betrug nur 41.700.000 Kilometer, und das bedeutete, dass Chin Kuzaks Schiffe elf Minuten lang beschießen konnte, ehe die Dritte Flotte außer Reichweite war.

Elf Minuten. Es klingt nach nicht sehr viel Zeit, aber die

Homefleet hatte Lester Tourville keine elf Minuten lang standgehalten. Und die Homefleet war nicht direkt in das Feuer des einen Feindes gelaufen, während der Beschuss des anderen sich von achteraus näherte.

»Feuer!«, bellte Lester Tourville.

»Aye, Sir!«, bestätigte Frazier Adamson, und Tourville sah zu, wie die Icons seiner Raketen auf die Manticoraner zuhielten.

Fast zu lange gewartet, dachte er. Chins Astrogation hatte gute zehn Millionen Kilometer danebengelegen, auch wenn man es ihr kaum vorwerfen konnte. Nach der Ankunft der *MacArthur* waren ihr nur eine Hand voll Minuten geblieben, um ihre Position anzugleichen, was zu keinem kleinen Teil auf Tourvilles Zögern zurückzuführen war, und eine Mikrotransition auf kurze Entfernung war immer ein teuflisches kleines Manöver.

Da jeder Fehler, durch den ihre Alpha-Transition auf der falschen Seite der Zonengrenze erfolgt wäre, zur Vernichtung jedes einzelnen Schiffes unter ihrem Befehl geführt hätte, war es unausweichlich – und angebracht – gewesen, dass sie sich in Richtung Vorsicht irrte. Außerdem war es nie Teil des Operationsplans gewesen, dass ihre Schiffe in die Resonanzzone eindrangen oder die Hypergrenze überschritten, ehe sie und Tourville sicher waren, die Abwehrmaßnahmen erledigt zu haben. *Alle* Abwehrmaßnahmen.

Dennoch, elf Minuten konzentrischen Feuers von sechsundneunzig Lenkwaffen-Superdreadnoughts sollte die manticoranische Kampfkraft zumindest höllisch zermürben, selbst wenn es sie nicht völlig beseitigen konnte. Und in der Zwischenzeit konnte er noch ein wenig mehr tun, um Chin zu unterstützen.

Seine Raketen brauchten nur 32.955.000 Kilometer zu überwinden, und im Gegensatz zur Entfernung zu Chins Schiffen sank der Abstand um mehr als eine Million Kilometer pro Minute. Ganz zu schweigen davon, dass seine Taktischen Offiziere die Manticoraner konstant beobachtet und die Feuerlösung während der letzten dreißig oder vierzig Minuten immer wieder aktualisiert hatten.

Er blickte auf das Chronometer. Die Flugzeit für seine Raketen lag knapp unter sechs Minuten, zwei Minuten weniger als in Chins Fall. Obwohl sie als Erste gefeuert hatte, erreichten seine Raketen ihre Ziele vor ihren.

»Wir stecken bis zum Hals in der Patsche, Skipper«, sagte Chief Warrant Officer Sir Horace Harkness leise am Maschinenpult von HMLAC *Dacoit.*

Scotty Tremaine sah ihn an, dann blickte er wieder auf den Plot und wünschte, er hätte eine Möglichkeit, dem Deckoffizier zu widersprechen.

»Signal von Admiral Truman, Captain«, meldete die KI am Signalpult der *Dacoit.* »Persönlich.«

»Annehmen, Central«, sagte Tremaine. Im nächsten Moment erschien Alice Truman auf seinem Combildschirm.

»Admiral«, sagte er, während er zusah, wie die Raketen sich wie Torpedospuren bei der nassen Marine in der Vorraumfahrtzeit ausbreiteten.

»Wie es scheint, beziehen wir Prügel, Scotty«, sagte Truman unverblümt. »Detachieren Sie Ihre *Katanas.* Lassen Sie sie zurück, damit sie Admiral Kuzaks Raketenabwehr stärken. Dann nehmen Sie Ihre übrigen Boote und halten auf den Feindverband im Systeminnern zu.«

Tremaine sah sie nur einen Moment lang an. Er wusste, was sie im Sinn hatte. Seine *Ferrets* und *Shrikes,* insbesondere erste, bereiteten sich darauf vor, die Raketenabwehr der Dritten Flotte zu verstärken, doch im Vergleich zu seinen *Katanas* konnten sie nur einen relativ geringen Beitrag leisten. Indem Truman sie jedoch gegen die Überlebenden des ersten havenitischen Angriffsverbandes schickte, verleitete sie ihn vielleicht, sein Feuer zu teilen. Der Verband hatte keinen Geleitschutz mehr, seine LACs waren dezimiert, und er konnte nicht in den Hyperraum fliehen. Er hätte keine andere Möglichkeit, als sich dem Kampf zu stellen, und wenn Tremaine ohne schwere eigene Verluste auf Reichweite herankam ...

»Verstanden, Dame Alice«, sagte er. »Wir tun unser Bestes und halten die Köpfe unten.«

»Gut, Scotty. Gute Jagd. Truman, Ende.«

»Mist«, brummte Molly DeLaney, und Lester Tourville lachte rau auf.

»Sie spalten sich ein bisschen schneller, als ich dachte«, sagte er und beobachtete, wie die manticoranischen LACs sich im Bogen von der Dritten Flotte entfernten. Die Raketenflugzeiten lagen hoch genug – und die manticoranische Reaktion erfolgte hinreichend schnell –, sodass ihr Kurswechsel bereits deutlich wurde, obwohl die erste Salve der Zweiten Flotte noch immer nicht in Angriffsentfernung war.

»Dennoch«, fuhr er fort, »war es der logischste Schritt, nachdem wir das Geleit verloren haben. Frazier.«

»Jawohl, Sir?«, fragte Commander Adamson.

»Schicken Sie Smirnoff diesen Leuten entgegen.«

»Captain Smirnoff ist gefallen, Sir«, erwiderte Adamson. »Commander West ist jetzt COLAC.«

Tourville zuckte innerlich zusammen. Er hatte Alice Smirnoff nicht gut gekannt, war der Frau nur zweimal begegnet, und selbst dann nur flüchtig. Dennoch schien ihr Tod, im allgemeinen Sterben untergegangen, plötzlich stellvertretend für die Hunderttausende seiner Leute zu stehen, die in den letzten drei Stunden ihr Leben verloren hatten.

»Nun gut«, sagte er, und ein rauer Unterton färbte seine ansonsten ungerührte Antwort, »dann schicken Sie eben West den Mantys entgegen.«

»Aye, Sir.«

»Wird das reichen, Boss?«, fragte DeLaney ruhig, und Tourville schüttelte den Kopf.

»Nein. Sie schicken diesmal nicht so viele, aber diese Leute sind frisch, und Smirnoff – *West* – und seine Leute haben zu viele Raketen verbraucht, um den letzten Angriff abzuschlagen. Wir werden die LACs mit Mehrstufenraketen abwehren müssen.«

»Neue Zielerfassung, Sir?«

Tourville schüttelte den Kopf. »Noch nicht. Das hätten die Mantys gern, aber ich nehme kein bisschen Druck von Kuzak, ehe es unbedingt sein muss. Aber es begrenzt die Anzahl der Salven, die ich auf sie feuern kann.«

Er gab einen Befehl in das Display und rief den Flottenstatus auf. Mehrere Sekunden lang musterte er den Bericht, dann sah er Adamson an.

»Frazier, weisen Sie Admiral Moore und Admiral Jourdain an, die Beschießung der Dritten Flotte einzustellen. Ihre Geschwader sollen ihre verbleibenden Gondeln zurückhalten und gegen die manticoranischen LACs einsetzen.«

»Jawohl, Sir.«

Tourville nickte und sank in seinen Kommandosessel zurück. Moore und Jourdain hatten die leichtesten Verluste aller seiner Schlachtgeschwader erlitten und hatten zusammen noch vierzehn Lenkwaffen-Superdreadnoughts, und so wenig es ihm gefiel, sie in diesem Moment aus der Beschießung zu nehmen, hatte er das dumpfe Gefühl, ihre Raketen in einer guten halben Stunde dringend brauchen zu können.

»Jetzt kommt es«, murmelte Wraith Goodrick, und Alice Truman nickte.

Antiraketen zerrissen einkommende Mehrstufenraketen, und wenigstens diesmal hatten die Haveniten nicht einsetzen können, was immer ihnen gestattet hatte, solche Monstersalven auf die Homefleet zu feuern. Diesmal waren es ›normale‹ Breitseiten aus zwei Sätzen Raketengondeln von über einhundert Lenkwaffen-Superdreadnoughts.

Nichts, worüber man sich sorgen müsste, sagte sie sich; *nur etwa zwölftausend Raketen. Kaum ein paar hundert pro Schiff. Ein Spaziergang.*

Nur natürlich dass der Beschuss sich nicht gleichzeitig über alle Schiffe der Dritten Flotte verteilte.

Scotty Tremaines detachierte *Katanas* hielten sich dicht bei der Dritten Flotte und schwebten ›über‹ ihr, statt vorzustoßen und den einkommenden Raketen entgegenzufliegen, wie die normale Doktrin verlangt hätte. Die normale Doktrin hatte schließlich auch keine Situation vorhergesehen, in der eine Flotte es derart vermasselte, dass sie sich genau zwischen zwei weit getrennten feindlichen Flotten wiederfand, von denen jeder ihr zahlenmäßig überlegen war, und von denen sie beide angreifen konnten. Die LACs konnten sich nicht zwischen einen Gegner und die Dritte Flotte setzen, ohne sie gegen den anderen Gegner ungedeckt zu lassen, und so hielt sie Position und spuckte Vipers gegen die Wände der Vernichtung, die Theodosia Kuzaks Flotte zwischen sich zermalmen wollten.

Tausende von Antiraketen Typ 31 schossen mit den Vipers

heraus, und Tremaine spürte die *Chimera* erbeben, als die eigenen Antiraketenwerfer auf Schnellfeuer schalteten, aber nichts konnte diesen Vernichtungssturm aus Mehrstufenraketen aufhalten. Täuschkörper und Blender versuchten die einkommenden Lenkwaffen zu betören oder ihnen das ›Augenlicht‹ zu rauben, aber sie näherten sich immer weiter.

»Sie konzentrieren sich auf das Einundneunzigste«, meldete Commander Janine Stanfield, Trumans Operationsoffizier.

»Auf diese Entfernung werden sie viele Irrläufer haben«, sagte Goodrick, und Truman stimmte ihrem Stabschef mit einem stillen Nicken zu. Nicht dass es Vizeadmiral Irene Montague und ihren Schiffen viel nutzte. Nicht, wenn auf jeden ihrer sechs Superdreadnoughts zweitausend Raketen zielten.

Obwohl ihre Aufmerksamkeit zwischen den Salven, die aus entgegengesetzten Richtungen herandonnerten, aufgeteilt war, erwies sich die Raketenabwehr der Dritten Flotte als weit effizienter als die der Homefleet. Zum Teil lag es einfach an der unterschiedlichen Anzahl von Raketen pro einkommender Salve. Ein weiterer Faktor war der Unterschied der Annäherungsgeschwindigkeiten, wodurch die Angriffszeiten günstiger wurden. Und im Fall der Zweiten Flotte, dass so viele der Schiffe, die diese Raketen abfeuerten, selbst beschädigt worden waren, in vielen Fällen schwer, ehe sie feuern konnten. Sie hatten Leitkanäle verloren, Sensoren, Rechenkapazität und wichtiges Personal der taktischen Abteilungen, die allesamt unumgängliche Auswirkungen auf die Zielgenauigkeit haben mussten.

Aber zwölftausend Raketen blieben zwölftausend Raketen.

Zwanzig Prozent davon waren Eloka-Drohnen. Weitere zwölf Prozent verloren ihr Ziel, wie Goodrick prophezeit hatte. Die massierten Antiraketen der Dritten Flotte und von Alice Trumans *Katanas* vernichteten fast viertausend, und die Lasercluster von Schlachtgeschwader 91 und der benachbarten Schiffe vernichteten mit Schüssen in letzter Sekunde weitere fünfzehnhundert Lenkwaffen, eine beachtenswerte Leistung, aber dennoch kamen noch immer zweitausendsiebenhundert Raketen durch.

Die schweren Laser-Gefechtsköpfe detonierten in rascher Folge, und Blasen der Gluthölle gebaren Röntgenlaserstrahlen, die auf ihre Ziele eindrangen. Die Impellerkeile der Superdreadnoughts fingen viele dieser Strahlen auf. Ihre Seitenschilde lenkten oder schwächten andere ab. Aber kein Gebilde von Menschenhand hätte sie alle aufhalten können.

Die massiv gepanzerten Superdreadnoughts erschauerten und bockten, als die Transferenergie auf sie überschlug. Panzerung und Rumpfplatten zersplitterten, Atemluft strömte aus klaffenden Löchern, und Waffen, Signalantennen und Sensoren zerbarsten. HMS *Triumph* erschauerte, als ihr Bugimpellerring notabgeschaltet wurde. Ihr Impellerkeil flackerte, und dann schwankte das Schiff erneut wie eine leckgeschlagene Galeone, als ein halbes Dutzend Laser-Gefechtsköpfe unmittelbar voraus detonierten. Ihr Bugschild hielt die meisten Strahlen auf, doch wenigstens zwölf durchschlugen ihn und prallten gegen den massiv gepanzerten vorderen Hammerkopf. Die Bug-Lasercluster verglühten, die Energiestrahler der Jagdbewaffnung verwandelten sich in Trümmer, und einer der Bugimpellerräume explodierte durch den Kurzschluss eines gewaltigen Energiespeichers.

Einen Augenblick lang sah es aus, als wäre das der ganze Schaden. Doch tief im Schiff, von außen unsichtbar, bohrte sich die Energiespitze aus dem zerstörten Impellerraum immer weiter durch die Leitungen, tiefer und tiefer. Stromunterbrecher konnten sie nicht aufhalten, Steuerleitungen verbrannten, Energieversorger detonierten in tödlicher Sequenz, und dann plötzlich explodierte das ganze Schiff.

Es blieben keine Beiboote übrig, keine Rettungskapseln. Keine Überlebenden. Gerade lief die *Triumph* noch zwischen den anderen Superdreadnoughts, im nächsten Augenblick war sie ein expandierender Feuerball.

Ihre Geschwaderschwestern hatten mehr Glück. Keine von ihnen kam jedoch unversehrt davon, und HMS *Warrior* verlor mehr als den halben Backbord-Seitenschild. HMS *Ellen D'Orville* büßte die Hälfte aller Beta-Emitter im Heckimpellerring ein, und in der Breitseite von HMS *Bellona* wurden die Lasercluster der Nahbereichsabwehr und die Gravitationsantennen zerkocht. HMS *Regulus* entkam mit nur geringen Schäden, aber HMS *Marduk* verlor ein Viertel ihrer Breitseiten-Energiewaffen. Die Schiffe überlebten alle und konnten weiterhin Raketengondeln aussetzen, aber die Folgesalve der Zweiten Flotte folgte der ersten dicht auf den Fersen, und die erste Salve der Fünften Flotte traf beinahe gleichzeitig ein.

Die Abwehr der Dritten Flotte war schlichtweg überstrapaziert. Von Lester Tourville kamen 12.000 Raketen, von Genevieve Chin weitere 11.500, und es gab einfach nicht genügend Antiraketen und *Katanas*, um sie alle aufzuhalten.

Die zweite Salve der Zweiten Flotte konzentrierte sich auf die gleichen Ziele wie die erste, und diese Ziele waren bereits beschädigt, ihre Abwehr ausgedünnt. Die *Warrior* explodierte, und die *Marduk* kassierte eine katastrophale Trefferserie, die ihren Steuerbord-Seitenschild so gut wie vernichtete. Die *Bellona* geriet ins Torkeln, ihr Impellerkeil erstarb, und Rettungskapseln begannen sich von dem Wrack zu trennen. Die *Ellen D'Orville* steckte wenigstens zwanzig weitere Treffer ein, aber sie bewegte sich weiter, und die *Regulus* legte sich vor die entblößte Steuerbordseite der *Marduk*, um ihr Schwesterschiff von der dritten Salve abzuschirmen, die bereits heranraste.

Der ritterliche Versuch, das Schwesterschiff zu schützen, kostete die *Regulus* dreiundzwanzig Sekunden später das

Leben, als mehr als achthundert Laser-Gefechtsköpfe sich auf das einzige Ziel konzentrierten, das sie erkennen konnten.

»Wir haben soeben die *Bayard* verloren, Sir«, meldete Molly DeLaney, und Lester Tourville nickte in der Hoffnung, dass seine Miene seinen Schmerz kaschierte.

Die Zweite Flotte hatte die Falle genau nach Plan ausgelöst, nur dass sie sich auch um die Achte Flotte hätte schließen müssen. Tourville ermahnte sich zur Dankbarkeit, aber sie fiel ihm schwer. Irgendwann kam der Zeitpunkt, an dem Phrasen wie ›günstiges Verlustverhältnis‹, so zutreffend sie auch waren, im Angesicht von so viel Tod, so viel Vernichtung nur noch einen sehr schwachen Trost bedeuteten. Und in welch hoffnungsloser Lage die Dritte Flotte auch war, Entschlossenheit und Todesmut der Manticoraner ließen nichts zu wünschen übrig.

Sie hatten die Zweite Flotte trotz ihrer erlittenen Schäden und Verluste als lohnender – und als größere Bedrohung – erkannt. Sie war noch immer der größere von Tourvilles beiden Verbänden und befand sich in der besseren Position zu einem Angriff auf Sphinx, und darum pumpten die Manticoraner Feuer in seine blutenden Reihen. Drei weitere Superdreadnoughts hatte er bereits verloren, die *Bayard* eingerechnet, und es war nur eine Frage der Zeit, bis er noch mehr Schiffe einbüßte.

Theodosia Kuzak beobachtete im Hauptplot, wie die havenitischen Kampfverbände ihre Flotte immer weiter ins Kreuzfeuer nahmen. Schlachtgeschwader 91 war in den ersten sechzig Sekunden effektiv vernichtet worden, und die Folgesalven der Zweiten Flotte richteten sich gegen BatRon 11. Die eigenen Raketen schlugen zurück, und die Ortungssatelliten des Systems beobachteten in der Formation der Zweiten Flotte Feuerbälle, doch Kuzak wusste nur zu gut, dass das Verlustverhältnis ganz zu Gunsten der Republik ging und sie daran nichts ändern konnte.

»Einkommende Raketen! Viele einkommende Raketen!«, bellte Commander Latrell plötzlich, und HMS *King Roger III* sprang wie ein gereiztes Tier, als ein Hagel von Laserstrahlen in sie einschlug.

»Himmelherrgott noch mal! Was ist denn da los?«, fragte Commander Spiropoulo, als RHNS *Victorieux* explodierte.

»Muss das neue Feuerleitsystem sein, dass sie schon bei Lovat eingesetzt haben«, antwortete Captain Sabourin barsch. »Also hat es irgendwer da drüben doch. Aber der Beschuss kann Gott sei Dank nur von ein paar ihrer Schiffe kommen.«

»Schon eines davon ist verflucht noch mal zu *viel*, Nicodème!«, sagte Genevieve Chin mit zusammengebissenen Zähnen. »Und gar nicht gefällt mir die Zielerfassung von wer zum Teufel das auch ist!«, fügte sie hinzu, und Sabourin nickte.

Die meisten Wallschiffe der Fünften Flotte wehrten den manticoranischen Beschuss recht mühelos ab. Zum Großteil lag es daran, dass wenigstens drei Viertel der feindlichen Feuerkraft auf Lester Tourvilles Superdreadnoughts abregnete. Wahrscheinlich, überlegte Chin, weil Tourville noch immer systemeinwärts lief. Es sah aus, als habe Kuzak entschieden, ihn zu stoppen sei wichtiger, als auf Schiffe zu feuern, die im Hyperraum verschwinden konnten, wann immer sie wollten, nachdem die Hypergeneratoren seit der letzten Transition ihr Arbeitsspiel durchlaufen hatten.

Doch während die meisten Lenkwaffen der Dritten Flotte

systemeinwärts gerichtet waren, feuerten drei oder vier von Kuzaks Schiffen mit tödlicher Präzision auf Chins Schlachtwall. Wie Aale wandten sich ihre Raketen durch den Hexenkessel aus Antiraketen, Eloka und zuckenden Laserstrahlen. Es war, als könnten sie förmlich *sehen*, wohin sie flogen, und eigenständig denken; sie kamen hinter einem tödlichen Schild aus eng aufeinander abgestimmten Eloka-Drohnen herein. Die Raketenabwehr der Dritten Flotte war ihnen in keiner Weise gewachsen, und wer immer ihre Zielerfassung koordinierte, hatte sich eines von Chins Schlachtgeschwadern ausgesucht und arbeitete sich hindurch.

Die einzelnen Salven waren nicht besonders groß. Nach den Maßstäben gondelbasierter Raumgefechte waren sie sogar lächerlich klein. Dafür schienen jedoch sämtliche Raketen durchzukommen. Keine von ihnen kam vom Kurs ab. Keine von ihnen verschwendete sich, indem sie über oder unter dem Schiff detonierte, wo der Impellerkeil des Ziels sie vielleicht stoppte. Und wenn sie ihren Hagel von Laserstrahlen in tödlicher Abfolge durch den wankenden Seitenschild des Ziels schickten, dann vernichteten sie es.

»Gott*verdammt* noch mal!«, hörte sie Sabourin leise mit leidenschaftlicher Erbitterung fluchen, als RHNS *Lancelot* mit versagendem Impellerkeil aus der Formation ausscherte.

»Gibt es irgendeine Möglichkeit zu identifizieren, woher der Beschuss kommt, Andrianna?«, fragte sie.

»Nein, Ma'am«, antwortete Spiropoulo durch zusammengebissene Zähne. »Sie könnten von überallher in diesem Chaos stammen.« Ärgerlich deutete sie mit dem Zeigefinger auf die roten Icons der manticoranischen Großkampfschiffe. »Es besteht einfach keine Möglichkeit festzustellen, wer die verdammten Dinger feuert!«

»Gott sei Dank haben sie nicht mehr davon, Ma'am«, sagte Sabourin gepresst. »Es sieht so aus, als hätte Admiral Theisman recht gehabt. Wenn wir gewartet hätten, bis dieses System strukturmäßige Bewaffnung der Mantys geworden wäre, hätten wir die Waffen strecken müssen.«

Mit einem Gefühl der Übelkeit beobachtete Dame Alice Truman auf ihrem Plot, wie eine Rakete nach der anderen ihre Laser in die Superdreadnoughts der Dritten Flotte rammte. Auch ihre Träger erhielten Treffer, aber sie waren nicht mit dem Todesschmerz von Kuzaks Schlachtwall zu vergleichen. Truman sah es ganz danach aus, als wären die meisten Treffer gegen ihre Träger von Irrläufern verursacht – Mehrstufenraketen, die das Wallschiff verloren hatten, auf das sie gerichtet gewesen waren, und stattdessen einen ihrer Träger fanden.

Die Mistkerle sagen sich, dass sie sich die Träger ruhig für später aufheben können, dachte sie mit kalter Wut und empfand einen unglaublichen Stich des Schuldgefühls, als sie bemerkte, wie dankbar sie dafür war. Dennoch konnte sie nichts dagegen tun, denn die Leute an Bord ihrer Schiffe waren *ihre* Leute, die Leute, für die sie verantwortlich war, und sie wollte, dass sie weiterlebten.

»Sie zielen auf Admiral McKeon, Ma'am!«, rief Commander Stanfield plötzlich, und Trumans Augen zuckten zum Icon von HMS *Intransigent.*

»Den Hundesohn haben wir erwischt, Sir!«, meldete Commander Slowacki, und trotz seiner Furcht jubilierte seine Stimme.

»Gut gemacht, Alekan!«, antwortete Alistair McKeon, die Zähne zu einem wölfischen Grinsen gebleckt. Sein Schlachtgeschwader hatte vier Salven Apollo-gelenkter Mehrstufenraketen gefeuert und mit jeder einen havenitischen Superdreadnought vernichtet. Nein, sie waren sogar besser; der Abschuss, den Slowacki gerade verkündet hatte, war ihr fünfter.

»Suchen Sie sich einen neuen«, sagte er, und Slowacki nickte.

»Jawohl, Sir!«

Mit leuchtenden Augen beugte sich der Operationsoffizier wieder über seine Displays, und McKeon durchfuhr ein Stich des Neides. Slowacki tat wirklich etwas, erreichte etwas. Genauer gesagt vernichteten die vier Apollo-fähigen Schiffe von McKeons Geschwader havenitische Wallschiffe in rascher Abfolge, und Slowacki war zu sehr mit seinen Aufgaben beschäftigt, um zu bemerken, dass in der Zeit, in der er fünf Superdreadnoughts vernichtet hatte, neun Wallschiffe Admiral Kuzaks dem havenitischen Beschuss zum Opfer gefallen waren. Und es konnte nur eine Frage der Zeit sein, bis ...

»Einkommende Raketen!«, brüllte jemand, und die *Intransigent* schlingerte unbeschreiblich, als die ersten tödlichen Treffer einschlugen.

Alice Truman beobachtete voll Entsetzen, wie der havenitische Dreschflegel auf Alistair McKeons Geschwader einhämmerte.

War es Absicht?, wunderte sie sich. *Haben sie irgendwie herausbekommen, woher die Apollo-Raketen kamen? Oder hatten sie einfach Glück?*

Nicht dass es wichtig gewesen wäre.

Die *Intransigent* stampfte wie wild, als die Laser sie durchbohrten. Achtern von ihr wankte HMS *Elizabeth I,* weil sie wenigstens achtzig Volltreffer erhielt. Einen Augenblick lang schien sie zu zögern, dann verschwand sie wie ihre ältere Schwester *Triumph* in einem kurzlebigen, schrecklichen neuen Stern. Die *Second Yeltsin* und die *Revenge* erschauerten in Todeszuckungen, als der konzentrische Hurrikan der Vernichtung über McKeons Geschwader hinwegtobte. HMS *Incomparable,* anstelle der vernichteten *Intolerant* Divisionsschwester der *Intransigent,* scherte mit toten Impellern aus der Formation aus, ließ treibende Wrackteile und fortstrebende Rettungskapseln hinter sich. Dann griffen die verbliebenen, immer noch in die Hunderte gehenden Raketen der massierten Salve an, und die *Second Yeltzin* explodierte, während der Impellerkeil der *Revenge* zusammenbrach. Sie begann zurückzubleiben, doch im nächsten Moment schlugen wenigstens zwölf Laserstrahlen in das ungepanzerte Dach ihres Rumpfes ein, das eigentlich vom Impellerkeil geschützt werden sollte. Ohne irgendwelche Panzerung, um ihre Wut zu lindern, fraßen sich die mächtigen Röntgenlaser tief ins Innerste des Superdreadnoughts und tasteten, bis sie ihr Herz fanden.

Einunddreißig Sekunden nach der *Second Yeltzin* erlitt HMS *Revenge* den gleichen Feuertod.

Die *Intransigent* überlebte. Als einziger Überlebender des gesamten Geschwaders schleppte sich Alistair McKeons Flaggschiff weiter, kaum mehr als ein Wrack, aber noch immer am Leben.

Ein weiterer Treffer schlug in HMS *King Roger III* ein. Er drang tief vor, weil er den Wunden folgte, die zwei Vorgänger bereits gerissen hatten, und punktierte die Kernhülle des Flaggschiffs der Dritten Flotte. Bis in den Technischen Leitstand drang er vor, und schlagartig versagte der Trägheitskompensator des Superdreadnoughts.

Die Notschaltkreise schalteten die Impeller fast augenblicklich ab, doch ›fast augenblicklich‹ genügte nicht für ein Schiff, das mit sechshundertzwölf Gravos beschleunigte.

Das Schiff erlitt nur mäßigen Strukturschaden; von der Besatzung überlebte niemand.

36

»Ma'am, Sie haben das Flottenkommando«, sagte Captain Goodrick.

»Wie bitte?« Alice Truman sah ihn ungläubig an.

»Das Flaggschiff ist tot«, sagte Goodrick rau. »Damit haben Sie das Kommando.«

»Und Vizeadmiral Emiliani?«

»Die *Valkyrie* hatte einen Treffer in die Flaggbrücke. Emiliani ist gefallen. Sie sind ranghöchster Offizier.«

Truman stand vielleicht zwei Herzschläge lang reglos da, dann hatte sie die Fassung wiedererlangt.

»Gut«, sagte sie. »Franklin«, wandte sie sich an Lieutenant Bradshaw, »Rundsignal an alle. Informieren Sie die Flotte, dass der Befehl an die *Chimera* übergegangen ist.«

»Jawohl, Ma'am.« Bradshaw wirkte fast ruhig, vielleicht war er narkotisiert vom Ausmaß des Sterbens. »Befehle?«, fragte er.

»Nein.« Truman schüttelte den Kopf. »Im Augenblick nicht.«

»Jawohl, Ma'am.«

Während Bradshaw sich über die Signalkonsole beugte, blickte Truman auf das Chronometer. Neun Minuten. Nur neun Minuten unter havenitischem Beschuss, und beinahe die Hälfte der Dritten Flotte war vernichtet.

Sie dachte über Bradshaws Frage nach. Befehle. In einer Lage wie dieser konnte man keine Befehle mehr geben. Admiral Kuzak hatte bereits die einzigen Befehle erteilt, die angemessen waren. Nun zählten keine *Befehle* mehr, sondern die Pflichterfüllung. Es war die Pflicht der Dritten Flotte, ihre Heimat bis zum Tod zu verteidigen, und das würde sie tun.

Es ist nicht meine Flotte, dachte sie, während sie die blutigen Schiffe der Dritten Flotte betrachtete, die selbst im Tod noch Raketen ausspien, und ihr Auge fand unbeirrt das Icon der *Intransigent* mit der gezackten scharlachroten Lichtkennung eines kampfunfähigen Schiffes. *Nicht meine Flotte ... aber bei* Gott, *wenn ich sterben muss, dann hätte ich keine bessere Flotte finden können, um mit ihr in den Tod zu gehen.*

»Das waren zwo weitere, Ma'am«, sagte Commander Spiropoulo, und Chin nickte.

Die Dritte Flotte ist erledigt, dachte sie, doch ihre grimmige Genugtuung färbte mehr als nur eine Spur von Entsetzen, wenn sie die Verluste bedachte, die beide Navys an diesem Bluttag erlitten hatten. Dreißig manticoranische Superdreadnoughts waren vernichtet oder zum Wrack geschossen. Mehr als die Hälfte der Überlebenden war kampfunfähig, und welche Schiffe immer mit dem neuen Waffensystem bestückt gewesen waren, nahmen nicht mehr am Gefecht teil.

Noch fünfundzwanzig Sekunden, und die traurigen Überreste von Kuzaks Schlachtwall verschwanden aus der Reichweite der Fünften Flotte. Die letzte Salve, die Chin den fliehenden Manticoranern nachschicken konnte, würde sie fünfzehn Sekunden danach erreichen, doch sie tat sich schwer, es zu bedauern, dass sie nicht weiterfeuern konnte. Es war schon genug Blut vergossen worden, genug Vernichtung angerichtet, um jeden zufriedenzustellen, dachte sie grimmig.

Sie blickte auf den Zähler in einem ihrer Sekundärdisplays. Von zweihundertvierzig Wallschiffen und neunzig

Geleitschiffen, die Lester Tourville in die Resonanzzone geführt hatte, besaß die Zweite Flotte noch fünfundsiebzig Einheiten – davon nur sechsundfünfzig kampftüchtig. Chin hatte ›nur‹ elf Superdreadnoughts verloren; bei drei davon hatte sich fast die gesamte Besatzung retten können. Doch der Heimatsystemverteidigung des Sternenkönigreichs war das Rückgrat gebrochen worden. Chin hatte an Bord ihrer verbleibenden fünfundachtzig Wallschiffe noch zahlreiche Raketengondeln übrig, und die Zweite Flotte besaß trotz ihrer brutalen Verluste noch genügend Kampfkraft, um die Überreste der Dritten Flotte zu erledigen. Und dann …

»Hyperabdruck!«, rief Spiropoulo plötzlich. »Multiple Hyperabdrücke auf sieben zwo Komma neun drei Millionen Kilometer!«

Honor Alexander-Harringtons Augen wirkten wie braunes Eis, als Theophile Kgari mit virtuoser Astrogation die massierten Superdreadnoughts der Achten Flotte mit einem Einzelsprung aus dem Zentrum der Resonanzzone *genau* dort absetzte, wo sie befohlen hatte.

Sie sah die Icons für die erbarmungswürdigen Reste der Dritten Flotte nicht an. Schenkte nicht einmal den anderen Icons für Lester Tourvilles Kampfverband einen Blick. Aufmerksamkeit hatte sie nur für Genevieve Chins Superdreadnoughts übrig, und ihre Sopranstimme schnitt wie ein gefrorenes Schwert.

»Greifen Sie den Gegner an, Andrea«, sagte Lady Dame Honor Alexander-Harrington.

Genevieve Chins Herz begann erneut zu pochen, und ihre instinktive Reaktion augenblicklich abzudrehen, legte sich ein wenig, als ihr die Entfernung klar bewusst wurde. Bei fast dreiundsiebzig Millionen lagen die Neuankömmlinge noch weit außerhalb der Reichweite selbst von Mehrstufenraketen. Außerdem waren es nur achtunddreißig – weniger als ihre halbe Stärke, auch wenn es allesamt Wallschiffe waren und keine Träger.

»Wenden, Andrianna«, sagte sie. »Es sieht aus, als hätten wir neue Kunden.«

Die Achte Flotte gab die fünftausend Apollo-Gondeln frei, die an den Rümpfen der Lenkwaffen-Superdreadnoughts verankert gewesen waren, dann setzten sie drei Minuten lang zusätzliche Raketenbehälter aus. Zusammengenommen wurden 7776 Stück eingesetzt, durch den geringeren Magazinraum der andermanischen Schiffe fast genau die Hälfte ihrer Gesamtmunition.

Dann feuerte sie.

»Was zum …?« Andrianna Spiropoulo blickte ungläubig auf den Ortungsbericht. Das ergab doch überhaupt keinen Sinn!

»Ma'am«, sagte sie an Admiral Chin gewandt, »die Mantys haben gerade gefeuert.«

Genevieve Chin blickte von einer Diskussion mit Nicodème Sabourin auf. »Was haben sie?«

»Sie haben *gefeuert,* Ma'am«, wiederholte Spiropoulo. »Das leuchtet mir nicht ein. Sie sind noch immer wenigstens sieben Millionen Kilometer außer Reichweite.«

»Das ist allerdings sinnlos«, stimmte Chin zu und ging zum taktischen Hauptdisplay, um die Icons der absurderweise gestarteten Raketen anzustarren.

»Vielleicht versuchen sie uns Panik zu machen, Admiral«,

sagte Sabourin. Sie blickte ihn an, die Augenbrauen ungläubig hochgezogen, und er zuckte mit den Schultern. »Ich weiß, dass es albern klingt, Ma'am, aber eine bessere Idee habe ich auch nicht. Ich meine, wir haben gerade zwo manticoranische Flotten in Schrott verwandelt, und der Verband dort hinten ist wenigstens drei zu eins in der Unterzahl. Vielleicht denkt man, das wäre die einzige Möglichkeit, uns vom Angriff auf das Sonnensystem abzulenken.«

»Ich denke, das könnte möglich sein«, sagte Chin langsam und musterte die einkommenden Icons. »Aber es sieht den Mantys überhaupt nicht ähnlich. Andererseits sehe ich nicht, was sie damit bezwecken könnten.«

Honor beobachtete ihr W-Display und saß sehr still auf ihrem Kommandosessel. Nimitz hockte aufrecht auf ihrem Schoß und lehnte sich gegen ihre Brust. Sie hatte den rechten Arm um ihn gelegt, hielt ihn fest und spürte seine kalte, konzentrierte Entschlossenheit – ein Widerhall ihrer eigenen –, während seine grasgrünen Augen die gleichen Icons verfolgten wie sie, die Raketen, die systemeinwärts davonrasten.

Das Projekt Apollo hatte mehrerlei zuwege gebracht: Es stellte eine Steuerung für Raketen zur Verfügung, die selbst auf solche Entfernung fast in Echtzeit erfolgte. Indem es die Apollo-Leitraketen benutzte, um die einzelnen Lenkwaffen aus der gleichen Gondel zu steuern, vervielfachte es effektiv die Anzahl an Mehrstufenraketen, die jedes Schiff lenken konnte, um den Faktor acht. Und es schenkte den Taktischen Offizieren eine nie dagewesene Kontrolle über das Flugprofil ihrer Lenkwaffen.

Die Achte Flotte bildete die einzige Streitmacht im All, die komplett mit dem neuen System ausgestattet war, und Honor und ihre Kommandanten hatten in langen, nachdenklichen Stunden Apollos Auswirkungen erforscht. Nun war sie bereit, das Gelernte einzusetzen.

»Das kann doch nicht ihr Ernst sein«, sagte Spiropoulo verzweifelt, als sechs Minuten nach dem Start jede einzelne Raketenimpellersignatur gleichzeitig von ihrem Plot verschwand. Sie funkelte das taktische Display in gekränktem Berufsstolz an, dann gab sie eine radikale Kursänderung in das taktische Flottennetz.

Die Fünfte Flotte gehorchte dem Befehl augenblicklich und vollführte eine schiefwinklige Drehung, durch die sie mehr als dreißigtausend Kilometer von ihrer bisherigen Vorhalteposition entfernt wäre, wenn die manticoranischen Raketen sie erreichten.

»Was gibt es, Andrianna?«, fragte Chin. Die Kommandeurin hatte von ihrem Combildschirm und einer hastigen Konferenz mit ihren Geschwaderführern aufgeblickt.

»Ma'am, Sie werden es nicht glauben«, sagte Spiropoulo, »aber die haben ihre Vögelchen in den freien Fall gebracht.«

»Wie bitte?« Chin blickte auf ihr Com. »Bitte entschuldigen Sie mich einen Augenblick«, sagte sie den Flaggoffizieren in dem unterteilten Display. »Das muss ich mir persönlich ansehen.«

Sie stieg vom Kommandosessel, ging zu Spiropoulo und stellte sich neben sie; ihr Blick suchte die Raketenicons. Sie fand sie auch, aber es waren nur rasch flackernde Blitze, nicht das konstante Leuchten der harten Positionsbestimmung, die aktive Impellerantriebe gestartet hätten.

»Sechs Minuten lang haben sie mit sechsundvierzigtausend Gravos beschleunigt, Ma'am«, sagte Spiropoulo. »Dann haben sie einfach den Antrieb abgeschaltet. Ich habe den Kurs geändert, kaum dass die Impeller erloschen, und die

Mantys müssen doch wissen, dass das die Hölle ist für jede Zielgenauigkeit, die sie erreicht haben können. Aber das ist nicht die einzige Merkwürdigkeit. Sehen Sie sich das an.«

Der Operationsoffizier gab ein Makro ein, und Chin runzelte die Stirn, als eine zusätzliche Traube von Impellersignaturen erschienen. Aus irgendeinem Grund, der nur der Kommandeurin des manticoranischen Kampfverbands und dem Herrgott bekannt war, hatten die neu aufgetauchten Schiffe gerade noch einen Satz Gondeln abgefeuert – einen einzigen Satz mit weniger als sechzig Raketen. Und sie richteten sich nicht auf *Chins* Schiffe; die Raketenvektoren verrieten, dass die Manticoraner offensichtlich auf die Zweite Flotte gezielt hatten, die fast einhundertfünfzig Millionen Kilometer von ihnen entfernt war, innerhalb der Resonanzzone.

»Nun, wenigstens wissen wir jetzt, wie die Mantys glauben, uns angreifen zu können, sowie ihre Raketen in Reichweite sind«, sagte Sabourin.

»Stimmt wohl«, sagte Chin, aber ihr Gesicht zeigte Besorgnis.

Natürlich blieb den Manticoranern keine andere Wahl, vorausgesetzt, sie entschieden sich überhaupt, aus solch großer Entfernung zu feuern. Bei 46.000 *g* hatten ihre Raketen auf 162.400 Kilometer pro Sekunde beschleunigt und 29.230.000 Kilometer zurückgelegt, ehe sie abschalteten. Damit blieb der Impeller der dritten Stufe für einen Angriff unter Schub übrig, sobald sie ihre Ziele erreichten. Mit sechzig Sekunden Maximalschub würde das verbliebene Triebwerk weitere 54.000 Kps zur Geschwindigkeit der Rakete beitragen. Bei halbem Schub kämen sogar 81.000 Kps über drei Minuten hinweg hinzu. Vor allem aber erlaubte der Schub den einkommenden Raketen zu manövrieren, während sie ihre Ziele angriffen. Chin begriff die Überlegung. Sie verstand nur nicht, wie die Manticoraner glauben konnten, ihr

Beschuss könnte etwas anderes als eine unsägliche Verschwendung von Raketen sein. Die Zielvorgaben mussten vor dem Start gemacht werden. Die Raketen würden also nach Zielen an der Position suchen, an der die Dritte Flotte gewesen wäre, wenn sie den ursprünglichen Kurs und die ursprüngliche Beschleunigung beibehalten hätte. Spiropoulos Kursänderung während des langen Flugabschnitts im freien Fall musste aber die ohnehin schon auf große Entfernung sehr schlechte Zielgenauigkeit der Waffen vollends zum Teufel schicken.

Chin blickte auf das Chronometer, während sie ein wenig kopfrechnete. Angenommen, sie warteten, bis die Vögelchen noch achtzig Sekunden entfernt waren, und lösten die letzte Stufe mit 46.000 *g* aus. Damit hätten sie achtzig Sekunden Manöverzeit, was immer das auf solch weite Entfernung auch ausmachte.

Wenn sie die Raketen im freien Flug ganz einkommen ließen, würde die Flugzeit ab Antriebsabschaltung etwa viereinhalb Minuten betragen. Das tun sie natürlich nicht. Sagen wir, sie schalten die Antriebe achtzig Sekunden vorher ein – bei einem reinen Flug im freien Fall etwa drei Minuten bis Angriffsentfernung –, dann hätten sie noch etwa dreizehn Millionen Kilometer zurückzulegen. Wenn man dann den verbliebenen Antrieb mit 46.000 g *zündet, verringert sich die Ankunftszeit um vielleicht sieben Sekunden, und die Raketen kommen mit etwa zweihunderttausend Kps ein. Aber ihre Zielgenauigkeit ist dann immer noch miserabel. Und was zum Teufel haben sie mit der anderen Gruppe vor?*

Andrianna hatte Recht. Es ergab wirklich keinen Sinn, es sei denn, Nicodème lag richtig und die Manticoraner wollten Panik erzeugen. Aber wenn sie gerade fast die Dritte Flotte vernichtet hatten, dann musste es sich bei den Neuankömmlingen um die Achte handeln. Und das hieß Honor Harrington. Aber Harrington tat nichts Sinnloses. Was also ...?

Sie riss entsetzt die Augen auf.

»Rundruf an alle Einheiten!«, brüllte sie und wirbelte zur Signalstation herum. »Alles augenblicklich in den Hyperraum! Wiederhole, alles augenblicklich ...«

Doch Genevieve Chin hatte zwei Minuten zu lange gebraucht, ehe sie begriff, was vor sich ging.

»Antriebe aktivieren sich ... *jetzt,* Hoheit«, sagte Andrea Jaruwalski, und dreizehn Millionen Kilometer vor der Dritten Flotte zündeten die Raketen schlagartig ihre letzte Antriebsstufe. Die Icons brannten wieder hell und konstant im Plot, als die Impeller sich aufgebaut hatten – und dann warfen sie sich unter uneingeschränkter Steuerung von Bord der Schiffe auf ihre Ziele.

Den letzten Abstand legten sie blitzartig zurück und orteten mit sauberer, tödlicher Position. Durch ihren Flug im freien Fall waren sie von den havenitischen Sensoren verschwunden. Chins Schiffe wussten annähernd, aber nicht genau, wo sie waren, und zusammen mit ihren Impellern wurden auch die Eloka-Drohnen und Durchdringungshilfen wieder aktiv. Mit mehr als halber Lichtgeschwindigkeit durchschnitten sie die havenitische Defensivreichweite, und die plötzliche Eruption von Störsendern und Drachenzähnen, die falsche Ziele ausspien, raubten deren Abwehrmitteln gnadenlos die Wirkung.

Dass die Raketenabwehrcrews an Bord der Schiffe *gewusst* hatten, ohne jeden Zweifel, dass die angreifenden Raketen ungeschickt und halb blind sein würden, verschlimmerte nur eine Situation, die bereits katastrophal zu nennen war.

Die Achte Flotte hatte beinahe achttausend Gondeln ausgesetzt. Diese Gondeln starteten 69.984 Raketen. Davon waren 7776 Apollo-Raketen, weitere 8000 Eloka-Drohnen.

Folglich blieben 54.208 Raketen übrig, die Laser-Gefechtsköpfe trugen – Raketen, die sich mit einer mörderisch präzisen Zielerfassung auf Genevieve Chins Schiffe stürzten.

Die Raketenabwehr der Fünften Flotte gab ihr Bestes.

Ihr Bestes war nicht gut genug.

Mit Nimitz in den Armen saß Honor auf ihrem Kommandosessel und betrachtete die taktische Übertragung von einer der Apollos. Trotz der gewaltigen Entfernung zwischen der *Imperator* und dieser Rakete lag die Übertragungszeit unter viereinhalb Sekunden, und die Leistungsfähigkeit der verbesserten Apollo-Sensoren und die hohe Datenverarbeitungskapazität erlaubten kristallklare taktische Bildinformationen. Es fühlte sich unnatürlich an, das Geschehen zu beobachten, als wäre sie gleich dort, über der havenitischen Flotte, nicht mehr als siebzig Millionen Kilometer entfernt. Sie sah zu, wie die feindlichen Antiraketen spät starteten. Sie sah, wie die Eloka-Drohnen, von denen die Offensivraketen begleitet wurden, die Abwehrmittel niederkämpften. Sie beobachtete, wie die Raketen selbst sich durch die Lücken der Abwehr lavierten.

Die Fünfte Flotte fing fast dreißig Prozent davon ab, unter den Umständen ein wahrhaft großartiges Ergebnis. Aber mehr als siebenunddreißigtausend Raketen kamen durch.

Es war, entschied Honor unbewegt, ein wahrhaftiger Overkill.

Lester Tourville starrte entsetzt auf seinen Plot, als die Impellersignaturen von achtundsechzig republikanischen Wallschiffen unvermittelt erloschen. Siebzehn brannten noch einige Sekunden im taktischen Display, dann verschwanden auch sie, und er hoffte, dass sie panisch in den Hyperraum transistiert wären.

Auf der Flaggbrücke der *Guerriere* herrschte völliges Schweigen.

Er konnte später nicht sagen, wie lange er dort nur gesessen hatte, im Kopf eine einzige, singende Leere um einen Kern aus Eis. Es konnte nicht die Ewigkeit gewesen sein, als die es ihm erschien, aber schließlich zwang er sich, die Schultern zu straffen.

»Nun«, sagte er mit einer Stimme, die er selbst kaum erkannte, »anscheinend haben wir uns bei der Abschätzung der Zeit, bis das neue System zur strukturmäßigen Bewaffnung gehört, leicht geirrt.«

Mit dem Kommandosessel drehte er sich Frazier Adamson zu.

»Feuer einstellen, Commander.«

Adamson blinzelte zweimal, dann riss er sich zusammen.

»Jawohl, Sir«, sagte er heiser, und nachdem er den Befehl gesendet hatte, hörte die Zweite Flotte umgehend auf, die traurigen Reste der Dritten Flotte zu beschießen.

»Gütiger Himmel«, murmelte Dame Alice Truman mit Nachdruck. »Das nenne ich eine Rettung in letzter Sekunde.«

»Was ist Ihrer Meinung nach gerade passiert, Ma'am?«

Wraith Goodrick klang erschüttert, und Truman verübelte es ihm kein bisschen. Nur sieben von Theodosia Kuzaks Superdreadnoughts waren noch gefechtstüchtig, aber allesamt schwer beschädigt. Drei weitere hatten technisch überlebt, aber Truman bezweifelte, dass sich bei auch nur einem dieser zehn Schiffe die Reparatur lohnte. Kuzaks vier LAC-Träger waren ausnahmslos vernichtet worden, von Trumans acht Schiffen drei, ein weiteres war ein treibendes

Wrack ohne Impeller, und die anderen vier – einschließlich der *Chimera* – hatten ernste Schäden erlitten. Unterm Strich war die Dritte Flotte ebenso vollständig vernichtet worden wie die Homefleet.

Doch der gnadenlose Raketenhagel auf die Überreste hatte wenigstens aufgehört.

Und, dachte Truman mit dem grimmigen Humor der Überlebenden, *wer immer* den *Befehl gegeben hat, ich verüble es ihm auch kein bisschen.*

»Raketenspur!«, bellte Frazier Adamson plötzlich, und Lester Tourvilles Bauchmuskeln spannten sich.

Was von der Dritten Flotte übrig war, hatte zu feuern aufgehört, als er den Beschuss einstellte. War man dort so wahnsinnig, das Gefecht wiederaufzunehmen? Wenn, dann hätte er keine andere Wahl, als …

»Sir, die Raketen kommen von *außerhalb* der Zone!«, rief Adamson.

»Was?«, fragte Molly DeLaney ungläubig. »Das ist doch lächerlich! Die Schiffe sind hundertfünfzig *Millionen* Kilometer entfernt!«

»Na, die Raketen kommen jedenfalls ein«, sagte Tourville scharf, als die Antiraketenbatterien der *Guerriere* wieder zu feuern begannen.

Viel richteten sie nicht aus. Mit flauem Gefühl im Magen musterte Tourville die Raketen, die plötzlich die Impeller hochgefahren hatten und sich praktisch aus dem Nichts auf seine angeschlagene, dezimierte Flotte stürzten. Ausweichend, tänzelnd schossen sie heran, und seine Übelkeit ließ ein wenig nach, als er sah, dass es nur sechzig Stück waren. Was immer sie darstellten, sie bedeuteten keine ernsthafte Bedrohung für seine überlebenden Schiffe, also was …?

Er biss die Zähne zusammen, als die Raketen in den Zielanflug gingen. Aber sie detonierten nicht. Vielmehr schlängelten sie sich *durch* seine Formation, direkt durch die blitzenden Strahlen der Nahbereichsabwehr-Lasercluster.

Die Nahbereichsabwehrcrews konnte zwei Drittel der Raketen abschießen, obwohl sie eine vollkommene taktische Überraschung auf ihrer Seite gehabt hatten. Die anderen zwanzig beschrieben eine Pirouette, schwenkten zur Seite und detonierten in einem perfekt synchronisierten, tödlich präzisen Angriff auf ... absolut nichts.

Lester Tourville stieß Atem aus, von dem er gar nicht bemerkt hatte, dass er ihn angehalten hatte. Er spürte die Verwirrung seiner Flaggbrückencrew, und diesmal hatte er überhaupt keine Antwort für die Leute. Dann ...

»Sir«, sagte Lieutenant Eisenberg mit sehr kleiner Stimme, »ich habe ein Gespräch für Sie.«

Er drehte den Kommandosessel zu ihr, und sie schluckte.

»Von ... der Herzogin Harrington, Sir.«

Auf der Flaggbrücke der *Guerriere* herrschte vollkommenes Schweigen. Dann räusperte sich Tourville.

»Werfen Sie es auf mein Display, Ace«, sagte er.

»Jawohl, Sir. Sofort.«

Im nächsten Moment erschien auf Tourvilles Combildschirm ein Gesicht. Er kannte es, er hatte es gesehen, als seine Besitzerin sich ihm ergab. Und ein zweites Mal, als sie von SyS-Schergen mit dem Pulsergewehrkolben zu Boden geschlagen wurde. Nun sah sie ihn an, und ihre Augen wirkten wie zwei weitere Raketenwerfer.

»So sieht man sich wieder, Admiral Tourville«, sagte sie, und ihre Sopranstimme klang kalt.

»Admiral Harrington«, erwiderte er. »Das ist eine Überraschung. Ich dachte, Sie wären etwa acht Lichtminuten entfernt.«

Er sah ihr in die Augen, diese Augen wie gerichtete Raketenwerfer, und wartete. Die Übertragungsverzögerung bei lichtschneller Kommunikation lag auf dieser Entfernung bei acht Minuten – sechzehn Minuten in beide Richtungen –, aber sie antwortete schon fünfzehn Sekunden, nachdem er geendet hatte.

»Das bin ich. Ich spreche mit Ihnen über ein System, das wir Hermes-Boje nennen, ein Überlichtrelais mit Unterlichtcomfunktion.« Die Miene, die sie zog, war technisch ein Lächeln, aber es passte eher zu einem Wesen aus den finsteren Tiefen des Ozeans.

»Wir haben mehrere davon in diesem System. Ich habe mich einfach in die nächste eingeklinkt, damit ich direkt mit Ihnen sprechen kann«, fuhr sie mit unverändert eiskalter Stimme fort. »Ich bin mir sicher, Sie haben die technische Leistung meiner Lenkwaffen beobachten können. Ebenso sicher ist Ihnen klar, dass ich in der Lage bin, jedes einzelne Ihrer überlebenden Schiffe von meiner gegenwärtigen Position aus zu vernichten. Ich hoffe, Sie zwingen mich nicht dazu.«

Tourville blickte sie an und erkannte, dass die letzte Behauptung nicht ganz zutraf. Er wusste, dass ein Teil von ihr – der Teil mit den frostigen Augen und der eisigen Stimme – hoffte, er zwänge sie dazu. Doch es waren schon genug Menschen für ihn gestorben, als dass er ihre Zahl aus schierer Dummheit noch vergrößern wollte.

»Nein, Hoheit«, sagte er ruhig. »Ich werde Sie nicht dazu zwingen.«

Weitere endlose fünfzehn Sekunden verstrichen.

»Das freut mich zu hören«, erwiderte sie ihm, »aber ich kann Ihre Kapitulation nur annehmen, wenn Sie mir Ihre Schiffe – mitsamt ihren Datenspeichern – in dem Zustand übergeben, in dem sie sich in diesem Moment befinden. Haben Sie mich verstanden, Admiral Tourville?«

Er stand kurz davor, sich zu weigern, zu erklären, dass er die Datenspeicher löschen werde, wie es üblich sei, ehe man ein Schiff übergab. Doch dann blickte er noch einmal in jene eisigen Augen, und die Versuchung ebbte ab.

»Ich … habe verstanden, Hoheit«, zwang er sich zu antworten und schmeckte das bittere Gift der Niederlage. Eine Niederlage, die umso bitterer war, nachdem Beatrice so dicht vor dem Erfolg gestanden hatte … und wie umfassend das Unternehmen am Ende versagt hatte.

»Gut«, sagte sie schließlich, nach einer weiteren fünfzehnsekündigen Verzögerung. »Bremsen Sie auf null relativ zur Sonne ab. Sobald das geschehen ist, werden Sie von Prisenkommandos geentert. In der Zwischenzeit«, sie lächelte erneut ihr beängstigendes Lächeln, »bleiben meine Schiffe hier, wo wir … die Dinge im Auge behalten können.«

»Hoheit«, sagte Captain Jaruwalski, nachdem Honor ihr Gespräch mit Lester Tourville beendet hatte.

»Ja, Andrea?«

Honor fühlte sich ausgelaugt und leer. Eigentlich, so nahm sie an, sollte sie wohl Triumph empfinden. Immerhin hatte sie gerade fast siebzig Superdreadnoughts vernichtet und fünfundsiebzig gekapert. Das musste ein interstellarer Rekord sein, und als Sahnehäubchen hatten ihre Leute das Heimatsystem des Sternenkönigreichs vor der Invasion gerettet. Doch wie sollte man nach so viel Blutvergießen, so viel Vernichtung *Triumph* empfinden?

»Hoheit, über die Ortungssatelliten des Systems erhalten wir Identifikationen von Admiral Kuzaks überlebenden Schiffen.«

»Ja?« Honor spannte sich innerlich an. Die erbärmliche Hand voll von Icons, wo die Dritte Flotte gewesen war, verspottete sie. Vielleicht, wenn sie ihre Schiffe nur ein paar Minuten früher in Position gebracht hätte …

Sie schob den Gedanken zur Seite und sah Jaruwalski in die Augen.

»Hoheit, die meisten unserer Schiffe sind vernichtet«, sagte der Operationsoffizier leise, »aber ich habe Transpondercodes sowohl von der *Chimera* als auch der *Intransigent.*«

Honors Herz machte einen Satz, und das Eis um ihre Seele schien aufzubrechen, wenn auch nur ganz leicht. Nimitz regte sich auf ihrem Schoß, setzte sich wieder auf, lehnte sich an sie, hob die langfingrige Echthand und berührte sie an der Wange.

»Ich habe versucht, sie zu rufen«, warf Harper Brantley ein und zog Honors Aufmerksamkeit auf sich. Ihre Augen brannten, als sie seine Emotionen schmeckte. Wie Jaruwalski wünschte er sich nichts mehr, als ihr gute Neuigkeiten übermitteln zu können, ihr zu sagen, dass jemand, der ihr wichtig war, überlebt hatte. *Etwas,* um den Schmerz und das Blut wenigstens ein bisschen auszugleichen.

»Die *Chimera* kann ich nicht erreichen«, fuhr Brantley fort. »Es sieht aus, als wäre sie in besserem Zustand als die *Intransigent,* aber offenbar funktioniert ihr Gravcom nicht mehr. Ich habe allerdings eine Überlichtverbindung zu Captain Thomas.«

»Auf meinen Schirm«, sagte Honor rasch und wandte sich ihrem Com zu, als darauf das geplagte, erschöpfte Gesicht von Alistair McKeons Flaggkommandantin erschien.

»Captain Thomas!«, sagte Honor mit breitem Lächeln. »Wie schön, Sie zu sehen.«

Die *Intransigent* war kaum vierhundertdreizehn Lichtsekunden von der *Imperator* entfernt – keine sieben Lichtminuten –, und die Übertragung in eine Richtung dauerte keine sechseinhalb Sekunden.

»Das geht mir genauso, Hoheit«, antwortete Thomas dreizehn Sekunden später. An ihrer Stimme war etwas Merkwürdiges.

»Ich habe die Kapitulation der verbleibenden havenitischen Schiffe angenommen«, fuhr Honor fort. »Da Sie so viel dichter an ihnen stehen als ich, wäre es sinnvoller, wenn Admiral McKeon oder Admiral Truman sich um die Einzelheiten kümmerten. Könnte ich bitte Admiral McKeon sprechen?«

Wartend saß sie da und ging innerlich die Dinge durch, die sie mit Alistair besprechen musste. Ob er die Kapitulation offiziell annehmen und rasch einige Pinassen voll Marines an Bord von Tourvilles Schiffen senden konnte, dann ...

»Ich ...«, begann Thomas dreizehn Sekunden später, unterbrach sich und schloss kurz die Augen, das müde Gesicht gequält vor Schmerz.

»Hoheit«, sagte sie leise, »es tut mir leid. Wir haben einen Volltreffer in die Flaggbrücke erlitten. Es gab ... keine Überlebenden.«

37

Im Kinderzimmer war es sehr still.

Ihre Eltern waren unten und spielten ohne Zweifel Hearts mit Hamish und Emily, während sie auf sie warteten, und sie hatte viel Zeit. Man erwartete sie im Mount Royal Palace zu einem Staatsbankett, das sich über Stunden hinziehen würde, und sie war in Uniform ins Kinderzimmer gekommen, damit sie sich nicht hinterher noch umziehen musste. In mancherlei Hinsicht, dachte sie, hatte sie überhaupt keine Zeit hierzu, aber das war dann eben Pech. Das übrige

Sternenkönigreich – und auch die ganze Galaxis – musste dann eben warten.

Lindsey Phillips hatte ihr geholfen, Raoul und Katherine umzuziehen und bettfertig zu machen, während Emily die Oberaufsicht führte. Nun saß Honor in ihrem Lieblingssessel, Raoul auf dem Schoß, während Katherine in der Korbwiege neben ihr schlief, und stellte sich die Leselampe ein. Schließlich blickte sie ihre Geschwister an, die sich auf Bodenkissen vor ihr zusammengerollt hatten wie die Baumkatzen.

»Seit ihr so weit?«, fragte sie, und sie nickten. »Wo waren wir?«

»Beim Scheiterhaufen«, antwortete Faith in der selbstsicheren, tiefgründigen Vertrautheit mit der Geschichte, wie sie nur eine Siebenjährige besitzen konnte.

»Natürlich, du hast recht.« Kopfschüttelnd schlug sie das Buch auf und blätterte die Seiten um. »Es ist so lange her, ich hatte vergessen, wo wir stehengeblieben waren.«

Mit der stillen, hartnäckigen, die Augen zusammengekniffenen Intensität eines vier Monate alten Säuglings wurde Raoul unruhig. Honor suchte sein Geistesleuchten, berührte es sanft und lächelte. Er war nicht eigentlich unzufrieden, sondern ... ihn langweilte eine Welt, die sich nicht allein um ihn drehte. ›Gelangweilt‹ war allerdings auch nicht ganz das richtige Wort, aber die Empfindungen eines Säuglings, obschon klar und stark, sind noch immer im Stadium des Werdens, und selbst Honor fiel es schwer, sie exakt zu analysieren.

Sie spürte, wie Nimitz, der sich auf der Sessellehne ausgestreckt hatte, mit ihr Kontakt zu dem Baby suchte. Raouls Geistesleuchten hatte etwas leicht Merkwürdiges an sich. Meist war Honor überzeugt, sie bilde es sich nur ein, es liege daran, dass die Gefühle eines Säuglings noch anders beschaffen waren. Manchmal jedoch war sie sich nicht ganz so sicher, wie jetzt zum Beispiel.

Nimitz berührte Raouls Geistesleuchten, und der Säugling wurde sofort ruhig. Er öffnete die Augen, und das Gefühl der Langeweile verschwand. Honor wandte den Kopf und blickte Nimitz an, und aus dem Halbdunkel hinter dem Lichtkegel der Leselampe funkelten sie die grasgrünen Augen des Baumkaters an. Sie spürte, wie er sanfte Beruhigung ausstrahlte, und Raoul gluckste glücklich.

Honor lächelte ihre Geschwister an, dann legte sie das Buch fort, setzte sich Raoul in die Armbeuge, an ihre Schulter gelehnt, und blickte Nimitz an.

»Hast du das auch mit mir gemacht, Stinker?«, fragte sie ihn ruhig. »Ich weiß, wir haben später angefangen, aber hast du?«

Nimitz erwiderte ihren Blick, und sie spürte die Nachdenklichkeit hinter den grünen Augen. Dann nickte er unmissverständlich.

»Ach du meine Güte«, murmelte Honor, dann blickte sie Raoul in die weit geöffneten Augen. Der Junge war aufmerksam, konzentriert ... er hörte zu, und sie schüttelte den Kopf. »Na, mein Schatz«, sagte sie zärtlich, »schnall dich an. Das wird interessant.«

Nimitz bliekte fröhlich zustimmend, und sie spürte, wie lange, flinke Finger an etwas in ihrem Nacken zupften. Dann hob Nimitz den Stern von Grayson an seinem roten Band über ihren Kopf und ließ ihn über Raoul baumeln.

Die Aufmerksamkeit des Säuglings schärfte sich. Er wusste noch nicht, was der Stern war, aber als das helle Funkeln des Lichtes auf der schönen goldenen Farbe tanzte, zog es seinen Blick auf sich wie ein Magnet, und er hob ein winziges, zerbrechliches Händchen, während Nimitz ihm zusummte.

Honor sah einen Augenblick lang zu und versuchte sich die Reaktion der schwerfälligeren unter Graysons Gutsherren vorzustellen, dass ein ›Tier‹ die höchste, feierlichste Tapferkeitsauszeichnung ihres Planeten als Spielzeug benutzte, um ein Baby zu beschäftigen. Ohne Zweifel ereigneten sich die Herzanfälle in rascher Abfolge, und bei der Vorstellung musste sie leise lächeln.

Dann wandte sich Honor wieder Faith und James zu, und ihr Lächeln gerann etwas entschuldigend.

»Tut mir leid. Aber jetzt, wo Nimitz sich um Raoul kümmert, können wir.«

Sie öffnete das Buch wieder, fand die richtige Stelle und begann vorzulesen.

»›Sieh her, mein Junge.‹ Der Phönix öffnete die Schachteln und verteilte die Zimtstangen auf dem Nest. Dann nahm er die Dosen und streute das Zimtpulver auf die Kuppe und die Seiten des Haufens, bis das ganze Nest so rotbraun war wie ein Ziegelstein.

›So, mein Junge‹, sagte der Phönix traurig. ›Der traditionelle Zimtscheiterhaufen des Phönix, wie er in Lied und Geschichte besungen wird.‹

Und als zum dritten Mal das Wort ›Scheiterhaufen‹ fiel, wurde es David ganz weich in den Knien, und er hatte einen Kloß in der Kehle. Ihm war eingefallen, wo er schon einmal auf das Wort gestoßen war. Es stand in seinem Buch über die Entdecker, und es hieß ... es hieß ...

›Phönix‹, fragte er mit stockender Stimme, ›f-f-für wen ist der Scheiterhaufen?‹

›Für mich‹, antwortete der Phönix.

›*Phönix!*‹«

Raoul gurgelte glücklich, griff wieder nach dem funkelnden Stern, und Honor schmeckte Faiths und James' gefesselte Aufmerksamkeit, mit der sie sich auf die Geschichte konzentrierten. Sie hatte es immer schwer gefunden, dieses letzte Kapitel vorzulesen, ohne dass sich ihre Stimme belegte und ein wenig schwankte.

Das war heute Abend schwieriger denn je.

Sie las die vertrauten, geliebten Worte, doch hinter ihrer Oberfläche gingen ihr andere Gedanken durch den Kopf, weit entfernt von der friedvollen Ruhe in diesem behaglichen Kinderzimmer.

Drei Wochen. Nur drei Wochen seit dem Blutvergießen und der Vernichtung, dem Sterben. Das Sternenkönigreich hatte noch immer nicht ganz gefasst, was geschehen war. Ohne Zweifel würde es der Republik Haven bald ähnlich ergehen, wenn die Nachricht in zwei Wochen Nouveau Paris erreichte.

Einhundertneununddreißig manticoranische, graysonitische und andermanische Superdreadnoughts und sieben LAC-Träger vernichtet, sieben Superdreadnoughts und zwei LAC-Träger so schwer beschädigt, dass sie nie wieder kämpfen würden. Siebenundzwanzig Schlachtkreuzer verloren. Sechsunddreißig Schwere Kreuzer und zweitausendachthundertsechs LACs vernichtet. Die offizielle Verlustzahl für die Allianz betrug fünfhundertsechsundneunzigtausendzweihundertfünfundvierzig Menschenleben, dazu kamen dreitausendfünfhundertzwölf Verwundete. Für die Republik sah es noch viel schlimmer aus: zweihunderteinundfünfzig vernichtete Superdreadnoughts, dazu neun LAC-Träger, vierundsechzig Schlachtkreuzer, vierundfünfzig Schwere Kreuzer und viertausendsechshundertzwölf LACs; achtundsechzig Superdreadnoughts, sieben LAC-Träger und über dreitausend LACs erbeutet. Das Sternenkönigreich war immer noch dabei, die wahre, erschütternde Höhe von Lester Tourvilles Verlusten auszurechnen, aber die Zahl stand bereits bei fast eins Komma sieben Millionen Gefallenen, sechstausendsechshundertzwei Verwundeten und 379.732 Gefangenen. Laut Admiral Givens würde die Zahl der Gefallenen fast mit Sicherheit noch weiter steigen. Vielleicht überstieg sie die Zwei-Millionen-Grenze, wenn die Untersuchung abgeschlossen war.

Niemals zuvor hatte es eine solche Schlacht gegeben, und sie dürfte entscheidend gewesen sein. Die Schlachtwälle sowohl der Allianz als auch der Republik waren ausgebrannt. Doch trotz der entsetzlichen Verluste Havens hatte die Republik das günstigere Verlustverhältnis, auf Schiffsrümpfe bezogen, und erst recht hinsichtlich der Verluste an Menschenleben. Ohne Apollo – das bisher nur an Bord von Honors Schiffen installiert war – hätte keine Macht des Universums die verbliebenen Lenkwaffen-Superdreadnoughts der Republik Haven davon abhalten können, das gesamte manticoranische Heimatsystem zu verwüsten. Doch Apollo war installiert gewesen, und was Honor der Flotte unter Genevieve Chin zugefügt hatte, bedeutete für Thomas Theisman den tödlichen Denkzettel, dass er Manticore nicht einnehmen konnte, solange es die Achte Flotte gab.

Infolgedessen konnte die Achte Flotte Manticore unmöglich entblößen. Daher war die Achte Flotte formell (und nur vorläufig) zur Homefleet des Sternenkönigreichs erklärt worden, und Honor Alexander-Harrington als ihre Kommandeurin fand sich als Flottenadmiral Alexander-Harrington wieder, obwohl ihr zum höchsten Dienstgrad der Royal Manticoran Navy die nötige Seniorität fehlte. Sie bekleidete den Rang freilich nur diensttuend; sie erhielt ihn als Kommandeurin der Homefleet, und sobald die Admiralität den Posten an jemand anderen übertrug, trug sie wieder ihren permanenten manticoranischen Dienstgrad eines Vier-Sterne-Admirals. Doch man konnte die Funktion niemandem übertragen, solange eine weitere Flotte mit Apollo gefunden wurde. Und bis dahin war Honor – wie ihre Schiffe – an das Heimatsystem gebunden, als wären sie alle mit *Hephaistos* oder *Vulcan* verschweißt.

Und Honor war aus der Massenvernichtung als einzige überlebende alliierte Flottenkommandeurin, die am Gefecht teilgenommen hatte, hervorgegangen. Ihr wurde der Sieg zugesprochen, sie wurde von der Presse als ›größte Flottenbefehlshaberin ihrer Zeit‹ gefeiert. Eine manticoranische Öffentlichkeit, bis aufs Mark erschüttert über die Unverfrorenheit des havenitischen Überfalls und die entsetzlichen Verluste, die er gekostet hatte, erschrocken darüber, wie dicht Lester Tourville vor dem Erfolg gestanden hatte, betrachtete *sie* als Heldin und Retterin.

Und nicht etwa Sebastian D'Orville, der sein Leben in dem Wissen geopfert hatte, dass er und alle seine Leute sterben würden. Wenn D'Orville den ersten Vorstoß nicht entscheidend geschwächt hätte, wäre das gesamte Manticore-System von der Zweiten Flotte Havens verwüstet worden, ohne dass Theodosia Kuzak oder Honor sie daran hätten hindern können, und er und seine Flotte waren dafür gestorben.

Auch nicht etwa Theodosia Kuzak, deren Dritte Flotte dem Tod geradewegs vor die Rohrmündungen gefahren war. Die alles richtig gemacht und dennoch die Guillotine ausgelöst hatte, von der auch die Achte Flotte genauso sicher getötet worden wäre wie die Dritte, hätte sich Honor an ihrer Stelle befunden.

Und nicht Alistair McKeon, der wie so viele Tausend andere gefallen war, während er tat, was er immer getan hatte: seine Pflicht. Während er die Sternnation schützte, die er so liebte, und der Königin diente, die er ehrte. Indem er die Befehle der Kommandeurin ausführte, die ihn, ohne es zu ahnen, in den Tod geschickt hatte – und die nicht einmal die Chance erhielt, sich zu verabschieden.

Das Lob, die Beweihräucherung schmeckten ihr so bitter im Mund wie die Asche, die vom Scheiterhaufen des Phönix' übrigblieb, und sie spürte die Finsternis außerhalb des stillen Kinderzimmers. Die Finsternis der Zukunft mit all ihren Unwägbarkeiten, ihren Gefahren im Nachhall einer solch grausamen Zurschaustellung von Kampfkraft und solch brutalen Verlusten auf beiden kriegführenden Seiten. Die Finsternis der neuen, furchtbaren Blutschuld, die das Sternenkönigreich und die Republik zwischen sich aufgehäuft hatten. Des Hasses und der Angst, die aus solch einem kataklystischen Waffengang entstehen mussten, mit all ihren bedrohlichen Vorzeichen, wozu der Krieg zwischen Manticore und Haven noch führen konnte.

Und die Finsternis der Vergangenheit. Die Finsternis der Erinnerung und der Trauer. Des Gedenkens an die Toten, an die Menschen, die sie nie wiedersehen sollte.

Ihre Stimme hatte automatisch weitergelesen, ihre Augen waren, von der Erinnerung geführt, den Druckzeilen bis zum Fuß der Seite gefolgt, aber jetzt erst hörte Honor wieder, was sie sprach.

»Da erst bemerkte David, dass er etwas in der Hand hielt, etwas Weiches und zugleich Schweres. Als er es vor die Augen hob, um es sich genauer anzusehen, blitzte es im Sonnenlicht auf. Es war die Feder, die der Phönix ihm geschenkt hatte, die Schwanzfeder. Schwanzfeder? ... Aber der Phönix hatte einen saphirblauen Schwanz gehabt. Die Feder in seiner Hand war vom reinsten, hellsten Gold.

Hinter sich hörte er ein leises Geräusch. Gegen seinen Willen sah er die Überreste des Scheiterhaufens an. David ließ die Kinnlade fallen. Mitten in der weißen Asche und der glimmenden Kohle bewegte sich etwas. Etwas kämpfte sich darin nach oben. Die Geräusche wurden lauter und deutlicher. Verkohlte Zweige knackten, Asche wurde beiseitegetreten, glühende Holzstückchen aus dem Weg geschoben. Und wie eine Pflanze, die sich aus der Erde schiebt, erschien etwas Helles, Glitzerndes und nickte im Wind. Kleine Flammenzungen, so schien es, die nach der Luft leckten ... Nein, keine Flammen! Ein Kamm aus goldenen Federn! ... Ein

Stoß von unten hob die Asche in der Mitte des Haufens, eine feine Wolke aus Flöckchen stob im Luftzug auf, und im Sonnenlicht strahlte helles Gefieder. Und aus den Resten des Scheiterhaufens trat ein prächtiger Vogel.«

Die Bilder der uralten Geschichte berührten sie tief. Sie hatten sie immer berührt, aber diesmal war es anders.

»Es war der Phönix«, hörte sie sich lesen, »es musste der Phönix sein! Doch es war ein neuer, anderer Phönix: Er war jung und wild, mit ungestümen Bernsteinaugen; sein Kamm war stolz und hoch, sein Leib der schlanke, muskulöse Leib eines Jagdvogels, die Flügel schmal und lang und spitz wie bei einem Falken, der große Schnabel und die Krallen krumm und scharf wie ein Rasiermesser. Und im Ganzen, vom Kamm bis zu den Krallen, war er von einem glänzenden Gold, in dem sich die Sonne als tausend blendende Lichtlein spiegelte.

Der Vogel breitete die Schwingen aus, schüttelte die Asche vom Schwanz und begann sich zu putzen. Jede Bewegung war wie der Blitz einer lautlosen Explosion.

›Phönix‹, flüsterte David. ›Phönix.‹«

Honor sah Alistair im Phönix, hörte sich selbst in David. Sie hörte die Sehnsucht, das Verlangen, das Bedürfnis nach einer Wiedergeburt von allem, was sie verloren hatte, von allem, was dem Universum genommen worden war.

»Der Vogel fuhr auf, wandte sich zu David um, blickte ihn einen Moment lang mit wilden, furchtlosen Augen an, dann putzte er sich weiter. Plötzlich aber hielt er inne und neigte den Kopf, als lausche er auf etwas. Dann hörte David es auch: einen Ruf weiter unten am Berg, lauter und klarer als beim ersten Mal, aufgeregt und voll Triumph. Mit einem Schauder blickte er hinunter. Der Wissenschaftler hastete den Ziegenpfad so rasch herauf, wie seine langen Beine ihn trugen – und er schwenkte ein Gewehr.

›Phönix!‹, rief David. ›Flieg! Flieg weg, Phönix!‹

Der Vogel schaute erst den Wissenschaftler und dann David an, neugierig, aber ohne zu verstehen. Gelähmt vor Furcht, blieb David auf den Knien, als der Wissenschaftler an eine Lichtung kam und das Gewehr an die Schulter riss. Die Kugel jaulte mit dem Geräusch einer zornigen Hornisse vorbei, und der Knall des Schusses hallte am Steilhang wider.

›Flieg weg, Phönix!‹, schluchzte David. Eine zweite Kugel verfehlte den Vogel und schlug kleine Felssplitter aus der Innenkante des Simses.

›Ach, flieg doch, flieg doch weg!‹ David sprang auf und stellte sich zwischen den Vogel und den Wissenschaftler. ›Ich bin's!‹, rief er. ›Ich bin's, David!‹ Der Vogel sah ihn genau an, und in seinem Auge funkelte ein Licht, als sei der Name zu ihm durchgedrungen und hätte fast, aber nicht ganz, eine alte Erinnerung geweckt. Zögernd streckte er einen Flügel aus und fuhr David mit der Spitze leicht über die Stirn. Die Berührung hinterließ eine Stelle, die kalt brannte.

›*Weg von dem Vogel, du kleiner Dummkopf!*‹, kreischte der Wissenschaftler. ›*WEG MIT DIR!*‹

David beachtete ihn nicht. ›Flieg weg, Phönix!‹, schrie er und schob den Vogel zur äußeren Kante.«

Nein, dachte sie. Sie war nicht David, und Alistair war nicht einfach nur der Phönix. Alistair war David *und* der Phönix, so wie der Phönix alles war, vor das sich Alistair gestellt hatte wie ein Schild, das er mit seinem Leben beschirmte und mit seinem Tod schützte.

Und wie der Phönix war er für immer fort, ohne dass sie ihm je wieder nah sein konnte. Den letzten Absatz las sie durch einen Tränenvorhang.

»Endlich dämmerte in den Bernsteinaugen das Begreifen. Mit einem klaren, trotzigen Schrei sprang der Vogel auf einen vorstrebenden Stein. Er breitete die goldenen Schwingen aus, legte den goldenen Kopf in den Nacken und stieß sich mit den goldenen Krallen vom Fels ab. Der Vogel warf sich in die Luft und schwang sich in den Himmel über dem Tal, funkelnd, blitzend, schimmernd; eine Flamme, so groß wie die Sonne, wie ein Diamant, ein Stern, der schließlich zu einem Pünktchen aus Goldstaub schrumpfte. Es glitzerte noch zweimal in der Ferne auf, dann war es ganz verschwunden.«

Flieg, Alistair, dachte Honor Alexander-Harrington. *Wo immer du bist, wohin immer Gott dich führt, fliege hoch. Ich beschützte für dich den Phönix, das verspreche ich dir. Adieu. Ich liebe dich.*

Ein Nachwort

1957 veröffentlichte die Follet Publishing Company in Chicago ein Buch von einem Herrn namens Edward Ormondroyd. Das Buch hieß *David and the Phoenix*, und 1958 erschien es in einer eigenen Ausgabe des Weekly Reader Children's Book Club.

In diesem Jahr war ich sechs, und *David and the Phoenix* ist das erste Buch, von dem ich weiß, dass ich es ganz allein gelesen habe.

Es hat Eindruck auf mich gemacht.

Von der Tatsache abgesehen, dass die menschliche Hauptfigur im Buch den besten Vornamen hat, den man sich vorstellen kann, sprach noch einiges andere für den Roman. Er war für Kinder geschrieben, aber es behandelte sie nicht herablassend, sondern war in einem Stil geschrieben, aus dem jeder Autor etwas lernen kann. Am wichtigsten aber, es erzählte eine fantastische Geschichte, die lehrt, dass die Welt voller Wunder ist.

Ich kann mich an die wichtigsten, prägenden Schriftsteller erinnern, die mich erst zu einem Leser und dann, viel später, selbst zu einem Schriftsteller machten. C. S. Lewis steht auf dieser Liste, dazu Walter Farley, Arthur Ransome – und Edward Ormondroyd. Er kam für mich sogar an erster Stelle; die anderen folgten nur dem Weg, den er gebahnt hatte, und führten mich an andere Ziele.

Im Laufe der Jahre hütete ich die *Weekly-Reader*-Ausgabe, die ich meinem älteren Bruder Mike geklaut hatte, wie einen Schatz. Ich besitze sie noch immer, und ich beabsichtige, sie weiter zu behalten. (So viel dazu, Mike!) In den letzten beiden Jahren bin ich zu *David and the Phoenix* zurückgekehrt und sehe das Buch heute mit ganz anderen Augen.

Ich habe es meinen eigenen Kindern vorgelesen. Sharon und ich sind natürlich beide Leseratten, und wir setzen – mit bedachtsamer Vorsicht – alles daran, auch unsere Kinder zu Lesern zu erziehen. Ein Teil unseres ruchlosen Planes besteht darin, dass Daddy ihnen jeden Abend vorliest. (Schließlich ist die erste Dosis immer kostenlos.) Mommy hat bei Vorlesen die Tagesschicht, und wir nehmen sie ganz gut in die Zange, glaube ich.

Es hat allerdings einige Ausfallabende gegeben, besonders seit Michael Paul, unser Jüngster, *Findet Nemo* entdeckt hat. Michael kann etwas ... hartnäckig sein, und er besitzt den Eigensinn eines Zweijährigen. (Außerdem ist da dieser kleine Zug des Mutwillens, den er von seiner Mutter geerbt hat, aber darüber wollen wir jetzt nicht reden.) Dennoch, alle drei Kinder haben *David and the Phoenix* nun wenigstens zweimal hinter sich. Und als ich auf eine Lesereise ging, sprach ich das gesamte Buch auf CD, damit Morgan Emily und Megan Elizabeth (und Mikey, obwohl er damals erst fünf Monate alt war) nicht auf Daddys abendliches Vorlesen verzichten mussten, solange ich fort war.

Falls Sie es noch nicht selbst gemerkt haben, ich halte *David and the Phoenix* für eines der besten Jugendbücher, die je geschrieben wurden. Und es ist recht erstaunlich, wie vielen Menschen ich auf Science-Fiction-Conventions begegne, die in ihrer Jugend das Buch ebenfalls gelesen haben.

Leider war es irgendwann vergriffen. Und es blieb sehr lange Zeit vergriffen. Dann aber, im Jahre 2000, druckte Purple House Press in Cynthiana, Kentucky, es als Taschenbuch nach. Als ich ein Exemplar der Purple-House-Ausgabe in die Hand bekam, meldete ich mich beim Verlag und erhielt über das Haus die sehr freundliche Erlaubnis Mr Ormondroyds, aus dem Buch zu zitieren. Nicht nur, weil es eine Lieblingsgeschichte aus meiner Kindheit ist, sondern weil die zentralen Bilder und das Thema des Buches so ideal zu der Geschichte passten, die ich von Honor Harrington zu erzählen hatte.

Ich deute die Neuausgabe dieses Buches nach dreiundvierzig Jahren als gutes Zeichen für die Zukunft. Schließlich ist es immer möglich, dass in zweitausend Jahren die Gesellschaft für Kreativen Anachronismus doch nicht den guten Geschmack und gesunden Menschenverstand besitzt, es wieder in Umlauf zu bringen. Allerdings habe ich gehört, dass *Purple House* sehr wohl Neuauflagen plant.

So etwas nennt man eine gute Sache. Dadurch erhalten alle, die das Buch noch nicht gelesen haben, eine Gelegenheit, dieses Versäumnis wiedergutzumachen.

Bitte ergreifen Sie sie.

Ob Sie nun Kinder haben, denen Sie es vorlesen können, oder nicht, das Buch ist wahrlich ein Wunderwerk und wird Ihnen Ihre Zeit mit Gryffins (und außerdem Gryffons und Gryffens) vergelten, mit Leprechaunen, Banshees, die Kohlköpfe essen müssen, um ihre Schreie ausstoßen zu können, Hexen mit Rennbesen, Faunen, Seeungeheuern, Pans Flöten und, am wunderbarsten von allem, dem Phönix. Mit diesem Gefühl von sowohl Verlust als auch ewiger Erneuerung. Von Freundschaft, Liebe und dem Willen, für beides Opfer zu bringen, und der Fähigkeit, am Ende um dieser Liebe willen loszulassen.

Es ist ein großartiges Buch, und wie der Phönix wird es niemals wirklich sterben.

ENDE

Alpha-Emitter – die Impelleremitter eines Sternenschiffs, die sowohl zu seinem Impellerkeil beitragen als auch im Hyperraum nach Rekonfiguration die Warshawski-Segel des Schiffes generieren.

Alpha-Transition – die Transition in das oder aus dem Alphaband, dem niedrigsten Niveau des Hyperraums.

Andermanisches Reich – das von dem Söldnerführer Gustav Anderman gegründete Kaiserreich. Westlich des Sternenkönigreichs von Manticore gelegen, verfügt die manchmal auch als ›Anderman-Reich‹ bezeichnete Sternnation über eine ausgezeichnete Flotte und ist der Hauptkonkurrent des Sternenkönigreichs um Handel und Einfluss in der Silesianischen Konföderation. Die Sprache des Andermanischen Reiches ist Deutsch, die Bevölkerung hingegen hat ihre Wurzeln zum überwiegenden Teil im altirdischen China.

Andys – umgangssprachlicher Ausdruck für Bürger, aber besonders für die Streitkräfte des Andermanischen Reiches und deren Angehörige.

Antirakete Typ 31 – eine von Manticore entwickelte neuartige Antirakete größerer Reichweite, die von der Manticoranischen Allianz eingesetzt wird, um die Abwehrdistanz bei Beschuss mit Mehrstufenraketen zu vergrößern. Der Typ 31 bildet auch mit Gehäuse und Antrieb die Grundlage für die Viper-Rakete (siehe dort).

Apollo – eine manticoranische Entwicklung, die mithilfe vorgeschobener überlichtschneller Signalrelais eine Feuerleitung für den Beschuss mit Raketen auf hohe Entfernungen bereitstellt, die nahezu in Echtzeit arbeitet.

BatCruRon – Abk. für **Bat**tle **Cru**iser Squad**ron**: Schlachtkreuzergeschwader. Entsprechend steht **BatRon** für Schlachtgeschwader (aus Dreadnoughts, Superdreadnoughts und bei der VFH auch Schlachtschiffen) und **CruRon** für Kreuzergeschwader.

Baumkatzen – die einheimische vernunftbegabte Spezies des

Planeten Sphinx. Sechsgliedrige, telempathische, auf Bäumen lebende Jäger, die zwischen 1,5 und 2 m lang werden (einschließlich ihres Greifschwanzes). Ein kleiner Prozentsatz von ihnen bindet sich an Menschen; diese ›Adoption‹ ist eine nahezu symbiotische Beziehung. Obwohl nicht zur Sprache fähig, haben die Baumkatzen in letzter Zeit gelernt, sich mit Menschen durch Gebärdensprache zu verständigen.

Beta-Emitter – Sekundäre Generatorenköpfe, die den Impellerkeil eines Raumfahrzeugs erzeugen. Weniger leistungsstark und weniger kostspielig als Alpha-Emitter, tragen sie nur im Normalraum zum Impellerkeil bei.

Bund der Konservativen – eine im Allgemeinen reaktionär gesinnte manticoranische Partei, deren Hauptziel in der Bewahrung aristokratischer Privilegien besteht.

Coup de Vitesse – eine vornehmlich offensive, ›harte‹ Kampfsportdisziplin, die von der RMN und dem RMMC bevorzugt unterrichtet wird. Betont wird der unbewaffnete Kampf.

COLAC – Abk. für Commanding Officer, Light Attack Crafts; Kommandeur des LAC-Geschwaders, das von einem LAC-Träger transportiert wird.

Dolist – ein Mitglied der havenitischen Klasse, die völlig von dem Lebenshaltungszuschuss der Regierung abhängig war, durchwegs unterdurchschnittlich ausgebildet und qualifiziert.

Dreadnought – Abk. DN. Eine Kriegsschiffklasse zwischen Schlachtschiffen und Superdreadnoughts. Keine größere Navy baut diesen Schiffstyp noch. Die durchschnittliche Verdrängung beträgt zwischen 4.000.000 und 6.000.000 Tonnen.

Dreier – eine havenitische Abwehrtechnik, in der massierte Wellen von Raketen mit Atomsprengköpfen benutzt werden, um die Zielsucher feindlicher Lenkwaffen und gegnerische Eloka-Plattformen zu blenden.

Durchdringungshilfe – elektronische Geräte von Raketen, die ihnen helfen sollen, die aktiven und passiven Abwehrsysteme ihrer Ziele zu penetrieren.

ECM – Abk. für electronic counter measures = elektronische

Gegenmaßnahmen: aktive Aussendung von Signalen, die die Ortung des Gegners stört; die Suchköpfe hereinkommender Raketen werden dadurch abgelenkt. ECM ist ein Teil der Funkelektronischen Kampfführung (**Eloka**).

FIA – Federal Investigative Agency. Die Staatspolizei der wieder ins Leben gerufenen Republik Haven.

FIS – Federal Intelligence Service. Der wichtigste Nachrichtendienst der wieder ins Leben gerufenen Republik Haven.

FND – Abk. für Flottennachrichtendienst. Der Geheimdienst der Republican Navy.

Freiheitspartei – eine manticoranische Partei, die für Isolationismus eintritt, eine sozial orientierte Steuerung der Ökonomie und Regierungsinterventionen zum Ausgleich der wirtschaftlichen und politischen Unterschiede im Sternenkönigreich.

Geisterreiter – ein manticoranisches Forschungsprojekt zur Entwicklung der mehrstufigen Lenkwaffe und dazugehöriger Technik. Das ursprüngliche Projekt Geisterreiter verzweigte sich in eine große Menge von Unterprojekten, die sich ebenso intensiv wie mit Angriffswaffen auch mit Elektronischer Kampfführung befassten.

Gravimpulssender – ein Kommunikationsgerät, das Gravitationsimpulse erzeugt, um innerhalb eines Sonnensystems überlichtschnell Nachrichten zu übertragen.

Gravitationswellen – eine Naturerscheinung im Hyperraum, die aus permanenten, sehr starken Regionen gebündelter Gravitationsverzerrung besteht, welche bis auf eine relativ schwache Seitenabdrift ortsfest sind. Raumschiffe mit Warshawski-Segeln können in diesen ›Gravwellen‹ sehr hohe Beschleunigungswerte erzielen; Schiffe, die unter Impellerantrieb in eine Gravwelle eintreten, werden augenblicklich zerstört.

Grayson – der bewohnbare Planet von Jelzins Stern und des Sternenkönigreichs wichtigster Verbündeter.

Havies – umgangssprachlicher Ausdruck für Bürger, aber besonders für die Streitkräfte der Republik Haven und deren Angehörige.

Hypergrenze – der Mindestabstand von einer Sonne, ab der ein Sternenschiff in den Hyperraum gehen oder ihn verlassen kann. Der Abstand nimmt mit steigender Sonnenmasse zu. Sehr große Planeten besitzen ihre eigene Hypergrenze.

Hyperraum – multiple Schichten miteinander verbundener, aber isolierter Dimensionen, die Punkte des Normalraums in engere Kongruenz setzen und dadurch erlauben, sich effektiv schneller zu bewegen als das Licht. Die Schichten sind ›Bänder‹ eng zusammenhängender Dimensionen. Die Barrieren zwischen diesen Bändern verursachen Turbulenzen und Instabilität, die zunehmend stärker und gefährlicher werden, je ›höher‹ ein Schiff in den Hyperraum transistiert.

Impellerantrieb – der übliche reaktionslose Normalraumantrieb, der künstliche, keilförmig einander zugeneigte Bänder aus Gravitationsenergie erzeugt, durch die sehr hohe Beschleunigungswerte möglich werden. Im Hyperraum wird er außerhalb von Gravwellen ebenfalls verwendet.

Impellerkeil – die einander zugeneigten Flächen aus Gravitationsverzerrung, die der Impellerantrieb ober- und unterhalb eines Raumschiffs erzeugt. Das ›Dach‹ und der ›Boden‹ eines militärtauglichen Impellerkeils sind für alle bekannten Waffen undurchdringlich.

InAb – Abk. für Innere Abwehr; Geheimpolizei und Nachrichtendienst der Volksrepublik Haven unter den Legislaturisten, zuständig für die innere Sicherheit und die Unterdrückung abweichender Meinungen.

JAG – Abkürzung für Judge Advocate General, Chef(in) des Militärjustizwesens, auch Bezeichnung für die gesamte Abteilung.

Jeune École (frz. ›Junge Schule‹) – eine progressive Denkrichtung innerhalb der manticoranischen Admiralität.

Komitee für Öffentliche Sicherheit – von Rob S. Pierre nach dem Sturz der Legislaturisten zur Regierung der Volksrepublik Haven eingesetztes Gremium, das eine Herrschaft des Schreckens und der systematischen Säuberungen gegen überlebende

Legislaturisten errichtete und den Krieg gegen das Sternenkönigreich fortsetzte.

Konfeds – umgangssprachlicher Ausdruck für Bürger, aber besonders für die Streitkräfte der Silesianischen Konföderation und deren Angehörige.

Konföderierte Navy – organisierte Raumstreitkräfte der Silesianischen Konföderation.

Kps – Kilometer pro Sekunde.

Kps^2 – Kilometer pro Sekundenquadrat: Einheit der Beschleunigung (= zeitliche Änderung der Geschwindigkeit). Die normale Erdbeschleunigung (1 *g* = 1 Gravo) beträgt 9,81 Mps^2.

Kronenloyalisten – eine manticoranische Partei, deren Kredo die Überzeugung ist, das Sternenkönigreich benötige eine starke Monarchie vor allem als Gegengewicht zum konservativen Teil der Aristokratie. Dennoch sind die fortschrittlicheren Adligen des Sternenkönigreichs eher bei den Zentralisten anzutreffen.

LAC – Abk. für Light Attack Craft, Leichtes Angriffsboot. Ein unterlichtschneller, nicht hyperraumtüchtiger Kampfschifftyp, der zwischen 40.000 und 60.000 Tonnen maßt. Bis vor kurzem als überholter, nutzloser Schiffstyp betrachtet, der sich nur noch für Zollaufgaben und Patrouillendienst eignet. Durch technische Fortschritte musste diese Ansicht in letzter Zeit revidiert werden.

LAC-Träger – Abk. CLAC. Ein Sternenschiff von der Größe eines Dreadnoughts oder Superdreadnoughts, das LACs durch den Hyperraum transportiert, sie wartet und für das Gefecht bewaffnet.

Lasercluster – Gruppen von schnell feuernden Laser-Geschützen, die letzte Stufe der Nahbereichs-Abwehrwaffen zum Abfangen einkommender Raketen.

Leichter Kreuzer – Abk. CL. Bei den meisten Raumstreitkräften das wichtigste Aufklärungsschiff, auch zum Schutz des eigenen und zur Störung des gegnerischen Handels eingesetzt. Die Durchschnittstonnage rangiert von 90.000 bis 150.000 Tonnen.

Legislaturisten – die ehemalige herrschende Klasse in der Volksrepublik Haven, die Erben der Politiker, die mehr als zweihundert Jahre vor Ausbruch des gegenwärtigen Krieges das Dolisten-System schufen.

LHZ – Abk. für Lebenshaltungszuschuss. Die Wohlfahrtszahlungen der Regierung der alten Volksrepublik Haven an seine permanente Unterschicht. Im Wesentlichen war der LHZ eine Gegenleistung der Regierung an einen permanenten Wählerblock dafür, dass er die Legislaturisten unterstützte, die die Regierung kontrollierten.

Mantys – umgangssprachlicher Ausdruck für Bürger, aber besonders für die Streitkräfte des Sternenkönigreichs von Manticore und deren Angehörige.

Mehrstufenrakete – eine neuartige manticoranische Waffenentwicklung, die durch Hintereinanderschalten mehrerer Impellerantriebe die Gefechtsreichweite einer Rakete erheblich vergrößert.

Mistelzweig – von Sonja Hemphill gewählte Codebezeichnung für mit Gefechtsköpfen bewaffnete ›Aufklärungsdrohnen‹, die man benutzt, um sich auf Schussdistanz an wichtige Kampfmittel der Systemverteidigung anzuschleichen.

Moriarty – von Shannon Foraker geprägter Codename für besondere, zentralisierte Feuerleitsysteme, die Mehrstufenraketen zur Systemverteidigung koordinieren sollen.

Neue Menschen – eine manticoranische Partei unter Leitung von Sheridan Wallace. Klein und opportunistisch.

Öffentliche Information – Propagandaministerium der Volksrepublik Haven sowohl unter den Legislaturisten als auch unter dem Komitee für Öffentliche Sicherheit.

ONI – Abk. für Office of Naval Intelligence = Nachrichtendienst der Royal Manticoran Navy, geleitet vom Zweiten Raumlord, Admiral Patricia Givens.

Operationszentrale – Abk. OPZ. Das Nervenzentrum eines Kriegsschiffs, verantwortlich für das Sammeln und Bewerten von Ortungsdaten und die Darstellung der taktischen Lage.

Packesel – Jargon der havenitischen Schiffsbesatzungen für eine von Shannon Foraker entwickelte, mit Traktorstrahlern ausgestattete Plattform, mit deren Hilfe die Anzahl von Raketengondeln, die republikanische Kriegsschiffe schleppen können, vervielfacht wird.

Panzeranzug – ein Schutzanzug, der einen Raumanzug mit einer schweren Panzerung kombiniert, die, von sehr starken Exoskelett-Motoren angetrieben, so gut wie jedes dem Menschen bekannte Projektil abweist, über ausgeklügelte Bordsensoren verfügt und Manöverdüsen besitzt, die Bewegung im All ermöglichen.

Paul Revere (1735-1818) – ein Teilnehmer an der amerikanische Revolution, warnte durch seinen Kurierritt vom 18. 4. 1775 die Patrioten in der Nacht vor der Schlacht von Lexington vor dem Anmarsch britischer Truppen. Henry W. Longfellow verewigte *Paul Revere's Ride* in der gleichnamigen Ballade.

Pinasse – ein militärisches Mehrzweckbeiboot, das etwa einhundert Personen befördern kann. Mit einem Impellerantrieb ausgestattet, ist es zu hoher Beschleunigung fähig und meistens bewaffnet. Pinassen können für Bodenangriffe bestückt werden.

P.O. – Abk. für Petty Officer.

Progressive Partei – manticoranische Partei, die durch eine Haltung gekennzeichnet ist, die sie als pragmatische Realpolitik bezeichnet. Sozialliberaler als die Zentralisten, aber von je überzeugt, dass ein Krieg gegen Haven ungewinnbar sei; daher sei dem Sternenkönigreich am besten gedient, wenn es zu einer ›Einigung‹ mit der VRH komme.

Protector – Titel des Herrschers von Grayson, gleichwertig zu ›Kaiser‹. Der gegenwärtige Protector Graysons ist Benjamin Mayhew IX.

Q-Schiffe – als Handelsschiffe getarnte Hilfskreuzer, die im 1. Weltkrieg erstmals eingesetzt wurden, um U-Boote auf Angriffsentfernung heranzulocken.

Republik Erewhon – Sternnation des Erewhon-Systems, die

den Erewhonischen Wurmlochknoten kontrolliert, der Verbindungen in die Solare Liga und zum Phoenix-Wurmlochknoten besitzt. Ehemaliges Mitglied der Manticoranischen Allianz.
Republik Haven – nach der Solaren Liga die größte interstellare Sternnation der Menschheit. Bis vor kurzem als Volksrepublik Haven bekannt, die von der erblichen Herrscherklasse der Legislaturisten regiert wurde, bis diese von Rob S. Pierre gestürzt und der Herrschaft des Komitees für Öffentliche Sicherheit unterstellt wurde. Nach dem Sturz auch dieses Komitees wurde die Verfassung der alten Republik wieder in Kraft gesetzt.
RHN – Republic of Haven Navy. Von Thomas Theisman neu organisierte Raumstreitkraft der Republik Haven.
RMN – Royal Manticoran Navy. Raumstreitkraft des Sternenkönigreichs von Manticore.
RMMC – Royal Manticoran Marinecorps.
Schlachtkreuzer – Abk. BC. Als kleinste Schiffsklasse, die noch als ›Großkampfschiff‹ betrachtet wird, sollen Schlachtkreuzer stärker sein als jeder schnellere Gegner und schneller als jeder stärkere Feind. Die durchschnittliche Tonnage rangiert von 500.000 bis 1.200.000 Tonnen.
Schlachtschiff – Abk. BB. Früher das stärkste Großkampfschiff, wird das Schlachtschiff mittlerweile als zu klein betrachtet, um im Schlachtwall zu ›liegen‹. Die Tonnage eines Schlachtschiffs reicht von 2.000.000 bis 4.000.000 Tonnen. Von einigen Raumstreitkräften noch immer zur Sicherung von Gebieten der Kampflinien verwendet, wird es nicht mehr als effizienter Kampfschiffstyp betrachtet.
Schlüsselloch – von Manticore entwickelte Drohne, die Feuerleit- und Telemetrierelais für offensive und defensive Lenkwaffen trägt.
Schlüsselloch II – Nachfolger der ursprünglichen Schlüsselloch-Drohnen, der mit überlichtschnellen Signalen arbeitet.
›**Schuss in den Kilt**‹ – ein Angriff, der durch die Hecköffnung des Keils gegen ein impellergetriebenes Raumfahrzeug vorgetragen wird und das Schiff von hinten trifft. Die Hecköffnung

ist durch die Geometrie des Impellerkeils der zweitverwundbarste Punkt eines Sternenschiffs.

›Schuss in den Rachen‹ – ein Angriff, der durch die vordere Öffnung des Keils gegen ein impellergetriebenes Raumfahrzeug gerichtet wird und das Schiff von vorn trifft. Die Bugöffnung ist durch die Geometrie des Impellerkeils der verwundbarste Punkt eines Sternenschiffs.

Schwerer Kreuzer – Abk. CA. Zum Schutz des Handels und für lang anhaltende Wachaufgaben konstruiert, soll der Schwere Kreuzer gegen mittelstarke Bedrohungen Großkampfschiffe ersetzen. Die Durchschnittstonnage liegt zwischen 160.000 und 350.000 Tonnen, obwohl die obere Grenze sich bei einigen Raumstreitkräften mit der Untergrenze für Schlachtkreuzertonnagen zu überschneiden beginnt.

Seitenschild – Abwehrschilde aus verzerrter Schwerkraft, die auf beide Seiten eines Kampfschiffs projiziert werden, um dessen Flanken vor feindlichem Beschuss zu schützen. Nicht undurchdringlich wie ein Impellerkeil, aber dennoch ein sehr starkes Abwehrmittel.

Seniorität – Das Prinzip, dass der Aufstieg innerhalb der Rangleiter einer Flotte nach dem Rangdienstalter zu geschehen hat. Beförderung nach Seniorität findet sich in der britischen Royal Navy, in der man bei der Beförderung zum *Post Captain* auf die Kapitänsliste kam. Alle Kapitäne, die schon länger auf dieser Liste standen, waren rangdienstälter als der neue Kapitän und daher seine Vorgesetzten. Zum Flaggoffizier beförderte man immer den rangdienstältesten Kapitän; er wurde so zum Konteradmiral der Blauen Flagge und gelangte auf die Liste der Admirale. In der Reihenfolge dieser Liste konnte sich nur durch den Tod etwas ändern; es bestand keine Möglichkeit, nach Verdienst bevorzugt befördert zu werden. Diese Regelung wurde eingeführt, um Protektion und Vetternwirtschaft in der Beförderung der Kapitäne und Admirale unmöglich zu machen – welche bei allen Beförderungen unterhalb des Kapitänsrangs eine große Rolle spielte.

In der RMN existieren ebenfalls Kapitäns- und Admiralslisten, die als Grundlage für Beförderungen dienen. Die Reihenfolge der Seniorität ist jedoch nicht so starr wie in der alten RN und kann übergangen werden (wie es zum Beispiel Admiral Webster in Bezug auf die Beförderung Mark Sarnows zum Konteradmiral der Roten Flagge erwähnt).

Silesianische Konföderation – ein großes, ungeordnetes politisches Gebilde zwischen dem Sternenkönigreich von Manticore und dem Andermanischen Kaiserreich. Die Zentralregierung ist sehr schwach und sehr korrupt, die Region wird von Piraterie heimgesucht. Dennoch ist die Konföderation ein großer und sehr wichtiger Markt für das Sternenkönigreich.

Sillys – umgangssprachlicher Ausdruck für Bürger, aber besonders für die Streitkräfte der Silesianischen Konföderation und deren Angehörige.

Shuttle – Beiboot, das Sternenschiffen erlaubt, Personen und Fracht von Schiff zu Schiff oder auf eine Planetenoberfläche zu befördern. Frachtshuttles sind hauptsächlich auf die Verschiffung von Ladung ausgelegt und bieten nur wenigen Personen Platz. Sturmshuttles sind schwer bewaffnet und gepanzert und in der Regel in der Lage, eine Kompanie Bodentruppen zu befördern.

Sternenkönigreich von Manticore – eine kleine, wohlhabende Sternnation, die vor Beginn des Krieges aus zwei Sonnensystemen bestand: dem Manticore-System und dem Basilisk-System. Im Augenblick expandiert das Sternenkönigreich radikal.

Superdreadnought – die größten und kampfstärksten hyperraumtüchtigen Kriegsschiffe. Durchschnittlich maßen Superdreadnoughts zwischen 6.000.000 und 8.500.000 Tonnen.

SyS – Abk. für das Amt für **Systemsicherheit**, dem noch mächtigeren Nachfolger der Inneren Abwehr unter dem Komitee für Öffentliche Sicherheit. Geleitet von Oscar Saint-Just, der die Legislaturisten verriet und Rob S. Pierre half, sie zu stürzen

Trägheitskompensator – ein Gerät, das eine ›Trägheitssenke‹ erzeugt und die Trägheitskräfte absorbiert, die bei der Beschleunigung durch den Impellerkeil oder eine natürliche Gravitationswelle entstehen, sodass sie die Andruckbelastungen ausgleicht, der die Besatzung sonst ausgesetzt wäre. Kleinere Schiffe besitzen bei gleicher Impellerstärke einen höheren Kompensator-Wirkungsgrad und können daher höhere Beschleunigungen erzielen als größere Schiffe.

Viper – eine von Manticore und Grayson gemeinschaftlich entwickelte Rakete mit geringer Reichweite, aber höherer Beschleunigung, besseren Zielsuchern und leistungsstärkerer Bord-KI, mit der eine Lenkwaffe zur LAC-Bekämpfung geschaffen werden sollte, die man abfeuern und vergessen kann. Vipers können auch als Antiraketen eingesetzt werden.

VRH – Volksrepublik Haven. Der Name der Republik Haven, während sie zuerst von den Legislaturisten und dann dem Komitee für Öffentliche Sicherheit beherrscht wurde. Die VRH begann den gegenwärtigen Krieg, indem sie das Sternenkönigreich von Manticore und die Manticoranische Allianz angriff.

Warshawski – ein Name für alle Gravitationsdetektoren, zu Ehren der Erfinderin dieser Geräte.

Warshawski, Adrienne – die größte Hyperphysikerin der menschlichen Geschichte.

Warshawski-Segel – das kreisrunde gravitatorische ›Auffangfeld‹, das Sternenschiffen gestattet, auf den Gravwellen des Hyperraums zu ›segeln‹; erfunden von Adrienne Warshawski.

W-Display, Wiederholdisplay – Displays an Bord von Raumschiffen, die nicht aktuelle Daten zeigen, sondern Aufzeichnungen vorheriger Ereignisse wiedergeben. Insbesondere der Kommandosessel ist mit W-Displays sehr reichhaltig versehen. Die meisten Aktuell-Displays lassen sich auf Wiederholfunktion umschalten.

Wurmlochknoten – eine Schwerkraftanomalie, eine erstarrte Verzerrung des Normalraums, der weit voneinander entfernte Punkte durch den Hyperraum verbindet und eine zeitverlustfreie Reise ermöglicht. Der größte bekannte Wurmlochknoten ist der Manticoranische Wurmlochknoten mit seinen sieben bekannten Termini.

Zentralisten – eine manticoranische Partei, die in den meisten Punkten für Mäßigung und Pragmatismus eintritt, sich zugleich aber sehr eingehend mit der havenitischen Bedrohung und ihrer Abwendung befasst. Honor Harrington unterstützt diese Partei.

Zerstörer – Abk. DD. Die kleinste hyperraumtüchtige Schiffsklasse, die von den meisten Raumstreitkräften gebaut wird. Ihre Tonnage rangiert zwischen 65.000 bis 80.000 Tonnen.

Personen der Handlung

Abrioux, Senior Inspector Danielle (›Danny‹)	Erfahrene Ermittlerin für die havenitische FIA mit persönlichem Auftrag Kevin Ushers.
Adamson, Commander Frazier, RHN	Operationsoffizier der Zweiten Flotte unter Lester Tourville.
Anisimovna, Aldona	Vorstandsmitglied von Manpower Inc.; Angehörige des mesanischen Strategischen Ausschusses.
al-Bakr, Admiral Gammal, Zanzibar System Navy	Chef des Admiralstabs der sansibaranischen Navy, Oberbefehlshaber des Abwehrkommandos Sansibar-System.
Alexander, Lady Emily	Gräfin von White Haven, Ehefrau von Hamish Alexander, des Earls von White Haven.
Alexander, Admiral a. D. Hamish, RMN	Dreizehnter Earl von White Haven, Erster Lord der manticoranischen Admiralität.
Alexander, William	Baron Grantville, Bruder Hamish Alexanders, Premierminister des Sternenkönigreichs von Manticore.

Alexander-Harrington, Lady Dame Honor Stephanie	Herzogin von Harrington; Gutsherrin von Harrington; Admiral, RMN; Flottenadmiral, Grayson Space Navy; Kommandeurin des Protector's Own Squadron; designierte Kommandeurin der Achten Flotte. Ehefrau von Hamish und Emily Alexander.
Atkins, Corporal Joshua, HGG	ein neuer persönlicher Waffenträger Honor Harringtons.
Ariel	Baumkatzengefährte Königin Elisabeths III. von Manticore
Ayrault, Captain Maurice, RMN	Stabschef der manticoranischen Homefleet.
Banshee	Baumkatzengefährte von Roslee Orndorff.
Bardasano, Isabel	Vorstandsmitglied des Jessyk Combine; erfahrene mesanische Spezialistin für ›Schmutzarbeit‹.
Barloi, Henrietta	Technologieministerin der Republik Haven.
Bibeau, Lieutenant Charles, RHN	Wachhabender Ortungsoffizier, Station Alpha, Solon-System.
Blaine, Admiral Jessup, RMN	Kommandeur von Kampfverband 14, Lynx Station.

Borderwijk, Captain Alenka, RHN	ranghöchste Adjutantin Thomas Theismans
Bradshaw, Lieutenant Franklin, RMN	Signaloffizier im Stab der Dritten Flotte.
Bradshaw, Konteradmiral Winston, RMN	Kommandeur des Schweren Kreuzergeschwaders 7.
Brankovski, Captain Amanda, RMN	dienstälteste COLAC im LAC-Trägergeschwader 6.
Brantley, Lieutenant Harper, RMN	Signaloffizier im Stab der Achten Flotte.
Brigham, Commodore Mercedes, RMN	Stabschefin der Achten Flotte.
Cachat, Special Officer Victor, FIS	Chef des havenitischen Auslandsgeheimdiensts für Erewhon, Congo und den Maya-Sektor.
Caparelli, Admiral Sir Thomas, RMN	Erster Raumlord der Royal Manticoran Navy.
Cardones, Captain Rafe, RMN	Kommandant von HMS *Imperator*, Honor Harringtons Flaggkommandant.
Carter, Lieutenant Jeff, RMN	ein Offizier in Andrea Jaruwalskis Operationsstab.

Chernitskaya, Lieutenant Veronika Dominikovna (›Vicki‹), RMN	Taktischer Offizier von HMLAC *Dacoit.*
Chin, Admiral Genevieve, RHN	Kommandeurin der Fünften Flotte.
Clinkscales, Austin MacGregor	Howard Clinkscales' Neffe und Nachfolger als Regent des Guts von Harrington.
Cortez, Admiral Sir Lucien	Fünfter Raumlord der Royal Manticoran Navy.
DeClercq, Travis	havenitischer Botschafter in der Solaren Liga.
DeLaney, Captain Molly, RHN	Stabschefin der Zweiten Flotte.
Detweiler, Albrecht	Vorstandsvorsitzer von Manpower, Inc.; Leiter des Regierenden Rates von Mesa.
Detweiler, Evelina	Albrecht Detweilers Ehefrau.
Deutscher, Konteradmiral Emile, RHN	Kommandeur von Kampfgruppe 36 (›Bandit Eins‹) der Dritten Flotte.
Diamato, Konteradmiral Oliver, RHN	Kommandeur des 12. Schlachtkreuzergeschwaders.
D'Orville, Flottenadmiral Sebastian, RMN	Kommandeur der manticoranischen Homefleet.

Dryslar, Captain Adam, RMN	Admiral Caparellis Stabschef.
Dschingis	Baumkatzengefährte von Judson Van Hale.
Durand, Captain Alexis, RHN	Kommandeur von Station Alpha, Solon-System.
Eisenberg, Lieutenant Anita (›Ace‹), RHN	Signaloffizier im Stab der Zweiten Flotte.
Estwicke, Lieutenant Commander Bridget, RMN	Kommandantin von HMS *Ambuscade*.
Fanaafi, Commodore Charise, RMN	Kommandeurin von Kreuzergeschwader 12.
Farragut	Baumkatzengefährte von Miranda LaFollet.
Ferry, Harper S.	Ehemaliger Sklave und ehemaliger Terrorist des Audubon Ballroom; Leibwächter von Queen Berry.
Foraker, Vizeadmiral Shannon, RHN	Kommandeurin des Schlupfloch-Systems.
Fredericks, Captain Hal, RHN	Kommandant von RHNS *Conquete*.
Gilraven, Captain Sybil, RMN	Kommandantin von HMS *Invictus*; Admiral D'Orvilles Flaggkommandantin.

Giscard, Admiral Javier, RHN	Kommandeur der Dritten Flotte; Geliebter von Präsidentin Eloise Pritchart.
Givens, Admiral Patricia	Zweiter Raumlord der Royal Manticoran Navy; Chefin des ONI.
Goodrick, Captain Craig (›Wraith‹), RMN	Stabschef von LAC-Trägergeschwader 3.
Gozzi, Captain Marius, RHN	Stabschef der Dritten Flotte unter Admiral Javier Giscard.
Gregory, Stan	Minister für Stadtentwicklung der Republik Haven.
Grimm, Admiral Stephania, ALD	Kommandeurin des Astro-Lotsendienstes am Manticoranischen Wurmlochknoten.
Guernicke, Liam	Zweiter Lord der Admiralität (Etat- und Budgetverwaltung) der Royal Manticoran Navy.
Gwynett, Captain Madelyn, RMN	Operationsoffizier der Homefleet.
Hampton, Alicia	Arnold Giancolas Chefsekretärin.
Hampton, Commander Bradley, RMN	Verbindungsoffizier der Navy beim Astro-Lotsendienst des Manticoranischen Wurmlochknotens.

Hanriot, Rachel	Finanzministerin der Republik Haven.
Harcourt, Lieutenant Emily, RMN	Taktischer Offizier von HMS *Ambuscade.*
Harkness, Chief Warrant Officer Sir Horace, RMN	Bordmechaniker von HMLAC *Dacoit.*
Harrington, Dr. Alfred	Honor Harringtons Vater. Ehemaliger Navyarzt, einer der führenden Neurochirurgen im Sternenkönigreich von Manticore.
Harrington, Dr. Allison	Honor Harringtons Mutter, geboren auf dem Planeten Beowulf, eine der führenden Genchirurginnen des Sternenkönigreichs von Manticore.
Harrington, Clarissa	Alfred Harringtons jüngere Schwester; Honor Harringtons Tante.
Harrington, Faith Katherine Honor Stephanie Miranda	›Miss Harrington‹, Honor Harringtons kleine Schwester und Erbin.
Harrington, James Andrew Benjamin	Honor Harringtons kleiner Bruder und jüngerer Zwillingsbruder von Faith Harrington.

Hasselberg, Vizeadmiral Lyou-yung, Kaiserlich-andermanische Weltraumflotte	Graf von Kreuzberg, Kommandeur von Kampfverband XVI.
Havlicek, Konteradmiral Thurston, RMN	Kommandeur der Systemverteidigung am Manticoranischen Wurmlochknoten.
Hawke, Captain Spencer, HGG	Honor Harringtons dritter persönlicher Waffenträger.
Hayes, Solomon	Klatschreporter vom *Landing Tattler.*
Hellerstein, Chief Petty Officer Bryant, RMN	Bootsmann vom Dienst, Außenüberwachung des Manticore-Systems.
Hemphill, Admiral Sonja, RMN	Baronin von Low Delhi, Vierter Raumlord der Royal Manticoran Navy.
Henke, Konteradmiral Michelle, RMN	Gräfin von Gold Peak; Kommandeurin von Schlachtkreuzergeschwader 81.
Hennessy, Lieutenant Commander Coleman, RMN	Admiral Hemphills Stabschef.
Hirshfield, Commander Frances, RMN	Erster Offizier von HMS *Imperator.*

Houellebecq, Captain Celestine, RHN	Kommandantin von RHNS *Guerriere*; Lester Tourvilles Flaggkommandantin.
Illescue, Dr. Franz	Chefarzt und Teilhaber des Fortpflanzungszentrums Briarwood.
Jaruwalski, Captain (Junior-Grade) Andrea, RMN	Operationsoffizier der Achten Flotte.
Jourdain, Konteradmiral Franz, RHN	Kommandeur von Schlachtgeschwader 27.
Julian, Lieutenant Commander James, RHN	Stabsastrogator der Fünften Flotte.
Kgari, Lieutenant Commander Theophile, RMN	Stabsastrogator der Achten Flotte.
Kuzak, Admiral Theodosia, RMN	Kommandeurin der Dritten Flotte.
LaFollet, Colonel Andrew, HGG	Honor Harringtons oberster persönlicher Waffenträger.
LaFollet, Jennifer	Allison Harringtons Zofe.
LaFollet, Miranda Gloria	Honor Harringtons Zofe; Andrew LaFollets jüngere Schwester; adoptiert von der Baumkatze Farragut.

Lamar, Captain Jordan, ALD	Erster Offizier der Astro-Lotsendienst-Kommandantur am Manticoranischen Wurmlochknoten.
Lara	eine der ›Amazonen‹ unter Thandi Palane; ehemalige ›Schwätzerin‹; Queen Berry als Leibwache zugeteilt; Geliebte von Saburo X.
Latrell, Commander Judson, RMN	Operationsoffizier der Dritten Flotte.
Lazarevna, Lieutenant Commander Ekaterina Gennadovna (›Katenka‹), RMN	Signaloffizier im Stab der Homefleet.
LePic, Denis	Justizminister der Republik Haven.
Lewis, Konteradmiral Victor, RHN	Chef des Amts für Operationsforschung.
MacGuiness, James	Honor Harringtons persönlicher Steward und Freund.
MacNaughton, Commander Ewan, RHN	Chefortungsoffizier, Abwehrkommando Lovat-System.
Mandel, Captain Irving, RMN	Kriminalist beim ONI.

Mannock, Vizeadmiral Sir Allen, RMN	Siebter Raumlord der Royal Manticoran Navy; Gesundheitsminister des Sternenkönigreichs von Manticore.
Marquette, Admiral Arnaud, RHN	Admiralstabschef der Republik Haven.
Mathieson, Georgina	Gouverneurin des Solon-Systems, Republik Haven.
Matsuzawa, Konteradmiral Hirotaka, RMN	Kommandeur von Schlachtkreuzergeschwader 32.
Mayhew, Benjamin Bernard Jason	Benjamin IX., Protector von Grayson.
Mayhew, Katherine Elizabeth	Benjamin Mayhews ältere Frau; First Lady von Grayson.
McClure, Sergeant Jefferson, HGG	Emily Alexanders persönlicher Waffenträger.
McGraw, Sergeant Clifford, HGG	ein neuer persönlicher Waffenträger Honor Harringtons.
McKeon, Konteradmiral Alistair, RMN	Kommandeur von Schlachtgeschwader 61.
Mikhailov, Captain Diego, RMN	Kommandant von HMS *Ajax*, Michelle Henkes Flaggkommandant.
Miklós, Vizeadmiral Samuel, RMN	Kommandeur von LAC-Trägergeschwader 6.

Monroe	Prinzgemahl Justin Zyrr-Wintons Baumkatzengefährte.
Montague, Vizeadmiral Irene, RMN	Kommandeurin von Schlachtgeschwader 19.
Montaigne, Die Ehrenwerte Catherine	Unterhausabgeordnete von High Threadmore; Führungsmitglied der Manticoranischen Freiheitspartei; manticoranische Führerin der Anti-Sklaverei-Liga; ehemalige Baronin of the Tor; Anton Zilwickis Geliebte.
Montreau, Leslie	Arnold Giancolas Nachfolgerin im havenitischen Außenministerium.
Moore, Konteradmiral Kenneth, RHN	Kommandeur des 11. Schlachtgeschwaders.
Moreau, Commodore Mary Lou, RMN	Kommandeurin des Leichten Kreuzergeschwaders 18.
Morowitz, Konteradmiral Allen, RMN	Kommandeur der Ersten Division von Schlachtgeschwader 61.
Morser, Vizeadmiral Binhewi, Kaiserlich-andermanische Weltraumflotte	Gräfin von Grau, Kommandeurin des XXXVI. Schlachtgeschwaders der Kaiserlich-andermanischen Weltraumflotte.

Nesbitt, Tony	Handelsminister der Republik Haven; Jean-Claude Nesbitts Cousin.
Nesbitt, Colonel Jean-Claude	Sicherheitschef des Außenministeriums der Republik Haven; Tony Nesbitts Cousin.
Nimitz	Honor Harringtons Baumkatzengefährte; Partner von Samantha.
O'Dell, Captain Harold, RMN	Kommandant von HMS *King Roger III*; Theodosia Kuzaks Flaggkommandant.
O'Donnell, Vater Jerome	Gemeindepfarrer von White Haven.
Orbach, Dr. Dame Jessica	Dritter Lord der Admiralität (Gesundheit und Personal), RMN
Orndorff, Commander Roslee, RMN	Stabschefin von Schlachtgeschwader 61; adoptiert von Baumkater Banshee.
Ormskirk, Admiral Sir Frederick	Earl von Tanith Hill, Sechster Raumlord der RMN.
Oversteegen, Konteradmiral Michael, RMN	Nachfolger von Michelle Henke als Kommandeur von BatCruRon 81.

Palane, Thandi	›die Große Kaja‹, Oberkommandierende des Militärs von Torch; Queen Berrys inoffizielle ›große Schwester‹
Phillips, Lindsey	manticoranisches Kindermädchen für Faith und James Harrington.
Pritchart, Eloise	Präsidentin der Republik Haven; Javier Giscards Geliebte.
Reinke, Vizeadmiral Hwazhyou, Kaiserlich-andermanische Weltraumflotte	Baron von Basaltberg, Kommandeur des XXXI. Schlachtkreuzergeschwaders der Kaiserlich-andermanischen Weltraumflotte.
Reumann, Captain Patrick, RHN	Kommandant von RHNS *Sovereign of Space*; Javier Giscards Flaggkommandant.
Reynolds, Commander George, RMN	Nachrichtenoffizier im Stab der Achten Flotte.
Sabourin, Captain Nicodème, RHN	Stabschef der Fünften Flotte.
Samantha	Hamish Alexanders Baumkatzengefährtin; Partnerin von Nimitz.
Sanderson, Walter	Innenminister der Republik Haven.

Sewall, Konteradmiral Hildegard, RHN	Kommandeur von Kampfgruppe 32 (›Bandit-Zwo‹), Dritte Flotte.
Sharif, Captain James, RMN	Kommandant von HMS *Intolerant*, Allen Morowitz' Flaggkommandant.
Simon, Commander Jean, RMN	Abwehrspezialistin des ONI.
Slowacki, Commander Alekan, RMN	Operationsoffizier von Schlachtgeschwader 61.
Smirnoff, Captain Alice, RHN	ranghöchste COLAC der Zweiten Flotte.
Smithson, Captain Gerald (›Jerry‹), RMN	Stabschef der Dritten Flotte unter Admiral Theodosia Kuzak.
Snyder, Lieutenant Commander Henry, RMN	Stabsastrogator der Homefleet.
Spiropoulo, Commander Andrianna, RHN	Operationsoffizier der Fünften Flotte.
Stanfield, Commander Janine, RMN	Operationsoffizier von LAC-Trägergeschwader 3.
Staunton, Sandra	Ministerin für Biowissenschaften der Republik Haven.
Steen, Commander Astrid, RMN	Stabsastrogatorin der Dritten Flotte.

Stimson, Sergeant Tobias, HGG	Hamish Alexanders persönlicher Waffenträger.
Sullivan, Reverend Jeremiah Winslow	Erster Ältester der Kirche der Entketteten Menschheit.
Taverner, Commander Serena, RHN	Stabschefin des 12. Schlachtkreuzergeschwaders.
Telmachi, Erzbischof Robert	Erzbischof von Manticore.
Tennard, Corporal Jeremiah, HGG	Faith Harringtons persönlicher Waffenträger.
Thackery, Commander Selma, RHN	Operationsoffizier der Dritten Flotte.
Thackston, Corporal Barnaby, RMMC	Angehöriger des Marineinfanteriekontingents von HMS *Imperator.*
Theisman, Admiral Thomas, RHN	havenitischer Chef des Admiralstabs und Kriegsminister.
Thomas, Captain Melinda, RMN	Kommandantin von HMS *Intransigent;* Alistair McKeons Flaggkommandantin.
Thompson, Commander Glenn, RMN	Leitender Ingenieur von HMS *Imperator.*
Thurston, Sandra	Emily Alexanders persönliche Krankenschwester.

Timmons, Captain Jane, RMN	Kommandantin von HMS *Andromeda.*
Toscarelli, Vizeadmiral Anton, RMN	Dritter Raumlord der Royal Manticoran Navy.
Tourville, Admiral Lester, RHN	Kommandeur der Zweiten Flotte.
Trajan, Wilhelm	Direktor des Foreign Intelligence Service der Republik Haven.
Tremaine, Captain Prescott (›Scotty‹), RMN	Kommandant von HMLAC *Dacoit*; dienstältester COLAC bei LAC-Trägergeschwader 3.
Trenis, Vizeadmiral Linda, RHN	Chefin des havenitischen Planungsamtes.
Truman, Vizeadmiral Dame Alice, RMN	Kommandeurin von LAC-Trägergeschwader 3.
Turner, Lieutenant Commander Angelina, RMN	Offizier vom Dienst, Außenüberwachung des Manticore-Systems.
Tyler, William Henry	Handelsvertreter von New Age Pharmaceuticals auf Torch.
Usher, Kevin	Direktor der Federal Investigation Agency der Republik Haven.
Van Hale, Judson	auf Sphinx geborener Sohn eines Gensklaven; einer von Queen Berrys Leibwächtern; adoptiert von Baumkater Dschingis.

Waldberg, Konteradmiral Syou-tung, Kaiserlich-andermanische Weltraumflotte	Kommandeur des XXXVIII. Schlachtgeschwader der kaiserlich-andermanischen Weltraumflotte.
Webster, Admiral a. D. James Bowie, RMN	Baron von New Dallas, Botschafter des Sternenkönigreichs von Manticore in der Solaren Liga.
Weissmuller, Lieutenant Jerome, RMN	Astrogator von HMS *Ambuscade.*
West, Commander Fred, RHN	Captain Alice Smirnoffs Nachfolger als dienstältester COLAC der Zweiten Flotte.
Winton, Elizabeth Adrienne Samantha Annette	Königin Elisabeth III., Queen von Manticore. Adoptiert von Baumkater Ariel.
Winton, Prinzessin Ruth	Adoptivtochter Michael Wintons; Elisabeths III. Nichte; Queen Berrys Freundin und Ratgeberin in Geheimdienstfragen.
Winton-Henke, Caitrin	Gräfinwitwe von Gold Peak, Mutter Michelle Henkes.
Wollenhaupt, Konteradmiral Tswei-yun, Kaiserlich-andermanische Weltraumflotte	Kommandeur des LVI. Schlachtgeschwaders der Kaiserlich-andermanischen Weltraumflotte.

X, Jeremy	ehemaliger Gensklave, ehemaliger Terrorist des Audubon Ballroom; Queen Berrys Kriegsminister.
X, Saburo	ehemaliger Gensklave, ehemaliger Terrorist des Audubon Ballroom; einer von Queen Berrys, Leibwächtern; Laras Geliebter.
Yanakov, Admiral Judah, GSN	Kommandeur des graysonitischen Kontingents der Achten Flotte und Stellvertretender Flottenchef.
Zilwicki, Captain a. D. Anton, RMN	ehemaliger ONI-Agent; Queen Berrys Adoptivvater und oberster nachrichtendienstlicher Berater; Geliebter Catherine Montaignes.
Zilwicki, Berry	Queen Berry, erste Monarchin von Torch.
Zucker, Commander Robert, RHN	Operationsoffizier des 12. Schlachtkreuzergeschwaders.
Zyrr-Winton, Justin	Prinzgemahl von Manticore; adoptiert von Baumkater Monroe.